Willi Senft
Milchbruder der Peri
Ein Hunza-Roman

W0315694

ISBN 3-7059-0144-3
1. Auflage 2002
© Copyright by Herbert Weishaupt Verlag,
A-8342 Gnas, Tel: 03151–8487, Fax: 03151–84874
e-mail: verlag@weishaupt.at
e-bookshop: www.weishaupt.at
Sämtliche Rechte der Verbreitung –
in jeglicher Form und Technik – sind vorbehalten.
Druck und Bindung: Druckerei Theiss GmbH,
A-9431 St. Stefan.
Printed in Austria.

*Willi Senft*

# *Milchbruder der Peri*

*Ein Hunza-Roman*

*Weishaupt Verlag*

# *Inhalt*

# *Nazim*

# I

„Yodeni, die Feen-Trommel, oben im Schloss, hört ihr sie? Rum – drum – rumdrumdum ..."

„Nazim, du träumst schon wieder! Jetzt hast du uns vergangene Nacht mit dem selben Unsinn aufgeweckt ... Ich kann absolut nichts hören!", war die Mutter aufgebracht.

„Aber hör' doch: Jetzt wieder! Rum – drumdum ..."

„Pst, lass doch Vater schlafen, er muss in der Früh zeitig hinunter nach Maiun, weil ihn der König gestern mit dem Kommando über die Besatzung von Nilt und Maiun beauftragt hat."

„Wahrscheinlich ruft die Trommel, dass der Feind schon nahe ist!"

„Der ist aber noch weit weg, mein Sohn!", richtete sich der Vater auf. „Ich habe euch im Aufwachen zugehört. Nazim, unsere Späher haben gestern berichtet, dass die Ingles nur wenige Soldaten in Gilgit versammelt haben. Damit können sie uns nicht angreifen! – So, jetzt schlafen wir aber alle noch eine Weile, denn ich sehe, dass sich der Morgenstern noch nicht in die Ecke der Dachluke geschoben hat. Außerdem wird die Trommel vom Wächter oben im Schloss schon geschlagen werden, wenn Alarm wirklich nötig ist."

„Aber Großvater hat erzählt, dass bei großer Gefahr auch die Peris die Trommel ertönen lassen."

„Ja, ja – jetzt aber endgültig Ruhe!"

Nazim deckte sich bis zum Hals zu, denn gegen Ende November zog in den Morgenstunden schon ein eisiger Lufthauch durch die Luke, die gleichzeitig der einzige Lichteinlass war. Gerade als ihm die Augen wieder zufallen wollten, hörte er nochmals das geheimnisvolle „rum – drum". Nun getraute er sich aber nicht mehr zu mucksen, denn es war besser, den Vater nicht zu verärgern. „Also kommt der Feind doch", dachte er sich noch, ehe er einschlief.

Das Teewasser blubberte schon über dem prasselnden Feuer, als Nazim sich schlaftrunken die Augen rieb. Vater kauerte bereits am Feuer und wärmte sich die Finger nach dem morgendlichen Rundgang zum Ziegen- und Rinderstall.

„Draußen liegt Reif und der Kanal hat Eisränder. Wenn du nach Maiun hinuntergehst, nimm auch deinen dicken Schafpelz mit, für den Fall, dass du mehrere Tage ausbleiben musst!"

„Ich bin sicher morgen wieder da und sehe nur nach, ob die Brustwehren in der Festung Nilt in Ordnung sind; außerdem müssen wir die Wehranlage in Maiun selbst noch besser befestigen. – Aber horcht, was ist das?"

„Rum, drum ..." – jetzt hörten alle die Trommel.

Aufgeregt liefen Nazim und seine beiden Schwestern nach draußen, und auch Vater und Mutter eilten vor das Haus. – Tatsächlich, vom Schloss tönte der dumpfe Trommelschlag weithin, bis hinunter nach Altit und hinüber nach Haiderabad.

„Womöglich sind die Ingles schon im Anmarsch!"

„Frau, das gibt es nicht, ich erzählte doch von unseren Spähern."

Da hörten sie aber auch schon das Trappen von Füßen und Keuchen. Luftringend hielt der Bote an: „Salam, Bechram Khan! Der Wazir lässt dir ausrichten, du mögest rasch nach Nilt aufbrechen und sofort das Kommando über die Besatzung übernehmen. Die Ingles sind mit etwa eintausend Mann und mehreren Kanonen bereits im Anmarsch. Sie können schon übermorgen die Festung erreichen!"

„Hat dir der Wazir auch gesagt, wie es um die weitere Lieferung von Gewehren aus Taschkent steht? Derzeit ist von den zweihundert Mann unserer Besatzung nur die Hälfte mit Gewehren ausgerüstet. Die Russen – von den Chinesen gar nicht zu reden – versprechen immer nur und halten sehr wenig."

„Der Wazir wartet noch auf die Lieferung. Er schickt die Gewehre sogleich nach, wenn sie eingetroffen sind."

„Vater, wir haben aber doch die besten Bogenschützen im ganzen Land! Wenn die Ingles die Festung stürmen wollen, müssen sie doch so nahe herankommen, dass auch die Pfeile treffen können."

„Da hast du schon recht, aber vor allem mit den Kanonen können sie zuerst einmal aus sicherer Entfernung auf uns schießen."

„Da müsst ihr euch eben zuerst hinter die Mauern ducken."

„Ja, ja, natürlich", lachte der Vater und fuhr seinem Sohn

zärtlich durch den dichten Haarschopf, der durch eine weiße Strähne wie durch einen seitlichen Scheitel geteilt wurde.

Nazim wies dieses augenscheinlich vererbte Familienmerkmal ebenso wie sein Vater auf, bei dem sich das Weiß des Streifens nun aber schon mit den ersten grauen Haarbahnen zu vermengen begann.

„Was ist denn eigentlich mit eurer großen Kanone, die von den Beritschos im vergangenen Jahr unter großer Geheimhaltung gegossen wurde? Hat man sie in Nilt überhaupt aufgestellt?"

„Frau, du weißt doch, dass sie beim ersten Probeschuss geplatzt ist. Zum Glück wurde dabei niemand ernstlich verletzt!"

„Ich kann mich nicht erinnern, dass davon je die Rede war!"

„Na ja, gerade herausposaunt haben wir das Missgeschick damals nicht."

„Ja, Bechram Khan, was ich noch ausrichten sollte: Es wird auch ein Kontingent aus Nager eintreffen. Sie werden sich angeblich auch unter dein Kommando stellen."

„Sehr neugierig bin ich auf die Nagerkuts nicht, sie sind mir viel zu ängstlich. Ich werde sie am besten bei den Brustwehren in Maiun, auf der anderen Seite der Schlucht, einsetzen."

„Und zum Zusammentragen der Steine für die vorbereiteten Lawinen kannst du sie auch gebrauchen", lachte der Bote.

„Bechram, nun halte dich nicht mehr auf, ich richte dir deinen Sack zusammen und habe dir zum Phiti auch Bater für eine Woche dazugepackt. Wenn ihr die Ingles eine Woche lang aufhaltet, werden sie wohl wieder abziehen."

„Hoffentlich hast du recht!"

Nazim, der mit wachen Augen und begeisterter Miene den Gesprächen gefolgt war, musste sich aber plötzlich an den Stützpfosten anlehnen, weil ihm leicht schwindlig wurde. Gleichzeitig sah er in der Dachluke ein ebenmäßiges, schönes Frauengesicht mit klagender, trauriger Miene. Eben als er die Mutter darauf aufmerksam machen wollte, hörte er, wie sie sich an den Boten wandte: „Noch etwas anderes: Habt ihr heute Nacht schon die Trommel geschlagen?"

„Nein, sicherlich nicht. Ich habe ja im Turm in der Nähe der Trommel geschlafen; sie wurde erst jetzt am Morgen geschlagen."

„Dann hat Nazim die Peris gehört", wandte sich die Mutter betroffen flüsternd an Bechram. „Mir fällt an ihm überhaupt in letzter Zeit auf, dass er manchmal so zurückgezogen und verschlossen ist."

„Vater, ich komme mit dir und nehme den neuen Bogen mit, den Großvater mir gemacht hat."

„Den kannst du doch noch gar nicht spannen, den hat Großvater für deine späteren Jahre bestimmt. Mit deinen zwölf Jahren musst du schon noch etwas warten, ehe du in den Kampf ziehen kannst."

„Ich will aber mit!", stampfte Nazim zornig auf.

„Das kommt überhaupt nicht in Frage! Allah wird es zu verhindern wissen!"

Schon nach zwei Stunden machte sich Bechram auf den Weg und bedauerte, dass er sein Polopferd nicht daheim hatte, denn mit ihm hätte er das erste Wegstück schneller zurücklegen können. Die Pferde, mit Ausnahme einiger des Königs, wurden fast alle auf den Hochweiden bei Passu gehalten. Dort waren die notwendigen Weideflächen vorhanden, die im beengten Siedlungsraum mit den bewässerten Ackerkulturen zwischen Baltit und Haiderabad fehlten. Freilich, die halbe Wegstrecke hätte er dann sowieso zu Fuß zurücklegen müssen, denn ab Murtazabad gab es viele heikle Wegpassagen, wo das Pferd immer wieder am Halfter geführt werden musste.

„Salam, Bechram Khan, Salam! Dass du so schnell gekommen bist und deinen Säbel gegürtet hast, lässt mich vermuten, dass dir der König das Kommando übertragen hat. Ich alter Tschokidar sehe für einen Kampf schon viel zu schlecht; meine Augen und wohl auch meine Körperkräfte lassen mich immer mehr im Stich."

„Komm, lass dich umarmen alter Freund! Du hast in den letzten Wochen viel geleistet. Ich habe schon von weitem gesehen, dass ihr die Brustwehren verstärkt habt, und zu meiner großen Erleichterung habe ich bemerkt, dass aus fast allen Dörfern Männer da sind; sogar aus Shimshal habe ich Vater und Sohn getroffen. Wie sieht es denn mit der Verpflegung aus? Wir müssen uns auf eine längere Belagerung gefasst machen, denn so schnell werden die Ingles nicht aufgeben."

„Sie sollen es nur wagen! Sie werden sich blutige Köpfe holen. Mehl und Aprikosen haben wir für eine Woche hier, und aus den Dörfern können wir ja jederzeit Nachschub bekommen.

„Meine Sorge ist, dass wir zu wenig Gewehre und vor allem überhaupt keine Kanonen haben."

„Unsere Bogenschützen sind berühmt und werden den landgierigen Ingles schon zusetzen. Auch hat unser schweres Festungstor schon einigen Anstürmen standgehalten; ich habe es noch weiter verstärken lassen."

„Zum Glück sind die Felsklippen davor so nahe, dass sie vor dem Tor keine Kanone in Stellung bringen können."

„Ja, Bechram. Wir können froh sein, dass schon unser letzter König hier in Nilt und gegenüber in Maiun die Befestigungen hat errichten lassen, denn gerade hier kann man leicht das gesamte Hunzaland gegen den offenen Süden absperren. Über die Berge zu klettern sind Fremde sowieso nicht imstande."

„Und außerdem profitieren unsere besonderen Freunde, die Nagerkuts, auch automatisch davon", lachte Bechram. „Komm, lass uns einen Rundgang machen, ich muss die Männer alle begrüßen!"

„Salam, salam! Bechram Khan, wir werden es ihnen schon zeigen!"

„Bechram, wir haben gehört, dass sie Kanonen mitbringen."

Der Tschokidar mischte sich ins Gespräch: „Da mache ich mir keine Sorgen. Unsere Mauern sind an der Basis fünf Meter und weiter oben, an vielen Stellen, noch immer zwei Meter dick. Da können sie mit den Kanonen schon herumdonnern."

„Na, warten wir´s ab."

Bechram stieg in den kleinen Schluchtabschnitt hinab und drüben nach Maiun hinauf, das zwar keine Türme wie das gegenüberliegenden Nilt hatte, aber seine Mauern und Brustwehren waren mit dem felsigen Gelände so gut verbunden, dass es praktisch uneinnehmbar schien. Auch hier waren an die hundert Männer, die meisten aus Nager, versammelt, die ihn zwar weniger herzlich, aber dennoch respektvoll begrüßten.

Eben oben angekommen, sah er, dass man drüben in Nilt Fahnen aufzog, Trommeln schlug und heftig gestikulierte. Offensichtlich galt das ihm, und so beeilte er sich wieder abzusteigen, um dabei aber mit Befriedigung festzustellen, dass viele Steinfallen aufgeschichtet worden waren. Sie konnten durch Herausziehen eines einzigen Holzpfostens gelöst werden und als Steinlawine alles mit sich reißen.

Bechram stieg also so rasch wie möglich wieder zurück, und schon von der Mauer rief ihm der Tschokidar zu, dass vor kurzem Späher gemeldet hätten, dass der Feind bereits vorgestern Gilgit verlassen habe und schon am Abend hier sein müsste.

„Habt ihr eigentlich den Zugangsweg zur Festung unpassierbar gemacht?"

„Nein, das nicht. Wir werden doch nicht unsere einzige Verbindung nach Gilgit zerstören!"

„Jetzt bleibt uns aber nichts anderes übrig. Sofort zehn Männer an die Arbeit! Wir werden das später schon wieder alles beseitigen."

Es wurde aber doch fast Mittag des nächsten Tages, als die britische Streitmacht, bestehend aus einem kampferprobten Kaschmiri-Regiment und einigen Abteilungen Pandschab-Infanterie in Sicht kam. An die eintausend Mann und einige Kanonen konnten die Auslugposten zählen.

Stetig rückte die Kolonne heran, entschwand aber dann im schluchtartigen Gelände für einige Zeit den Blicken der Verteidiger.

Eine unheimliche, angespannte Stille breitete sich aus. Plötzlich ertönte aber ein bösartiges Pfeifen, und schon schlugen die ersten Granaten hinter der Festung in den Hang und ließen Felstrümmer und Erde aufspritzen.

Die Antwort darauf war lautes Kampfgeschrei von den Mauern und Türmen Nilts, das sich bis zu den Brustwehren Maiuns hinüber fortpflanzte. „Bechram Khan, sie schießen mit ihren Kanonen daneben. Wir brauchen uns vor diesen Krachmachern nicht zu fürchten!"

„Wartet nur ab, sie müssen die Zielvorrichtung erst richtig einstellen."

Kaum gesagt, barst schon die erste Granate im östlichen

Turm, zerschmetterte zwei der dort postierten Schützen und ließ einen Steinregen auf die Verteidiger niederprasseln. Weitere Granaten explodierten nun auch im Innenhof und richteten dort einigen Schaden an.

Schon kamen auch die ersten Angriffstruppen in Gewehrschussweite der Verteidiger. Und diese benötigten einige Zeit, ehe sie, bergab zielend, aus dem ungewohnten Schusswinkel auch mit Erfolg Treffer landen konnten. Die Angreifer hatten aber hinter Steinblöcken und in einem Bewässerungskanal recht guten Schutz.

„Wenn wir nur mehr Gewehre hätten!"

„Ach was, lasst sie nur heranrücken, unsere Bogenschützen brennen darauf, dass die Ingles näher kommen!"

Schon wieder explodierten zwei Granaten an der Brustwehr über dem Burgtor und setzten drei der dort postierten Verteidiger außer Gefecht.

Zwei Kanonen hatten die Briten nun schon in günstige Stellungen gebracht, sodass sie aus zweihundertfünfzig Metern Entfernung direkt auf die Mauern schießen konnten. Das Festungstor konnten sie aus dieser Position jedoch nicht erreichen. Die Kanoniere selbst waren außerhalb der Reichweite des Gewehrfeuers der Verteidiger.

Langsam arbeiteten sich die erfahrenen Soldaten näher an die Festung heran und begannen – exakt gezielt – auch die Schießscharten unter Feuer zu nehmen. Bei diesem Stellungswechsel von Deckung zu Deckung gelang aber auch den Hunzakuts immer wieder ein Treffer – gelegentlich sogar mit Pfeilen. Immer wenn das der Fall war, brach lautes Jubelgeschrei aus.

Inmitten der turbulenten Szenen tauchte plötzlich das Milchgesicht von Nazim auf. Er hatte einen Fellsack umgebunden und trug einen Männer-Bogen über der Schulter, der fast so groß war wie er selbst. Einige Männer aus Baltit erkannten ihn sofort: „Bist du verrückt! Wenn dich dein Vater sieht, verprügelt er dich, dass du eine Woche lang nicht mehr stehen kannst."

„Ich muss euch helfen und auch meinen Vater beschützen.

Die Peris haben mich schon vor zwei Nächten dazu aufgefordert."

Der Nächststehende riss ihn zu Boden, als eben wieder eine Granate hereinpfiff und sie mit Sand und Steinsplittern zudeckte. „Sofort hinunter mit dir in die sicheren Gelasse neben dem Tor. Dort versorgt auch unser alter Tschokidar die Verletzten."

Einer packte den sich Sträubenden und zerrte ihn mit Gewalt nach unten. „Wer bist denn du?"

„Nazim, Bechrams Sohn. Ich bin gekommen, euch mit Pfeil und Bogen zu helfen. Siehe, ich habe fünf Pfeile mitgebracht, und die Peris werden meine Hand lenken."

„Jetzt erkenne ich dich an deiner weißen Haarsträhne als Bechrams Sohn. Aber du kannst den Männer-Bogen doch noch gar nicht spannen."

„Dann wirst du mir eben helfen."

Beide duckten sich, als oben in die Mauer wieder Geschosse einschlugen. Die zwei schwer Verletzten, die hier unten am bloßen Steinboden halb bewusstlos lagen, bekamen vom ganzen Geschehen kaum mehr etwas mit.

Nazim erkannte instinktiv, dass der Alte wohlgesinnt war und erzählte ihm, dass er schon viele Stunden vor dem allgemeinen Alarm die Yodeni-Trommel oben in Baltit schlagen gehört hätte und dass die Peris ihm auf diese Weise eine Botschaft übermittelt hätten.

Für langes Argumentieren blieb dem Tschokidar keine Zeit, denn er hörte Schreien: „Bechram, mehrere Ingles sind trotz unserer heftigen Abwehr durch die Baumverhaue bis vor das Tor gelangt und machen sich dort zu schaffen. Sie stehen im toten Winkel und wir können nicht auf sie schießen."

„Dann öffnet die Schießscharten im Tor und versucht sie direkt zu treffen!"

„Nazim, komm, jetzt wird es gefährlich, die Ingles werden womöglich das Tor sprengen. Wir müssen von hier weg!" Der Alte riss den Knaben mit sich und hastete über teilweise bereits zerborstene Treppen nach oben ins Freie, etwa dreißig Schritte vom Tor entfernt hinter eine Brustwehr. Kaum dort angelangt, gab es eine gewaltige Explosion, und Holz- und Steintrümmer flogen durch die Luft.

Der kühn geführte Stoßtrupp einer Sappeur-Einheit war mit Schießbaumwolle am Tor erfolgreich gewesen …

Zuerst war es bloß eine Hand voll Kaschmiris, die sofort durch die Bresche stürmten und augenblicklich in ein wüstes und blutiges Handgemenge Mann gegen Mann verwickelt wurden. Da standen sich Ebenbürtige gegenüber. Die Hunzakuts erhielten sofort Verstärkung, sodass sich die Ingles unter Zurücklassung Toter und Verwundeter zurückziehen mussten. Aber schon hinter den ersten gedeckten Verhauen konnten sie sich sammeln und ihrerseits Verstärkung abwarten, die nach Trompetensignalen bald eintraf. Sofort stürzten sie sich ohne Rücksicht auf das Flankenfeuer von den Zinnen wieder in die Toröffnung, schossen, stießen mit dem aufgepflanzten Bajonett zu, und wenn sie ganz am Mann waren, verstanden sie ihre Krummdolche mit oft geübter Präzision kaltblütig einzusetzen.

Für die Verteidiger stand die Sache schon nach einer Stunde – länger hatte der Kampf nicht gedauert – recht schlecht: Bechram war selbst am Tor gewesen und hatte eben versucht, seine langläufige Flinte irgendwie in Position zu bringen, als ihn die Explosion umriss. Seine stark blutende Kopfwunde war nicht das Schlimmste, sondern als man ihn wegtrug, sah man, dass sein Unterleib total zerschmettert war.

Der Tschokidar hatte sich mit Nazim inzwischen, in genauer Kenntnis der Festungsanlage, an die hintere Brustwehr an eine Stelle zurückgezogen, wo sie das Getümmel im Burghof voll beobachten, über eingelassene Trittsteine in der Außenmauer aber auch sofort flüchten konnten.

Vier der Pfeile aus Nazims Köcher waren schon verschossen; jedoch ohne zu treffen. Nazim sah mit großen Augen, wie immer mehr Soldaten in ihren verschieden bunten Uniformen hereindrängten und bald auch die letzten Verteidiger in die Flucht schlugen.

„Sieh doch, der mit den Goldfäden am Kragen, das muss ein hoher Offizier sein. Hilf mir wieder den Bogen spannen. Einen Pfeil habe ich noch."

„Der ist doch zu weit weg, das ist ja Gewehrschussweite."

Nazim ließ sich nicht beirren, konnte den Bogen aber nur

ein Stück spannen. Der Alte half mit, und Nazim legte unbeirrt den letzten Pfeil auf und zielte genau. Der Alte murmelte „Bismillah" und ließ im richtigen Moment, hinter Nazim stehend, die Sehne los. – Beide waren verblüfft, und Eskander konnte einen Siegesschrei nicht unterdrücken: Wie vom Blitz getroffen stürzte der Offizier zu Boden. Der Pfeil steckte unterhalb des Schlüsselbeines in der Schulter.

„Nazim, jetzt aber nichts wie weg! Wir haben nichts mehr zu verteidigen. Unsere Kämpfer, so weit sie noch laufen und humpeln können, sind fast alle schon verschwunden. Auch wir müssen hinüber nach Maiun. Dort sind unsere Befestigungen so stark, dass sie niemals eingenommen werden können. Dort gibt es auch kein Tor zu sprengen, sondern nur steile Felsen ohne Deckung für die Angreifer. Dort werden sie sich blutige Köpfe holen!"

Auch der Alte stieg katzengleich die Mauer außen hinab, und im Schutz von Felsblöcken hasteten sie zuerst in die kleine Schlucht hinunter und drüben dann keuchend bergauf. Sie sahen sich immer wieder um, ob sie verfolgt würden, was aber überraschenderweise nicht der Fall war. Mitten am Hang trafen sie auf Männer, die einen Verwundeten auf einer improvisierten Tragbahre transportierten: „Allah, steh uns bei! Das ist ja Bechram!"

„Vater, Vater!"

Bechram öffnete bei der vertrauten Stimme erstmals die verklebten Augen, konnte kaum ein Stöhnen unterdrücken und flüsterte: „Was machst denn du hier?"

„Vater, ich musste dir helfen kommen. Die Peris haben es mir aufgetragen. Sie haben meinen Pfeil gelenkt und ich habe dich gerächt!"

Bechram hörte die Worte nicht mehr und fiel wieder in gnädige Ohnmacht. – Zum Glück verfolgten die Ingles die Flüchtenden nicht, sondern begnügten sich offensichtlich damit, die letzten verbliebenen Hunzakuts in den verschiedenen Winkeln des Forts aufzustöbern und gefangen zu nehmen. Bald flatterte die britische Flagge von den arg zerschossenen Turmresten.

Inzwischen hatte es sich bei der Besatzung von Maiun wie ein

Lauffeuer herumgesprochen, dass Bechrams Sohn mit Hilfe des Tschokidars einen hohen Offizier der Ingles – wahrscheinlich sogar den Kommandanten – mit einem unglaublich weiten Pfeilschuss niedergstreckt hatte.

„Wahrscheinlich haben sie uns deswegen nicht verfolgt. Allah sei dank! Die Peris haben ihre schützende Hand nicht von uns gezogen!"

Die Vermutung entsprach den Tatsachen. Der unerwartete Pfeilschuss hatte Oberst Durand, den britischen Befehlshaber, schwer verwundet und kurzfristig eine Unterbrechung des weiteren Vorrückens der Truppen bewirkt.

Nazim war in Maiun der Held, und ihm zu Ehren wurde noch getanzt, als er schon längst total erschöpft auf einer Holzpritsche, neben seinem im Fieberdelirium phantasierenden Vater, eingschlafen war.

Bechrams Verletzungen waren sehr schwer: Bei der Sprengung des Festungstores hatte ihm ein Balken das Becken zertrümmert, und Blutungen aus den Ohren ließen auch einen Schädelbruch vermuten.

„Hier können wir ihn nicht lassen, obwohl ihm ein Transport nicht gut tun wird, denn die Ingles können schon morgen wieder angreifen."

„Acht Mann sollen sich ständig abwechseln und ihn so rasch wie möglich nach Baltit hinauftragen, damit er sofort in die Hände des Knochenheilers kommt."

„Nein, in diesem schweren Fall kann wohl nur der Kalifa zu helfen versuchen."

„Vier müssen genügen, wir brauchen jetzt jeden Mann, weil wir die Brustwehren bis hinauf zum Hadschindar-Rücken besetzen müssen."

„Kommt nicht in Frage, sein Leben geht vor! Wir sind jetzt schon an die Vierhundert, und es soll sogar noch Verstärkung von Nager kommen", setzte sich der Kommandant von Maiun, der junge Sarbaz Khan, energisch durch. – Auch er stammte übrigens, so wie Bechram, aus der besonders angesehenen Sippe der Diramitin.

„Geht sofort mit Bechram beim Morgengrauen los und seht zu, dass ihr ihn heil heimbringt."

„Du hast jetzt nichts mehr zu verteidigen", wandte er sich

mit leicht spöttischem Unterton an den Tschokidar von Nilt, „und sorgst dafür, dass Nazim zu seiner Mutter kommt. Sie wird sich schon reichlich Sorgen gemacht haben. – Ich brauche jetzt aber an die fünfzig Freiwillige, denn wir müssen noch in dieser Nacht den Pfad hinunter in die Schlucht völlig zerstören und unbegehbar machen. Dann sollen sie nur sehen, wie sie überhaupt heraufkommen können, denn die lotrechten Klippen an der anderen Seite sind zweihundert Meter hoch und praktisch nur von Markhor und Steinbock sowie von geübten Hunzakuts zu bewältigen."

Inzwischen trafen die letzten Versprengten von Nilt keuchend ein und berichteten, dass die Ingles sich offensichtlich für die Nacht eingerichtet hätten und keine Anstalten zur Verfolgung machten. Eine Zählung ergab, dass die eigenen Verluste an die fünfzig Tote, Verwundete und Vermisste betrugen. Später sollten sie erfahren, dass beim Feind vier Offiziere und etwa vierzig Soldaten verwundet oder getötet worden waren.

„Sarbaz Khan, wir sollten auch den oberen Bewässerungskanal an mehreren Stellen aufreißen. Das austretende Wasser wird beim derzeitigen Frost die Abhänge total vereisen!"

„Eine gute Idee! Warum bin ich nicht selbst draufgekommen", schlug sich Sarbaz auf die Stirn.

Alle halben Stunden wechselten sich die Träger der Bahre ab. Nazim wich nicht von der Seite seines Vaters und benetzte dem halb Bewusstlosen die Lippen immer wieder mit Wasser. Sie waren im Morgengrauen aufgebrochen, und bereits zwei Stunden vor Baltit kamen ihnen Nazims Mutter, seine Schwester und eine größere Anzahl von Dörflern entgegen.

„Nazim, da bist du, Allah sei Dank! Was habe ich mir Sorgen um dich gemacht. Gestern und die halbe Nacht haben wir dich gesucht. Wie konntest du nur so verrückt sein und in deinem Alter in den Krieg ziehen! Dein Vater hat dich hoffentlich ordentlich verprügelt. Ein Glück, dass er dich zurückgeschickt hat."

„Ich habe aber mit Hilfe meiner Peri den Anführer der Ingles niedergeschossen!"

„Was du nicht alles sagst!"

Jetzt erst nahm sie auch die Bahre mit den Trägern wahr: „Wer ist denn dieser Verletzte?"

Mit gesenkten Köpfen traten die Männer zur Seite.

„Bechram!" Sie warf sich über ihn. „Ich bin's. Kennst du mich nicht?"

Auf die vertraute Stimme hin öffnete der Fiebernde kurz die Augen, und mit einem müden Lächeln flüsterte er : „Mit mir geht's zu Ende!"

„Dschowari, es geht ihm nicht gut!"

Sie lockerten die Gurte, und als Dschowari die blutverkrusteten Schaffelldecken vorsichtig löste, sah sie den völlig zerquetschten Unterkörper und schluchzte laut auf.

„Er war direkt im Explosionsbereich, als die Ingles das Burgtor in Nilt aufsprengten. Seit zwei Tagen hat er außer ein paar Schluck Wasser nichts zu sich genommen, und auch seine Körperfunktionen sind lahmgelegt."

„Bringt ihn so schnell wie möglich nach Hause, und jemand soll nach Altit zum Bitan laufen, denn da können uns wohl nur noch die Peris helfen."

„Besser ist es wohl, wenn der Kalifa zu beten beginnt", flüsterten sich die Männer zu und nahmen die Tragbahre wieder auf.

Nazim dämmerte es erst jetzt, wie schlecht es um den Vater stand. Immer wieder aufschluchzend, barg er beim Heimhasten seine schmale Hand in die raue, große Hand der Mutter. Die ältere Schwester Nazims fiel in lautes Wehklagen, bis die Mutter sie anherrschte, still zu sein und lieber so schnell wie möglich nach Altit zum Bitan zu laufen.

Die schlechte Nachricht war ihnen schon vorausgeeilt, und als sie die Tragbahre mit Bechram vorsichtig beim Haus abstellten, war dort bereits eine große Schar von Nachbarn versammelt. Ehe Dschowari dies verhindern konnte, kniete bereits eine Nachbarin beim Verletzten und versuchte ihm eine getrocknete weiße Aprikose in den Mund zu stecken: „Lutsche sie, dann wird dein Mund nicht mehr trocken sein."

Eine andere Nachbarin schob sie beiseite und packte aus ihrer Tasche dünne, mit Aprikosen-Kernöl gebackene Fladen aus: „Die muss der Kranke zu sich nehmen, dann wird er gleich wieder zu Kräften kommen."

„Nein, ihr müsst ihm Sirup von Schikander-Aprikosen einflößen, das wird die Heilung unterstützen."

„Lasst doch von Bechram ab, ihr meint es gut, aber das ist alles nicht das Richtige für ihn." Mit zitternden Händen schob Dschowari die Nachbarn zur Seite: „Seht ihr nicht an seinen aufgesprungenen Lippen, dass er vor allem Wasser braucht!"

„Ja, unser Hunzawasser wird ihn heilen!"

„Was ist denn hier für ein Auflauf?" Unbemerkt war ein groß gewachsener Mann herangeritten und hatte sich vom Pferd geschwungen.

„Macht Platz für Massur Khan, unseren Wazir".

„Allah sei gelobt, dass du da bist, Schwager. Sieh, was deinem Bruder zugestoßen ist!"

Massur beugte sich über seinen um zwei Jahre jüngeren Bruder und ließ sich – immer wieder den Kopf schüttelnd – kurz nochmals alles erzählen, obwohl er vor wenigen Stunden beim König schon von einem Boten vom Verlust der Festung und der schweren Verwundung Bechrams gehört hatte.

Er wandte sich an die Schwägerin: „Es sieht mit Bechram nicht gut aus! – Übrigens wird auch der Mir gleich eintreffen, um seinem getreuen Verteidiger von Nilt trotz des Verlustes der Festung zu danken. Er weiß, dass es den Kanonen der Ingles wenig entgegenzusetzen gibt." Und kopfschüttelnd flüsterte er der Schwägerin zu: „Der Mir glaubt noch immer, dass er durch die Russen aus Taschkent Hilfe bekommt. Vor allem Gewehre und leichte Kanonen, um die Ingles wieder zu vertreiben. Und ich sage dir, wenn der russische Zar wirklich Truppen schickt, dann versuchen wir den Scheitan mit dem Belzebub auszutreiben, denn die Russen gehen dann von hier nicht mehr weg!"

„Ach, da kommt ja der Bitan!"

Dschowari war erleichtert, vor allem als sie sah, dass er auch seine besonders heilkundige Ehefrau mitgebracht hatte.

Bechram hatte man inzwischen ins Haus getragen, und die beiden Neuankömmlinge wiesen sofort die Neugierigen vor die Türe, denn im Haus war ja sowieso kaum Platz für mehr als zehn Personen.

Dschowari sah, wie beide Eheleute offensichtlich mit wenigen Blicken den Zustand des Patienten erkannt hatten und bedenklich den Kopf schüttelten. Der Bitan überließ aber seiner Frau den Vortritt. Diese wandte sich an Dschowari: „Bereite mir sofort von diesen Kräutern hier in meiner Tasche einen Absud, davon werden wir versuchen, ihm etwas einzuflößen. Es wird seine Schmerzen lindern, aber wie ich sehe, ist er ja kaum bei Bewusstsein. Gegen das Fieber machen wir ihm mit einem anderen Absud kalte Wickel. – Aber ich sage dir, ich glaube nicht, dass er den kommenden Morgen überlebt."

„Vielleicht kann ihm aber dein Mann helfen. Ich weiß, dass die Peris unserer Familie wohlgesinnt sind ..."

Der Bitan hatte inzwischen immer wieder durch den Lichtschacht nach oben geblickt, war auch zweimal vor das Haus getreten und begann nun mit lautlosen Lippenbewegungen in konzentrierter Haltung zu murmeln und gleichzeitig den Kopf merkwürdig zu schütteln. Schließlich blickte er mit trauriger Miene auf und sagte: „Die Peris können ihm wohl auch nicht mehr helfen!"

Nazim, der es noch immer nicht fassen konnte, dass sein starker, in unzähligen Polospielen unbesiegter und als kühner Jäger weitum geachteter Vater nun mit seinem zerschlagenen, blutigen Körper nur noch ein Stück Elend war, flüchtete vor die Hütte hinaus.

„Seht, der Tham selbst!"

Sofort sprangen die Nächststehenden herbei, hielten den schweißnassen, prächtigen Hengst an Zügel und Steigbügel und halfen dem König unter tiefen Verbeugungen aus dem Sattel. Auch der mitreitende Diener wurde ehrerbietig gegrüßt. Alle umstehenden Männer drängten herbei, um dem Tham die Hand zu küssen, was dieser nur widerwillig geschehen ließ.

„Wo ist Bechram?"

Massur trat vor die Hütte, begrüßte den König jedoch nur mit einer Verbeugung, was von den Umstehenden mit Erstaunen registriert wurde.

„Bechram geht es schlecht, er wird wohl den morgigen Tag nicht überleben!"

Nazim, der das hörte, schluchzte laut auf, wurde aber vom König, der ihn an seinem weißen Haarstreif als Sohn Bechrams erkannte, tröstend an sich gezogen.

„Sieh, mein Sohn, wir müssen uns alle dem Willen Allahs beugen. Dem Vater wird es im Paradies, in den Gärten der Huris, an nichts fehlen, ja er wird es dort viel schöner als hier auf Erden haben! Dir muss ich aber vor allem für deinen meisterlichen Pfeilschuss danken. Man hat mir berichtet, dass du es warst, der den Anführer der Ingles niedergestreckt hat. Das wird man sich noch nach hundert Jahren erzählen. Vielleicht hast du damit die Ingles sogar zum Rückzug gezwungen. Sie haben sich nämlich vorerst noch keinen Schritt weitergewagt. An Maiun werden sie sich sowieso die Zähne ausbeißen, und inzwischen kommen uns auch die Soldaten des mächtigen russischen Zaren zu Hilfe. Du wirst einmal den glänzenden Ruf der Diramitin-Sippe weiterverbreiten, da bin ich mir sicher. Komm, aber jetzt sehen wir, wie es deinem Vater geht."

Der König nahm Nazim bei der Hand und scheuchte Dschowari mit einer Handbewegung zur Seite: „Bechram, erkennst du mich?"

Beim vertrauten Klang der tiefen Stimme öffnete Bechram die Augen, rang seinem Gesicht ein müdes Lächeln ab und flüsterte: „Ich wollte sie vom Festungstor abhalten, aber es war schon zu spät."

Nach dieser Anstrengung fielen ihm die Augen zu und es umfing ihn wieder eine Ohnmacht.

Der König sah, dass er weiter nicht helfen konnte und verließ das Haus. Draußen hatte sich inzwischen das halbe Dorf, allerdings fast nur alte Männer, Frauen und Kinder eingefunden. Die jüngeren Männer waren alle in Maiun. Sie waren enttäuscht, dass der Tham ihnen nur kurz zunickte und sich nicht einmal in den Sattel helfen ließ. Barsch ersuchte er Massur, mit ihm zum Schloss hinaufzureiten.

„Wer ist denn jetzt der Kommandant unten in Maiun? Ach ja, Sarbaz Khan, er wird seine Sache schon gut machen. Ich glaube, dass die Ingles abziehen werden. Die Russen, wie mir Spione aus dem Wakhan sagen, sind zwar nirgends zu sehen, aber ich erwarte sie sicher im Verlaufe des Frühjahrs."

„Majestät, ich muss Euch bei dieser Gelegenheit meine schweren Bedenken gegen die Russen sagen. Da sind mir die Ingles viel lieber. Wie man drüben von Chitral und Swat hört, wo sie nun schon einige Jahrzehnte die Oberherrschaft haben, belassen sie die Fürsten alle in ihrem Amt. Ob das die Russen auch so machen, möchte ich anzweifeln. Besiegen können wir die Ingles, die inzwischen Herren von ganz Indien sind, sicher niemals."

Dem König gefiel diese Rede gar nicht. Er sah seinen Wazir misstrauisch an: „Und was ist die Meinung der Männer von Altit und Baltit?"

„Ich will aufrichtig sein: Wenige mit Weitblick sind voll meiner Meinung. Die Masse ist schwankend. Der Verlust der als uneinnehmbar geltenden Festung Nilt in nur einem Tag hat sie aber alle nachdenklich gemacht."

Der König gab seinem Pferd verärgert die Sporen und rief Massur über die Schulter zu: „Von meinem Wazir erwarte ich Loyalität!"

Die ganze Nacht wachten Dschowari, die Kinder und die Frau des Bitan am Lager des Todkranken, der gelegentlich aufstöhnte und vor Fieber glühte. Gegen Morgen sank das Fieber aber abrupt, und er fiel scheinbar in einen tiefen Schlaf. Unvermittelt stöhnte er aber auf, in wenigen Minuten war alle Farbe aus seinem Gesicht gewichen, und seine Züge hatten sich verändert. Dschowari warf sich schluchzend über ihn und ergriff seine plötzlich eiskalten Hände.

Die Heilerin zog sie sanft weg, drückte dem Toten die Augen zu und mahnte: „Kinder, nehmt in Ruhe Abschied von eurem Vater, bald werden die Nachbarn kommen."

Die Mädchen heulten laut auf. Nazim aber hielt es nicht mehr aus und lief mit einem furchtbaren Würgen im Hals hinaus, übersprang den großen Bewässerungskanal und hastete über die Geröllflanken hinauf, immer nur aufwärts. Wäre es Sommer gewesen, er hätte sich auf der Hochalm verkrochen.

Wie ein Lauffeuer verbreitete sich die Nachricht von Bechrams Tod, der aus der Sippe der Diramitin stammte, aus der auch immer wieder Wazire gewählt worden waren.

Der Kalifa wurde von einem Nachbarn offiziell informiert, hatte aber schon mit dem Tod Bechrams gerechnet und ein besonders sorgfältig angefertigtes Leichentuch vorbereitet. Er traf bereits nach einer Stunde mit einem Helfer ein, sprach als allererstes das muslimische Glaubensbekenntnis über dem

Verblichenen und hauchte ihm in beide Ohren. Sodann drehte er den Körper sorgfältig in die Richtung der Kaaba von Mekka.

„Bereitet mir bitte heißes Wasser und verlasst sodann alle das Haus. Ich werde den Verstorbenen selbst waschen und in das Leichentuch hüllen. Nachher könnt ihr wieder hereinkommen und endgültig Abschied nehmen."

„Was wollt ihr mit den Kleiderresten des Toten?", herrschte Dschowari die beiden Vetter Bechrams an, die sie aus der Ecke, wohin sie der Kalifa geworfen hatte, aufzulesen begannen.

„Es ist Brauch, dass sie gewaschen und an bedürftige Verwandte verschenkt werden."

„Aber das sind doch nur blutige Fetzen", schluchzte Dschowari auf. „Macht damit was ihr wollt."

Immer mehr Nachbarn und Verwandte trafen nun ein, um sich zu verabschieden. Massurs Frau, die um einige Jahre ältere Schwägerin Dschowaris, erinnerte die Anwesenden, dass es nun Zeit wäre, für die Sünden des Verblichenen zu beten und Allah um Verzeihung zu bitten. Der Kalifa zitierte die entsprechenden Suren, in deren Refrain alle einfielen.

Nun begann auch das unvermeidliche traditionelle ‚Wehklagen der Weiber', das von einigen darin geübten Frauen des Dorfes immer wieder verstärkt wurde, wenn es zu erlahmen drohte. Gleichzeitig schwenkten sie auch ihre Hände und Kappen immer wieder über den Toten, als besonderes Zeichen des Respekts und der Trauer.

Nazim war inzwischen zurückgekehrt und kauerte mit seinen Schwestern erschöpft in einer Ecke des Hauses.

Umgehend hatten entfernt Verwandte, wie es Brauch war, bereits mit dem Ausheben des Grabes begonnen, was im gefrorenen Boden eine schwere Arbeit war. Einige Burschen waren auch zum Suchen passender flacher Grabsteine ausgesandt worden.

Aus dem Gebetshaus war inzwischen auch die Totenbahre geholt worden, und der wieder eingetroffene Bruder Massur sowie andere männliche Familienangehörige schulterten die Trage und setzten sich in Richtung Friedhof in Bewegung. Nur

Männer begleiteten den Trauerzug; die Frauen und Mädchen blieben, wie üblich, inzwischen beim Trauerhaus. Zur Überraschung aller nahm der Trauerzug nicht den normalen, gewundenen Weg zum Dorf hinaus, sondern führte schnurgerade zur Mauer, die im Süden das Dorf umschloss. Hier hatte man wenige Stunden vorher einen Durchgang ausgebrochen.

„Nazim, damit soll dein Vater besonders geehrt werden. Es geschieht dies im Auftrag des Thams."

Massur, der über die Abwesenheit des Königs erstaunt war, meinte nur, dass er wahrscheinlich unten in Maiun sei, um den Männern des belagerten Sperrforts Mut zuzusprechen.

Am Friedhof wartete schon der Kalifa und legte zusammen mit einem Helfer den Körper in das Grab, wobei er das Gesicht des Toten nach Westen, in Richtung Mekka, ausrichtete. Sodann wurden Steinplatten über die Grabstätte gelegt, und der Kalifa begann mit einem Reisigbesen sämtliche Fußabdrücke der Trauernden rund um das Grab zu verwischen, denn „keine Spuren sollen die Ruhe des Toten stören", wie Massur dem wieder aufschluchzenden Nazim erklärte.

In den nächsten Tagen kamen immer wieder Verwandte und Nachbarn, um Beileid zu sagen und brachten Scherbet, Fladenbrote, Mehl, getrocknete Aprikosen und Yoghurt, denn die Hausleute durften erst am vierten Tag nach dem Sterbedatum wieder selbst kochen und Lebensmittel aus eigenen Vorräten zu sich nehmen.

Am dritten Tag wurde das Haus gründlich gesäubert, und Dschowari hielt die Mädchen, obwohl es draußen bitterkalt war, zum Haarewaschen an, was sie auch selbst tat. „Ihr müsst euch an den Brauch halten. Und greift ja nicht in die Erde oder berührt etwas Schmutziges, es würde der Totenseele schaden."

Einige Tage später kamen auch die weit entfernt lebenden Verwandten. Und am siebenten Tag nach dem traurigen Ereignis musste praktisch für das gesamte Dorf ein Totenmahl ausgerichtet und auch an die Armen Speisen verteilt werden – dies war für das Ansehen einer wohlhabenden Familie unerlässlich.

„Nazim, du musst zwei Ziegen zum Schlachten auswählen",

meinte die Mutter. „Ich bräuchte vier Hände, so viel habe ich zu tun. Für den Kalifa muss ich noch eine Stoffbahn als Lohn für seine Mühe herrichten; Lebensmittel hat er ja schon bekommen."

Es waren aber auch zwei Boten des Königs eingetroffen, welche Dschowari mehrere Gewänder als Geschenk überreichten: „Ich habe mich schon gefragt, ob der Mir diesmal, wo doch der Feind vor unseren Dörfern steht, daran denken wird, uns Trauerkleider zu schenken, wie es für uns ‚Diramitin' die Sitte verlangt", meinte sie zu den Kindern.

„Der Tham lässt auch Nazim noch einmal seinen Dank für den großartigen Pfeilschuss sagen und ihm ausrichten, dass er tatsächlich den Oberbefehlshaber der Ingles getroffen und schwer verletzt hat. Der Offizier liegt nun schon seit mehr als einer Woche in Gilgit darnieder – es geht ihm nicht gut."

Massur, der wenige Stunden später am Weg nach Maiun vorbeigeritten kam, bestätigte, was die Boten gesagt hatten und wusste auch den Namen des britischen Kommandanten, der so ähnlich wie ‚Durand' klang.

„Dass du mir aber ja nicht wieder ausreißt!", packte er Nazim an der Schulter, der sich seinem Griff zu entwinden suchte. „Es reicht, wenn dein Vater für den König gestorben ist!"

„Dafür habe ich ihn aber durch die Hand meiner Peri rächen können", bemerkte Nazim stolz.

„Ja, ja. Dschowari, lass ihn ja nicht aus den Augen. Die Ingles stehen nun schon fast zwei Wochen vor Maiun und werden wohl bald wieder angreifen."

„Werdet ihr die Befestigung überhaupt halten können?"

„Dschowari, ich sage dir im Vertrauen" – Massur senkte seine Stimme, sodass nur sie ihn hören konnte – „vielleicht einige Monate, auf die Dauer aber nicht. Die Ingles brauchen nur im Frühjahr mit ihren großen Kanonen anrücken, wozu sie allerdings eine Straße bauen müssen, dann können sie alles in Grund und Boden schießen. Der König hofft übrigens noch immer auf Hilfe durch die Russen …"

Die kleine britische Streitmacht hatte während der letzten

Wochen, nachdem der Schock des Ausfalles ihres Kommandanten überwunden war, fast jeden Tag das Terrain um Maiun erkundet. Man konnte sich aber nur außerhalb der Gewehrschussweite an die steilen Klippen unterhalb der befestigten Mauerwälle heranwagen und auch im Flussbett war es zu gefährlich.

Wenn die Hunzakuts in der Nacht Geräusche hörten, rollten sie sofort Feuerbälle herab, um das Flussufer auszuleuchten. Auch die Flanken hatten die Verteidiger inzwischen mit mehreren hundert Mann besetzt. Sie hielten dort trotz grimmiger Kälte scheinbar problemlos Tag und Nacht aus und hatten Stellungen bis unter die Abstürze des Shilimar bezogen. So sah der britische Kommandant keinen anderen Weg, als doch durch eine der unbegehbar scheinenden Schluchtrinnen im toten Winkel für die Schüsse der Verteidiger einen Angriff zu versuchen. Dazu musste aber einmal ein genauer Weg erkundet werden. Freiwillige für ein solches Unternehmen gab es genug – aber darunter waren wenige geeignete Männer. Schließlich konnte man im Sepoy-Regiment einen besonders gewandten Kletterer finden, der aus dem Gahrwal-Himal stammte.

Er begann sofort Nacht für Nacht mit seinen Erkundungsgängen und durchstieg dabei katzengleich und lautlos bis zu dreihundert Meter hohe Klippenwände. – Und tatsächlich, nach mehreren halsbrecherischen Erkundungsgängen fand er eine Route, auf der man auch weniger geübte Soldaten mitsamt ihren Waffen nach oben führen konnte.

Schon einen Tag später führte der Garhwali an die hundert Mann eines berggewohnten Kaschmir-Regiments im Schutz der Nacht den schwierigen Pfad hinauf. Sie wurden erst entdeckt, als sie schon den größten Teil des Weges hinter sich hatten und nun auch nicht mehr in der Sturzbahn der tödlichen Steinlawinen der Verteidiger lagen. Direkt unterhalb der Brustwehren, praktisch im toten Sichtwinkel, gab es einige gute Sammelplätze. Hier pflanzten sie die Bajonette auf, rissen Breschen in die Brustwehr und verteilten sich dahinter blitzschnell nach beiden Seiten. Die dort wachenden Nagerkuts waren so überrascht, dass sie so gut wie gar nicht an Gegenwehr dachten.

Es fiel auch kaum ein Schuss. Nun folgte sofort ein größeres Kontingent mit Leitern und Seilen, und in weniger als zwei Stunden war der ganze Spuk vorüber. Die in der Nähe postierten Verteidiger ergaben sich. Die meisten konnten aber, gewandt wie die Steinböcke, über die steilen Felshänge sofort außer Gewehrreichweite flüchten, da die Briten nicht imstande waren, ihnen in diesem extremen Gelände zu folgen.

Am nächsten Morgen wachte Nazim durch Pferdegetrappel auf, und gleich darauf lehnte sein Onkel Massur erschöpft in der Tür: „Die Ingles haben Maiun erobert und werden wohl bald auch hier durchkommen."

„Wir müssen uns wehren!", sprang Nazim auf.

„Das lass lieber bleiben! Ihre Übermacht ist zu groß! Und wie man von Gilgit weiß, sind sie gar keine so schlechten Herren, denn sie belassen die Fürsten in den eroberten Ländern in ihren Rechten."

„Das könnte uns ja recht sein", meinte Dschowari, „aber was ist mit dem König?"

„Ich weiß nicht recht. Vor drei Tagen ist aus Taschkent Nachricht gekommen, dass heuer keine Hilfe mehr zu erwarten ist, was wir inzwischen ja längst selbst festgestellt haben. Im Gegensatz zum König habe ich sowieso nie daran geglaubt. Er hat den Ingles immer wieder mit den Russen gedroht, und ich vermute, dass sie ihm das ziemlich übel nehmen werden."

„Vielleicht ist es das beste, wenn er sich zu unseren chinesischen Freunden nach Kashgar absetzt."

„Du bist eine kluge Frau", wandte sich Massur an seine Schwägerin, was diese mit einem leichten Erröten quittierte.

Der sensible Nazim nahm die positive Spannung zwischen den beiden instinktiv wahr, was ihn unbehaglich stimmte: „Vater hat aber bis zu seinem Tod gegen die Fremden gekämpft!", rief er zornig.

Als ihm Massur beruhigend über den Haarschopf fahren wollte, flüchtete er ins Freie.

„Wir werden es mit ihm nicht ganz leicht haben."

„Was meinst du mit ‚wir'?", blickte Dschowari verlegen auf.

„Nun, es ist zwar noch zu früh und Trauerzeit, aber wie es

Brauch ist, denke ich doch, meine ehemalige Schwägerin demnächst zu fragen, ob sie meine zweite Frau werden möchte."

Dschowari senkte den Blick und erwiderte erst nach einer Weile: „Und was wird Asor sagen?"

„Die muss sich, wie es eben Sitte ist, fügen. Außerdem behältst du hier natürlich dein eigenes Haus. – Ich habe furchtbaren Durst, gib mir einen Trunk Wasser. Ich muss sofort weiter hinauf ins Schloss."

Wenig später oben angekommen, fand Massur einen kopflosen Tschokidar vor, der die Diener mit unnützen Befehlen hin und her jagte. „Ein Glück, dass wenigstens du da bist, Herr. Stell dir vor, der König ist noch gestern Abend mit nur zwei Packpferden, zwei Mann seiner Leibwache und zwei Dienern in Richtung Norden aufgebrochen. Wie ich höre, hat er sich unten am Fluss mit dem Kronprinzen von Nager getroffen – dessen Vater ist ja schon sehr alt und gebrechlich. Er hat nur eine kleine Truhe mit Kleidungsstücken und mehrere Beutel mit Goldstaub mitgenommen. Er hat mir gesagt, dass die Ingles bald hier eintreffen und ihm wahrscheinlich sehr übel nehmen würden, dass er die Russen zur Hilfe holen wollte. Er fürchtet um sein Leben! – Und seine Familie hat er einstweilen nach Shimshal geschickt, wohin die Ingles nicht so schnell gelangen können."

„Da wird er sich wohl über Misgar und den Kilik-Pass hinüber nach Kashgar zu unseren chinesischen Freunden absetzen."

„Vielleicht solltest du als der Minister des Königs auch flüchten," war der Kastellan besorgt, „du hast auch gegen die Ingles gekämpft."

„Da mache ich mir keine großen Sorgen. Sie sind ritterliche Gegner, wie wir das seit der Eroberung von Gilgit beobachten konnten. Sie brauchen wohl auch jemanden, mit dem sie verhandeln können."

„Oh Herr, dann wirst du sicherlich unser nächster König sein."

„Unsinn, du weißt doch, dass ein solcher vom Volk nur aus der geheiligten direkten Verwandtschaft anerkannt würde. Vielleicht sein Vetter Naber Schah, der wäre für den Thron gut geeignet."

„Und die Zügel hält weiterhin der Wazir in den Händen", flüsterte der Tschokidar, verschmitzt lächelnd. Nach kurzer Nachdenkpause fügte er noch an: „Herr, ich bin ein alter Mann, mir kann nicht viel geschehen. Vielleicht ereilt den König jetzt zu Lebzeiten noch die gerechte Strafe dafür, dass er seinerzeit wohl selbst die Finger dabei im Spiel hatte, dass seine beiden älteren Brüder auf mysteriöse Weise verschwunden waren und plötzlich er auf den Thron kam."

„Pst, das sind doch nur Gerüchte! Aber Allahs Mühlen mahlen langsam und gerecht. Da muss ich dir zustimmen."

„Herr, ich glaube auch, dass die Peris schon längst ihre schützende Hand von ihm genommen haben, denn es ist das erste Mal in unserer Geschichte, dass wir Hunzakuts besiegt wurden."

„Na ja, ich glaube eher, dass unsere Verbündeten, die Nagerkuts, viel Schuld daran tragen, denn vor allem in Maiun haben sie doch das Hauptkontingent der Verteidiger gestellt. Aber, was die Peris betrifft, so war es wahrscheinlich wirklich ein Fehler, sie durch die Bitans nicht vor der Verteidigung von Nilt befragen zu lassen, sie hätten uns sicherlich wertvolle Ratschläge gegeben. – Aber genug der Spekulationen, es ist höchste Zeit, dass du möglichst viele Wertgegenstände aus dem Schloss in Sicherheit bringst, denn ich erwarte die Ingles bis spätestens morgen Mittag."

Und so war es auch. Eine etwa hundert Mann starke Kaschmiri-Kompanie unter einem britischen Captain, die den Befehl hatte, den König zu verhaften, tauchte schon am nächsten Tag in Baltit auf.

Die Schießscharten und Mauern des Schlosses schienen unbesetzt, und so vermuteten die Ingles mit Recht, dass ihnen auch hier kein Widerstand geleistet würde, wie das zu ihrer Überraschung in den letzten Tagen auch beim Anmarsch durch die Dörfer der Fall war. Die Bevölkerung war zwar sehr zurückhaltend, aber nicht feindselig, vor allem als die fremden Soldaten für getrocknete Aprikosen und gelegentlich einige Ziegen mit guten indischen Silberrupien bezahlten.

Auf das Pochen am Tor öffnete der Tschokidar und gab dem Militär-Dolmetscher die Auskunft, dass der König das Schloss schon längst verlassen habe.

„Wir werden trotzdem jeden Winkel durchsuchen. Los!"

Der Captain stieg inzwischen auf das Flachdach des im tibetischen Stil errichteten eindrucksvollen Gebäudes mit seinen mächtigen Mauern. Beim Begehen der verwinkelten Treppen wurde ihm ein wenig unheimlich, als er die riesigen Steine sah, die über den Stiegenaufgängen hingen und – durch eine sinnvolle Einrichtung ausgelöst – jeden unerwünschten Besucher zermalmen könnten. Beeindruckt erreichte er das Flachdach mit einem kleinen Pavillon, in dem der König offensichtlich in der warmen Jahreszeit Hof hielt.

Vom prachtvollen Ausblick, der sich ihm von hier oben bot, war er überwältigt: Direkt hinter dem Schloss baute sich hautnah der gewaltige Ultar drohend mit seinen Hängegletschern und drei Gipfeln auf. Talauswärts erstreckte sich aber die gepflegte Terrassenlandschaft beiderseits des tief eingeschnittenen Hunzaflusses.

Der Kastellan, den der Captain aus Sicherheitsgründen mitgenommen hatte, ließ durch den Dolmetscher sagen, dass es wirklich schön aber erst im Sommer sei, wenn die Äcker grün würden oder in zwei, drei Monaten, wenn die vielen Aprikosenbäume ihre rosaroten Blüten angesetzt hätten.

Aber nicht genug: Abgeschlossen wurde das fantastische Landschaftsbild gegen Süden durch den breit hingelagerten, mächtigen Rakaposhi mit seinen ausgedehnten Gletscherflächen. Und rundum standen noch fünf weitere, unglaublich hohe Gletscherberge, die sich der Dolmetscher zu benennen bemühte.

Der Tschokidar hielt mit seinem Wissen nicht zurück, dass auf jedem dieser Gletschergipfel die Peris, die gütigen Feen säßen, die das Hunzaland vor allen bösen Mächten beschützten.

„Da siehst du also, dass wir keine bösen Eindringlinge sein können, denn sonst ließen mich die Peris, oder wie sie heißen, nicht hier neben dir stehen."

„Und wie ist es mit dem Pfeilschuss, der euren Kommandanten niedergestreckt hat?"

Darauf erwiderte der Offizier nichts, sondern wandte sich wieder der Rundsicht zu, von der er sich kaum losreißen konnte. Er nahm sich vor, so lange wie möglich als Kommandant der Besatzungseinheit hier zu bleiben.

Ein Sergeant störte seine Betrachtungen mit der Meldung, dass vom Radscha nichts zu sehen sei. Gleich darauf flüsterte ein Diener dem Tschokidar etwas ins Ohr. Aufgebracht fuhr er den Captain an: „Deine Soldaten plündern das Schloss!"

„So? Da werde ich gleich selbst Nachschau halten". Und wieder unten beim Ausgang: „Sie haben doch nur einige Kleinigkeiten wie Silberbecher, Kupferkrüge und ein paar alte Säbel und Dolche an sich genommen."

Der Captain tat dies mit einer Handbewegung ab und gab dem Alten zu verstehen, dass dies das Recht der Sieger sei. „Und außerdem – Britische Truppen plündern nicht!"

Mit der kurzen Beschaulichkeit war es vorbei: „Sergeant, machen Sie die Kompanie sofort marschbereit! Wir müssen die Verfolgung des Königs sofort aufnehmen! Wahrscheinlich wird er sich Richtung Norden nach China absetzen wollen."

Da die Sonne allerdings schon recht tief stand und der weitere Weg nur unten am Hunzafluss im unübersichtlichen Schluchtengelände erfolgen konnte, musste der Captain seinen Befehl jedoch bald widerrufen: „Lager am Poloplatz beziehen. Und dass mir ja keiner in die Häuser eindringt. Wir müssen versuchen, die Leute hier als Freunde zu gewinnen."

Üble Nachrede wegen Plünderung gab es nach dieser Nacht zwar keine, die Ingles waren bei den Leuten von Baltit aber auf Jahre hinaus nicht gut angeschrieben, weil sie rücksichtslos mehrere Aprikosenbäume in der Nachbarschaft des Lagerplatzes umgesägt hatten, um Brennholz für die Lagerfeuer zu haben. Auch als der britische Kommandant der kleinen Streitkräfte, die für einige Zeit nach Hunza verlegt wurden, nach einigen Monaten sogar Schadenersatz für die Bäume leistete, war immer noch zu hören: „Die Ingles sind brutale Barbaren!"

Am nächsten Morgen nahm der berittene Teil der britischen Streitkraft die Verfolgung des geflohenen Königs Naber Schah und des Kronprinzen von Nager wieder auf. Schon der nicht einfache Abstieg hinunter ins Flusstal und sodann die weitere Strecke im teilweise mit Eis glasierten Geröll neben dem Hunzafluss ließ aber die Hoffnung, die beiden eventuell einzuholen, immer mehr schwinden. Der Captain gab aber nicht auf, denn man konnte nie wissen, auf welche Hindernisse die Flüchtenden selbst gestoßen waren. Als Rosse und Reiter nach einer eisigen Biwaknacht total erschöpft schließlich am darauf folgenden Tag Passu erreichten, begannen sie dennoch sofort, die Häuser zu durchsuchen. Als ihnen aber von mehreren Seiten glaubhaft versichert worden war, dass der König schon vor zwei Tagen hier mit wenigen Bediensteten und einigen Packpferden vorbeigekommen war und den Weiterweg nach Shimshal eingeschlagen habe, gaben sie die Verfolgung auf.

Darin wurde der Captain besonders durch die genaue Schilderung der Wegverhältnisse nach Shimshal durch seinen Dolmetscher bestärkt: „Sir, auf dieser Route können wir ihnen nicht einmal folgen. Der Pfad ist gleich hinter Passu nämlich in die lotrechten Felswände oberhalb des Shimshalflusses etwa eine Meile lang mit kunstvollen, aber äußerst labil konstruierten Stützmauern regelrecht hineingeklebt. Ich habe eben erfahren, dass die Schar den Weg hinter sich zerstört hat, was ihnen sicherlich ein Leichtes war. Nun dauert es mindestens zwei, drei Wochen, den Pfad wieder instand zu setzen."

König Naber und sein Begleiter aus Nager waren nie in Sorge, dass die Briten sie einholen könnten. Je weiter sie sich von Baltit entfernten, desto mehr wurden sie sich aber der Tatsache bewusst, dass es vielleicht eine Flucht ohne Wiederkehr sein könnte.

Von den Shimshali wurde ihr ‚Tham' ehrerbietigst empfangen und zum längeren Verweilen eingeladen. Die Dörfler konnten sich gar nicht vorstellen, dass die Briten wirklich bis zu ihnen, in den hintersten Winkel des Hunzalandes, vordringen könnten.

„Ich fürchte leider, dass sie uns auf den Fersen bleiben werden."

„Das ist durchaus möglich", räumte einer aus dem Rat der Ältesten ein. „Wir müssen den zerstörten Pfad hinaus nach Passu auch bald wieder reparieren, ist er doch unsere Lebensader für Handel und Versorgung."

Der König, der so etwas wie ‚Verteidigen bis zum letzten Blutstropfen' zu hören erwartet hatte, musste schmerzlich feststellen, dass er bereits den Makel des Besiegten trug, und auch sein Begleiter machte sich keine weiteren Illusionen.

So brach die kleine Karawane schon nach zwei Tagen auf, um vorerst den hohen, aber fast schneefreien Shimshal-Pass zu überschreiten. Bereits dort, in Nähe der chinesischen Grenze wussten sie sich vor den Briten sicher, die es nicht wagen würden, chinesisches Gebiet zu betreten.

Naber besaß in dieser Gegend im Almenbereich sowie an anderen Stellen, die schon auf chinesischem Boden lagen, ausgedehnte Weideländereien mit mehrere Yakherden. Er wagte jetzt aber nicht, diese aufzusuchen.

Kashgar war aber nicht so schnell zu ereichen. Vorerst mussten sie drei Tage lang dem Grenzverlauf nach Norden folgen, bis sie auf die übliche Route stießen, die am Mintaka-Pass die Grenze überquerte. Immer wieder trafen sie hier auf Yurten der Kirgisen, die dem König von Hunza mit einem bescheidenen Zins in Gestalt von Wolle sogar tributpflichtig waren. Höchst erstaunt wurde der hohe Besuch überall ehrerbietig willkommen geheißen.

Schließlich erreichten sie auf einem nun schon viel begangenen Karawanenweg Tashkurgan, das erste richtige Dorf auf chinesischer Seite mit einer kleinen Zitadelle und befestigten Mauern. Als sie durch den bescheidenen Basar ritten, gab es großes Aufsehen und immer wieder wurde dem ‚Mir' die Hand geküsst. Am nächsten Tag musste der Tschitschikli-Pass mit seinen weiten Moränenhängen überschritten werden. Und erst nach weiteren sieben anstrengenden Tagen, die dem König sehr zusetzten, da er so lange Ritte nicht gewohnt war, tauchte in der nunmehr wüstenhaften Landschaft das Grün der Oase von Kashgar mit seinen wuchtigen Mauern vor den Flüchtlingen auf.

Naber war sich sicher, vom Mandarin mit allen Ehren empfangen zu werden, hatte er doch jedes Jahr, einer alten Tradition folgend, eine Delegation mit einem kleinen Beutel Goldstaub zur ‚Festigung der freundschaftlichen Beziehungen' nach Kashgar geschickt. Umgekehrt war die Gesandtschaft immer mit einigen Seidenballen und oft auch Yadeschmuck für die Königin und die Prinzessinnen reich beschenkt zurückgekehrt.

Naber Schah war selbst noch nie am Sitz des Mandarin gewesen und fühlte sich mit seiner armseligen Begleitmannschaft nicht besonders wohl. Um wenigstens persönlichen Eindruck zu machen, entnahm er der mittransportierten Truhe ein Seidengewand mit einem lila Samtgürtel chinesischer Machart samt einer mächtigen goldenen Gürtelschließe, die mit Türkisen und Korallen besetzt war.

Obwohl er einen Diener vorausgeschickt hatte, war er verwundert, keine Ehreneskorte am Stadttor zu seinem Empfang vorzufinden. Als sie schließlich in den Hof des Mandarin-Amtssitzes einritten, wurde das große Tor hinter ihnen sofort geschlossen. Der König musste sich von seinen eigenen Dienern aus dem Sattel helfen lassen, und ehe er sich noch so richtig den Staub aus den Kleidern klopfen konnte, trat ein Offizier mit zwei Soldaten und einem Dolmetscher aus dem Wachhaus und erklärte beide Herren im Namen des chinesischen Kaisers für verhaftet.

„Führe mich sofort zum Madarin!"

„Dieser wird euch in angemessener Zeit eine Erklärung für den Grund der Verhaftung zukommen lassen …!"

Nach mehreren Tagen wütender Bemühungen des Königs um eine Aussprache mit dem Mandarin ließ sich dieser schließlich herab, ihn zu empfangen. Seine Erklärung gipfelte darin, dass eindeutige Beweise eines Verrates vorlägen: „Wir haben mehrmals Botschaften nach Tadschikistan zum Vertreter des Zaren abgefangen. Sie enthielten nicht nur eure Bitte um Waffenlieferung, sondern auch um die Entsendung russischer Soldaten. Dabei seid ihr Hunzakuts und die Nagerkuts doch eindeutig Vasallen unseres erhabenen Himmelssohns in Peking!"

Der König konnte noch so viel auf die alte Freundschaft verweisen, der Mandarin blieb hart. Als man ihm, der immerhin mehrere Räume mit seinen Dienern bewohnen konnte, heimlich hinterbrachte, dass am vergangenen Tag eine Delegation der Briten erschienen sei, schwante ihm nichts Gutes.

Schon nach drei Tagen ritten die Briten aber wieder nach Süden zurück. Sie führten den Kronprinzen mit sich.

Naber Schah fiel ein Stein vom Herzen. Der Mandarin empfing ihn aber gar nicht mehr, sondern ließ ihm ausrichten, dass er ein freier Mann sei und künftig als Untertan der Himmelspforte auf chinesischem Gebiet bleiben könne, weil er ja hier Besitzungen habe. Im Übrigen teilte er ihm mit, dass sein Vetter Dschabir Khan von den Briten als neuer König eingesetzt und, wie man höre, von den Hunzakuts bejubelt würde. Aus alter Freundschaft habe er ihn nicht an die Briten ausgeliefert. Diese hätten übrigens zugesichert, über den neuen Mir – so wie immer – den jährlichen Tribut an Goldstaub zu entrichten.

Einige Wochen später erhielt Naber die Nachricht, dass der Prinz von Nager von den Briten nicht hingerichtet, sondern irgendwohin nach Kaschmir deportiert worden wäre …

## *II*

„Asor, du bist in letzter Zeit oft so niedergeschlagen. Dabei kannst du deine Sorgen nun vergessen, nachdem dein Mann von Dschabir Khan als Wazir bestätigt wurde. Wir hatten alle im Dorf richtig vermutet, dass er auf einen so erfahrenen Mann nicht verzichten kann. Komm doch morgen Nachmittag auf einen kleinen Tratsch zu mir herüber. Ich glaube, wir können es uns erstmals in diesem Jahr oben am Flachdach gemütlich machen. Die Märzensonne ist schon recht warm. Außerdem beginnen rundum die Aprikosen zu blühen."

Die für ihren Redefluss bekannte, aber sonst von Asor geschätzte Nachbarin nahm ihren Messingkrug auf und ließ Asor gar nicht ablehnend zu Wort kommen. Dieser war es nicht unangenehm, sich mit jemandem aussprechen zu können. Auch sie hatte inzwischen ihren Krug an der Zisterne gefüllt, der vom Bewässerungskanal gespeist wurde, und gab mit einem

Kopfnicken zu verstehen, dass sie morgen kommen würde und eilte ihrem Haus zu. Es war etwas größer als jene der anderen, lehnte sich aber ebenso eng an die Burg.

Am Rand des Steilabbruchs zum Hunzafluss drängten sich hier auf einem ebenen Plateau an die vierzig Häuser im Halbkreis um die ehrwürdige Festung von Altit, dem wahrscheinlich ältesten Siedlungsplatz im Hunzaland. Hier hatten die ersten Könige schon vor achtundert Jahren residiert. Das wesentlich geräumigere, eine knappe Gehstunde entfernte Schloss von Baltit konnte hingegen erst auf eine sechshundertjährige Vergangenheit zurückblicken und war nun schon lange Sitz der Könige von Hunza.

Angetan mit der bunt bestickten ‚Blumenkappe' samt lose darübergelegtem Seidenschal und einem Säckchen von geschälten Aprikosenkernen als Geschenk fand sich Asor am nächsten Tag bei der Nachbarin ein, die sie schon neugierig erwartete.

Allen im Dorf war ziemlich klar, dass Massur seine verwitwete Schwägerin oben in Baltit heiraten würde, und niemand hätte eine Begründung anzuführen gewusst, die Asor dagegen hätte ins Treffen führen können. Es war eben ungeschriebener Brauch, dass nach dem Tod eines Bruders dessen Witwe von ihrem Schwager geheiratet wurde. Vor allem dann, wenn minderjährige Kinder vorhanden waren. Das traf noch auf eine der beiden Töchter und auf Nazim zu, der allerdings für sein Alter schon als überdurchschnittlich reif galt. Außerdem stand es jedem treuen Anhänger des Islam frei, bis zu vier Frauen zu ehelichen, wenn er sie nur standesgemäß ernähren und versorgen konnte.

Asor war froh, ihr Herz ausschütten zu können, und unter Schluchzen brach aus ihr heraus: „Dabei hat er mir immer versichert – obwohl er sich das als Wazir ohne weiters hätte leisten können – nie eine zweite Frau heiraten zu wollen. Dschowari ist jünger als ich und hat ihm wahrscheinlich schon immer schöne Augen gemacht."

„So darfst du das nicht sehen, sie kann ja nichts für den Tod von Bechram. Und gäbe es keinen Bruder ihres Mannes, so stünde sie jetzt ohne Versorgung mit ihren Kindern da."

„Ach, die Mädchen können schon gut zupacken, und Nazim ist sowieso eine Ausnahme. In wenigen Jahren ist er ein starker junger Mann." Und wieder aufschluchzend: „Wenn die Schwägerin hier einzieht, dann wird sie den Ton angeben, und alles wird sich um die Jüngere drehen. Wenn wenigstens unsere beiden Töchter nicht schon fortgeheiratet hätten! Außerdem wird er Nazim nun bevorzugen, da wir selbst keine Söhne haben."

„Täusche dich nicht, der Bursche wird sicher ganz rasch seine eigenen Wege gehen. Er ist ganz anders als seine Altersgenossen. Und außerdem wirst du sehen, dass sie in dein Haus nicht einziehen werden. Auch Dschowari wird es so wollen. Als Wazirs-Familie könnt ihr euch doch zwei Häuser leisten."

Nochmals aufschluchzend beruhigte sich Asor langsam, und das Gespräch drehte sich bald um die sensationellen Ereignisse rund um die Flucht des alten und die Einsetzung des neuen Königs.

Nazim ahnte schon, was kommen würde, als ihn seine Mutter nach einigen Wochen einmal zu sich heranzog, um ihm schonend mitzuteilen, dass sie im kommenden Winter die zweite Frau seines Onkels würde. Wütend riss er sich aus der ungewohnten Umarmung los: „Wie kannst du nur so rasch unseren Vater vergessen!"

Aufschluchzend lehnte er sich dann doch wieder an sie und stieß unter Tränen hervor: „Ich bin froh, wenn ich bald auf die Ter hinauf kann. Vater hat mir ja versprochen, dass ich heuer das erste Mal die Ziegen und Schafe hüten darf. Ich will hier unten nichts mehr sehen und hören."

„Ja, ja, das sollst du, obwohl du einer der Jüngsten sein wirst. Auf der Alm habt ihr Burschen ja untereinander immer viel Spaß. Auch werden sie dich als Helden von Nilt respektieren und vom alten Sahur wirst du außerdem viel lernen können."

„Die Freunde interessieren mich überhaupt nicht. Sahur, ja, der weiß – so wie Vater – sehr viel!"

„Nun ja, jedenfalls wirst du nicht alleine die große Ziegenherde aus unserem Dorfsprengel betreuen können. Ihr werdet mindestens zu dritt sein müssen, denn es werden sicher achtzig Ziegen, davon zwanzig Milchziegen, und mehrere Schafe sein. Unsere beiden Milchkühe bleiben ja daheim, damit wir hier auch Milch haben. – Außerdem vertragen sich, wie die Hirten und Jäger immer wieder behaupten, die Peris mit den Kühen nicht", merkte die Mutter noch etwas sarkastisch an.

Vor dem Almauftrieb ging es in den Hunzadörfern immer geschäftig zu. Die für die jeweilige Alm bestimmten Milchziegen wurden gemeinsam auf eine eingezäunte Weide getrieben und einige Tage unter Aufsicht gemolken, wobei von jeder Ziege die Milchmenge mit Kerben auf einem Stock festgehalten wurde. Das war dann die Grundlage für die spätere Aufteilung der Milch und Butter, weil ja oben auf der Ter alle Tiere gemeinsam gemolken wurden.

In allen Häusern wurden für die Hirten eifrig spezielle Brote gebacken. Auch jene Familien, die niemanden auf die Alm entsandten, verteilten Brote und auch getrocknete Aprikosen an die jungen Leute. Verabschiedet wurden sie traditionell mit den Worten: „Die Ziegen und Schafe sind in eurer Hand!", worauf die Hirten antworteten: „Nein, in Allahs Hand!"

Auch Nazim ließ es sich nicht nehmen, den schweren Buckelkorb mit seinen Habseligkeiten und Lebensmitteln für die nächsten eineinhalb Monate den steilen Weg zur Ter hinaufzutragen, wobei er natürlich auch Bogen und Pfeile bei sich hatte.

Auf der zu Nazims Sippe gehörenden Alm waren sie dieses Jahr sogar zu sechst, fünf Burschen und der schon recht betagte Sahur, Großvater eines der Jungen.

Obwohl Nazim der Jüngste und körperlich scheinbar auch der Schwächste war, getraute man sich doch nicht so recht, ihn zu hänseln, was nun einmal die Jüngsten immer ertragen mussten. Grund dafür war sein legendärer Pfeilschuss und auch das hartnäckige Gerücht, dass er mit den Peris auf besonders gutem Fuß stünde. Nur den Spitznamen ‚Weißschopf' musste er sich gefallen lassen, aber das war er von Kind an schon gewöhnt. Den zu erwartenden Neckereien wegen seines zu großen Bogens, den er noch immer nicht ausreichend spannen konnte, versuchte er dadurch zuvorzukommen, dass er jeden Tag heimlich mit schweren Steinen Kraft trainierte.

Hier oben befand man sich im direkten Reich der Peris, die nichts Unreines dulden, und so mussten auch die Trinkschalen, Kochgefäße und Kürbisflaschen, die vom Tal heraufgebracht wurden, vor dem ersten Gebrauch mit Wacholder-Rauch gereinigt werden.

„Du weißt ja", wandte sich Sahur an seinen jüngsten Schützling, „dass die Peris hier oben in ihrem Reich möglichst keine Frauen sehen wollen, denn auf die sind sie eifersüchtig!", flüsterte er ihm ins Ohr, als ob die Feen das nicht dennoch hören würden. „Du musst also auf den Besuch deiner Mutter verzichten. Ganz rasend werden sie übrigens, wenn eine unreine Frau, die gerade den Mondfluss hat, in ihr Reich vordringen würde. Dass die Peris keine Kühe auf den Almen dulden wollen, hat seine Ursache auch darin, dass die Kühe unten im Tal von den Frauen gemolken werden. Daher melken wir Männer daheim immer die Ziegen und Schafe, die ja im Sommer auf die Alm gebracht werden."

„Ich stelle mir so eine Peri wunderschön vor", bemerkte Nazim träumerisch. „Glaubst du, dass ich einmal eine sehen werde?"

„Wünsche dir das lieber nicht, denn sie sind so überwältigend schön, dass dir dann fast kein anderes weibliches Wesen mehr gefällt. Die Bitans berichten auch immer wieder im engen Freundeskreis, dass sie damit ihre Probleme haben."

„Ich brauche sowieso keine Frauen!"

Das Melken der Ziegen machte Nazim Spaß, vor dem Buttern drückte er sich aber nach Möglichkeit, denn das stundenlange Walken des mit Milch gefüllten Ziegenbalgs über den Knien war ihm zu langweilig.

Er entpuppte sich überhaupt, wie von den Kameraden auch kaum anders erwartet, als Einzelgänger. So nahm er auch an den üblichen Spielen wie Tauziehen oder Steineheben kaum teil. Am ehesten war er beim Schießen mit Pfeil und Bogen oder mit der Steinschleuder dabei, da waren aber die anderen froh, wenn er oft nicht mittat, weil er fast immer Sieger wurde.

Was Nazim besonders gerne tat, war das Köhlern. Die im Tal Daheimgebliebenen erwarteten nämlich von den Almleuten, dass sie nicht nur Butter und Wolle, sondern auch einen kleinen Vorrat an Holzkohle nach Hause brachten. Denn nur oben in den Bergen, in der Nähe der Gletscher, waren die Niederschläge für Waldbäume ausreichend; denn nur dort wuchsen Wacholder und Birke. Schon daheim hatte er den Beritscho, den Schmieden, aufmerksam zugeschaut, wie das vor sich ging. Sie brachten nämlich Holz von den Bergen zum Verkohlen herunter ins Dorf, weil ihre längere Anwesenheit auf den Almen nicht erwünscht war.

So war er turnusmäßig wieder einmal vom Viehaustreiben frei und freute sich auf das Nachkontrollieren des von ihm angelegten kleinen Meilers, der nun schon seit Tagen gloste.

Er beseitigte an einer Stelle am Rand die Erde, um zu sehen, wie weit die Verkohlung gediehen war. Es wird noch zwei, drei Tage dauern, dachte er sich, und da er eigenartig müde wurde und der Tag windstill und angenehm warm war, setzte er sich auf seinen Fellsack, lehnte sich an einen Birkenstamm und blinzelte hinauf zu den gleißenden Gletschern des Ultar und hinaus zum mächtigen Dumani, dem ‚Halsband aus Wolken', jenseits des Tales im Süden.

Auf einmal wurde ihm schwindlig, und er kippte im Sitzen fast um. Er wehrte sich dagegen, rappelte sich mit Gewalt auf, und plötzlich saßen auf den Wacholderbäumen in seiner Nähe sechs weibliche Gestalten, weiß angetan und von ebenmäßiger Schönheit in den Gesichtszügen.

Sie hatten große, strahlenden Augen, die wegen der kräftigen Augenbrauen noch auffälliger waren. Ein Weile lächelten sie ihn stumm an. Er versuchte aufzuspringen und davonzulaufen. Da sprach auf einmal eine: „ Bleib doch, wir haben dir was zu sagen: Du bist auserwählt, erinnerst du dich nicht an unsere Trommel, die du als Erster gehört hast, als die Fremden in unser Land eindrangen? Und auch beim Pfeilschuss haben wir dir die Hand geführt."

Wie gelähmt hörte Nazim sie, fast wie aus weiter Ferne, weitersprechen: „Wenn du nie mehr Rindfleisch isst und Kuhmilch trinkst und dich immer sauber wäschst, sobald du zu uns ins Gebirge heraufsteigst, kannst du mit uns reden, und wir werden dir auch Fragen beantworten."

„Und trage auch Sorge, dass nie Frauen von euren Dörfern in unsere reine Welt heraufkommen", fügte eine andere noch hinzu – und wieder eine: „Du kannst uns aber auch unten auf der Ter oder im Tal erreichen, wenn du den Rauch unseres heiligen Wacholderbaumes einatmest oder gar die heilige Milch von uns Peris – du weißt schon, das Ziegenblut – trinkst."

Wieder wollte Nazim aufspringen, aber es gelang ihm nicht. Es war, als ob er schwere Steine an die Füße gebunden hätte. Er konnte die Augen nicht mehr offen halten.

Nach Stunden – die Sonne neigte sich schon dem Horizont zu – erwachte er völlig benommen aus seinem tiefen Schlaf. Eine Zeit lang wusste er gar nicht, wo er war, bis ihn der beißende Rauch des Kohlenmeilers in die Wirklichkeit zurückrief. – Hatte er geträumt? Nein, das konnte nicht sein. Wort für Wort erinnerte er sich daran, was ihm die Peris gesagt hatten. Er raffte sich auf und begann langsam den Abstieg hinunter zur Alm. Er versuchte seine Gedanken zu ordnen und spürte plötzlich eine beklemmende Angst: ‚Das erzählen doch die Bitans auch. Ich will aber nie einer werden!', redete er sich immer wieder ein.

Als er schließlich die steingeschichteten Hütten in Sichtweite hatte und ihn plötzlich großer Hunger plagte, trat sein Erlebnis etwas in den Hintergrund. Die Kameraden, denen er eigenartig verändert vorkam, konnten ihm aber kein Wort entlocken. Sahur schüttelte nachdenklich den Kopf.

Auf manchen Ter, die einige geschützte ebene Flächen aufweisen, wird sogar etwas Gerste kultiviert. So auch auf Nazims Alm, wenn auch nur ein kleines Fleckchen. Sahur, der die Oberaufsicht über alle Arbeiten innehatte, sagte zu den Burschen: „Nächste Woche werden einige Mädchen für zwei Tage zum Unkrautjäten im Gerstenacker heraufkommen, da müsst ihr eine der Hütten für diese Zeit räumen."

„Aber diese leichte Arbeit können wir doch selbst machen!", fuhr Nazim auf.

„Bist du verrückt? Wir haben doch sowieso genug Arbeit, und außerdem ist das Jäten reine Weibersache."

Und obwohl Nazim den ganzen nächsten Tag eifrig bei der

Schur der Schafe half und vom Einfangen der Tiere rechtschaffen müde war, sahen ihn die Kameraden in der Abenddämmerung am Gerstenacker Unkraut auszupfen.

„Jetzt wird er noch ganz verrückt!"

Sahur ging zum Äckerchen hinüber und konnte sich die spöttische Bemerkung nicht verkneifen: „Haben dir etwa Peris den Auftrag gegeben, dafür zu sorgen, dass keine weiblichen Personen heraufkommen? Sei unbesorgt, sie sind alle noch keine reifen Frauen – das ginge schon wegen euch Burschen nicht."

Nazim wurde über und über rot und jätete umso wilder drauf los. „Lass mich in Ruhe, ich habe mit den Peris nichts zu tun!"

Als aber am nächsten Tag einige Mädchen anrückten, hatte Nazim keine Lust mehr zum Unkrautjäten und verdrückte sich, um nach dem Zicklein mit der weißen Blesse zu suchen, das schon tagelang abgängig war und offensichtlich im unwegsamen Gelände abgestürzt oder von einem Raubtier erbeutet worden war. Er stieg bis zum oberen Waldsaum auf und versuchte dabei instinktiv, den hier schütter gedeihenden Wacholderbäumen auszuweichen. Wenn er schon das Zicklein nicht fand, so hoffte er wenigstens auf Kadaverreste zu stoßen, wenn es nicht der Schneeleopard geholt hatte. Um nicht zu früh zurück sein zu müssen, stieg er den Moränenrücken hinauf, an dessen unterem Rand er sonst immer umgedreht hatte, und lenkte oben seine Schritte in Richtung Gletscherzunge. Hier konnte das Zicklein unmöglich sein. Aber wer weiß, manchmal verirrten sie sich ja in das wildeste Gelände!

Inzwischen ging es schon gegen Mittag, und er setzte sich auf einen sonnenerwärmten Stein, verzehrte genüsslich sein mitgebrachtes Phiti und musste seine Augen wegen der gleißenden Gletscher schließen. – War er nun eingenickt oder nicht? Er hörte ganz deutlich eine vertraute Stimme: „Du musst die Moräne seitlich absteigen, dort am Eisrand findest du das Zicklein." Als er erschreckt die Augen aufriss, glaubte er gerade noch ein weißes Kleid gesehen zu haben. Er rieb sich die Augen, und als er sich erhob, hörte er ganz deutlich ein glockenhelles Lachen.

Vorsichtig stieg und glitt er die steile Moränenflanke hinab, um zu befolgen, was ihm geraten worden war. Am schuttbedeckten Eisrand angekommen, blickte er sich um und hörte auch prompt ein klägliches Meckern. Über Geröllblöcke weiterstolpernd, stand er plötzlich vor einem etwa einen Meter tiefen Eisloch mit glatten Wänden, und unten stand zitternd das Zicklein. Es hatte offensichtlich bei Tag genug Schmelzwasser trinken können, Futter musste es nun aber schon eine Woche lang keines mehr gesehen haben. Ein Wunder dass es noch lebte.

Frohgemut griff sich Nazim das Geschöpf, das sofort mit den Beinen einknickte. Er lud sich das Tierlein auf die Schulter und stieg vorsichtig die Moräne hinunter. Bei den ersten saftigen Kräutern, dort, wo man schon auf die Alm hinuntersah, stieß er auf zwei seiner Gefährten, die eben die Hauptherde heimtrieben. Groß war das Hallo, als alle gemeinsam ankamen.

„Sind die Mädchen schon weg?", war Nazims erste Frage. Erst als dies bejaht wurde, ließ er sich willig als Retter des Zickleins feiern.

„Wir haben aber tagelang auch auf der Moräne gesucht und nichts gefunden. Da müssen doch deine Freundinnen, die Peris, die Hand im Spiel gehabt haben!"

„Redet keinen Unsinn, ich bin eben weiter gegangen als ihr!"

Am Abend wurde das Ereignis mit einem großen Lagerfeuer gefeiert und Sahur gab den Burschen auch etwas vom Maulbeerschnaps ab, von dem er sonst ‚nur aus Gesundheitsgründen' gelegentlich ein Schlückchen nahm. Zuerst begann Sahur zu tanzen und die Burschen sangen dazu. Dann sprang aber einer nach dem anderen auf und setzte mit ausgebreiteten Händen vorsichtig seine Tanzschritte. Auch Nazim versuchte es ihnen ungelenk gleichzutun. Es war eigentlich das erste Mal, dass er sich beim Tanzen öffentlich versuchte.

Einer der Kameraden warf immer wieder Holz ins Feuer und erwischte auch gelegentlich Wacholderzweige, die zischend aufflammten und ihren eigenartigen Duft verströmten. Als aber Nazim zufällig durch eine Schwade des Wacholderrauches tanzte, lenkte er seine Schritte unwillkürlich dem abziehenden Rauch nach und begann ihn in tiefen Zügen einzuatmen. Eine fremde Gewalt zog ihm die Arme hoch und mit flatternden Handbewegungen begann er plötzlich mit schnellen Schritten das Feuer zu umrunden. Sahur und die Burschen wichen erschrocken zur Seite und machten Platz. Bald begannen sie aber rhythmisch zu klatschen und feuerten Nazim an. Diesem riss es nun auch den Kopf hoch, als ob er auf dem nahe gelegenen Bergkamm etwas sehen könnte ...

Einer der Burschen rief: „Schlachten wir schnell eine Ziege und geben wir ihm Blut zu trinken, er braucht die Peri-Milch!"

Willenlos hatte Nazim sich einige Minuten lang dem Tanz hingegeben, aber die Worte ‚Milch der Peris' waren wie ein plötzlicher Schock, der ihn in den Kreis der Tanzenden zurückführte. Abrupt blieb er stehen, griff sich an den Kopf und taumelte aus dem Feuerschein in die Finsternis hinaus.

„Tanz weiter, du bist ein neuer Bitan!"

„Lasst ihn in Ruhe!", zischte Sahur und erhob sich, um nach Nazim zu sehen. Er fand ihn neben der Quelle unweit der Hütten und war sogleich beruhigt, als er sah, dass dieser eben seinen Kopf in das eiskalte Wasser gesteckt hatte und sich prustend das Gesicht wusch.

Nazim blickte auf, schüttelte seinen Körper, als ob er eine Last abwerfen wollte und lächelte Sahur müde an.

Der legte ihm seine Hände auf die Schultern und sah ihn forschend an: „Du kannst ein großer und berühmter Bitan werden. Allerdings ladest du dir damit auch eine lebenslange Last auf!"

„Ich will nicht! Nein, auf keinen Fall! Ja, mit den freundlichen Peris möchte ich schon sprechen, aber vor allen Leuten tanzen – nein, das werde ich nie!", flüsterte Nazim heiser, ging in seine Hütte und warf sich in voller Kleidung auf die Liegestatt, wo er sofort einschlief.

Am nächsten Morgen ließ sich Nazim nichts anmerken und ging – wie immer recht verschlossen – seiner Arbeit nach. Mehrmals versuchten ihm die Kameraden irgendeine Äußerung zu entlocken, aber vergebens.

In den nächsten Tagen machte einmal einer im Kreis der Kameraden halblaut den Scherz, dass sich die Peris wohl in seinen weißen Haarstreifen verliebt hätten. Nazim, der das gehört hatte, blickte ihn nur mitleidig an, was dem Spötter die Rede verschlug.

Inzwischen hatte der Sommer begonnen. Oben auf der Ter war es angenehm kühl, unten im Tal brütete aber die Hitze, und die Burschen waren froh, es heroben so angenehm zu haben. Zum Ginani-Fest zog es aber alle zumindest für einen Tag hinunter. Etwa eine Woche vor der Sonnenwende wurde mit dem ‚Ginani' der Beginn der Gerstenernte überall im Hunzaland festlich begangen.

Obwohl Nazim wusste, dass während des Festes ein großer Auftritt des Bitans stattfinden würde, zog es ihn doch mit magischen Kräften an diesem Tag ins Tal hinunter. Allenfalls hätte er auch als Viehhüter freiwillig oben bleiben können, wozu immer einer durch das Los ermittelt wurde. Das war aber auf Sahur gefallen, der froh war, der Hitze zu entkommen.

„Du musst den Butteranteil für deine und die beiden Nachbarfamilien hinunterbringen", erhielt er noch von Sahur den Auftrag. Nazim machte sich am Vorabend des Festes später als die anderen auf den mehrstündigen Weg. Ziemlich spät daheim angekommen, fand er die Mutter, die auf ihn gewartet hatte, noch am Feuer sitzend vor: „Ich habe dir von der Festtagsspeise noch etwas aufgehoben. Du magst doch so gerne die frisch gerösteten Getreidekörner. Deine Schwestern haben sie erst gestern, wie es Brauch ist, vom Acker, der nächste Woche abgeerntet wird, geholt. Komm, ich gieße dir etwas Milch dazu."

Nazim kaute mit Heißhunger und nahm dazu einen ordentlichen Schluck Milch. Kaum hatte er ihn halb hinabgeschluckt, spuckte er ihn voller Abscheu aus und es würgte ihn noch eine Weile nach.

Erschrocken fuhr die Mutter hoch: „Allah steh mir bei! Was hast du denn? Es ist frische Kuhmilch, heute abend gemolken."

Nazim war schon am Wasserschöpfer und spülte sich den Mund aus: „Das ist es ja, ich vertrage scheinbar nur noch Ziegenmilch!"

„Die Ziegen sind aber alle bei euch oben auf der Alm."

„Macht nichts, ich trinke eben nur Wasser, das löscht den Durst sowieso besser."

Am nächsten Morgen trug Nazim in aller Frühe die anteiligen Butterklumpen zu den beiden Nachbarn und wurde dort mit ungewöhnlichem Respekt, ja, mit einer gewissen Scheu, begrüßt.

Die Kunde von seinen Kontakten mit den Peris war natürlich schon längst von der Alm bis ins Dorf vorgedrungen, nur hatte bisher niemand gewagt, Dschowari von den seltsamen Ereignissen auf der Ter zu erzählen.

Wie es Brauch war, musste sich Nazim beim ersten Nachbarn zu einem Schlückchen Tee niedersetzen. Vorher wies man aber, als ob er eine Kontrollperson wäre, verlegen darauf hin, dass einige Ährenbüschel an einer reinen Stelle oberhalb des Türstocks befestigt und auch überall die Dreizackzeichen aus Mehl angebracht seien. „So wollen es die Peris ja, die unseren Vorfahren seinerzeit die ersten Getreideähren gebracht haben", wurde verlegen angemerkt.

Nazim stotterte ein paar anerkennende Worte und machte sich so schnell wie möglich aus dem Staub.

„Seit er die Feentrommel gehört und den fremden Offizier mit dem Pfeil getroffen hat, wissen wir, dass er mit den Peris auf du und du steht. Vielleicht tanzt er heute Nachmittag bereits nach dem alten Bitan", konnte man in Baltit hören.

Mit großem Aufwand, so wie jedes Jahr, wurde auch diesmal das Ginani-Fest am Poloplatz begangen. Alles was nur irgendwie gut bei Fuß war, fand sich schon am Vormittag ein. An die eintausend Männer und Knaben umdrängten die Mauereinfassung des Platzes, und die Frauen mit ihren bunten Gewändern versammelten sich in lockeren Gruppen oberhalb des Polofeldes, von wo sie das Geschehen gut überblicken konnten.

Der Kommandant der kleinen britischen Besatzungstruppe und sein Adjutant in ihren rotblauen Galauniformen sowie der Ältestenrat, angeführt vom Wazir, in Vertretung des Königs, nahmen auf der kleinen Ehrentribüne mit ihren Steinbänken Platz. Die Honoratioren hatten alle den weißen Tschapan mit seinen überlangen Ärmeln und der aufgestickten Blüte am Rücken angezogen.

Die umstehenden Männer hatten ihren Riesenspaß, als der Adjutant des Colonels seinen Sitzplatz mit einem großen weißen Taschentuch abzustauben begann und sich dann auf das ausgebreitete Schnupftuch setzte.

„Will der neue König vielleicht nicht mehr der alten Tradition folgen? Das bringt eine schlechte Getreideernte, wenn er nicht anwesend ist", flüsterte man sich zu. „Aber nein, ihr wisst doch, dass er der Einladung der Ingles hinunter nach Indien Folge leisten musste. Die Zeiten haben sich geändert. Dafür muss eben der Bitan den Kontakt mit den Peris besonders gut aufrechterhalten!"

Die Festlichkeiten begannen auch dieses Jahr mit einem Polo-Wettkampf. Die aus sechs Beritschos bestehende Musikantengruppe hatte bereits Platz genommen und begann die klassische zündende Melodie zu spielen, die nur bei Polo-Kämpfen erklang. Die aus zweimal sechs Mann bestehenden Mannschaften führten ihre nur mühsam zu bändigenden, nervös tänzelnden prächtigen Hengste aufs Feld, denen man das Araberblut auch als Laie ansah. Auf ein Zeichen des Wazirs stellten sie sich gegenüber auf, und gleichzeitig wurde einer bereitgehaltenen Ziege der Kopf abgetrennt. Jeder der Spieler trat nun heran und tauchte seinen Schläger in das noch warme Blut, um die Peris milde zu stimmen und dadurch Verletzungen zu verhindern.

Die Männer mit ihren traditionellen, weiten wollenen Hosen und den Fellschuhen schwangen sich in die mit Leder überzogenen Holzsättel, dann warf der Wazir die Holzkugel in die Mitte des Spielfeldes, und die wilde Jagd begann. Jedesmal, wenn ein Tor erzielt wurde, brauste gewaltiger Jubel auf. Dieser steigerte sich frenetisch, wenn einer der großen Könner den Ball nach einem Torschuss in die Luft warf, im Galopp weiterritt und den Ball aus der Luft in Richtung auf das gegnerische Tor schlug.

Auch Nazim war fasziniert und begeistert, wie die Pferde im gestreckten Galopp loszogen, die Reiter auch bei schärfsten Stops und Kehrtwendungen akrobatisch im Sattel blieben, wie es aufstaubte und das Knäuel der Verfolger heranfegte ... Er fieberte schon der Zeit entgegen, wo auch er erstmals an so einem Wettkampf teilnehmen könnte.

Der direkte Festakt begann aber mit dem Auftritt eines weiß

gekleideten Kalifas, der dreimal Suren aus dem Koran vorsang. Sodann hielt der Wazir eine lange Ansprache, in welcher er vorerst die Abwesenheit des Königs entschuldigte, sodann aber den beiden britischen Offizieren damit schmeichelte, wie geehrt man sich durch ihre erstmalige Anwesenheit bei so einem großen Fest im Hunzaland fühle. Nazim, der unter den Zusehern stand, ballte die Fäuste vor Zorn, als er seinen Onkel und künftigen Stiefvater solche einschmeichelnde Worte sprechen hörte und flüsterte seinem neben ihm stehenden Freund Karok zu: „Der Verräter!"

„Ich verstehe, dass du durch den Verlust deines Vaters auf die Ingles nicht gut zu sprechen bist, aber soweit ich das bis jetzt beurteilen kann, greifen sie in unser Alltagsleben und in unseren Glauben überhaupt nicht ein. Ja, sie scheinen sogar von unserer Lebensart begeistert zu sein. – Freue dich doch am Fest! Ich bemerke überhaupt, dass du dich in den letzten Monaten auf eurer Ter so verändert hast. Schade, dass ich heuer auf einer anderen Alm sein muss. Ich habe gestern außerdem von einem deiner Alm-Kameraden Unglaubliches erfahren: Stimmt es, dass du ein Bitan werden möchtest?"

Ehe Nazim aber auf die Frage seines um einige Jahre älteren Freundes antworten konnte, setzten die Beritschos wieder voll mit ihrer Musik ein. Zuerst betrat Massur, bald gefolgt von den Dorfältesten, den Platz und begann mit den traditionellen Tanzschritten. Erst nach einer Weile gesellten sich auch andere Männer – die jungen ganz zuletzt – den Tanzenden hinzu.

Immer wieder liefen einzelne Zuseher zu den Honoratioren und steckten ihnen unter Verbeugungen Münzen in den Mützenrand. Sobald die Mütze zu schwer wurde, begab sich der Tänzer zu den Musikanten und schüttete vor ihnen die Münzen aus. Massur, den man hofierte, musste das immer wieder tun.

„Sieh, wie er sich aufplustert!", sagte Nazim seinen Freund ins Ohr.

Nun musste aber auch Nazim lachen, denn der nächste Programmpunkt war eine von der Jugend viel bejubelte Pantomime, wobei zwei Burschen mit einer übergeworfenen Decke und einem vor dem Kopf gehaltenen Steinbockgehörn von einem Jäger verfolgt wurden. Schließlich mit Pfeil und Bogen erlegt, wurde ihnen der Hals durchgeschnitten und zum großen Gaudium der Zuseher spritzte aus einem versteckten Balg roter Saft heraus.

Dann kam als vorletzte Attraktion der Schwerttanz der Ältesten. Vier in bunte Seidengewänder gekleidete Männer mit der weißen Festtagskappe tanzten zuerst jeder für sich mit blanken Krummsäbeln und dem traditionellen Rundschild. Sodann kam es zu wilden Scheingefechten und schließlich blieben nur zwei Tänzer am Festplatz zurück. Nachdem man je zwei Schwerter gekreuzt auf den Boden gelegt hatten, wurden sie mit traditionellen Gebärden vom Boden aufgenommen, und nun ließen diese beiden Könner, in jeder Hand eine Klinge, die Schwerter aus dem Handgelenk durch die Luft wirbeln. – Applaus brandete auf.

Gleich darauf senkte sich aber erwartungsvolle Stille über den Platz, denn die Musikanten begannen mit der eigentümlichen Melodie, die nur beim Bitan-Tanz gespielt wird. Nazim wollte sofort den Platz verlassen, Karok hielt ihn aber mit sanfter Gewalt zurück: „Du musst ja nicht mittanzen, niemand kann dich dazu zwingen!"

„Ich will auch nicht!"

Inzwischen hatte ein weiß gekleideter jüngerer Mann mit weichen, schwermütigen Zügen und blasser Gesichtsfarbe seinen roten Mantel angezogen, um die bösen Geister fernzuhalten, wie man wusste. Sofort bekam er ein Tablett mit glühenden Holzkohlen gereicht, darauf wurden die Wacholderzweige und das Kraut der Steppenraute gelegt. Gierig atmete er den Rauch ein, und man musste ihn regelrecht zurückhalten, damit er nicht in die glühenden Holzkohlen hineinbiss.

Unglaublich rasch geriet er in ekstatische Verzückung und begann mit schnellen Sprungschritten, Augen und Hände zum Himmel erhoben, den Tanzplatz mit flatternden Händen zu umrunden. Immer schneller wurden seine Tanzposen, sein Gesicht begann sich zu verzerren, und immer wieder peitschten ihn die Rhythmen zu raschen Umrundungen des Platzes auf.

Einem bereitgehaltenen Ziegenbock wurde mit schnellem Hieb der Kopf abgeschlagen und das bluttriefende Haupt dem

Bitan gereicht. Rasch riss er den Ziegenkopf an sich und trank gierig das Blut – weiterhin mit schnellen Schritten den Platz umtanzend.

Als Nazim das und auch die beschwörenden Blicke des Bitans hinauf zu den Gletschern sah, überfiel ihn ein krampfartiges Zucken in den Beinen, und er verspürte einen unüberwindlichen Zwang, ebenfalls auf den Tanzplatz zu stürmen.

„Bring mich fort, wenn du mein Freund sein willst, schnell, ich kann nicht mehr!"

Karok wollte zuerst diesem Wunsch nicht nachkommen, besann sich dann aber doch aus Mitleid und drängte sich mit dem fast ohnmächtigen Nazim durch den Ring der Zuseher nach außen.

„Seht, Nazim, der zweite Bitan!", riefen die Leute hinter den beiden her. Weit hielt der Bitan inzwischen das Ziegenhaupt von sich und und tanzte mit blutverschmiertem Gesicht weiter. Die Musik wurde immer schneller und seine Tanzsprünge noch wilder. „Jetzt hat er den Kontakt mit den Peris und ist ihr Sprachrohr", flüsterten sich die Leute zu.

Plötzlich kauerte er sich vor der großen Trommel hin und schluchzte und stöhnte die Weissagungen der Peris in die Trommel hinein, als ob er sich von einer argen Last befreien müsste. Brausender Beifall tobte nach jeder Weissagung auf, und er sprang immer wieder empor und umrundete den Platz nochmals mit rasenden und wilden Tanzsprüngen.

„In der nächsten Zeit wird ein Erdbeben unser Land heimsuchen!" Auf die angstvoll hingeworfene Frage eines Musikanten, ob das Erdbeben sehr schlimm sein werde, antwortete er: „Nein, nur mittelschwer." Dann beklagte er sich, dass die Ziege zu schmächtig gewesen sei und er zu wenig Blut zu trinken bekommen habe. Widerwillig gab er sodann, schwer atmend, noch Antwort auf zwei, drei persönlich gestellte Fragen nach Schicksal und Wohlergehen einzelner Personen.

Man sah, dass der Bitan am Ende seiner Kräfte war, und so endete die Musik auch in dem Moment, als er zusammenbrach. Wohl an die zehn Minuten lag er in voller Ohnmacht da und wurde ständig mit Wasser bespritzt. Man säuberte ihm das blutverschmierte Gesicht, und nach einer Viertelstunde setzte er sich langsam auf, blickte sich mit schwermütigem

Lächeln um und ging schleppenden Schrittes, von zwei Männern gestützt, vom Tanzplatz.

Karok hatte sich inzwischen mit Nazim hinter dem Gebetshaus am Rand des Festplatzes in den Schatten eines Walnussbaumes gesetzt. Als die Bitan-Musik abrupt endete, erholte sich auch Nazim zusehends: „Vielen Dank, Karok. Du hast mich vor einer großen Schande bewahrt!"

„Was heißt Schande? Es wäre ein großer Vorteil für unsere Dörfer, wenn aus dir ein Bitan mit großer Weissagekraft würde. Du hast nicht gehört, was der Bitan vorhin wieder einmal für Binsenweisheiten von sich gegeben hat."

„Ich will aber auf keinen Fall Bitan werden. Bitte hilf mir dabei! Zu den Peris ins Gebirge hinaufsteigen und mich mit ihnen unterhalten, ja, das will ich. Dort oben ist es großartig."

„So, so, du hast dich wohl in eine verliebt. Das ist sehr gefährlich, denn wenn du herunten im Tal ein Mädchen anschaust, wird deine Peri sofort eifersüchtig."

„Mädchen interessieren mich überhaupt nicht!"

„Im Moment noch nicht, willst du sagen. Ich entdecke schon Flaum auf deiner Oberlippe, und deine Stimme ist auch schon brüchig. Weißt du was, Nazim, du brauchst eine Ablenkung. Gleich nach dem Almabtrieb" – Karok senkte seine Stimme zu einem Flüstern – „habe ich mit meinen älteren Freunden etwas Großes vor. Sie werden dich, den inzwischen berühmten Nazim, auch wenn du eigentlich ein paar Jahre für ein solches Unternehmen zu jung bist, sicher mitnehmen. Wir wollen nämlich endlich zu etwas eigenem Gold kommen und gehen nach Nager hinüber auf Sklavenjagd. Was sagst du dazu! Die Ingles, so hört man, haben das unten in Kaschmir schon streng verboten, und das wird wohl bei uns auch geschehen. Es ist jetzt bei uns vielleicht der letzte Zeitpunkt, das zu tun."

Nazims Augen leuchteten auf, er drückte Karoks Arm vor Begeisterung: „Vater hat mir erzählt, dass er als Junger sogar mehrmals dabei war – auch bei Überfällen auf Karawanen. Wollt ihr mich wirklich mitnehmen …?"

Am daneben liegenden Festplatz waren inzwischen sämtliche Tänze zu Ende gegangen. Auch die der Frauen, die sich ebenfalls – jedoch streng getrennt von den Männern – amüsiert hatten. Alles eilte nun zu den beiden großen Scherbetkesseln. Zwei Männer rührten ständig um, damit nichts anbrannte, und verteilten, so lange der Vorrat reichte, an alle etwas vom köstlichen Brei, dem diesmal besonders viel schmackhafte, alt-ranzige Butter beigegeben war.

Nazim ließ sich nicht überreden, noch zu bleiben, da er keinesfalls mehr angesprochen werden wollte. Er eilte nach Hause, um einige Lebensmittel für die Alm zusammenzupacken. Morgen wollte er schon in aller Frühe aufsteigen.

Er war schon im Einschlafen, als auch die Mutter mit den Mädchen heimkam und sich zu ihm auf die Kante der Liegestatt setzte: „Ich weiß nicht, ob ich für dich froh oder traurig über das sein soll, was ich in der letzten Zeit gehört habe", versuchte sie seine Hand zu nehmen.

„Lass mich! Ich gehe meine eigenen Wege. Du gehst ja auch deine eigenen", fügte er altklug hinzu. „Die Schwestern haben mir erzählt, dass du zur Wintersonnenwende heiraten wirst."

Dschowaris Augen füllten sich mit Tränen: „Wenn du erst älter bist, wirst du alles besser verstehen."

Wieder auf der Alm, stieg er so oft er konnte hinauf zu seinem kleinen Kohlenmeiler. Irgendwie erwartete er insgeheim, dass die Peris wieder erscheinen würden, aber nichts dergleichen geschah.

So ging der Almsommer langsam zu Ende. Etwa zur Herbst-Tag- und Nachtgleiche wurde fast von allen Almen das Vieh zugleich abgetrieben. Die Hirten zogen sich dazu bessere Kleider an, denn es war üblich, auf der Alm die alten Kleider aufzutragen. An heißen Tagen ging man dort überhaupt halb nackt. In Sichtweite des Dorfes liefen ihnen schon die Kinder entgegen, und sämtliche Tiere wurden vorerst auf den Poloplatz getrieben, wo alsbald ein riesiges Gedränge herrschte. Am Spätnachmittag fanden sich nacheinander die Besitzer ein und holten ihre Tiere ab, wobei die Hirten, die jede einzelne Ziege und jedes Schaf genau kannten, helfen mussten.

Daheim gab es überall ein kleines Festessen, und am nächsten Tag zogen die Hirtenjungen gemeinsam in jene Häuser, von deren Familien sie Vieh betreut hatten und sangen dazu:

*Möge euer Haus voller Söhne sein*
*und der Stall voller Ziegen und Schafe.*
*Möge Unglück fernbleiben,*
*genug an täglichem Brot vorhanden sein*
*und Kerne und Walnüsse die Behälter füllen.*
*Ein guter Reiter, Schütze und Schwertfechter*
*soll dir geboren werden, oh Vater!*

Mit Fladenbrot und getrockneten Aprikosen beschenkt, zogen sie befriedigt von dannen. Auch Nazim, obwohl er sich sehr überwinden musste, war mitgegangen, und es hatte ihm letztlich sogar Spaß gemacht.

Nun galt es, sich daheim wieder in die laufenden Arbeiten einzufügen, was Nazim nicht schwer fiel. Er nahm auch wieder nahezu regelmäßig jeden Morgen und Abend an der kurzen Andacht im gleich benachbarten Gebetshaus teil.

„Heute habe ich die ersten Wildenten gesehen", teilte er seiner Mutter mit. „Vater hat immer gesagt, wenn die Zugvögel kommen, ist es Zeit, die Hirse zu schneiden."

„Da hast du recht. Ich werde morgen oder übermorgen mit den Mädchen zusammen den Schnitt beginnen. Vorher müssen wir aber noch die getrockneten Aprikosen versorgen. Du könntest dich um die Walnussernte kümmern."

„Wenn keine langen Stangen zum Herabschlagen der Nüsse da sind, muss ich aber hinauf in den Bergwald, um einige zu holen."

„Ach du weißt doch, dass sich dazu am besten die schlanken Pappelruten eignen, die hier herunten gedeihen. Du möchtest wohl wieder zu den Peris hinaufsteigen", entschlüpften der Mutter Worte, die sie im Moment des Aussprechens schon bereute.

Wütend drehte sich Nazim zum Ausgang und rief über die Schulter zurück: „Morgen helfe ich aber Karok draußen in Aliabad bei der Weinernte und dann auch gleich beim Austreten der Trauben."

„Da musst du dir aber vorher doch wieder einmal die Füße waschen!", war, wie nicht anders zu erwarten, von einer der beiden Schwestern zu vernehmen, die den letzten Satz zufällig mitgehört hatte. Aber Nazim war schon durch die Tür verschwunden.

Karok hatte die Einladung zur Mithilfe bei der Traubenernte so angesetzt, dass er Nazim ungestört in Einzelheiten des geplanten Überfalls auf Nager einweihen konnte.

Nazim war das erste Mal zur wichtigen Arbeit der Weinlese eingeladen. Bei ihm daheim in Baltit war das Klima doch etwas rauer, und die Trauben gediehen zwar auch recht gut, aber sie waren für die Herstellung guten Weines doch zu wenig süß, sodass je Gehöft nur wenige Weinstöcke vorhanden waren.

„Du bist gewandt und als Bergsteiger wirst du dich sicher getrauen, auf unsere hohen Pappeln zu steigen, die als Stütze für viele unserer Rebstöcke dienen. Gib aber Acht, denn die Pappeläste sind oft spröde. Künftig pflanze ich nur noch Reben neben den viel niedrigeren Maulbeerbäumen", meinte Karoks Vater.

Begeistert kletterte Nazim mit seinem Korb bis in die höchsten Wipfel und bemühte sich ehrgeizig, auch die äußersten Trauben zu erreichen. Die vollen Körbe ließ er vorsichtig an einem Seil herunter. Besonders große Trauben wurden von den unten wartenden Frauen gleich zum Trocknen auf Schnüre aufgefädelt, der Hauptteil aber direkt in die Steinzisterne zum Auspressen geschüttet.

Der Vater war den ganzen Tag bei der ihm so wichtig erscheinenden Weinlesearbeit anwesend gewesen, und so begleitet Karok Nazim ein Stück hinauf nach Baltit: „Genau heute in einer Woche ist nämlich Neumond, und es ist ausreichend dunkel. Da werden wir gleich unterhalb von Altit den Hunzafluss mit einem Ziegenbalgfloß überqueren und uns ein paar Nagerkuts schnappen. Du weißt, der Fluss ist ja nicht besonders breit, führt aber jetzt noch immer ziemlich viel Wasser. Ich habe die anderen schon eingeweiht, dass du mitkommst, und sie waren sofort Feuer und Flamme, obwohl du für ein so gefährliches Unternehmen eigentlich zu jung bist. Sie rechnen sehr mit deinen guten Verbindungen zu den Peris."

Da waren sie schon wieder, die Anspielungen auf die Peris.

„Den Transport der Gefangenen hinüber nach Jarkand kannst du dann natürlich nicht mitmachen, aber du erhältst vom Erlös dennoch einen Anteil, haben wir ausgemacht. Wir werden am besten den Weg über den Shimshal-Pass nehmen, da treffen wir sicher auf keine Ingles oder Kaschmiris. Gleich hinter dem Pass werden wir von einigen Kirgis-Händlern erwartet, das haben wir schon arrangiert, und die werden die Gefangenen als Sklaven an die Chinesen in Kashgar verkaufen. Die haben inzwischen wahrscheinlich auch schon erfahren, dass das ziemlich die letzte Möglichkeit ist, von uns Sklaven geliefert zu bekommen.

Nazim fieberte dem Neumond entgegen und wusste nicht, wie er sich bewaffnen sollte. Da es aber darum ging, Gefangene zu machen, entschloss er sich lediglich für einige solid geflochtene Seilstücke aus Ziegenleder.

Eifrig half er inzwischen daheim beim Einbringen der letzten Knollenfrüchte, sammelte in einem großen Buckelkorb Schaf- und Ziegendung und half bei der Ackervorbereitung für die Aussaat des Winterweizens, der auf geschützten Äckerchen auch in Baltit und Altit in kleinen Mengen angebaut wurde; die Hauptgetreideart war ja die Sommergerste.

„Karok, warum schleichen wir uns nicht einfach über die Brücke bei Aliabad? Mir wäre es lieber, wenn wir trocken nach Nager hinüberkämen", vertraute sich Nazim einen Tag vor dem beabsichtigten Unternehmen seinem Freund mit einem flauen Gefühl in der Magengrube an.

„Die Brücke ist wahrscheinlich bewacht, das ist zu gefährlich. Wir können den Wächter nicht auch noch schnappen, und töten wollen wir möglichst niemanden, das hat sich nun schon seit Generationen als Gebot der Vernunft eingebürgert, weil die Blutrache ja sonst tatsächlich nie mehr aufhört."

„Das heißt, wir müssen über den Fluss."

„Auf jeden Fall! Ich habe mit meinen anderen Freunden in den letzten Wochen schon drei Ziegenbalgflöße gebaut. Sie sind allerdings ziemlich dürftig, weil wir das Material dazu heimlich besorgen mussten. Auf ihnen werden wir die Gefangenen zurücktransportieren. Wir müssen dabei aber nur zwischendurch schwimmen, denn der Hunzafluss ist ja durchwegs nicht sehr tief. Die Flöße werden wir dabei vor uns herschieben, beziehungsweise ziehen. Die Nagerkuts werden sich auf den Flößen sicherlich nicht zu bewegen getrauen, weil sie ja alle nicht schwimmen können. Da sind wir Hunzakuts doch aus einem anderen Holz geschnitzt. Du kannst mit deinen 15 Jahren doch hoffentlich auch schwimmen?"

„Ja, ja, natürlich. Wir überqueren also gleich unterhalb von Altit den Fluss?"

„Ja, das ist der kürzeste Weg. Natürlich müssen wir durch das ausgedehnte Flussgeröll stolpern, dafür sind wir dann aber gleich in der Nähe der Pferdestallungen des Mir von Nager. Sie liegen nämlich ein ordentliches Stück abseits des Schlosses. Die Pferde werden dort ständig von mehreren Burschen und jungen Männern betreut. Das sind jene, die wir uns schnappen werden."

„Wären nicht auch die Pferde eine gute Beute? Es sind ja lauter Tiere, die für das Polospiel trainiert werden."

„Nazim, das wäre natürlich gut, weil wir dadurch gleichzeitig ihre Polo-Kampfkraft schwächen würden. Polospielen ist ja das einzige, was diese Feiglinge gut können. Wollten wir auch Pferde entführen, bräuchten wir aber noch wesentlich mehr Kameraden, und das geht wegen der notwendigen Geheimhaltung nicht gut. – Unsere ‚Oberen' dürfen nämlich vorher auf keinen Fall etwas erfahren. Die Ältesten, weil sie Angst haben, dass die Nagerkuts mit einer kleinen Streitmacht herüber kommen könnten, um sich zu rächen, und der neue König, weil er vor den Ingles Angst hat, die alle Raubüberfälle strengstens verboten haben. – Aber wenn das Unternehmen einmal gelaufen ist, werden die Nagerkuts nur laut lamentieren und sich bei den Ingles beschweren, aber das wird – Inschallah – auch alles sein."

Die Sterne mit ihrem hellen Glitzern waren in der sonst total finsteren Nacht fast zum Greifen nahe, als die acht jungen Männer sowie Nazim über das Geröll der Böschungen zum Hunzafluss hinunterstolperten. Die Flöße waren – mit Steinen beschwert – hinter Felsbrocken versteckt, und ihre Bälge mussten allesamt nochmals aufgeblasen werden, weil einiges an Luft bei den Abbindestellen herausgesickert war. Mit roten Gesichtern und schwer atmend gönnte man sich schließlich noch eine kurze Rast, ehe Karok das Signal zum Aufbruch gab.

Vollkommen nackt, die Kleider in einem Bündel auf einem der Flöße verstaut, stieg auch Nazim ins eiskalte Wasser. Obwohl er in den Füßen bald kein Gefühl mehr hatte, kämpfte er, so wie die anderen, wacker gegen die Strömung an und tauchte in Löchern auch manchmal mit dem Kopf unter. Die wenigen Meter der tieferen Flussmitte waren aber rasch bewältigt.

Sobald die Flöße am Trockenen lagen, sich alle mit kreisenden Armen ein bisschen erwärmt hatten und in Hose und Überhemd geschlüpft waren, ließen sie Nazim als Wächter auch schon alleine.

„Ihr könnt euch jetzt beim Hinauflaufen aufwärmen, während ich wahrscheinlich, bis ihr zurückkommt, schon erfroren bin!", konnte er ihnen noch nachrufen, dann hörte man nur noch das gelegentliche Klicken von Steinen. Nazim konnte sich trotz Kniebeugen und anderer Turnübungen kaum erwärmen und überlegte daher nachzulaufen, da wohl kaum Gefahr drohte, dass jetzt, nach Mitternacht, irgendjemand an diese abgelegene Stelle kommen würde.

Völlig unkundig des Weges, verwarf er diesen Gedanken aber bald, zumal ihn unerklärlicherweise plötzlich Wärme durchströmte. Er lehnte sich an einen Stein und staunte über die funkelnde Pracht der Milchstraße, als ihn ein silberhelles Lachen, ganz in der Nähe, hochfahren ließ.

„Pst, erschrecke nicht! Es sind keine hasenfüßigen Nagerkuts! Langsam solltest du mich wohl kennen: Beim Ginani-Fest wolltest du nicht tanzen, unsere Milch trinken und mit mir und meinen Schwestern reden. Dabei hätten wir dir wichtige Prophezeiungen für dein Volk mitgeteilt. Meine Schwestern sind daher auf dich auch noch böse, aber ich mag dich trotzdem. Warte, ich rücke noch ein Stückchen näher, damit wir nicht so laut sprechen müssen." Diesmal kicherte sie: „Meine Schwestern wissen nichts von meinem Ausflug nach Nager."

Nazim nahm all seinen Mut zusammen: „Ich sehe dich aber nicht. Wo bist du?"

„Ach ja, gleich mache ich mich für dich sichtbar. Du gefällst mir nämlich!"

Ein kurzes Aufleuchten – und bloß drei Meter entfernt saß ein wunderschönes, aber seltsames Mädchen, wahrscheinlich um einige Jahre älter als Nazim. Sie war wohl eine von den sechs Peris, die auf der Hochalm mit ihm gesprochen hatten – dort hatte er aber nicht gewagt, die weiblichen Gestalten näher zu betrachten. Nazim war geblendet. So etwas Entzückendes hatte er noch nie gesehen: Schulterlanges, blondes Haar, von einem weißen Blumenkäppchen der unverheirateten Hunzamädchen gekrönt, rahmte ein liebliches, frisches Gesicht ein, aus dem blaugrüne Augen strahlten.

Langsam erholte er sich von seinem Schrecken, wagte aber nicht zu sprechen.

„Nun, erzähl mir, was ihr hier macht."

„Wir ... wir", stotterte Nazim, „schnappen uns ein paar Nagerkuts."

„Und wollt sie teuer nach China verkaufen!", lachte sie. „Du brauchst mir weiter nichts zu sagen, ich weiß sowieso alles."

In der Ferne hörte man Wiehern, Pferdegetrappel und einige unterdrückte Flüche.

„Ich sehe, ich muss dich verlassen, deine Freunde kehren zurück. Komm mich doch bald einmal auf der Hochalm besuchen – aber vergiß nicht, vorher zu baden und keine Kuhmilch zu trinken! Ich warte schon darauf, bis du etwas älter bist!", kicherte sie noch verheißungsvoll, und ehe er sich´s versah, sprang sie auf und hauchte ihm einen Kuss auf den Mund.

Nazim wollte das liebliche Geschöpf fassen, aber er griff ins Leere und meinte geträumt zu haben, wenn er nicht deutlich einen unsagbar angenehmen Duft nach Aprikosenblüten noch eine Weile gespürt hätte.

Wie gelähmt saß er da, aber es währte nicht lange, da hörte er Pferdegetrappel – hatten sie also doch auch Pferde geklaut? Dann rissen ihn seine Freunde aus dem süßen Traum: Karok voran, dahinter die anderen und in ihrer Mitte vier gefesselte und geknebelte Burschen, die ständig versuchten, sich niederzuwerfen, aber mit Fußtritten und Schlägen immer wieder hochgetrieben wurden. Vor allem als sie das Flussufer erreichten und das eiskalte Wasser vor sich sahen, begannen sie sich nochmals verzweifelt zu wehren. Sie wurden aber von der Übermacht zu Boden gedrückt und gleichzeitig nochmals mit Füßen und Fäusten so bearbeitet, dass fast alle blutverschmierte Gesichter, verschwollene Augen und wahrscheinlich auch gebrochene Nasenbeine hatten.

Einem gelang es aber trotzdem, sich loszureißen. Nach wenigen Sprüngen ins Dunkle krachte er jedoch mit gefesselten Händen wieder zu Boden, war er doch genau in Nazims Richtung gelaufen, der etwas abseits gesessen hatte und ihm im richtigen Moment ein Bein stellte. Beim Sturz hatte der Nagerkuts sich den Kopf so angeschlagen, dass er offensichtlich bewusstlos war.

„Das hast du gut gemacht. Den können wir gleich auf das Floß verladen!", rief Karok. Die drei anderen wurden etwas ruhiger, als sie die Ziegenhautbälge sahen. Aber erst der Anblick der blanken gezogenen Dolche ihrer Entführer veranlasste sie, sich vorerst in ihr Schicksal zu ergeben und mit nunmehr auch gefesselten Füßen auf die Flöße legen zu lassen.

„Bismillah! Los geht's. Und dass mir ja keiner der Gefangenen herunterfällt. Um sie wäre es ja nicht schade, aber um den Verkaufserlös!"

Einer der Hunzakuts hatte inzwischen die nervös herumtänzelnden Pferde – es waren fünf an der Zahl und lauter prächtige Tiere – mit großer Mühe an den zusammengebundenen Halftern gehalten, und nun ergab sich das Problem, sie ebenfalls so rasch wie möglich über den Fluss zu bringen.

„Nazim, jetzt brauchen wir dich ganz dringend. Ali nimmt drei und du zwei der Pferde. Du hast klugerweise einige Seilstücke mitgebracht, damit könnt ihr längere Halfterleinen knüpfen und den Pferden etwas Spielraum geben. Pferde schwimmen ja wie die Fische. – Aber beeilt euch, ich habe nämlich das Gespür, dass man uns inzwischen schon entdeckt hat. Dass vier Leute fehlen, wird denen nicht so viel ausmachen wie der Verlust von fünf Polopferden."

Mit beruhigenden Worten führten Ali und Nazim die Tiere ans Wasser heran. Das war aber gar nicht nach deren Geschmack. Sie begannen zu scheuen und zu bocken, stiegen vorne hoch, und als Ali unvorsichtigerweise im Getümmel hinter eines der Pferde geriet, schlug dieses aus und traf ihn so in die Magengrube, dass er wie ein Stein umfiel.

Da sahen die Hunzakuts in der Ferne auch schon Fackeln – es war allerhöchste Zeit zu verschwinden.

„Schnell, schnell! Legt Ali einfach auf ein Floß zu den Nagerkuts. Nazim, du musst jetzt alleine mit den Pferden fertig werden. Wenn sie zu stark scheuen, dann lass sie – Inschallah – eben zurück."

„Zurücklassen kommt nicht in Frage!", murmelte Nazim und begann ganz ruhig, obwohl er das noch nie gemacht hatte und darin überhaupt keine Erfahrung hatte, auf die Pferde einzureden: „Kommt, kommt ihr mutigen Hengste, ihr Tapferen werdet euch doch nicht fürchten. Wir gehen nur ein bisschen ins Wasser. Drüben gibt es viel besseres Futter!"

Beim Klang seiner Stimme wurden die Tiere schlagartig ruhig, wieherten zutraulich und ließen sich zur großen Überraschung Nazims ohne weiters in den Fluss hineinführen. Ja, sie drängten förmlich, das ziemlich rasch dahinschießende Wasser hinter sich zu bringen, sodass sich Nazim sogar am Schweif eines der Pferde festhalten konnte, um nicht abgetrieben zu werden. Ihre Hufe klapperten schon über das Gestein der Uferböschung, als die Freunde erst ihre Ziegenbälge mühsam ans Ufer der Hunzaseite schoben.

Obwohl triefend nass, empfand Nazim überhaupt keine Kälte, und er spürte förmlich, wie seine Kleider am Körper zu trocknen begannen. Erst nach einer Weile kam Karok mit seiner Mannschaft heraufgekeucht und hatte ein unglaubliches Bild vor sich: Alle fünf Hengste hatten ihre Nüstern Nazim zugewandt und schnupperten friedlich an seinem Gesicht und seinen Händen, während dieser ihnen gestikulierend etwas zu erzählen schien.

„Seht euch das an! Unglaublich!" Karok und die Freunde konnten sich nicht genug verwundern: „Da haben die Peris ihre Hand mit im Spiel. Glücklicher Nazim!"

„Ein Glück, dass wir Nazim mitgenommen haben! Karok, das war eine gute Idee von dir."

Karok, dessen Autorität inzwischen von allen anerkannt wurde, übernahm auch für die weiteren Schritte das Kommando: „Wir müssen rasch von hier verschwinden. Ali, wie geht es dir? Du hast dich scheinbar inzwischen vom Schlag in die Magengrube erholt. Am besten bleibst du weiterhin mit Nazim beisammen – auf ihn können wir wegen der Pferde unmöglich verzichten. Es kommt auf euch eine große Aufgabe zu: Wir können, wie ihr wisst, die Pferde und die Gefangenen nicht hinauf nach Baltit bringen. Wir brechen daher sofort nach Gulmit auf – Pferde und Gefangene getrennt. Von Ganesh aus lassen wir Nazims Mutter verständigen, dass er erst in einigen Tagen wieder nach Hause kommt. Die Pferde werden wir bei meinem Onkel in Gulmit unterbringen. Er wird sie hoffentlich bis zum Frühjahr durchfüttern können und bis dahin wissen wir auch, wie wir sie unter uns aufteilen."

„Aber ein Pferd müssen wir auf jeden Fall für den König reservieren."

„Ja, das müssen wir wohl. So können wir ihn überhaupt besänftigen und gleichzeitig in das Unternehmen einbeziehen."

Sie nahmen sich kaum Zeit, etwas zu essen, gaben aber den Gefangenen genug Brot und einige Dörraprikosen und ließen sie nun auch erstmals ordentlich trinken, da sie ja gut zu Fuß sein mussten, um die sehr lange Tagesetappe nach Gulmit zu bewältigen. Die Nagerkuts fügten sich inzwischen offensichtlich in ihr Schicksal und leisteten klugerweise keinen Widerstand.

„Leider können wir die Pferde nicht benützen, da wir keine Sättel haben." Karok versuchte dennoch (aus reinem Übermut wie er danach behauptete, als er sich den Staub aus den Kleidern klopfte) einen der Hengste ungesattelt zu besteigen. Dieser wieherte zornig auf, krümmte seinen Rücken, und schon lag Karok am Boden.

Nazim, der mit Hilfe Alis den Tieren inzwischen provisorische Zaumzeuge angelegt hatte, konnte den Hengst aber sofort beruhigen.

„Dich lässt er vielleicht aufsitzen, probier es doch einmal, denn du musst ja eines der Tiere nach Baltit für den König zurückbringen. Dein Vater konnte sich ja immer ein Pferd leisten, und du hast wohl auch längst reiten gelernt. Wir anderen stolpern ja bei vielen Festen häufig mit dem Steckenpferd herbei", fügte Karok noch sarkastisch an.

Nazim, der die Zuneigung der Tiere genoss, zögerte eine Weile, gab sich dann aber einen Ruck, sprach dem Pferd gut zu, saß alsbald oben, konnte sich aber nur an der Mähne festhalten. Der Hengst wendete seine Kopf zutraulich nach hinten, Nazim tätschelte ihm den Hals und blieb gleich oben sitzen. Ali war froh, nicht das Schicksal Karoks teilen zu müssen, da er sowieso nicht reiten konnte und es daher mit diesen ‚wilden Tieren' gar nicht zu versuchen brauchte.

So zogen denn die beiden Gruppen getrennt los, wobei Nazim mit den Pferden deutlich schneller war und er dem nebenher keuchenden Ali immer wieder Verschnaufpausen gönnen musste. Schließlich ging er aber längere Strecken selbst zu Fuß, weil ihm das Reiten ohne Sattel zuviel Kraft in den Schenkeln kostete.

Es war schon stark dämmrig, als sie die ersten Häuser von Gulmit erreichten und nach dem Haus des Beinheilers, Karoks Onkel, fragten. – Dort gab es natürlich ein Riesen-Hallo, und bald versammelten sich die Nachbarn, um die ‚Helden' auszufragen und zu bewundern.

„Mit den Gefangenen werden sie heute wohl nur bis Alinabad kommen und dort die Nacht verbringen", war die Meinung.

Und so war es auch. Erst zu Mittag des nächsten Tages trafen die Bewacher mit ihren Gefangenen ein, von denen einer beinahe während der Nacht entkommen wäre und deshalb nun noch mehr Blutergüsse und Prellungen aufwies.

„Nazim, du überbringst das Pferd dem Mir in unser aller Namen am besten wohl zusammen mit deinem Onkel, dem du vorher allerdings alles ‚beichten' musst." Karok war sich bewusst, welch schwierige Aufgabe er da dem jungen Burschen übertrug, fühlte aber instinktiv, dass auch da die Peris letztlich ihren Liebling nicht im Stich lassen würden. „Zum Wazir musst du auch deshalb so schnell wie möglich, weil er die Wachposten oben in Altit und unten an der Brücke verstärken lassen muss, da unter Umständen mit einem Rachefeldzug der Nagerkuts zu rechnen ist. Wie ich die kenne, getrauen sie sich wegen der Ingles aber sicher nichts zu unternehmen! Außerdem haben sie bei solchen ‚Anlässen' sowieso immer den Kürzeren gezogen."

Da das Pferd nunmehr mit einem ordentlichen Sattel versehen wurde, war es Nazim ein Leichtes, am nächsten Abend Baltit zu erreichen. Ehe er zu Massur ging, wollte er der Mutter noch schnell seine Rückkehr melden. Er konnte sich aber den Weg zum Wazir ersparen, denn er traf seinen künftigen Stiefvater, mit der Mutter am Feuer sitzend, in ein offensichtlich wichtiges Gespräch vertieft, denn die beiden Schwestern langweilten sich draußen vor der Tür.

Nach einer kurzen, beiderseitigen Verlegenheitspause sprudelte Nazim die Ereignisse heraus, wobei er seine besonderen Verdienste um die Pferde aber nicht erwähnte.

„Allah akbar!", die Mutter schüttelte nur ungläubig den Kopf, während Massur nicht wusste, ob er schimpfen oder lachen sollte. Bald überwog aber doch sein Hunzablut, er drückte Nazim an sich und gratulierte ihm zur kühnen Tat: „Wir müssen die Sache nur vor den Ingles vorerst geheim halten. Die Nagerkuts werden sich ‚ob der Schande' bei den neuen Herren auch kaum beschweren, da bin ich mir sicher."

„Nun lass einmal dein Beutepferd anschauen." Vor die Hütte tretend, war Massur vom prächtigen, feingliedrigen Tier, dem man das Araberblut ansah, begeistert: „Damit wirst du beim neuen Mir sehr willkommen sein, denn an guten Polopferden mangelt es sehr. – Aber komm ins Haus, deine Mutter und ich haben dir etwas zu sagen: Wir werden demnächst heiraten, und zwar, wie es Brauch ist, zur Wintersonnenwende." Und wieder, wie schon einmal, versuchte Massur Nazim an sich zu ziehen: „Ich freue mich, endlich einen Sohn zu haben!"

Dieser ließ es aber gar nicht so weit kommen, trat einen Schritt zurück und brachte mit zornig heiserer Stimme nur heraus: „Für mich bist und bleibst du nur der Onkel!" Draußen vor dem Haus herrschte er die Schwestern an, nicht so neugierig zu lauschen und widmete sich dann dem Hengst, bis Massur endlich das Haus verließ.

Drinnen fand er die Mutter in Tränen aufgelöst vor. Sie brachte nur hervor: „Komm, iss etwas, du wirst sicher furchtbar hungrig sein", und stellte ihm eine Schüssel Qham, den üblichen Gemüseeintopf, mit Brot hin. Nazim machte sich heißhungrig darüber her. Da sich inzwischen die Schwestern und die Mutter auf der ‚Frauenseite' zur Ruhe begeben hatten, breitete auch er auf seiner Seite die Schlafdecken aus und schlief nach den Anstrengungen der letzten Tage sofort ein.

Nazim wachte auf, als die Mutter schon am Feuer hantierte und eben Butter in die Teekanne quirlte, aus der sich vertrauter Duft im Raum verbreitete. Wie schön wäre es, alleine mit der Mutter hier die nächste Zeit zu verbringen. Aber nein, das Schicksal hatte ihm nicht nur den Vater genommen, sondern auch die Mutter würde bald nicht mehr dieselbe sein, wie früher …

Die trüben Gedanken verließen ihn erst, als er draußen Hände und Gesicht in das eiskalte Wasser des Bewässerungskanals tauchte und der in der Nähe angepflockte Hengst leise wieherte. ‚Allah, ich muss ja zum Mir …'

Nazim nahm den Sattel nicht mit, der dem Knochenheiler von Gulmit gehörte – er musste diesem ja zurückgegeben werden – und stieg langsam und mit großem Herzklopfen durch die verwinkelten Gässchen zum Schloss hinauf. Es war sehr ungewöhnlich, dass ein junger Bursche wie er den Mir direkt zu sprechen wünschte. Außerdem war er dem neuen König noch nicht vorgestellt worden. Insgeheim hatte er gehofft, dass Massur sich anbieten würde, ihn zu begleiten, aber nach der deutlichen Ablehnung, die er dem Onkel gestern gezeigt hatte, war dieser wohl zu Recht verärgert.

Da glaubte er plötzlich ein silberhelles Lachen zu vernehmen und deutlich zu hören: „Du bist doch schon ein Mann, hast deinem Land bereits großartig gedient und hast eine Peri zur Freundin."

Verwundert blickte er sich um und hätte zu träumen geglaubt, wenn nicht auch der Hengst seinen Kopf genau in dieselbe Richtung gewendet hätte, woher das Lachen kam …

So nahm er seinen ganzen Mut zusammen und stieg weiter zu den Mauern des mächtigen Gebäudes hinauf, die sich nun fast drohend über ihm erhoben. Er wusste, dass er zuerst einmal die ‚Hürde' des Tschokidars nehmen musste, der auch prompt bereits über die Brüstung der Vorhofmauer herabblickte, da er offensichtlich das ungewohnte Pferdegetrappel gehört hatte.

Seinen gewaltigen Schnauzbart, das unabdingliche Zeichen der Würde eines Burgwächters, zwirbelnd, schien er tatsächlich sehr überrascht zu sein: „Ei der tausend kastrierte

Nagerkuts! Sehe ich recht, unser Held von Nilt! Was willst denn du hier – und noch dazu mit einem so prächtigen Pferd?"

„Es ist für den Tham bestimmt!"

„Ach, dem Tham willst du es zum Geschenk machen. Nun ja, annehmen wird er es sicher. Ich werde gleich nach einem Stallburschen rufen, und dann werde ich es ihm vorführen und auch berichten, wer es gebracht hat. – Was, du möchtest selbst mit dem Tham sprechen? Sei froh, wenn du dich ehzeit aus dem Staub machen kannst, dann brauchst du nicht zu erklären, wem du es gestohlen hast."

Nazim strahlte aber unerwartete Autorität aus, drückte dem verdutzten Tschokidar die Zügel in die Hand und rief über die Schulter zurück: „Warte hier, bis ich mit dem Mir herunterkomme, um ihm das Pferd vorzuführen." Und schon klopfte er an das mächtige Tor, das sich auch prompt öffnete, hatte doch der Torwächter mit Vergnügen dem Disput zugehört.

„Ich bin Bechram Khans Sohn und habe dem König eine wichtige Botschaft zu überbringen."

„Ich wünsche für dich, dass sie wirklich wichtig ist, denn sonst kannst du dich eine Weile bei Wasser und hartem Fladenbrot gleich hier unten einige Tage langweilen", er wies auf eine der Treppen hin, die zu den Gefängnis-Verliesen hinabführten.

„Halte mich mit deinem Geschwätz nicht auf, los, verständige den Mir!"

Nazim war dabei laut geworden, und plötzlich hörte man von oben eine tiefe Baßstimme: „Was für eine Botschaft will man mir überbringen? Bringt mir den Burschen herauf!"

Ehe sich Nazim versah, stand er mit einem flauen Gefühl in der Magengrube dem König gegenüber: „So, du bist des verstorbenen Bechrams Sohn, der Neffe meines Wazirs. Was bringt dich zu mir?"

Der König sah gar nicht besonders ‚königlich' aus, trug die übliche Hunzamütze mit dem aufgerollten Rand und eine weite, derbe Wollhose. Lediglich ein seidenes, besticktes lila Obergewand unterschied seine Kleidung von der eines Bauern. Er strahlte dennoch Würde und auch eine gewisse Güte aus, sodass sich Nazim schnell fasste und mit der langen Geschichte begann. Er verstand es dabei, sich so klar auszudrücken, dass der König nur wenige Zwischenfragen stellen musste. Mehrere Male schüttelte er bedenklich den Kopf und hakte dann besonders bei den Pferden ein, die sich angeblich nicht nur willig, sondern sogar regelrecht begierig auf die Hunzaseite begeben hätten: „Das kann nicht mit rechten Dingen zugegangen sein, ich habe schon gehört, dass du ein Günstling der Peris bist. Erzähl mir Genaueres darüber."

Nazim schüttelte aber nur den Kopf und brachte für eine Weile kein Wort mehr heraus.

„Na, berichte weiter. Wo sind die Gefangenen und die Pferde jetzt?"

Nazim fasste sich wieder und erzählte alles bis zum Schluss.

„Das ist ja eine unglaubliche Geschichte! Zum Glück wart ihr so vorsichtig, dass die Ingles scheinbar noch keinen Wind von der Sache bekommen haben. Auf meine Hunzakuts kann ich mich ja verlassen, die verraten nichts. – Aber du kannst sicher sein, dass ich deinen Freund Karok nicht so billig davonkommen lasse: Er wird erstens alle Pferde und nicht nur das eine, das er mir ‚großzügig' geschenkt hat, abliefern müssen. Die Tiere werden unsere Polomannschaft entsprechend verstärken.

Ihn werde ich, wenn er scheinbar ein so tüchtiger Kämpfer ist, für ein, zwei Jahre nach Gilgit zu den Ingles schicken, die dabei sind, eine Schutztruppe mit Einheimischen aufzustellen. – Du brauchst gar nicht so begeistert dreinzuschauen, für dich habe ich in der letzten halben Stunde ganz andere Pläne gefasst. Komm, jetzt sehen wir uns aber zuerst das Pferd an."

Der Tschokidar hatte das Tier inzwischen im Hof auf- und abgeführt und ihm auch etwas Heu vorwerfen lassen. „Das ist wirklich ein prächtiger Hengst. Wahrscheinlich stammt er aus der Herde des Mirs von Nager. Das werden uns die Nagerkuts lange nicht verzeihen! Bringt das Pferd in meine Stallung! Du kommst aber wieder mit hinauf."

Der König zupfte Nazim am Ärmel, und wenig später saß er auf einem schönen Teppich und hatte vor sich duftenden Tee, der in hauchdünnen chinesischen Porzellantassen serviert wurde. So schönes Geschirr hatte er bisher noch nie gesehen.

„Nazim, deine Intelligenz und deine Geschicklichkeit müssen wir künftig auch für unser kleines Land nutzbar machen.

Ich brauche dringend mehr Leute, welche die Sprache der Ingles und natürlich auch deren Schrift lernen. Ich kann ja nicht einmal persisch und arabisch lesen, so wie unsere Kalifas. Der ‚Political Agent' der Ingles, wie sich deren Vertreter des Vizekönigs von Indien nennt, hat mir angeboten, demnächst einen Lehrer zu schicken, damit einige Hunzakuts seine Sprache lernen. Außerdem sollen wir in zwei Jahren wieder die Kontakte mit dem chinesischen Amban in Kashgar aufnehmen und die jährliche Delegation mit etwas Gold hinübersenden. Karok und du werden die Richtigen sein, unsere Abordnung zu führen. Von Gulmit kommen dann wieder einige Wakhis mit, die auch etwas kirgisisch sprechen." Seine Stimme zu einem Flüstern senkend, fügte er hinzu: „Weißt du, den alten Anhängern meines Vorgängers kann ich nicht trauen." Und nach einigem Nachdenken: „Ja, ja, du bist künftig der richtige Mann für solche Aufgaben, du stammst aus der Sippe der Diramitin, dein Onkel ist Wazir und wer weiß …"

Hier unterbrach sich der Mir, der offensichtlich großen Spaß daran hatte, sich mit dem aufgeweckten Jüngling zu unterhalten und erzählte ihm, was er im vergangenen Jahr in der Hauptstadt der Ingles, in Calicutt, erlebt hatte: von der schwülen Hitze, vom entsetzlichen Essen, das aus lauter gekochtem Zeug bestand, vom schrecklichen weißen Brot und von den Fischen und anderem Meeresgetier, das ebenfalls immer wieder serviert wurde. Er erwähnte auch, dass die Ingles im Hunzafluss eine bestimmte Fischart, die sie ‚traut' nennen, einsetzen wollten.

Nazim hatte mit offenem Mund zugehört, und als ein Diener kam, um einen Abgesandten aus Nager anzumelden, war er froh, dass der Mir ihm bedeutete, dass die Unterredung zu Ende sei. Er benötigte dringend Ruhe, um alles Gehörte zu verdauen – und außerdem, ein Bote aus Nager, das konnte ja gut werden … Eine Genugtuung war es, als sich der Tschokidar – nach der langen Audienz beim Tham – mit großem Respekt von ihm verabschiedete.

Schon nach wenigen Tagen ließ der Onkel Nazim zu sich rufen und teilte ihm mit, dass er der hohen Ehre teilhaftig würde, beim demnächst stattfindenden Empfang des britischen Residenten aus Srinagar und dessen Vertreter aus Gilgit anwesend zu sein: „Der Mir hat mir gesagt, dass er dich und noch drei andere Burschen den Herren vorstellen wolle, um sie an das Versprechen zu erinnern, euch die englische Sprache beizubringen. Ich lasse dir bis dahin, obwohl du vielleicht noch nicht ganz ausgewachsen bist, einen bestickten Festtagsmantel anfertigen."

Nazim war es gar nicht recht, sich dem Onkel verpflichtet zu fühlen, aber es blieb ihm nichts anderes übrig als nur stumm zu nicken. Dankesworte brachte er keine heraus. Massur beklagte sich wenige Tage später bei Dschowari über ihren undankbaren Sohn.

Mit Salutschüssen aus denselben Gebirgskanonen, welche die Festung Nilt vor einigen Jahren sturmreif geschossen hatten und die nun vor dem Schloss in Baltit anlässlich des Besuches aufgestellt worden waren, wurde die Abordnung des Vizekönigs von Indien begrüßt. Bedient wurden die Geschütze von Pandschabi- und Kaschmiri-Soldaten der britischen Besatzung in ihren malerischen Uniformen. Nazim stand unter den Zusehern, die sich auf dem kleinen Platz vor dem Schloss drängten, wurde aber vom Tschokidar, scheinbar auftragsgemäß, in die hintere Reihe der einheimischen Ehrengäste gewiesen: „Ein Glück, dass du heute wenigstens anständig gekleidet bist, nicht so unehrerbietig wie letztens beim Tham", konnte dieser sich aber natürlich nicht verkneifen, Nazim zu ärgern.

Da das Wetter sehr mild war, fand der Empfang im Freien vor dem Schloss statt, wobei die Gäste durch eine aus Weidenzweigen geflochtene Ehrenpforte unter Trommelwirbel der Leibwache des Mir zu ihren Sitzplätzen geführt wurden. Nach beiderseitigen Ansprachen mit der Versicherung der neuen Freundschaft zwischen den Briten und dem Hunzavolk ließ der Mir Schwerttänzer auftreten, die den Residenten zur Feststellung veranlassten, dass die Hunzakuts künftig sicher eine wertvolle Abteilung der neuen Truppe der ‚Gilgit-Scouts' bilden würden. Und sich direkt an den Mir wendend: „Dann werden deine Leute ihre kriegerischen und räuberischen Gelüste wenigstens nicht mehr an den armen Nachbarn drüben in Nager austoben …" Und sich leise zum Dolmetscher wendend: „Sag dem Mir ins Ohr, dass ich so etwas wie den Raub von Menschen und Pferden künftig streng bestrafen werde. Für dieses Mal habe ich es noch gnadenhalber durchgehen lassen."

Man sah dem Mir die Erleichterung an, als er die hohen Gäste in den Empfangsraum hinauf ins Schloss lud. – Schon nach kurzer Zeit wurden auch Nazim und die anderen ‚Kandidaten' nach oben geholt und dem Residenten vorgestellt. Dieser war sehr leutselig und versprach den Burschen, dass sich während der Wintermonate, schon ab nächster Woche, der aus Gilgit stammende Dolmetscher der in Hunza stationierten Truppe mit ihnen täglich einige Stunden befassen würde.

Der Captain aus der britischen Abordnung winkte aber Nazim, den er erkannt hatte, zum Residenten heran: „Exzellenz, das ist jener Bursche, der Oberst Durand mit einem Pfeilschuss vor Nilt so schwer verletzt hat."

„Sehr respektabel für dein Alter! Wenn ich auch Durand, der an den Nachwirkungen seiner Verletzung noch immer leidet, sehr bedauere, so muss ich doch deinen Mut und vor allem deine Geschicklichkeit bewundern. Ihr Hunzakuts seid besonders tapfere Krieger."

Er wandte sich an sein Gefolge: „Wir können, glaube ich, froh sein, solche Verbündete gewonnen zu haben." Und ironisch lächelnd, leise an den Mir: „Wenn auch mit etwas Nachdruck durch die Kanonen …"

Und sich wieder laut an den Mir wendend: „Eine besondere Leistung muss ich Eurer Hohheit aber schon für die nächste Zeit abverlangen: Die Karawanenstraße – besser gesagt der Bergpfad – von Gilgit bis hier herauf nach Baltit ist schlechthin eine Katastrophe! Ich bin nicht ängstlich, aber an mehreren Stellen bin ich aus dem Sattel gestiegen, um bei einem eventuellen Absturz meines Pferdes nicht mit in die Tiefe gerissen zu werden. Wir haben den Pfad zwar notdürftig selbst instand gesetzt, aber er sollte doch ordentlich ausgebaut werden – nicht zuletzt, um auch Kanonen transportieren zu können. Die Gelüste des Zaren in St. Petersburg scheinen mir noch nicht gebändigt zu sein!"

Der Mir war froh, von seiner Seite auch etwas zum Festigen der neuen freundschaftlichen Bande beitragen zu können und beauftragte den anwesenden Wazir, noch im Winter aus allen Dörfern an der Route die notwendigen Arbeitskräft zu rekrutieren. „Unsere Leute sind Meister im Schlichten von Stützmauern, die sie in die Steilhänge regelrecht hineinzukleben verstehen!", wandte er sich an den Residenten. Und mit schelmischem Lachen weiter:

„Außerdem haben wir den Weg von Süden herauf vor zwei Jahren aus bestimmten Gründen verkommen lassen, ja, wenn nicht sogar an manchen Stellen dem Verfall etwas nachgeholfen ..."

# *III*

Gegen Wintersonnenwende hatte der Frost mit schneidendem Wind massiv eingesetzt und wer konnte, zog sich in die Häuser in die Nähe der Feuerstelle zurück, um dort die verschiedensten Ausbesserungsarbeiten und Reparaturen zu erledigen. In den etwas größeren Häusern klapperte auch der Webstuhl, der traditionell von den Männern bedient wurde.

Nazims Schwestern spöttelten: „Der große Krieger kann noch nicht einmal weben, dabei hat unser verstorbener Vater erzählt, dass er schon mit zehn Jahren immer fleißig am Webstuhl saß."

„Die Zeiten ändern sich eben. Er hat auch nicht Englisch lernen müssen. Ich muss leider schon wieder hinunter nach Altit zu Captain Fowler, der Unterricht geht natürlich auch bei der Kälte weiter."

„Du weißt ja noch nicht einmal, was Webstuhl auf Ingles heißt."

„Heute Abend werde ich es euch sagen."

„Halt, Nazim. Noch einen Augenblick: In einer Woche, zur Sonnenwende, findet so wie jedes Jahr der gemeinsame Hochzeitstermin im Hunzaland statt. Massur und ich werden auf besonderen Wunsch des Tham ebenfalls zu diesem Termin heiraten. Er will nicht, dass wir eine Ausnahme machen."

„Mutter, das sehe ich aber gar nicht ein. Da Vater verstorben ist, liegt der Fall doch anders als bei den jungen Paaren." Und wie ein Erwachsener formulierend: „Du machst dich doch nur lächerlich. Es wäre wohl viel besser gewesen, das in aller Stille ohne viel Aufhebens zu tun."

„Da kennst du Massur nicht! Als Wazir will er die wichtigste Person bei der diesjährigen Hochzeit sein."

„Und dir gefällt das, du bist ja scheinbar in ihn verliebt!"

Die Schwestern zogen bei dieser unerhörten Bemerkung die Köpfe ein – in Erwartung einer Handgreiflichkeit der Mutter. Dschowari wurde aber von einem Weinkrampf geschüttelt, von dem Nazim, der ins Freie stürmte, nichts mehr mitbekam.

Er musste den Englischunterricht ausfallen lassen, so sehr ging ihm das Unausweichliche nahe. Er raffte den Mantel hoch, zog sich die Kappe über die Ohren und stieg keuchend bergauf. Er konnte sich seine Zukunft überhaupt nicht vorstellen: ‚Ja, Massur hat sein eigenes Haus, aber da Mutter sicher nicht dorthin zieht, wird er sich meistens bei uns aufhalten. Das halte ich nicht aus!'

Nazim stieg zügig weiter bergauf und erreichte bald die ersten Wacholderbäume. In dieser Höhe lag schon eine Schneedecke. Mit den Filzstiefeln war es kein Problem, auch durch kleine Schneeverwehungen zu stapfen. Bald tauchten die Hütten der Hochalm auf. Sie waren auf der Windseite bis zum Flachdach mit Schnee zugeweht. Ohne es eigentlich zu wollen, lenkte er seine Schritte in die Richtung seiner eigenen Sommer-Hütte.

Da es bereits dämmerte, stieß er die halb zugefrorene Türe mit dem Fuß auf, zog sie wegen des unangenehmen Windes hinter sich zu und setzte sich vor die Feuerstelle. Brennholz war an der Außenseite der Hütte genug aufgestapelt. Instinktiv kramte er in den Taschen nach seinem ledernen Feuerstein- und Zunderbehälter, aber – oh Schreck – er hatte ihn nicht dabei! Vorerst war ihm gar nicht kalt, aber nach einer Weile kroch ihm die Eiseskälte langsam die Glieder hoch, und er begann regelrecht mit den Zähnen zu klappern.

‚Hinunter gehe ich heute keinesfalls mehr! Wohin sollte ich

denn auch? Karok ist schon in Gilgit bei der Scout-Ausbildung – der wird es jetzt sicher warm haben. Egal, erfrieren werde ich schon nicht so schnell. Ich bleibe hier!'

Langsam fielen ihm die Augen zu, und er fiel in einen Dämmerschlaf, aus dem er aber bald hochschreckte. Es war stockfinster. Sang der Wind um die Hütte? Nein, da war doch ein vertrautes, helles Lachen: „Ich bin's, Nilufar. – Ui, jetzt habe ich dir meinen Namen verraten."

Augenblicklich wurde es in der Hütte auch ziemlich hell, und da saß die blonde Peri ihm direkt gegenüber.

„Du zitterst ja vor Kälte. Das geht nicht an, rück' zu mir herüber, getrau dich doch! Noch näher. Du wirst spüren, gleich wird dir warm."

Nazim rückte tatsächlich zaghaft näher, und ehe er sich's versah, hatte sie einen Arm um seine Schultern gelegt und drückte ihn ein wenig an sich. Plötzlich war ihm warm, aber es wurde ihm auch leicht schwindlig von dem feinen Duft, der von ihren Locken ausging, die ihm über das Gesicht strichen. Ein unglaubliches Glücksgefühl durchströmte ihn. Sein Herz hämmerte fast zum Zerspringen.

„Ist ja schon gut. Du darfst dich nicht so aufregen. Wir wollen künftig doch öfters beisammen sein. Ja?"

Üblicherweise war körperlicher Kontakt zwischen den beiden Geschlechtern in Hunza vor einer Hochzeit kaum denkbar. Er beschränkte sich nur auf den nahen Verwandtenkreis, wo eine Heirat ausgeschlossen war. Die Sehnsucht der Burschen nach weiblicher Zärtlichkeit war daher umso größer, und Nazim war überwältigt. Langsam wagte er es, sie an sich zu ziehen und mit beiden Händen ihr Gesicht zu streicheln. Er vergrub seinen Kopf in ihrem Haar und stammelte immer wieder: „Du Liebes!"

„Du darfst mich Nilufar nennen, aber unten im Tal meinen Namen ja nicht verraten. Versprichst du mir das?"

Nazim nickte nur und wollte einen Kuss auf ihre Wange drücken. Nilufar wandte ihm aber ganz selbstverständlich ihren Mund zu, und ihre feuchten und leicht geöffneten Lippen lösten eine Sturzflut von Gefühlen in ihm aus. Zum ersten Mal in seinem Leben erfuhr er solche Zuneigung. Immer wieder fanden sich ihre Lippen. Seine Küsse waren nicht fordernd, dazu war er viel zu schüchtern und unerfahren. Seine Hände hielten sie aber so fest umfangen, als ob er sie nie mehr loslassen wollte. Langsam wurden die Küsse inniger und schließlich fanden sich auch ihre Zungen. Nilufar nahm seine Hände und legte sie auf ihre jungen, festen Brüste. Nazim wurde fast schwindlig vor Glück, und ganz instinktiv fanden seine Hände den Weg durch den Halsausschnitt des Gewandes bis zu ihrer zarten Haut.

Auch Nilufar überließ sich hemmungslos der Woge der Gefühle, als sich aber seine Lippen ihren Brüsten näherten, stieß sie Nazim heftig von sich: „Bist du wahnsinnig, möchtest du nur wie mein Bruder oder mein Sohn sein? Du weißt doch, dass du in dem Augenblick, wo du mit deinen Lippen die Brustwarzen einer Frau berührst, für ewige Zeiten ihr Milchbruder und so eng mit ihr verwandt bist, wie ein Bruder mit der Schwester oder ein Sohn mit der Mutter. Auch das frische Ziegenblut, die ‚Milch der Peris', bewirkt bei einem Bitan dieselben Verwandtschafts-Bindungen zu uns. Das ist ja der Grund, dass ich dich, mein Liebster, gefunden habe. Du hast das Zeug zum Bitan in dir, kannst mit uns Peris Kontakt herstellen und hast dennoch das Ziegenblut noch nie getrunken – ich bitte dich, tu es unserer Freundschaft zuliebe auch in Zukunft niemals!"

Nazim stammelte: „Nein, nein. Du hast recht, an das habe ich überhaupt nicht gedacht!"

Nilufar ließ wieder ihr fröhliches Lachen hören: „Du brauchst nicht so betroffen dreinschauen. Du darfst nur mit deinem Mund meine Brüste nicht berühren. Sonst darfst du bald alles mit mir machen ..."

Nazim wurde über und über rot, und auch auf Nilufars Wangen zeichneten sich rote Flecken ab. Sie zog ihn wieder an sich: „Liebster, damit warten wir noch ein bisschen. Vielleicht beim nächsten oder übernächsten Mal ... Wir haben ja noch so viel Zeit vor uns."

„Ich kann jetzt im Winter fast jeden Tag heraufkommen", erwiderte Nazim sofort eifrig.

„Nein, nein, das geht leider nicht. – Weißt du", fuhr sie mit einem Seufzer fort, „meine Schwestern dürfen von unserer Zuneigung keinesfalls etwas erfahren, sie sind unglaublich eifersüchtig." Sie sah Nazim verliebt an. „So einen Glücksfall wie dich gibt es eben nur ganz selten! Ich werde – wahrscheinlich für dich überraschend – immer wieder auftauchen, besonders dann, wenn du heroben in den Bergen in der Nähe der Gletscher weilst. Am besten ist es vielleicht, wenn du Jäger wirst. Ich werde dir schon die Plätze zeigen, wo der heilige Markhor seinen Einstand hat."

„Jetzt muss ich dich aber verlassen, es ist schon nach Mitternacht." Sie gab Nazim noch einen letzten leidenschaftlichen Kuss. Er wollte sie festhalten – aber sie hatte sich in Nichts aufgelöst. Wie betäubt saß er längere Zeit da, spürte die Süße ihrer Lippen auf seinem Mund und glaubte schon, dass er geträumt habe, als plötzlich das Herdfeuer aufflammte … Nach einiger Zeit raffte er sich schließlich auf und holte von draußen Scheite zum Nachlegen. Als er ins Freie trat, hörte er vom Grat ein silberhelles Lachen …

Es war schon nach Sonnenaufgang, als Nazim aufwachte. Er hatte nichts zum Zudecken gehabt, und dennoch war ihm angenehm warm; das Feuer gloste noch ein bisschen. Er starrte zum Rauchabzug hinauf und versank für eine Weile in den süßen Erinnerungen des letzten Abends. Erst ein wildes Hunger-Rumoren im Magen trieb ihn schließlich auf, und nach sorgfältigem Verschließen der Hüttentür und ein paar Schlucken aus der eisverkrusteten Quelle begann er den Abstieg ins Tal.

„Mutter hat sich um dich Sorgen gemacht, wo warst du denn die ganze Nacht?"

„Malika, das geht dich gar nichts an. Mach mir lieber etwas zu essen, ich habe argen Hunger."

„Du bist in der letzten Zeit immer so mürrisch und schlecht gelaunt."

„Was du nicht sagst. – Vielleicht ändert sich das ab sofort." Pfeifend verließ Nazim wenig später das Haus in Richtung Altit, um bei Captain Fowler und dem Dolmetscher keine weitere Englischstunde zu versäumen.

Beide Herren waren keine Pädagogen, bemühten sich aber um die Burschen nach bestem Wissen, und so gab es auch bald einige Fortschritte. Nazim und die anderen mussten zuerst schreiben lernen, was sie erstaunlich rasch schafften.

Der Kalifa von Altit, der öfters dem Unterricht aus Neugierde beiwohnte, wurde regelrecht eifersüchtig, weil die Burschen zwar weder persisch noch arabisch schreiben und lesen konnten, aber sich nun in der Sprache der neuen Herren in Wort und Schrift bald auskannten.

Was Nazim besonders berührte und zu tagelangem Nachdenken anregte, war der Umstand, dass seine Muttersprache, das ‚Buruschäski', offensichtlich nur von einer ganz kleinen Minderheit gesprochen wurde: Hier, in den Hunzadörfen und drüben in den Dörfern der Nagerkuts auf der anderen Flussseite und sonst vielleicht noch ein bisschen im benachbarten Yasin. Das war aber alles. Er wollte es zuerst nicht glauben, als aber der aus dem nahen Gilgit stammende Dolmetscher in Erinnerung rief, dass bei ihnen in Gilgit ‚Shina' die Muttersprache sei und dass die Leute in Oberhunza, etwa in Gulmit, zwar Buruschäski verstünden, aber als Muttersprache ‚Wakhi' hätten, wurde Nazim die eigenartige sprachliche Vielfalt auf engstem Raum erst langsam bewusst. Immer stärker wuchs in ihm das Gefühl, als Hunzakuts etwas Besonderes zu sein.

In wenigen Tagen war Wintersonnenwende, und damit rückte der verhasste Termin von Mutters Hochzeit, zusammen mit mehreren anderen Paaren, heran. Der exakte Zeitpunkt wurde immer vom Tham im Einvernehmen mit den Peris festgelegt. „Die Feen sehen am liebsten eine Gruppenhochzeit", sagten die Leute. „Wenn möglichst viele junge Paare zum selben Termin, zusammen mit den erwachenden Kräften der Natur zu Jahresbeginn neues Leben zeugen, dann fördert dies die Fruchtbarkeit der Felder! – So haben die Bitans den Auftrag der Peris schon oft an uns weitergegeben."

Es war zwar eine arge Ungehörigkeit, als Sohn und Neffe an der Hochzeit nicht teilzunehmen, aber Nazim ließ sich in seinem Verhalten nicht mehr beirren. Besonders die Zuneigung Nilufars hatte ihn noch um einiges reifer gemacht. Er war nun schon ein ‚junger Mann geworden', wie die Nachbarn feststellten. Sein Selbstbewusstsein war auch dadurch gestiegen, dass Karok ihm kürzlich tatsächlich ein kleines Beutelchen mit Goldstaub als Anteil vom Sklavenverkauf zugesteckt hatte. An einem sicheren Ort versteckt, gab es Nazim das angenehme Gefühl einer gewissen Unabhängigkeit.

Um dem Hochzeitsgeschehen auszukommen, fasste er die Absicht, wieder zur Hochalm hinaufzusteigen und einige Tage dort zu verbringen – ob Nilufar wohl dieselbe Sehnsucht verspürte? ... Er wagte kaum zu hoffen, sie wieder in den Armen halten zu können.

Jedenfalls wusch er sich peinlichst genau, hatte schon seit langem keine Kuhmilch mehr getrunken und nahm sich vor, oben auf der Alm zuerst ein Feuerchen mit Wacholderzweigen zu entfachen. Eine Schaffelldecke zum Schlafen, ein paar Brotfladen, der Bogen mit einigen Pfeilen und natürlich Feuerstein und Zunder vervollständigten seine Ausrüstung.

Er ließ die Schwestern, die schon mit hektischen Vorbereitungen für die Hochzeit befasst waren, nur wissen, dass er erst in einigen Tagen wiederkommen würde und war froh, dass die Mutter im Moment bei der Nachbarin weilte.

So stieg er in Gedanken versunken mit ausgreifenden Schritten aufwärts. Ober ihm hatte die Sonne eben die drei Gipfel des Ultar erreicht, dessen Eisbrüche nun aufleuchteten, draußen erstrahlten die Gletscherflanken des mächtigen Rakaposhi schon längere Zeit im Sonnenlicht, und jenseits des Hunzaflusses grüßte der Diran in makellosem Weiß herüber. – Mit zunehmendem Alter wurde ihm immer stärker bewusst, wie wunderschön sein Hunza war. Er wollte nie woanders leben!

‚Wo weilt wohl Nilufar die ganze Zeit? Die Leute sagen, die Peris wohnen in der Gletscherregion. Haben sie dort irgendwelche Paläste? – Nein, sie sind doch reine Geisteswesen, behaupten die Kalifas. Das habe ich auch geglaubt. Aber seit ich Nilufar in den Armen halten konnte ... Ich möchte doch eines Tages Nilufar immer bei mir haben ...' – Nazim dachte an die Geschichte vom Borit-See oben in Gulmit, die immer wieder erzählt wurde: Ein Jäger hatte dort beobachtet, wie sich drei Peris zuerst in Wildenten und dann plötzlich in wunderschöne Frauengestalten verwandelten, die ihre Kleider ablegten und im See herumplantschten. Er wusste, was zu tun war: Er warf trockenen Kuhdung, der an dieser Stelle herumlag, auf eines der Kleider, und als die drei aus dem Wasser stiegen, konnten nur zwei ihre Kleider anziehen und wieder als Wildenten davonfliegen. Die dritte, mit dem durch Kuhdung verunreinigten Gewand, musste als Wesen von Fleisch und Blut zurückbleiben und wurde des Jägers Weib …

Also könnte doch auch Nilufar zu ihm ins Tal als seine Frau herunterkommen. Sie würde nie schwer arbeiten müssen, er würde sie auf Händen tragen und alles für sie tun … So erreichte er, tief in Gedanken versunken, die Alm, brach unterwegs Wacholderzweige von den Bäumen, und bald flackerte im eiskalten Steinbau ein freundliches Feuerchen, von dem leicht betäubender Duft aufstieg, aber kaum Wärme ausging.

Ob sie wohl wieder kommen würde …? Eine Woge der Sehnsucht schnürte ihm fast die Kehle zu. Er sah nichts anderes vor sich als das liebe Gesicht, umrahmt von blonden Locken … Dennoch kroch die Kälte der Bergnacht langsam in seinen Gliedern hoch. So erhob er sich schließlich mit steifen Beinen, legte ein paar Wacholderzweige in das Feuer und hüllte sich schlotternd in den mitgebrachten Schafpelz.

Der Rauch zog aber nicht richtig ab, und er wollte sich eben aus dem warmen Pelz schälen, um die Abdeckung am Schacht etwas weiter zu öffnen, als diese scheinbar von selbst zur Seite geschoben wurde und zwei bunt verzierte Filzstiefel in der Öffnung erschienen.

„Fang mich auf, damit ich nicht ins Feuer plumpse! Ich habe mich ungeschickterweise zu früh in deine menschliche Nilufar verwandelt – ich kann es scheinbar nicht erwarten", ertönte vom Dach ein vertraute, glockenhelle Stimme. „Als Peri verbrenne ich mich natürlich nicht. Schon gar nicht am Wacholderfeuer – aber als Menschenwesen könnte es Brandblasen geben …"

Blitzschnell aufspringend und sich dabei im Schafpelz verheddernd, konnte er sie gerade noch auffangen. Dennoch war der Schwung zu groß, beide fielen hin und wälzten sich lachend am Boden.

„Herrlich, der weiche Pelz. Komm, wir hüllen uns darin gleich ein." Und schon umfingen ihn ihre Arme, und er spürte ihre weichen Lippen auf seinem Gesicht und schließlich auf seinem Mund.

Unten in Altit und Baltit waren inzwischen in jenen Häusern, wo es dieses Jahr Brautpaare gab, die tagelangen Hochzeitsvorbereitungen mit gegenseitigen Einladungen der Familien des Bräutigams und der Braut zum Abschluss gelangt. – Morgen sollte die gemeinsame große Hochzeitszeremonie in Anwesenheit des Thams im großen Bethaus in Baltit stattfinden.

Die tief unglückliche Asor war schon vor einer Woche zur Familie ihres Bruders nach Haiderabad gezogen. Nicht nur, dass sie es unmöglich ertragen hätte, an den Zeremonien teilzunehmen, nein, es war auch eine in ganz Hunza seltene Situation entstanden: Die Heirat einer zweiten Frau kam nämlich nur alle paar Jahrzehnte vor, und selbst dem König war es bei dem Gedanken, wie er sich in diesem Fall der ersten Frau seines Wazirs gegenüber verhalten sollte, unbehaglich geworden. So war er es, der Massur den Vorschlag machte, dass es besser wäre, wenn Asor für eine Weile zu entfernt wohnenden Verwandten zöge. Dem hatte allerdings der ebenfalls beigezogene Kalifa heftig widersprochen: Er werde selbstverständlich die passende Sure aus dem Koran zitieren, wo der Prophet ausdrücklich die Heirat von bis zu vier Frauen gutheißt.

„Das kann ich dir nicht verbieten, aber Asor muss das nicht unbedingt mit anhören. Sprich doch einmal mit deiner eigenen Frau darüber, was sie dazu zu sagen hat. Von meiner ‚Rani' habe ich dazu schon einiges zu hören bekommen", wandte sich der König schmunzelnd an den Kalifa. Und augenzwinkernd: „Ich bin Massur wegen der zweiten Frau keineswegs böse, denn unsere eigenen Frauen werden dadurch in ihrer Selbstsicherheit etwas gedämpft."

Massur ließ es sich am Tag der Trauung nicht nehmen, das festliche Hochzeitsgewand der jungen Hunzakuts zu tragen: Das bestickte, lange weiße Hemd, auf dem Kopf die weiße Festtagsmütze und um den Hals die traditionelle Hochzeitsgirlande aus Trockenblumen, die mit Silber- und Goldflitterbändchen verziert war. In der Rechten hielt er, in ein weißes Tuch eingewickelt, das Festtags-Schwert. – „Ein stattlicher Mann, unser Wazir! Warum nimmt nicht auch unser Tham wenigstens eine zweite Frau?", konnte man allenthalben hören.

„Seine Rani daheim hält eben die Zügel straff in der Hand", wussten es mehrere Frauen besser.

Wurde bei Massur die festliche Kleidung eines jungen Bräutigams akzeptiert, so konnte man aber ein Murren hören, als Dschowari, ebenfalls wie eine junge Braut gekleidet, von ihren Begleitern zum Gebetshaus geleitet wurde: Ihr besticktes weißes Oberkleid und die rote Blumenkappe hätte man noch toleriert, aber dass sie auch noch die spezielle, nur für Hochzeiten angefertigte Silberkette über der Stirn trug und außerdem mit Halsketten, Armbändern und Ohrringen, alles aus Silber oder Gold, behangen war, das erregte Anstoß: „Asor hat er nie mit Schmuck verwöhnt. – Und außerdem ist sie ja eigentlich noch in Trauer! ..."

Auch Dschowari war dieses Herausputzen gar nicht recht, wollte sie doch so wenig wie möglich auffallen, aber Massur hatte absolut darauf bestanden. So versuchte sie sich möglichst bescheiden hinter den anderen Bräuten im Gebetshaus einzureihen, aber auch daraus wurde nichts, denn sie musste mit Massur in der vordersten Reihe Platz nehmen.

Peinlich wurde es für sie auch bei den anderen Zeremonien, welche sämtliche auf gerade vermählte Paare zugeschnitten waren, wie etwa das Befragen der Bräutigam-Familie durch einen Vertrauensmann der Braut. Alles das hatte für sie keine Gültigkeit, und so gab es immer Verlegenheitspausen, in denen sie am liebsten im Erdboden versunken wäre. Massur aber überbrückte diese dadurch, dass er immer wieder aufstand und den anderen Brautpaaren wohlwollend zunickte, was selbst beim Tham ein Stirnrunzeln auslöste. – „Eitel wie ein Pfau!", flüsterten sich die Leute zu.

Schließlich beendete der Kalifa die unangenehme Situation, indem er das traditionelle Hochzeitsversprechen vorlas, dem alle Paare mit einem ‚ja' zustimmen mussten. Sodann erfolgte das gegenseitige Umhängen der Hochzeitsgirlanden, womit die Paare schließlich offiziell verheiratet waren.

Traditionell fanden sich alle Gäste nun im Haus der jeweiligen Braut zu einem großen Festmahl ein, und am Abend zog man dann zum Haus des Bräutigams, um auch dort ein festliches Essen zu genießen. Da es dieses Jahr bei mehreren Familien frisch Vermählte gab, war neben den Verwandten die Anzahl der eingeladenen Nachbarn nicht allzu groß. Nicht jedoch bei Massur, der neben seinem Haus Tische und Bänke aufstellen und wegen der Kälte einige große Feuer entzünden ließ, wofür er keine Kosten gescheut hatte, um das dafür nötige teure Brennholz zu beschaffen. Als schließlich auch kostbarer Wein und Maulbeerschnaps kreisten, kam eine recht ausgelassene Stimmung auf. – Massur war der Erste und dann begann ein Mann nach dem anderen in den Kreis der Tänzer zu treten …

Plötzlich stürzte aber eine der Nachbarinnen, die sich bei Dschowari drinnen im Haus aufgehalten hatte, unter lautem Klagen ins Freie: „Ihr habt vergessen, dem neuen Paar beim Betreten des Hauses Mehl auf die Schultern zu streuen, das bringt großes Unglück! Wie konntet ihr nur so nachlässig sein!"

Massur lachte laut auf, aber mehrere Männer blickten sich betroffen an und stellten das Tanzen ein: „Dann holt eben des Mehlstreuen nach!"

Dieser Aufforderung wurde sofort Folge geleistet, und Massur ließ sich sogar mit Mehl regelrecht einstäuben, aber es kam keine fröhliche Stimmung mehr auf, und die Gäste zerstreuten sich bald.

Dschowari war froh, als endlich die letzten Gäste gegangen waren. Nun war sie das erste Mal mit Massur allein, worauf dieser nur gewartet hatte, denn er zog sie umgehend begehrlich an sich. Er hatte dem Wein und Maulbeerschnaps reichlich zugesprochen, und so schlug ihr ein unangenehmer Atem entgegen, dem sie sich zu entwinden versuchte. Aber vergebens, mit hartem Griff streifte er ihr die festlichen Kleider ab und nahm brutal seine ehelichen Rechte wahr …

Das erste, was Massur am nächsten Morgen zu sagen wusste, war der Hinweis, dass Asor vielleicht noch am selben Tag nach Hause zurückkommen werde: „Sie wird es sich nicht nehmen lassen. Das beste wird sein, wenn du ihr immer aus dem Weg gehst. Sei unbesorgt, ich komme aber zumindest jeden Abend zu dir – und ich muss mich ja schließlich auch um die Bewirtschaftung meines neuen Besitzes kümmern. Allerdings nehmen mich auch die Wazir-Geschäfte ziemlich in Anspruch …" – Dschowari hoffte, dass dies möglichst oft der Fall sein würde …

# IV

„Halte mich ganz fest, ich hab´ schon richtige Sehnsucht nach dir verspürt."

„Und ich erst. Ich habe schon befürchtet, dass alles nur ein Traum war", flüsterte Nazim.

„Nein, nein. Ich habe mich entschlossen, meinen grießgrämigen Schwestern so oft es geht zu entfliehen. Sie sind ja alle um einiges älter als ich und reden nur immer davon, wie schön es wäre, eine Liebschaft mit einem von euch Hunzakuts zu haben. Sie wagen es nur nicht, weil sie Angst davor haben, für immer in den Niederungen leben zu müssen. Sie sind nur darauf bedacht, den Markhor zu züchten, in unseren Gärten die Gerste zu pflegen und die Rubin-Schätze im Inneren der Berge zu vermehren. – Mir ist das alles viel zu langweilig. – Ich hätte auch keine Angst, für immer im Tal zu leben. – Jetzt habe ich aber viel zu lange geredet. Komm, küss mich!"

Und Nazim tat, wie ihm geheißen wurde. Seine Hände wanderten zu ihren Brüsten …

„Es ist köstlich, wenn du sie mit den Händen fest umfasst … Ach, wie wunderbar zärtlich du sein kannst! …"

Ihre Körper pressten sich immer enger aneinander, und Nazims Hände wanderten ihre schlanken Hüften entlang und weiter bis zu den Schenkeln, die sich ihm zaghaft ein wenig öffneten. – Nilufar erschrak über ihren eigenen Mut: „Nicht! Nein! Ja …! Ein bisschen streicheln darfst du mich." Sie spürte plötzlich seine harte Männlichkeit an ihren Körper gepresst und stöhnte leicht auf. „Wir müssen wohl noch ein bisschen warten, du bist ja noch so jung!" Sie kicherte: „Wenn du wüsstest wie alt ich bin, ich bin zwar die Jüngste von meinen Schwestern und sehe sehr jung aus, aber …"

Nazim versank in ihrer Zuneigung und verspürte ein unglaubliches Drängen, war aber dann doch selbst froh, nicht weiter gehen zu müssen – hätte er doch, unerfahren wie er war, gar nicht recht gewusst, wie er sich hätte verhalten sollen.

Und so liebkosten sie sich stundenlang und schliefen dann eng umschlungen ein. Erst als die volle Tageshelle im Lichtschacht sichtbar wurde, lösten sie sich voneinander und stellten nahezu gleichzeitig fest, dass sie hungrig waren.

Obwohl das Feuer längst niedergebrannt war, schien es eigentümlicherweise im Raum nicht kalt zu sein. Nazim holte rasch einige draußen hinterlegte Wacholderzweige, um wieder ein Feuer zu entfachen, und Nilufar nahm einen kleinen Kessel, um Wasser zu holen.

„Die Quelle wird aber ganz zugefroren sein."

„Das ist für mich kein Problem", lachte sie, und ehe er sich´s versah, war sie schon wieder zurück. Er hatte auch kaum den Feuerstein angeschlagen, flackerte schon eine helle Flamme auf.

„Hm, das Malzbrot ist köstlich, das versteht deine Mutter hervorragend zu backen. Und der Tee ist auch sehr gut."

Bei der Erwähnung seiner Mutter verdüsterte sich Nazims Miene. Nilufar nahm sein Gesicht tröstend in beide Hände: „Ich weiß alles und verstehe deinen Groll. Weißt du, das ist eben der Lauf der Dinge, aber" – sie sah ihn forschend und ein wenig traurig an – „es wird noch Schlimmeres kommen. Ich mache mir aber um dich keine Sorgen. Außerdem hast du ja künftig mich!"

„Ja, ja." Er vergrub sein Gesicht in ihre Haare. „Liebste Nilufar, wenn ich nur immer bei dir sein könnte …"

„Das möchte ich auch. Wenn wir beide klug genug sind, kann uns das auch gelingen. Ich werde aber meinen ganzen Witz und meine Findigkeit einsetzen müssen, um meinen Schwestern ein Schnippchen zu schlagen; freiwillig werden sie mich nicht ziehen lassen", fügte Nilufar etwas nachdenklich hinzu.

Sie hatte diese Gedanken kaum geäußert, verdunkelte sich der Rauchabzug und drei, vier Gesichter, alle Nilufar sehr ähnlich, wenn auch etwas älter, waren dort plötzlich zu sehen.

„Oh jeh!", entfuhr es Nilufar. „Meine Schwestern! Haben sie mich doch aufgespürt …"

„Was wollt ihr denn? Ihr seid ja nur eifersüchtig!", rief sie schnippisch hinauf.

„Haben wir richtig von ‚klug sein und gelingen' gehört? Das werden wir schon zu unterbinden wissen!"

„Schämt euch, zu lauschen!"

„Du solltest dich schämen, einen so jungen Mann zu verführen!"

Wütend sprang Nilufar auf und schleuderte ein noch glosenden Holz in die Luke, worauf die Gesichter sofort verschwanden. Gleichzeitig verdunkelte sich aber der Morgenhimmel, und wenig später fielen schon die ersten Schneeflocken.

„Aha, jetzt wollen sie dir den Abstieg vermiesen. Aber keine Sorge, ich werde dich sicher hinuntergeleiten."

„Nein, nein, ich finde auch im Schnee den richtigen Weg!" Nazim war auf einmal ganz heiser und noch immer recht erschrocken: „Ich muss wohl gehen ..."

„Ja. Leider können wir hier nicht ständig beisammenbleiben, aber wann immer du Zeit findest, musst du heraufkommen. Versprich mir das. – Ach ja, ich weiß schon, du musst jetzt die Sprache der Ingles lernen und nächstes Jahr sollst du mit der Delegation nach Kashgar. Dorthin kann ich dich leider nicht begleiten, denn wir Peris können nur dort leben, wo die Menschen an uns glauben. – Zu oft darfst du allerdings auch nicht heraufkommen, sonst will sich dir bald einmal einer deiner Freunde anschließen, und dann könnten wir uns nicht liebhaben." Nilufar seufzte auf, meinte dann aber wieder zuversichtlich: „Wir werden die Schwierigkeiten schon meistern. Wenn du einmal dein eigenes Haus hast, komme ich als deine Frau ins Tal! – Jetzt musst du aber wirklich gehen, der Schnee liegt schon fußtief."

Sie schlang ihre Arme um ihn und küsste ihn so leidenschaftlich, dass seine Unterlippe noch eine Weile blutete, war dann aber plötzlich verschwunden. Immer wenn er beim Abstieg im Schnee nach dem Pfad suchen wollte, klang genau dort, wo der richtige Weg verlief, ein silberhelles Lachen ...

Nazim fand daheim die Mutter mit den Schwestern alleine an. Sie fragte gar nicht, wo er denn die ganze Zeit gewesen wäre und stellte ihm bloß stumm sein Essen vor. Malika meinte lediglich, dass er die letzten beiden Tage viel versäumt hätte. Duri hingegen, die jüngere Schwester, rief erfreut: „Nazim, jetzt schläfst du auf meiner Seite herüben, weil Onkel Massur fast jeden Abend zum Übernachten kommt."

Nazim hatte das zwar schon befürchtet, sich aber noch keine weiteren Gedanken darüber gemacht, wie der Alltag verlaufen würde. Er wusste, dass üblicherweise die Ehefrau immer ins Haus ihres Mannes zog, aber Karok, dem er sein Herz ausgeschüttet hatte, deutete an, dass Asor so etwas nie zulassen würde.

Massur kam erst am übernächsten Abend, und auch er hatte sich einiges überlegt: „Nazim, ich habe mit dem Mir gesprochen, dass du eine neue Bleibe brauchst. Und da er dich sowieso mehr oder weniger in seinen Sonderdienst nehmen will, hat er meinem Vorschlag zugestimmt, dass du in die Festung Altit ziehen kannst, die ja jetzt, seit die Ingles hier sind, keine Verteidigungsaufgaben mehr hat. Es wohnt dort nur der Tschokidar mit seiner Frau, und es gibt mehrere freistehende Räume. – Außerdem hast du deinen Englischunterricht gleich in der Nähe. Der Mir wartet schon ungeduldig darauf, dass du endlich als Dolmetscher zur Verfügung stehst; er will Leute haben, denen er vertrauen kann."

Nazim fiel ein Stein vom Herzen … Er glaubte aber auch plötzlich eine vertraute, helle Stimme zu hören: ‚Erinnere ihn an die Besitzrechte an deinem Heimathaus!'

„Onkel, ich bin einverstanden, aber das kann nur vorübergehend sein. In kurzer Zeit bin ich großjährig, und dann möchte ich selbst mein Heimathaus übernehmen. Natürlich können Mutter und die Schwestern bei mir bleiben."

Massur musste, wie schon öfters, darüber hinwegsehen, dass der junge Bursche respektlos und ungebührlich selbstbewusst auftrat: „Ich sage dir Folgendes: Ich habe deine Mutter geheiratet, und damit fällt der Besitz deines Vaters, so lange du noch minderjährig bist, an mich. Und ich bestimme, wer wo wohnt. Wie es später einmal weitergeht, das werden wir schon sehen. Da es außer dir in unserer Familie nur Töchter gibt, wirst du irgendwann einmal sowieso alles erben – aber ich werde hoffentlich noch längere Zeit leben", fügte Massur noch mit einem leicht boshaften Lächeln an.

Nazim brachte kein Wort heraus und schüttelte nur zornig den Kopf.

Dennoch packte er schon am nächsten Morgen seine wenigen Habseligkeiten und zog in Altit in einen der unteren Räume der Burg ein, die im Winter wärmer waren. Im Frühjahr wollte er aber in eines der Turmzimmer hinaufsiedeln, von wo es einen prachtvollen Blick hinaus zum Rakaposhi, hinüber nach Nager und zu den Eisfluchten des Diran, aber auch schwindelerregend steil hinunter zum Hunazfluss gab.

Die nächsten Wochen vergingen allzu schnell mit den täglichen Englischstunden, mit Brennholzholen und anderen Arbeitsleistungen für die schon alten Tschokidar-Leute. Nazim übernahm auch das Melken der Ziegen, hütete sich aber, die Einzäunung zu betreten, in der die Rinder gehalten wurden.

Mehrmals hatte er sich vorgenommen, wenigstens für einen Tag auf die Hochalm hinaufzusteigen, aber die Fülle der Aufgaben ließ es nicht zu – und so schwelgte er bloß in süßen Erinnerungen und verzehrte sich fast vor Sehnsucht.

Etwa neun Wochen nach der Wintersonnenwende rückte der Zeitpunkt des wichtigsten aller Hunza-Feste, des ‚Bophao', des ‚Aussaatfestes', heran. Die Tage waren schon merkbar länger geworden, und die Sonnenstrahlen hatten die Erde auf den Terrassenäckerchen bereits voll aufgetrocknet.

Fast alle Bewohner von Baltit und Altit hatten sich am Poloplatz eingefunden, als das große Fest mit dem ‚Tanz der zwölf Ältesten', die der Tradition nach Großväter sein mussten, seinen Anfang nahm. Sie stellten mit ihren Tanzschritten und Handbewegungen die uralte Entfremdung des Menschen mit dem himmlischen Paradies und der kosmischen Welt und danach seine Aussöhnung durch eine neue Zeit des Säens und Erntens dar.

Danach formierte sich ein festlicher Zug zum ‚Quellfeld', einem besonderen Platz unterhalb des Baltit-Schlosses, wo der Tham jedes Jahr die Erde neu ‚aufschloss'.

Das Gefolge des Tham mit dem Wazir und einigen wenigen Männern aus wohlhabenderen Familien erschien hoch zu Ross. Gleich dahinter formierte sich aber der eigenartige Zug von Männern, die auf Steckenpferden ritten, die der Tham ihnen verliehen hatte. Es erschien dies niemandem lächerlich, denn es bedeutete, dass man auf der Warteliste des Königs für das spätere Beschenken mit einem Pferd stand. Hunza war ja ein armes Land, in dem die Haltung von Pferden sehr kostspielig war.

Auch Nazim war unter den Steckenpferd-Reitern, er hatte das aus Weidenholz geschnitzte Gebilde vom Tschokidar geliehen, nachdem extra vom Tham am Vortag eine Mitteilung gekommen war, dass auch für Nazim trotz seiner Jugend diese Auszeichnung zu gelten habe.

Karok, der dieser ‚zweifelhaften Ehre', wie er es nannte, schon seit über einem Jahr teilhaft war, sagte ganz laut zu Nazim, sodass jeder der ‚Reiter' es hören konnte: „Du hast sowieso Anspruch auf eines der Pferde aus Nager, die wir nur deinem Geschick zu verdanken haben. Ich bin sehr neugierig, wann du ein echtes Pferd unter dem Sattel haben wirst."

Bis zum ‚Quellfeld' war der festliche Zug auf mehr als tausend Männer und ebenso viele Frauen und Kinder angewachsen, die nun einen riesigen Halbkreis einnahmen, wobei ein ziemliches Gedränge entstand, denn jeder wollte die folgende Zeremonie möglichst genau selbst sehen: Zwei festlich gekleidete Älteste hielten vor dem Tham eine große, mit Gerstenkörnern gefüllte Holzschale, und ein Diener überreichte einen kleinen, mit Goldstaub gefüllten Lederbeutel. Diesem entnahm der Tham nun mehrere Brisen des edlen Metalls und mengte sie unter die Getreidekörner. Sodann schöpfte er mehrere Hände des Gemischs aus der Schüssel und warf sie in alle vier Himmelsrichtungen in die Luft.

Als die Goldblättchen im Sonnenlicht aufglitzerten, brach begeisterter Jubel aus. Einer reichen Ernte schien nichts mehr im Wege zu stehen ...

Schließlich zogen zuerst der Tham und anschließend der Wazir mit einem bereitgehaltenen Ochsen je drei Pflugfurchen von Ost nach West und die zwei Ältesten säten den Rest des Gemenges zwischen die frisch aufgerissenen Erdschollen.

Beim Nachhausegehen schloss sich der Tschokidar Nazim an und räsonierte über die geizigen Thams: „Der jetzige ist auch nicht besser als der vorherige. Hast du gesehen, wie wenig Gold er auch heuer wieder aus dem Beutel nahm? Da wird es wieder, so wie vergangenes Jahr, eine schlechte Ernte geben.

Die Vorräte gehen ja jetzt schon bald zu Ende. Das gibt die Wochen vor dem heurigen Ginani wieder eine echte ‚Fastenzeit'."

Karok, der sich ihnen beigesellt hatte, stimmte dem Tschokidar zu und lästerte: „Vielleicht sollten wir, gleich wie die Nagerkuts, Schiiten werden, da hätten wir automatisch jedes Jahr einen echten Ramadam-Fastenmonat."

„Jetzt erzähle ich euch beiden Jünglingen aber noch eine wahre Geschichte – ihr könnt es mir glauben oder nicht. Mein Vater hat mir von einer Hungersnot im späten Frühjahr vor einigen Jahrzehnten berichtet, die so schlimm war, dass die Leute ihre wertvollsten Gegenstände gegen Getreide eintauschten. So hat er seine Gabelflinte gegen so viel Gerste verkauft, wie in deren Lauf hineinging ...", sagt der Tschokidar.

Nazim fiel aus allen Wolken, als ihn seine Mutter fünf Monate nach der Sonnenwende bei einem seiner seltenen Besuche beiseite nahm und ihm mitteilte, dass sie guter Hoffnung sei: „Allah hat in seiner Güte meinen Leib noch einmal gesegnet, obwohl ich eigentlich über das gebärfähige Alter schon fast hinaus bin."

Nazim wusste nicht, wie er sich verhalten sollte. Aber es überkam ihn auf einmal Mitleid mit der Mutter, und er streichelte ihre Wange, was er schon viele Jahre lang nicht mehr getan hatte. Irgendwie war ihm auch Nilufars düstere Weissagung ins Gedächtnis gekommen.

„Mutter, ich muss mich leider gleich wieder verabschieden. Schon nächste Woche soll ich die diesjährige Delegation des Mirs nach Kashgar zum chinesischen Mandarin begleiten. Der König meint, dass ich nun schon genug Englisch könnte, um dort auch mit dem englischen Generalkonsul sprechen zu können. Unser Anführer, es ist der alte Tara Beg, hat ja die heikle Aufgabe, den Ingles zu erklären, warum wir – obwohl englische Untertanen – noch immer unseren jährlichen Tribut an die Chinesen entrichten. Das hat nämlich mit unseren – oder besser gesagt mit des Mirs – Besitzungen auf chinesischer Seite zu tun." Und sich ein bisschen wichtig vorkommend: „Aber was erzähle ich dir da, das sind ja reine Männersachen!"

Er hatte so sehr gehofft, wenigstens diesen Sommer noch einmal als Hirte auf die Hochalm gehen zu können, wo es hoch oben in verborgenen Gratmulden die besten Plätze für ein Zusammensein mit Nilufar gegeben hätte. Aber daraus wurde nun nichts mehr. Er musste oben im Baltit-Schloss, beziehungsweise im darunter befindlichen Gestüt des Königs, täglich fleißig Hand anlegen: Zaumzeuge waren zu flicken und auf Hochglanz zu polieren, die Pferde mussten zum Beschlagen hinunter ins Dorf der Beritschos gebracht werden.

Man übertrug dem intelligenten Nazim auch den Einkauf des Proviants. Vor allem gedörrte Aprikosen, Butter und geröstete Gerste mussten in größeren Mengen besorgt werden. Der Hofmeister des Mirs wollte sich von den schönen neuen indischen Silberrupien gar nicht gerne trennen, und so hatte Nazim manchen Ärger auszustehen.

Am Abend vor dem Aufbruchstag stahl er sich zwischen den letzten Vorbereitungen regelrecht davon und keuchte bergan. Irgendwo oben beim ersten Wacholderwäldchen hoffte er Nilufar zu treffen.

Natürlich hatte sie ihn schon längst beobachtet und bergauf hasten gesehen. Er tat ihr leid, weil er in der letzten Zeit unglaublich viel leisten musste. Sie war aber auch stolz auf ihn, der trotz seiner geringen Erfahrung schon die Aufgaben eines gestandenen Mannes bewältigte. Ja, sie wollte zu ihm ins Tal ziehen – wenigstens für einige Jahrzehnte – vielleicht war das sogar schon bald möglich …

So verbarg sie sich gar nicht hinter ihren Zauberkräften, sondern trat ihm bereits zwischen den ersten Waldbäumen als Mädchen entgegen: „Nilufar, Liebstes!" „Mein allerliebster Nazim!"

Nazim wirbelte sie so heftig herum, dass beide lachend zu Boden fielen.

„So lange habe ich dich nicht gesehen. Ja, ich weiß schon, du hattest viel zu tun. Komm, setzen wir uns da auf die große Wurzel. Aber ich wurde von meinen Schwestern auch regelrecht bewacht. Aber so raffiniert wie sie bin ich noch allemal …"

Beim Austausch leidenschaftlicher Zärtlichkeiten waren sofort ein, zwei Stunden vergangen, die Sichel des Neumonds verschwand bereits hinter dem Ultar, und so mahnte Nilufar zum Aufbruch: „Du hast morgen einen besonders anstrengenden Tag vor dir. Aber weißt du was, bis hinauf nach Gulmit werde ich in deiner Nähe sein – natürlich unsichtbar. Am Abend machst du noch einen kleinen Spaziergang, und dann verabschieden wir uns … Ich sehe schon voraus, dass es ein Abschied für einige Monate sein wird."

Hand in Hand liefen sie noch ein Stück nach unten, beim oberen Bewässerungskanal war sie aber plötzlich verschwunden.

Es war schon nach Sonnenaufgang, als die Karawane vor dem Baltit-Schloss vom Mir persönlich verabschiedet wurde. Fünf Reiter und ebenso viele Packpferde unter dem Anführer Tara Beg, der schon einmal in Kashgar gewesen war und das Vertrauen des Königs genoss. Die anderen vier waren junge Männer; Nazim war mit knapp siebzehn Jahren am jüngsten von allen. Nazim hatte sich schon vor einigen Tagen im Gestüt des Mirs ein Pferd aussuchen dürfen, das nach der Reise auch in seinen Besitz übergehen sollte – für sein Alter eine ganz besondere Auszeichnung. Der Tschokidar wollte ihn, so wie die anderen auch, mit einer Flinte ausrüsten, aber Nazim lehnte ab: „Ich nehme nur meinen Bogen mit, jetzt bin ich endlich stark genug, um ihn ohne Hilfe spannen zu können. Heißt ‚Hunz' nicht so viel wie ‚Pfeil'? Ich werde unterwegs fleißig üben. Ich will auch aus dem Sattel gut treffen können."

# *V*

Steil ging es hinunter zum Hunzafluss, und Nazim hatte die erste Viertelstunde genug damit zu tun, im losen Geröll im Sattel eine leidlich gute Figur zu machen. Unten über die schwankenden Bohlen der Brücke mussten die Pferde sowieso am Halfter geführt werden.

Er war den Weg bis Gulmit schon einmal mit den gefangenen Nagerkuts gegangen, aber diesmal hatte er mehr Muse, sich umzublicken: Er musste den Kopf in den Nacken legen, um lotrecht über sich die Festung von Altit betrachten zu können, die sich kühn gegen die Eiswände des darüber emporragenden Ultar abhob. Gegenüber war nur unbewässertes Ödland und daneben wieder das saftige Grün der schlanken Pappeln auf den bewässerten Terrassen-Oasen zu sehen. – Heimat-Glücksgefühl durchströmte ihn wieder einmal heftig.

Ihre weitere Route nahm alle Aufmerksamkeit in Anspruch, und es gab den ersten unfreiwilligen Aufenthalt, denn knapp vor ihnen staubte es in der zu querenden Geröllflanke auf. Wie so häufig kam loses Material als Steinlawine an diesem Wegabschnitt herunter, und man musste eine Weile verstreichen lassen, bis der Hang sich wieder beruhigt hatte. Anschließend stiegen sie wieder zum Fluss hinab, und auf schmalem Pfad ging es neben dem ziemlich reißenden Wasser weiter.

So führte der Weg im Wechselspiel von engen Schluchtdurchlässen und Hangquerungen Stunde um Stunde weiter. Zum Glück war der Pfad einigermaßen in Ordnung, wurden doch in dieser Jahreszeit mehrere Karawanen von China herunter erwartet, und Maut konnte nur eingehoben werden, wenn man auf instand gehaltene Wege verweisen konnte.

Trotzdem schaffte es der Reitertrupp nicht, das geplante Ziel Gulmit zu erreichen, denn es gab – wie für den ersten Tag üblich – immer wieder Aufenthalte, um die Trag- und Sattelgurte nachzuziehen, die Lasten zurechtzurücken und so fort. So wurde bei den Häusern von Shishket das erste Nachtquartier bezogen.

Nazim machte sich gleich mit den Pferden davon, um sie an einer entlegenen Stelle zutränken, wo er hoffte, dass sich Nilufar unentdeckt einfinden könnte. Zu seinem Ärger wichen ihm aber mehrere Kinder nicht von der Seite, und so musste er sich gewaltig anstrengen, um bis gegen Mitternacht wach zu bleiben und zu warten, bis seine Kameraden eingeschlafen waren. Auf leisen Sohlen schlich er sich schließlich davon und lehnte sich unten am Fluss gegen einen Felsbrocken. Ob sie wohl kommen würde?

Es währte nicht lange, da hielt ihm jemand von hinten die Augen zu, und schon saß sie auf seinem Schoß.

„Liebster, ohne dich macht mir das Leben überhaupt keinen Spaß mehr. Ich weiß gar nicht, wie ich die Monate deiner Abwesenheit ertragen werde." Nilufar war es diesmal, die getröstet werden musste.

Nazim nahm sie in die Arme, streichelte ihr Gesicht und bedeckte es mit verlangenden Küssen. – „Nein, nicht hier …! Ich fühle mich plötzlich nicht recht wohl." Nilufar wischte sich ein paar Tränen aus den Augen. „Was ist denn nur mit mir los? Wahrscheinlich sind die Wakhis, die hier siedeln, nicht alte Anhänger der persischen Feuer-Religion, wo auch wir Peris verehrt werden, sondern beten heimlich die alten Berggötter Schestak und Mahadev an wie die Menschen drüben in Chitral."

„Aber die Leute hier sind doch auch Ismailiten, wie wir in Mittelhunza."

„Das schon, aber ihr glaubt eben darüber hinaus auch noch an uns Bergfeen."

„Nicht nur glauben, wir können sie sogar auch umarmen …!", stimmte Nazim begeistert zu.

Nilufar hatte sich wieder gefasst. „Nazim, wenn du in ein paar Monaten zurückkommst, ist schon Winter. Dann machen wir uns in der Almhütte ein Liebesnest. Und ich kann dir noch etwas verraten, du wirst auch sehr bald Herr in deinem eigenen Haus sein, und dann ziehe ich zu dir hinunter nach Baltit."

Nazim schüttelte ungläubig den Kopf.

„Ja, da wird leider etwas Tragisches geschehen, sodass du jetzt schon bald dein Erbe antreten kannst. Ich spüre es ganz genau."

Nazim fuhr hoch: „Die Mutter?"

„Wir können uns nicht gegen das Schicksal auflehnen, das wirst du schon noch lernen. Bleibe nur ruhig und gelassen. Und meine Schwestern werde ich schon an der Nase herumführen! Aber ich glaube, ich muss jetzt sofort zurück, sonst kann ich mich womöglich nicht mehr zurückverwandeln. – Doch … zum Glück gelingt es noch!"

Nazim hielt sie noch immer in den Armen, spürte einen innigen Kuss, sah sie aber nicht mehr.

„Nazim, Liebster, leb wohl. Ich warte auf dich!"

Wie sie gekommen war, hatte sie sich auch wieder in Nichts aufgelöst. Nazim schlich, tief in Gedanken versunken, zu seinem Schlafplatz zurück und musste von den Kameraden wenige Stunden später energisch wachgerüttelt werden.

Er fand kaum Zeit, über die vergangene Nacht viel nachzudenken, denn sie mussten in Gulmit, dem letzten größeren Ort Hunzas, noch Proviant und auch Kraftfutter für die Pferde ergänzen. Dies war bis gegen Mittag bereits geschehen, und so drängte Tara Beg zum Weitermarsch.

Gleich nördlich von Gulmit mussten dreimal Gletscherzungen überquert werden. Es waren die Ausläufer des Ghulkin-, des Passu- und des Batura-Gletschers. Die riesigen, wogenartigen Eismassen waren hier in ihrem untersten Teil zu Nazims Verwunderung nicht blendend weiß, wie er erwartet hatte, sondern schwarz und mit Felsblöcken und Geröll bedeckt, welche die Gletscherströme von weit oben mit heruntergebracht hatten. Obwohl durch das Eis- und Steingewirr ein deutlich erkennbarer Pfad führte, mussten die Pferde doch am Halfter geleitet werden.

Im anschließenden Moränen-Gelände konnte zwar wieder aufgesessen werden, aber kleine Schluchten wechselten auch hier mit leichterem Gelände in einer der seltenen, flachen Uferzonen, wo die Tiere über Geröll stolperten. Sodann wurde der Pfad wieder äußerst schwierig. Er war oft in die Felsen gehauen und mit kunstvoll geschichteten Stützmauern versehen, führte dann wieder nahezu korkenzieherartig in Kamineinschnitten empor, um sich gleich wieder an einem lotrechten Absturz regelrecht anzuklammern. Auch später gab es aber kaum Zeit zum beschaulichen Dahintraben, denn immer wieder mussten Seitenbäche auf manchmal so stark schwankenden Stegen überschritten werden, dass sich die Pferde meist längere Zeit wehrten, ehe man sie darüber führen konnte.

„Wann werden solche Brücken eigentlich repariert?"

„Ja, Nazim, deine Frage ist nicht unberechtigt. Erneuert werden die Brücken erst dann, wenn sie einmal – Inschallah! – durchgebrochen sind", gab sich Tara Beg recht unbeeindruckt.

Schließlich wurde der Weiler Girtshe erreicht, dessen flache Hausdächer mit Steinbockgehörnen geschmückt waren. In Nazim erwachte sofort die Jagdlust.

„Vielleicht treffen wir oben auf den Passübergängen auf Wildschafe. Diese haben ein gewundenes Gehörn, das wäre eine großartige Jagdtrophäe. Wahrscheinlich kommst du aber mit Pfeil und Bogen nicht so weit heran, da werden wohl nur wir mit unseren Flinten Erfolg haben", war von den Kameraden zu hören.

Der Ort Misgar mit seinen Bewässerungskanälen, den spärlichen Gerstenfeldern und einigen wenigen Aprikosenbäumen wurde nach zwei weiteren Tagen erreicht, und hier hieß es nun endgültig von der Landschaft des Hunzaflusses mit seinen kleinen bewässerten Oasen auf den angeschwemmten Schuttkegeln Abschied zu nehmen, denn die Route wandte sich nun nach Nordost.

Über steiles, aber dennoch nicht mehr so schwieriges Gelände ging es auf einem erstaunlich gut instand gehaltenen Pfad zum Weiler Murkushi, dessen Häuser von einem Weidenwäldchen umgeben waren und schließlich bis zum mit einer Steinmauer umfassten Lagerplatz von Gulkhuja.

Hier wurde schon am frühen Nachmittag das Lager aufgeschlagen, denn am nächsten Tag galt es, den hohen Mintaka-Pass, überragt vom vergletscherten Mintaka-Gipfel, zu überschreiten.

„Mintaka bedeutet auf kirgisisch so viel wie ‚Eintausend Steinböcke'", wusste Tara Beg. „Drüben beim Abstieg könnten wir vielleicht Jagdglück haben."

„Aber du nicht Nazim", spöttelten die Kameraden, denn bis hierher reicht die Schützenhilfe deiner Peris nicht mehr."

In endlos steilen Kehren ging es im Schutt zur Passhöhe hinauf. Die Luft wurde merklich dünner, und die Reiter mussten absteigen, um die Tiere zu schonen. Ein Steinhaufen markierte schließlich den flachen Passeinschnitt, und trotz der überwältigenden Aussicht auf unzählige Gipfel der Karakorumberge verweilte die Truppe am unwirtlichen Ort nicht allzu lange.

„Auch wir müssen jeder einen Stein dort auf den Haufen werfen, so wie es im benachbarten Tibet der Brauch ist. Das besänftigt die Bergdämonen und bedeutet weiterhin Glück für unsere Reise", wurden die Jungen von Tara Beg angewiesen.

Schon ein beträchtliches Stück unterhalb der Passhöhe stießen sie auf zwei verblichene Pferdeskelette als Fingerzeig darauf, was ein Wettersturz für Reisende hier bedeuten konnte.

Langsam wurde das Gelände freundlicher, und überraschend sahen sie aus einer Almmulde Rauch aufsteigen. Wenig später tauchten auch drei zugehörige Yurten auf.

Es waren kirgisische Nomaden, die hier im Sommer ihre Yakherden weideten. Ehrerbietig wurde ihnen von zwei unverschleierten und ähnlich wie Hunzafrauen gekleideten erwachsenen Mädchen in Zeichensprache bedeutet, dass sie über Nacht bleiben müssten. Blitzschnell halfen einige, in zerlumpte braune Kittel gekleidete, barfüßige Knaben die Pferde zu versorgen, und anschließend wurden sie in das größere der drei Filzzelte geleitet. Ein weißbärtiger Alter erhob sich mühsam von seinem Sitzteppich neben der Feuerstelle und begrüßte sie in fließendem Buruschäski:

„Salam aleikum, ich freue mich, dass der neue Mir von Hunza seine alten Kontakte mit den chinesischen Herrn drunten in Kashgar wieder aufnimmt. Wir waren schon in Sorge, weil nun einige Jahre keine Gesandtschaft mehr vorbeikam." Und sich an Nazim und seine jungen Gefährten wendend: „Ihr müsst nämlich wissen, dass wir hier in einem Gebiet sind, von dem nicht klar ist, ob es zu China oder nach Hunza gehört. Eigentlich fühlen wir uns aber als Untertanen des Mirs in Baltit, wo ich in meiner Jugend mehrmals weilte. Zweimal musste ich im Auftrag unserer Stammesältesten Hilfe gegen räuberische Kasachen erbitten, die auch großzügig und sehr wirkungsvoll gewährt wurde." Kichernd fügte er noch hinzu: „Natürlich haben eure Väter die Gelegenheit genutzt und einige Tagesreisen von hier, in der Nähe von Tashkurgan, gleich zwei kaschmirische Karawanen geplündert."

Auch Tara Beg mengte sich nun ins Gespräch: „Unser Mir besitzt außerdem nicht weit von hier, aber schon drüben auf chinesischem Territorium, Weiderechte für eine seiner großen Yakherden." Und sich an den Alten wendend: „Weißt du etwas über den Stand der Herden? Wir haben zwar keinen Auftrag, darüber Erkundigungen einzuziehen, aber den Mir wird es interessieren."

„Ja, natürlich, die Yaks werden ja von meinem Schwestersohn betreut. Wenn ich nicht irre, ist er sogar derzeit selbst mit dem jährlichen Erlös unterwegs nach Baltit. Soviel ich weiß, konnte er vergangenes Jahr viel Wolle und auch einige Alttiere gut nach Kashgar verkaufen."

„Weißt du eigentlich etwas über die anderen Yakherden des Mirs, drüben im Tagdumbash Pamir? In Baltit geht das Gerücht um, dass der alte, der geflohene Mir, seinen Anspruch darauf nicht aufgibt."

„Das könnte schon sein, und Naber Schah, der neue Mir, wird ihm diesen kleinen Besitz wohl auch belassen, hat er doch sonst alles verloren. Aus dem Basar von Kashgar hören wir immer wieder, dass er dort oft mit zerschlissener Kleidung gesehen wird und eine jämmerliche Figur abgibt."

„Und wo ist seine Familie? Das weiß überhaupt niemand, seine Frau und die Töchter haben sich scheinbar zu Verwandten nach Baltistan abgesetzt."

Inzwischen hatten die Frauen weitere getrocknete Yakfladen auf das Feuer gelegt und servierten nun dampfenden, gesalzenen Buttertee nach tibetischer Art. Für den Hunzagaumen etwas ungewohnt, aber dennoch ein willkommenes Getränk. Draußen hörte man gurgelnde Schlachtgeräusche – „Ja, unsere Frauen haben eben einen Hammel geschlachtet, denn ihr müsst unbedingt ein, zwei Tage unsere Gäste sein und euch von den Strapazen erholen. Die früheren Gesandtschaften haben es ebenso gehalten. Es wird bald gebratene Innereien und einen Pilaw geben. Kommt, ruht euch aus."

Tara Beg nahm dankend an, und Eskander flüsterte ihm zu, dass dies vielleicht eine günstige Gelegenheit zum Jagen wäre. Der Alte hatte etwas von ‚Jagd' gehört und stimmte sofort zu:

„Meine Söhne kommen heute noch von Sarikol zurück und werden selbst begeistert sein, euch morgen einige Einstandsplätze für Steinböcke zu zeigen."

„Und wie ist es mit den Wildschafen?", wagte sich Nazim zu erkundigen.

„Ja, die gibt es schon auch, aber sie sind sehr selten und scheu; außerdem hat zumindest der alte Mir seinerzeit kundgetan, dass diese Prachttrophäen nur ihm vorbehalten sein sollten."

Nazim versuchte vom Thema etwas abzulenken: „Ich glaube, dass unsere Vorfahren auch einmal in Yurten gelebt haben. Denn sind unsere fensterlosen Häuser mit dem einzigen Lichteinlass und Rauchabzug am Dach etwas anderes als Yurten aus Stein?"

Der Alte stimmte wohlwollend zu: „Du bist ein kluger junger Mann."

Nach einer angenehmen Nacht, die nur durch das späte Eintreffen der Söhne etwas gestört wurde, brachen die vier jungen Hunzakuts nach dem Verzehren der Reste des Abendmahles und nach vielen Schalen Buttertee mit den zwei Kirgisen zur Jagdpirsch auf.

„Du willst also nur mit deinem Bogen Jagdglück haben?", wandte sich einer der Söhne an Nazim, der selbstsicher erwiderte: „Du wirst schon sehen. Mir ist heute Nacht im Traum ein großes Steinbockrudel, aber auch ein einzelnes Wildschaf mit einem gewaltigen Schneckengehörn erschienen – es wurde allerdings von einem Schneeleoparden gejagt."

„Hm, das ist interessant. Aber trotzdem, du musst ein Meister im Anschleichen und ein besonders guter Schütze sein, um Erfolg zu haben."

Rasch gewannen sie an Höhe, schwenkten in ein Seitenkar ein und erreichten einen kleinen Kammrücken, hinter dem die beiden Kirgisen ein Steinbockrudel vermuteten. Der Wind stand günstig, und als sie vorsichtig über die Kante lugten, waren dort tatsächlich an die zwanzig Tiere versammelt. Nazim spannte seinen Bogen und legte einen Pfeil auf: „Ich habe den ersten Schuss, denn egal ob ich daneben schieße oder nicht, sie werden sich durch den Pfeil nicht stören lassen. Ihr könnt dann noch immer schießen, so viel ihr wollt – und sie vertreiben ..."

„Frechheit! Aber gut, lassen wir ihn gewähren."

Es war Nazims erstes Jagderlebnis, und so zitterte er gewaltig, als er den ersten Pfeil auflegte, zumal auch alle auf seine Hände schauten. ‚Schscht', mit einem leichten Zischen ging der Pfeil ab – und bohrte sich mehrere Meter vor einem kapitalen Bock mit starkem Knotengehörn in den Boden. Dieser verhoffte nur kurz, äste dann aber ruhig weiter. Nazim flüsterte: „Zu kurz! Gebt mir noch eine Chance!"

Diese wurde ihm durch Kopfnicken gewährt, und so kroch er Schritt für Schritt durch ein ausgetrocknetes Gerinne noch ein Stück näher an den Bock heran. Nochmals gezielt, zwei-, dreimal ruhig durchgeatmet – und wieder ging der Pfeil ab. Gleichzeitig krachten aber auch zwei Schüsse. Der Bock sprang hoch und brach nach wenigen Schritten zusammen. Das Rudel stob nach allen Richtungen in Panik auseinander.

„Hurra, wir haben ihn!", jubelten die Gewehrschützen, bekamen aber bald ganz lange Gesichter, als sie zwar Nazims Pfeil bis zum halben Schaft im Blatt des Tieres stecken, aber keinerlei Einschussöffnungen fanden.

Den beiden Kirgisen bereitete der Meisterschuss ungeheuren Spaß, und sie rissen Nazims Hände hoch und gratulierten ihm. Den Gewehrschützen bedeuteten sie, dass sie an zwei Stellen neben und hinter dem Bock hätten Erde aufspritzen sehen ...

Nach Jägerbrauch wurde der Bock an Ort und Stelle sofort ausgeweidet. Alsbald flackerte auch ein Feuerchen, und Nazim gab großmütig vom rasch überbratenen Herzen und der Leber auch den anderen etwas ab. Damit war aber der Jagdtag erst angebrochen. „Jetzt teilen wir uns", beschlossen Nazims Kameraden. „Am besten, wir Gewehrschützen gehen unsere gesonderten Wege, denn mit Nazims Geschick können wir uns scheinbar nicht messen." Und sich an die beiden Kirgisen wendend: „Er ist nämlich ein Günstling der Peris. Ach ja, das verstehen sie nicht." Und nach oben deutend: „Peri, Peri!"

„Peri?" Beide schüttelten den Kopf.

„Seht ihr, hier gibt es gar keine Peris. Ich habe daheim mit Pfeil und Bogen die beiden letzten Jahre fleißig geübt; das ist alles."

Die Kirgisen errieten aber, worum es ging, und so war es Nazim sehr recht, als sich spontan der jüngere der beiden Führer bereit erklärte, mit ihm eigene Wege zu gehen.

Sie stiegen in ein Seitental ab. Als sie außer Sichtweite der anderen waren, deutete Nazim mit drehenden Handbewegungen das Schneckengehörn eines Wildschafes an. Die Augen des Kirgisen strahlten auf, er nickte begeistert, zeigte aber auf die Sonne und deutete an, dass sie noch gute zwei Stunden bis zu einem Einstandsplatz zu marschieren hätten.

Drüben ging es über einen weiten Kammrücken hinauf und danach wieder zu zwei kleinen Bergseen hinab. Oberhalb, hinter der Endmoräne eines kleinen Gletschers, der hier vom Mintaka-Stock herunterkam, könnte sich das ersehnte Wild aufhalten, gab der Kirgise zu verstehen.

Den losen Moränenhang stiegen sie mühsam hoch, dabei sogar gelegentlich Steine lostretend.

Erst die letzten Schritte vor der Moränenkante wurde der Kirgise ganz vorsichtig und schlich auf Händen und Knien das letzte Stück hinauf. Seine Handbewegungen zeigten, dass dahinter Tiere wären. Nazim klopfte das Herz bis zum Hals: Tatsächlich, im saftigen Futter des kleinen Moränentälchens, direkt am Gletscherrand, ästen einige männliche Tiere. Es waren scheinbar jüngere Böcke, die der Leitwidder nicht beim Hauptrudel duldete. Einer hatte aber schon ein kapitales Schneckengehörn aufgesetzt. Das wäre eine Trophäe! Nazim wusste aber auch, dass Wildschafe viel scheuer als Steinbock oder Markhor sind, daher war größte Vorsicht geboten.

Wie vorgehen? Die Entfernung für einen sicheren Pfeilschuss vom Moränenkamm war viel zu weit. – Schließlich kam ihm die rettende Idee. Er nahm des Kirgisen Schafpelzumhang, hängte ihn sich über den Kopf und deutete dem Burschen an, dass er sich auf allen Vieren dem Rudel nähern wolle. Der Kirgise schüttelte bedenklich lachend den Kopf und sah Nazim gespannt bei seinem Vorhaben zu.

Dieser musste einen weiten Bogen machen, die Moräne wieder absteigen und drüben durch einen kleinen Schluchteinschnitt versuchen, die begrünte Mulde mit dem Rudel zu erreichen. Dort gab es dann auch verstreut liegende Felsblöcke, die eine unbemerkte Annäherung eher gestatteten.

Der Kirgise harrte geduldig an seinem Standort aus und lugte immer wieder vorsichtig über die Kante. Eine halbe Ewigkeit verging, bis Nazim schließlich wieder in sein Blickfeld kam:

Er hatte den Schafpelz umgehüllt, huschte von einem Felsblock zum anderen und war so dem Rudel schon recht nahe gekommen. Die Widder sicherten manchmal in seine Richtung und taten ein paar unruhige Schritte, wandten sich dann aber wieder der Futtersuche zu.

Nazim ließ sich auf die Knie nieder, zog den Pelz über den Kopf, schleifte seinen Bogen am Boden nach und kroch an das Rudel heran. Der Kirgise musste sich ein lautes Lachen mit Gewalt verkneifen, so komisch sah die Situation aus. Ganz langsam näherte sich Nazim den stolzen Tieren auf Pfeilschussweite. Die Widder wurden zwar unruhig, sprangen mehrmals hin und her, sahen aber keinen Grund zur Flucht, denn das seltsame Wesen war offensichtlich weder Wolf noch Schneeleopard. Eher interessiert äugten sie zu Nazim hin, als dieser sich ganz, ganz langsam in knieende Position brachte, die Sehne spannte, einen Pfeil auflegte, sorgfältig zielte und schließlich schoss. – Das größte der Tiere sprang hoch, drehte sich zweimal im Kreis, knickte mit den Vorderläufen ein, rappelte sich aber wieder auf und wurde flüchtig. Blitzschnell schoss Nazim einen zweiten Pfeil ab, der Widder machte noch einige Schritte, knickte wieder ein, kam aber nicht mehr hoch. Erst als der Kirgise laut johlend von der Moräne herunterstürmte, stob auch das Rudel auseinander.

Nazim war wie erstarrt, konnte sein Jagdglück gar nicht fassen und näherte sich nur zögernd seiner Jagdbeute. Da reichte ihm schon der Kirgise sein Jagdmesser, damit er dem aus zwei Wunden blutenden und röchelnden Tier die Kehle durchschneiden konnte, wie es der islamische Brauch forderte. Der erste Pfeil steckte zwar im Blatt – allerdings etwas zu tief – und der zweite hatte scheinbar die Nervenstränge am Träger so verletzt, dass der Widder nicht mehr fliehen konnte.

Der Kirgise umarmte Nazim und schüttelte ihm minutenlang die Hände. Sodann deutete er auf das Haupt mit dem mächtigen Schneckengehörn und machte klar, dass Nazim es unbedingt nach Hause mitnehmen müsste, während der Kadaver zurückbleiben sollte.

Nazim war das nur allzu recht und so säbelten sie denn mühsam mit dem Messer fast eine halbe Stunde lang herum, bis das Haupt endlich vom Rumpf getrennt war. Der Kirgise wickelte die noch blutige Trophäe unbekümmert in seinen

Pelz und warf sich das schwere Paket über die Schulter. Die Sonne stand schon tief, als sie sich endlich auf den Heimweg machten. Nur dank der ausgezeichneten Geländekenntnisse des Kirgisen erreichten sie noch ehe es stockfinster wurde die Yurten.

„Das kann doch nicht wahr sein!" Tara Beg, aber auch die anderen Kameraden wollten es fast nicht glauben. „Hat doch dieser Teufelskerl tatsächlich einen Schneckenwidder erlegt!"

Mehr oder weniger neidvoll gratulierten sie Nazim, nur dem Alten schien die Sache nicht recht zu sein. „Ich hätte dir eigentlich verbieten sollen, dieses nur dem König vorbehaltene Tier zu jagen. Aber ich hatte gar nicht erwartet, dass du dem scheuen Wild auf Pfeilschussweite nahe kommen würdest." Schließlich aber versöhnlich: „Nun, wenn du die Trophäe schon einmal hast, werden wir sie dir auch präparieren, und bis ihr in einigen Wochen zurückkommt, kannst du sie mitnehmen. Du solltest das Gehörn in Baltit aber niemandem zeigen!"

Auch die Kameraden waren aber einigermaßen zufrieden, hatten sie doch zwei Steinböcke erlegen können. Auch ihnen versprach der Alte, die Trophäen zu präparieren. Die Kirgisen schließlich waren über das viele Wildbret glücklich, das sie in nächster Zeit reichlich mit Fleisch versorgen würde.

Die Pferde waren am nächsten Morgen ausgeruht, nicht aber die Jäger, denn sie hatten zusammen mit den Kirgisen das Jagdglück bis lang nach Mitternacht ausgiebig gefeiert. Dabei hatten sie auch der ihnen zwar unbekannten, aber bestens mundenden vergorenen Stutenmilch fleißig zugesprochen. – Nazim erst, als er sich überzeugt hatte, dass es wirklich Pferde- und keine Kuhmilch war. Tara Beg drängte aber zum Aufbruch, und so zog die Karawane am späten Vormittag wieder weiter. Drei Tage waren es nun noch bis zur chinesischen Grenze.

Vorerst musste ein längerer, mühsamer Abstieg bewältigt werden, und das große Hindernis am Folgetag war ein reißender Fluss, der von den Gletschern der Karakorumberge gespeist wurde. Es dauerte eine Weile, bis eine leidlich gute Furt gefunden war. Die Pferde weigerten sich längere Zeit, das schäumende, eiskalte Wasser zu betreten. Wieder einmal war es Nazim, der sie durch gutes Zureden so beruhigen konnte, dass schließlich alle Reiter – sogar im Sattel – einigermaßen trocken drüberkamen.

„Morgen erreicht ihr Tashkurgan", erfuhren sie unterwegs von Hirten. „Es ist der erste Ort auf chinesischem Gebiet. Nehmt euch aber vor den dort stationierten russischen Kosaken in Acht, sie glauben nämlich, von allen Karawanen Zoll einheben zu können, was ihnen aber gar nicht zusteht."

Tara Beg war das nicht neu. Er wusste, dass der Zar in Kashgar zum Schutz der russischen Handelsinteressen (ähnlich wie die Briten mit ihren Gilgit-Scouts für die britischen Untertanen) einige Soldaten stationiert hatte. Dass die Russen sich nun aber auch in Tashkurgan festzusetzen versuchten, überraschte ihn sehr. Er vermutete zu Recht, dass es mit der Macht des chinesischen Kaisers in Peking langsam, aber sicher zu Ende ging, denn sonst hätte der Mandarin in Kashgar so etwas nie geduldet. Scheinbar hatte er zu wenig Soldaten.

„Hat es da überhaupt einen Sinn, dass wir Hunzakuts noch unseren Tribut nach Kashgar entrichten?", wollte Nazim wissen.

„Wahrscheinlich schon, denn wenn auch der Kaiser in Peking schwach ist, so heißt das noch lange nicht, dass die Chinesen ihr Territorium auf Dauer irgend einer anderen Macht überlassen."

In Tashkurgan konnten sich Nazim und seine Kameraden nicht genug über das Durcheinander der verschiedensten Rassen und Volksstämme verwundern: Bartlose Chinesen, bärtige Turkmenen und Tadschiken, indische Sikhs mit Turban und Tibeter mit geflochtenem Haarkranz.

Das ganze geschäftige Treiben spielte sich auf der Dorfstraße und im kleinen Basar ab. Am Platz daneben waren unzählige Pferde und Kamele angepflockt. So wie in Hunza überragten Pappeln die Häuser mit ihren flachen Lehmdächern. Auch hier verfügten die Gebäude nur über einen Raum, hatten aber Fenster an drei Seiten. Die alte Zitadelle dieses wichtigen kleinen Handelsplatzes am Weg nach Kaschmir, Hunza und Afghanistan lag in Trümmern, nur die

Stadtmauern waren intakt, und bei Einbruch der Dunkelheit wurden auch die beiden einzigen Tore geschlossen.

Die kleine Hunza-Delegation hatte in einer der beiden Karawansereien Unterkunft gefunden.

Alle waren aber froh, dass Tara Beg nach Ergänzung des Proviants schon am übernächsten Tag wieder aufbrechen wollte, denn Flöhe und Wanzen ließen keine ungestörte Nachtruhe aufkommen.

Über wüstenhafte, von Stürmen leergefegte Plateaus und ständiges Moränengeröll führte der leidlich gut erkennbare Weg weiter. Nach zwei Tagen ging es wieder auf einen hohen Pass hinauf. ‚Tschiktschikli-Pass' benannten ihn die hier mit großen Yakherden weidenden Kirgisen.

Ein langer Abstieg führte drüben in ein enges Tal mit einem tosenden Fluss hinunter. In der Talsohle fanden sich überraschenderweise winzige, bewässerte Getreideäckerchen. Die Route führte aber bald wieder auf ausgedehnte Hochweiden hinauf, auf denen die Karawane in regelmäßigen Abständen auf kirgisische Yurten stieß.

„Jetzt haben wir den Tagdumbash-Pamir erreicht, wo der vertriebene Mir noch eine große Yakherde besitzen soll. Hoffentlich stoßen wir nicht auf ihn selbst", meinte Tara Beg.

Dies war aber nicht der Fall. Später erfuhren sie auch von den Hirten, dass er selbst bisher nur ein einziges Mal hier gewesen sei. Die hoch gelegenen, herrlich grünen Weidegründe, auf denen langstieliges Edelweiß und Enzian wuchsen und Murmeltiere um die Wette pfiffen, waren eine große Versuchung, hier einige Tage zu verweilen, aber der pflichtbewusste Tara Beg gestattete keinen längeren Aufenthalt: „Wer weiß, wie lange wir in Kashgar warten müssen, bis der Mandarin uns wieder abreisen lässt, stellt er doch selbst für unseren Mir die Gegengeschenke zusammen, und das braucht immer seine Zeit."

Weiter ging es über wüstenhaftes Ödland, dessen Boden meist mit Kieselgeröll bedeckt war. Langsam wurde die Landschaft aber flach, gelbe, zerklüftete Lößhügel säumten den nun schon breiten, staubigen Karawanenweg. Im Osten erhoben sich hohe, klotzige Gletscherberge, welche von den

Ackerbau betreibenden Kasachen als ‚Muztag Ata' und ‚Kongur' bezeichnet wurden, und nach drei Tagen tauchte in der Ferne endlich das Grün der Oase von Kashgar auf.

Eine malerische Kamelkarawane, geführt von bärtigen Turkmenen, kam ihnen entgegen. Die Leitschnüre der mit hohen Wollpacken beladenen Kamele waren nicht an den Nasenpflöcken, sondern an bunt verzierten Halftern befestigt. Und wenig später zogen die Hunzakuts zusammen mit Eseln, welche mit Brennholz- und Futterbündel, aber auch mit grauen Salzblöcken beladen waren, zwischen wuchtigen Mauern durch das Stadttor.

Tara Beg wusste eine gute Karawanserei, und alle beglückwünschten sich, das Ziel ohne große Probleme erreicht zu haben. „Dreiundzwanzig Tage von Baltit bis hierher ist eine recht gute Zeit", war Tara Beg sehr zufrieden.

Während die Burschen noch am selben Tag durch den für sie faszinierenden Basar schlenderten, in dem ‚alle Schätze Asiens' zu haben waren, ließ Tara Beg sich beim Mandarin und auch beim britischen Konsul anmelden.

Nazim sah ein wunderschönes, silbergefasstes Türkisarmband, das er bei Gelegenheit für Nilufar erstehen wollte; er hatte ja sein Beutelchen mit Goldstaub mitgebracht.

Der Konsul in der Uniform einer Kaschmir-Einheit und mit den Rangabzeichen eines Majors empfing sie schon am nächsten Tag. Vor dem Eingang zum ummauerten, schlichten Lehmbau, der sich wenig von anderen Häusern in Kashgar unterschied, stand ein Doppelposten Gilgit-Scouts, der schneidig salutierte. Mit den silbernen Steinbockköpfen als Abzeichen an den weißen Wollmützen machten sie auf die Burschen großen Eindruck, und mit Ausnahme Nazims wünschten sich alle, auch einmal bei dieser Truppe dienen zu können.

Besonders Tara Beg wurde sich bewusst, wie mächtig Britannien sein musste, dass es sich sogar hier im Ausland einen solchen Aufwand leisten konnte.

Ein Diener geleitete die Delegation in einen großen, mit Teppichen ausgelegten Raum, wo sie der Konsul erwartete. Nazim, der von allen Burschen am besten Englisch sprach, musste sich selbst als Dolmetscher vorstellen. Es wurde Tee serviert, und der Major drückte ohne Umschweife seine Verwunderung darüber aus, dass den Hunzaleuten bereits das Gerücht vorausgeeilt sei, dass sie wieder – so wie in alten Zeiten – als Gesandtschaft mit Tributzahlungen für den Mandarin gekommen seien.

Tara Beg, der vom Mir bezüglich dieser Frage genaue Instruktionen erhalten hatte, zog sich recht geschickt aus der heiklen Situation: „Wir sind Untertanen des Königs von Hunza. Dieser wieder ist in allen Fragen der Außenpolitik der Königin von England und ihrem Vizekönig in Indien unterstellt. Daher kann unsere Truppe auch keine Gesandtschaft, sondern nur eine Delegation zur Pflege der Wirtschaftsbeziehungen zum benachbarten chinesischen Mandarin sein. Eure Exzellenz müssen nämlich wissen, dass unser Mir Besitzungen auf chinesischem Gebiet hat und wir seit alten Zeiten gegenseitig Geschenke austauschen. Die Kleinigkeiten, die wir hierher mitgebracht haben, sind daher keineswegs als Tribut anzusehen."

Nazim hatte einige Schwierigkeiten mit dem Unterschied zwischen ‚Gesandtschaft und Delegation' und auch ‚Tribut' konnte er zuerst nicht richtig übersetzen. Er schaffte es aber schließlich doch recht gut, indem er ‚Delegation' mit ‚Freundschaftsbesuch' und ‚Tribut' mit ‚Pflicht-Geschenk' übersetzte, während sie ja dem Mandarin ein ‚freiwilliges Geschenk' brächten.

Dem Major gefiel der intelligente junge Mann sofort. Als ihm einer der Konsulatsbeamten, der von den Gilgit-Scouts inzwischen informiert worden war, gar zuflüsterte, dass er hier jenen berühmten Hunzakuts vor sich habe, der als Knabe vor einigen Jahren Oberst Durand mit einem sensationellen Pfeilschuss schwer verwundet hatte, schlug er sich vor Begeisterung auf die Schenkel.

„Du musst mich, so lange ihr hier seid, öfters besuchen kommen und mir einiges über das Leben der Hunzaleute erzählen. – Außerdem seid ihr alle gute Reiter und könnt sicher auch gut Polo spielen. Ich muss meine Mannschaft sowieso dringend verstärken, um gegen die Einheimischen nicht immer zu verlieren. – Ja, in drei Wochen geht es wieder um die

‚Silberne Kashgar-Schale'; so lange müsst ihr unbedingt hier bleiben. Und du, Nazim, kommst gleich morgen zu mir."

Tara Beg war froh, bei guter Stimmung entlassen worden zu sein und hoffte nur, dass die Burschen beim Polo eine gute Figur machen würden: „Ihr müsst sofort zu trainieren beginnen, damit wir die Ehre Hunzas nicht beflecken!"

So versammelte er sie bereits am nächsten Morgen im Hof der Karawanserei, nachdem er Poloschläger ausgeborgt hatte, und warf ihnen Bälle zu, die sie in der Luft treffen mussten.

Auch der Mandarin hatte für sie sehr rasch einen Empfangstermin anberaumt, war er doch begierig zu erfahren, ob auch der neue Mir wieder einen gefüllten Beutel des berühmten Hunza-Flussgoldes schicken würde.

So trafen sie denn schon wenige Tage später, mit sauber gewaschenem Gewand, zur Audienz am festungsähnlichen Amtssitz des Vertreters des Herrschers am Drachenthron von Peking ein.

Noch nie hatte sich ein Hunzakuts bisher vor dem Mandarin, wie es Sitte war, auf den Boden geworfen, denn so etwas gab es selbst am Königshof von Hunza nicht. Und auch diesmal taten sie es nicht – trotz der heftigen Gesten der Dienerschaft. Der Mandarin in seiner blauen Seidenrobe mit dem knopfgeschmückten Hut am Kopf ging ihnen aber lächelnd ein paar Schritte entgegen, kannte er ja die Sitten der stolzen Hunza-Männer. Drei Schritte hinter ihm sein Stallmeister, ein aus Oberhunza stammender Wakhi, der perfekt Buruschäski sprach.

„Ich sehe, es gibt bei den Bruschos wieder hoffnungsvollen Nachwuchs!" Und sich nur an Tara Beg wendend: „Dich glaube ich schon einmal bei einer Gesandtschaft gesehen zu haben. Wie geht es dem neuen Mir?"

Tara Beg trug in selbstbewusster Haltung alle ihm vom Naber Schah aufgetragenen guten Wünsche und Höflichkeiten vor und winkte dann Nazim heran, der unter seiner weiten Filzjacke einen kleinen Beutel mit Goldstaub verborgen hatte und ihn nun unter tiefer Verbeugung mit beiden Händen dem Mandarin überreichte.

Dessen Gesichtsausdruck zeigte im ersten Moment ob des geringen Umfanges des Beutels Enttäuschung, als er aber das

Gewicht mit kundiger Miene abschätzte, erhellten sich seine Züge wieder, und er ließ den Beutel nicht mehr aus den Händen, obwohl zwei Diener herbei eilten, um ihm die ‚Last' abzunehmen.

„Ich hoffe, dass es euch in der Karawanserei an nichts fehlt. Richtet euch dort nur behaglich ein, denn es wird wohl einige Zeit dauern, bis ihr wieder nach Hause zurückkehrt."

Die jungen Hunzakuts waren erstaunt, dass die Chinesen scheinbar an einem verlängerten Aufenthalt der Delegation Interesse hatten. „Ja, wisst ihr, es ist üblich, dass wir die Lebensmittel und auch das Futter für die Pferde direkt von der Garnisonsverwaltung des Mandarin kaufen, und daher zieht er unseren Aufenthalt so lange wie möglich hinaus. Wir müssen also wohl einige Wochen warten, bis die Geschenke an unseren König eintreffen."

Und so war es eigentlich eine Überraschung, dass am nächsten Tag ein Sack Reis sowie mit Jasminblüten versetzter grüner Tee und etwas Zucker für die Hunzaleute abgegeben wurde. – „Scheinbar war die Goldmenge zufriedenstellend", lachte Tara Beg.

Zucker war ihnen nur vom Hörensagen bekannt, denn es gab in Hunza Süßstoff nur in Form getrockneter Aprikosen und ebensolcher Maulbeeren. Man wusste lediglich, dass der Mir seinen britischen Gästen im Schloss neuerdings Zucker zum Tee servierte und dass in des Königs Küche gelegentlich aus Kaschmir importierter Honig verwendet wurde.

Als Nazim das Zeug in seinen Tee tat, spuckte er den ersten Schluck wegen des unangenehm aufdringlichen Geschmacks sofort wieder aus.

Den jungen Hunzaleuten war ein verlängerter Aufenthalt in Kashgar durchaus recht, denn nun konnten sie endlich Übung im Polospiel erlangen. Daheim mussten sie ja, mit Ausnahme von Nazim, die Pferde nach Beendigung der Reise wieder dem königlichen Gestüt zurückgeben. So trainierten sie an jedem Vormittag und Nachmittag unter Anleitung von Tara Beg, dem sich bald einer der Gilgit-Scouts im Auftrag des Majors zugesellte.

Zum Glück waren die Pferde schon öfters beim Polo verwendet worden, sodass ihnen das scharfe Stoppen und Wenden am Stand geläufig war. Das meiste hing aber von der Geschicklichkeit des Reiters ab, die Pferde vom Sattel her im entscheidenden Moment zu entlasten, die Kugel zu treffen, die Gegner wegzurempeln und auszutricksen. Wie fast bei allen anderen Sportarten tat sich Nazim besonders hervor, und es zeichnete sich ab, dass er einmal ein sehr guter Polospieler werden würde.

Auch der Major schickte schon am übernächsten Tag nach Nazim und ließ sich fast jeden Abend von ihm über Hunza erzählen. Er war besonders daran interessiert, was es mit dem überdurchschnittlich hohen Alter der Hunzakuts auf sich habe, und ob es richtig sei, dass Krankheiten kaum bekannt seien. Nazim wurde bei diesen Gesprächen erst bewusst, dass man in Hunza offensichtlich gesünder als anderswo lebte.

Im Verlauf der Gespräche kam auch zu Tage, dass diese auffallende Gesundheit vielleicht mit der besonderen Ernährung in Zusammenhang stehen könnte. Nazim fiel da gleich die ‚Gletschermilch' ein, das trübe Trinkwasser aus den Bewässerungskanälen. Höchst erstaunt war der Major auch, dass man in Hunza das Innere der Aprikosenkerne, das anderswo als giftig galt, verzehrte und auch Öl daraus presste.

Nazim berichtete Tara Beg von den Gesprächen und unterhielt sich mit ihm längere Zeit über diese Fragen. Schließlich kamen sie zum Schluss, dass vielleicht überhaupt die knappe Versorgung mit Nahrungsmitteln in Hunza eine Rolle spielen musste, wo es doch fast jedes zweite Jahr vor der Ernte echte Hungerperioden gab. Diese Idee drängte sich ihnen besonders auf, als sie Vergleiche mit den fettleibigen Händlern im Basar von Kashgar zogen, die alle über verschiedene Beschwerden und Krankheiten klagten.

Eines Tages brachte der Major die Sprache auch auf die Bitans und die Dayals, die berühmten Schamanen Hunzas und ihrer Nachbarn. „Können sie wirklich in die Zukunft schauen? Die Bitans sagen, sie hätten Kontakt mit den Feen. An das glaubt wohl auch in Hunza niemand wirklich, denn Feen gibt es doch nur in den Märchen."

Nazim lief im Gesicht rot an und brachte zögernd heraus,

dass es schon so etwas wie ‚Feen' gäbe. Als der Major lachte, war Nazim aufgebracht und verlor seine Zurückhaltung: „Ihr Ingles glaubt ja nur an eure Gewehre und Kanonen!"

Das war wiederum dem Major zu viel, und er verabschiedete Nazim abrupt, was diesem aber nur recht war. Nazim war froh, keine Einladungen mehr zu erhalten und trainierte stattdessen mit voller Hingabe am Poloplatz, wo einheimische Reiter auch alle möglichen akrobatischen Kunststücke vollführten, aus dem Sattel auf Scheiben schossen und anderes mehr.

Wie im Flug vergingen auf diese Weise an die drei Wochen, und alles fieberte nun dem Polo-Wettkampf zwischen den britischen und chinesischen Untertanen entgegen. Unter den Gilgit-Scouts gab es drei gute Polospieler. Der Major ließ es sich nicht nehmen, selbst mitzuspielen, und so wurden aus der Hunza-Delegation noch zwei Spieler benötigt. Tara Beg entschloss sich, Nazim zu nominieren, obwohl er der Jüngste war.

Zum Polospiel waren wohl an die tausend Zuseher gekommen, und so gab es tosenden Applaus, aber auch Buh-Rufe, wenn die einheimischen Reiter zu oft in den Sand schlugen, anstatt die Kugel zu treffen.

Einmal konnte sogar Nazim das herrliche Gefühl auskosten, nach einem gelungenen Tor mit der Kugel bis in die Platzmitte vorzupreschen, sie sodann hoch zu werfen und aus der Luft auf das gegnerische Tor zu schießen. Als jüngster Spieler beider Mannschaften erhielt er sogar von den Einheimischen starken Applaus.

Nach bloß fünfzehnminütiger Pause, in der die schwer atmenden Pferde auf- und abgeführt wurden, ging es wieder weiter, nun aber viel brutaler, denn der Pausenstand hatte ein Zwischenergebnis von sieben zu sieben gebracht. Jene Partei, die zuerst neun Tore verzeichnen konnte, war Sieger. So dauerte es nicht lange, bis plötzlich beim Vorbeigaloppieren eine Hand blitzschnell nach Nazims Gürtel griff und ihn aus dem Sattel riss. In hohem Bogen flog er vom Pferd. Der nachfolgende Reiter konnte glücklicherweise sein Tier über den am Boden liegenden Burschen drüberspringen lassen, sodass nicht auch noch Hufverletzungen dazukamen.

Der Schiedsrichter tat so, als ob er nichts gesehen hätte.

Nazim wurde bewusstlos vom Platz getragen und das Spiel ging sofort weiter.

Der britische Major hatte den ,Täter' ausgemacht und schlug anstatt auf die Kugel ,völlig unabsichtlich' dem Spieler auf die Hand, was diesen so verletzte, dass er keinen Schläger mehr halten konnte. – So war die Anzahl der Spieler wieder ausgeglichen, und es ging in wüster Rempelei, was an sich gestattet war, weiter. Nun lahmte auch ein Pferd der Hunzapartei, das einen Schlägerhieb auf das Sprunggelenk abgekriegt hatte. Schließlich spielten nur noch fünf chinesische Untertanen gegen vier britische, und so errang die Partei der Einheimischen mit einem Tor Vorsprung den viel bejubelten Sieg. Der Tag wurde mit einem großen Tanzfest beendet.

Trotz aller Grobheiten waren sich alle einschließlich des britischen Konsuls einig, dass es ein großartiges Spiel gewesen sei. Tara Beg beklagte aber als großes Versäumnis, dass man diesmal vor dem Spiel keine Ziege geopfert und die Schläger in ihr frisches Blut getaucht hatte, denn nur so hätten die Verletzungen vermieden werden können.

Nazim war nach Bespritzen mit Wasser aus seiner Bewusstlosigkeit bald erwacht; ziemliche Kopfschmerzen ließen auf eine leichte Gehirnerschütterung schließen. Viel unangenehmer waren im ersten Moment aber die Schmerzen seines ausgerenkten Oberarmes, der kraftlos herunterhing. Unter den Zusehern befand sich glücklicherweise ein bekannter ,Knochenheiler', der sofort die richtige Diagnose stellte und den Arm mit geübtem Griff einrenkte. „Das kann nur einer aus Hunza sein, der beim Einrenken nicht aufschreit", meinte er zu den Umstehenden.

Nazim war nach wenigen Tagen wieder voll hergestellt und hatte mit den Kameraden inzwischen stundenlang den Spielverlauf diskutiert. Aber auch er wartete nun schon ungeduldig auf den Rückmarsch.

Nachdem vom Mandarin nichts zu hören war, blieb Tara Beg nichts anderes übrig, als von sich aus ein Abreisedatum festzusetzen und dieses dem Mandarin mit einem Boten mitzuteilen. Wie vom Dolmetscher zu erfahren war, war der Mandarin über diese Unhöflichkeit verärgert und wollte sie auch nicht mehr empfangen.

Dennoch trafen aber schon am Folgetag die Gegengeschenke für den Mir ein: Zwei wertvolle Ballen feinster chinesischer Seide und eine kleine Kiste mit Porzellangeschirr, davon jedes einzelne Stück bruchsicher in Stroh verpackt. Die Seide sei nicht nur für den König, sondern auch für die Damen des königlichen Haushalts betsimmt, ließ der Dolmetscher wissen. Und im Übrigen wünsche der Mandarin eine glückliche Heimkehr.

Tara Beg war froh, nicht mehr das Zeremoniell einer Verabschiedung über sich ergehen lassen zu müssen und ließ seinen Dank für die großzügigen Geschenke übermitteln. Der Dolmetscher nahm Tara Beg schließlich noch zur Seite und warnte ihn vor Banditen, die seit einiger Zeit die weitere Umgebung von Kashgar unsicher machten. „Zwei davon sind übrigens entsprungene Sklaven aus Nager, die eure Landsleute vor einigen Jahren hierher verkauft haben", fügte er noch lachend an.

Das beim Polospiel verletzte Pferd lahmte nur noch leicht, und so trabte die kleine Karawane schon am nächsten Morgen, sobald die Stadttore aufgesperrt waren, in einer Staubwolke aus Kashgar hinaus, das für die jungen Leute eine völlig neue Welt bedeutet hatte.

Der Rückweg verlief die ersten Tage völlig ungestört und ohne Zwischenfälle. Wieder mussten wüstenhafte Strecken, einige reißende Bäche und steile Geröllhalden bewältigt werden. So näherte man sich langsam dem Mintoka-Pass, an dessen Fuß die befreundete Kirgisenfamilie ihr Sommerlager hatte. Nazim und die beiden anderen erfolgreichen Jäger waren schon gespannt, ob die Krigisen ihr Versprechen wegen der Präparierung der Trophäen wahr gemacht hatten.

„Morgen erreichen wir die Kirgisen und werden dort etwas verweilen, denn wir haben die Pferde bisher ziemlich strapaziert", freute sich auch Tara Beg auf einen Rasttag.

Das Wetter war sehr mild, und so stellten sie auch diesmal das Zelt nicht auf, sondern bereiteten ihr Nachtlager im Schutz eines überhängenden Felsblocks. Rasch gesammeltes Strauchwerk und umherliegende trockene Yakfladen ließen ein Feuer aufflammen, und bald brodelte das Wasser im Teekessel. Einige Hände voll geschroteter und getrockneter Gerstenkörner in den Tee gerührt, und schon war das Abendessen fertig.

Je näher sie der Hunza-Grenze kamen, desto mehr musste Nazim an daheim denken. ‚Wird Nilufar mich noch lieben? Ach ja, was ist mit Mutter? Sie ist jetzt wohl schon hochschwanger. Wo werde ich mit Nilufar wohnen und wovon leben können?'

Da der Windschutz nicht für alle ausreichte und um seinen Gedanken in Ruhe nachgehen zu können, suchte Nazim sich einen eigenen Schlafplatz. Einige hundert Schritte entfernt fand er in einer kleinen Höhle, was er suchte und schlief bald ein. Es war etwa eine Stunde nach Mitternacht, als er durch lautes Wiehern der Pferde und Schreie hochschreckte. Dann fiel auch ein Schuss. ‚Allah steh uns bei! Die Banditen!', kam es Nazim sofort in den Sinn. Er wollte sich schon in das Kampfgetümmel stürzen, als er sich eines Besseren besann und ganz vorsichtig an den Ort des Geschehens heranschlich.

Zwei wüste Gesellen mit Gewehren im Anschlag hielten Tara Beg und die drei Kameraden in Schach, während zwei weitere, in denen Nazim sofort zwei der seinerzeit entführten Nagerkuts erkannte, die Kameraden der Reihe nach fachmännisch fesselten. Einer der Kameraden blutete ziemlich stark aus einer Wunde am Oberarm.

Nazim spannte seinen Bogen und legte einen Pfeil auf, schoss aber dann doch nicht, denn die Übermacht war eindeutig zu groß. Bald würden sie entdecken, dass es fünf Sättel gab, ging es ihm durch den Sinn. ‚Also, nichts wie weg hier!'

Lautlos machte er sich davon und kam auf die Idee, die Kirgisen zur Hilfe zu holen. Beim Hermarsch waren ihre Yurten nur wenige Stunden vom heutigen Lagerplatz entfernt gestanden, und er hoffte, dass sie inzwischen den Standort nicht gewechselt hatten.

Hastig raffte er seine paar Habseligkeiten zusammen und keuchte bald über loses Moränengeröll bergauf, stieß hie und da schmerzhaft an Felsbrocken und hoffte, im schwachen Sternenlicht den richtigen Pfadspuren zu folgen. Es dämmerte schon, als er die ersten Rasenflecken des Almplateaus erreichte und gleichzeitig auch den angenehmen Geruch von Holzfeuer wahrnahm. – ‚Allah sei dank! Sie waren noch da.'

Der Sippenälteste wollte eben seinen morgendlichen Rundgang beginnen, als er Nazim bemerkte und sah, dass etwas nicht in Ordnung war. Nazim sprudelte seinen Bericht heraus und der Alte versprach sofort Hilfe: „Du kannst beruhigt sein, wir werden die Verfolgung aufnehmen. Jetzt weiß ich auch, wohin die beiden Yaks und das Pferd verschwunden sind, die uns seit einigen Tagen fehlen."

Der Alte mobilisierte seine drei Söhne und schickte sofort eine der Frauen los, um auch die etwa zwei Stunden entfernte Verwandtschaft zu bitten, sich an der Verfolgung zu beteiligen.

„Ja, welche Richtung werden die Banditen eingeschlagen haben? Zum Karakorum-Pass sicher nicht, denn dort laufen sie den Ingles in die Hände. Nein, wir müssen in westlicher Richtung suchen, denn sie werden versuchen, die Gefangenen als Sklaven an den afghanischen Fürsten im Wakhan zu verkaufen."

Schon gegen Mittag konnten sie zu viert aufbrechen, wobei Nazim wieder mit einem Pferd ausgestattet wurde, der Alte jedoch einen Yak mit einem schönen Sattelteppich ohne Steigbügel ritt. Der ungebärdige Bulle benötigte kaum Zaumzeug, hatte lediglich einen hölzernen Nasenring eingezogen und gehorchte dem Alten auf jeden Schenkeldruck. Wie sich herausstellte, war er im steinigen Gelände wesentlich gewandter als die Pferde, die immer wieder stolperten.

„Da es praktisch nur eine einigermaßen gangbare Route in den Wakhan gibt, werden wir eine Abkürzung wagen und ihnen den Weg abschneiden. Sie werden kaum an eine Verfolgung denken", meinte der Alte. Und sich an Nazim wendend: „Mit Sicherheit haben sie entdeckt, dass ihr zu fünft wart, aber sie werden wohl meinen, dass du irgendwo umherirrst. Was meinst du dazu?"

„Das glaube ich auch. Wir müssen sie im Schlaf überrumpeln, so wie sie das mit uns gemacht haben. Wir werden es ihnen schon geben!"

„Na ja, sie werden sicher Wachen aufstellen ..."

Schon am Abend stießen noch fünf andere Männer aus der

Verwandtschaft zu ihnen, sodass sie eine beachtliche Streitmacht darstellten. Sie durften auf ihre besseren Geländekenntnisse hoffen und schlugen vorerst eine Route parallel zu jener der Banditen ein, die jedoch am zweiten Tag durch ein fast unpassierbar scheinendes Schluchtgelände führte. Achtmal mussten sie dabei den Fluss im eiskalten Wasser überqueren, um auf der anderen Uferseite wieder ein begehbares Wegstück zu finden, bis bald darauf wieder lotrechte Wände sie zum anderen Ufer hinüberzwangen. Der Yak war dabei der Unerschrockenste, ließ sich willig ins Wasser führen und wurde dadurch regelrecht zum Leittier für die Pferde.

Durch diesen Gewaltakt hatten sie vermutlich einen vollen Tag an Vorsprung herausgeholt, stießen auch wirklich auf den Karawanenweg und konnten einen gut verborgenen Auslug beziehen.

Sie fürchteten schon, dass die Banditen voraus wären, denn es dauerte einen ganzen Tag und eine Nacht, bis diese tatsächlich in Sicht kamen.

Nur zwei der Kirgisen folgten als Späher, um den Lagerplatz der Banditen genau auszumachen. Er lag, wie sich bald herausstellte, nahe am Fluss in relativ unübersichtlichem Gelände mit einigen Rasenflecken als Weide für die Pferde, zwischen mannshohen Felsblöcken.

„Da können wir ziemlich nah herankommen, aber zuerst müssen die Wachen unschädlich gemacht werden, was nicht so einfach sein wird. Dann können wir erst den Überraschungs-Überfall durchführen."

Alle nickten zustimmend, und der Alte fuhr fort: „Nach Möglichkeit töten wir niemanden, aber wenn es notwendig sein sollte ..."

Nazim fieberte der Befreiung seiner Kameraden entgegen und bedrängte den Alten so lange, bis dieser schließlich nachgab und ihm, trotz seiner Jugend, zusammen mit zwei jungen Kirgisen die besonders schwierige Aufgabe übertrug, die Wachen unschädlich zu machen. Sobald dies geschehen war, würden die anderen auf ein vereinbartes Zeichen die Banditen – hoffentlich noch im Schlaf – überwältigen.

Gut eine Stunde nach Mitternacht, als alles in tiefem Schlaf lag, schlichen sich die drei Burschen an und konnten bald entdecken, dass es zwei Wachposten gab. Einer lehnte etwas abseits des Lagers an einem Stein und schnarchte friedlich. Der zweite drehte allerdings seine Runden zwischen den Felsbrocken. Nazim sah, dass er immer wieder den gleichen Weg nahm und dabei an einem doppelt-mannshohen Stein vorbeikam. Ohne lange zu überlegen, denn die Zeit drängte, erkletterte er katzengleich den Felsblock und sprang genau im richtigen Moment, direkt auf den Wächter hinab, ihn dabei zu Boden reißend. Mit dem Griff seines Dolches schlug er dem völlig Überraschten mehrmals auf die Schläfe, sodass dieser nur kurz aufstöhnte, ehe er bewusstlos wurde. Die beiden anderen Kirgisen hatten sich inzwischen des Schnarchenden angenommen, der erst zu sich kam, als er schon geknebelt und gefesselt war.

Sofort huschten sie zu Nazim hinüber und halfen ihm, sein Opfer ebenfalls zu knebeln und zu fesseln.

Dreimal ahmte einer der beiden Kirgisen täuschend das ‚Husten' eines Schneeleoparden als vereinbartes Zeichen nach, und schon huschten die unter der Anführung des Alten begierig Wartenden herbei und stürzten sich auf die vier Schläfer; die Banditen hatte inzwischen noch Zuwachs durch zwei weitere bekommen.

Nazim hatte seinen Bogen wieder aufgenommen und eilte klugerweise sofort zu den Pferden der Banditen, um sie zu beruhigen und zu bewachen, damit keiner mit einem Pferd entkommen konnte.

Das war auch, wie sich gleich herausstellte, gut so, denn trotz der drohend auf ihn gerichteten Gewehrläufe rollte sich einer der beiden Nagerkuts blitzschnell zur Seite, sprang auf und lief auf die Pferde zu. Zwei Schüsse pfiffen hinter dem im Zickzack laufenden, mutigen Burschen hinterher, trafen aber nicht. Nazim duckte sich, ließ den Flüchtigen auf eines der ungesattelten Pferde aufspringen, riss ihn aber, im Moment als er angaloppieren wollte, vom Pferd. Blitzschnell kniete er dem halb Betäubten auf der Brust und versuchte ihn ebenfalls mit dem Griff seines Dolches kampfunfähig zu machen. Das gelang aber nicht so leicht wie beim ersten Mal. Mit eisernem Griff packte der Nagerkuts die Hand mit dem Dolch und bewegte die Spitze immer näher an Nazims Hals heran. Da kam aber schon einer der Kirgisen zur Hilfe und schmetterte dem Nagerkuts seinen Gewehrkolben auf die Schulter.

„Danke, das war knapp. Der Bursche hatte ungeahnte Kräfte."

„Kein Wunder, musste er doch annehmen, dass du ihn mit dem Dolch töten wolltest."

Das Lagerfeuer war inzwischen wieder entfacht worden, die fünf Banditen lagen gefesselt am Boden, und Tara Beg wollte Nazim aus der Umarmung gar nicht mehr loslassen: „Ich habe gewusst, dass du uns nicht im Stich lassen wirst."

Auch die anderen Kameraden schüttelten Nazim fast die Arme aus den Gelenken.

Die beiden Alten zogen sich schließlich zu einer Beratung zurück: „Eigentlich sollten wir euch erschießen", ließen sie die Gefangenen wissen. „Aber da wir daraus weiter keinen Nutzen ziehen, werden wir den Spieß umdrehen und euch hinunter nach Langar in den Wakhan verkaufen. Der dortige Fürst ist ein gottesfürchtiger und gerechter Mann und wird euch die Peitsche nur bei Ungehorsam spüren lassen ..."

Der Hass in den Augen und Gesichtszügen der Gefangenen ließ Nazim noch die beiden nächsten Tage beim Ritt zu den Yurten der Kirgisen nicht los.

Zum Glück waren die Gastgeschenke an den Mir unversehrt geblieben, und – was Nazim besonders freute – sein Schneckengehörn wartete bereits, schön präpariert, auf ihn. „Das hast du dir redlich verdient!", verabschiedete sich der Alte und meinte augenzwinkernd: „Du kannst immer zu Jagd vorbeikommen, euer Mir braucht ja davon nichts zu erfahren ..."

Inzwischen war es bereits Herbst geworden, und als sie in Misgar die ersten gelb verfärbten Pappeln und in Gulmit nur noch abgeerntete Äcker vorfanden, da wurde allen warm ums Herz, und sie konnten kaum mehr erwarten, endlich wieder daheim zu sein.

Ehe sie sich in Gulmit auf die Häuser von Verwandten und Bekannten zur Übernachtung aufteilten, meinte Tara Beg: „Es ist höchste Zeit, dass wir wieder einmal an einer Gebetsstunde teilnehmen und Allah für unsere glückliche Rückkehr danken."

So traf man sich gegen Abend im Gebetshaus. Um die Delegation zu ehren, leitete der Kalifa selbst die Gebete, er hatte aber auch noch eine andere schwierige Aufgabe vor sich, erst vorgestern war nämlich die Kunde bis Gulmit gelangt, dass Nazims Mutter vor einer Woche plötzlich verstorben sei. Er hatte dies niemandem erzählt, weil er vermuten konnte, dass Nazim demnächst über Gulmit nach Hause zurückkehren würde.

„Ich habe dir etwas Ernstes zu berichten", nahm er Nazim nach dem Gottesdienst auf die Seite: „Deine Mutter ist vor nicht allzu langer Zeit plötzlich verstorben. Wenn das Gerücht stimmt, dann war es eine Frühgeburt mit einem Blutsturz."

Nazim war wie gelähmt: Das konnte doch nicht sein. Sie war ja noch jung und kräftig. Ja, er wusste, dass sie schwanger war, aber nun gleich das ... Die Augen voller Tränen wandte er sich ab.

„Wir finden Allahs Willen oft unerklärlich und können seinen Wegen nicht immer folgen, aber glaube mir", sagte der Kalifa, „es wird durch Ihn alles letztlich in eine richtige und gute Bahn gelenkt."

„Das mag schon sein", schluchzte Nazim auf, „aber erst vor wenigen Jahren der Vater und jetzt die Mutter ..."

„Sieh, soviel ich gehört habe, wird deiner Mutter vielleicht dadurch manches erspart. Wer weiß, was es in dieser Doppelehe noch für Probleme gegeben hätte."

„Das ist für mich kein Trost. Schuld ist mein protziger, eitler und selbstsüchtiger Onkel."

„Sei froh, dass uns niemand zuhört. So darf man über seinen Wazir nicht sprechen!"

Nazim wandte sich ab, und der Kalifa meinte, dass es am besten sei, ihn mit seinem Schmerz vorerst allein zu lassen.

Der letzte Schein der schon untergangenen Sonne färbte die Gletscher des Ultar hoch über ihnen mit einem letzten rötlichen Schimmer, als sie nach Baltit hinaufritten.

„Morgen treffen wir uns alle schon am Vormittag beim Tham, um ihm Bericht zu erstatten und die Geschenke aus Kashgar zu überreichen", gab Tara Beg zum letzten Mal eine

Order. Er klopfte Nazim auf die Schulter: „Du wirst es daheim recht verlassen vorfinden, es tut mir sehr leid für dich."

Mit einem eigenartigen, ausgelaugten Gefühl zweigte Nazim zu seinem Haus hinüber ab. Zu seiner Überraschung sah er aber Rauch aus dem Abzug steigen.

„Nazim, endlich bist du da!" Weinend fiel ihm seine Schwester Malika in die Arme. „Mutter war so arm", schluchzte sie. „Sie ist langsam verblutet und hat in ihrer letzten Stunde immer wieder nach dir gefragt – und nicht nach ihrem neuen Mann", fügte sie noch hinzu. Auch Nazim konnte sich der Tränen nicht erwehren, und es tat ihm gut, sie vor seiner Schwester nicht verbergen zu müssen. Nach einer Weile beruhigte sich Malika: „Ich werde dir künftig den Haushalt führen."

„Und wo ist Duri?"

„Die kann auch nach Hause kommen, wenn sie will. Vorläufig ist sie bei Asor, die sich ihrer sehr fürsorglich angenommen hat. Asor wollte, dass auch ich bei ihr bleibe, aber da habe ich mich sofort auf die Füße gestellt. Vielleicht hat sie – oder besser gesagt – Onkel Massur gehofft, unser Haus und unsere Äcker behalten zu können. Aber ich habe gleich gesagt, dass du inzwischen schon fast großjährig bist und das Erbe unseres Vaters sicher gleich antreten wirst. Da war sie dann still und hat mich ziehen lassen."

Nazim umarmte seine Schwester: „Du bis ein kluges Mädchen! Du wirst sehen, wir werden schon miteinander auskommen."

Nachdem er sein Pferd versorgt und dankbar Malikas Tee geschlürft hatte, fiel Nazim in einen traumlosen, tiefen Schlaf und wusste beim Aufwachen gar nicht, wo er war. Im ersten Moment glaubte er, Mutter am Feuer kauern zu sehen, es war aber Malika, und alles kam ihm wieder ins Bewusstsein.

Aufseufzend erhob er sich, und erst draußen, beim Waschen am Bewässerungskanal, angesichts der gleißenden Gletscher des Ultar, kehrten seine Lebensgeister wieder zurück.

Zusammen mit Malika ging er sodann zum gar nicht weit entfernten Friedhof hinunter und stand eine lange Weile stumm vor den einfachen flachen Steinen, die das Grab der Mutter abdeckten …

Oben am Vorplatz des Schlosses traf er sich wenig später

mit Tara Beg und den drei Gefährten. Wohlwollend empfing sie der König, den Wazir Massur und einige Kämmerer an seiner Seite. Er konnte seine Freude über die wertvollen Seidenballen kaum verbergen. Neugierig ließ er auch gleich die Kiste mit dem Porzellan öffnen, zum Glück war nur eine Tasse zerbrochen.

Tara Beg berichtete ausführlich über die gesamte Reise, war aber sehr überrascht, dass der König über das Polospiel in Kashgar und über das Datum ihrer Abreise von dort Bescheid wusste.

„Ja, da staunst du, der britische Konsul hat mit Postläufern Captain Fowler hier in Baltit schon vor einer Woche Nachricht zukommen lassen. Der Brief ist über Skardu und Gilgit schneller gewesen als ihr auf kurzem Wege wieder zurück wart. – Natürlich, eure Entführung durch die Banditen hätte ich beinahe vergessen."

Tara Beg berichtete nun auch die Einzelheiten über Nazims großartige Leistung bei der Befreiung aus den Händen der Banditen und dass er ein großes Talent zum Polospieler besitze.

„Von Captain Fowler weiß ich auch, dass Nazim den Konsul in Kashgar mit seinem Wissen über unsere Lebensweise in Hunza sehr beeindruckt hat und auch von seinen Englischkenntnissen sehr angetan war."

Der König erhob sich: „Dir, Tara Beg, möchte ich danken, dass du die Delegation mit Allahs Hilfe wieder glücklich heimbringen konntest. Aber ohne Nazims Dazutun würde wahrscheinlich manches anders aussehen. Nazim, ich übertrage dir hiemit ein großes Vertrauens-Amt. Ich ernenne dich zum Aufseher über die Maruts, die Goldwäscher. Du hast dabei vor allem Sorge zu tragen, dass sie die Goldsteuer gewissenhaft abliefern; der zehnte Teil davon gehört, wie es Brauch ist, natürlich dir. – Und außerdem verleihe ich dir hier, vor Zeugen, das Recht, ab deinem zweiundzwanzigsten Geburtstag deinem Namen den Titel ‚Khan' anzufügen ... Ja, auch zum Tod deiner Mutter möchte ich bei dieser Gelegenheit mein Beileid aussprechen."

Nazim war überwältigt und brachte nur stotternd seinen Dank heraus.

Wieder unten am Schlossplatz wurden Nazim von allen Seiten die Hände geschüttelt. Auch Massur trat zu ihm: „Ja, der Verlust meiner geliebten Frau Dschowari macht mich sehr traurig, ich fühle mich sehr einsam."

Als Nazim darauf nichts erwiderte, meinte er: „Deine Ziegen und die zwei Milchkühe, die ich der Einfachheit halber meiner Herde beigefügt habe, kannst du von Malika bei nächster Gelegenheit abholen lassen." Und leicht spöttisch: „Als Gold-Einnehmer bist du ja künftig von der Landwirtschaft gar nicht mehr abhängig. Übrigens – der Titel Khan wäre dir als Abkömmling der Diramitin sowieso zugestanden ..."

Nazim drehte sich wortlos um und ging seiner Wege. Vieles ging ihm wirr im Kopf umher.

‚Nun bin ich völlig auf mich allein gestellt. Aufseher über die Goldwäscher – das interessiert mich eigentlich gar nicht; viel lieber gehe ich künftig jagen. Malika wird mir den Haushalt führen – nein, Nilufar wird es tun. Nilufar, ja Nilufar, nach ihr verzehre ich mich.'

Schon um die Mittagsstunde des nächsten Tages stieg Nazim, sorgfältig gewaschen und mit einem frischen Unterhemd angetan sowie mit Brot und Dörraprikosen für einige Tage ausgerüstet, zur Almhütte hinauf. Auch hatte er sich gewissenhaft rasiert, sollte Nilufar ihn doch nicht mit einem schiitischen Nagerkuts verwechseln.

‚Wird sie wohl da sein, wird sie mich nach der langen Trennung überhaupt noch lieben? Werden ihre Schwestern sie nicht hindern? Nein, das können sie nicht, Nilufar hat doch gesagt dass sie zu mir ins Tal zieht ...'

# *VI*

Wie nun schon gewohnt, schnitt er an der Waldgrenze von den ersten Wacholderbäumen ein dickes Bündel Reisig ab – Nilufar mochte den Geruch doch so gern. Ja, und auch den silbernen Türkisarmreifen hatte er, vorsorglich in ein Stückchen Seide eingewickelt, bei sich.

Es dämmerte schon, als er die Hütte erreichte. Nazim sah sich um; weit und breit kein Lebewesen. Nun, sie hatte ihn sicherlich schon entdeckt.

Sorgfältig schichtete er Birkenäste übereinander und steckte dazwischen immer einige Wacholderzweige. Das Feuer sollte schon behaglich brennen und seinen besonderen Duft verbreiten, wenn sie sich einfand.

Er öffnete die Dachluke, und gerade als er Feuerstein und Zunder hervorkramte, klopfte es an der Türe. Er bekam einen ordentlichen Schrecken.

„Ich muss doch künftig anständig durch die Haustüre eintreten und nicht wie eine ungezogene Peri immer durch die Rauchluke herunterspringen! Außerdem komme ich zu dir auch ohne Wacholderrauch."

„Nilufar!"

„Nazim!"

Sie hielten sich eng umfangen, und Nazim wirbelte sie im Kreis umher.

„Hilfe, du erdrückst mich ja fast. Lass dich anschauen, du Held, ich weiß alles. Ich bin ungeheuer stolz auf dich. – Aber wie konntest du nur so lange ausbleiben! Ich verzehre mich nach dir!" Und schon lagen ihre weichen Lippen auf den seinen und ihm wurde fast schwindlig. Ohne ihn loszulassen, breitete sie mit einer Hand die Schlafmatte aus und zog ihn zu sich hinunter.

Plötzlich flackerte auch das Feuer ohne irgendjemandes Zutun auf: „Ach, diese Zaubereien muss ich mir abgewöhnen, wenn ich mit dir erst im Tal lebe, aber jetzt haben wir keine Zeit zum umständlichen Feuermachen – nicht wahr?"

Ihr Mund öffnete sich verlangend. Seine Hände glitten zu ihren festen Brüsten. Sie stöhnte leicht, knöpfte ihm das Hemd auf und begann seine Brust mit Küssen zu bedecken. „Bei dir darf ich es ja tun!"

Sie spürte seine harte Männlichkeit und öffnete langsam ihren Schoß. „Komm Liebster! Komm! Ich helfe dir!"

Ohne dass er wusste, wie ihm geschah, glitt er in sie hinein. Er reagierte ganz selbstverständlich auf ihre leicht fordernden

Bewegungen, und bald versanken ihre Körper im Liebestaumel …

Beide schliefen schließlich ein, und Nazim erwachte erst durch das Prasseln des Feuers, an dem sich Nilufar eben mit einer Teekanne zu schaffen machte.

„Ich muss mich als Hausfrau üben. – Übrigens, ich wollte dir schon gestern sagen, der Tod deiner Mutter tut mir sehr leid."

„… dadurch wäre eigentlich mein Haus für den Einzug einer Braut frei …"

„Nazim, ich habe mir schon alles gut überlegt. Unten in Baltit können wir nicht heiraten und auch nicht auf Dauer wohnen, die Leute würden bald erraten, wo ich herkomme. Außerdem muss ich mich dem Einfluss meiner Schwestern entziehen. Ich könnte mir aber vorstellen, oben in Gulmit, du weißt schon, wo die Leute nicht mehr an die Hunza-Peris glauben, sondern ihre eigenen Feen haben, als deine Frau zu leben. Wir können uns da etwas kaufen, ich habe genügend Rubine in meinem Versteck."

„Mhm, was wird der Mir dazu sagen? Er will mich ja als Botschafter für verschiedene Aufgaben einsetzen."

„Das kannst du von Gulmit aus ebenso gut alles erledigen. Der Mir hat ja in Gulmit seinen Sommersitz, und die Goldwäscher sind von Gulmit noch weiter nördlich bis nach Shimshal tätig; da müsstest du sowieso immer wieder hin. Nach Süden zu kostet es dich eben immer einen zusätzlichen Tag."

„Du kluges Mädchen! Das wäre tatsächlich ein Ausweg."

Nazim wollte noch etwas anfügen, aber schon umschlang sie ihn wieder und beide ließen sich lachend auf die Liegestatt fallen. Das Wasser in der Teekanne war schon verdampft, als sie sich endlich voneinander lösten … Nilufar sprang als erste auf: „Es geht schon gegen Mittag. Du musst wohl sofort aufbrechen, sonst lässt dich Malika suchen!

„Du hast recht! – Leider muss ich die nächsten Tage im Schloss die Unterlagen für mein neues Amt übernehmen."

„Und ich muss im Moment vorsichtig sein, meine Schwestern dürfen vorläufig nichts erfahren, denn sie können furchtbar eifersüchtig werden. Ich muss aus ihrem Bereich unerwartet verschwinden, dann können sie mir nichts mehr anhaben.

– Wir treffen uns also vielleicht heute in fünf Tagen. Ist dir das recht?"

„Und ob!" Nazim strahlte. „Ja, da habe ich noch etwas für dich, ein tibetanisches Armband vom Basar aus Kashgar."

„Oh, die hübschen Türkise, und die schöne Silberfassung! Gut passt es meinem Handgelenk. Ich muss es gleich tragen. – Siehst du, wenn ich einmal von hier weg bin, kann ich vielleicht auch einmal Kashgar sehen."

Noch ein inniger Abschiedskuss, und schon war Nilufar verschwunden. Nazim hatte sich an diese Zauberei schon gewöhnt, versorgte schnell noch die Hütte und eilte vor sich hin pfeifend dem Tal zu.

Das Verbleiben von Duri, seiner kleinen Schwester, war noch zu klären. Wenn er nach Gulmit zog, würde sie wahrscheinlich nicht mitkommen und andererseits bei Malika allein nicht bleiben wollen. Vielleicht nahm Asor sie bis zur Großjährigkeit auf. Sie hatte sich ja inzwischen als echter Mutterersatz bewährt – eigentlich eine großartige Frau! Diese und ähnliche Gedanken gingen Nazim beim Abstieg durch den Kopf.

Daheim angekommen, begrüßte ihn sein Hengst mit einem fröhlichen Wiehern. Die getreue Malika hatte ihm eben Futter in den Trog gestreut und gab sich besorgt, wo er denn über Nacht gewesen wäre: „Du musst dich jetzt überhaupt öfters an meine Abwesenheit gewöhnen, denn wie ich dir erzählt habe, hat mir der Mir verschiedene Aufgaben übertragen, die mich im ganzen Land umherführen werden." Und dann meinte er, ganz verantwortungsbewusster Familienvater: „Außerdem werde ich mich langsam um einen passenden Mann für dich umsehen müssen."

Malika errötete: „Du bist ja selbst noch nicht verheiratet."

Nazim fasste sie unvermittelt um die Mitte – was er noch nie getan hatte – und wirbelte sie im Kreis herum: „Wer weiß? – Aber etwas anderes: Schaffst du überhaupt alleine die Arbeit?"

„Ach ja. Es gibt ja im Augenblick nicht so viel zu tun. Die Fütterung und das Melken der Ziegen hat der Nachbarssohn übernommen, dafür melke ich die beiden Kühe des Nachbarn."

„Das ist gut so. Beleidigt mir nur ja nicht die Peris!"

Lachend verließ er die Verdutzte und begab sich hinauf ins Schloss, wo er aber fast bis Mittag warten musste, ehe ihn der Schatzmeister empfing, um ihn in die Verfahren und Geheimnisse des Steuereinzugs bei den Goldwäschern einzuweihen. Er gab ihm die üblichen Standorte der Maruts bekannt und händigte ihm schließlich auch eine kleine Goldwaage aus.

Anschließend teilte ihm der Tschokidar noch mit, dass der Mir ihn genau heute in einer Woche zu sprechen wünsche. Es ginge um den erwarteten Besuch eines Ingles.

Malika war froh, dass Nazim die nächsten Tage daheim blieb und sich um verschiedene liegen gebliebene Arbeiten kümmerte, die traditionell nur von den Männern erledigt wurden.

Sie selbst verbrachte viele Stunden mit dem Zerstampfen von Aprikosenkernen und dem anschließenden, anstrengenden Auskneten des wertvollen Öls. Diese wichtige Arbeit war nämlich durch die turbulenten Ereignisse der letzten Monate liegen geblieben.

Nazim zählte nahezu die Stunden bis zum nächsten Beisammensein mit Nilufar und machte sich am verabredeten Tag schon zeitig zur Hochalm auf. Er hatte wieder Pfeil und Bogen dabei, sodass es aussah, als ob er auf die Jagd ginge, was jetzt im Winter durchaus üblich war.

„Wahrscheinlich ist der Meisterschütze hinter Schneeleoparden her", hatte man schon bei seinem letzten Gang zur Hochalm, der nicht unbemerkt geblieben war, gemunkelt.

Es war nun schon eine lieb gewordene Gewohnheit, Wacholderzweige abzuschneiden, und er genoss den dabei wahrzunehmenden würzigen Duft. In der Hütte schien es ihm überhaupt nicht kalt, aber dennoch entfachte er ein ordentliches Feuer und öffnete die Dachluke.

Es schlug den Rauch nieder und so musste er mit tränenden Augen ins Freie fliehen.

Er erschrak aber kaum, als ihm draußen plötzlich jemand die Augen zuhielt, die paar Tränen mit dem Ärmel abwischte und sein Gesicht mit Küssen bedeckte.

„Nilufar, Liebes!"

„Ja, ich bin´s! Ach, wie sehne ich mich nach dir. Weißt du,

ich brauche dich so sehr. Dieses strenge, langweilige Leben, das ich mit meinen Schwestern führe, wo wir euch Hunzakuts von der Ferne beobachten und nur gelegentlich über den Bitan mit euch reden, hängt mir zum Hals hinaus." Und kichernd: „Von der Liebe zwischen Mann und Frau reden diese alten Jungfern fast täglich und malen sich aus, wie das wäre, selbst wagen sie sich aber nicht heran.

Sie sind nämlich zu ängstlich, zu feige und zu bequem, so wie ein Menschenweib hart zu arbeiten und Kinder gebären zu müssen." Und Nazim mit sich auf die Liegestatt ziehend: „Ich will es aber und habe mir dazu jemand Besonderen auserwählt ..."

Er konnte es kaum fassen. Dieser wunderbare Körper gehörte ihm. Ohne zu zögern, streifte sie ihr langes Gewand ab, half ihm aus seinen Kleidern und umschlang ihn.

„Ja, Liebster, komm ...!"

Und wieder schlug die Welle der Leidenschaft über sie zusammen.

Nach einer Weile zog er den Schafpelz über sie beide, nahm ihre Brüste in beide Hände, vergrub seinen Kopf in ihrem Haar und flüsterte ihr ins Ohr: „Du machst mich so unendlich glücklich!"

„Nein, ich bin es, die das Glück kaum fassen kann! Ich hätte nie gedacht, dass ein wilder Hunzakuts so liebevoll und zärtlich sein kann ..."

Da ertönte plötzlich von der Dachluke eine schrille Stimme: „Aha, jetzt haben wir dich ertappt." Und eine andere: „Ich habe es ja vermutet, sie roch doch vor einigen Tagen schon so eigenartig menschlich! Wie eine brünstige Bergziege!"

Nilufar schreckte in die Höhe: „Oh weh! Meine Schwestern!" Und ehe sie sich´s versahen, sprangen anscheinend fünf Wesen durch die Dachluke herunter und füllten die kleine Hütte voll aus. Nazim folgte Nilufars Augen, die offensichtlich verschiedene Personen wahrnahmen, konnte aber selbst nichts sehen. Er hörte nur dicht neben sich weibliche Stimmen aufgebracht reden: „Du Abtrünnige! Du Wahnsinnige! Weißt du, auf was du dich da einlässt? Womöglich willst du gar sein Weib werden."

„Ja, genau das! Ich kann machen was ich will. Ich bin eine freie Peri."

„Hört ihr, sie will ihre Aufgabe als Beschützerin des Hunzalandes aufgeben und uns Peris verraten!"

„Es geht ihr ja nur um die Befriedigung ihrer Wolllust – aber das werden wir ihr versalzen!"

Nazim, der sie noch immer umfangen hielt, spürte plötzlich, wie sie aus seinen Armen gezerrt wurde.

„Lasst mich los! Lasst mich los ..."

„Nilufar, ich möchte dir helfen, aber ich sehe niemanden ...!"

„Sie sind ja viel zu feig, sich dir zu zeigen!"

„Gar nichts wirst du, Bürschchen. Du wirst gleich merken, was mit dir geschieht."

Ehe sich Nazim versah, kniete und saß auf jeder Hand und jedem Fuß eine Person. Er versuchte sich blitzschnell aufzurichten und freizuschütteln, aber er wurde mit eisernen Kräften niedergehalten, sodass er sich kaum rühren konnte. Kundige Griffe zogen seine Hände nach hinten, und ehe er wusste wie im geschah, war er schon mit Lederriemen an beiden Händen und Füßen gefesselt. Nilufar streifte ihr Kleid über: „Seid ihr verrückt! Lasst ihn los. Er hat euch nichts getan!"

„Du wirst schon sehen ..."

Und schon stürzten sich auch mehrere der Peris auf Nilufar, versuchten ihr die Hände nach hinten zu reißen und ihre Beine zu umklammern. Sie trat, biss und schlug um sich, aber gegen die Übermacht half alles nichts. Wenig später war auch sie wie ein Paket mit Riemen umschnürt.

Nazim sah dabei immer nur Nilufar in den wildesten Abwehrbewegungen – ihm zeigten sich die Peris absichtlich nicht.

„So verprügelt uns eben, ihr scheußlichen Rui-Hexen, wir werden es aushalten!", zischte Nilufar.

„Nein, wir haben etwas viel Besseres vor! Du wirst es gleich merken ..."

Sie hoben Nilufar auf, entblößten ihre Brüste und drückten ihren Oberkörper auf Nazims Gesicht.

Nilufar bäumte sich auf, ihr dämmerte, was die Schwestern vorhatten.

„Nein, Ahuramazda hilf! Das könnt ihr nicht tun! Nazim, halte den Mund geschlossen!"

Der wusste noch immer nicht recht, was sie vorhatten.

„Sie wollen, dass deine Lippen meine Brustwarzen berühren. Dann bist du mein Milchbruder, und ich kann nur mehr deine Schwester, aber nie mehr deine Geliebte sein!"

Nazim drehte den Kopf zur Seite und zog seine Lippen nach innen – nun wusste auch er blitzartig, worum es ging.

„Wirst du den Mund wohl öffnen! – Nein? – Oh, das werden wir sofort haben."

Die Peris gerieten in eine regelrechte Raserei, und gleich hatte eine ein kleines Holzstück bei der Hand. Zwei hielten seinen Kopf wie in einem Schraubstock fest, eine andere hielt ihm die Nase zu. Wohl oder übel musste er nach einer Weile seinen Mund öffnen – und schon war das Holz zwischen seinen Zähnen.

Er brüllte: „Nein!!!" Und dabei war es zugleich auch schon passiert – brutal hatten sie eine Brustwarze Nilufars auf seine Lippen gedrückt ... Nilufar schrie nochmals „Neiiiin ...", und nach einer Weile stieß sie unter heftigem Schluchzen hervor: „Oh wie hasse ich euch ...!"

„Ach, das wird sich schon wieder legen", vernahm man die kühle und spöttische Stimme einer der Schwestern, „und außerdem heilt die Zeit alle Wunden!"

Und eine andere: „Jetzt können wir dich mit deinem Schätzchen – ach ja, nun mit deinem Brüderchen – unbesorgt alleine lassen ..."

Ohne Umschweife wurde sie aus der Umschnürung gewickelt.

„Deinem Milchbrüderlein kannst du die Riemen selbst abnehmen", sagte eine noch, und schon entschwanden sie durch die Luke – so blitzartig wie sie gekommen waren.

Nazims Bitte, auch ihm die Fesseln abzunehmen, ließ Nilufar nach einer Weile aus ihrer Erstarrung erwachen: „Ja, natürlich ..."

Mit fast versteinerten Bewegungen kleidete Nazim sich vollständig an und setzte sich ihr gegenüber auf die Kante der Liegestatt. Er fühlte im Moment gar keinen seelischen Schmerz, sondern nur eine totale Leere. Langsam hob er den

Kopf und sah das liebe Gesicht nah vor sich. Er konnte die Tränen nicht mehr zurückhalten, und ein nicht enden wollendes Schluchzen schüttelte seinen Körper.

Nilufar rückte heran, nahm ihn in die Arme und drückte ihn ganz fest an sich. Wie eine Mutter bei ihrem Kind, begann sie sein Gesicht beruhigend zu streicheln und wischte mit dem Ärmel ihres Gewandes einmal seine und dann wieder ihre eigenen Tränen ab. Aufschluchzend meinte sie nach einer langen Pause: „Nun sind wir auf ewig verwandt, so wie echte Geschwister oder wie Mutter und Kind. Die Bande der Muttermilch sind gleich wie jene des Blutes."

„Ja, ja, ich weiß! Aber ..."

„Wenn es nur ein ‚aber' gäbe", seufzte Nilufar auf: „Ich hätte klüger sein und meine Schwestern nicht unterschätzen sollen."

„Nilufar, ich lasse nicht von dir!"

„Doch, das wirst du müssen! Schau, ich werde dich beschützen und dir helfen, wo ich kann. Allerdings nur im Hunzaland. – Ich sehe eine gute Zukunft für dich voraus ... und wenn ich mich sehr konzentriere ...", Nilufar hob den Kopf, blickte nach oben, ihr Gesicht bekam jedoch gleichzeitig einen traurigen Ausdruck: „Ja, da sehe ich auch ein Menschenweib als deine Frau ..."

„Nie! Niemals!"

Nilufar aufschluchzend: „Oh doch, das ist der Lauf der Dinge ... Nazim, du sollst jetzt gehen, je länger wir im Augenblick zusammenbleiben, desto mehr Schmerz bereiten wir einander. Sei unbesorgt, du siehst deine Milchschwester immer wieder ..."

Plötzlich hatte auch sie sich in Nichts aufgelöst, und er spürte einen flüchtigen Kuss auf seiner Stirn ...

Nazim räumte mit automatischen Bewegungen die beträchtliche Unordnung in der Hütte auf, die ihn nunmehr wie ein schon weit zurückliegender Traum an den Kampf Nilufars mit ihren Schwestern erinnerte. Danach begann er langsam mit bleischweren Gliedern den Abstieg nach Baltit.

Ob dieses Gesetz der Milchbruderschaft wirklich so unumstößlich war? Nach einer Weile kam ihm in den Sinn, dass die von Ehebrechern am meisten gefürchtete Strafe jene war, die

Brustwarzen der Geliebten vor Zeugen mit dem Mund berühren zu müssen …

# VII

Malika sah ihm an, dass auf der Alm etwas Schlimmes geschehen sein musste, sie wagte aber nicht, danach zu fragen. Nazim stürzte sich mit versteinerter Miene in verschiedene, liegen gebliebene Arbeiten, konnte sich aber auf nichts richtig konzentrieren. Da kam ihm der überraschende Besuch Karoks, der noch immer bei den Gilgit-Scouts diente, dort schon zum Sergeant Major avanciert war und den er nur selten sah, sehr recht.

„Salam aleikum!"

„Aleikum salam! Lieber Freund!" Und nach einer langen Umarmung verlautbarte er: „Ich komme mich verabschieden. Ich habe mich freiwillig gemeldet und werde mit der britischen Armee in den Krieg ziehen."

„In welchen Krieg? Gegen die Pathanen, unten am Khyber-Pass?"

„Nein, nein. Hast du noch nichts gehört? Schon seit einigen Monaten ist in Europa Krieg, an dem fast alle Länder beteiligt sind. British, Frenchmen und Russians auf der einen Seite kämpfen gegen die Germans und Austrians."

„Ja, stimmt, vor einigen Wochen habe ich davon einmal etwas gehört, aber es nicht weiters beachtet. Europa ist ja so weit entfernt."

„Das ist es gerade, was mich reizt. Ich möchte einmal die weite Welt sehen."

„Karok, das wäre auch etwas für mich! Weißt du, ich möchte hier dringend für einige Zeit weg."

„Mir ist schon beim Eintreten aufgefallen, dass du nicht gut aussiehst. Bist du vielleicht krank?"

„Krank schon, aber nicht so wie du meinst. Ach, ich bin ja so unglücklich."

„Du wirst doch nicht unglücklich verliebt sein?"

„Mehr als das, aber ich kann dir jetzt nicht alles erzählen, vielleicht später." Und mit erstickter Stimme: „Wenn ich dir das alles einmal schildere, wirst du mir sowieso nicht glauben."

„Ach Nazim, das Leben geht weiter, und du bist noch jung. Unsere britischen Offiziere, mit denen ich ja seit einiger Zeit häufig zusammen bin, haben übrigens für solche Fälle das Sprichwort ‚Auch andere Mütter haben hübsche Töchter' bereit. Sie äußern sich übrigens über alle Dinge, welche die Frauen betreffen, sehr locker und unverfroren – auf ihre viel gepriesene Zivilisation und Kultur brauchen sie sich nichts einzubilden. Trotzdem kann man viel von ihnen lernen."

„Karok, wo kann ich mich freiwillig melden?"

„Das geht nicht so einfach, zuerst musst du die Erlaubnis vom Mir einholen, und der gibt sie dir sicherlich nicht. Hat er dir doch erst kürzlich ein wichtiges Amt übertragen und benötigt dich als Verbindungsmann zu den Ingles."

Und so war es auch. Der König war sehr aufgebracht, als Nazim schon am nächsten Tag sein Ansinnen vorbrachte: „Jenen, die bei den Gilgit Scouts sind, kann ich es nicht verwehren, aber sonst ist mir das Leben jedes einzelnen Hunzakuts zu viel wert, als dass ich es für fremde Interessen opfern ließe. Dieser Krieg ist eine böse Sache, die Germans werden sich zu wehren wissen, und der Kampf wird Jahre dauern." Nazim zu sich heranwinkend, zeigte er ihm eine der in New Delhi erscheinenden Zeitungen, die auch schon Photographien enthielten:

„Sieh dir das einmal an: Unsere Bitans hatten doch recht, als sie schon vor Jahren von ‚eisernen Vögeln am Himmel' berichteten, die Verderben bringen werden. Im Krieg in Europa sind sie schon in Verwendung. Auch kann man von furchtbaren neuen Granaten lesen, die Gift ausströmen, gegen das die Soldaten sich nur mit besonderen Masken schützen können. – Nein, auf solche Kriegsschauplätze lasse ich meine Männer nicht! Abgesehen davon habe ich für dich sowieso für das Frühjahr eine wichtige Aufgabe: Ein gewisser Mister Candler, der die Berge erforschen will, wurde mir vom British Agent in Gilgit angekündigt. Und zwar nicht nur hier in Hunza, sondern auch ein Stück südlich von Gilgit. Da steht nämlich ein

Berg, der mindestens so gewaltig wie unser Rakaposhi, wenn nicht sogar noch höher ist. Er heißt Nanga Parbat, und die Kohistani dort unten sind viel zu rückständig und ungebildet, um so einen Mann zu begleiten. Du wirst dir einige Träger und einen ortskundigen Führer aussuchen und mit ihnen den Mann bei der Umrundung des Nanga Parbat begleiten."

Und nach einigem Überlegen: „Auf diese Weise kann ich auch den Einfluss Hunzas ein bisschen nach Süden ausdehnen – du wirst mir natürlich genau berichten, was du in Kohistan alles gesehen hast." Lachend fügte er hinzu: „Die Gilgit-Leute nennen das Gebiet ja ‚Yaghistan', das ‚Land der Unregierbaren', aber um dich als hervorragenden Reiter und Schützen mache ich mir keine Sorgen! – Ja, noch etwas, im kommenden Sommer werden wir erstmals am Shandur-Pass an der Grenze zwischen Gilgit und Chitral an den großen Polowettkämpfen teilnehmen. Du wirst unsere Mannschaft führen und vorher fleißig trainieren, denn die lieben Nagerkuts-Nachbarn werden sich auch beteiligen. – Also, Aufgaben genug für dich. Da brauchst du den Kopf nicht mehr so hängen zu lassen wie vorhin, als du hereinkamst."

Nazim verließ das Baltit-Schloss tatsächlich mit wesentlich beschwingteren Schritten, als er gekommen war, wenngleich ihn nach wie vor eine unendliche Traurigkeit ausfüllte.

Schweißnass wachte er manchmal mitten in der Nacht nach einem Kampf mit Ruis und Peris auf und wälzte sich dann stundenlang nach den wilden Träumen am Lager. Immer wieder sah er dann Nilufars liebes Gesicht vor sich und vermeinte, ihren anschmiegsamen Körper zu spüren …

Malika, die sich perfekt um die Rinder und die übrige Wirtschaft kümmerte, versuchte immer wieder vergebens, seine trübe Stimmung aufzuheitern. Als sie ihm einmal vorschlug, doch vielleicht zur Zerstreuung in die Berge hinauf jagen zu gehen, kam sie ganz schlecht an: „Was weißt denn du? Ich gehe schon selbst, wenn ich mag! Die Peris werden mir sicher kein Jagdglück gönnen."

In Wirklichkeit war es ihm unerträglich, vielleicht mit Nilufar zusammentreffen zu müssen … ja, vielleicht später einmal …

Dabei wäre er wirklich schon gerne wieder einmal auf die Jagd gegangen. Mit Stolz betrachtete er ja ständig das gewaltige Schneckengehörn, das die rechte Wand oberhalb seiner Schlafstätte zierte und so groß war, dass er es bisher nicht am ‚geheiligten Ort' des Gebetshauses angebracht hatte, wie es für alle Trophäen Brauch war.

So unternahm er täglich längere Ausritte, um seinen Hengst in Bewegung zu halten. Bei einem dieser Ausflüge kam er unten am Hunzafluss mit einem Wakhi-Händler aus Passu ins Gespräch, der ihn einlud, doch hinauf nach Gulmit zu kommen, denn jetzt, im kältesten Monat, kämen die Schneeleoparden bei ihrer Nahrungssuche oft in die Nähe der Dörfer, wo sie in den Pferchen Ziegen und Schafe witterten. „Es wäre uns eine Ehre, mit einem so engen Vertrauten des Mirs und einem Meisterschützen jagen zu gehen. In ein paar Tagen ist außerdem Vollmond."

Das wäre etwas! Auch war das schon ein Gebiet, welches außerhalb des direkten Einflussbereiches der Hunza-Peris lag.

Schon wenige Tage später ritt er bei beißender Kälte, aber nicht einmal fußtiefem Schnee hinauf nach Gulmit, wobei die gelegentlich zu querenden Eisränder am Hunzafluss die einzigen echten Hindernisse darstellten. Dort im erstbesten Haus nächtigend, ging es am nächsten Tag gleich weiter bis Passu, wo er in die Familie des Händlers fast wie ein Sohn aufgenommen wurde. Die beiden erwachsene Söhne waren begierig, mit auf die Jagd gehen zu können, die beiden Töchter hielten sich scheu im Hintergrund, wobei die ältere beim üblichen Handkuss-Austausch errötete. Dies wiederholte sich nochmals, als Nazim sie wenig später um eine weitere Schale Scherbet bat.

„In der Nähe der Zunge des Batura-Gletschers, bei den ersten Hütten der Yunz-Alm, nur zwei Reitstunden von hier, werden wir morgen früh eine Ziegenhälfte als Köder auslegen. Aas können die Leoparden nicht widerstehen."

Schon am darauf folgenden Tag machten sich die Männer einige Stunden vor Einbruch der Dunkelheit auf den Weg. Jeder hatte einen Hirtenmantel als zusätzlichen Kälteschutz dabei. Zorah, die ältere Tochter, kam ihnen aber noch keuchend nachgelaufen und warf Nazim einen Schafpelz zu: „Du bist vielleicht die Kälte nicht so gewohnt wie meine Brüder!", dabei schaute sie ihn strahlend an und war offensichtlich sehr enttäuscht, als er dafür keine besonderen Dankesworte äußerte.

Noch beim letzten Tageslicht bezogen sie hinter einem Steinmäuerchen Stellung, und Nazim war bald über das zusätzliche Schaffell dankbar, denn die Kälte kroch durch Mark und Bein. Immer wieder massierte er seine Finger, mussten sie doch beim Pfeilschuss besonders geschmeidig sein. Die anderen drei Männer hielten ihre Snider-Hinterlader bereit, denn obwohl Nazim als Gast natürlich den ersten Schuss haben würde, glaubten sie bei der beträchtlichen Entfernung von hundert Schritten nicht, dass Nazim erfolgreich sein könnte.

Als es dunkel wurde, wagten die Männer sich kaum mehr zu unterhalten, denn die Großkatze war äußerst empfindlich.

„Noch zwei Stunden, dann wird der Mond zusammen mit dem Schnee gutes Büchsenlicht geben."

Tatsächlich leuchtete der schon fast volle Mond eine Weile später die Szenerie sehr gut aus, aber es ließ sich kein Lebewesen am Ziegenkörper blicken. Nazim flüsterte: „Vielleicht ist der Köder noch zu kurz verwest und gibt zu wenig Geruch ab."

„Keine Sorge, die Leoparden haben einen besonderen Spürsinn."

Nazim war trotz der schneidenden Kälte ein bisschen eingenickt, als er am Arm gerüttelt wurde: An der Ziege machten sich gleich zwei Tiere zu schaffen – für Leoparden waren sie aber viel zu klein.

„Füchse, flüsterte man ihm ins Ohr. Die sind jetzt in der Ranzzeit."

Und tatsächlich, sie schienen ausnahmsweise keine Interesse am Fressen zu haben, sondern begannen eine faszinierendes Liebesspiel. Sie jagten sich, fauchten und knurrten, tollten im Kreis umher, machten Luftsprünge und überschlugen sich. Nazim hatte so etwas noch nie gesehen und musste gewaltsam sein Lachen unterdrücken. Schließlich vertrollten sie sich aus dem Blickfeld der Jäger, und es senkte sich absolute Stille über das Hochtal. Der Mond hatte schon einen beträchtlichen Teil seiner Wanderung hinter sich gebracht und näherte sich bereits wieder den wilden Zacken der Passu-Kette, als ein Schatten hereinhuschte und ohne Umschweife an der Ziege zu zerren begann. Zum Glück war der Kadaver an einem Pflock angekettet, denn die erfahrenen Jäger wussten, dass die Schneeleoparden ihre Beute gerne in Deckung trugen, wo sie dann erst mit ihrer Mahlzeit begannen.

Diesmal musste das gewaltige Tier aber ziemlich hungrig sein, denn es ließ das Herumzerren bald bleiben und begann sich einen Happen nach dem anderen herauszureißen.

Nazim hatte die Hände in die Achselhöhlen gesteckt und die Finger heftig massiert, um sie wieder zu erwärmen. Er brachte, nachdem man ihm bedeutet hatte, dass er den ersten Schuss haben sollte, seinen Bogen vorsichtig in Position. Aus dem Augenwinkel sah er auch, wie die beiden Burschen ihre Gewehre anlegten. – Da war keine Zeit mehr für Jagdfieber und langes Überlegen ...

Fast lautlos schnellte der Pfeil von der Sehne. Nazim konnte ihm regelrecht nachblicken und sah sofort, dass er getroffen hatte. Der Leopard sprang mit allen vier Läufen gleichzeitig in die Höhe, knickte einen Moment ein, machte sich aber mit einem mächtigen Satz davon. Nahezu gleichzeitig krachten zwei Schüsse, und der Schnee staubte links und rechts der Ziege auf.

Die beiden Männer luden sofort wieder nach, und auch Nazim legte einen Pfeil schussbereit auf die Sehne. Vorsichtig machten sie sich auf die Nachsuche, die sehr gefährlich werden konnte. Blutspuren, zuerst nur einige Tropfen, dann zwei kleine Lachen, wiesen ihnen den Weg.

„Hinter einem der Felsblöcke hier könnte er liegen. Vorsicht! Vorsicht!", mahnte der Alte. „Lassen wir ihn im Wundbett verenden, das ist viel sicherer!"

Nazim ließ es sich aber nicht nehmen, allen Warnungen zum Trotz weiterzustürmen. Da sah er plötzlich einen riesigen Schatten auf sich zuspringen, und schon riss ihn der gewaltige Körper des Leoparden zu Boden. Die krallenbewehrten Pranken gruben sich in seine Schulter. Jetzt ging es ums nackte Leben! Mit äußerster Kraftanstrengung umklammerte er den Hals des Tieres und versuchte sein Gesicht verzweifelt aus dem Bereich des weit geöffneten Fangs zu drehen. Da krachten auch schon Schüsse, und Nazim spürte erleichtert, wie die Kraft des Tieres nachließ. Mit einem blitzschnellen Ruck wälzte er sich unter dem schweren Körper hervor, wobei aber die Krallen des im Todeskampf befindlichen Leoparden ihm das Schaffell quer über der Brust aufrissen und ihm weitere tiefe Fleischwunden zufügten.

Erschöpft blieb er im Schnee liegen. „Allah sei Dank! Das war knapp!"

„Um ein Haar hättet ihr Nazim mit euren Schüssen gefährdet!", schalt der Alte seine Söhne.

„Hätten wir ihn in den Fängen des Untieres belassen sollen?"

„Redet nicht so viel, sondern helft mir, Nazim zu verbinden, der blutet ja stärker als die Katze. Seht übrigens den Pfeil – genau im Blatt."

Und an Nazim gewandt: „Du bist ein großartiger Schütze, aber ich rate dir, zur Leopardenjagd künftig ein gutes Gewehr zu verwenden, denn der Pfeil hat viel zu wenig Wucht, um die inneren Organe schnell zu zerstören."

„Und was haben unsere Altvorderen gemacht, die hatten auch nur Pfeil und Bogen zur Verfügung."

„Ach was, die haben doch die Leoparden nur in Fallen gefangen, was sehr leicht möglich ist."

Nazim hatte sich inzwischen aufgerappelt, und die Burschen schnitten das zerfetzte Hemd in Streifen, die sie zusammen mit Lederriemen um seinen Oberkörper wickelten. Zum Glück waren die Wunden nicht sehr tief, aber der Blutverlust machte ihn doch so schwindelig, dass er sich beim Heimritt nur mit Mühe auf dem Pferd halten konnte. Als die beiden Söhne mit dem Leoparden wenig später daheim eintrafen, musste Zorah, die eben mit ihrer Mutter Nazims Wunden mit einer Kräutertinktur desinfizierte, ihn fast mit Gewalt zurückhalten, wollte er seine Jagdbeute doch unbedingt sofort betrachten. Mit festem Griff hielt sie seine Handgelenke und zog ihn dabei unwillkürlich so nahe an sich, dass er fast ihren Busen berührte und ihren Geruch wahrnahm, was ihm offensichtlich gar nicht unangenehm war, denn seine Gegenwehr erlahmte augenblicklich.

Zorah errötete bis unter die Haarwurzeln und ließ ihn sofort los.

„Du wirst dich schön fügen und einige Tage Ruhe geben, bis deine Wunden voll verschorft sind. Der Leopard läuft dir nicht davon. Das Untier wird sich dir beim Reiten in den nächsten Wochen noch genug in Erinnerung bringen", lenkte die Mutter von der etwas peinlichen Situation ab.

Nazim fügte sich ins Unvermeidliche und kurierte im angenehmen Kreis der Familie des Händlers und bei Besuchen der Nachbarsfamilien, die ihn mit Einladungen regelrecht bedrängt hatten, seine Verletzungen nach einer guten Woche so weit aus, dass er den langen Ritt nach Baltit, mit dem Leopardenfell hinter den Sattel gerollt, auf sich nehmen konnte.

Von Zorah hatte er sich die ganze Zeit möglichst ferngehalten und war jedem Kontakt mit ihr aus dem Weg gegangen, denn es war ihm unangenehm, dass sie scheinbar seine Nähe suchte. So ließ er sich auch die Wunden nur von der Mutter frisch verbinden. Die Erinnerung an Nilufar war keineswegs verblasst. Im Gegenteil, in den langen Stunden, in denen er wach lag, da er sich untertags zu wenig bewegen konnte, war sie ihm immer schmerzvoll gegenwärtig, und die Sehnsucht nach ihr war fast übermächtig.

Zorah war unglücklich. Sie hatte sich Hals über Kopf in den jungen Mann mit dem scharf geschnittenen Gesicht und der eigenartigen weißen Haarsträhne verliebt. Darüber hinaus wurde er trotz seines jugendlichen Alters überall hoch respektiert und als Held gefeiert – einen großartigeren Ehemann konnte sie sich gar nicht vorstellen.

Sie wurde doch von ihren Freundinnen immer als die Hübscheste von ganz Gulmit bezeichnet. Warum hatte er bloß kein Interesse an ihr? Hatte er schon auf ein anderes Mädchen seine Blicke geworfen?

Als die Mutter ihre Tränen beim Abschied bemerkte, wusste sie gleich, was los war, tröstete sie aber recht ungeschickt mit der Bemerkung: „Er ist doch ein ‚Khan' und stammt aus der Sippe der Diramitin, da kann unsere Familie an Vornehmheit nicht mithalten."

Malika hatte während seiner Abwesenheit – tüchtig wie immer – alle notwendigen Arbeiten bewältigt, Nazim war sich aber im Klaren, dass es so nicht weitergehen konnte. Gleich nach Frühjahrsbeginn würde er sich um die Goldwäscher kümmern müssen, die Polomannschaft sollte er trainieren und während des Spätsommers für längere Zeit mit den Ingles unten am Nanga Parbat sein. Alleine konnte sie die Landwirtschaft unmöglich auf Dauer führen, wenngleich ihr auch die Nachbarn hilfreich zur Seite standen. An Massur, zu dem er weiterhin ein angespanntes Verhältnis hatte, wollte er sich nicht um Hilfe wenden. Da fiel ihm Asor ein, die sich wie eine Mutter um Duri bemühte. Sie war eine besonders kluge Frau. Er richtete es so ein, dass er bei ihr unten in Altit an einem Tag vorbeikam, von dem er wusste, dass der Wazir beim König war.

Duri kam sofort herbei, um ihm die Hand zu küssen, was Nazim, nachdem sie nun auch schon bald großjährig wurde, erstmals mit einem Handkuss seinerseits erwiderte.

„Du bist ein aufmerksamer Bruder und machst ihr große Freude", lobte Asor ihn nachher beim Gespräch unter vier Augen.

„Asor, ich brauche eine Hilfskraft für meine Landwirtschaft, Malika ist alleine überfordert. Aus Ganesh unten wüsste ich einen Mann, der sich gegen bare Bezahlung gerne anstellen ließe. Da sie nun schon heiratsfähig ist, kann aber kein fremder Mann im Haus wohnen. Vielleicht weißt du einen Ausweg."

Asor dachte eine Weile nach: „Du bist wohlhabend. Nachdem Malika sicher bald heiraten wird, du aber nicht erkennen lässt, dass auch du dich in nächster Zeit binden wirst" – sie schaute ihn fragend an, und Nazim beeilte sich, den Kopf zu schütteln – „stellst du am besten ein voll wirtschaftendes Ehepaar ein. Solche gibt es bei den armen Familien unten in Ganesh tatsächlich. Sie besitzen ja allesamt zu wenig Land."

„Aber wo sollen die wohnen?"

„Lass mich ausreden. Du wirst ganz einfach neben deinem Haus ein zweites bauen. Platz hast du genug."

„Aber das hat es in Baltit noch nie gegeben!"

„Besondere Umstände erfordern eben besondere Taten!"

Nazim schüttelte den Kopf. „Das wird aber der Mir nicht genehmigen."

„Für solche Dinge ist der Wazir zuständig – und mit dem werde ich selbst reden. Ich weiß, dass du auf ihn nicht gut zu sprechen bist, was ich dir übrigens nicht verdenke ..."

„Die Ganesh-Leute sind aber Schiiten, da werden die Nachbarn keine Freude haben", brachte Nazim nochmals Bedenken vor.

„Die müssen eben die halbe Stunde täglich zu ihrer Moschee hinunterlaufen – und wir beginnen uns an Andersgläubige sowieso schon zu gewöhnen. Vergiss die Ingles nicht, die glauben an Isa, den Sohn Josefs und Marias als Gott – eine furchtbare Gotteslästerung, wo er doch nur ein Prophet war –, und trotzdem hat der Mir mit ihnen Freundschaft geschlossen!"

Nazim begann schon in den nächsten Tagen mit den Vorbereitungen für den Hausbau, seine Gedanken waren aber nicht beim neuen Haus, sondern kreisten ständig um die verlorene Liebste. Immer wieder drängte es ihn, in die Berge hinaufzusteigen, um Nilufar wenigstens zu treffen. Dann gewann sein nüchterner Verstand aber doch immer wieder die Oberhand, und er wusste, dass ihm das nur unnötigen Kummer bescheren würde ... vielleicht später!

Es war beim Nauroz-Frühlingsfest, als sein mit den Peris verbundenes Schicksal wieder mit aller Macht über ihn hereinbrach: Er hatte an den Schwerttänzen und der nachfolgenden lustigen Jagdpantomime teilgenommen und war beim anschließenden großen Bitan-Auftritt nicht sofort vom Platz gegangen, wie er das die letzten Jahre immer getan hatte. Eben hatte der Bitan zu tanzen begonnen und nach den aufwühlenden Rhythmen seine ersten Runden gedreht, als zufällig direkt neben Nazim, der zwischen den Zuschauern stand, die Ziege herbeigebracht, getötet und ihr der Kopf abgetrennt wurde. Wie unter einem manischen Zwang stehend, riss Nazim den blutigen Kopf an sich. Ehe er aber etwas vom frischen Blut trinken konnte, entriss ihm einer der Helfer des Bitans, der urplötzlich seinen Tanz unterbrochen hatte, den Kopf und warf ihn dem Bitan zu. Der schlürfte gierig das Blut und setzte sofort mit wilden Sprüngen seinen Tanz fort.

Nazim stand wie erstarrt, erwachte aber augenblicklich aus seiner Trance als er hörte: „Bringt noch eine Ziege herbei, Nazim will tanzen!"

Sich verstört umblickend, boxte er sich mit den Ellbogen einen Weg durch die Zuschauer und hastete zwischen den Terrassen hinter dem Festplatz aufwärts. Die körperliche Anstrengung brachte ihn wieder zur Besinnung. Keuchend hielt er nach einer Weile an und setzte sich so, dass er den weiteren Festablauf von der Ferne beobachten konnte. Nie wieder würde er an einem Bitan-Auftritt teilnehmen! Dessen war er sich gewiss. – Ruhe kehrte erst in ihm ein, als er tief einatmete und um sich den dezenten Duft eben aufspringender Aprikosenblüten wahrnahm. Seit den letzten Tagen war ja ganz Hunza in ein Blütenmeer getaucht. Als nun auch noch die Sonne durchbrach und zwischen den Blütenzweigen die gleißenden Gletscher des Diran über den Hunzafluss herübergrüßten, sprang er auf, streckte seine Glieder und fühlte so etwas wie Dankbarkeit dafür, dass er in so einer herrlichen Landschaft leben konnte.

Erst als sich das Festgeschehen aufzulösen begann, stieg er langsam hinunter und musste lachen, als ihm Malika so nebenbei erzählte, dass der Bitan über zu wenig ‚Peri-Milch' aus dem Ziegenkopf geklagt hätte …

# *VIII*

Nazim war froh, die nächsten Wochen niemanden aus Baltit und Altit treffen zu müssen, da er sich um die Maruts zu kümmern hatte, die nun der Reihe nach ihre Goldwäscherlager bezogen.

Einige Wochen vor dem Ginani-Fest war das Ehepaar aus Ganesh bereits in das neue Haus eingezogen, und Nazim verbrachte viel Zeit auf dem Poloplatz, um mit seinen Leuten zu trainieren. Schon drei Wochen später musste er mit den Hunza-Spielern zum Shandur-Pass aufbrechen, denn die Anreise über Gilgit und Yasin nahm gute zehn Tage in Anspruch. An den Wettkämpfen nahmen die besten Mannschaften aus Chitral, Gilgit, Gupis, Hunza und Nager teil. Schon seit einigen Jahren standen sie nunmehr unter der Schirmherrschaft der beiden britischen Commissioners von Gilgit und Chitral, zeigten die Briten doch selbst größtes Interesse am Polospiel. Die örtlichen Fürsten ließen sich jedoch absichtlich nur noch durch ihre Wazirs vertreten.

Auch Massur war im Auftrag des Königs von Hunza anwesend, jedoch erst am Tag vor dem Beginn der einwöchigen Wettkämpfe eingetroffen. Spöttisch meinte er zu Nazim: „Sei froh, dass nicht so wie in alten Zeiten beim Endspiel der Anführer der unterliegenden Mannschaft um einen Kopf kürzer gemacht wird! Aber – ihr Jünglinge kommt ja gar nicht in die Endrunde, denn euch fehlen die erfahrenen, älteren Spieler ..."

Nazim lief rot an, und einer seiner Mitspieler, der diese Bemerkung gehört hatte und als Beleidigung für die gesamte Mannschaft auffasste, verabredete mit seinen Kameraden, ohne Nazim einzuweihen, dem hochnäsigen Wazir bei passender Gelegenheit ‚eines auszuwischen'.

Mehrere hundert Zuseher aus den Nachbartälern waren inzwischen eingetroffen, und es war eine regelrechte Zeltstadt entstanden. Ohne Hast wurde mit den Ausscheidungskämpfen nach einem komplizierten Schlüssel begonnen, wobei jede Mannschaft – vom Publikum heftig angefeuert – täglich ein bis zwei Spiele zu absolvieren hatte.

Schon am zweiten Tag waren aber zwei Hunzakuts, darunter auch der einzige Reservemann, plötzlich an heftigen Magenkrämpfen erkrankt. Nazim war in großer Verlegenheit und sah keinen anderen Ausweg, als seinen Onkel zu ersuchen, für den Reservemann einzuspringen.

Diesem war dies gar nicht recht, hatte er doch vor mindestens zwanzig Jahren zum letzten Mal Polo gespielt: „Ich bin schon völlig außer Übung – und vielleicht auch schon zu alt."

Nazim erkannte sofort seine Chance zur Rache: „Onkel, es spielen aber mehrere aus deiner Altersklasse bei den anderen

Mannschaften mit, du lobst doch selbst immer Sher Khan aus Gilgit, der mit seinen siebzig Jahren eine erstklassige Figur macht. Am besten du übernimmst die Verteidigung."

„Was, ein Wazir als Verteidiger? Ich spiele natürlich im Mittelfeld, ihr braucht doch jemanden, der die Kugel auch in der Luft trifft …"

Massur ritt mit sehr gemischten Gefühlen auf den Platz, stürzte sich aber mit großem Elan in das Spiel. Anfangs gelangen ihm ein, zwei gute Schläge, zumal Nazim aufrichtig bemüht war, ihm die Kugel beim Vorwärtsstürmen exakt zuzuspielen. Er wurde aber bald müde und schlug immer wieder daneben. Als es bei seinen Schlägen immer nur aufstaubte, begannen die Zuseher zu johlen. Ganz schlimm wurde es für Massur aber, als die Musikanten seine Fehlschläge mit absichtlichen Misstönen begleiteten, was das Publikum zu Lachstürmen hinriss.

Schließlich wurde er so unsicher, dass er bei einer abrupten Wendung seines Pferdes sogar aus dem Sattel stürzte, im Steigbügel hängen blieb und vom aufgeregten Pferd noch eine Weile mitgeschleift wurde. Massur wurde vom Platz getragen und das Spiel abgebrochen.

Nazim nahm die Gelegenheit sofort wahr, um dem Schiedsrichter das Missgeschick mit den beiden erkrankten Spielern mitzuteilen und um Anullierung des Spieles zu bitten. Dieser, aus Chitral stammend, wollte nichts davon wissen, gab aber dann der Intervention des Commissioners von Gilgit schließlich nach, der den Wazir persönlich gut kannte. Nazim wurde auf die Tribüne der Ehrengäste gewunken, und der Chitrali teilte ihm mit, dass dieses Spiel ausnahmsweise am nächsten Tag wiederholt werden könnte: „Wenn eine Mannschaft statt sechs nur vier oder fünf Spieler auf das Feld schicken kann, so ist das ihre Sache, denn auf Krankheit und Verletzungen wird, wie es alter Brauch ist, nicht Rücksicht genommen. Wenn ihr Hunzakuts auf Raubzügen wart", fügte er noch zynisch an, „habt ihr auch auf Verluste keine Rücksicht genommen – aber diesmal also ausnahmsweise …"

Massur ließ sich zwei Tage nicht blicken, humpelte dann aber auf die Ehrentribüne und ließ sich bedauern. Die beiden erkrankten Hunzakuts waren aber überraschenderweise schon am nächsten Tag wieder voll genesen und trieben die Kugel wie besessen über den Platz ... Gegen die routinierten Kämpfer aus Gilgit und Chitral hatten die Hunzakuts keine Chance, aber sie schieden immerhin erst in der Schlussphase aus und konnten wenigstens die Befriedigung mit nach Hause nehmen, die Mannschaft von Nager in einer der letzten Runden besiegt zu haben.

## IX

Im Schloss Baltit wartete Mr. Candler schon ungeduldig auf seinen vom König vorgesehenen Begleiter. Es war aber an sich noch zu früh, denn der Nanga Parbat bekam gerade im Spätsommer häufig noch etwas vom Monsun ab. Der Engländer bestand aber darauf, Nazim ab sofort unter Vertrag zu nehmen. Er war nämlich nicht nur leidenschaftlicher Bergsteiger, sondern auch Naturwissenschafter und begierig darauf, über das Hunzavolk mehr zu erfahren. Da war ihm der intelligente und inzwischen schon recht gut Englisch sprechende junge Mann sehr recht.

Die Hunzakuts galten nämlich in Kreisen der indisch-britischen Militärs inzwischen bereits als ein Art Rätsel. Sie seien ein Volk, dessen Menschen angeblich kaum irgendwelche Krankheiten kennen und als logische Folge davon überdurchschnittlich alt werden. Besonders der britische Militärarzt Dr. Carrington erzählte in Calcutta jederman begeistert von diesem außergewöhnlichen Volk.

„Mister Nazim Khan, ich möchte gerne mit Ihrer Hilfe möglichst viele eurer berühmten Hundertjährigen aufsuchen und mich mit diesen über ihre Lebensweise unterhalten."

Nazim war erstaunt, denn es war ihm bisher gar nicht aufgefallen, dass es in Hunza mehr alte Leute als anderswo geben sollte.

„Ja, das lässt sich natürlich machen, da können wir gleich bei unseren Nachbarn anfangen."

„Und wie ist es mit Ihrer eigenen Familie?"

„Sehen Sie Sir, da ist es schon anders. Mein Großvater ist bei einem Steinschlag etwa im fünfzigsten Lebensjahr umgekommen, mein Vater ist – Inschallah – von Ihren Landsleuten bei dem Gefecht von Nilt ins Paradies befördert worden, und meine Mutter ist im Kindbett gestorben."

„Oh, das tut mir leid, aber das ist kein Gegenbeweis. – Übrigens würde ich Sie bitten, mich ab sofort Charles zu nennen, denn dann könnte ich mich auf Nazim beschränken."

Nazim war das sehr recht, denn er hatte von seinen Englischlehrern über das einem Hunzakuts völlig fremde Anrede-Zeremoniell einiges gehört und war über das kameradschaftliche Verhalten von Mister Candler angenehm überrascht. Er meinte nur:

„Außer unseren König und den Wazir reden wir in Hunza sowieso alle Leute gleich an."

Der Nachbar war angeblich einhundertsieben Jahre alt, und Nazim konnte sich mit dem geistig völlig frischen und regen Mann gut unterhalten. Wegen arthritischer Schmerzen in beiden Knien musste er sich zwar mit Hilfe eines Stockes fortbewegen und litt auch an Grauem Star, war aber sonst offensichtlich gesund. Nach seinem Leben befragt, meinte er nach längerem Nachdenken: „Hunger habe ich als Bursche und junger Mann eigentlich immer gehabt, Gemüse und Brot haben nicht immer gereicht. Fleisch hat es nur an den wenigen Feiertagen gegeben. Getrocknete Aprikosen waren aber immer genug da, und Aprikosenkerne und Walnüsse habe ich auch immer gegessen – ja, und gearbeitet habe ich natürlich immer vom Morgengrauen bis zum Abend …"

Verschmitzt lachend fügte er noch an: „Bei allen Festen habe ich ziemlich viel Wein und Schnaps getrunken … und geraucht habe ich auch ein bisschen." Voll Stolz fügte er noch an, dass er vier Hunza-Könige überlebt habe. Und der Sohn teilte noch lachend mit, dass der Vater vor etwa zehn Jahren noch einmal heiraten wollte: „Das konnte ich ihm im letzten Augenblick aber zum Glück noch ausreden."

Mr. Candler machte sich fleißig Notizen und wollte schließlich auch die Geburtsurkunde sehen. Nazim schüttelte lachend den Kopf: „So etwas gibt es bis heute nicht. Nur bei den Prinzen und bei besonders merkwürdigen Geburtsumständen machten die Kalifas, die ja die einzigen waren, die schreiben konnten, für sich aus persönlichem Interesse Aufzeichnungen."

„Woher weiß er dann, dass er einhundertsieben Jahre alt ist?"

Nazim frug den belustigt mithörenden Sohn: „Ja, mhm ..., da gab es damals ein starkes Erdbeben, und im Winter darauf kam die Staublawine vom Ultar herunter und blies die gestapelten Brennholzvorräte selbst von den Dächern der Häuser von Altit – das erzählen die Leute noch heute."

Nazim lachend: „Und wann wurde nun der Vater geboren?"

„Na, im Jahr als die Lawine abging."

„Und seit damals hat die Familie die Jahre genau gezählt?", ließ Mr. Candler nicht locker.

Nazim beriet sich mit dem Sohn und meinte dann: „Auf einige Jahre auf oder ab sollten wir es besser nicht ankommen lassen ..."

„Na ja, jedenfalls ein respektables Alter."

Charles wollte unbedingt noch weitere besonders alte Leute aufsuchen. Und da kamen Nazim die Eltern eines der drei Kalifas von Altit in den Sinn, die angeblich beide über hundert Jahre alt waren. Der Kalifa selbst galt als besonders gebildet und konnte vielleicht einiges zur Aufklärung beitragen.

Das Ehepaar war tatsächlich achtundneunzig und hundertzwei Jahre alt und noch recht gut auf den Beinen; vor allem hatten beide auch noch fast sämtliche Zähne. Die Frau hatte vier Kindern das Leben geschenkt und es gab eine große Zahl von Enkeln und Urenkeln.

Auch diesmal erzählten beide von der recht knappen Ernährung. Der resolute Vater, der in seiner Jugend bis Kashgar und Gilgit gekommen war, schwor aber zusätzlich auf das Hunzawasser. „Unser Lebenselixier hier in Hunza ist die ‚Gletschermilch'. Wir trinken dieses Wasser täglich, und das hält uns gesund. Außerhalb von Hunza habe ich nirgends dieses köstliche graue Wasser getrunken."

Der Kalifa schloss sich dieser Meinung an, brachte aber noch interessante weitere Gedanken ins Gespräch ein, die Nazim noch nie gehört hatte und begeistert aufnahm: „Wir Hunzakuts beschränken uns beim Essen bewusst – oder auch unbewusst – auf das Nötigste. Und das entspricht eigentlich genau der alten zarathustrischen Ernährungslehre. Diese verlangt von ihren Anhängern auch, dass das dreimalige tägliche Essen wie ein dreimaliges Gebet vor sich gehen sollte. Die Zarathustrier sprachen beim Essen nie von ‚wie viel', sondern von ‚wie wenig'. – Und wir Hunza-Ismailiten sind ja eigentlich nichts anderes als die Nachkommen von Zarathustriern."

„Etwas Besonderes in unserer Ernährung scheint mir auch die Aprikose zu sein", warf Nazim ein.

Der Kalifa stimmte sofort zu: „Du hast recht, besonders aber der innere Aprikosenkern und sein Öl. Soviel ich weiß, wird das überhaupt nur bei uns in Hunza gewonnen. – Aber ich möchte dir und deinem Ingles noch einen Gedanken mit auf den Weg geben. Bei uns respektiert man die alten Menschen, man sagt, altern bedeute lediglich das Reifen von Körper und Geist, und so gibt es drei Abschnitte im Leben eines Hunzakuts: ‚Die jungen, die mittleren und die reichen Jahre!'"

Auch Nazim hatte an diesem Tag viel Neues gelernt und nahm sich vor, diesen Dingen künftig noch weiter auf den Grund zu gehen.

Auch während der nächsten Tage besuchten sie noch mehrere alte Leute und wurden in den bisherigen Erkenntnissen nur bestätigt. Charles war aber auf ein weiteres, scheinbar nicht unwichtiges Detail gestoßen: Zucker kannte man in Hunza überhaupt nicht. Selbst Honig war weitgehend unbekannt. Nazim wusste nur, dass am Königshof gelegentlich Honig aus Kaschmir als große Delikatesse bei festlichen Anlässen serviert wurde.

„Gibt es denn bei euch wirklich keine Bienen? Wie werden denn die Aprikosen-Blüten bestäubt?"

„Das wird wohl der Wind machen", vermutete Nazim.

Endlich brachen sie aber zu viert mit zwei Extra-Packpferden nach Süden auf. Charles konnte es schon gar nicht mehr erwarten, das Nanga Parbat-Massiv näher in Augenschein zu nehmen. Nazim hatte zwei Burschen als Träger angeheuert, weil er sich nicht sicher war, ob drunten in Kohistan verlässliche Leute aufzutreiben wären. Auch waren sie mit Kochgeschirr und Lebensmitteln ausgerüstet. Charles hatte eine größere Menge getrockneter Aprikosen eingekauft und auch eine Flasche kostbaren Aprikosenöls erstanden. In der britischen Residenz in Gilgit riet man ihnen dringend zu einer ordentlichen Bewaffnung, so statteten sie auch die beiden Burschen mit Gewehren aus. Nazim hatte, wie immer, seinen Bogen dabei, ließ sich aber angesichts eines neuen Repetiergewehres erweichen und verstaute seinen Bogen im Gepäck.

„In Europa wird heftig gekämpft, besonders in Frankreich ist ein mörderischer Stellungskrieg im Gange, bei dem schon viele britische Soldaten gefallen sind", las Charles aus mehrere Wochen alten Zeitungen vor. Nazim erkundigte sich, in Sorge um seinen Freund Karok, nach dem Einsatzort der freiwilligen Gilgit-Scouts. Er erfuhr, dass diese gegen die Türken im Einsatz wären, um die Durchfahrt durch die Dardanellen ins Schwarze Meer freizukämpfen.

Einen guten Tagesritt südlich von Gilgit stießen sie zum ersten Mal auf den Indus, wobei der Gilgitfluss hier bei seiner Mündung breiter als der Indus wirkte. Ein Stück ritten sie noch nach Süden, um dann bei Bunji auf einer heftig schwankenden Brücke den Indus zu überschreiten. Den vielgipfeligen Nanga Parbat mit seinen ausgedehnten Eisfeldern hatten sie schon kurz gesehen, nun entschwand er aber für zwei Tage wieder ihrem Blick. Sie erreichten den Ort Astor, der zu ihrer Überraschung von freundlicher Balti-Bevölkerung besiedelt war. In einer weiteren Tagesetappe erreichten sie im breiten, fruchtbaren Talboden Rampur, und nun dominierte der Nanga Parbat mit seinen Wandfluchten und wilden Eisflanken die landschaftlich großartige Szene. An den Ausläufern der Eisströme des Rakhiot (einer der Gipfel des Nanga Parbat-Stocks auf der Südseite) vorbei gelangten sie schließlich nach Rupal.

Charles war fasziniert und entwickelte ständig Ideen, von wo nun ein Gipfelanstieg möglich sein würde. Die Einheimischen, über irgendwelche möglichen Aufstiegsrouten befragt, gaben ständig zu verstehen, dass sie ein solches Unterfangen für absoluten Wahnsinn hielten. Abgesehen von den Schwierigkeiten würden auch die Bergdämonen so etwas nie zulassen!

„Nazim, ich glaube hier werden wir nie die nötigen Träger

für eine Gipfel-Expedition rekrutieren können. Wie steht es mit euren Hunzaleuten? Haben die auch Dämonen-Angst?"

„Nein, an Bergdämonen glauben wir nicht. Wir Hunzakuts fürchten und respektieren nur die Peris, welche aber nur in der Gletscherregion von Hunza und den Nachbargebieten leben. Wenn wir gewisse Regeln beachten, können wir ohne weiteres in ihr Reich vordringen. In diesem Gebiet hier gibt es aber leider keine Peris ..."

Charles blickte überrascht auf, denn Nazim sprang unvermittelt auf, murmelte eine Entschuldigung und verschwand aus dem Lichtkreis des abendlichen Lagerfeuers. Übermächtig war plötzlich die Sehnsucht nach Nilufar, die er wochenlang verdrängt hatte, zurückgekehrt und hatte ihn wie eine Keule getroffen. Er setzte sich im Finstern auf einen Stein und starrte zum Sternenhimmel hinauf ...

Charles hatte gespürt, dass es mit den Peris irgendeine besondere Bewandtnis haben müsse und sprach Nazim am nächsten Morgen darauf an. Der schüttelte aber nur abweisend den Kopf und lenkte das Gespräch sofort in andere Bahnen.

Sie hatten in Rupal einen Einheimischen als Führer für die nächsten Tage gewinnen können, der ihnen den Weg zur Nordwestseite des Nanga Parbat zeigen sollte. Dabei musste ein ziemlich hoher Pass überschritten werden.

Charles war darüber äußerst erfreut, denn damit würde eine völlige Umrundung gelingen. Bis vor wenigen Tagen hatte er nämlich befürchtet, denselben Weg über Astor wieder zurückkehren zu müssen. Unterhalb des Passes, den der Führer ‚Mazeno' nannte, lagerten sie bei den letzten Birken, deren Laub jetzt im Herbst prachtvoll gelb gefärbt war. Hier gab es auch noch Brennholz.

Da sie auf der Südostseite unterwegs waren, mussten sie im mühsamen Zickzack Stunde um Stunde Schutt- und Erdflanken bewältigen. Vor allem den Pferden, die natürlich am Zügel geführt wurden, forderte der Aufstieg das Letzte ab. Die dünne Luft am Pass ließ alle zusammen trotz der prachtvollen Aussicht nicht lange verweilen.

Der Abstieg war nicht mehr so anstrengend, und zum Glück fanden sie neben heimtückisch vereisten Stellen auch immer apere Schuttstreifen. Zum Schluss stolperten sie mühsam über Moränengeröll talauswärts, und es wurde schon dämmerig, als sie – total erschöpft – die ersten Almflächen erreichten und gerade noch Kraft hatten, die Zelte aufzustellen und die Pferde zu versorgen.

Gegen ein beträchtliches Zusatz-Bakschisch hatte sie der Führer sogar bis über den Pass herüber begleitet, worüber Charles recht froh war. Nun verlangte er aber denselben Betrag noch einmal, da er doch auch wieder zurückmüsse. Charles wollte ihm den Betrag schon in schönen Silberrupien auszahlen, als Nazim dagegen energischen Einspruch erhob, worauf Charles seinen Geldbeutel ungeöffnet wegsteckte. Das brachte den Mann so in Rage, dass er unvermittelt seinen Dolch zog und sich von hinten auf Nazim stürzte. Dieser hatte instinktiv die Gefahr erahnt und warf sich in allerletzter Sekunde zur Seite. Noch im Hinfallen packte er aber ein Bein des Angreifers und riss ihn zu Boden. Ehe ihm die anderen zu Hilfe kommen konnten, kniete er schon auf dem Mann und hatte ihm die Hände auf den Rücken gedreht.

Charles war über die blitzschnelle Reaktion erstaunt und gewann noch mehr Hochachtung vor Nazim. „Was machen wir mit ihm?"

„Ach, weiter gar nichts, als ihm den Dolch wegnehmen. Er soll daheim nur erzählen, dass mit einem Hunzakuts nicht zu spaßen ist."

Am darauf folgenden Tag ging es hinaus bis zur Ortschaft Zangot, die am oberen Ausgang der berühmten Diamir-Schlucht lag. Über ihnen hing die wilde Diamir-Flanke mit ihren Eisbrüchen, und Charles studierte auch hier mögliche Aufstiegsrouten, kam aber zum Schluss, dass nie ein Mensch diese Eisbrüche werde bezwingen können.

Je länger sich Nazim in dieser prachtvollen Gletscherregion aufhielt, umso mehr verspürte er den Drang, hier selbst einmal hinaufzusteigen.

„Charles, wenn du nach dieser Erkundungstour eine Expedition zusammenstellst, um die Gipfel zu erklimmen, dann nimm mich bitte mit. Ich werde dir die Träger bereitstellen, dir als Dolmetscher helfen und – wenn es möglich ist – unbedingt auch selbst mit hinaufsteigen."

„Das verspreche ich dir, aber wir sind ja jetzt mit unserer Umrundung noch längst nicht fertig, und ich frage mich schon seit zwei Tagen, wie wir auf die Nordseite des Berges gelangen können, wo es vielleicht doch günstigere Aufstiegsmöglichkeiten gibt."

Nach einem weiteren Tagesmarsch talauswärts fanden sie im Lambardar der Ortschaft Diamirai einen ortskundigen Mann, der auch die Nordseite des Nanga Parbats kannte: „Ihr müsst den Indus aufwärts bis Rakhiot, dort gelangt ihr über den Ort Tato in das weite Weideland und durch den Hochwald direkt an den Rand der Gletscher hinauf. – Allerdings muss ich euch aufmerksam machen, dass die Leute dort Fremde nicht gerne sehen. Auch einige aus unserem Dorf können sich schon seit zwei Jahren nicht mehr hinüberwagen, weil es Blutrache-Probleme gibt."

Charles war erstaunt: „In die Blutrache können wir doch nicht verwickelt werden, weil die Menschen dort uns ja noch nie gesehen haben."

Nazim lachte: „Da kann man sich täuschen. Die provozieren sogar Anlässe, um ihre ‚Männlichkeit' unter Beweis zu stellen. Du wirst sehen, jeder trägt dort ein Gewehr und viele Häuser sind wie kleine Festungen mit einem Wachturm ausgebaut. Aber sorge dich nicht, wir sind ja bewaffnet, und meine beiden Begleiter haben sich die beiden letzten Wochen sowieso schon darüber gewundert, dass die Leute im Astor- und Rupaltal so friedlich waren. Jetzt können sie zeigen, wie schneidig ein Hunzakuts sein kann."

Charles nahm diese Worte mit etwas gemischten Gefühlen zur Kenntnis, vertraute aber Nazim, der bisher mit seiner Einschätzung der Situation immer Recht gehabt hatte.

Von Diamirai gelangten sie hinaus ins heiße Industal, bis sie schließlich nach zwei Tagen jenen Ort erreichten, wo der Rakhiotbach durch eine enge Schlucht von der Nanga Parbat-Nordseite herunterkam.

„Hier könnt ihr die Pferde nicht mit hinauf nehmen, die Pfade sind zu holprig. Wohl können wir euch aber Träger vermitteln", wurde ihnen hier mitgeteilt.

Nazim hatte den Verdacht, dass das nicht ganz stimmen könnte. Nach längerem Überlegen schloss er sich aber der

Meinung von Charles an, dass den Pferden einige Rasttage gut täten.

Eine ordentliche Betreuung schien durch einen Mann gewährleistet, der aus Gilgit stammte und hier am wichtigen Übergang der Rakhiotbrücke über den Indus eine florierende Raststätte betrieb.

„Träger brauchen wir keine, unsere beiden Männer sind stark genug."

„Ich rate euch aber, einige Leute von Tato dafür anzuheuern, denn sonst genießt ihr oben nicht die unbedingt notwendige Gastfreundschaft, und das könnte euch sehr schlecht bekommen."

Nazim wies auf die Gewehre: „Die sollen es nur wagen ...!"

Schließlich wählte Charles ‚um des Friedens willen' zwei der mit ihren Vollbärten recht finster wirkenden Burschen aus.

Wegen der zu erwartenden Hitze wollte Charles schon im Morgengrauen am nächsten Tag aufbrechen, kam aber mit diesem Ansinnen bei den beiden Trägern schlecht an: „Seit gestern ist doch Ramazan, da nehmen wir unsere Tagesmahlzeit gerade ein, wenn es ein bisschen hell wird. Vor Sonnenaufgang brechen wir nicht auf!"

Es blieb nichts anderes übrig als sich diesem Wunsch zu fügen. Selbst Nazim war überrascht, hatte er doch an den Ramazan überhaupt nicht gedacht, da er von den Ismailiten nicht beachtet wird.

„Das wusste ich nicht, dass ihr Ismailiten den muslimischen Fastenmonat nicht einhält", war Charles erstaunt.

Aus Nazim, der sich bisher mit Äußerungen über seine Glaubenswelt sehr zurückgehalten hatte, sprudelte es nun aber regelrecht heraus: „Wir pilgern auch nicht nach Mekka und benötigen keine Muezzins, die uns zum täglichen fünfmaligen Gebet aufforden. Wir begnügen uns damit, morgens und abends zu beten – dann aber mit wirklicher Andacht und nicht mit bloßem Nachplappern leerer Worte. Wir bauen auch keine pompösen Moscheen mit Minarett, sondern sind mit schlichten Gebetshäusern zufrieden." Lachend fügte er hinzu: „Wir trinken auch Wein und gelegentlich ein Gläschen Maulbeerbrand. Unser hochverehrter Aga Khan und unsere Kalifas dulden dies. Unsere schiitischen Nachbarn in Nager und gar die Sunniten in Gilgit trinken auch, aber heimlich – und das ist dann wirklich eine Sünde!"

„Wo habt ihr denn den Wein her?"

Nazim versprach ihm, bei der Heimkehr in Hindi, dem Dorf mit den meisten Rebstöcken, Halt zu machen. „Außerdem ist dann gerade Weinlese."

Sie führten dann noch ein langes Gespräch über das ismailitische Glaubensgut, wobei Nazim die Unterschiede zu den schiitischen Nachbarn herausarbeitete und selbst einiges dazulernte.

Schließlich wollte Charles auch wissen, ob die ismailitischen Geistlichen nicht in den Bitans, den Hunza-Schamanen, eine Konkurrenz sahen. Bei diesem Punkt des Gesprächs war Nazim sehr kurz angebunden: „Nein, nein, die Bitans unterhalten sich doch bloß mit den Peris, und das stört die Geistlichen nicht ..."

Die Wärme war schon beträchtlich, als sie gegen acht Uhr endlich aufbrechen konnten. Die beiden örtlichen Träger weigerten sich, die für sie vorgesehenen Lasten zur Gänze zu übernehmen, da sie doch auch ihre Flinten tragen müssten. Erstaunlicherweise waren dies moderne Repetiergewehre.

„Das Gewehr, als Symbol ihrer Männlichkeit, geht ihnen über alles, da lassen sie lieber daheim Frau und Kinder darben", erklärte ihnen der Karawanserei-Besitzer beim Weggehen.

Über öde Schutthänge ging es vorerst mit ständigem Rückblick auf die vom Gletscher-Schmelzwasser grau gefärbten Fluten des Indus aufwärts. Der vorausgehende Charles erschrak sehr, als er hinter einer vorspringenden Felsnase plötzlich auf eine finstere Gestalt mit Gewehr und umgeschnalltem Patronengurt stieß. Es war ein Wächter des weit oben liegenden Dorfes Tato, ihrem heutigen Ziel. Die beiden einheimischen Träger umarmten ihn, und Nazim konnte wegen der sprachlichen Schwierigkeiten erst nach längerer Zeit herausfinden, dass Tato derzeit in eine Fehde mit dem Nachbardorf Muthat verwickelt war und daher überall Wachtposten aufgestellt wären.

„Hoffentlich kommen wir da nicht zwischen die Mühlsteine", sorgte sich Charles.

„Wir werden uns schon zu wehren wissen", war Nazim wie immer unbekümmert.

Nach etwa drei Stunden erreichten sie einen markanten Steinblock, an dem sich die Pfade in die Seitentäler teilten. Alle drückten sich hier in den Schatten der Felsen, denn es war bereits ziemlich heiß geworden. Die Hunzmänner labten sich aus ihren Wasserflaschen und boten auch den Trägern Wasser an, nachdem sie bemerkt hatten, dass diese offensichtlich nichts zum Trinken dabeihatten.

„Ach, die dürfen selbst Wasser erst nach Sonnenuntergang zu sich nehmen – so unvernünftig sind die Ramazan-Regeln. Sollen sie also ruhig Durst leiden", war Nazim ungerührt.

Seine Geduld wurde aber arg strapaziert, als die beiden alle halben Stunden stöhnend ihre leichten Lasten abwarfen und zu verstehen gaben, dass sie wegen ihres Durstes nur ganz langsam gehen könnten. Charles drängte weiter, und so blieb Nazim bei den Tato-Trägern, während Charles mit den beiden Hunzakuts vorausging.

„Nehmt euch aber in Acht, dass sie euch oben im Dorf nicht für Eindringlinge halten!"

Von der Abzweigung weg waren es noch etwa drei Stunden in stetem Auf und Ab längs der Talflanke bis hinein nach Tato, das oberhalb der Rakhiotschlucht mit seinen bewässerten Feldern friedlich dalag. Der Geruch einer hier entspringenden heißen Schwefelquelle konnte bei passendem Wind schon längere Zeit vorher wahrgenommen werden.

Was Nazim aber fast zugleich wahrnahm, waren Schüsse. ‚Um Allahs Willen, Charles wird doch nicht …'

Nazim ließ die Träger, die plötzlich recht nervös wirkten, alleine und hastete vorwärts. Und tatsächlich – als Nazim um eine Felskante bog, pfiff ihm eine Kugel um die Ohren und prallte hinter ihm mit unangenehmem Geräusch als Querschläger ab. Charles lag mit den beiden Hunzakuts recht gut gedeckt hinter Steinblöcken und rief ihm zu: „Kopf hinunter!"

Gleichzeitig wagten sich beide Hunzakuts kurz aus ihrer Deckung und erwiderten das Feuer. Nicht weit entfernt hörte man ein Aufschreien.

„Um Allahs Willen, tötet bloß niemanden, sonst haben wir eine Blutrache am Hals!"

Inzwischen keuchten auch die zwei Tato-Träger heran, winkten und schrien schon von weitem: „Aufhören, aufhören!"

Prompt erhoben sich zwei Männer aus ihrer Deckung und kamen zögernd heran. Mit einem Redeschwall wurden sie von den Trägern aufgeklärt und schüttelten immer wieder den Kopf. Inzwischen war auch das halbe Dorf herbeigeströmt, die Männer alle mit geschultertem Gewehr, und dann wurde auch der Verletzte herbeigetragen. Charles, der sich darauf sehr gut verstand, legte an dessen Schulterwunde einen komplizierten Druckverband an, worauf ihm der ‚Patient' sogar dankbar die Hand küsste.

Unter großer Gestik, was alles hätte passieren können, und vielen ‚Inschallahs', zog man schließlich ins Dorf ein, wo der Lambardar, nachdem er sich alles hatte genau erklären lassen, schließlich sogar Salz und Brot bringen ließ, um sie als ‚erste Ingles' im Dorf willkommen zu heißen. Er ließ sofort einen Buruschäski sprechenden jungen Mann, der eine Zeit lang in Unterhunza gearbeitet hatte, als Dolmetscher herbeiholen und bedauerte den ‚furchtbaren Irrtum', wie er sagte.

„Dem Verletzten – Allah sei Dank ist es ein glatter Durchschuss – müsst ihr aber Blutgeld zahlen. Schließlich haben wir euch nicht eingeladen, zu uns zu kommen."

Nazim, der sonst immer für Härte war, veranlasste Charles, sofort zuzustimmen, denn sie befanden sich hier in einer absoluten Mausefalle.

Nach langem Feilschen konnte der Bruder des Verwundeten eine beträchtlichen Anzahl von Silberrupien in Empfang nehmen.

Der Spätnachmittag klang mit einem Wettschießen aus,wobei Nazim mit Pfeil und Bogen bessere Resultate auf gleiche Entfernung wie die Gewehrschützen erzielte. Besonders die alten Männer, die in ihrer Jugend selbst noch mit Pfeil und Bogen gejagt und Überfälle unternommen hatten, waren von Nazims Geschick hellauf begeistert. Charles kaufte eine Ziege und lud den Lambardar und die Dorfältesten zu einem abendlichen

Schmaus ein. Dieser nahm vor dem Schlafengehen Nazim und den Dolmetscher zur Seite:

„Ich habe gesehen, dass du nicht nur ausgezeichnet schießen kannst, sondern auch gehört, welch bedeutende Persönlichkeit du in Hunza trotz deiner Jugend bereits bist. – Weißt du, ich habe eine heiratsfähige Tochter, sehr arbeitswillig, stark und gesund – auch sagt man, sie sei eine Schönheit. Hier in Tato ist kein Mann gut genug für sie, und wir leben so isoliert, dass ich nirgends hinkomme, um einen passenden Mann für sie zu finden."

Nazim musste innerlich lachen, sagte aber: „An sich ist es für mich Zeit, mich nach einer Frau umzusehen, aber ich habe natürlich nie an ein Mädchen außerhalb von Hunza gedacht. Weißt du, dass wir Anhänger Aga Khans sind und unsere Mädchen und Frauen unverschleiert gehen?"

Der Lambardar tauschte mit dem Dolmetescher einen verschwörerischen Blick und sagte leise: „Das macht doch nichts, ihr glaubt doch auch an Allah, und wenn sie nach Hause auf Besuch kommt, muss sie eben den Schleier tragen."

Nazim wusste inzwischen schon, wie er der Falle entkommen konnte: „Gut, dann werde ich dich bitten, mich morgen deiner Tochter vorzustellen – aber natürlich unverschleiert, damit ich mich von ihrer Schönheit überzeugen kann. Bei uns in Hunza ist das so Brauch."

Der Lambardar stöhnte auf: „Das ist undenkbar. Meine Frau würde mir die Augen auskratzen und die Dörfler mich sofort als Lambardar absetzen."

Nach einem „Überleg dir´s" wünschte Nazim eine gute Nachtruhe und zog sich in sein Zelt zurück.

Am nächsten Morgen, einem strahlenden Herbsttag, standen an die zehn Burschen und Männer vor den Zelten und wollten alle die bescheidenen Lasten ihrer neuen Freunde auf die Hochalm zur Nanga Parbat-Nordseite hinauftragen. Gutmütigerweise nahm Charles drei Mann in seinen Dienst. Wenige Schritte nach den letzten Hütten tauchte der gewaltige Berg dann auch schon in all seiner majestätischen Pracht vor ihnen auf: Eine kilometerlange Kette von Eisflanken, Gletscherbrüchen und scharfen Felsgraten, auf die sie nun die längste

Zeit direkt zugingen. Sie waren überwältigt, und Nazim stimmte Charles zu, als dieser meinte: „Dieser Aufstieg ist für mich wie eine Gebetsstunde."

Nach kaum dreistündigem Marsch erreichten sie tatsächlich eine große Almweide mit kurzem Weidegras und mehreren aus Holz gezimmerten Almhütten. Malerisch begrenzte die weite Rasenfläche ein Gürtel mächtiger Föhren, und hinter dem dunklen Nadelwald baute sich der Nanga Parbat mit all seinen Gipfeln und Eiswänden auf – ein unvergessliches Bild.

„Einen schöneren Lagerplatz könnte uns Allah nicht bescheren", und Charles an der Schulter packend: „Sieh nur diesen silbrig glänzenden Sattel, links von den höchsten Erhebungen, von hier müsste man vielleicht den Gipfel besteigen", war Nazim kaum zu beruhigen.

Bald waren die Zelte aufgestellt, die Träger entlohnt, und es wurden Pläne für die nächsten Tage geschmiedet. Charles wollte doch unbedingt einen möglichen Aufstiegsweg erkunden. Nazim stöhnte auf, als am späteren Nachmittag der Lambardar erschien und die friedliche Ruhe störte. Er fiel gleich mit der Tür ins Haus: „Zehn Ziegen und eine Kuh soll sie als Brautgabe mitbekommen! Wenn es zu mühsam ist, sie bis Hunza zu treiben, kaufe ich sie dir auch ab. – Du schüttelst den Kopf. – Also gut, fünfzehn Ziegen …" Und nachdem Nazim wieder die Zuflucht zur ‚Entschleierung' nahm: „Wenn schon – zwanzig Ziegen. Das ist aber mein letztes Angebot!"

Nazim lehnte energisch ab und bestand auf die Einhaltung der Hunza-Bräuche.

„Na gut, in wenigen Tagen kommt ihr wieder in Tato vorbei und da werden wir das letzte Wort miteinander sprechen", damit verabschiedete der Bürgermeister sich vorläufig.

Über das großzügige Angebot von zwanzig Ziegen verblüfft, konnte Nazim schließlich einem der Tato-Träger entlocken, dass jedermann im Dorf wüsste, dass beide Töchter des Lambardars zwar sehr arbeitsam seien, aber so furchtbar schielen würden, dass ihnen sogar der Ruf des ‚bösen Blickes' anhaftete.

Die eher heitere Episode war bald vergessen, und Charles und Nazim wanderten mit leichtem Gepäck auf den Berg zu. Nach

Durchquerung des Hochwaldgürtels fanden sie einen sehr gut begehbaren Pfad auf der Kante der Seitenmoräne, die sich oberhalb der schuttbedeckten Zunge des Rakhiotgletschers hinzog. Vorbei an weiteren Almflächen und durch lockere Birkenwäldchen, die in ihren gelben Herbstfarben prangten, kamen sie nach einigen Stunden ganz nah an einen Kessel unglaublich steiler Eiswände, Eisbrüche und Firnflanken heran. Drei markante Felsgipfel mit dem dazwischen liegenden ‚silbrigen' Sattel standen hoch darüber.

Der von der Ferne geschlossen wirkende Gesamteindruck löste sich nun in viele Einzelheiten auf, und beide Bergsteiger kamen sich sehr klein und schwach vor. Sie bezogen ein improvisiertes Biwak, wobei sie die halbe Nacht mit Holztrümmern umgestürzter alter Birken ein gewaltiges Lagerfeuer unterhielten. Am nächsten Morgen versuchten sie einen Weg zu finden, der sie vielleicht zu einem Platz für ein Ausgangslager einer späteren Bergbesteigung führen könnte. Sie stolperten stundenlang über Moränengeröll und fanden schließlich einen ebenen Platz, von dem aus man über mäßiger geneigte Gletscher vielleicht einen Weg zum Gipfel – natürlich mit mehreren Zwischenlagern – versuchen könnte.

Noch einmal biwakierten sie auf der Alm und bestiegen dann noch einen Aussichtsgipfel, der ihnen einen hervorragenden Ausblick auch nach der anderen Seite zu Haramosh und Rakaposhi gewährte.

Zwei Tage später, wieder in Tato, hatte der Dolmetscher des Bürgermeisters schon aufgeregt gewartet: „Sahibs, bitte kommt schnell, ihr könnt vielleicht helfen, gestern Abend ist der Lambardar niedergeschossen worden. Leider waren es keine Fremden, sondern eigene Leute. Jetzt haben wir den Bruderkrieg im Dorf."

Vor dem primitiven, steingeschichteten Haus des Lambardars standen mehrere bewaffnete Männer zur Bewachung; offensichtlich Verwandte. Den Verletzten hatte man etwas erhöht gebettet und mehrere Frauen entschwanden eilends, als die Fremden mit dem Dolmetscher eintraten.

Mit fieberglänzenden Augen richtete er sich etwas auf: „Ich habe einen Steckschuss in der Schulter", und an Charles gewandt: „Sahib, du kannst mir sicher die Kugel entfernen."

Der verstand zwar einiges von der Wundversorgung, aber an eine Operation wagte er sich nicht heran. „Komm, lass einmal sehen."

Nazim hatte inzwischen schon den blutverkrusteten und schmutzigen Verband samt dem aufgelegten Kräuterabsud entfernt. Die Wunde war etwas entzündet, blutete aber nicht mehr.

Aus ihrem kleinen Verbandskasten suchten sie frische Leinenstreifen heraus, und Nazim hatte inzwischen auch eine frische Kräuterpackung verlangt. Es handelte sich um ‚Qaqas', eine Pflanze, von der Nazim wusste, dass sie sehr gut gegen Entzündungen wirkte.

„Du musst dich nach Gilgit hinuntertragen lassen. Im Hospital der Gilgit-Scouts wird dir der Doktor die Kugel ohne Probleme entfernen. Das ist deine einzige Möglichkeit zu überleben!"

Der Kranke nickte nur schwach, und wenig später hörte man die Frauen laut klagen, als ihnen der Dolmetscher offensichtlich den Stand der Dinge klar machte.

Einige Wochen später traf Nazim den Lambardar, der schon wieder gut auf den Beinen war, im Basar in Gilgit und erfuhr mit Befriedigung, dass er vor zwei Tagen aus dem Hospital entlassen worden sei. Über die geplante Verheiratung seiner Tochter verlor der Lambardar zu Nazims Erleichterung kein Wort mehr …

Den Abstieg von Tato hatten sie problemlos hinter sich gebracht und mit den ausgeruhten Pferden auch Gilgit bereits nach zwei Tagen erreicht. Charles begleitete Nazim zurück nach Hunza, um dem König nochmals seine Aufwartung zu machen. Auch war er sehr interessiert an der Hunza-Weinkultur, von der Nazim ihm erzählt hatte.

Bereits nach eineinhalb Tagesritten auf dem Karawanenweg, der stellenweise eher als Bergpfad zu bezeichnen war, erreichten sie die Ortschaft Hindi in Unterhunza. Die bewässerten Ackerterrassen lagen hier um einige hundert Meter tiefer als Baltit, und so gediehen die Reben nicht nur besser als in Mittelhunza, sondern der Wein wurde auch wesentlich süßer.

Charles sah weit und breit keine Rebstöcke, wie er sie von

den Mittelmeerländern her kannte, und war bass erstaunt, als er des Rätsels Lösung fand: Nahezu über jede zweite Pappel und über viele Maulbeerbäume rankten sich armdicke Reben bis in Höhen von zehn Metern.

In mehreren Gärten waren Burschen gerade dabei, die Bäume oft recht waghalsig zu erklettern und die gepflückten, großen Trauben in Körben abzuseilen. Es gab gelbe, lachsfarbene und rote Trauben, und die großzügig angebotenen Kostproben mundeten köstlich.

Sehr interessant war für Charles auch die weitere Verarbeitungsmethode: Die Trauben wurden in überdachten, aus dem Fels herausgemeiselten Behältern von Burschen mit bloßen Füßen ausgetreten. Der Saft floss sodann in angebaute kleine Steinzisternen, deren Öffnung bloß mit einer Steinplatte abgedeckt wurde und wo der Traubensaft vergor. – Das war die gesamte ‚Kellerwirtschaft', denn nach acht Wochen wurde der junge Wein schon erstmals verkostet ...

Nazim, der hier viele Bekannte hatte, fand nach längerem Befragen eine Familie, die noch Wein vom Vorjahr hatte. Sie blieben hier auch gleich über Nacht und bekamen sogar Weinproben von zwei verschiedenen Jahrgängen vorgesetzt. Beide waren zwar, da nicht gefiltert wurde, etwas trüb, schmeckten aber vorzüglich. Charles konnte sich über die ausgezeichnete Qualität gar nicht genug wundern und lernte als erstes Wort auf Buruschäski „Uyamkusch!", was so viel wie „Prosit!" bedeutet. Dem ebenfalls angebotenen Maulbeerschnaps konnte er aber nichts abgewinnen, denn es haftete ihm echter Fuselgeschmack an. Er ließ sich von Nazim die hierorts gängige Destillationsweise schildern und erfuhr, dass es nicht üblich war, den so genannten Vorlauf und Nachlauf wegzuschütten, wie es bei Qualitätsschnäpsen üblich ist.

„Vor diesem Schnaps sollt ihr euch hüten, denn er enthält absolute Giftstoffe."

Nazim mochte Schnaps sowieso nicht gerne, er musste aber zugeben, dass er am Wein mit zunehmendem Alter immer mehr Gefallen fand.

Beim Abschied von der gastfreundlichen Familie am nächsten Morgen erwähnte der Hausherr ganz beiläufig vor Nazim: „Hast du schon gehört, einer unserer Männer aus Hindi, der bei den freiwilligen Gilgit-Scouts in der britischen Armee in Europa kämpft, ist gefallen. Ja, und ein zweiter ist schlimm verwundet worden." Sich an die Kinder wendend: „Habt ihr noch die Ingles-Zeitung mit den Kriegsbildern? Zeigt sie einmal Nazim, der kann sie lesen, wir konnten nur den Namen unseres Karok entziffern, der scheinbar unter den Verwundeten ist. Seine Eltern wissen allerdings im Moment auch nicht mehr."

Nazim nahm nach geraumer Weile mit zitternden Händen die Zeitung, es war die ‚Kaschmir Post', und überflog sie. Er gab sie aber gleich an Charles weiter, weil er sich nicht zurechtfand. Dieser las vor, dass es bei Gallipoli in der Türkei blutige Kämpfe mit starken Verlusten der Briten gegeben habe. – „Ja, da ist auch für die Gilgit-Agency eine Liste der Gefallenen und schwer Verwundeten … ‚Karok', sagst du … Hier, er ist bei den Verwundeten angeführt."

Nazim fiel ein Stein vom Herzen.

„Wenn sein Name allerdings in der Zeitung steht, dann muss er wohl sehr schwer verletzt sein …", fügte Charles noch an.

# X

Daheim angekommen, hatte Nazim kaum Zeit, sich von Charles richtig zu verabschieden oder gar irgendwelchen trüben Gedanken nachzuhängen, denn vor Winterbeginn war rundum bei den Goldwäschern der jährliche Zins einzuheben. Ein sehr früher Kälteeinbruch in den nächsten Wochen vertrieb sie aber vom kalten Wasser, und so blieb Nazim nichts anderes übrig, als ihnen in ihre Heimatdörfer zu folgen. Die meisten siedelten unter sehr bescheidenen Verhältnissen im Bagrot-Tal bei Gilgit, sodass er gegen Wintersonnenwende schon wieder den ihm lästigen Weg nach Süden einschlagen musste.

In Hindi machte er beim Elternhaus Karoks Halt, um nach seinem Freund zu fragen: „Salam aleikum! Was wisst ihr von Karok?" Weinend wandte sich die Mutter bei Nazims Eintritt ab, und der Vater berichtete stockend und mit wässrigen Augen, dass Karok ein Bein verloren habe: „Jetzt haben wir einen Krüppel zu versorgen. Der Commissioner in Gilgit hat zwar gemeint, dass er von der britischen Krone eine lebenslange Rente erhalten werde, aber wie viel wird das denn schon sein!"

Nazim war geschockt und hatte sofort Bilder bettelnder Krüppel vor der Moschee in Gilgit vor Augen: ‚Aber was, Karok wird sich nicht unterkriegen lassen und mit seinem Holzbein zurechtkommen. Vielleicht kann er Lehrer werden', ging ihm durch den Sinn, ‚wir brauchen in Hunza ohnehin dringend eine Schule.' Und diesen Gedanken laut ausmalend, vermochte er sich und die Eltern ein wenig zu trösten.

Im Maruts-Dorf in Bagrot war er zwar nicht besonders gerne gesehen, aber die Sippen-Ältesten mussten gute Miene zum bösen Spiel machen, und der Lambardar, selbst auch ein Goldwäscher, lud ihn für einige Tage sogar zu sich ins Haus ein.

Nazim hatte schon beim Goldwaschen bemerkt, dass die Maruts-Frauen vor fremden Männern kaum Scheu zeigten. Im Haus des Lambardars wurde er wie ein auf Besuch weilender Verwandter aufgenommen, und die zwei Töchter, davon eine im mannbaren Alter, bemühten sich am Abend sofort mit strahlender Miene vertraulich um ihn, nachdem sie vorher sein Pferd bestens versorgt hatten. Sie drängten ihm eine Schale Tee nach der anderen auf, legten ihm Leckerbissen vor, und die Ältere streifte dabei mehrmals mit ihrem Busen direkt an seinem Gesicht an. Die Mutter machte sich ständig an der Feuerstelle zu schaffen und blickte nur gelegentlich lächelnd auf.

Nazim wurde heiß, und ihm kam die alte Sitte der ‚freien Gastliebe' in den Sinn, die es früher in Hunza auch gegeben haben soll, und von der sie als Burschen im Freundeskreis immer gewitzelt hatten.

Wenn er das Mädchen genauer betrachtete, so konnte es ihm recht sein. Sie war hübsch, und sein Verlangen nach einem weiblichen Körper war in den letzten Monaten manchmal fast übermächtig geworden.

So ergriff er beim Abservieren ihre Hand, die sie ihm auch für kurze Zeit überließ. Die Eltern samt den beiden Mädchen nahmen höflicherweise erst nach ihm ihre bescheidene Mahlzeit ein, und nachdem man dem Gast auf der Männerseite ein Lager zugewiesen hatte, wurde das Feuer bald gelöscht.

Nazim war gespannt, wo der Hausvater seine Liegestatt einnehmen würde und war sehr befriedigt, als er wahrnahm, dass er sich zu seiner Frau zurückzog.

In Erwartung der Dinge, die da kommen sollten, streckte er sich entspannt aus, und es dauerte nicht lange, da schlüpfte das Mädchen zu ihm unter das Schaffell. Sie hatte nur ihr Unterhemd an und legte ihm als erstes die Finger auf den Mund, um verstehen zu geben, dass er still sein sollte. Dann nahm sie aber seinen Kopf in beide Hände und küsste ihn intensiv, wobei ihre Zunge sich den Weg zwischen seine Lippen suchte. Ihre Hände wanderten nach unten und streiften ihm die Hose ab, wobei er willig mithalf. Nazim stöhnte leicht auf und hielt es dann nicht mehr aus. Mit einer heftigen Bewegung, die von ihrer Seite aber ebenfalls mit einem lustvollen Stöhnen beantwortet wurde, drang er in sie ein.

Schließlich schliefen sie eng umschlungen ein. Als Nazim bei Tagesgrauen erwachte, meinte er zuerst, geträumt zu haben, denn der Platz an seiner Seite war leer. Azra, wie das Mädchen hieß, kauerte hingegen so als ob nichts gewesen wäre an der Feuerstelle und blies aus vollen Backen in die Asche, um die Flammen wieder zu entfachen. Wenig später kam sie bereits mit einem Krug voll Wasser, rüttelte ihre Schwester wach und gab ihr den Auftrag, Nazims Pferd Futter vorzulegen. Inzwischen schälten sich auch Azras Eltern aus ihren Schlafpelzen, und der Vater erkundigte sich höflich nach Nazims Nachtruhe.

In der Dämmerung des Raumes konnte er nicht sehen wie Nazim, der seinerseits Allahs Segen auf das gastfreundliche Haus herbeirief, errötete. Die beiden Mädchen flüsterten und kicherten dann eine Weile miteinander, und Azra berichtete Nazim, dass ihre Schwester ihn – scheinbar im Traum – mehrmals Nilumar, oder so etwas Ähnliches, rufen gehört habe. Der Vater mischte sich belustigt ein: „Das wird der in Hunza häufige Name Nilufar gewesen sein!", und sich an Nazim wendend: „Ich weiß aber, dass du noch nicht verheiratet bist." Zu den Töchtern meinte er: „Das wird vielleicht der Name jener Auserwählten sein, die seine Eltern für ihn ausgesucht haben …"

Nazim war betroffen, erwiderte nichts darauf, widmete sich dem vorgesetzten Fladenbrot und einer Schale Ziegenmilch und hatte es plötzlich sehr eilig, aufzubrechen. Beim Verlassen des Hauses drückte er der Mutter mehrere Silberrupien in die Hand. Draußen wurde er von seinem Hengst mit einem Schnauben begrüßt, und als er Sattel und Zaumzeug zusammensuchte, war plötzlich Azra da und half ihm, das Pferd zu satteln. Sie gab sich ganz unbefangen, nur als er in den Sattel stieg, hielt sie das Pferd einen Moment an den Zügeln zurück: „Komm bald wieder!", war das Einzige, was sie sagte, und Nazim glaubte auch ein paar Tränen in ihren Augen zu erkennen.

Tief in Gedanken versunken ritt er durch die Schluchten hinaus ins Gilgit-Tal, während ihn ein unbestimmtes schlechtes Gewissen plagte: ‚Bei diesen Maruts ist das eben so Sitte', tröstete er sich.

Er verweilte einige Tage in Gilgit, dem Sitz des britischen Commissioners, und wohnte während dieser Zeit im bescheidenen, aber auch mit Gästeräumen ausgestatteten Haus der neuerdings vom König eingerichteten Vertretung Hunzas. Der kürzlich vom Mir ernannte Repräsentant war, wie sich herausstellte, ein entfernter Verwandter von Massur, und Nazim lernte in ihm einen überdurchschnittlich gebildeten und väterlichen Freund kennen.

Der alte Herr veranlasste ihn, ein, zwei Tage länger zu bleiben, und Nazim musste ihm stundenlang über die Nanga Parbat-Umrundung, aber auch über seine Erfahrungen mit den Maruts-Sippen in Bagrot erzählen. Dabei konnte er vorsichtig das Gespräch darauf bringen, wie er sich darüber verwundert habe, dass die Frauen dort nicht verschleiert gingen und sich fremden Männern gegenüber ganz ungezwungen verhielten.

„Ja, ja", wusste der alte Herr schmunzelnd, „hier in Gilgit erzählt man sich auch noch ganz andere Geschichten, dass nämlich selbst die verheirateten Frauen, wenn ihr Mann zum Beispiel längere Zeit auf einer Handelstour oder beim Goldwaschen abwesend ist, sich jederzeit einem anderen Mann hingeben können. Aber das ist nichts Neues, denn drüben bei den Kalash in Chitral herrschen ähnliche Sitten, und man hört bei uns immer wieder, dass es vor Jahrhunderten auch bei unseren Vorfahren ähnliche Bräuche gegeben hätte."

„Und wie ist es, wenn daraus ein Kind entsteht?"

„Das ist ja durchaus erwünscht, denn fremdes Blut ist ganz wichtig gegen die Inzucht, die in unseren abgeschiedenen Tälern, wo bald jeder mit jedem irgendwie verwandt ist, sowieso eine ständige Bedrohung darstellt. Bei uns hat der Islam mit seiner strengen Scharia diese Dinge – mhm, leider – unmöglich gemacht."

„Von den Kalash weiß ich, dass sie ungläubige Kafiren sind, aber die Maruts sind doch Sunniten", verwunderte sich Nazim.

„Die Maruts sind scheinbar erst so halb und halb zum Islam bekehrt und halten ihre alten Bräuche eben noch aufrecht."

Durch dieses Gespräch beruhigt, trat Nazim schließlich, tief in Gedanken versunken, den Heimritt an. ‚Ach, könnte ich doch nur mit meiner allerliebsten Nilufar beisammen sein ...'

Ohne ein weibliches Wesen schien ihm das Leben auf einmal überhaupt nicht mehr lebenswert.

‚Ich habe geglaubt, nur Nilufar lieben zu können ... und jetzt ... in den Armen des Maruts-Mädchens war es doch auch schön ...'

Schließlich wieder daheim, war er froh, dass während seiner Abwesenheit alles gut funktioniert hatte: Das Wirtschafter-Ehepaar erwies sich als verlässlich, und Malika machte einen ungewöhnlich fröhlichen Eindruck. Schon am nächsten Tag teilte sie ihm recht verlegen mit, dass sie von einer Freundin gehört habe, dass demnächst ein Abgesandter der Familie Ayesch aus Haiderabad bei ihm vorsprechen werde.

Nazim wusste sofort, worum es sich nur handeln könnte und umarmte Malika: „Schwester, ich freue mich für dich! Ayesch ... ja, ich kenne den jungen Mann. Da kann ich dir nur gratulieren."

„Ich habe ihn noch nie gesehen", und tief errötend: „Ist er ein angenehmer Mann?"

Nazim lachte: „Du meinst wohl, ob er gut gewachsen ist

und so weiter ... – ich kann dich beruhigen, er ist ein ansehnlicher Bursche."

Malika fiel ihm um den Hals und nochmals errötend: „Wann wirst du eigentlich heiraten? Viele deiner Alterskameraden sind schon Väter."

„Ja, du hast schon recht. Es wäre eigentlich an der Zeit ..." Und sich abrupt abwendend: „Aber, lassen wir das ...!"

‚Ich muss mit Nilufar reden! Aber wahrscheinlich verärgere ich sie. Man sagt, dass die Peris furchtbar eifersüchtig sein können ... Soll ich nun immer ohne Weib bleiben?'

Diese Gedanken wälzte Nazim tagelang, bis er sich einen Ruck gab und eines klaren Spätwintermorgens zur Hochalm aufbrach. Wie immer nahm er von den ersten Wacholderbäumen Zweige mit – Nilufar hatte sie doch so gerne. Als er die Hütte erreichte, drückten ihn widersprüchliche Gefühle und schließlich auch die schmerzliche Erinnerung fast zu Boden. Er wollte sie so unendlich gerne wieder in den Armen halten und konnte sich einfach nicht vorstellen, in ihr nur seine Schwester sehen zu dürfen ...

Umständlich machte er sich am hölzernen Türriegel zu schaffen und stieß die Türe auf. Die Hütte war leer, und im Inneren war es eiskalt. Automatisch holte er Holz von draußen, legte seine Wacholderzweige darauf und machte Feuer. Ach ja, der Rauchabzug musste entfernt werden.

„Lass´, das mach´ ich einfacher!"

„Nilufar!"

„Nazim! Warum hast du dich so lange nicht blicken lassen? Ja, ja, ich weiß, du warst am Nanga Parbat und der Tham beansprucht dauernd deine Dienste ..."

Sie nahm seine Hände, zog ihn an sich und küsste ihn leicht auf beide Wangen.

„Wir haben so viel zu reden, komm, setzen wir uns zum Feuer." Nazim suchte nach Worten und brachte schließlich mit belegter Stimme bloß verlegen hervor: „Soll ich Tee machen?"

„Aber ja, der tut immer gut. Schau, Nazim, du brauchst dich doch vor mir nicht zu fürchten. Ich bin nun einmal durch das Schicksal deine Schwester geworden und ich bin traurig, wenn du mich meidest."

Nazim hatte sich wieder gefasst und meinte stockend: „Ich bin nicht so stark wie du – und ich werde in dir immer viel mehr sehen, als meine Schwester ... Erinnerst du dich nicht?"

„Pst, sprich nicht weiter, auch in mir sitzt der Schmerz tief, aber nun ist es einmal geschehen und lässt sich nicht mehr ändern."

Und nach einer Weile: „Du wirst deine Schwester zur kommenden Winterwende verheiraten – und wie ist es mit dir? Nazim, es ist wohl an der Zeit, dass auch du daran denkst."

„Wie kannst du nur von mir so etwas erwarten? Ich denke nicht daran, jemals zu heiraten!"

„Das wäre ein großer Fehler und ganz gegen die Natur. Ein starker junger Mann wie du!"

Und plötzlich ein wenig sarkastisch: „Maruts-Mädchen finden sich nicht überall."

Nazim war wie vom Donner gerührt. „Woher weißt du ...?"

„Ach, im Bagrot-Tal haben wir Schwestern, die erzählen uns allerlei ..."

Nazim erinnerte sich, dass es in Bagrot viele Dayals gibt, wie die Bitans dort heißen, daher gab es sicher auch Peris ...

„Ich weiß eine Frau für dich – Zorah aus Gulmit. Leichten Herzens werde ich dich nicht verheiratet sehen, das kannst du mir glauben, aber es bleibt dir in deinem Alter nichts anderes übrig, die Leute reden schon über dich."

„Wie kommst du auf Zorah? Daran habe ich nie gedacht."

„Vielleicht nicht bewusst, aber denk einmal zurück, wie wohl du dich im Haus ihrer Eltern gefühlt hast ... Eines sage ich dir aber, wenn du mich dann als Ehemann besuchst – du wirst ja oft zur Jagd heraufsteigen – musst du mindestens eine Woche vorher enthaltsam gelebt haben, den Geruch der Menschenfrauen können wir Peris nämlich nicht ausstehen ..."

Nazim wollte noch etwas sagen, sie schnitt ihm aber das Wort ab: „Tu, was ich dir sage, dann wirst du nicht ganz unglücklich sein!", und ganz leise: „Es genügt, wenn einer von uns traurig ist."

Damit war sie auch plötzlich unsichtbar, aber den gehauchten Kuss auf seinen Mund vermeinte er noch Tage nachher zu spüren.

Mit schweren Gliedern rappelte er sich auf und stieg, wieder einmal tief in Gedanken versunken, zu Tal: Zorah ..., ja, das Mädchen war sehr sympathisch – aber heiraten?

„Rate, wer gekommen ist", rief ihm Malika zu, die eben Wasser aus dem am Haus vorbeifließenden Kanal schöpfte.

„Ich frage mich schon, wem das Pferd gehört."

Da tauchte in der Tür, auf einen Stock gestützt, Karok auf: „Nazim, lieber Freund!"

„Karok!"

Die Umarmung dauerte lange.

„Na, was sagst du zu dem schönen Holzbein, das mir die britischen Mediziner verpasst haben? Und stell dir vor, ich kann damit sogar reiten; nur in den Sattel muss man mir helfen."

„Du Unverwüstlicher kannst sogar lachen! Komm, erzähl."

Bis in die späte Nacht berichtete Karok vom furchtbaren Geschehen an der Meerenge der Dardanellen, wie sie wochenlang vergeblich, zusammen mit den französischen Verbündeten, gegen die türkisch-deutschen Stellungen angerannt seien und wie vor allem die schweren Geschütze der Schiffsartillerie einen ungeheuren Blutzoll bei den Ingles gefordert hätten. Tausende seien gefallen, nicht aus Britanien selbst, sondern vor allem aus Australien, Neuseeland und anderen Teilen des riesigen Empire.

„Mich hat es zum Glück – oder Unglück, ich weiß nicht wie ich sagen soll – nur ein Bein und nicht das Leben gekostet. Zuerst wollte ich unbedingt sterben, dann habe ich mich aber an die Gletscher des Rakaposhi sowie an die blühenden Aprikosenbäume erinnert, und da ist der Willen zum Leben wieder stark geworden. – Irgendwie wird es schon weitergehen." Und lachend: „Einen schönen Orden habe ich vom britischen König bekommen und ein paar Rupien werden sie mir als Rente zahlen."

„Ich bin so froh, dass du wiedergekommen bist."

„Und ich, Nazim, freue mich, dass du inzwischen für unser Hunzaland so tätig bist. Ein großer Jäger bist du auch geworden ... ich bewundere schon die ganze Zeit das prachtvolle Leopardenfell an der Wand. Ins Gebirge werde ich wohl nie mehr zur Jagd hinaufsteigen können."

„Das wahrscheinlich nicht, aber oben in Gudschal gibt es genug Plätze, wo man im Winter, wenn die Schneeleoparden zu den Siedlungen herunterkommen, vom Ansitz aus schießen kann – im nächsten Winter gehen wir dort gemeinsam hin, das verspreche ich dir."

Immer wenn Malika mit frischem Tee und später mit der Abendmahlzeit hereinkam, blieb Karoks Blick längere Zeit an ihr haften. Und leise zu Nazim: „Deine Schwester hat sich zu einer blühenden jungen Frau entwickelt – aber was rede ich da, mit meiner schweren Behinderung wird mich nie eine wollen ..."

Malika, die absichtlich langsam hinausgegangen war, hatte die letzte Aussage gehört und war davon sehr betroffen. Sie kannte Karok schon viele Jahre und hatte ihn seinerzeit besonders in seiner schmucken Uniform der Gilgit-Scouts angehimmelt. Er war lange Zeit der unerreichbare Schwarm ihrer Mädchenträume gewesen. Sie dachte: ‚Ach, ich könnte ihm schon eine liebevolle Gattin sein. So ein Holzbein ist ja nicht schlimm. Reiten kann er auch. Ich bin stark genug, um auch die schwereren Arbeiten zu machen. Und zum Schlafen nimmt er das künstliche Bein sicher ab ... ‘

„Ja, du hast recht, Malika ist mein Stolz, sie ist so tüchtig wie ihre Mutter war und wohl auch recht hübsch, sie gehört aber nun langsam verheiratet. Übrigens hört man, dass einer der Ayesch-Söhne aus Haiderabad sich für sie interessiert."

Letztere Aussage stimmte Karok unbehaglich, ohne dass er so recht wusste warum: „Was ist denn mit dir? Du bist eigentlich auch schon überfällig."

„Karok, das ist eine lange Geschichte, es ist eigentlich wohl an der Zeit, dass ich sie dir, meinem einzigen echten Freund erzähle – auch kannst du mir vielleich einen Rat erteilen."

Und Nazim begann zu erzählen ... Er war erleichtert, sich endlich einmal alles vom Herzen reden zu können. Er schilderte ihm seine leidenschaftliche Beziehung zu Nilufar bis zum dramatische Ende. Karok schüttelte manchmal nur staunend den Kopf, und es war schon nach Mitternacht, als Nazim schließlich noch vom heutigen Gespräch mit Nilufar berichtete.

„Du Glücklicher, nein – eigentlich muss ich sagen: Unglücklicher!" Und immer wieder den Kopf schüttelnd: „Dass es das wirklich gibt, wovon die Geschichten an den langen Winterabenden berichten. Nein, ich habe es nie geglaubt."

„Und Nilufar besteht regelrecht darauf, dass ich mir eine Frau suche ..."

„Ja, das wird wohl das beste sein. Mhm, eine gewisse Zorah aus Gulmit rät sie dir?"

„Ja, ja, Zorah ist sicher eine tüchtige junge Frau und hat auch ein angenehmes Äußeres. Aber so etwas wie Liebe verspüre ich nicht."

„So viel leidenschaftliche Zuneigung, wie du von Nilufar erfahren hast, wird dir wohl nie eines unserer Mädchen entgegenbringen können. Du musst wohl oder übel mit den ‚irdischen' Gegebenheiten zufrieden sein. – Nazim, ich will sowieso meine Reitfähigkeit weiter erproben und könnte in den nächsten Tagen hinauf nach Gulmit reiten, wo ich mich einmal bei einem entfernten Verwandten Zorahs erkundigen werde, ob sie inzwischen schon mit jemand anderem verlobt ist."

„Mhm. Heute ist es schon spät, beratschlagen wir morgen darüber weiter."

Karok wachte erst auf, als das Feuer schon brannte und Malika, die im benachbarten Haus der Wirtschafter geschlafen hatte, bereits mit dem Backen von köstlich duftenden Brotfladen beschäftigt war.

„Salam aleikum, Malika. Das riecht ja nach Aprikosenöl. Habt ihr heute einen Festtag?"

„Aleikum salam."

Nazim, der schon etwas früher aufgestanden war, hörte Karoks letzte Frage und antwortete anstelle seiner Schwester: „Nach Malikas Meinung ist es ein Festtag, weil du gekommen bist."

„Das hättest du nicht gleich verraten müssen", flüsterte sie Nazim zu und verschwand tief errötend nach draußen.

Karok wurde es warm ums Herz. „Nazim, glaubst du, dass mich je ein Mädchen mit meinem Holzfuß zum Mann haben will? Ich bin ja doch ein Krüppel."

Nazim umarmte Karok: „Rede nicht solchen Unsinn! – Ich weiß übrigens eine wichtige Aufgabe für dich, wir werden im nächsten Jahr eine Schule eröffnen und brauchen einen Lehrer. Du bist inzwischen ein weit gereister Mann, sprichst Urdu und Englisch und hast ein großes Wissen."

Karok war erstaunt: „An so etwas habe ich wirklich noch nie gedacht. Aber was werden die Mukhis und Kalifas sagen, für die bin ich sicher eine Konkurrenz."

„Ach was, die lehren die Kinder doch nur Arabisch, um den Koran verstehen zu können. – Und außerdem ist der Mir unbedingt für eine Schule."

Als Malika die Frühstücksreste abräumte, wagte Karok, der beim britischen Militär die freien westlichen Sitten kennen gelernt hatte, für einen Moment ihre Hand zu ergreifen: „Das Phiti-Brot war köstlich, es hat so gut geschmeckt, als es ob es meine Mutter gebacken hätte."

Malika war über diese an sich ungehörige Geste eines fremden Mannes überrascht, beließ aber, wie Nazim nicht ohne Vergnügen bemerkte, ihre Hand ungebührlich lange in jener Karoks.

Karok brach am nächsten Tag tatsächlich in Richtung Gulmit auf: „Ich werde also als dein ‚Harangusch' erste Erkundigungen einziehen, ob Zorah schon vergeben ist ..."

„Ganz wohl ist mir nicht dabei. Aber vielleicht ist sie inzwischen ja schon verlobt. – Übrigens, gib Acht beim Auf- und Absteigen vom Pferd."

„Mach dir keine Sorgen, wer Gallipoli überstanden hat, den kann nicht mehr viel aus dem Sattel werfen ..."

Nazim stieß fast mit Malika zusammen, die Karok ganz versunken nachgeblickt hatte.

„Schwesterherz, ich glaube, dass wir den Harangusch der Familie Ayesch aus Haiderabad, den ich in den nächsten Tagen erwarte, wohl höflich abweisen werden ..."

„Nazim!" Und schon umarmte sie ihn, bedankte sich mit einem Kuss auf die Wange und stürmte ins Freie.

Karok bezog in Gulmit bei guten Freunden Quartier und konnte sich als ‚Kriegsheld' der vielen Einladungen gar nicht erwehren, musste sich aber auch manchen versteckten Vorwurf anhören, für die Ingles unnötig in den Krieg gezogen zu sein. Bei Verwandten Zorahs konnte er, ohne Verdacht zu erregen, erfahren, dass ihre Familie alle Bewerbungen, deren es viele gegeben hätte, abgewiesen hätte: „Sie scheint auf irgend einen Prinzen zu warten!", konnte er sogar etwas spöttisch hören.

So machte sich Karok schon nach wenigen Tagen, wie die Tradition es gebot, mit je einem Säckchen getrockneter Aprikosen und Walnüssen als Geschenk zu Zorahs Familie auf. Die Eltern waren über den Besuch ziemlich überrascht. Sie hatten Karok in den letzten Tagen schon im Dorf gesehen und ihn wegen seiner Verwundung bedauert.

Als er einen Gruß von Nazim aus Baltit entbot, den sie ‚gut kennen würden, wäre er doch in ihrem Haus nach seiner Verletzung gepflegt worden' und schließlich auch die beiden Säckchen überreichte, dämmerte ihnen, was der Zweck des Besuches sein könnte.

„Zorah, wolltest du nicht heute unten am Fluss nach Brennholz schauen?" Zorah, die sofort wusste, worum es ging, entschwand eilends klopfenden Herzens.

Karok ging ohne Umschweife an die Sache heran: „Nazim, der keine Eltern mehr hat, die mit euch in Verbindung treten könnten, lässt anfragen, ob ihr ihn als Schwiegersohn akzeptieren würdet."

Karok wusste, dass die guten Sitten es verlangten, den Brautwerber vorerst einmal abzulehnen, auch wenn der Bräutigam willkommen war. – Das konnte bis zu fünf-, ja sechsmal geschehen.

„Nazim Khan, ja wir kennen ihn. Ein ehrenwerter Mann ..."

„... und auch wohlhabend", warf Karok schnell ein.

„Wir müssen da wohl erst mit unserer Tochter reden, sie wird auch von vielen anderen, bis hinauf nach Chipurzan, umworben."

„Auch sind wir Wakhi, und obwohl wir alle euer Buruschäski sprechen, weiß ich nicht, ob Zorah sich unten in Baltit wohl fühlen wird", warf die Mutter ein. Ohne weiter auf das Thema einzugehen, wurde Karok Tee serviert und nach einer Weile auch nicht mehr nachgeschenkt, sodass er sich wohl oder übel verabschieden musste.

Obwohl er wusste, dass nun wenigstens einige Tage bis zu seinem Besuch verstreichen sollten, fand er sich aber bereits am übernächsten Nachmittag wieder mit Geschenken ein. Diesmal nicht nur mit Aprikosen, sondern mit einem kleinen Sack Gerste, den er nur schwierig hatte auftreiben können, weil die letzte Ernte wieder einmal sehr knapp ausgefallen war.

„Salam alaikum."

„Alaikum salam."

„Ihr müsst mit mir Nachsicht haben, dass ich nach so ungebührlich kurzer Zeit schon wieder euren Familienfrieden störe, aber seit die Ingles unsere neuen Herren sind, wird alles viel kurzlebiger, und Nazim erwartet mich auch schon wieder dringend in Baltit." Karok war froh, dass ihm diese Ausrede eingefallen war.

„Aber diese reichen Geschenke, was fällt dir ein …"

„Nazim kann es sich erlauben, und er will damit seine besondere Wertschätzung eurer Familie gegenüber ausdrücken."

„Mhm, ja, wir haben mit unserer Tochter gesprochen. Sie ist nicht abgeneigt und lässt Nazim, den sie ja zufällig schon kennen lernen konnte, ihre Grüße entbieten …"

Karok war froh, alles so schnell unter Dach und Fach gebracht zu haben und wäre nun schon gerne bald aufgebrochen, aber nun wurde erst aufgekocht, wobei er erstmals auch Zorah kennen lernen konnte: ‚Eine gute Wahl hat seine Peri für ihn getroffen', sagte er sich im Stillen.

Karok musste zuerst von seinen Kriegserlebnissen erzählen, dann wich aber Zorah zusammen mit ihrer Mutter den ganzen Abend nicht von seiner Seite und versuchte so viel wie möglich über Nazim zu erfragen. Der Vater hatte inzwischen auch Wein herbeigezaubert, der ob seiner Süße nur von Hindi stammen konnte, wie Karok bald mit gelöster Zunge bemerkte. Und so zog sich die angeregte Unterhaltung unter vielen ‚Uyamkusch' bis in die Nacht hinein.

Karok wurde auch gleich zum Hierbleiben überredet und wachte mit etwas schwerem Kopf erst am späteren Morgen auf.

„Ich werde schon morgen Nazim die gute Nachricht mitteilen können, aber da er außer dem Wazir, mit dem er nicht auf bestem Fuß steht, keine näheren Verwandten hat, werdet ihr mit mir als Vertreter seiner Familie beim nächsten Besuch wieder vorlieb nehmen müssen."

„Karok, du bist uns stets sehr willkommen!"

Nazim hatte nichts anderes als eine Zusage von Zorahs Eltern erwartet, musste sich aber nun, ob er wollte oder nicht, mit seiner Zukunft befassen. Die Vorstellung, mit Zorah intim zusammenzusein war ihm nicht unangenehm, aber würde er Nilufar dabei je vergessen? ...

Schließlich obsiegte aber seine jugendliche Unbekümmertheit, und er wandte sich wieder dem Alltag zu.

Die Hochzeit kam ja erst zur kommenden Wintersonnenwende in Frage, da der König und vor allem die Bevölkerung nur zu diesem Zeitpunkt eine gemeinsame Trauung aller Paare Mittelhunzas wünschte. Es war dies, wie die Leute meinten, für die Fruchtbarkeit der Äcker und Gärten im kommenden Jahr äußerst wichtig. Ihm war es recht, weil dann nicht so viele Nachbarn eingeladen werden mussten, da manche auch bei anderen Familien Verpflichtungen hatten. Sein Vater hatte ihm seinerzeit auch erzählt, dass in alten Zeiten deshalb in einer Gruppenhochzeit geheiratet wurde, damit insgesamt weniger Nahrungsmittel bei den gegenseitigen Einladungen verbraucht wurden – eine sicher zweckmäßige Maßnahme.

Schließlich war ja auch heute noch sogar das Halten von Hunden und Hühnern als unnütze Verzehrer von Nahrung durch den Mir verboten.

Karok bot sich an, im Frühjahr wieder nach Gulmit hinaufzureiten, um den Hochzeitstermin für die kommende Wintersonnenwende zu bekräftigen.

Schon einen Tag später rückte Karok etwas zaghaft mit einer Frage heraus: „Nazim, ich glaube wir können als besonders gute Freunde das komplizierte Verfahren abkürzen, meinst du, dass Malika meine Frau werden möchte?" Und nach einer Weile: „Bei den Ingles fragt der Mann ja das Mädchen selbst, aber bei uns wage ich das doch nicht."

„Führe ja nicht deine verderbten westlichen Sitten bei uns ein", lachte Nazim. „Gut, ich frage sie."

„Aber bitte gleich, ich halte die Ungewissheit nicht mehr aus."

Schon nach einer halben Stunde kehrte Nazim zurück und umarmte Karok: „Lieber Schwager, ich freue mich für euch beide und auch ich bin überfroh, dich in meiner direkten Nähe zu wissen. Meine Bedingung ist nämlich, dass du das Wirtschafterhaus bewohnst. Deine Tätigkeit als Lehrer erfordert ja deine Anwesenheit in Baltit, und dein Bruder wird sich auch freuen, wenn für ihn daheim mehr Platz ist."

„Da muss ich der Braut sofort Geschenke bringen – wie es Brauch ist."

„Verschleudere nur deine Silberrupien nicht", rief Nazim ihm nach.

Schon wenige Stunden später tauchte Karok wieder auf, etwas mühsam humpelnd, mit seinem Pferd am Zügel. Über dem Sattel lagen zwei Säcke voller Trockenfrüchte, Nüsse und Getreide.

„Malika, sieh dir das an!" Nazim zog seine verlegene Schwester aus dem Haus. „Du wirst einen reichen Mann heiraten."

„Ich muss nun wohl immer bei den Wirtschaftern drüben bleiben und mich nicht blicken lassen, solange Karok hier ist", stotterte sie.

„Ach was, die Nachbarn sollen reden, was sie wollen. Das brauchst du nicht – aber natürlich schläfst du drüben."

So ergab es sich, dass die beiden Verlobten in den nächsten Tagen lange Gespräche miteinander führten, wobei Nazim gar nicht immer dabei war, wie es die gute Sitte erfordert hätte. Schließlich legte Malika ihre Scheu vollkommen ab und eines Tages, Karok musste am nächsten Tag nach Hindi aufbrechen, ertappte Nazim die beiden, wie sie sich an den Händen hielten und glückstrahlend anschauten.

„Natürlich werden bald einmal Abgesandte meiner Eltern bei dir vorsprechen und in meinem Namen um Malikas Hand anhalten. Die guten alten Bräuche dürfen wir nicht aussterben lassen, sonst vergrämen wir die Peris", verabschiedete sich Karok spitzbübisch von Nazim.

# XI

Das Frühjahr verzögerte sich in diesem Jahr, und Nazim war mit seinen Aufgaben bei der Überwachung der Goldwäscher und als Trainer der Polomannschaft fast ständig auswärts. So musste er von Malika eines Nachmittags vom Poloplatz nach Hause geholt werden, denn von Karoks Familie war ein Abgesandter eingetroffen.

Es war der Vater persönlich, der gekommen war. Er hatte ein Packpferd dabei, und nach umständlicher Begrüßung Nazims und Malikas legte er auf ein mitgebrachtes Tablett fünf flache Brote und einen großen Brocken Butter und ordnete daneben einige Stoffbahnen sowie einen Schal und ein hübsches Paar Filzstiefel an. Mit tiefer Verbeugung überreichte er Malika feierlich den Geschenkberg. Das war aber noch nicht alles, denn nachdem Malika die Gaben gebührlich bewundert hatte, öffnete er ein mitgebrachtes Säckchen und bestäubte Malika von oben bis unten mit Mehl: „Das soll dir Glück bringen!"

Malika stand erstaunt da und wurde noch verlegener, als ihr der künftige Schwiegervater schließlich eine hübsch ziselierte Silberkette um den Nacken legte.

Nazim wusste nur vom Hörensagen von diesem Verlobungs-Ritual und war selbst etwas befangen, gab sich dann aber einen Ruck und umarmte Karoks Vater, womit der Bann gebrochen war.

Malika eilte zur Nachbarin, um mit ihrer Hilfe ein kleines Festmahl vorzubereiten und bediente dann die beiden Männer flink, wie sie es gewohnt war, dabei vom künftigen Schwiegervater wohlgefällig betrachtet. Augenzwinkernd eilte er nochmals nach außen und kam mit zwei Flaschen ‚roten Hunzawassers', wie er sagte, zurück. Er bestand darauf, dass auch Malika einen vollen Becher zur Hand nahm.

„Uyamkusch! Auf euer Glück!" Und zu Malika gewandt: „Du heiratest zwar einen halben Krüppel, aber er wird dir sicherlich ein guter Mann sein und eure Kinder werden nicht darben müssen."

Malika verabschiedete sich bald, die beiden Männer jedoch

unterhielten sich bis gegen Mitternacht bestens. Nazim schien im neuen Anverwandten fast einen Vaterersatz gefunden zu haben und versprach, so oft es nur seine Zeit erlauben würde, in Hindi vorbeizukommen, um sich von einem ‚erfahrenen Hunzakuts' Rat zu holen. „Für mich ist es eine Ehre – und meine kleine Weinzisterne soll mit Hilfe der Peris für dich immer gefüllt sein", wandelte er ein gängiges Sprichwort ab. „Übrigens wird ja Karok auch bei dir demnächst auftauchen, um mit deinen künftigen Schwiegereltern in Gulmit dasselbe Übereinkommen zu treffen."

„Hoffentlich verrät Malika ihrer künftigen Schwägerin nicht, wie reich sie durch dich beschenkt wurde", lachte Nazim.

Vor dem Abschied am nächsten Morgen wurde dann schließlich auch der Hochzeitstermin mit der Wintersonnenwende bestätigt, was ja der eigentliche Hauptzweck des Besuches gewesen war.

Karok tauchte tatsächlich einige Tage später auf, und Malika war nun ihrerseits bedacht, dass die Geschenke für Zorah nicht zu knapp ausfielen. Sie bestand darauf, Nazim zum Basar zu begleiten und wählte neben einer Halskette auch einen Silberring mit einem hübschen Rubin aus. Nazim war das gar nicht recht: „Ich möchte Zorah nicht gleich von vorneherein verwöhnen."

„Aber jedes Kind in Baltit weiß, dass du wohlhabend bist, und das wird sich auch schon längst bis nach Gulmit durchgesprochen haben. – Außerdem ist der Rubin doch der Glücksstein der Peris, von denen man sagt, dass sie die Rubinschätze in den Bergen vermehren."

„Was hat denn Zorah mit den Peris zu tun?"

„Sie nicht, aber du. Das weiß doch ebenfalls jedes Kind, dass du ein Liebling der Peris bist."

Nazim fuhr hoch und blickte Karok an, hatte er womöglich Malika sein Geheimnis verraten? Der schüttelte aber nur energisch den Kopf. Und Malika naiv: „Vielleicht überträgt sich die Gunst der Peris dann auf deine Frau."

„Das glaube ich nicht", entfuhr es Nazim so spontan, dass nun wiederum Malika den Kopf schüttelte.

So machte sich Karok, reich beladen mit Geschenken, auf den Weg nach Gulmit. Malika rief ihm noch nach, ja nicht auf das Glück bringende Bestäuben mit Mehl zu vergessen, was sie vorher nur vom Ginani-Fest her gekannt hatte, das es ja bald wieder zu feiern galt.

Zorah war besonders über den Rubinring erfreut und zeigte ihn sofort allen ihren Freundinnen, die sie überhaupt beneideten, da sie das langweilige Gulmit mit dem betriebsameren Baltit vertauschen konnte.

Zorah freute sich sehr auf das künftige Beisammensein mit Nazim und hoffte in den nächsten Wochen ständig auf einen kurzen Besuch von ihm. Diese Hoffnung wurde aber nicht erfüllt, und sie erhielt auch keine weitere Nachricht.

„Denke doch daran, wie viel er zu tun hat, er ist eben kein gewöhnlicher Bauer", wurde sie mehrmals von der Mutter getröstet. Das einzige Lebenszeichen von ihm war lange nach Mittsommer die blitzschnell bis Gulmit durchgedrungene Nachricht, dass unter Nazims Führung die Polomannschaft von Hunza erstmals bei den großen Wettkämpfen am Shandur-Pass gewonnen habe und Nazim vom Mir hoch geehrt und mit einem weiteren Pferd beschenkt worden sei. Zorah bedeutete das überhaupt nichts, und sie musste den ihr gratulierenden Freundinnen und Nachbarn darüber Freude vortäuschen.

Da war Malika schon wesentlich besser dran, denn Karok war häufig bei Nazim zu Gast, da er ja daheim in Hindi in der Landwirtschaft sowieso nicht helfen konnte und sich auf seine Tätigkeit als Lehrer vorzubereiten begann.

Dabei ergab sich reichlich Gelegenheit, stundenlang mit Malika Zukunftspläne zu schmieden und die beiderseitige Verliebtheit war auch nach außen kaum mehr zu verbergen. Die Nachbarn zerrissen sich schon den Mund: „Das kommt davon, wenn der Mir unsere Männer zu den Ingles in die westliche Welt schickt, wo sie nur die schlechtesten Dinge lernen. Da gibt es sogar Häuser, wo man mit Frauen gegen Bezahlung intim beisammen sein kann."

„Aber dafür brauchst du nicht nach Britannien zu gehen, unten in Lahore, bei der Hindu-Bevölkerung, gibt es das auch", gab sich ein anderer weltmännisch.

Nazims Wirtschafter verteidigte Malika jedoch insoferne, dass er schwor, dass sie immer bei ihnen im Wirtschafterhaus schlafe, wenn der zukünftige Ehemann anwesend war …

Karok erhielt über den Commissioner aus Gilgit alle möglichen Unterlagen bis hin zu einem Lehrplan für englische ‚Elementary Schools', den er mit großem Erstaunen studierte: Ja, tatsächlich, da gab es sogar Schulen für Mädchen – an so etwas hatte er noch nie gedacht – das wäre hier wohl auch gänzlich unmöglich. Auch sollten die Kinder schon im Alter von sechs bis sieben alles lesen und schreiben können. Es gab auch so etwas wie eine tägliche Turnstunde. ‚Verrückt', dachte sich Karok, ‚wo sie doch daheim sowieso viel arbeiten müssen und ständige Bewegung haben!' Ungeahnte Probleme taten sich also auf, die er schon bei nächster Gelegenheit mit Nazim diskutierte: „Für unsere Muttersprache Buruschäski gibt es keine Schrift, und erfinden kann ich keine."

„Das wäre auch sinnlos, denn wie ich inzwischen gesehen habe, sprechen nur ganz wenige Menschen Buruschäski. Die nächsten Nachbarn in Gilgit sprechen schon Schina, und in Gulmit oben ist die eigentliche Muttersprache bereits Wakhi; unser ‚Bruscho' mussten sie ja zwangsweise lernen. Nur in Yasin, am Weg zum Shandur-Pass, spricht man gleich wie bei uns", meinte Nazim.

„Dann müssen die Kinder aber Urdu lernen, das weiter unten im Pandschab von Millionen Menschen gesprochen wird, sehr ähnlich dem Hindi ist und eine Schrift hat, die leichter als Arabisch zu erlernen ist."

„… oder vielleicht doch besser gleich Englisch?"

„Nein. Dann können wir ja gleich unsere Kultur aufgeben."

Dem musste Nazim wiederum zustimmen.

Der König war inzwischen in der Schulfrage selbst wieder unsicher geworden, da eine Abordnung der Mukhis und Kalifas von Baltit und Altit bei ihm vorgesprochen hatte und vehement dagegen war: „Unsere Kinder werden nur verdorben und dann auch bald vom wahren Glauben abfallen!", war ihre ungeteilte Meinung.

Naber Schah zog sich schließlich mit einem klugen Einfall aus der Affäre: „Ich werde bei seiner Heiligkeit, dem Aga Khan in Bombay anfragen lassen. Die alle zwei Jahre fällige Steuer aller Ismailis an ihn geht zufällig in den nächsten Tagen ab, und da werde ich ein Schreiben beilegen."

Inzwischen war auch die Nachricht nach Hunza gelangt, dass der Krieg in Europa beendet sei und die Ingles zusammen mit ihren Verbündeten einen gewaltigen Sieg errungen hätten. Der ‚britische Agent' – das gesamte Gebiet zwischen Kaschmir und Afghanistan war inzwischen zur Verwaltungseinheit der ‚Northwest Frontier Agency' mit dem Sitz in Gilgit geworden – lud alle Könige und Stammesfürsten zu einer Siegesparade nach Gilgit ein, zu der Mir Naber Schah auch eine größere Abordnung aus Hunza mitnahm. Ihr gehörten neben dem Wazir und mehreren Ältesten auch Nazim sowie natürlich die Veteranen der Gilgit-Scouts an.

Nazim war es lästig, sich aus diesem Anlass besser kleiden zu sollen, aber der ‚welterfahrene' Karok ließ nicht locker, bis sich Nazim im Basar eine neue weiße Mütze und eine neue, mit Blumenmustern bestickte Tschoga anschuf. Bei der Parade in Gilgit fiel der Mir durch eine prächtige Mütze aus Otterfell und ein dunkelrotes Seidengewand aus Kashgar auf.

Karok hatte von der Garnison sogar eine neue Uniform erhalten und wurde zusammen mit anderen ‚Kriegshelden' nochmals mit einem britisch-indischen Orden ausgezeichnet.

„Schade, dass Malika dich nicht sehen kann, sie wäre noch verliebter in dich ...", witztelte Nazim und musste die Erwiderung einstecken: „Hingegen erinnert sich Zorah gar nicht mehr so recht an dich!"

Ja, eigentlich sollte sich Nazim wenigstens bei Zorahs Familie einmal blicken lassen, aber er konnte sich dazu einfach nicht aufraffen, denn seine Gedanken waren fast immer bei Nilufar.

„Sende Zorah wenigstens als Lebenszeichen von dir ein kleines Geschenk, die Arme tut mir so leid!", meldete sich Malika schon wenige Tage später bei Nazim. Aha, Karok hatte geschwätzt!

Tatsächlich erhielt Zorah eine Woche später ‚mit höflichen Grüßen vom Bräutigam' einen wertvollen Schal aus feinster Kaschmirwolle von einem durchziehenden Händler überbracht.

Überraschend schnell war eine Antwort vom Aga Khan aus Bombay in der Schul-Frage gekommen: Der Mir war sehr gespannt, als er sich den auf Persisch geschriebenen, mit schweren Siegeln versehenen Brief vorlesen ließ: Nach dem üblichen Ausdruck der Freude über die Treue seiner Anhänger im äußersten Norden des britisch-indischen Reiches empfahl seine Heiligkeit klar und deutlich die Einrichtung einer Schule – ja, es sollten in späterer Zeit unbedingt auch weitere folgen. „Gerade wir Ismailiten, die wir als Minderheit im steten geistigen Streit mit den Imams und Mullahs der beiden anderen Richtungen des Islam liegen, können uns nur durch bessere Bildung und Tüchtigkeit auf Dauer behaupten!", war da zu lesen.

Auch von einer finanziellen Unterstützung war abschließend die Rede. Die Geistlichkeit von Hunza musste diese ‚allerhöchste Meinung' grollend zur Kenntnis nehmen; aber Karok hatte jahrelang gegen ihren Widerstand anzukämpfen …

Die Tage waren inzwischen merklich kürzer geworden, und es waren nur noch wenige Wochen bis zur Wintersonnenwende. Karoks Familie hatte schon sehr früh ihren Besuch zur Überreichung der Brautgeschenke angekündigt, und das erinnerte auch Nazim daran, in dieser Richtung etwas vorbereiten zu müssen.

Malikas künftige Schwiegereltern, ihr noch lediger Sohn sowie ein Neffe mit Frau erschienen in Festtagskleidung zu einem vorher vereinbarten Termin und überreichten feierlich die Brautgeschenke. Malika konnte ihre Freude über die reichen Gaben wie Stoffbahnen für fast zehn Kleider, einen Mantel, zwei paar Stiefel, zwei Wollwesten, Schals und Socken, aber auch verschiedenste Nahrungsmittel wie Brot, Butter und Aprikosenkernöl kaum verbergen. Malika träufelte sich ein paar Tropfen des Aprikosenöls, wie es Brauch war, ins Haar, tat dasselbe bei den beiden Frauen und bedankte sich dann für die reichen Gaben.

Nun wurden die Frauen aus dem Haus geschickt, und Nazim sowie der Vater des Bräutigams begannen über den Brautpreis zu verhandeln. Es war dies eine Geldsumme, die nur dann an die Braut auszuzahlen war, wenn es zu einer Scheidung durch Verschulden des Bräutigams käme. Da dies aber äußerst selten vorkam, konnte Malikas künftiger Schwiegervater recht großzügig sein, und man kam zu einer raschen Einigung.

Nun war es für Nazim höchste Zeit, auch seinerseits Brautgeschenke auszuwählen und nach Gulmit zu schicken. Malika nahm mit Begeisterung den Einkauf der Geschenke in die Hand und ließ sich dabei nicht lumpen. Hatte sie schon so wertvolle Kleidung bekommen, so mussten es für Zorah noch bessere Stücke sein. Sie freute sich schon, endlich einmal ihre neue Schwägerin zu Gesicht zu bekommen. Das war aber vorerst noch immer nicht möglich, da ja Karok Nazims Familie vertreten musste und sie als seine Braut nicht gleichzeitig mit ihm reisen konnte.

„Du gehst mit meinen Rupien sehr großzügig um", klagte Nazim. „Ich bin überhaupt nicht dafür, die Frauen derart zu verwöhnen."

„Und was ist mit deinem Goldstaub-Säckchen? Es wird immer praller, wie ich bemerke."

„Ich sehe schon, es wird höchste Zeit, dass du meinen Haushalt verlässt."

„Ach, Zorah wird mir schon immer alles erzählen. Wir werden uns sicherlich sehr gut verstehen."

Karok machte sich umgehend, zusammen mit zwei entfernteren Verwandten von Nazims verstorbener Mutter und einem schwer beladenen Packpferd, auf den Weg nach Gulmit. Seine Mission bereitete ihm großen Spaß und außerdem war er nun schon wieder sehr geschickt beim Reiten, wobei er im Damensitz im Sattel saß. „Wenn ich nur wieder Polo spielen könnte", hörte man ihn öfters klagen.

Zorah war glücklich, dass nun scheinbar doch alles seinen geordneten Verlauf nahm und war über die Reichhaltigkeit der Geschenke überrascht. Karok konnte gar nicht genug von Nazim erzählen, und sie sehnte sich schon nach ihrem künftigen Gatten, der sich so überaus zurückhaltend gab.

Auch über den Brautpreis konnte sich Karok mit Zorahs Vater leicht einigen, da Nazim den Auftrag gegeben hatte, großzügig zu sein.

So verabschiedete man sich bis zum gemeinsamen Hochzeitstag, den der Tham für die heuer anfallenden acht Paare für den dritten Tag nach der Winter-Sonnenwende angesetzt hatte. Zorah war diese Form der Gruppenhochzeit, die es nur in den Hauptdörfern Mittelhunzas gab, unangenehm.

„Da wird dieser wichtigste Schritt im Leben durch die vielen fremden Menschen ganz verwässert", klagte sie ihrer Mutter.

„Dafür erhältst du aber auch den besonderen Segen des Thams. Bei welcher Hochzeit ist denn sonst noch ein König anwesend?"

Auch dieses Jahr war für den Tag der Trauung ein Samstag ausgesucht worden.

Zorahs nahe Familienangehörigen übersiedelten von Gulmit für die sechs Hochzeitstage ins Wirtschafterhaus, das ja nun wieder frei war und Karoks und Malikas künftige Bleibe sein sollte.

Die Mutter und eine Tante Zorahs waren sogar schon einige Tage früher gekommen, um ja alles gut vorzubereiten. Es wurden ja in allen Häusern der Bräute am Mittwoch und am darauf folgenden Tag verschiedene Speisen vorbereitet und die köstlichen Hochzeitsbrote gebacken.

Am Freitag mussten, der Tradition folgend, sämtliche Nachbarn zu einem Mittagessen mit Schaffleisch und Scherbet eingeladen werden. Nazim und Karok hatten es durch ihre Doppelhochzeit insoferne einfacher, weil sie alle Gäste gemeinsam bewirten konnten. Und am Samstag wurden dann alle näheren Verwandten in das Haus des jeweiligen Bräutigams zu einem festlichen Schmaus eingeladen. Dabei spielten bereits fünf Musikanten auf.

Bald nach dem Mittagsmahl zogen sich die beiden Bräutigame zurück, legten ihre weißen Festtagsgewänder an und schulterten die in weiße Tücher gehüllten Zeremonialschwerter.

Gegen drei Uhr Nachmittag war es dann so weit: Die Musikanten intonierten den traditionellen Hochzeitsmarsch, und die beiden Männer begaben sich mit den allernächsten Verwandten zum Gebetshaus.

Etwa gleichzeitig trafen auch die beiden Bräute, in festliche weiße Seidengewänder und Seidenschals gehüllt, mit ihren Verwandten beim Gebetshaus ein.

Da gleichzeitig auch noch die anderen Paare ankamen, konnten praktisch nur die Brautpaare selbst im Gebetshaus Platz finden, wo auch schon der Tham ungeduldig wartete. Bräute und Bräutigame nahmen getrennt Platz, denn nun traten die Vertrauensmänner der jeweiligen Familien in Aktion und stellten wechselseitig die Frage, ob die künftigen Paare mit dem jeweiligen Partner einverstanden seien.

Nachdem überall das ‚awa' erklungen war, übernahm nun ausnahmsweise der Tham die Rolle des Kalifa und las das ‚Hochzeitsversprechen' vor, auf welches wieder mit ‚ja' geantwortet wurde.

Nun wurden, wie es die guten Sitten verlangten, Bräutigam und Braut durch die jeweiligen Eltern einander formell vorgestellt, und beide hängten sich gegenseitig die Hochzeitsgirlanden um. – Vor allem Karok und Malika konnten bei der Vorstellung das Lachen kaum unterdrücken, waren sie sich doch inzwischen schon recht nahe gekommen. Zorah und Nazim wirkten hingegen verlegen.

Als einzigem Paar gratulierte der Tham Nazim und seiner frisch Angetrauten gesondert und besonders herzlich und zeichnete sie damit vor allen anderen aus. An Zorah gewandt meinte er: „Frisches Wakhi-Blut hat uns noch immer gut getan!"

Beim Verlassen des Gebetshauses wurden unter Applaus der draußen Wartenden die Bräute von ihren Müttern (Malika von Tante Asor) an den Händen geführt, und man begab sich nun in die Häuser der Brauteltern, wo bereits ein Festmahl auf die Hungrigen wartete.

Nach diesem Mahl verlangte es die Sitte, dass der junge Ehemann die Hände seiner Schwiegereltern küsste und nun zu einem weiteren Festmahl in sein eigenes Haus einlud. Im besonderen Fall von Nazim und Karok brauchten nur die beiden benachbarten Häuser gewechselt werden.

Karoks Vater, der überall als Weinbauer bekannt war, schenkte aus einem bisher verborgen gehaltenen Holzbehälter köstliches ‚rotes Hunzawasser' in die Becher, und so erstreckte sich die fröhliche Zecherei weit in die Nacht hinein.

Malika und Karok konnten es kaum erwarten, endlich alleine zu sein. Nazim hingegen forderte die Gäste immer wieder zum Bleiben auf, was ihm mehrmals Rippenstöße und böse Blicke von Karok einbrachte.

Endlich waren die Jungvermählten alleine. – Zorah legte ihren Brautschleier ab und machte sich verlegen am Feuer zu schaffen. Schon während der letzten Stunden hatte Nazim seine junge Frau immer wieder von der Seite angeblickt und mit gewissem Wohlgefallen ihre ebenmäßigen Gesichtszüge studiert. Als sie nun so am Feuer hantierte, kamen auch ihre weiblichen Formen zur Geltung und entfachten bei Nazim körperliches Begehren.

Er ergriff sie bei der Hand, zog die Zögernde zu sich aufs Lager, nahm ihren Kopf in beide Hände und berührte sanft ihre Lippen mit den seinen. Plötzlich hatte Zorah Tränen in den Augen, umschlang ihn aber gleichzeitig mit beiden Armen und bedeckte sein Gesicht mit Küssen.

„Du magst mich also doch? Wie sehr habe ich mich nach dir gesehnt!"

Ihr Mund fand den seinen, und so erwachte auch in Nazim die Leidenschaft. Seine Hände ertasteten ihre vollen Brüste und streichelten ihren schlanken Körper. Zorah stöhnte auf, bog sich ihm entgegen, und als er zuerst sanft, dann aber heftig in sie eindrang, stieß sie einen Schmerzensschrei aus, sodass er sich erschrocken zurückziehen wollte. Sie hielt ihn aber fest und gab mit drängenden Bewegungen zu verstehen, dass er nicht aufhören sollte. Bald fanden sie einen gemeinsamen Rhythmus und versanken schließlich ineinander. Eng umschlungen überwältigte beide schließlich der Schlaf.

Nazim erwachte erst, als Zorah schon den Kessel mit Wasser über das Feuer stellte: „Um Allahs willen, ich Pflichtvergessener hätte beinahe übersehen, dass wir heute ja den Hochzeitsgästen wieder ein Festmahl ausrichten müssen."

„Und morgen noch einmal", ergänzte Zorah.

Nazim sprang auf und gab Zorah einen schnellen Kuss: „Ich

habe scheinbar unverdient nicht nur eine hübsche, sondern auch eine tüchtige Frau gefunden."

Und Zorah, ein paar Tränen aus den Augen wischend: „Wenn du mit mir nur zufrieden bist. Ich habe Angst, dir Welterfahrenem und weit Gereistem nicht alles recht zu machen."

Nazim konnte darauf nicht eingehen, denn es gab im Moment sehr viel vorzubereiten. Es währte auch nicht lange, kamen schon wieder die ersten Gäste an. Unter großem Gelächter streuten sie Mehl auf die Schultern der jungen Eheleute und ließen es sich im Haus der Frischvermählten gut gehen.

Am darauf folgenden Tag schließlich fanden die Hochzeitstage mit einem letzten Festschmaus ihren Abschluss.

Nazim sowie Malika und Karok waren mehr als froh, die lästigen Einladungen endlich hinter sich gebracht zu haben. Zorah hingegen verteidigte die ‚guten alten Sitten', weil sich die neuen Verwandten ja nur auf diese Weise besser kennen lernen konnten. Nazim war in Zorahs Armen glücklich und vergaß eine Zeit lang Nilufar völlig. Aber schon nach einigen Wochen wähnte er manchmal, wenn er bei Zorah lag, Nilufar zu umarmen und verglich dann deren ungezügelte Leidenschaft mit der braven, sanften Hingabe seiner Frau, was ihn immer häufiger zum Einstellen weiterer Zärtlichkeiten an einem solchen Abend veranlasste.

Gegen Winterende überkam ihn schließlich die zwingende Sehnsucht, wieder einmal mit Nilufar beisammen zu sein, obwohl er sich gleichzeitig davor auch fürchtete. Er gab vor, nach Steinböcken und Spuren des Schneeleoparden schauen zu wollen und sagte, er würde die Nacht auf der Almhütte zubringen.

Zorah packte ihm allerlei Proviant ein, den Nazim aber gegen eine Hand voll getrockneter Aprikosen vertauschte. Er wusch sich am Abend vorher besonders sorgfältig und legte auch ein paar Wacholderzweige auf das Feuer, welche das Haus bald mit ihrem durchdringenden Geruch erfüllten. Er saß noch lange am Feuer und wartete, bis Zorah eingeschlafen war, ehe er sich – mit möglichst großem Abstand zu ihr – schlafen legte.

Zorah wunderte sich, dass er vor dem Aufbruch am nächsten Morgen eigentümlich unruhig war und brach schließlich in Tränen aus, als er ihr beim Weggehen – erstmals seit sie verheiratet waren – einen Abschiedskuss verweigerte.

„Ich bin morgen Abend wieder zurück", war alles, was er verlauten ließ.

Malika fand Zorah wenig später mit verweinten Augen an, konnte ihr aber nur nach und nach entlocken, was denn geschehen war. „Ach, nimm das nicht tragisch. Wenn er auf die Berge steigt, ist er immer so komisch. Manchmal kommt er fröhlich, dann wieder traurig von oben zurück." Und leise in Zorahs Ohr: „Ich bin froh, dass mir Karok mit seinem Bein nicht so leicht entwischen kann."

Als die Gletscher-Bergwelt rund um Nazim beim Höhersteigen, angefangen vom Rakaposhi über den Diran bis zum Goldenen Berg, wieder in all ihrer Pracht aufglänzte und er den Kopf in den Nacken legen musste, um die Gipfel des über ihm gleißenden Ultar genau betrachten zu können, war er wieder restlos glücklich. Ja, in den Bergen fühlte er sich am wohlsten. Wenn nur Charles bald wieder von sich hören ließe, er wollte brennend gerne wieder mit ihm gehen.

Nazim war sich sicher, dass Nilufar kommen würde, hatte aber Angst davor, was sie zu seiner Heirat sagen würde, obwohl sie ihn ja selbst dazu aufgefordert hatte.

Er richtete sich wie immer in der Hütte ein, und der Geruch des Wacholderfeuers brachte auch diesmal Nilufar erstaunlich rasch zur Stelle. Vorerst hörte er aber nur ihre Stimme: „Soll ich mich überhaupt sichtbar machen, nachdem du jetzt so eine schöne junge Frau geehelicht hast? – Ach Unsinn … ich weiß doch, dass ich nicht eifersüchtig sein darf, das hast du nicht verdient! – Aber weißt du, weh tut es mir schon!"

Plötzlich saß sie ihm leibhaftig gegenüber: „Lieber Bruder – so muss ich jetzt leider zu dir sagen – lass dich anschauen: Na, ja, sehr glücklich siehst du mir nicht aus. Du musst mir erzählen, wie sie in der Liebe ist. Und noch etwas – du bist mir noch schuldig, von Bagrot zu berichten …"

Nilufar rückte ganz nahe und begann ihn regelrecht zu beschnuppern: „Es freut mich, dass du dich so gut gesäubert hast, ich rieche nichts unangenehm ‚menschlich-weibliches'."

Nazim stand augenblicklich wieder im Banne ihrer strahlenden Erscheinung mit den schulterlangen goldblonden Haaren, den blitzenden blaugrünen Augen, den Grübchen beim Lachen sowie ihrer wohlgeformten Figur und vermochte seinen Blick nicht von ihr zu wenden.

Traurig brachte er schließlich kopfschüttelnd heraus: „Dass uns das Schicksal so böse hat mitspielen müssen ..."

Nilufar war nun selbst fast dem Weinen nahe: „Nazim, du darfst jetzt eine Weile nicht mehr meine Nähe suchen. Lassen wir Gras über unsere Liebe wachsen. Du musst versuchen, dein Leben unten in Baltit glücklich zu gestalten. – Natürlich sollst du auch zum Jagen in unser Feen-Revier kommen, ich werde mich dir aber in nächster Zeit nicht zeigen – wohl aber dich beschützen, so gut ich nur kann."

Nazim ergiff mit Tränen in den Augen ihre Hände und bedeckte sie mit Küssen. „Nein, nein. Wie es Sitte ist, muss ich meinem Bruder zuerst die Hand küssen, wenn er längere Zeit abwesend war. – Und was ich dir noch sagen wollte, tröste dich, du wirst daheim bald eine Freude erleben ..."

Noch einmal wollte er sie bei den Händen fassen, aber schon war sie mit einem kaum vernehmbaren „Leb wohl!" entschwunden. Da das Feuer inzwischen niedergebrannt war, blieb ihm nichts anderes übrig, als sich zum Schlafen in seinen Schlafpelz zu hüllen.

Als Nazim sich am nächsten Morgen den letzten Schlaf mit eiskaltem Wasser aus den Augen wusch und dabei feststellte, dass die Quelle neben der Hütte keinen Eisrand mehr hatte, spürte er plötzlich mit allen Fasern die Kraft des herannahenden Frühjahrs. Das Leben schien ihm mit einem Mal wieder lebenswert. Phantastisch leuchteten die Gletscher im weiten Bergrund – von der aufgehenden Sonne in ein unwirkliches Rot getaucht. Mit weiten Sprüngen eilte er dem Tal zu und wunderte sich, dass ihm der Gedanke an Zorah gar nicht so unangenehm war. Dabei fielen ihm auch Nilufars Worte über eine ‚große Freude' ein ... sollte sie vielleicht gar guter Hoffnung sein ...?

Zorah begrüßte ihn zwar herzlich wie immer, wirkte diesmal aber besonders in sich gekehrt:

„Es ist gut, dass du schon da bist, der Wazir lässt dich nämlich dringend zu ihm bitten, weil der Kanalmeister erkrankt ist und es Probleme mit der Wasserzuteilung gibt. Bis du zurück bist habe ich dir schon ein Frühstück gerichtet", und mit einem plötzlichen Anflug von Rot auf den Wangen fügte sie noch hinzu: „Später muss ich dir auch noch etwas sagen ..."

Nazim wurde plötzlich von einer bisher kaum gekannten Zuneigung zu seiner Frau erfasst, nahm ihren Kopf in beide Hände und küsste sie sanft: „Ich könnte mir vorstellen, dass du mir noch in diesem Jahr einen Sohn gebären wirst ..."

Sie entwand sich seinen Armen: „Woher weißt du ...?"

„Ich habe eben so ein unbestimmtes Gefühl ..."

Nazim nahm sie wieder in die Arme und küsste sie lange und leidenschaftlich. Schließlich löste sie sich aus seiner Umarmung: „Nicht jetzt ..., Malika könnte hereinkommen, und außerdem musst du wirklich sofort zum Wazir hinunterreiten." Sie half das Pferd zäumen und blickte ihm gedankenverloren nach, bis er hinter der nächsten Pappelreihe verschwunden war. Woher wusste er um ihren Zustand, dessen sie sich selbst erst seit zwei Tagen gewiss war? So unruhig er weggegangen war, so ausgeglichen ist er von der Hochalm zurückgekommen ... Hatte er wirklich mit den Peris irgendeine Verbindung, wie die Leute schon daheim in Gulmit munkelten? Sie sollten sehr hübsch und unendlich klug sein ... Hatte er womöglich mit einer eine Liebschaft? Nein, das konnte doch wohl nicht sein, sonst hätte er sie jetzt nicht so zärtlich geküsst – aber wer weiß, die Männer sind in Dingen der Liebe sehr unverlässlich ...

## *XII*

„Nazim, höchste Zeit, dass du da bist. Sumalik, der Kanal-Oberaufseher, hat sich schwer verletzt, und ich muss schon morgen wieder nach Gilgit, weil der Commissioner eine Konferenz einberufen hat. Der Berber-Kanal beginnt schon

Wasser zu führen und da muss Sorge getragen werden, dass die Felder des Königs zuerst bedient werden und so weiter – na, du weißt schon."

Nazim stieg als erstes einmal hinauf zum Kanal-Einlauf des vom Ultar in der engen Schlucht hinter Baltit herauskommenden Gletscher-Schmelzwassers. Immer wieder war er fasziniert, was die Vorfahren mit dem Bau dieses gewaltigen Kanals, den sie ‚Berber' nannten, geleistet hatten. Er war ja praktisch die Lebensader Zentralhunzas, denn nur wo künstlich bewässert wurde, wuchs überhaupt etwas.

Die zwei mit der Freihaltung des Wassereinlaufes und anschließend mit der Wasserverteilung beschäftigten Männer waren schon seit einigen Tagen an der Arbeit, hatten Steinblöcke gewälzt und auch zerkleinert, denn die Lawinen brachten immer wieder neues Material herunter, das den Wasserzufluss behinderte. Besonders war das Sand-Fangbecken zu säubern, damit das Wasser möglichst ungehindert seinen Lauf nehmen konnte.

„Ich sehe, ihr werdet bald fertig sein, und Schmelzwasser gibt es jetzt gegen Mittag auch schon in beachtlicher Menge. Stellt also den Regulator so, dass – so wie in den letzten Jahren – die ersten drei Tage das Wasser zu den Grundstücken des Mirs fließt. Sodann müsst ihr zusehen, dass Haiderabad die erste große Wasserzuteilung bekommt, denn dort hat man schon die Gerste ausgesät. Danach kommt erst Baltit dran."

„Aber hier in Baltit beginnen die Leute auch schon mit der Aussaat."

„Ja, aber ich habe in den letzten Jahren beobachtet, dass Haiderabad klimatisch etwas besser gelegen ist und daher einige Tage früher aussäen kann, und dem müssen wir Rechnung tragen."

Nazim überlegte kurz: „Haiderabad erhält also sieben Tage lang Wasser, anschließend Baltit vierzehn Tage lang, dann wieder Haiderabad für zwei Wochen und anschließend wir hier in Baltit für einen Monat."

Nazim ging dann auch noch das kurze Stück hinüber zum zweiten Kanal, der Altit mit Wasser versorgte, und wo ebenfalls schon die Lawinenreste entfernt wurden. Hier gab es weiters keine Probleme, weil die Versorgung nur für Altit bestimmt war.

Nazim hatte in den nächsten Wochen viel auswärts zu tun, sodass Zorah in der Landwirtschaft viel zu tun hatte. Nun, da man ihr die Schwangerschaft schon ansah, half ihr Malika bei den schwereren Arbeiten. Gegen den Sommer zu, als die Rundung ihres Körpers schon beträchtliche Ausmaße annahm, gab sich sogar Nazim besorgt, wenn er sah, dass sie sich schon schwer bückte. Zorah konnte sich überhaupt keinen rücksichtsvolleren Ehemann vorstellen. Und als einmal eine ihrer alten Freundinnen aus Gulmit, deren Scharfzüngigkeit bekannt war, auf Besuch kam, berichtete sie freudestrahlend vom Eheglück, das lediglich durch die häufige Abwesenheit Nazims getrübt war. „Ist er auch mit dir zufrieden?"

Darüber hatte sich Zorah noch keine Gedanken gemacht, war sich aber keiner Vernachlässigung ihrer ehelichen Pflichten bewusst.

„Weißt du", berichtete die Freundin den letzten Klatsch aus Oberhunza: „oben in Chipursan hat ein unverheiratetes Mädchen kürzlich eine stark behaarte Tochter geboren und niemand – auch sie selbst nicht – weiß, wer der Vater ist. Nachdem ihre Eltern erkundet hatten, wo genau sie sich neun Monate vorher aufgehalten hatte, fanden sie heraus, dass sie beim Viehhüten immer aus einem bestimmten Quellbecken ihren Durst gestillt hatte. Diese Quelle war aber auch bei den Jägern als Tränke für die Steinböcke bekannt. Schließlich kam man mit Hilfe einer Wahrsagerin drauf, dass wohl ein brünstiger Steinbock in das Wasser uriniert habe, was schuld an der Schwangerschaft gewesen sei."

Zorah musste herzlich lachen: „Und glaubst du die Geschichte?"

„Dass an der Quelle etwas geschehen ist, glaube ich schon. Aber anstatt des Steinbocks könnte es auch ein brünstiger Jäger gewesen sein", lachte nun die Freundin ihrerseits.

„Und du wagst so etwas einer schwangeren, ehrbaren Ehefrau zu erzählen", gab Zorah ihrer Freundin einen Klaps.

Nazims Bergsteigerfreund Charles hatte geschrieben, dass er erst wieder in ein, zwei Jahren zu neuen Unternehmungen nach Hunza kommen würde. Das tat Nazim leid, aber andererseits war ja im Frühherbst der Nachwuchs fällig, und zu dieser Zeit wollte er doch daheim in der Nähe seiner Frau sein.

Da wurde ihm aber der Wunsch des Königs übermittelt, mit einem britischen Militärarzt Kontakt aufzunehmen, der derzeit in Gilgit weilte und die inzwischen bei den Briten zum Tagesgespräch gewordene Langlebigkeit der Hunzakuts untersuchen wollte. Nazim ritt nach Gilgit und lernte dort den äußerst sympathischen Dr. McCarrison kennen, der nach wenigen Gesprächen sofort mit ihm nach Hunza hinauf übersiedelte und ihn als besonders gebildeten und bei den Leuten hoch angesehenen Dolmetscher verpflichtete. Nazim hatte zwar auch andere Arbeiten zu erledigen, aber die sehr gute Bezahlung war doch verlockend. So begleitete er den Arzt in der nächsten Zeit an mehreren Tagen der Woche bei seinen systematischen Befragungen vieler Familien. Auch galt es, die wenigen Kranken aufzusuchen.

Nazim hielt mit seiner Meinung nicht zurück, dass die gute Gesundheit irgendwie mit der Ernährung zusammenhängen müsste.

So erfuhr der Arzt, dass während der warmen Sommermonate allgemein nicht gekocht wurde, um das kostbare Brennholz zu sparen. Man aß geschrotetes Getreide und sehr viel Obst, wobei das Getreide jeden zweiten, dritten Tag frisch gemahlen wurde. Auch war McCarrison von der Entdeckung begeistert, dass während des Essens nichts getrunken wurde, weshalb gut gekaut werden musste. Die nächste besondere Erkenntnis lag beim äußerst geringen Verzehr von Fleisch und der Tatsache, dass Zucker überhaupt nicht bekannt war. Auch wurde sehr viel Gemüse und Obst gegessen.

„Aber ihr habt doch wenigstens Honig?"

„Nein Sir, das Klima ist in Hunza so rau, dass es hier keine Bienen gibt. Ich weiß nur, dass der König manchmal aus Kaschmir Honig als Geschenk erhält."

„Und wie werden dann die vielen prächtigen Aprikosenbäume bestäubt?"

„Das macht der Wind. – Unseren Süßigkeitsbedarf stillen wir übrigens mit den getrockneten Aprikosen, die wir fast das ganze Jahr über essen."

Dr. McCarrison machte sich dauernd Notizen: – „Aber da fällt mir ein, dass mir doch gestern bei dir daheim deine Frau ein köstliches, süß schmeckendes Brot serviert hat."

„Ja, richtig! Das waren ‚Dirampiti'. Sie werden aus Weizenkorn hergestellt. Die Körner werden dabei etwa vierzehn Tage angefeuchtet liegen gelassen, bis sich Keime entwickelt haben. Diese Keimlinge werden dann an der Sonne getrocknet, wobei sie so hart werden, dass sie vermahlen werden können. Das so gewonnene Mehl schmeckt süß – warum weiß ich nicht. Es wird sodann mit vier Teilen normalem Weizenmehl vermischt und daraus wird der Teig geknetet."

„Sehr interessant! Ihr erzeugt bei diesem Vorgang, ohne es zu wissen, Malzzucker, und der ist zweifellos wesentlich gesünder als der weiße Rohr- oder Rübenzucker, wie wir ihn in der westlichen Welt so gerne essen. – Da kommen wir schon einigen Dingen auf die Spur!", war der Arzt begeistert. Schließlich vermutete McCarrison auch, dass es mit den getrockneten Aprikosen und vor allem mit den Kernen, aus denen köstliches Öl gepresst wurde, etwas auf sich haben müsste. Beweise fand er dafür aber keine.

„Alle unsere sehr alten Leute führen ihre Gesundheit besonders auch auf unser naturtrübes Trinkwasser, die ‚Gletschermilch', zurück", gab Nazim auch noch zu bedenken. Der Arzt konnte aber diesbezüglich keinen Zusammenhang erkennen.

Inzwischen hatte McCarrison mit Nazims Hilfe auch einige chronisch Kranke entdeckt. Es handelte sich ausschließlich um rheumatische Erkrankungen, und bei Kindern war er öfters auf rachitische Erscheinungen gestoßen, das war aber auch alles. Über peinlich genaues Befragen konnte er feststellen, dass in Hunza Blinddarmbeschwerden, vor allem aber Krebsleiden überhaupt unbekannt waren.

McCarrison war eben wieder abgereist, als Zorah, die sich beim Bücken schon schwer tat, zu Nazim meinte, dass es bis zur Niederkunft nun wohl nicht mehr lange dauern würde, denn auf einmal hätte sie wieder normale Essensgelüste. „Im Schuppen habe ich mir schon ein Lager bereitet, und Malika hat mit versprochen, während der nächsten Tage immer anwesend zu sein, da meine Mutter ja von Gulmit nicht kommen kann."

Nazim war der eigenartige Brauch gar nicht recht, dass die Niederkunft nie im Haus, sondern immer in einem Schuppen oder gar im Ziegenstall stattfinden musste. Denn bei den Hausbesuchen mit Dr. McCarrison während der letzten Wochen hatten ihm dessen Argumente über notwendige Sauberkeit bei der Wundbehandlung sehr eingeleuchtet. Denn das wusste auch Nazim, dass viele Mütter nach der Geburt an hohem Fieber starben. Der Arzt hatte sich auch auf den Zustand Zorahs bezogen und sich genau erkundigt, wie denn die Geburten in Hunza vor sich gingen. Er hatte Nazim von eigenen, blitzsauberen ‚Birth-Hospitals' in Britannien erzählt.

Auch Karok hatte sich in den beiden letzten Jahren in dieser Richtung manches Wissen angeeignet und quälte Malika mit ‚Anfällen von Sauberkeit', wie sie es nannte.

So kehrte Nazim nach Rücksprache mit Karok den Schuppen nochmals peinlich genau aus, wusch mit viel heißem Wasser alle Holzpfosten ab, besprengte den Boden mehrmals mit Wasser und vergewisserte sich, dass am Bett saubere Decken und Felle bereitlagen. Malika und Zorah belustigten sich über diese plötzliche Anwandlung fürsorglicher Häuslichkeit und waren sich einig, dass der Einfluss der Ingles auf die Hunza-Männer nicht besonders günstig sei …

Bereits am übernächsten Tag musste Nazim seine Schwester gegen Mitternacht aufwecken, denn die Wehen hatten abrupt eingesetzt. Er konnte Zorah gerade noch in den Schuppen bringen, als es auch schon zum Blasensprung kam. Ehe er noch irgendeine weitere Hilfe anbieten konnte, wurde er von Malika energisch hinausgewiesen: „Männer haben bei einer Geburt nichts verloren … Du kannst aber möglichst viel heißes Wasser vorbereiten."

Nazim wusste um diese strenge Regel und konnte so nur auf das Ereignis warten, wobei ihm Karok, der nun auch nicht mehr einschlafen konnte, mit einem Krug ‚roten Hunzawassers' Gesellschaft leistete. Schon in gelöster Stimmung hatten sie eben darüber sinniert, warum eigentlich Malika noch nicht schwanger war, als diese den Kopf bei der Tür hereinsteckte und rief: „Karok, du bist Onkel geworden!"

Nazim begriff erst im zweiten Moment, war aber dann

schon drüben im Schuppen, wo ihm Zorah freudestrahlend ein rotes, runzeliges, schreiendes Bündel entgegenhielt: „Sieh dir deinen Sohn an."

Er schaukelte das in ein frisches Tuch gehüllte Baby ein wenig. Als der Kleine nach einer Milchquelle zu suchen begann, gab er ihn aber eilends wieder zurück.

„Sieh nur, er hat so wie du auch einen feinen Streifen weißer Haare. Es muss also dein Sohn sein", lachte Zorah glücklich.

„Da er aber wie du recht helle Haare und blaue Augen hat", war Nazim begeistert, „werden wir ihn nach dem großen westlichen Feldherrn nennen, der vor vielen Jahrhunderten bis in unsere Gegend kam."

„Du meinst Eskander? – So heißt aber eigentlich niemand bei uns!"

„Das ist es ja, mein Sohn soll sich schon vom Namen her unterscheiden!"

Nazim eilte ins Haus hinüber und bereitete dort alles vor, damit Mutter und Kind schon am Morgen wieder hinüberziehen konnten. Malika vergrub noch in den Nachtstunden Nabelschnur und Nachgeburt jenseits des Bewässerungskanals.

Die Nachbarinnen brachten in den nächsten Tagen ‚Mutuk', die spezielle Hunza-Speise für die Wöchnerin, die aus Weizenmehl und viel Butter bestand. „Drei Tage soll sie sich hauptsächlich davon ernähren", hieß es.

Malika war zwischendurch eifrig damit beschäftigt, bittere Aprikosenkerne zu kauen und den Brei dem Säugling nach jedem Windelwechsel auf den Nabel zu streichen. Zorah stand, wie es üblich war, am dritten Tag auf und wusch sich dabei auch das erste Mal.

Die Namensgebung fand traditionell am siebenten Tag nach der Geburt statt, und da war auch Zorah schon wieder voll auf den Beinen.

Der Kalifa kam zu diesem schlichten Fest ins Haus, suchte aus einem speziellen Büchlein einen ihm passend erscheinenden Namen und erkundigte sich dann nach dem Namen, den die Eltern ausgewählt hätten. Nun rezitierte er feierlich das muslimische Glaubensbekenntnis, blies dem sich völlig ruhig und interessiert verhaltenden kleinen Kerl ins Ohr und sprach deutlich beide Namen aus, sodann legte er das Kind behutsam in die hübsch geschnitzte, schon vorbereitete Krippe. Damit war Eskander ein ismailitischer Muslime geworden.

Der Vater betrachtete mit Vergnügen, wie sein Sohn der mütterlichen Milchquelle zusprach und wie sich von Woche zu Woche seine Runzeln und Falten zu glätten begannen und von Pausbäckchen abgelöst wurden.

Jetzt im Winter war für Nazim wenig zu tun. Aber nur daheim zu sitzen und am Webstuhl zu arbeiten, wie es die meisten Männer taten, war für seinen sozialen Stand nicht passend und würde belacht werden. Wie jedermann wusste, hatte er genug Bares, um für den Haushalt die notwendigen Ersatzanschaffungen tätigen zu können.

Er war viel mit Karok zusammen, denn der Lernfortschritt der Kinder interessierte ihn sehr, und auch der Mir ersuchte ihn immer wieder, über den Fortschritt in der Schule Bericht zu erstatten, da der Wazir an der Sache völlig uninteressiert war und dem König darüber keinerlei Informationen zukommen ließ.

Karok war recht zufrieden und berichtete immer häufiger, dass Kinder wegen Platzmangels abgewiesen werden müssten. Sehr zum Ärger der Mukhis, die sich noch immer nicht an die ‚Konkurrenz' gewöhnen konnten, wurde Karok nämlich von vielen Vätern bedrängt, ihre Kinder auch noch aufzunehmen, obwohl er mit rund dreißig Kindern verschiedener Altersstufen schon völlig ausgelastet war.

Das ging schließlich so weit, dass von ihm verlangt wurde, die vier Beritscho-Kinder, die von Anfang an dabei gewesen waren, wieder von der Schule zu verweisen. An die zweihundert Beritschos, die ja eine eigene Kaste der Schmiede und Musikanten im Hunzaland bildeten, lebten ja nur eine halbe Gehstunde von Baltit entfernt in ihrem eigenen kleinen Dorf Beritschal.

„Weißt du", meinte er zu Nazim: „da bin ich böse geworden und habe die Väter gefragt, ob die Beritscho-Kinder denn schlechte Sitten hätten und unsere Hunzakuts-Knaben verderben würden. – Ich finde es überhaupt als eine ganz große Ungerechtigkeit, die Beritschos zwar als unentbehrliche Schmiede und Musikanten zu schätzen, ihnen aber den Zutritt zu den Häusern und jetzt zur Schule zu verwehren, von einer ‚gemischten' Verheiratung ganz zu schweigen." – Und augenzwinkernd: „Dabei sind ihre Frauen ausnehmend hübsch!"

„Ich habe darüber noch nie viel nachgedacht, aber du hast recht, in dieser Hinsicht sind wir um gar nichts besser, als die von uns so oft geschmähten Hindus mit ihrem Kastenwesen. Dabei hat Mohammed klar herausgestellt, dass alle Menschen vor Allah gleich sind. – Ich würde da nicht nachgeben. – Wenn übrigens so eine große Nachfrage nach Schulunterricht ist, müssen eben die Eltern selbst einen zweiten Lehrer bezahlen, obwohl der Mir sicher noch ein, zwei weitere Lehrer aus seiner Tasche besolden könnte."

„Der Commissioner in Gilgit sagt, dass die Radschas im Pandschab und auch der König in England eben von allen Bürgern Steuern einheben, wovon auch die Lehrer bezahlt und Schulen eingerichtet werden."

# *XIII*

In Nazim wurde langsam wieder die Jagdleidenschaft wach. Besonders die Schneeleoparden hatten es ihm angetan. Er hatte gehört, dass im Gebiet von Yasin, westlich von Gilgit, wo ebenfalls Buruschäski gesprochen wurde, die Bauern sogar sehr froh wären, wenn die Raubkatzen etwas dezimiert würden.

Inzwischen hatte er auch unten in Gilgit schon mehrere gute Freunde gewonnen. Diese vermittelten ihm die Bekanntschaft mit dem Lambardar von Punyal, einem Dorf an der Route zum Shandur-Pass, eine Strecke, die Nazim ja bereits gut kannte.

Diesmal hatte er absichtlich nur seinen Bogen und einen Köcher voller Pfeile mit besten Stahlspitzen mitgenommen und verließ sich im Notfall auf die Begleiter mit ihren Gewehren. „Ihr müsst mir den ersten Schuss gewähren. Ich werde versuchen, eines der Lichter der Raubkatze zu treffen, denn da ist ein Pfeilschuss auch bei einem so starken Tier tödlich. Erst wenn der daneben geht, könnt ihr eure Gewehre einsetzen."

Niemand glaubte, dass ihm das gelingen würde, aber dann war er sogar zweimal erfolgreich, und so wurde er vor seiner Rückkehr nach Gilgit vom ganzen Dorf gefeiert.

War es die übermäßige Menge des süßen Weines oder Wirklichkeit? Als Nazim wie immer im Morgengrauen erwachte und vorerst von der Liegestatt aus durch die Dachluke des geräumigen Lambardar-Hauses nach dem Wetter blinzelte, erschrak er sehr. Das hässlich verzerrte Gesicht einer Frau mit schwarzen Zöpfen schaute zähnebleckend und begehrlich in den Raum herunter. Als Nazim unwillkürlich einen leisen Schreckensschrei ausstieß, wurde der an seiner Seite schlafende Hausherr wach: „Was ist los?" Und in dem Moment, als er sich aufrichtete, verschwand die Fratze.

„Soeben hat eine merkwürdig hässliche Frau durch die Luke heruntergeschaut. – Nein, ich habe nicht geträumt. Ich hätte sie anfassen können."

Nun fuhr auch die Hausfrau hoch, die zusammen mit einer Magd auf der anderen Seite ihre Schlafstelle hatte: „Allah steh uns bei! – Eine Rui! – Zum Glück hast du sie gesehen, sie wollte sicher gerade durch die Luke heruntersteigen und sich einen von uns holen." Nazim entsann sich, dass seine Mutter immer von den Rui erzählt hatte, die besonders in Punyal und Yasin ihr Unwesen treiben sollten. „Bei uns in Hunza sind die Peris so stark, dass die Rui sich nicht behaupten können", hatte die Mutter immer gesagt.

Sorgenvoll meinte der Lambardar: „Übermorgen ist Vollmond, da könnte durchaus wieder einmal ein Überfall geschehen, der letzte mir bekannte liegt schon zwei Jahre zurück."

„Hoffentlich hat Nazim sie durch seine Aufmersamkeit vertrieben, sodass sie sich einer anderen Familie zuwendet", mischte sich die Magd, die am ganzen Leibe zitterte, ins Gespräch. Nazim kam die ganze Sache recht unglaubhaft vor, aber da er die Rui selbst gesehen hatte, meinte er: „Wir müssen etwas dagegen unternehmen!"

„Dir traue ich ja alles mögliche zu, aber mit einer Rui ist noch kaum jemand fertig geworden."

Nazim hatte sich inzwischen wieder voll gefasst: „Kennt ihr nicht die wahre Geschichte von Baba Gundi, oben in Chipursan, der den Drachen, der sich immer wieder Opfer aus dem Dorf geholt hatte, schließlich getötet hat?"

„Noch nie hat jemand eine Rui töten können, höchstens abwehren!"

„Na gut, dann werden wir ihr eine Lektion erteilen!"

„Und wie willst du das anstellen?"

„Ich werde der ‚Köder' sein und ihr werdet im Verborgenen bereit sein, um mir zur Hilfe kommen."

Zögernd stimmte der Lambardar zu, und es wurde das Unternehmen schon für den übernächsten Tag angesetzt, an dem Vollmond war und die Rui besonders gerne ihr Unwesen trieben. Nazim zog, mit extra warmer Kleidung ausgestattet, gegen Abend los und ließ sich am Dorfrand in der Nähe des letzten Rinderpferches nieder. Hier hatten hungrige Schneeleoparden schon mehrmals Kälber gerissen. Der Mond wurde immer wieder von Wolken bedeckt, und so war die Nacht einmal hell und dann wieder rabenschwarz. Nazim hatte es sich auf einem Stein bequem gemacht, war warm eingehüllt und hing eine Weile seinen Gedanken nach, die immer wieder auch um Nilufar kreisten. Pfeile und Bogen hatte er neben sich abgelegt, der Dolch steckte aber griffbereit im Gürtel – sie sollte nur kommen ...

Scheinbar war Nazim etwas eingenickt, denn er hatte nichts gehört, aber plötzlich dröhnte ihm der Kopf, und er bekam keine Luft. Instinktiv griff er sich an den Hals, wo eben eine Schlinge fest zugezogen wurde. Mit beiden Händen griff er unter den Lederriemen und konnte so im Moment das Ärgste verhindern. Knapp vor seinem Gesicht sah er genau dieselbe Fratze, die ihn kürzlich durch die Dachluke betrachtet hatte. Er riss beide Hände heraus und versuchte seinerseits die Rui am Hals zu packen. Aber schon hatte sie seine Handgelenke mit eisernem Griff abgefangen und bog sie so stark zurück, dass er vermeinte, sie wären gebrochen. Jetzt erst entfuhr ihm ein Schrei.

Der war auch das Signal für die gar nicht weit entfernt verborgenen Männer, die sich mit Knüppeln und Steinen auf die Rui stürzten. Diese musste Nazims Hände loslassen, er riss sie zu Boden und im folgenden wüsten Handgemenge bekam auch Nazim einige Hiebe ab, ehe er aufspringen, sich aus dem Knäuel lösen und sich als erstes den arg schmerzenden Hals reiben konnte.

Die Rui biss und trat um sich, krümmte sich wie ein Igel, schnellte plötzlich in die Höhe und war auf und davon. Schon nach wenigen Minuten mussten die Verfolger aufgeben, derart schnell war sie im Wolkenschatten verschwunden, der sich in den letzten Minuten wieder vor den Mond geschoben hatte.

„Leute, das war knapp, beinahe hätte sie mich erwürgt."

„Nein, nein!", wurde Nazim getröstet. „Sie hätte dich nur bewusstlos zum Tanzplatz der Hexen geschleppt, erst dann wärst du geschlachtet worden ..."

Als die Nerven wieder etwas beruhigt waren, zog man zum Haus des Lambardars und ließ Nazim mit vielen Gläschen Maulbeerschnaps hochleben:

„Der haben wir´s gegeben ...!"

„Ich weiß ganz sicher, dass ich ihr einige ordentliche Hiebe drübergezogen habe ..."

„Wenn ich nur einen größeren Stein genommen hätte ..."

„Habt ihr denn nie eine Rui töten können?", wollte Nazim wissen.

„Nein. Das gelingt einfach nicht, denn es sind ja sozusagen ihre bösen Seelenwesen, die da unterwegs sind. Die Körper dieser im Alltag meist harmlosen und friedlichen Frauen liegen während ihrer wilden Gelage friedlich neben ihren Ehegatten ..."

Das Ereignis ging Nazim längere Zeit nicht aus dem Kopf. Nach einigen Wochen sandte ihm der Lambardar die beiden wunderbar gegerbten Leopardenfelle mittels eines Boten, der bei dem Rui-Überfall dabei gewesen war. Dieser erzählte, dass eine nur drei Häuser vom Lambardar entfernt wohnende Nachbarin sich tagelang nicht in der Öffentlichkeit gezeigt habe. Als Nachbarn der offensichtlich erkrankten Frau Unterstützung anboten, habe ihr Mann gemeint, sie wolle dies wahrscheinlich nicht, da sie vor einigen Tagen – scheinbar in der Früh, als er noch schlief – beim Wasserholen die Böschung zum Fluss hinuntergestürzt sei und nun mit ihren blauen Flecken und Blutergüssen so fürchterlich aussehe.

„Das Merkwürdige ist nur", fügte der Bote kopfschüttelnd an, „dass sie den Bewässerungskanal direkt vor dem Haus hat und kein Mensch – besonders im Winter – aus dem Fluss je Wasser holt ..."

Nazim, der an sich sehr verschlossen war und daheim kaum je etwas von seinen Reisen erzählte, musste nun natürlich der neugierigen Zorah sowie seiner Schwester und Karok genau berichten, was alles geschehen war.

„Ja, ja, ich habe schon von den Rui gehört. Bei uns oben in Gulmit hat es solche aber wohl nie gegeben."

„Dafür habt ihr aber eure Dschadugars, die können den Menschen auch furchtbar schaden", warf Karok ein. „Als ich in eurer Heiratsangelegenheit mehrmals in Gulmit war, hat man mir genau erzählt, wie man sie in Anspruch nehmen kann, um einem Feind Böses anzutun. Zu diesem Zweck muss man Gegenstände bringen, die dem ausgewählten Opfer gehören. Es können dies ein Kleidungsstück, noch besser aber einige Haare oder Fingernägel sein."

„Aber was kann er mit diesen Dingen denn anstellen?", wollte Malka wissen, die sich schaudernd an ihren Mann schmiegte.

„Das weiß ich schon. Karok hat recht, bei uns erzählt man immer davon: Der Dschadugar hat ein besonderes Büchlein in persischer Sprache, aus dem er Zauberbeschwörungen liest und gleichzeitig seinen Atem über die Gegenstände bläst, die ihm vom Opfer gebracht werden. Manchmal schreibt er seinen Zauberspruch auch auf ein kleines Stück Papier, das nun heimlich in das Haus des zu Schädigenden oder zumindest auf eines seiner Felder gebracht werden muss. Die Opfer erkranken meist kurze Zeit darauf und sterben auch sehr häufig."

„Zorah, hör auf! Ich habe schon Gänsehaut, so gruselt es mir. Hoffentlich schadet es meinem Kind nicht, das ich schon seit einiger Zeit unter dem Herzen trage."

„Was? Da gratulieren wir ja und freuen uns mit euch!", sprangen Nazim und Zorah fast zugleich auf und umarmten die künftigen Eltern.

„Umso eher musst du dir sofort ein neues Amulett vom Bitan anfertigen lassen, nachdem du dein altes kürzlich verloren hast", wandte sich Karok besorgt an seine junge Frau.

„Auf jeden Fall musst du aber abgeschnittene Haare, Finger- und Zehennägel sofort an einem Ort vergraben, der nur dir bekannt ist."

„Ja, ja, das hat uns schon unsere Mutter beigebracht, nicht wahr, Nazim?"

„Wisst ihr übrigens, wie man ohne Zuhilfenahme eines Zauberers einer Person, die man nicht mag, schaden kann?"

„Karok, du musst den Frauen nicht alle Unsitten unserer Jugendzeit verraten."

Dieser erklärte trotzdem lachend: „Ihr müsst die Fläche einer Hand nach oben und die andere nach unten drehen und dabei den Namen und die Verwünschung aussprechen – auf keinen Fall natürlich beide Handflächen wie beim Beten nach oben halten!"

Zorah nahm Malika bei der Hand: „Komm, gehen wir. Lassen wir die Männer alleine, ich sehe nämlich, dass Nazim in seinem Versteck nach ‚rotem Hunzawasser' sucht, scheinbar um Karoks Vaterschaft zu feiern. – Kann ich übrigens die nächsten vier Tage zusammen mit Nazim bei dir essen, meine Regel hat heute eingesetzt."

„Natürlich, unsere Nachbarschaft ist ja in jeder Hinsicht ideal. Weißt du übrigens, dass die Frauen der Ingles, wie mir Karok erzählt hat, auch während ihrer monatlichen Periode kochen und sich während dieser Zeit überhaupt so bewegen, als sei nichts Besonderes vorgefallen?"

„Das ist mir neu. – Wenn man sich die Dinge aber genau überlegt, ist es eigentlich unnatürlich, dass wir Frauen während dieser Zeit den ‚heiligen und reinen' Herdplatz nicht betreten dürfen. So viel ich weiß, ist im Koran darüber überhaupt nichts vermerkt. – Wahrscheinlich ist es der ungute Einfluss der Peris, der bei uns dafür verantwortlich ist. Vielleicht wird unter der Autorität der Ingles dieser Unsinn einmal verschwinden."

„Karok hat mir auch erzählt, dass die Frauen der Kalash, drüben in Chitral, in jedem Dorf eigene Menstruationshäuser haben, wo sie sich für die Dauer der Periode zurückziehen und es sich gut gehen lassen."

„Das wäre auch etwas für uns – aber unsere Männer würden sich beklagen, wer inzwischen die Arbeit leisten soll …"

Nazim hatte mit seinem prächtig gedeihenden Söhnchen viel Freude, war aber viel zu sehr mit seiner Aufsicht der Goldwäscher beschäftigt und auch zu unruhig, um sich öfter als alle paar Tage mehr als eine Stunde mit ihm zu befassen.

„Zum Glück hat er einen Onkel, der sich viel um ihn kümmert", hatte Zorah schon öfters vorwurfsvoll bemerkt …

Und gegen den Frühsommer zu hielt Nazim es nicht mehr aus – es zog ihn wieder in die Nähe von Nilufar, obwohl er wusste, dass dies nur mit seelischem Schmerz verbunden war – und stieg wieder einmal zur Jagd in die Berge hinauf. Sorgfältig hielt er am Abend vorher seine Pfeile und den Bogen in den Rauch einiger Wacholderzweige und wusch sich, noch bevor er aufbrach, besonders gewissenhaft.

Zorah war auch längst aufgefallen, dass er mindestens ein, zwei Nächte vor seinem Aufbruch in die Berge das Lager mit ihr nicht teilte. Sie wusste zwar, dass das Jägerbrauch war, wurde aber von Malika über die Hintergründe aufgeklärt: „Die Peris wollen es so und vertreiben sonst den Jägern das Wild. – Und außerdem, Nazim ist ja, wie du wohl längst weißt, ein besonderer Schützling der Peris."

Zorah gefielen diese dauernden Anspielungen überhaupt nicht, zumal viele Geschichten im Umlauf waren, dass manche Jäger Liebesverhältnisse mit Peris hätten. Langsam aber sicher glaubte sie, dass es bei Nazim auch so wäre, und so regte sich eine immer stärkere Eifersucht in ihr.

„Musst du schon wieder zur Jagd in die Berge ziehen? Dein Sohn kennt dich gar nicht richtig und wird bald glauben, dass Karok, der sich sehr viel um ihn kümmert, sein Vater ist."

Nazim, der sich irgendwie zu Recht beschuldigt fühlte, erwiderte nur ungehalten, dass es wiedereinmal Zeit sei, den Speisezettel für das bevorstehende Ginani-Fest durch einen Steinbockbraten aufzubessern.

„Und dort oben bist du auch deinen Peris näher", konnte sich Zorah nicht verkneifen, mit spöttischem Unterton anzumerken. Nazim sah sie nur wortlos an, schulterte seine Utensilien und war bald bergwärts Zorahs Blicken entschwunden.

Schon gegen Mittag erreichte er die Kare, wo sich die Steinböcke bevorzugt aufhielten und konnte schon am frühen Nachmittag eine lahmende Junggeiß erlegen. Diesmal ließ er den Schuss auf einen kapitalen Bock aus, hatte er daheim doch Wildbret versprochen. Außerdem hatte er schon so viele Trophäen ins Tal gebracht, dass sie eine halbe Außenwand des Gebetshauses in Baltit beanspruchten. Es war ja alter Brauch, das Gehörn möglichst nicht daheim aufzuhängen, sondern es musste an einem besonders ‚reinen' Ort deponiert werden, wie die Peris es verlangten.

Er weidete die Geiß aus, entfachte ein Feuer mit Wacholderreisig und röstete nach altem Jägerbrauch für sich ein Stück der Leber. Den Rest der Leber ließ er am Feuer für die Peris zurück, wie es ebenfalls der Brauch verlangte. Meist kamen sie in Gestalt einer Dohle oder eines Adlers, um sich ihren Anteil zu holen und zeigten sich den Jägern nicht persönlich. Nazim wusste aber, dass Nilufar irgendwann erscheinen würde.

Die Nacht versprach sehr mild zu werden, und so beschloss er, gleich in der Nähe im Windschatten einiger Felsbrocken zu biwakieren. Er machte es sich gemütlich und ließ seinen Blick über die fruchtbaren Dorfoasen hinaus zum Rakaposhi und hinüber zum Diran schweifen. ‚Allah sei gelobt! Wie ist die Heimat doch, von hoch oben geschaut, so besonders schön!'

Noch schöner wäre es aber, einmal ganz hoch oben zu stehen – ja, den Diran müsste man einmal zu besteigen versuchen, das konnte doch gar nicht so schwer sein. Charles hatte ihm das letzte Mal von den achtzackigen neuen Steigeisen erzählt, mit denen man auch steileres Eis begehen konnte.

„Die gebratene Leber schmeckt nicht schlecht. So ein junges Tier ist doch etwas anderes als die zähen alten Böcke." – Nilufar saß plötzlich, mit vollen Backen kauend, unweit von ihm auf einem umgestürzten Baumstamm.

„Liebstes … nein … Schwester", verbesserte sich Nazim und fuhr hoch. „Immer wieder erschreckst du mich mit deinem plötzlichen Auftauchen."

„Ich gratuliere dir, wie gut dein Söhnchen gedeiht. Und hübsch ist er auch. Na ja, bei so einer schönen Frau als Mutter." Nilufars Züge umwölkten sich: „Sag mir aufrichtig, liebst du sie so, wie du mich geliebt hast?"

„Nie! Nie! Das schwöre ich dir!" Und ganz leise: „Dein Körper, deine Leidenschaft und deine innige Zuneigung, so etwas kann wohl ein Menschenweib nicht bieten."

„Das hast du lieb gesagt." Nilufar rückte näher: „Aber du bereitest mir auch immer wieder Sorgen: Als ich vorhin deinen Gedanken folgte, sah ich dich auf die höchsten Gipfel steigen, wo eigentlich nur wir Peris hingehören. Vergiss nie, dass die Bergdämonen jedem, der dort hinaufgeht, mit Lawinen und Gletscherspalten drohen. Auch rauben sie dir ganz hoch oben die Atemluft. Sei also vorsichtig. Hier im Umkreis von Hunza kann ich dich ja beschützen, aber weiter draußen nicht mehr. Deinen Freunden, wenn sie nicht an uns Peris glauben, können wir übrigens nicht beistehen, vergiss das nicht ... Ja, was ich noch sagen wollte, das mit der hässlichen Rui hast du großartig gemacht, selbst meine sonst so neidischen Schwestern waren stolz auf dich. Wir wären dir übrigens schon zur Hilfe gekommen, ehe sie dich ganz erwürgt hätte, denn Punyal ist noch unser Revier."

Nazim ergriff ihre Hand, die sie ihm aber nur kurz überließ: „Es ist wohl vernünftiger, wenn ich mich wieder zurückziehe, wir müssen uns beide noch besser an die geänderten Umstände gewöhnen." Und etwas spöttisch: „Vergiss übrigens nie, dass Wildbret, welches aus unserer reinen Sphäre stammt, keinesfalls an eine menstruierende Frau abgegeben werden darf ..." – Und damit war sie auch schon verschwunden.

Nazim wartete schon ungeduldig auf Charles, der dann auch überraschend wenige Tage nach dem Ginani-Fest als Gast des Mirs in Baltit eintraf. Sofort wurden Besteigungspläne geschmiedet, und Nazim wies auf den Diran hin, der täglich so verlockend mit seinen Firngraten und Eisbrüchen herübergrüßte. Charles hatte aber eine andere Idee: „Lockt dich denn der Ultar direkt über uns nicht? Dieser Prachtberg mit seinen wilden Gletschern ist doch eine tägliche Herausforderung!"

Nazim hatte an eine Besteigung des Ultars noch nie gedacht. Zu abweisend und bedrohlich ragte er direkt hinter Baltiti und Altit in unermessliche Höhen auf, und gar nicht selten hatten die Druckwellen seiner Lawinen sogar schon gestapeltes Brennholz von den Flachdächern der Häuser in Altit geblasen.

„Eine Herausforderung ist er schon, aber an eine Besteigung hat noch niemand von uns je im Schlaf gedacht. Der Berg ist einfach zu wild und zu steil."

„Es ist klar, über den direkten Gletscher, der gleich hinter dem Schloss euren großen Bewässerungskanal speist, können wir nicht ansteigen, das wäre tödlicher Leichtsinn, aber sozusagen von hinten, also von Norden her, über den flachen Ghulkin-Gletscher könnten wir es versuchen, einen Weg zu finden.

# *XIV*

Gesagt, getan. Schon nach einer Woche Vorbereitung hatten sie sich mit fünf Trägern auf den Weg gemacht, wobei jedoch der König Bedenken geäußert hatte und Charles nur ungern ziehen ließ. Wegen Nazim, der in den Bergen als überaus sicher und gewandt galt, machte sich der Mir weniger Sorgen. Nicht so Zorah, die Nazim schluchzend zurückzuhalten versuchte: „Wenn du schon nicht an mich denkst, dann mach doch wenigstens deinen Sohn nicht zum Waisen!" Schließlich, als er sich offensichtlich nicht beirren ließ: „Deine Peri wird dir auch nicht immer helfen!"

Dieser gehässige Ausspruch machte es Nazim wiederum leichter, sich zu verabschieden, wobei er nur Eskander kurz an sich drückte.

Über Nazimabad und Hussaini, wo sie die Pferde zurückließen, hatten sie bereits nach drei Tagen den Ghulkin-Gletscher ereicht. Auf der südlichen Seitenmoräne kamen sie so gut voran, dass sie bereits in weiteren zwei Tagen an jenen Punkt gelangten, wo der flache Gletscherteil abrupt in steile Eisbrüche überging. Diese erstreckten sich in nördlicher Richtung bis zu jener makellosen Eispyramide hinüber, welche die

Einheimischen als ‚Shishpar' bezeichneten. Nach Süden schienen sich die Eisbalkone in Richtung Ultargipfel zu erstrecken, vom Gipfelbereich war aber von hier aus noch nichts zu sehen. Es schien am zweckmäßigsten, hier einmal ein festeres Lager einzurichten, wobei zum ersten Mal die mitgebrachten schweren englischen Militärzelte aufgestellt wurden.

Nazim und Charles gingen gleich am nächsten Morgen, bei strahlendem Wetter und verhältnismäßig warmer Temperatur, jeder in eine andere Richtung los, um den weiteren Weg zu erkunden.

Nazim erprobte die ihm zur Verfügung gestellten neuen Steigeisen und hatte dazu auch erstmals die von Charles mitgebrachten europäischen Bergschuhe an, wären die Filzstifel, die er sonst immer im Gebirge trug, für die Eisen doch viel zu weich gewesen. Er fühlte sich damit anfangs nicht sehr wohl, lernte aber bald, ihre Festigkeit zu schätzen, obwohl beide Füße am Abend schmerzhafte Blasen aufwiesen und er sich damit in den nächsten Tagen abquälen musste. Große Freude hatte er auch mit dem neuen Eispickel.

Nazim fand eine steile, aber gut begehbare Firnrinne, die es ihm am Morgen im gefrorenen Schnee leicht machte, rasch nach oben zu kommen. Bereits nach zwei Stunden hatte er den oberen Gletscherboden erreicht und sah nun drei verschiedene, eisgepanzerte Spitzen vor sich, die offensichtlich die Ultar-Gipfel waren. Lange studierte er mögliche Aufstiegsrouten, wobei ihm schließlich der nördlichste Gipfel am ehesten besteigbar erschien. Näher wagte er sich nicht heran, da der Gletscher hier stark durch Spalten zerrissen war.

Der harte Schnee in der Rinne war inzwischen aufgefirnt, und für Nazim war es ein riesiger Spaß, ohne die Steigeisen, jedoch mit Hilfe des Pickels, auf den Schuhsohlen in rasanter Fahrt hinunterzugleiten. Charles, der schon zurück war, hatte das letzte Stück der Abfahrt mit angesehen und meinte, dass Nazim Talent zum Schifahren – ‚die letzte Mode in den europäischen Alpen' – hätte.

Charles berichtete von seinem Erkundungsgang, dass die nordwestliche Seite wegen der Zerrissenheit des Gletschers wohl unbegehbar sei und war sehr erfreut, von Nazim einen positiveren Bericht zu hören, wenngleich auch dort für einen Gipfelanstieg schwieriges Gelände gemeistert werden müsste.

„Dann werden wir es über deine Route versuchen."

„Ja, wir werden am besten unser Lager auf den oberen Gletscherboden hinauf verlegen und von dort dann versuchen, einen der drei Gipfel zu erreichen."

„Wird das Wetter auch halten? Du hast als Einheimischer die größere Erfahrung."

„Für meine Gefühle ist es seit zwei Tagen fast zu warm, und das kann auf eine Wetterverschlechterung hinweisen, die aber meist nicht lange anhält."

„Aber sieh dich doch um, keine Wolke am Himmel."

„Aber ja, wir benötigen ja nur zwei, drei weitere schöne Tage für unser Unternehmen."

Am nächsten Tag, der wieder strahlenden Sonnenschein brachte, galt es, für die Träger über den steilen Schuttgrat, der die Firnrinne begrenzte, einen guten Aufstiegsweg zu finden, denn für sie hatte Charles keine Steigeisen mitgebracht. Nazim gelang dies ohne Probleme, die Träger waren außerdem sehr trittsicher.

So stand das neue Lager mit drei Zelten schon gegen Mittag, und Charles sowie Nazim fanden am Nachmittag Zeit, eine Route nach oben zu erkunden, die Erfolg versprechend aussah. Das erste flache Gletscherstück hatten sie bald hinter sich gelassen und standen dann vor der Wahl, über einen messerscharfen, steilen Felsgrat weiter anzusteigen oder sich daneben am steilen Gletscher zwischen Eistürmen und Firnwülsten hochzuarbeiten.

„Ich bin für den Gletscher", meinte Nazim, der von seinen neuen Steigeisen begeistert war.

„Ja, das wird wohl die bessere Route für uns sein. Wenn wir die flache Rampe da weiter oben erreichen, kann es zum Nordgipfel nicht mehr weit sein. Allerdings werden wir da oben einmal biwakieren müssen."

Inzwischen war es schon spät und Zeit zum Umkehren geworden. Im Süden waren überraschend Schäfchenwolken aufgezogen, und als sie die Zelte erreichten, gab es ein fulminantes Abendrot.

Noch vor Mitternacht wachte Nazim durch einen Donnerschlag auf, dem gleich mehrere Blitze folgten. Bald darauf trommelte Hagel, der dann von Regen abgelöst wurde, auf das Zelt. Nazim wusste im Halbschlaf, dass am Morgen aus dem Aufbruch nichts werden könnte, drehte sich auf die Seite und schlief sofort wieder ein. Er wachte erst am späteren Morgen durch ein merkwürdiges Geräusch und sah, dass Charles auf die Zeltwände einschlug, die sich stark nach innen gebeult hatten, um den offenbar darauf gehäuften Schnee zu entfernen.

Draußen schneite es in Fetzen, an einen Aufbruch war nicht zu denken, und Nazim war froh, die Zelte instinktiv an einem lawinensicheren Ort aufgebaut zu haben.

„Da haben wir die Bescherung, heute wird aus unserem Aufbruch nichts."

Den ganzen Tag und die folgende Nacht schneite es mit wenigen Unterbrechungen weiter, Charles hatte zum Vergnügen der Träger ein Kartenspiel aus seinem Gepäck gekramt und ihnen, die sie noch nie in ihrem Leben Spielkarten gesehen hatten, ‚Rummy' beigebracht, das sie überraschend schnell begriffen und bis in die Nacht hinein spielten.

Aber bereits am darauf folgenden Morgen strahlte die Sonne vom azurblauen Himmel auf eine frisch verschneite Winterlandschaft, in der die Schneekristalle, von einer leichten Brise aufgewirbelt, unwirklich glitzerten. – Nahezu ein Dreiviertelmeter tief war die frische weiße Pracht.

„Wir müssen zumindest zwei Tage warten, bis sich der Schnee gesetzt hat, sonst ist die Lawinengefahr zu groß", war Nazims Sorge.

„Ich glaube, bei der Sonneneinstrahlung muss ein Tag genügen", war Charles ungeduldig: „Und heute sollten wir gleich den Weg von vorgestern noch einmal begehen und dabei eine Spur austreten, die uns dann rascher zum Gipfelanstieg heranbringt."

Dies taten sie dann auch einige Stunden lang, und die Sonne stand schon tief, als sie den Umkehrpunkt vom letzten Mal erreicht hatten. In der Spur ging es recht schnell zurück, trotzdem zogen sie sich hundemüde sehr bald in ihre Fell-Schlafsäcke zurück.

Charles rüttelte Nazim schon im Morgengrauen aus einem traumlosen Schlaf: „Wir müssen unbedingt heute schon aufbrechen, wer weiß, wie sich das Wetter weiter gestaltet. Der Schnee ist optimal gefroren, sodass wir nicht einmal einbrechen."

Zögernd ließ sich Nazim überreden. Er hätte gerne noch einen weiteren Tag zugewartet. Widerstrebend begann er seinen Packen mit Reservekleidung und dem Schlafsack zu schnüren und band ihn mit Tragschlingen auf den Rücken. Charles hatte einen dieser neuartigen Rucksäcke, die sich recht gut bewährten, in Verwendung. So machten sie sich gegen neun Uhr auf den Weg und versprachen den Trägern, in zwei Tagen wieder zurück zu sein.

Angeseilt ging es die beiden ersten Stunden am hart gefrorenen Schnee rasch dahin, obwohl die ungewohnten Lasten sehr drückten. Mit zunehmendem Sonnenstand wurde der Schnee aber bald weich, sie mussten die Spur benützen, und gegen Mittag begann das schwierige Gelände. Bei einer ausgiebigen Rast beratschlagten sie den weiteren Weg und mussten erkennen, dass sie die steilen, frisch verschneiten Felsen, denen sich Nazim eigentlich lieber anvertraut hätte, nicht meistern würden. So schulterten sie ihre schweren Säcke und stiegen vorsichtig zum ersten kleinen Eisbruch hinauf, fanden dort überraschend gut durch und folgten über kleine Rampen den am wenigsten steil scheinenden Geländestufen.

Die Sonne brannte in die Gletscherflanke, und immer häufiger gingen neben und vor ihnen kleine Schneerutsche ab. Mehrmals fuhr der als Erster gehende Nazim mit seinem vorausstastenden Eispickel in verdeckte Spalten, konnte aber gerade noch das Gleichgewicht halten. So ging es langsam, aber doch stetig aufwärts. Plötzlich gab es einen gewaltigen Ruck, und Nazim konnte sich gerade noch am eingerammten Pickel halten.

„Ich stecke bis zur Brust in einer Spalte", hörte er Charles rufen. „Gib langsam Zug, nochmals Zug – Gott sei Dank, ich bin heraußen!"

Vorsichtig ging Nazim zurück, sah aber gleich, dass Charles wohlauf war.

„Ein Glück, dass ich am straff gespannten Seil gegangen bin

und auch meine Steigeisen oben habe, sonst hättest du mich nicht so leicht halten können."

Nazim nickte nur, hatte er doch schon miterlebt – etwa am Weg nach Shimshal – wie schwierig es war, in Gletscherspalten gefallene Tragtiere wieder herauszuziehen.

„Vielleicht sollten wir doch weiter nach rechts hinausqueren und dort in der Eisrinne neben den Felsen aufsteigen, dort gibt es fast keine Spalten, und sie ist längst nicht so steil wie es von unten ausgesehen hat."

„Ich habe dort Angst wegen der Lawinen!"

Charles erwiderte halb im Spaß, halb im Ernst: „Der Expeditionsleiter bin ich. Komm, gib dir einen Ruck und stecke deine Bedenken weg. Wer wagt, gewinnt!"

Nazim blieb nichts anderes übrig, als hinüberzuqueren. Der Schnee hatte sich zum Glück schon stark gesetzt, und so griffen die Steigeisen recht gut. Allerdings war die Rinne doch ziemlich steil und wurde ein Stück weiter sogar noch steiler. Ganz oben verdeckte eine mächtige Schneewächte den Ausstieg. Immer wieder hörten sie in der Ferne das Donnern und Rauschen abgehender Lawinen und Schneebretter.

„Ich glaube es ist besser, wenn wir uns vom Seil losbinden", meinte Nazim bei einer der nächsten Verschnaufpausen, „denn wenn uns eine Lawine erwischt, kommen wir getrennt besser davon." Er legte seinen Sack ab und knüpfte sich los.

„Du magst recht haben."

Kaum war auch Charles aus der Seilschlinge gestiegen, vernahm Nazim einen Knall, der ganze Hang setzte sich plötzlich in Bewegung. Eine Schneewoge rauschte auf ihn zu – und dann war es nur noch ein Wirbeln, Drehen und Stürzen. Er vermeinte, im Schneestaub ersticken zu müssen und ruderte vergeblich mit den Händen, um die sausende Fahrt zu bremsen. Nach wenigen Sekunden, die ihm aber wie eine Ewigkeit dünkten, blieb er einen Moment mit den Steigeisen hängen, überschlug sich, verspürte einen brennenden Schmerz und erlitt gleich darauf einen so heftigen Schlag auf den Kopf, dass er bewusstlos wurde …

Er wusste nicht, wie lange er ohnmächtig gelegen hatte, wachte aber durch ein Ziehen im Oberschenkel auf und sah als erstes rund um sich rot gefärbten Schnee. Als er sich mühsam mit furchtbar schmerzendem Kopf etwas aufrichtete, fiel sein Blick auf rundum blaugrün schimmernde Eiswände. Ziemlich weit oben sah er einen großen Spalt, aus dem fast schwarzblau das Tageslicht herunterschimmerte, und als er sich weiter umsah, erkannte er wenige Meter neben sich einen gähnenden, dunklen Abgrund.

Langsam dämmerte ihm, dass er in eine Gletscherspalte gefallen war und offensichtlich auf einer kleinen Rampe lag, die durch herabgestürztes Felsmaterial entstanden war, das sich in der enger werdenden Spalte verklemmt hatte. Glücklicherweise war auf die Steinunterlage so viel lockerer Lawinenschnee gefallen, dass er auf eine relativ weiche Unterlage gestürzt war. – Aber warum war der Schnee rot? Er realisierte ein Brennen am Oberschenkel. Die Hose war dort zerrissen, und er sah, dass er sich mit dem Steigeisen eine tiefe Fleischwunde zugefügt hatte, die aber kaum mehr blutete. Am Kopf ertastete er eine riesige Beule.

Nun wurde ihm die Tragödie erst bewusst: Gefangen in einer tiefen Spalte! Und was war mit Charles?

Nazim richtete sich vorsichtig auf und tat einen Schritt auf den Abgrund zu, sofort hörte er Steine rumpeln, die sich offensichtlich unterhalb seines instabilen Liegeplatzes gelöst hatten ... Auch das noch!

Plötzlich spürte er auch, wie eisige Kälte in seinen Gliedern hochkroch. Sein Sack mit der warmen Kleidung und dem Schafpelz lag irgendwo unter der Lawine. Sein Hemd und die Hose, mehr trug er nicht am Leib, waren zerrissen. Das war wohl das Ende! Nazim kauerte sich zusammen, döste ein wenig vor sich hin, dachte an Nilufar und Eskander, ein paar Mal riss es ihm den Kopf hoch, und er versuchte sich noch einzureden, ja nicht einzuschlafen ...

Er wusste nicht, wie lang er geschlafen hatte, es war jedenfalls stockfinster. Ihm war aber auf einmal behaglich warm, und er war auch hellwach. Irgendwer machte sich an seiner Schenkelwunde zu schaffen, und er hörte eine ganz vertraute Stimme: „Das werden wir gleich haben. – So, jetzt noch zerkaute Aprikosenkerne drauf, damit es nicht eitert, dann den Leinenverband darüber und zugebunden. – Ja, natürlich: Sehen sollst du mich auch! Unvernünftiger Nazim, was ist euch beiden nur eingefallen? Du darfst diesen unerfahrenen Ingles nicht blind vertrauen! Versprichst du mir das für die Zukunft? Zum Glück wart ihr diesmal in unserem Revier unterwegs, da konnte ich wenigstens deinen Sturz bremsen und in die weich aufgefüllte Spalte lenken. Dein Ingles ist von selbst zufällig an allen Spalten vorbeigerutscht. Ich habe ihn weiter unten liegen lassen, allerdings mit einem Knöchelbruch, denn Strafe für den Leichtsinn muss sein."

Nazim fuhr hoch. – „Sorge dich nicht, er lebt, und es geht ihm nicht so schlecht. Er hat nicht nur seinen Rucksack behalten, sondern ich habe auch dafür gesorgt, dass die Lawine deinen Sack direkt neben ihm ausgespuckt hat, und wenn er klug genug ist, wird er sich zusätzlich in deinen Pelz hüllen. So wird er die ärgsten Erfrierungen vermeiden."

Nazim war sprachlos und konnte das Gehörte kaum begreifen. Erst jetzt bemerkte er auch, dass er auf Nilufars Schoß saß und sie beide Arme um ihn geschlungen hatte.

„Du sitzt ja im Schnee, du wirst dir Erfrierungen zuziehen!"

„Aber, aber, eine Peri hat noch nie gefroren! Jetzt wärme ich dich auf, und wenn dann die Sonne oben auf den Spaltenrand scheint, entlasse ich dich. Dann musst du selbst schauen, wie du weiterkommst. Du wirst gar nicht weit von hier auf deinen Freund stoßen."

„Mhm, aus der Spalte komme ich aber trotz meiner Steigeisen nie hinaus, die Wände sind lotrecht."

„Siehst du nicht meine Fußstapfen da drüben?"

Nazim rieb sich die Augen. Tatsächlich, wo er noch vor Stunden glaubte, einen schwarzen Abgrund gesehen zu haben, war die Spalte mit festen Schneebrocken gefüllt, die in mäßiger Steigung nach oben verliefen.

„Das kann nicht sein!"

Nilufar ließ ihr kicherndes Peri-Lachen ertönen: „Während du schliefst, habe ich gearbeitet, das heißt, ich habe ganz einfach eine kleine Nachlawine hereingeleitet."

„Liebe, liebe Nilufar, du bist mehr als ein guter Engel!"

„Sag ruhig ‚meine gute Fee'. Aber ich bin doch auch deine Milchschwester und als solche habe ich Verpflichtungen. Übrigens … – für einen Bruder schickt es sich nicht, den Kopf so nah am Busen seiner Schwester anzulehnen", und flüsternd, sodass er es kaum verstehen verstehen konnte, „aber angenehm ist es mir!"

Eng umschlungen schliefen beide fast ein.

„Nazim wach auf, du wirst mir wirklich auf die Dauer zu schwer!"

Nazim sprang auf und wusste im ersten Moment nicht, wo er war. Dann sah er den Spaltenrand, der im gleißenden Sonnenlicht lag, und wurde sich der schier unglaublichen Situation bewusst. Nilufar streckte ihm die Hände entgegen: „Komm, hilf deiner steifen Schwester auf."

Sie streckte sich ein wenig, war aber dann blitzschnell auf den Beinen und kletterte gewandt über die Schneebrocken hinauf.

„Siehst du dort unten die Erhebung im Schnee, das ist dein Ingles. Du wirst noch gehörig ins Schwitzen kommen, wenn du ihn bis in euer Lager getragen hast, aber das ist auch nicht weit entfernt, gleich hinter der nächsten Kuppe. – Übrigens, gegen seine Erfrierungen hilft am besten ‚rotes Hunzawasser' ..."

Er verspürte noch einen gehauchten Kuss, und schon war sie verschwunden.

Nazim fühlte sich trotz der schmerzenden Beule am Kopf und der Wunde am Oberschenkel wie neu geboren und marschierte mit den Steigeisen, die er noch immer trug, auf dem noch fest gefrorenen Schnee auf seinen Freund zu. Er war gerade auf Rufweite herangekommen, als sich dort zu seiner ungeheuren Erleichterung etwas rührte und Charles sich eben aus mehreren Pelzschichten schälte, mühsam aufsetzte und die Hand gegen das grelle Sonnenlicht schützend vor die Augen hielt.

„Charles!"

„Nazim! Gott sei Dank, du lebst!"

Nazim kniete neben dem Freund nieder und drückte ihn lange an sich: „Allah und die Peris sind uns beigestanden."

Und dann sprudelte es aus Charles nur so heraus, wie ihn die Lawine fortgerissen, er sich genau an dieser Stelle wieder an der Oberfläche gefunden und es auch plötzlich wieder Luft zum Atmen gegeben hatte. Da er mit einem Fuß nicht auftreten konnte, wäre ihm nichts anderes übrig geblieben, als sich an Ort und Stelle auf ein Biwak einzurichten – in der Hoffnung, dass man ihn suchen würde. Gerade, als ihm die Kälte arg zuzusetzen begonnen habe, sah er keine zehn Meter entfernt den Sack Nazims aus dem Schnee ragen. Er habe schon geglaubt, dass Nazim dort ebenfalls drunter läge und sei mühsam hingekrochen. Dann wären es aber nur seine Reservekleider und vor allem sein Schafpelz gewesen. Das alles habe er angezogen und so die Nacht gut überstanden. – Nun berichtete auch Nazim von seinem unglaublichen Glück mit der Gletscherspalte, in der er die Nacht bestens überstanden habe. Von Nilufar verlor er natürlich kein Wort.

Charles meinte besorgt: „Mein Fuß, der zuerst stark geschmerzt hat, ist nun völlig gefühllos."

Der Fuß sah böse aus und stand fast im rechten Winkel weg. Das schien ein komplizierter Bruch im Knöchelbereich zu sein. Mehr Sorgen machte Nazim aber die bereits ins Blaue gehende Verfärbung, die auf eine starke Erfrierung hinwies.

Plötzlich machten sich bei beiden auch großer Hunger und Durst bemerkbar. Zum Trinken gab es nichts, aber zum Glück fanden sie in Nazims Sack noch einen kleinen Vorrat getrockneter Aprikosen, die beim langsamen Kauen auch den Speichelfluss in Gang brachten.

Nazim entwirrte seinen Traggurt und knüpfte daraus eine Sitzschlinge mit der er sich Charles auf den Rücken lud. Die beiden Rucksäcke mussten zurückgelassen und von den Trägern später geholt werden.

Die Last war beträchtlich. Der Schnee trug nur kurze Zeit, und mit zunehmendem Sonnenstand brach Nazim auch bald bei jedem Schritt ein. Zum Glück hatte sich neben seinem Sack auch sein Eispickel gefunden, sodass er sich wenigstens gut abstützen konnte. Immer wieder musste er rasten, denn das Stapfen im tiefen Schnee kostete ungeheure Kraft. Einige Kuppen waren noch zu bewältigen, und dann waren auch schon die Zelte in Sicht. Schon von weitem wurden sie von den Trägern bemerkt, die bereits voller Sorge Ausschau gehalten hatten.

„Lasst nur, das letzte Stück trage ich ihn auch noch. Holt lieber unsere Sachen, die wir oben zurücklassen mussten.

Nazim musste Charles Schuh aufschneiden, um den Fuß völlig freizubekommen und stellte mit Erschrecken fest, dass die Erfrierung schlimm aussah: „Die Knochen richtet unser berühmter Beinheiler in Gulmit wieder ein", flüsterte einer der Träger Nazim ins Ohr, „aber die Erfrierung ...?"

Es war tatsächlich keine Zeit zu verlieren. Nazim drängte zum Aufbruch, ließ sofort packen und aus Zeltbahnen eine Tragbahre improvisieren. Knapp nach Mittag konnten sie schon aufbrechen, wobei Nazim eine Doppellast trug, da ja immer zwei Mann mit der Bahre beschäftigt waren.

„Zum Glück wird es heute mondhell sein, denn wir werden die Nacht mit mehreren Rastpausen durchmarschieren!"

Die Träger murrten nicht, denn Nazim stellte ihnen gleichzeitig doppelte Entlohnung in Aussicht.

Der erste Teil des heiklen Abstiegs ging nur sehr langsam voran, im leichteren Gelände und später dann auf der Moräne konnten sie recht zügig marschieren, wobei sich die Träger mit der Bahre stündlich abwechselten. Nur wenn sie über Steine stolperten, stöhnte Charles gelegentlich auf. – Obwohl während der letzten Stunden immer öfter gerastet werden musste, erreichten sie tatsächlich knapp nach Sonnenaufgang Gulmit.

Nazim quartierte Charles im Haus seiner Schwiegereltern ein, die hocherfreut über den seltenen Besuch ihres angesehenen Schwiegersohns waren. Man schickte sofort nach dem Beinheiler. Der schüttelte nur bedenklich den Kopf: „Die Brüche kann ich einrichten, aber zuerst muss der Fuß abschwellen. Schlimm ist die Erfrierung, dagegen kann man fast gar nichts machen, sie hätte sofort mit Massagen und heißen Bädern behandelt gehört. Jetzt werden wir aber einmal meinen Kräuterabsud zum Abschwellen auflegen."

Nachdem er Anweisungen gegeben hatte, wie oft der Kräuterwickel zu wechseln wäre, nahm er Nazim auf die Seite und gab seiner Befürchtung Ausdruck, dass der Fuß wohl später mit Sicherheit amputiert werden müsse: „In Srinagar haben sie ja ein sehr gutes Military-Hospital, wo sie sich auf solche Dinge verstehen. Inzwischen müssen wir nur darauf achten, dass kein Brand dazu kommt."

Nazim war ziemlich verzweifelt. Er beratschlagte lange mit seinem Schwiegervater, ob sich sonst irgendwer im Dorf auf die Behandlung von Erfrierungen verstünde.

„Die alte Guldina, die Kräuterhexe, wie wir sie nennen, weiß ja alles", warf die Mutter ein. „Sie vermag in die Zukunft zu schauen und hat auch Verbindung mit den Peris, sie tanzt manchmal in Häusern wie ein Bitan. Du solltest sie unbedingt aufsuchen!"

Nazim dachte sich, dass er den Kontakt zu den Peris ja selbst hatte, wollte die Schwiegermutter aber nicht vor den Kopf stoßen und saß schon wenig später am Gäste-Ehrenplatz im Haus der Guldina.

„So, so, dein Freund hat eine schwere Erfrierung. Lass mich einmal sehen." Sie kauerte sich am Feuer nieder, nahm ein Lederstück zur Hand, das straff in einen Holzrahmen gespannt war und legte mehrere kleine Kieselsteinchen drauf. Diese ließ sie nun hin und her tanzen und konzentrierte sich mit murmelnden Lippen auf die Bewegungen der Steinchen. Nazim bemerkte, wie sie zu zittern begann. Und plötzlich brach aus ihr mit veränderter Stimme ein Wortschwall heraus, dem er zuerst gar nicht zu folgen vermochte, langsam verstand er aber:

„Sein Blut muss im Körper zirkulieren, ja, stark zirkulieren. Gib ihm mehrere Tage vom besten Hunzawein so viel er vertragen kann!" Und listig lächelnd schaute sie auf: „Hat dir das nicht deine Peri auch gesagt?"

Nazim griff sich an den Kopf – tatsächlich, Nilufar hatte ihm das sogar noch nachgerufen!

Nazims Schwiegervater meinte: „Gelegentlich habe ich von dieser – mhm – angenehmen Medizin schon gehört, die Sache aber nie recht ernst genommen. Probieren können wir es ja. Ich werde sofort die Vorräte aller Verwandten im Dorf plündern, du als mein Schwiegersohn wirst ihnen sicher alles vergüten."

Keine Medizin wäre Charles angenehmer gewesen, und da es sich im Dorf herumgesprochen hatte und auch alle Nachbarn nicht hintanstehen wollten, kamen beträchtliche Weinmengen zusammen. So fand sich meist schon am frühen Abend vor dem Haus des Patienten eine fröhliche Zecherrunde von Verwandten und Nachbarn ein, die hier endlich einmal die Chance hatten, das ‚rote Hunzawasser' aus Solidarität mit dem Patienten sozusagen auch selbst als Medizin zu sich zu nehmen und damit keineswegs gegen das Verbot des Propheten zu verstoßen. – Charles konnte gar nicht oft genug sein ‚Uyamkusch!' in die Runde prosten …

Die Schwellung war schon nach wenigen Tagen so zurückgegangen, dass der Beinheiler ans Einrichten denken konnte. Charles wunderte sich sehr, als er das ‚Werkzeug' des Mannes sah: Es bestand bloß aus einigen gespaltenen Holzpflöcken, den zugehörigen Keilen und mehreren Lederriemen.

Charles wurde ohne viel Umstände im Freien auf den Erdboden gesetzt, nicht ohne vorher auf Nazims Anraten einen großen Becher Wein zu leeren. Nun wurden neben seinem Knöchel zwei gespaltene Pflöcke in die Erde geschlagen und der Fuß mit Lederriemen am Holz festgebunden. Um den Fuß nun restlos zu fixieren, wurden vorsichtig Keile in die Spalten der Holzpflöcke getrieben. Plötzlich waren auch zwei Helfer zur Hand und hielten Charles Oberkörper mit eisernen Griffen. Der Heiler griff energisch zu, zog mit aller Kraft am Fuß, drehte zweimal kurz hin und her, dem Patienten entfuhr ein Schrei, und schon war die Sache erledigt.

Charles war in eine gnädige Ohnmacht gefallen. Als er beim Umwickeln der Holzschienen mit Bandagen wenig später erwachte, verspürte er nur noch einen dumpfen Schmerz und konnte dem Mann mit den ‚goldenen Händen' gar nicht genug danken.

Die Erfrierung hatte zum Glück nicht den ganzen Fuß erfasst, sondern nur die Zehen, von denen die vorderen Glieder, die große Zehe aber zur Gänze betroffen waren. Die ursprünglich blaue Farbe war ins Schwarze gewechselt, und Charles war ziemlich verzweifelt, weil er in den Zehen überhaupt kein Gefühl hatte.

Am Tag nach dem Einrichten fühlte er aber ein Kribbeln, als ob er in einem Ameisenhaufen stünde, und am nächsten Tag taten die Zehen sogar das erste Mal wieder weh. ‚Ein besseres

Zeichen könnte es gar nicht geben', wurde ihm bescheinigt, und Nazim, der sich inzwischen selbst an die neue ‚Medizin' sehr gewöhnt hatte, animierte ihn fleißig zum Weitertrinken.

Nazims Oberschenkelwunde war inzwischen auch schon gut verschorft, und die Schwiegermutter bestand darauf, das Verbandsmaterial zu waschen. Über das Gewebe war sie sehr erstaunt: „Nazim, woher hast du das? So einen feinen und gleichzeitig auch saugenden Stoff habe ich noch nie in Händen gehalten."

Nazim konnte nur mit Mühe sein Rotwerden verbergen und murmelte so etwas wie: „Das habe ich immer für den Notfall bei mir."

Die Schwiegermutter gab sich nicht ganz damit zufrieden, sondern erinnerte sich beim nächsten Besuch in Baltit wieder daran. Sie erfuhr von Zorah, dass Nazim das Gewebe sicher von jemandem Fremden bekommen haben müsste. Zorah jedoch ließ dies auch keine Ruhe, und sie hatte das unbestimmte Gefühl, dass da eine Peri dahinterstecken musste, zumal seine Errettung aus der Gletscherspalte ja äußerst merkwürdig war.

Charles drängte nun aber auch zur Heimreise, da er sich bereits ohne größere Probleme im Sattel halten konnte, wenn das Pferd am Halfter geführt wurde. Und auch Nazim wurde schon dringend daheim erwartet, wobei der Mir, wie man ihm in einer Botschaft übermittelt hatte, ungehalten darüber war, dass er das Training der Polomannschaft in den beiden letzten Wochen nicht geleitet hatte.

Endlich wieder daheim, freute sich Nazim besonders über sein Söhnchen, das ihm schon die Arme entgegenstreckte. Ausführlich musste er alles erzählen, wobei er natürlich über Nilufar kein Sterbenswörtchen verlor. Besonders Karok war begierig, jedes Detail zu hören und schüttelte immer wieder über so viel Glück nur den Kopf. Da er aber als Einziger von der Existenz der Peri wusste, machte er sich seinen eigenen Reim auf das Geschehen …

Zorah, die sich schon Sorgen gemacht hatte, war selbstverständlich über seine gesunde Rückkehr sehr froh. Ihre Freude war aber stark gedämpft, als Nazim sich bereits am nächsten Tag wieder um die Goldwäscher kümmern musste, sich zwischendurch ständig am Poloplatz aufhielt und sie nachts nur ganz selten und ohne wirkliche Hingabe in die Arme nahm.

Schon nach wenigen Wochen traf ein Brief von Charles aus Srinagar ein, indem er sein unglaubliches Glück mit der Ausheilung der Erfrierung beschrieb: ‚Keine Amputation! Stell dir vor, schon nach wenigen Tagen im Hospital begannen sich die Kuppen an den Zehen zu lösen, und ich konnte sie wie Zwiebelschalen eine nach der anderen abheben. Als letzte war die große Zehe in derselben Weise dran. Für mich war es jedesmal ein Wunder, wenn sich das tote Gewebe ablöste, denn unter der harten Schale hatte sich neue Haut gebildet. Und auch die Ärzte hatten so etwas noch nie gesehen!' – Der Brief endete mit dem Satz: ‚Es lebe das rote Hunzawasser!'

# XV

Nazim zog es nun jeden freien Tag in die Berge. Er konnte sich dies erlauben, weil einerseits Zorah äußerst tüchtig war, sie aber auch für die verschiedensten Männerarbeiten jederzeit Taglöhner aufnehmen konnte. Nazim war da überhaupt nicht kleinlich – im Gegenteil, er sorgte dafür, dass in ihrem Truhen-Geheimfach immer genug Silberrupien vorhanden waren.

Meist gab er nur vor zu jagen, tatsächlich aber versuchte er systematisch Ausdauer zu trainieren. Sein Ziel war nämlich die Teilnahme an einer großen Expedition; etwa zum Nanga Parbat. Englische, aber auch deutsche Bergsteiger kamen nun immer häufiger nach Hunza, um Träger für Expeditionen anzuwerben – besonders seit ein angesehener britischer Bergsteiger in einem Buch geschrieben hatte: ‚The Hunza are the best!', wobei er andere Himalaya-Volksstämme mit den Hunzakuts verglich.

Man benötigte bei einer solchen Expedition einen sprachkundigen Mann als Sirdar, der auch bei den Trägern die nötige

Autorität hatte. Mit dieser Tätigkeit war nicht nur gutes Geld zu verdienen, sondern Nazim konnte auch seinen unbändigen Höhendrang sowie seine Neugier, zu sehen, was hinter dem nächsten Grat liegt, befriedigen.

Zorah hatte für die vorgetäuschte Jagdlust wenig Verständnis, ja, es quälte sie immer mehr die Eifersucht, war sie sich doch langsam sicher geworden, dass er mit einer Peri ein Liebesverhältnis haben müsste. Sie wurde in dieser Meinung noch dadurch bestärkt, dass Nazim grundsätzlich nur alleine in die Berge ging, während andere Jäger meist zu zweit unterwegs waren.

Als Nazim im Herbst – Ziegen und Schafe waren von den Hochalmen schon abgetrieben – wieder einmal zu einem mehrtägigen Jagdausflug aufbrach, wurde die Eifersucht übermächtig. Sie wollte sie sich Gewissheit verschaffen und fasste den Entschluss, ihn in der Almhütte, von der sie wusste, dass er dort immer über Nacht blieb, zu belauschen. Da sie in der Nacht aufsteigen musste, war es notwendig, Tage vor oder nach dem Vollmond abzuwarten, zumal sie auch den Weg nicht genau kannte; sie hatte ihn sich aber von einem der jungen Hirten im Dorf genau beschreiben lassen. Zorah selbst war noch nie auf der Hochalm gewesen, weil reife Frauen in der ‚reinen Welt der Peris' nicht erwünscht waren.

Malika gegenüber, der sie Eskander für zwei Tage in Obhut gab, schützte sie vor, einen längst fälligen Besuch bei einer Tante in Murtazabad machen zu wollen.

Damit die Täuschung perfekt war, musste sie schon am Morgen in Richtung Süden aufbrechen. Außerhalb des Dorfbereichs schlug sie aber einen großen Bogen und konnte tatsächlich ungesehen den Almpfad erreichen. Ein Stück stieg sie an, breitete ihren Schafpelz aus und legte sich dann abseits des Steiges, hinter einigen Steinblöcken verborgen, in die warme Herbstsonne und war bald eingeschlafen. Sie erwachte erst durch Hungerrumoren in ihrem Magen und durch das eisige Lüftchen, das von den Gletschern hoch oben herabstrich. Die Sonne war auch schon längst untergegangen.

Zorah wusste, dass sie noch eine Weile ausharren musste, hüllte sich in den Pelz und begann die gegenüberliegenden, gewaltigen Eisriesen mit einer gewissen Abneigung zu studieren. Sie konnte überhaupt nicht verstehen, wie man das herrliche Grün in den Tälern mit dieser menschenfeindlichen Welt freiwillig vertauschen konnte. Diese neumodische, furchtbar gefährliche Bergsteigerei, der leider ihr Mann auch mit Begeisterung anhing, war eine der vielen Unsitten, welche die Ingles ins Land gebracht hatten …

Schließlich war es so weit, dass sie an Aufbruch denken konnte. Der Mond schien zwar noch nicht direkt auf ihren Weg, aber er war schon aufgegangen und sollte bald ihren Pfad beleuchten.

Langsam stieg sie bergan und wunderte sich, dass sie heute so besonders müde war. Bald wusste sie aber die Ursache: Ihre Periode hatte augenscheinlich um einige Tage früher eingesetzt. Schritt für Schritt setzte sie aber zäh ihren Aufstieg fort und kam dann doch bald wieder in einen ruhigen Geh-Rhythmus. Der Pfad war immer klar zu erkennen.

Nazim war diesmal nicht direkt zur Almhütte angestiegen, sondern war schon viel früher in ein Hochkar hinübergequert, weil er wusste, dass dort Markhors ihren Einstand hatten. Oben angekommen, sah er nichts vom Wild und erstieg als Auslug und auch gleich zum Klettertraining einen nahen Felsgipfel. Von oben konnte er tatsächlich ziemlich weit entfernt ein Rudel ausmachen. Er schlug sofort die Richtung dorthin ein, auch wenn er dann heute im Freien biwakieren musste, was ihm aber nichts ausmachte.

Zorah ließ sich viel Zeit und hatte auf einmal ein recht ungutes Gefühl wegen ihres Vorhabens – aber sie wollte Gewissheit haben. Schließlich kam die Hütte in Sicht, und sie wunderte sich, keinen Rauch wahrzunehmen. Als sie noch näher kam, sah sie auch, dass der Rauchabzug zugedeckt war. Sie schlich an die Tür heran und musste feststellen, dass sie von außen verriegelt war. – ‚Also nicht hier! Dann liegt er mit seiner Peri eben eng umschlungen in einer Felshöhle … Ja, warum sollten sie sich überhaupt in der Hütte aufhalten, wo doch auch andere Jäger vorbeikommen könnten?‘, dachte Zorah.

Vorsichtig trat Zorah in die Hütte und machte es sich, müde wie sie war, gleich bequem. Durst ließ sie aber nochmals aufstehen, von der Quelle Wasser holen und Feuer machen. Holz war außen an der Steinwand genug gestapelt.

Bald schlürfte sie heißen Tee und sah, tief in Gedanken versunken, dem Rauch nach, der friedlich durch die Dachöffnung abzog. Plötzlich fuhr aber ein Windstoß durch die Luke herein und drückte den Rauch nieder. Bald war der ganze Raum von ihm erfüllt. Zorah sprang hustend hoch und riss die Türe auf. – Draußen war es völlig windstill, das Mondlicht warf scharfe Schatten über die nahen Felsgrate und beleuchtete die gegenüberliegenden Eisfelder mystisch.

Kopfschüttelnd kehrte Zorah wieder in die Hütte zurück, wo das Feuer lustig flackerte und der Rauch ganz normal nach oben stieg. Kaum hatte sie sich niedergelassen, fuhr aber wieder ein Windstoß herein, diesmal so stark, dass das Feuer zuerst aufsprühte und dann erlosch. Sofort war der Raum wieder voller Rauch, der nicht abziehen wollte.

Wieder rettete sich Zorah hustend und mit tränenden Augen ins Freie, wo dieselbe friedliche Nachtstimmung sie erwartete. Es wurde ihr unheimlich zumute, irgendwas ging hier nicht mit rechten Dingen zu.

In Panik packte sie ihre wenigen Sachen und verließ fluchtartig die Hütte. Obwohl sich der Mond plötzlich hinter ein paar harmlosen Wolken versteckt hatte, begann sie doch unverzüglich mit dem Abstieg.

Sie war kaum eine halbe Stunde unterwegs, da verdichteten sich die Wolken und es wurde stockfinster. Sie sah keinen Fuß mehr vor dem anderen und musste sich einfach an Ort und Stelle niedersetzen, um nicht den Pfad zu verlieren und in unwegsames Gelände zu gelangen. Es dauerte nicht lange, da fing es auch schon zu graupeln an, und bald rauschte ein Regenguss nieder, wie Zorah ihn überhaupt noch nie erlebt hatte – und das in dieser an sich vollkommen trockenen Jahreszeit. Nach wenigen Minuten war sie vollkommen durchnässt und flüchtete zähneklappernd auf einen Felsbrocken, um wenigstens die Füße aus dem Bereich des vorbeirauschenden Wassers zu bringen.

Nach einer guten Stunde hörte der Regen, so rasch wie er gekommen war, wieder auf, es blieb aber stockdunkel. Zorah musste auf ihrem Stein weiter ausharren, denn alsbald war sie auch in eine Nebelbank eingehüllt. Als der Himmel endlich grau wurde und sie wenigstens in Konturen den Pfad zu erkennen vermochte, machte sie sich langsam wieder auf den Weg. Es ging aber sehr mühsam abwärts, denn der Regenguss hatte den Pfad nicht nur stark ausgewaschen, sondern an mehreren Stellen auch völlig verlegt, sodass sie dort in steiles Gelände ausweichen musste und auch mehr als einmal ausrutschte und hinfiel.

Ziemlich weit unten war der Pfad aber plötzlich wieder trocken, anscheinend war hier kein Tropfen Regen gefallen. Als sie am Morgen Baltit direkt unter sich liegen sah, schien wieder die Sonne vom blauen Herbsthimmel, als ob nichts gewesen wäre.

Zorah verbrachte wieder an derselben versteckten Stelle einen halben Tag, trocknete ihre Kleider und hatte währenddessen genügend Zeit zum Nachdenken. Da mussten ihr die Peris einen bösen Streich gespielt haben, etwas anderes konnte sie sich gar nicht vorstellen. Ihr Unmut auf Nazim stieg nur noch mehr.

Dieser hatte noch an jenem für Zorah so unerfreulichen Abend Jagdglück gehabt und biwakierte im Windschatten eines überhängenden Felsens mehr oder weniger komfortabel. Als er in der Nacht einmal aufwachte, sah er gar nicht weit drüben, etwa in der Gegend der Hochalm, eine Regenwolke stehen, war aber schon wieder eingeschlafen, ehe er sich lange darüber verwundern konnte.

Erst am nächsten Tag querte er, mit einem Teil des Wildbrets und dem prachtvollen Gehörn schwer beladen, zur Hochalm hinüber, die er am Abend erreichte. Als er die Tür der Hütte offen fand und einen halb niedergebrannten Holzstoß sah, konnte er sich nicht erklären, was hier vorgefallen war.

Er hatte vorsorglich Wacholderzweige mitgebracht, um Nilufar zu erfreuen, die er lange nicht getroffen hatte und mit der er so gerne wieder einmal Gedanken austauschen wollte. Als der Wacholderrauch durch die Luke aufstieg, brauchte er auch nicht lange zu warten.

„Ich freue mich so, dich wieder zu sehen, du musst viel öfter zur Jagd heraufkommen, aber die Kletterübungen für deine

Bergsteigerei lass lieber bleiben, die werden dich nämlich sonst noch einmal ins Verderben reißen."

Ehe Nazim zu Wort kommen konnte, hatte Nilufar die Sätze schon herausgesprudelt, und jetzt erst umarmte sie ihn und ergriff seine Hand nach schwesterlicher Art zum Kuss, wobei er fast gleichzeitig ihre Hände mit mehr als einem Kuss bedeckte, was sich eigentlich nicht gehörte – sie ließ es aber geschehen.

Nazim musste ihr auch diesmal von seiner vielfältigen Tätigkeit berichten, obwohl Nilufar eigentlich alles wusste, was in Hunza vor sich ging, sie hörte ihm aber gerne zu. Dabei hielt sie ständig seine Hand. Schließlich erinnerten sie sich auch unter Lachen der großartigen Geschichte von Nilufars Rezept gegen Erfrierungen.

„Deine Frau ist leider furchtbar eifersüchtig auf mich – und das unbegründet ..."

„Du hast recht. So umsichtig sie als Mutter und auch besonders tüchtig in wirtschaftlichen Dingen ist, so arg geht sie mir in dieser Hinsicht auf die Nerven. Das ist so schlimm, dass ich mich daheim gar nicht mehr gerne blicken lasse."

„Na ja, meine Schwestern haben es ihr gestern arg heimgezahlt, wenn ich nicht eingegriffen hätte, wäre sie womöglich sogar abgestürzt."

„Was heiß das?"

„Hast du nicht die offene Tür und das halb niedergebrannte Feuer gesehen? Deine Frau war gestern hier, scheinbar um dir nachzuspionieren. Das hätte uns ja nicht weiter aufgeregt, aber meine Schwestern haben sofort herausgefunden, dass deine Frau ihre Periode hatte. Und das ist etwas, was wir Peris in unserem Bereich einfach nicht ertragen können. So hatte ich die Idee, ihr den Rauch vom Feuer immer wieder in die Hütte zu blasen und sie so schnellstens wieder zum Absteigen zu veranlassen. Das hat sie auch getan, aber meine Schwestern, die Furien, haben dann auch noch einige ganz arge Regengüsse geschickt, die ihr hätten zum Verderben werden können, wenn ich das Ganze nicht stark abgemildert hätte. – Jetzt sitzt sie gerade bei Malika und beichtet ihren heimlichen Ausflug."

„Und Malika wird sie wohl über den schweren Fehler,

während ihrer Periode in euer Reich heraufzusteigen, aufgeklärt haben."

„Ich denke schon. Aber zerbrechen wir uns darüber nicht den Kopf, denn Zorah wird sich wohl kaum mehr ändern."

Bis in die halbe Nacht hinein erzählten sie sich dies und jenes, und als Nazim, müde wie er war, zum zweiten Mal einnickte, spürte er, schon im Halbschlaf, wie Nilufar sein Gesicht streichelte und ihm einen ganz leichten Abschiedskuss auf die Lippen drückte.

Nazim ließ sich daheim nichts anmerken und auch Zorah verlor kein Wort über ihr Abenteuer. Ihre Beziehung kühlte aber von diesem Tag an noch stärker ab. Nazim blieb, so oft er nur konnte, über Nacht auswärts und hielt sich nun auch häufig in Gilgit auf.

Im Auftrag des Königs reiste er sogar immer öfter als Botschafter Hunzas bis hinüber nach Srinagar, um die wichtigen Kontakte mit dem mächtigen Maharadscha von Kaschmir zu pflegen. Nazim war froh, dass die britischen Kolonialherren Gilgit und Hunza nicht nach Kaschmir eingliederten, sondern die neue Verwaltungseinheit ‚Northwestern Frontier Agency', welche direkt der britischen Krone unterstand, eingerichtet hatten. Die fromme Hindu-Clique am Hof des Maharadschas war ihm nämlich höchst unangenehm.

In Srinagar hatte er aber nun auch ständige Kontakte zu deutschen Berg-Expeditionsleitern, die besonders an einer Besteigung des Nanga Parbat interessiert waren. Alle bedrängten ihn, für sie als Sirdar der Träger zu arbeiten, die hier angeheuert werden mussten, weil nicht so viele Darjeeling-Sherpas in den äußersten Westen Indiens herübergebracht werden konnten.

Der einzig wirklich Leidtragende der häufigen Abwesenheit des Vaters war Eskander, der aber wenigstens seinen geliebten Onkel Karok hatte. Dieser hatte mit seinem Neffen besondere Freude, hatte Malika ihm doch bisher nur zwei Töchter geboren. Nazims Ehe war übrigens – die Leute tuschelten: ‚weil er doch fast nie daheim ist' – ohne weiteren Nachwuchs geblieben.

Eskander besuchte selbstverständlich die Schule in Baltit,

wo Karok ja, inzwischen unterstützt durch einen weiteren Lehrer, fix besoldet aus der Schatulle des Königs, die Leitung inne hatte. Eskander war ein überdurchschnittlich begabter Schüler, und Karok hatte mit Nazim vereinbart, dass der Junge mit zehn Jahren unbedingt nach Gilgit geschickt werden sollte, um dort die ‚Lower secondary School' zu besuchen, welche die Briten für ihre Kinder und auch für besonders begabte Einheimische eingerichtet hatten.

# *XVI*

Eskander war überglücklich gewesen, wenn Nazim zwischendurch für einige Tage daheim gewesen war, seit er nun aber in Gilgit zur Schule ging, sah er den Vater viel öfter, und dieser nahm ihn, wann immer es möglich war, nachmittags aus dem Internat heraus.

Nazim hatte in Gilgit inzwischen ein bescheidenes Haus gekauft und bei einem Nachbarn seine beiden Polopferde eingestellt. Das Polospielen hatte sich nämlich in den letzten Jahren immer mehr nach Gilgit verlagert, wo Mitglieder der Königsfamilie von Nager eine Reitstallung unterhielten und die britische Garnison selbst eifrig dabei war, eine eigene Polomannschaft auf die Füße zu stellen.

So war es ganz selbstverständlich, dass Eskander vom Vater die ersten Reitstunden erhielt und bald auch auf Ausflüge hoch zu Ross in die Umgebung mitgenommen wurde. Nazim ritt mit ihm zur großen Buddhastatue von Naupur, die so hoch über dem Erdboden lag, dass sie ein Jahrtausend unbeschadet überstanden hatte: „Früher gab es noch viel mehr solcher fremdartiger Götterstatuen in unserem Gebiet, aber unsere fanatischen Glaubensbrüder haben sie alle zerstört, weil Allah keine weiteren Götter neben sich duldet … Bei dieser hier konnten sie die Steine nicht so hoch hinaufwerfen, um sie zu beschädigen."

„Vater, ich bin froh, Ismailit zu sein, besonders wenn ich mir die Verbohrtheit eines Mitschülers, des Kronprinzen von Nager, anschaue, der Schiite ist. – Einer unserer Lehrer hat uns erst kürzlich die Unterschiede zwischen den beiden anderen islamischen Glaubensrichtungen und unserem Ismailitentum genau erklärt."

„Darauf kannst du sogar stolz sein, denn wir Ismailiten respektieren auch alle anderen Glaubensrichtungen auf der Welt – und solche gibt es, wie ich selbst langsam gelernt habe, viel mehr als du vermutest. Was euch der Lehrer aber wahrscheinlich nicht gesagt hat, ist die Tatsache, dass wir Hunzakuts erst etwa seit zweihundert Jahren die Ismailia angenommen haben."

„Waren wir vorher Buddhisten?"

„Keinesfalls. Unsere Vorfahren haben vor allem an die Naturkräfte und an das Feuer geglaubt und waren durch die Bitans in ständigem Kontakt mit den gütigen Peris, die ihnen schon in uralten Zeiten das Getreide in Form der Gerste, den Wein und auch die wertvollen Rubine und das Gold im Flusssand gebracht haben."

„Vater, nicht wahr, so eine Peri hat auch deine Pfeile gelenkt, als du den britischen Colonel Durand bei Nilt niedergestreckt hast."

Nazim hatte absichtlich nie mit seinem Sohn darüber gesprochen, war sich aber bewusst, dass diese Heldentat schon zur Legende geworden war: „Na ja, du kannst es so sehen", und nach einigem Zögern: „Die Peris sind ganz großartige Hüterinnen unserer Hunza-Lebensart. Nicht, dass du glaubst, sie seien Göttinnen, nein beileibe nicht. Sie sind zwar übernatürliche Wesen, können aber manchmal recht menschliche Züge annehmen. Wir müssen vor allem ihre Prinzipien der Reinheit beachten und müssen unsere Hunza-Kultur mit allen Mitteln gegen fremde Einflüsse verteidigen."

„Kann nur ein Bitan mit ihnen sprechen?"

„Eigentlich ja, aber es gibt auch Ausnahmen."

Eskander errötete und brachte stockend heraus: „Die Leute sagen, dass du mit ihnen eng befreundet seist."

Und nach einer Weile des Nachdenkens: „Ich kenne eigentlich nur eine einzige Person, die nichts von den Peris hält, nämlich Mutter."

„Das ist eine lange Geschichte, die erzähle ich dir einmal, wenn du erwachsen bist …"

Nazim hatte seinen Sohn in den letzten Jahren schon öfters sorgenvoll beobachtet, ob er irgendwelche Ansätze zum Bitan erkennen ließe. Er hatte ihn auch absichtlich zu Bitan-Auftritten geschickt und da war ihm manchmal vorgekommen, dass Eskander besonders unruhig und erregt heimkam. Er wollte ihm sein eigenes Schicksal unter allen Umständen ersparen. So schien es ihm besonders günstig, dass Eskander nun die meiste Zeit in Gilgit außerhalb des Einflussbereiches der Hunza-Peris lebte. Für später, was Eskander noch gar nicht wusste, hatte Nazim bereits mit Karok den ehrgeizigen Plan geschmiedet, ihn auf die ‚Higher Secondary School' nach Lahore zu schicken.

Nazim hatte es bisher daheim so einrichten können, dass Eskander ihn nie bei seinen Bergwanderungen oder zur Jagd begleiten konnte, obwohl er immer wieder darauf drängte. Unten in Gilgit war das anders, und beide unternahmen einmal sogar eine mehrtägige Tour mit Packpferden und Zelten bis in den Bereich der Haramosh-Gletscher. Hier führte Nazim den begeisterten Sohn sogar ein wenig in die Steigeisentechnik ein. Eskander war für die Berge entflammt und sollte von da an auch nie mehr vom Bergsteigen lassen.

Ein anderes Mal durfte Eskander seinen Vater auf einem mehrtägigen Dienst-Ritt ins Bagrot-Tal zu den Maruts begleiten. Bei einer Rast am Bagrot-Fluss entdeckte er auf den Felsrundlingen an der Uferböschung an die hundert Ritzzeichnungen, die Steinböcke und sogar Jagdszenen darstellten. Die Einheimischen behaupteten, dass diese Darstellungen schon sehr alt sein müssten. Nazim erzählte Eskander von ähnlichen Felsbildern am Weg zum Shandur-Pass und dann fiel ihm auch ein, dass er unten im Industal auch schon solche gesehen hatte, wenn ihn nicht alles täuschte, sogar mit buddhistischen Motiven: „Wenn es meine Zeit zulässt, werden wir auch dort einmal hinunterreiten, aber im Winter, weil es dann nicht so heiß ist."

Obwohl Nazim nun doch schon die Lebensmitte erreicht hatte, fühlte er sich jung und kräftig wie immer. Als eines Tages an ihn herangetreten wurde, nach Srinagar zu einer Besprechung zu kommen, weil im nächsten Jahr eine große deutsche Expedition zur Nanga Parbat Nordseite aufbrechen wollte, kam er der Bitte mit Begeisterung nach. Mehrere hundert Träger waren zu organisieren, und Nazim sollte auch deren Einsatz leiten. Wenn er wollte, könne er auch mit zum Gipfel gehen, hieß es. Nazim war hellauf begeistert. Schon im Winter war er mit allen Vorbereitungen fertig, und bereits Anfang Mai traf der riesige Tross von sechs Bergsteigern, zwölf Sherpas aus Darjeeling und dreihundert Trägern auf dem herrlichen Platz zu Füßen der Nanga Parbat-Eisfluchten ein, den die westlichen Bergsteiger inzwischen wohl zu Recht ‚Märchenwiese' getauft hatten.

# ESKANDER

# I

Mister Zaroas, ein Parse aus Bombay, hielt in der 4. Stufe der Lower Secondary School von Gilgit gerade Mathematikunterricht, als der Headmaster den Kopf zur Tür hereinsteckte, sich wegen der Störung entschuldigte und Eskander mit einem Handzeichen bedeutete, mit ihm zu kommen.

Eskander, ein drahtiger und wie fast alle Hunzakuts nicht besonders groß gewachsener Bursche, der den Stimmbruch eben hinter sich hatte und einen ersten Bartanflug auf der Oberlippe zeigte, war sehr überrascht.

Blitzschnell ging er in Gedanken durch, welchen Vergehens er sich schuldig gemacht haben könnte: Hatte ihn jemand verraten, weil er während der Studierstunden in der vergangenen Woche mehrmals entwischt war und nach den Pferden gesehen hatte? Oder hatte sich der Mukhi beim Headmaster beschwert, weil er in diesem Schuljahr Eskander beim freitäglichen Nachmittagsunterricht im Gebetshaus fast überhaupt nie gesehen hatte? – Nein, das konnte auch nicht sein, denn der Direktor würde ihn sicherlich in seiner korrekten und kühlen britischen Art auf die absolute Freiwilligkeit des Besuches dieser Lehrveranstaltung hingewiesen haben. – Ja, das war´s: Die Expedition zum Nanga Parbat, an der auch sein Vater als Leiter der Träger und gleichberechtigter Bergsteiger teilgenommen hatte, war erfolgreich gewesen ...!'

Direktor Roberts zeigte aber eine sehr ernste Miene, als sie seine Kanzlei betraten, dessen nach Osten gerichtete Fenster vom vergletscherten, kühnen Horn des Haramosh ausgefüllt war: „Eskander, nimm Platz!" Der wortgewaltige Mann rang nach Worten: „Eben ist die Mitteilung vom Militärposten aus Rakhiot eingetroffen, dass es schon vor zwei Wochen oben bei der deutschen Nanga Parbat-Expedition ein furchtbares Unglück gegeben hat."

Eskander krampfte sich der Magen zusammen, und sein Herz klopfte bis zum Hals: „Doch nicht mein Vater ...?"

Mister Roberts legte Eskander beide Hände auf die Schultern: „Leider doch, mein Junge. Fünf von den sieben deutschen Bergsteigern und sechs Sherpas aus Darjeeling sind im

Schneesturm, ganz hoch oben am Berg auf etwa siebentausend Metern, erfroren. Dein Vater ist beim Rettungsversuch, als er Schlafsäcke und ein Zelt zu den Entkräfteten bringen wollte, zusammen mit einem anderen Hunzakuts von einer Eislawine erfasst worden."

Eskander war wie gelähmt und stammelte nur: „Aber Vater war doch so erfahren und vorsichtig. Immer hat er mich davor gewarnt, wie gefährlich die Lawinen sein können."

„Bei der Rettungsaktion hat er eben das Risiko auf sich genommen und hat sich dabei geopfert. – Du kannst stolz auf deinen Vater sein!"

Der Direktor besann sich eine Weile und fügte noch hinzu: „... Ja, freilich, du hattest auch bisher schon Grund genug, auf deinen Vater stolz zu sein."

„Hat man wenigstens nach ihm gesucht?"

„Soviel ich weiß, ja! Die Leichen der Erfrorenen sind inzwischen alle nach Rakhiot gebracht worden, nur dein Vater und sein Begleiter haben ihr Grab oben gefunden."

Aus Eskander brach es unter Schluchzen heraus: „Die Gletscher und das Eis hat er ja besonders geliebt! – Jetzt muss ich wohl zu Mutter nach Hause."

„Ich werde veranlassen, dass dir die Lehrer jetzt schon, zwei Wochen vor Ferienbeginn, das Abschlusszeugnis ausstellen – erfeulicherweise bis du ja ein sehr guter Schüler. – Am besten kommst du im Spätsommer wieder einmal vorbei, denn wie mit deinem Vater vereinbart, sollst du ja ab Herbst die Höhere Schule in Lahore besuchen, und da gilt es, verschiedene Ansuchen für die Schule und die Aufnahme ins Internat zu stellen."

Eskander war darüber gar nicht erfreut, ließ sich aber auf keine weitere Diskussion ein und eilte mit langen Schritten seinem Zimmer zu, das er mit einem Vetter zweiten Grades aus Gulmit teilte.

Dieser fand ihn, bäuchlings auf dem Bett liegend, von Schluchzern geschüttelt. Eskander wies alle Tröstungsversuche von sich und vergrub seinen Kopf in die Kissen. Erst die sachliche Mitteilung, dass der Headmaster auch ihm schon ab morgen freigegeben hätte, um Eskander nach Baltit zu begleiten, half diesem, seine Gedanken wieder auf die alltäglichen Notwendigkeiten konzentrieren zu können.

Da sie nur bei einigen neuerdings abgerutschten Hangpartien die Pferde am Halfter führen mussten, hatte Eskander genug Zeit, seinen Gedanken nachzuhängen: Auch sein Großvater, der berühmte Verteidiger von Nilt, war so jung wie sein Vater jetzt gestorben. Beide hatten sich wohl regelrecht geopfert … Und wie hatte der Direktor gestern beim Abschied vor den Mitschülern gesagt:

„Ihr könnt euch alle ein Beispiel an den Hunzakuts nehmen. Ein Volk, das weit über seine Grenzen hinaus bereits überall im Nordwesten Indiens Respekt und Anerkennung genießt." –

Ja, er wollte seinem Mir und dem Land helfen, die Ehre Hunzas weiter zu verbreiten! Regelrechter Stolz überkam ihn, der aber bald wieder von Wellen des Schmerzes abgelöst wurde.

Eskander war die Nachricht schon vorausgeeilt, sodass Zorah ihn mit versteinertem Gesicht in die Arme schloss: „Allah sei dank, dass du schon da bist! Warum ist Vater nur mit den Germans gegangen? Ich wusste, dass ihn seine Leidenschaft für die Berge noch einmal ins Verderben führen wird! Wenn er nur bei seiner geliebten Jagd in unseren Bergen geblieben wäre!"

Inzwischen war auch Malika da, und erst an der Brust der Tante konnte sich Eskander noch einmal richtig ausweinen. Seine Mutter war immer so förmlich und starr, sodass er ihr gegenüber schon längst verlernt hatte, seine Gefühle echt zu zeigen.

„Karok wird gleich kommen, er hat gebeten, sofort nach ihm zu schicken, wenn du da bist. Ach Eskander, ich verstehe das Ganze nicht, sonst haben die Peris doch immer ihre schützenden Hände über ihn gehalten."

„Tante, du weißt doch, dass die Peris dort unten, wo die Menschen nicht unserem Glauben angehören, keinen Einfluss haben."

„Ja, ja, das mag schon sein: Unser Vater ist seinerzeit so jung gestorben und nun, fast im selben Alter, auch Nazim. Warum muss das gerade unserer Familie zustoßen?"

Inzwischen hatten sich auch mehrere Nachbarn eingefunden und gaben ihrer Anteilnahme Ausdruck. Aber auch die ersten Klageweiber, die sich scheinbar über ein unbekanntes

Nachrichtensystem untereinander verständigten, waren eingetroffen und begannen mit ihrem heulenden Singsang.

Karok, der dies schon von der Ferne hörte, ritt wütend mitten unter die versammelten Frauen: „Seid ihr verrückt? Ihr könnt nicht klagen und Heulen, wenn es gar keinen Leichnam gibt. Nach Hause mit euch! Ihr hättet euch oben auf dem Nanga Parbat-Gletscher schon vor zwei Wochen einfinden müssen."

Die Frauen blickten sich betroffen an und eine der Besonneneren meinte schließlich: „Eigentlich hat er recht."

Karok rief ihnen noch nach: „Am Abend könnt ihr euch im Gebetshaus einfinden und andächtig mit uns allen zu Allah beten und Nazim gedenken."

Jetzt erst stieg er aus dem Sattel und umarmte Eskander lang und innig: „Ich habe deinem Vater, meinem besten Freund, wie du weißt, schon vor langem einmal versprochen, dich wie meinen eigenen Sohn zu behandlen, falls ihm bei seinen ausgedehnten Unternehmungen einmal etwas zustoßen sollte – und so soll es auch sein." Und sich nach Zorah umblickend: „Es tut mir so leid!" Aber Zorah war schon im Haus verschwunden.

Eben als der Mukhi die allabendliche Andacht im Gebetshaus beendet hatte und zu einer Gedenkrede für Nazim ansetzte, erschien auch der König, bedeutete allen, dass sie sitzenbleiben sollten und ergriff, nachdem der Mukhi die Totengebete gesprochen hatte, die sonst im Trauerhaus rezitiert wurden, das Wort: „Nazim Khan hat unserem Land nur Ehre eingebracht, wo immer er in meinem Auftrag oder auch in seinem eigenen Interesse tätig war. Er war ein leuchtendes Beispiel für die Jugend." Schließlich wandte er sich an Eskander: „Ich könnte mir vorstellen, dass du einmal in die Fußstapfen deines Vaters trittst und ein ebenso würdiger Verteter unseres Volkes wirst. Ich habe noch vor wenigen Wochen deinem Vater die Erlaubnis erteilt, dich nach Lahore auf die höhere Schule zu schicken. Du wärst demnach der erste Hunzakuts, der eine so hohe Ausbildung erfährt. Du musst mir jedesmal in den Ferien genau darüber berichten, was du alles gelernt hast." – Und etwas besorgt weiter: „Gewöhne dir aber ja nicht die vielen schlechten Sitten der Ingles und der Hindus an! Ich hoffe, du kannst – so wie dein Vater – zwischen dem Brauchbaren und dem Schlechten unterscheiden …"

Die nächsten Tage musste Eskander eigenartigerweise immer wieder an die Hochalm denken, wo seine ehemaligen Schulkameraden die Ziegen hüteten. Er war nur einmal, im Sommer ehe er nach Gilgit kam, mehrere Wochen als Hüterbub oben gewesen, was ihm sehr gut gefallen hatte. Später schien es Nazim besser, wenn er während der Ferien unten blieb, da er zumindest zwei Tage pro Woche studieren und die über die Ferien aufgetragenen Schulaufgaben erledigen sollte. Diesmal hatte er aber bis Oktober Zeit.

Zorah, die nun schon tagelang eine steinerne Trauermiene aufgesetzt hatte, war es offensichtlich nicht recht, dass er schon am nächsten Tag aufbrechen wollte, aber sie wusste, dass er – wie sein Vater – in seinen Entschlüssen nicht umzustimmen war und packte schließlich einen Tragsack mit dem Notwendigsten: „Gib auf dich Acht und unternimm keine waghalsigen Klettereien", rief sie ihm noch nach.

Eskander hatte Vaters Bogen und einige Pfeile umgehängt und hatte vor, damit fleißig zu üben. Zu Vaters Lebzeiten hatte er nur heimlich gewagt, den Bogen zur Hand zu nehmen, weil er wusste, dass dieser ihn fast wie ein sakrales Gerät in Ehren hielt.

Trotz der ungewohnten Last am Rücken und der schweißtreibenden Hitze war das Bergaufgehen für ihn ein Vergnügen, und bei jedem Schritt, den er höher kam, schien der Tragsack leichter zu werden.

Auf der Alm angekommen, wurde er von seinen Kameraden, darunter waren auch zwei entfernt Verwandte aus der Diramitin-Sippe, mit großem Hallo begrüßt, das sich erst legte, als er vom Tod seines Vaters berichtete. In der familieneigenen Hütte wurde ihm respektvoll ein guter Schlafplatz eingeräumt, und Eskander ließ sich auch gleich in den Turnus des Aus- und Heimtreibens der Ziegen sowie des Melkens und Butterns einteilen. Da sie nun aber zu siebent waren, hatte er genug Freizeit zu erhoffen.

Mit seines Vaters Tod hatte er sich – auch wenn ihn der Schmerz besonders nachts manchmal überwältigte, abgefunden. Der Vater war ihm aber immer gegenwärtig, so als ob er auf der Alm stets um ihn wäre.

Bereits als er die Hütte betreten hatte, überkam ihn das eigenartige Gefühl, dass Vater jeden Moment durch die Tür hereinkommen könnte, und als er sich am Abend, etwas früher als die anderen – müde wie er vom Aufstieg war – auf seinem Lager ausstreckte, sah er plötzlich in der Dachluke klar und deutlich für kurze Zeit ein bezauberndes, aber trauriges Frauenantlitz, das ihm zulächelte, ehe es entschwand.

‚Eine Peri', dachte er sich noch, dann schlief er aber auch schon ein und träumte von einer wunderschönen Frau mit langen blonden Haaren, blaugrünen Augen und reizenden Grübchen beim Lachen. Deutlich hörte er sie mehrmals sagen: „Komm am Abend zum Gelben Fels und mach dort ein kleines Feuer mit Wacholderzweigen."

Bestens ausgeruht erwachte er am nächsten Morgen und hatte bereits mehrere Ziegen gemolken, als die Kollegen erst langsam ihr Tagwerk begannen. Lustig pfeifend half er schließlich, einen Teil der Herde ins Hochkar zu treiben, und erst beim Heimgehen fiel ihm der Traum ein: „Sarbaz, gibt es hier einen gelben Stein?"

„Ja, natürlich. Ich glaube, man erkennt ihn sogar von hier. Siehst du die beiden haushohen Felsblöcke neben dem kleinen Bestand von Wacholderbäumen? Einer hat eine gelbliche Färbung."

Tatsächlich, es gab also einen ‚Gelben Fels'.

Ein unwiderstehlicher Zwang ließ ihn nach dem kargen Abendessen, bestehend aus saurer Ziegenmilchsuppe und Fladenbrot, den Kameraden mitteilen, dass er in der mondhellen Nacht noch einen kleinen Spaziergang unternehmen wolle.

Würde sich vielleicht die schöne Frau dort einfinden? Auch sein Vater hatte Freundschaft mit den Peris gepflogen – so wurde im Dorf immer gemunkelt.

## II

„Du verstehst es besser als dein Vater, ein Feuer zu entfachen. Ach ja, ich vergesse, dass ihr ja jetzt die neuzeitlichen Streichhölzer habt und nicht so umständlich wie früher mit Feuerstein und Zunder arbeiten müsst. Ja, die neue Zeit hat auch gelegentlich etwas Gutes. – Komm, lass dich von der Nähe ansehen, aus der Ferne habe ich dich schon oft genug betrachtet. Ja, die schmale, weiße Haarsträhne, die klugen Augen, das markante Kinn ... ganz der Vater. Zaroaster steh mir bei, ich kann mich doch nicht in dich auch noch verlieben!"

Mit offenem Mund lauschte Eskander der angenehmen Stimme, höchstens drei Fuß breit von ihm entfernt – er sah aber niemanden.

„Ach, ich Vergessliche, mein altes Leiden. – Sofort bin ich da!"

Fast auf Armeslänge saß plötzlich die schöne Frau, die gestern durch die Dachluke herabgeblickt hatte, neben ihm. Ein leichter Duft nach Aprikosenblüten ging von ihr aus.

„Ich heiße Nilufar und ... sagen wir es einmal so ... war deines Vaters Freundin, ehe er deine Mutter heiratete."

Ihre hübschen Züge wurden plötzlich tief traurig und Tränen verschleierten ihren Blick. Sie zog Eskander an sich, lehnte ihren Kopf an seine Schulter und wurde so von Weinkrämpfen geschüttelt, dass auch ihn das heulende Elend überkam und er die Tränen nicht zurückhalten konnte.

Die längste Zeit saßen sie so da, bis Eskander sich schließlich aus der ungewohnten weiblichen Nähe verlegen zu lösen begann.

„Eskander, es tut mir so unendlich leid, dass ich deinen Vater nicht beschützen konnte. – Aber er musste ja immer in die weite Welt hinaus ...! In unserem Bereich hier hätte ich der Lawine schon eine andere Richtung gegeben. Aber dort unten bei den Ungläubigen musste ich hilflos zusehen ..."

Eskander hob überrascht den Kopf.

„Ja, ich war in der Nähe, ich habe schon am Tag vorher gespürt, dass Unheil in der Luft liegt. Die Lawine war so groß und mächtig, dass dein Vater einen schmerzlosen, raschen Tod erlitten hat ... Nun liegt sein kräftiger Körper für alle Zeiten in einem wunderbar schimmernden Eisdom zur Ruhe gebettet ... Sei du wenigstens so klug, wenn du schon gefährliche Berge besteigen willst, es nur im Bereich von Hunza zu tun. Schau dich um: Mindestens sieben herrliche Eisgipfel sind hier noch immer nicht bestiegen worden. Dort drüben zum Beispiel der Diran, draußen der Rakaposhi, hinter uns der schwierige Ultar. – Aber jetzt bis du noch zu jung dafür!"

Eskander fasste sich langsam. Durch ihre vertrauliche Art, die einer Mischung von Mutter und Schwester gleichkam, hatte er seine Scheu fast ganz verloren und wagte das erste Mal, auch an sie eine Frage zu richten, die ihn plötzlich sehr bewegte:

„Wieso kann ich mit dir sprechen, obwohl ich nie, wie unsere Bitans, das Ziegenblut getrunken habe? Auch kann ich dich sehen und sogar fühlen." – Sie hatte inzwischen seine Hand genommen.

„Ja, weißt du, daran bin ich schuld. Das kommt so alle ein-, zweihundert Jahre einmal vor. Es gibt nämlich Peris, die sich in menschliche Wesen verlieben. Es sind dies nicht nur besonders charaktervolle, sondern auch sehr ansehnliche Männer. Und mich hat es eben mit deinem Vater erwischt. Und wenn nicht meine Schwestern so eifersüchtig gewesen wären, dann wäre ich vielleicht deine Mutter geworden. – Ja, schau nur so groß, ich wäre nämlich zu deinem Vater ins Tal gezogen und hätte – zumindest so lange er gelebt hätte – mit ihm Freud und Leid einer irdischen Frau geteilt. Aber leider – die Schwestern haben uns gezwungen, Milch-Geschwister zu werden. Du weißt ja, wie das geht, der Mann berührt mit seinen Lippen die Brustwarzen der Frau ..."

Eskander wurde über und über rot.

„Hast du schon einmal ein Mädchen geküsst? Ich weiß schon, bei uns in Hunza ist das unmöglich, aber du warst ja draußen in Gilgit, und da gibt es für die Mädchen der Ingles eine Höhere Schule. Und diese blonden Dinger – manche dieser dummen Gänse glauben, sie seien so wie wir Peris, weil sie auch helle Augen und helle Haare haben – verdrehen ja schon Burschen deines Alters den Kopf."

Eskander errötete noch mehr und schüttelte nur heftig den Kopf.

„Na ja, du bist wohl für solche Liebesabenteur noch zu jung."

Nilufar betrachtete ihn immer wieder von der Seite: „Ahuramazda hilf mir, ich beginne mich in dich zu verlieben …"

Sie sprang unvermittelt auf und ging zwischen den Felsblöcken erregt auf und ab. Plötzlich setzte sie sich ganz nahe zu ihm, schob ihr Faltengewand auseinander und entblößte eine Brust.

„Küss mich auf die Brustwarze! Schnell!"

Eskander glaubte im Boden versinken zu müssen. Burschenträume wurden plötzlich wahr: Diese süße, wohlgeformte Brust mit dem rosa Hof und dem Nippel in der Mitte …

„Schnell, sei nicht feig! Schnell, ehe ich nicht mehr anders kann!

Als er noch immer zögerte, ergriff sie seinen Kopf mit starken Händen und drückte ihn an ihre Brust. Er wagte nicht, die Lippen aufzumachen und einen richtigen Kuss draufzudrücken.

„Du Feigling, so geht das nicht. Ich zeige dir, wie du es tun musst."

Sie zog ihm das Hemd auseinander, drückte ihren Mund auf eine seiner Brustwarzen, sog daran und ließ schließlich auch ihre Zunge darüber kreisen.

Eskander wusste kaum mehr, wo er war. Ihm wurde schwindlig. Nilufar entblößte ihre zweite Brust, nahm seine Hände, sodass er eine ihrer Brüste umfassen musste. Nun wurde er von einer Welle der Zuneigung übermannt und drückte seinen Mund darauf. Als er spürte, dass die Brustwarze steif wurde und sich aufrichtete, sog er heftig daran. Als auch seine Hände automatisch ihren Körper zu streicheln begannen, stöhnte sie laut auf und riss sich schwer atmend los.

„Eskander, nun sind wir Geschwister, und es ist nur noch das erlaubt, was auch zwischen Bruder und Schwester erlaubt und erwünscht ist: nämlich gegenseitige Achtung und Hilfsbereitschaft …" Und nach einer längeren Weile: „Ach … was habe ich dir nun angetan?"

Eskander saß, den Kopf zwischen den Händen, wie zerschlagen da und blickte zu Boden. Nach einer Weile rückte Nilufar wieder an ihn heran und fasste ihn bei der Schulter, wie sie es auch mit Nazim oft getan hatte: „Eskander, du kannst immer auf mich zählen. Du musst mir nur versprechen, mich so oft wie möglich zu besuchen, sollst aber – außer vielleicht einem ganz engen Freund – nichts von deiner Milchbruderschaft erzählen; auf gar keinen Fall deiner künftigen Frau."

Eskander fuhr hoch.

„Pst, sei still! Ich weiß schon, was du jetzt sagen willst. Besser du lässt es unausgesprochen, denn natürlich wirst du ein Mädchen kennen und lieben lernen. Was mich schmerzt, ist deine Abwesenheit während der nächsten Jahre in Lahore. Aber in den Sommerferien musst du auf die Hochalm kommen, versprich mir das! – Übrigens, dein Onkel Karok, der einzige wirkliche Freund, den dein Vater hatte, weiß alles. Es ist nämlich gut, wenn man jemanden zum Aussprechen hat. Ich habe leider nur meine verzopften Schwestern ..."

Der Mond war inzwischen hinter dem nächsten Gratrücken verschwunden, und ein kühles Lüftchen ließ Eskander ein bisschen erschauern. Zweimal setzte er zu einer Frage an, wagte sie aber nicht zu stellen.

Nilufar gab ihm die Antwort auch so und zeigte, dass sie fast alle seine Gedanken lesen konnte: „Ja, wir Peris altern kaum oder gar nicht – allerdings nur, so lange ihr Hunzakuts an uns glaubt ...!"

Damit war sie auch plötzlich verschwunden und nur der köstliche zarte Blütenduft blieb noch eine Weile zurück ...

Stolpernd machte sich Eskander auf den Rückweg, denn es war inzwischen kohlrabenschwarze Nacht geworden. Auf einmal nahm er aber jeweils vor seinen nächsten Schritten einen starken Schimmer wahr, der ihn sämtliche Unebenheiten erkennen ließ. Knapp vor der Hütte kam ihm Sarbaz mit einem brennenden Kienspan entgegen, weil er sich Sorgen gemacht hatte, da Eskander noch immer nicht zurück war.

Den Kameraden erzählte er am nächsten Morgern kopfschüttelnd, wie Eskander ihm bei völliger Finsternis über Geröll und Geblöck hüpfend entgegengekommen sei, als ob er die Augen einer Nachteule hätte ...

# III

„Allah sei Dank! Morgen beginnen die Ferien und ich kann wieder mein bequemes Hunza-Gewand anziehen. Der steife Hemdkragen und die Krawatte machen mich in dieser Hitze noch krank!"

„Dabei steht dir aber die Schuluniform besonders gut, wie ich im Hockeyklub von einer englischen Lady kürzlich aufgeschnappt habe", grinste Dschaffer.

„Wenn ich schon ‚Hockey' höre! Ich finde es eine Gemeinheit, wenn man uns Burschen dieses läppische Spiel als einzige Sportart gewährt."

„Aber Eskander, da kommen wir wenigstens einmal in der Woche aus dem Schulgelände hinaus, und die blonden britischen Mädchen, die man dort sehen kann, sind doch auch nicht zu verachten. Oder?"

Eskander errötete: „Welche ‚englische Lady' hat sich übrigens über mich geäußert?"

Dschaffer lachte laut auf: „Aha, hat es dich erwischt!"

„War es die Brünette mit dem neuartigen Bubikopf-Haarschnitt oder die zarte Blonde mit den Zöpfen? Als Freund und Zimmergenosse hast du die Pflicht, mir das genau zu sagen!"

Dschaffer grinste wieder: „Aber die Girls sehen wir doch immer nur aus der Ferne. Ich sagte dir schon, es war eine ‚Lady', du weißt schon, die weißhaarige Präsidentin des Damenklubs. Sie hat sich offenbar in dich verliebt. Sei nur vorsichtig, dass sie dich nicht verführt!"

Diese letzten Worte waren nur noch bruchstückhaft zu vernehmen, da Dschaffer schon einen Polster im Gesicht hatte.

Beide balgten sich eine Weile, aber da tönte schon der Gong zum Frühstück, das so wie alle Mahlzeiten von den Internatsschülern unter den gestrengen Augen des Internatsleiters bei absoluter Schweigsamkeit eingenommen werden musste.

Nach einer Ansprache des Rektors in der Assembly Hall, die mit ‚God save the King' beschlossen wurde, ging es nochmals zurück in die Klassen, wo die meisten ziemlich nervös der Zeugnisverteilung harrten.

Eskander war, im Gegensatz zu Dschaffer, dem Sohn des gestrengen Astamgaro von Gilgit, sehr gelassen, da er wusste, dass die Mutter das Zeugnis gar nicht lesen konnte, Onkel Karok aber für alle Schwierigkeiten Verständnis aufbrachte.

Beide waren mittelgute Schüler, die in Englisch, der Unterrichtssprache perfekt waren, aber mit Französisch und seiner komplizierten Grammatik ihre liebe Not hatten. Eskander hatte es sogar schon einmal gewagt, einen Antrag auf Änderung des Lehrplanes zugunsten der deutschen Sprache zu stellen, da immer wieder deutsche Bergsteiger zum Nanga Parbat kämen. Er war aber mit dem Hinweis auf die neue, offensichtlich diktatorische Führung in Deutschland gehörig abgeblitzt. Außerdem sei Französisch wichtige Diplomatensprache, wo doch die meisten Schüler Kinder von höheren britschen Offizieren und Verwaltungsbeamten seien.

Schließlich waren aber die Resultate in den Zeugnissen beider Burschen gar nicht so schlecht. Sie wurden sogar den britischen Mitschülern gegenüber, waren sie doch in ihrer Klasse die einzigen nicht-europäischen Schüler, besonders lobend hervorgehoben.

Der Rektor ließ anschließend beide zu sich beordern und versäumte nicht, darauf aufmerksam zu machen, dass bei Schulantritt im Herbst wieder das Schulgeld im Vorhinein zu entrichten wäre und Eskander ohne weiteres wieder mit Goldstaub bezahlen könnte, er würde für das Gold schon einen korrekten Preis errechnen lassen.

Die beträchtliche Höhe des Schulgeldes war für beide ein gewisses Problem. Eskander konnte vorläufig noch auf Ersparnisse seines Vaters zurückgreifen, welche die Mutter gewissenhaft verwaltete. Vom Mir war – obwohl er sich an Eskanders höherer Ausbildung so interessiert zeigte – offensichtlich nichts zu erwarten.

Dschaffers Vater wurde hingegen als Zivilrichter praktisch nur mit Naturalien entlohnt, die sich nicht immer verkaufen ließen, obwohl der Basar in Gilgit langsam zu einem wichtigen Handelszentrum wurde.

Eskander hatte außerdem noch einen kostspieligen Plan im

Kopf. Er hatte vom Direktor schon die Zusicherung erhalten, ab seinem sechzehnten Lebensjahr im neu gegründeten Poloklub von Lahore trainieren und später einmal mitspielen zu dürfen. Dazu musste er allerdings ein Pferd erwerben und es dann auch gegen teures Entgelt in einem Reitstall einstellen.

„Wenn nur die Eisenbahn schon bis Gilgit ginge! Bis Rawalpindi ist es mit ihr von hier aus nur noch ein Katzensprung. Mir macht das Fahren in den eleganten Waggons und die enorme Geschwindigkeit außerdem großen Spaß. – Bedenk doch, unsere Ferien wären doppelt so lange, wenn wir nicht je drei Wochen hin und zurück bräuchten."

„Das wird nie der Fall sein! Denk nur an die wilden Indusschluchten, durch die nicht einmal ein Saumweg führt. Ich freue mich schon auf das Reiten über den Babusar-Pass, besonders auch darauf, den Nanga Parbat mit seinen Gletschern wiederzusehen."

„Eskander, du als geübter Reiter hast es gut. Ich gestehe dir, ich habe oft Angst, mitsamt dem Pferd abzustürzen, wenn wir an Abgründen entlangreiten."

„Da musst du eben nur zur Bergseite schauen. – Vielleicht wird aber doch einmal eine Straße durch die Schluchten gebaut. Mit Dynamit kann man jetzt ja schon alles machen. Da könnte man mit dem Auto die Strecke in zwei, drei Tagen zurücklegen."

„Das werden wir wohl nicht erleben."

In Rawalpindi mühten sie sich mit ihren schweren Packen direkt vom Bahnhof weg zur großen Karawanserei hinüber und mussten unterwegs oft den Spott von Lastenträgern ob ihres Geizes einstecken.

Auch diesmal fand sich schon für übernächsten Tag eine Karawane hinauf nach Chilas am großen Indusknie, von wo es nicht mehr weit nach Gilgit war, und nach längerem Feilschen konnten auch zwei leidlich gute Reitpferde angemietet werden.

Eskander freute sich schon auf die kühle Gebirgsluft und nutzte auch jede Gelegenheit, um mit seinem Pferd kleine Abstecher in die Umgebung des Karawanenweges zu unternehmen, Dschaffer war hingegen froh, sich im Sattel am ausgetretenen Pfad zu behaupten.

Es war schon jenseits des Babusar-Passes, als Eskander wieder einen Ausflug ins Gelände unternahm. Diesmal hatte er viel Zeit, weil der Tross weit zurück war und auch die Mittagspause noch nicht gehalten worden war. Kleine Schluchten zweigten hier links und rechts des Pfades ab, und aus reiner Neugier folgte er dem Lauf eines Rinnsals, das aus einer engen Felsstelle austrat. Bald musste er absteigen und das Pferd am Zügel führen. Schon nach etwa hundert Schritten wollte der Gaul nicht mehr weiter und wieherte nervös. Da bemerkte Eskander auch schon einen eigenartigen Geruch und plötzlich waren zwei tollpatschige kleine Schwarzbären zwischen seinen Beinen. Er wusste, wie gefährlich das war und versuchte augenblicklich den Gaul zu wenden.

Da war aber auch schon die Bärin über ihm und versetzte ihm mit der Tatze einen Hieb, der zum Glück nur eine tiefe Fleischwunde an seiner Schulter hinterließ. Eskander hatte die Zügel um die Hand geschlungen und konnte das Pferd nicht loslassen, als es sich aufgeregt hochbäumte und die Bärin dadurch zurückschreckte. Dann schleifte es Eskander ein paar Meter mit, sodass die Zügelleine riss und galoppierte durch die kleine Schlucht hinaus. Eskander lag noch immer am Boden, überlegte blitzschnell, was zu tun sei und schickte in seiner Not ein Stoßgebet an Nilufar.

Und plötzlich hatte er die Eingebung, dass es wohl das beste sei, sich totzustellen, irgendwann hatte er gehört, dass Bären keineswegs auf Menschenfleisch aus seien. Leichter gesagt, als getan. Die Bärin war sofort wieder über ihm, und er glaubte, dass nun sein letztes Stündlein geschlagen habe. Er zog den Kopf tief ein und barg ihn zwischen den Armen. Die Bärin tatzte ihn hin und her, drehte ihn mit einer kurzen Bewegung, die ihre ungeheuren Kräfte ahnen ließ, einmal sogar voll herum, ließ aber unter Brummen plötzlich von ihm ab und trollte sich mit ihren Jungen, die, sich gegenseitig haschend, schon wieder im Schluchtinneren verschwunden waren.

Das war noch einmal gut gegangen. Langsam erhob sich Eskander und wunderte sich, dass er noch am Leben war. Am meisten war er aber über sich selbst verwundert, nicht davongelaufen zu sein.

Als er eine Stunde später, erschöpft und aus der Rückenwunde stark blutend, bei der Karawane eintraf und sein Abenteuer erzählte, wollte man fast nicht glauben, was geschehen war: „Was, du hast dich tot gestellt, wie bist du nur auf diese Idee gekommen? Die Schwarzbären sind sehr gefährlich und fressen durchaus auch Menschenfleisch; besonders säugende Bärinnen."

Kopfschüttelnd diskutierte man dieses Verhalten noch tagelang und kam zum Schluss, dass es vielleicht doch nützlich sein könnte, wenn man keine Chance zur Flucht mehr habe.

Die Wunde schmerzte noch immer und war an den Rändern stark entzunden, als Eskander schließlich müde, aber glücklich wieder daheim zu sein, bei der Mutter eintraf. Er hatte zwar öfters geschrieben und Karok hatte brav alle Briefe vorgelesen, dennoch wollte Zorah genau wissen, wie der Alltag in der Schule verlief, und so musste er erzählen und erzählen. Auf die Wunde legte die Mutter verschiedene Kräuterpackungen auf, die Entzündung wollte aber nicht zurückgehen.

Als er auch in der dritten Nacht wegen der Verletzung nur wenig Schlaf fand und durch die Dachluke den Sternenbahnen nachsah, füllte plötzlich Nilufar die halbe Öffnung aus, legte den Finger auf die Lippen, flüsterte aber dennoch deutlich genug: „Ich erwarte dich morgen beim Gelben Felsen."

Die Mutter wollte ihn, der offensichtlich leicht fieberte, unter keinen Umständen auf die Hochalm ziehen lassen, aber Eskander ließ sich nichts dreinreden und trug seinen Packen mit Schafpelz und etwas Brot und Aprikosen eben in der Hand statt am Rücken.

Der Aufstieg fiel ihm trotz seiner Verletzung so leicht, als ob er schwebte, und er war schon gegen Mittag am verabredeten Platz. Sofort entfachte er ein kleines Feuer mit Wacholderzweigen und sog den eigenartig würzigen Rauch tief ein. Er war scheinbar, halb an einen Stein gelehnt, eingeschlafen, denn die Sonne stand schon tief, als er durch eine kühlende Hand aufwachte, die offensichtlich auf seiner Wunde lag.

„Das werden wir bald haben, wenn du noch ein Weilchen ruhig bleibst, kann ich meine ganze Kraft auf die Wunde konzentrieren. Die Bären haben nämlich meistens furchtbar verschmutzte Krallen."

„Nilufar!"

„Rühr dich nicht. Ja, ich bin's. Gut, dass du mich gerufen hast, ich konnte dir zwar gegen die Bärin nicht helfen, weil das Nanga Parbat-Gebiet nicht mehr unser Revier ist, aber was in unserer Nachbarschaft vorgeht überwachen wir, und so konnte ich dir wenigstens raten, dich totzustellen. Ein Glück, dass du meinen Rat befolgt hast!"

„Du warst meine Rettung! Niemals wäre ich auf die Idee gekommen, mich vor einem Raubtier totzustellen."

Eskander wollte ihr die Hand küssen, sie kam ihm aber zuvor.

„Du weißt doch, dass es in Hunza Sitte ist, dass die Schwester dem Bruder die Hand zuerst küsst. – Wahrscheinlich ist es bei den Ingles in Lahore anders. Komm, du musst mir jetzt überhaupt viel von dort erzählen. Wie ist es also mit dem Handkuss?"

Nilufar hatte inzwischen ihre andere Hand von seiner Wunde genommen, die auf einmal nicht mehr schmerzte.

„Tatsächlich, du hast recht, dort küsst nur der Mann einer Dame die Hand, das tun aber nur die Hochgestellten und nur bei festlichen Anlässen. Dafür küssen weniger hochgestellte Ehemänner ihre Frauen aber auch vor aller Augen auf den Mund – etwa beim Verabschieden oder bei der Rückkehr von einer Reise."

„Ja, mir scheint manchmal, die Briten wollen die Muslime mit ihren strengen Sitten regelrecht provozieren und wundern sich dann, wenn es zu Aufständen kommt. – Aber nun erzähl mir von der großen Stadt Lahore."

„Ja, da gibt es vor allem die prachtvollen Paläste der Moguln mit unzähligen Türmchen und Zinnen, die vor einigen Jahrhunderten dort regiert hatten. Du kannst dir gar nicht vorstellen, wie kostbar mit Marmor und Alabaster alleine nur die Fensteröffnungen ausgeführt sind ... Das waren richtige Könige." Eskander geriet regelrecht ins Schwärmen.

„Du meinst also, dass unser König gar kein richtiger König ist?"

„Na ja, wenn man sein primitives Schloss ansieht, das zwar dicke Mauern, aber nicht einmal fließendes Wasser und Toiletten eingebaut hat ..."

„Eskander, du darfst nicht ungerecht sein. In unserer harten und kargen Gebirgswelt lebt eben auch ein Fürst so bescheiden wie das übrige Volk. Ich kann dir aber verraten, dass unser Tham die Absicht hat, herunten in Baltit ein neues Schloss zu bauen. Übrigens, mit dem Begriff ‚König' hast du schon recht, ‚Radscha' wäre wegen der Kleinheit unseres Volkes angemessener. Für uns ist er aber auch der ‚Tham', der von den ‚Himmlischen' abstammt und mit uns Peris gemeinsam Brauchtum, Sitte und Kultur des Hunzavolkes aufrechterhält."

„Aber erzähl weiter. Du sagst ‚fließendes Wasser' in den Häusern. Da werden die Frauen ja viel zu bequem und fett, wenn sie nicht täglich zum Bewässerungskanal oder zur Quelle gehen müssen."

„Es gibt in den Badezimmern sogar je zwei Zapfstellen, eine für kaltes, die andere für warmes Wasser."

„Oh weh. Die Briten verweichlichen total. Stell dir vor, sie sollen einen eiskalten Fluss durchqueren. Und was hast du da von ‚Toiletten' gesagt?"

Eskander wurde ein wenig verlegen: „Nun, die Aborte bestehen aus einer Porzellanschüssel über einem Abflussrohr und oberhalb befindet sich ein Wasserbehälter. Man zieht an einer Leine, das Wasser schießt herunter und spült alles weg."

Nilufar musste lachen: „Da wird man ja aber selbst ganz nass."

„Nein, der Wasserbehälter ist mit der Schüssel direkt über ein Rohr verbunden. – Aber was ich dir weiters erzählen muss: Über einen Draht, an dem ein Hörer hängt, kann man nun miteinander sprechen. Das alles gelingt mit Hilfe des elektrischen Stromes."

„Die Elektrizität, wie ihr das nennt, kenne ich. So etwas gibt es in Gilgit ja schon länger. Ich weiß auch wie dieses Blitzfeuer entsteht, denn ich habe mir den Ort oberhalb von Gilgit genau angesehen: Da treibt das Flusswasser ein Rad mit so rasender Geschwindigkeit an, dass es das Wasser in Blitzfeuer verwandelt."

Nun musste Eskander seinerseits lachen, was Nilufar aber offensichtlich gar nicht recht war.

„Na ja, wenn ich das unserem Physiklehrer so sage, bekomme ich sofort eine schlechte Note."

Nilufars Miene wurde sehr ernst: „Eskander, ich weiß, dass in wenigen Jahren die Elektrizität auch bei uns Einzug halten wird, ja ich sehe sogar die stinkenden Fahrzeuge, die man ‚Autos' nennt, wie sie unsere Bergstraßen befahren und sogar Flugzeuge mit Flügeln wie Libellen werden bei uns landen … Und das wird die Hunzakuts nicht glücklicher machen: Sie werden durch die künstliche Beleuchtung die Nacht zum Tag machen und zu wenig schlafen, sie werden durch die Autos zu wenig körperliche Bewegung haben. Große Lastenautos werden alle möglichen schlechten Nahrungsmittel in unsere Täler transportieren, und die Menschen werden ihre einmalige Gesundheit verlieren. Auch die Geldgier wird bei uns Einzug halten. Und ganz traurig fuhr sie fort: „Wahrscheinlich werden sie auch den Glauben an uns verlieren, und womöglich werden sogar Diebstahl und Mord hier Einzug halten, Verbrechen, die unsere Hunzakuts bisher nur vom Namen her kennen."

Eskander war betroffen und schwieg eine Weile. Um von der tragischen Vision etwas abzulenken, brachte er das Gespräch auf die Sitten der Hindu-Bevölkerung, die in der Umgebung von Lahore lebte und aus der Sicht eines Muslim ganz arg in den Fesseln des Kastenwesens lag. Er berichtete auch von Mahatma Gandhi, der gegen das Kastenwesen war, gleichzeitig aber auch immer wieder für ein freies Indien ohne britische Oberherrschaft eintrat und dafür schon öfters im Gefängnis gesessen hätte.

Beim Namen ‚Gandhi' horchte Nilufar auf und meinte nach einer längeren Pause: „Ich habe das Gefühl, dass dieser Mann auch unsere Zukunft hier noch einmal beeinflussen wird."

Eskander wollte Nilufar noch etwas aufheitern, was ihm schließlich auch mit seinem Bericht über die berühmten Straßengaukler von Lahore gelang, die zum Beispiel unter gleichzeitigem beidhändigem Schlagen einer Trommel sich so weit zum Boden beugen, dass sie mit dem Augenwinkel ein Stückchen Papier oder sogar eine Nadel aufheben können.

„Im Gedränge rund um die Gaukler muss man aber gleichzeitig alle seine Wertsachen fest in der Hand halten, denn die Taschendiebe sind so geschickt, dass sie einem sogar das Hemd ausziehen, ohne dass man es sofort bemerkt."

Inzwischen war die Sonne schon fast untergegangen. Nilufar sah nach der Schulterwunde, deren Entzündung in den wenigen Stunden vollkommen abgeklungen war. Sie nahm seine Hand und rückte näher heran, sodass er seinen Kopf an ihre Schulter lehnen konnte. Beide blickten hinaus zum Rakaposhi, dessen ausgedehnte Gletscherfelder sich mit der letzten Abendsonne purpurrot färbten.

„Diesen Berg möchte ich einmal besteigen ... Aber bisher ist es noch keiner Expedition gelungen."

„Gut, ich werde dir dabei helfen! Du musst aber noch einige Jahre warten."

Eskander blickte überrascht auf: „Mögt ihr Peris das überhaupt, wenn man eure Wohnsitze betritt?"

„Weißt du, wenn jemand reinen Herzens kommt, ohne daraus materiellen Gewinn ziehen zu wollen, dann haben wir Peris nichts dagegen. Unseren wichtigsten Aufenthaltsort, den mittleren Ultar-Gipfel, da direkt über uns, den werden wir allerdings nicht betreten lassen und uns mit Lawinen und anderen Mitteln entsprechend verteidigen."

Eskander wollte noch etwas sagen, sie bedeutete ihm aber still zu sein und den Abendfrieden zu genießen.

Erst mitten in der Nacht wachte er einmal kurz auf und erinnerte sich nicht, dass er sich selbst in seinen Schafpelz gehüllt hätte. Im Windschatten des Gelben Felsens war es angenehm warm, er drehte sich zur Seite und schlief weiter.

Schon am frühen Morgen tauchte Eskander drüben auf der Hochalm auf, um die Hirten zu begrüßen, die aber nicht mehr seiner Altersstufe angehörten und machte sich dann sogleich wieder an den Abstieg. Zorah sah besorgt nach seiner Schulterwunde und kam aus dem Staunen nicht heraus, da diese fast verheilt schien.

Malika vertraute sie später an, dass da wohl, gleich wie bei seinem Vater, eine Peri ihre Hand im Spiel haben müsste.

Auch der König wollte noch besucht werden, was Eskander ziemlich lästig war. Beim Besuch war der Mir aber so am Chemie- und Physikunterricht interessiert, dass Eskander sich in eine richtige Begeisterung hineinredete. Die strenge Disziplin im Internat interessierte den Mir ebenfalls, und er begrüßte zu Eskanders Missfallen das strikte abendliche Ausgangsverbot, weil es in Lahore sehr viele verruchte Frauen gebe, wie er aus eigener Erfahrung wisse. Zum Abschied erfuhr Eskander noch eine hohe Auszeichnung, als er ihn für die darauf folgende Woche zur Hochzeit seines jüngsten Sohnes mit der Tochter des Mirs von Nager einlud. „Weißt du", meinte er vertraulich zu Eskander: „Damit können wir hoffentlich die alte Feindschaft zwischen Hunza und Nager begraben. Dein Vater", bemerkte er schmunzelnd, „war ja bei der letzten erfolgreichen Sklavenjagd, die unsere Leute in Nager veranstalteten, dabei ... Das waren noch Zeiten ... Du wirst dich vielleicht wundern, dass die Hochzeit nicht wie üblich zusammen mit anderen Paaren als Gruppenhochzeit geschieht. Aber ich will damit den Bräuchen im ganzen übrigen Indien folgen, wo jede Familie sich ihren Termin selbst aussuchen kann. Gruppenhochzeiten sollen ab sofort nicht mehr stattfinden."

„Die Peris! Was werden die dazu sagen?", entfuhr es Eskander heftig. Der Mir übersah diesen vom längst noch nicht volljährigen jungen Mann äußerst ungebührlich vorgebrachten Vorwurf, denn er hatte sich diesbezüglich selbst schon Gedanken gemacht: „Ja, die Peris! Du hast schon recht. Die werden als Wächter unserer alten Sitten und Bräuche beleidigt sein, aber sie müssen eben auch einsehen, dass sich die Zeiten verändern."

Eskander konnte nicht an sich halten: „Wenn wir den Peris nicht mehr vertrauen, dann könnte es unserem Volk in der Zukunft schlecht ergehen!"

„Du sprichst ja fast wie ein Bitan ... Ach ja, dein Vater war ja auch ein besonderer Freund der Peris ..." Und lachend: „Verlieb dich nur in keine."

Damit war Eskander entlassen.

Die Ferien waren allzu schnell mit Reiten und Mithilfe in der Landwirtschaft vorübergegangen. Auch Dschaffer war von Gilgit für einige Tage auf Besuch heraufgekommen, um die ‚wilden Nachbarn', wie er sagte, einmal aus der Nähe erleben zu können.

Es hatte auch lange Aussprachen mit Onkel Karok gegeben,

der sich Sorgen wegen des Ausbruchs eines neuen Weltkriegs in Europa machte und Eskander warnte, ja nicht freiwillig für die Ingles in den Krieg zu ziehen.

Erst am letzten Tag vor seiner Abreise wagte Eskander, die Mutter um das Geld für ein Polopferd zu bitten, das er in Lahore kaufen wollte. Nach längerem Überlegen schlug sie ihm das nicht ab, rechnete aber vor, dass die weiteren drei Schuljahre und die Haltung des Pferdes Vaters Goldreserven wohl zur Gänze aufzehren würden. Onkel Karok hatte schließlich die Idee, ein Bittgesuch um ein Stipendium an Aga Khan nach Bombay zu senden, der in den letzten Jahren öfters betont hatte, dass ihm seine ismailitischen Hunzakuts so sehr am Herzen lägen.

Als Eskander und Dschaffer in Rawalpindi ankamen und ihre Reitpferde an den Verleiher in der Karawanserei zurückgaben, war ihnen schon die allgemeine Unruhe in der Stadt aufgefallen. Neben patroullierender Polizei standen auch Militär-Doppelposten an wichtigen Straßenkreuzungen. Erst am Bahnhof erfuhren sie vom Kriegsausbruch in Europa, und nur mit Mühe konnten sie Fahrkarten nach Lahore ergattern, weil mehrere Waggons durch Militäreinheiten besetzt waren, die nach Karachi verlegt wurden. Die Briten hatten offensichtlich Sorgen, dass Unabhägigkeitsfanatiker die Gelegenheit für einen Umsturz wahrnehmen wollten.

Die Lage entspannte sich aber bald wieder, und Eskander verspürte den weit entfernten Krieg nur am eigenen Geldbeutel, weil er für sein neues Polopferd um etliches mehr bezahlen musste, nachdem viele Pferde von Militär und Polizei requiriert wurden.

Eine harte Diskussion musste er auch mit dem Internatsdirektor ausfechten, um regelmäßig mit seinem Pferd am Polotraining teilnehmen zu können. Recht geschickt machte Eskander aber dem Direktor die Idee schmackhaft, für die höheren Semester eine eigene Schulmannschaft auf die Beine stellen zu wollen.

# IV

In Lahore lebte auch ein pensionierter Offizier der Gilgit-Scouts, der ein Kriegskamerad von Onkel Karok und leidenschaftlicher Jäger war. Er lud Eskander, der nun schon zum Mann heranreifte, auch öfters auf Jagdausflüge in die Umgebung ein. Ein häufig bejagtes Tier waren die Oryxantilopen mit ihrem spitzen Gehörn, die in den Trockengebieten südlich von Lahore und natürlich weiter unten in der Halbwüste von Cholistan in großen Rudeln vorkamen. Eskander konnte schon zwei Trophäen sein Eigen nennen, die er aber nicht mit ins Internat nehmen durfte. – ‚Um die Mitschüler nicht zu sehr abzulenken', wie es hieß.

Neuerdings trat aber auch ein seltenes Wild immer häufiger in Erscheinung und richtete in den Getreide- und Hirsefeldern um Lahore enormen Schaden an. Es waren Wildschweinrotten, von denen man nicht genau wusste, woher sie eigentlich kamen.

Eskander fieberte darauf, einen der mächtigen Keiler, die ein Gewicht wie ein junger Ochse erreichen konnten, zu erlegen. Onkel Kamal, wie er Karoks Freund nennen durfte, hatte ihn mit einer schweren Büchse ausgerüstet, und damit fühlte er sich ausreichend bewaffnet, wenn er an das Abenteuer mit der Bärin dachte, das ihn noch oft beschäftigte.

„Wir werden die Wildschweine wie die Mogulkaiser, nämlich hoch zu Ross, jagen", prahlte Eskander seinen Schulkameraden gegenüber, da er erst kürzlich Bilder aus jener Zeit gesehen hatte, wo die Keiler tatsächlich mit Lanzen vom Pferd aus getötet wurden.

„Gib nur Acht, dass es dir nicht so wie mit der Bärin geht, dämpfte Dschaffer, der am Jagen überhaupt kein Interesse hatte, seinen Übermut.

Onkel Kamal fand die Idee, vom Pferd aus zu jagen, sehr gut, „denn da können wir im Notfall rascher flüchten", war seine von Eskander belächelte Meinung.

„Warte nur, die Wildschweine sind ein äußerst wehrhaftes

und gefährliches Wild – entweder du kletterst blitzschnell auf einen Baum ... oder du reitest davon!"

In einem besonders betroffenen Dorf, das von Hindus bewohnt war, wurde die kleine Jagdgesellschaft, ergänzt durch mehrere Freunde Kamals, schon sehnlichst erwartet. Mehrere Männer und Knaben stellten sich als Treiber zur Verfügung. Beritten waren nur Kamal mit einem ziemlich alten und manchmal leicht lahmenden Gaul und Eskander mit seinem wohldressierten Polopferd, die anderen waren zu Fuß.

Die Jäger bezogen in weit auseinander gezogener Kette Stellung, und die Treiber begannen systematisch die Felder und das dazwischen gelegene Buschgelände in Richtung der Schützen mit lautem Geschrei zu durchstöbern.

Mehrere Hasen wurden laufen gelassen, dann aber krachte bereits neben Eskander ein Schuss, und er sah, wie sein unberittener Nachbar einen mächtigen Keiler zwar getroffen, scheinbar aber nur angeschweißt hatte. Das wütende Tier nahm den Schützen, der hastig am Verschluss des Gewehres hantierte und prompt eine Ladehemmung hatte, sofort an. Dieser warf in Verzweiflung sein Gewehr weg, versuchte zu flüchten, fiel aber der Länge nach hin und schlug dabei hart mit dem Kopf am Boden auf. In dieser Situation war Eskanders erhöhte Position von Vorteil, denn er konnte, obwohl gute fünfzig Schritt entfernt, ruhig zielen und den Keiler gerade noch rechtzeitig mit einem gezielten Blattschuss niederstrecken.

Eskander stieg ab und sah nach dem noch immer am Boden liegenden Schützen. In diesem Augenblick brach ganz in der Nähe eine Rotte von gestreiften Frischlingen, gefolgt von einer Muttersau, aus dem Weizenfeld. Eskander dachte nur: ‚Oh, schon wieder ein wütendes Muttertier!', als die Bache ihn auch schon annahm. Mit einem Riesensprung war er im Sattel, wollte aber nicht flüchten, weil der gestürzte Nachbar sich eben erst langsam erhob und den Staub aus den Kleidern klopfte.

Nun zeigte sein wohltrainierter Hengst, was er konnte. Immer wenn die Bache versuchte, mit ihren Hauern nach den Beinen des Pferdes zu stoßen, ließ Eskander es entweder vorne oder hinten hochsteigen, wobei es, sobald wieder auf allen

Vieren, instinktiv nach der Bache ausschlug. Eskander musste nur seine ganze Geschicklichkeit aufwenden, um nicht aus dem Sattel zu fallen. Dieser ‚Hunza-Tanz', wie der inzwischen wieder schussbereite Nachbar später zu Ehren von Eskanders Herkunft das Geschehen nannte, war so faszinierend, dass er gar nicht abdrücken wollte.

Inzwischen hatten sich die Frischlinge aber getrollt, und die Bache ließ – von einigen Hufschlägen ziemlich mitgenommen – scheinbar recht gerne vom Pferd ab.

Am Abend wurde die beachtliche Strecke unter jubelnder Anteilnahme des gesamten Dorfes zu Schau gestellt und sodann das begehrte Wild den Dörflern überlassen, die ja Hindus waren und Schweinefleisch als Leckerbissen betrachteten. Für den anschließenden Festschmaus hatte der Lambardar vorsorglich schon zwei Ziegen vorbereitet, um auch die Muslim-Jäger entsprechend bewirten zu können.

Von Spannungen zwischen den beiden großen Religionsgruppen, die den Pandschab besiedelten, war überhaupt nichts zu bemerken. Die städtische Bevölkerung von Lahore war mehrheitlich muslimisch, die Landbevölkerung fast ausschließlich hinduistisch. – In der letzten Zeit waren, gleichzeitig mit dem immer stärker werdenden Ruf nach Unabhängigkeit von Britannien, allerdings auch erstmals einige anti-hinduistische Parolen in Lahore aufgetaucht, welche die Lehrer in der Secondary School sofort mit allen geistigen Mitteln bekämpften.

Eskander hatte als Ismailite Respekt vor allen anderen Religionen und fühlte sich sowohl unter gläubigen Christen als auch zum Beispiel unter den Hindus, mit denen er zusammen die erfolgreiche ‚Sauhatz' feiern konnte, durchaus wohl. Er schüttelte zwar über viele Bräuche der Hindus den Kopf, und es ekelte ihn auch ein wenig vor Schweinefleisch, aber er nahm sich vor, heimlich einmal dennoch Schweinefleisch zu kosten. Auch machte er sich öfters Gedanken über den Wiedergeburtsglauben der Hindus und Buddhisten.

Sein erfolgreiches Jagdabenteuer sickerte sofort bis in die Schule durch, und Eskander wurde von den Mitschülern noch mehr respektiert. Er hatte aber außer Dschaffer praktisch keine Freunde, weil er sehr verschlossen war. Seine privaten Vorlieben waren nur das Polospiel und die Jagd, und an Mädchen hatte er offensichtlich überhaupt kein Interesse. In nicht wenigen Nächten wälzte er sich aber unruhig am Lager und musste dabei immer an die wunderschöne Nilufar denken und vermeinte ihre zarte Haut zu fühlen.

Gelegentlich schmuggelte einer der britischen Schüler auch Whisky ins Internat, und bei den heimlichen Parties sonderte Eskander sich zwar nicht ab, konnte aber dem ‚scharfen Zeug' nichts abgewinnen. Dschaffer provozierte ihn dabei immer mit der Feststellung, dass die Hunzakuts aber als heimliche Weintrinker, ‚obwohl der Prophet es verboten habe', im ganzen Nordwesten Indiens bekannt seien.

„Unser Wein ist aber auch ganz etwas anderes! Erstens ist er nicht so scharf wie der Whisky und schmeckt köstlich, und zweitens wurden die Reben uns von den Peris, den gütigen Feen, als Geschenk überbracht. Dies geschah zusammen mit der Einführung der Gerste schon vor mehr als einem Jahrtausend und ist die Grundlage unserer Existenz in Hunza."

In den Ferien unternahm Eskander ausgedehnte Wanderungen in den Bergen. Dies nicht nur wegen der Jagd, sondern vor allem, um Nilufar zu treffen, die schon immer begierig auf ihn wartete, um Neuigkeiten zu erfahren. Stundenlang musste er ihr erzählen, wobei sie dabei ständig seine Hände in den ihren hielt. Sie war besonders am Verhalten und der Meinung der ‚Ingles' zu den verschiedensten Problemen des Alltags interessiert: „Du wirst sehen, sie werden noch in Scharen in unser Land kommen, um seine Schönheit zu bewundern".

Einmal verdüsterte sich dabei auch ihre Miene und sie sagte: „Manchmal sehe ich aber auch unzählige Männer vom Norden hereinströmen."

Eskander fuhr hoch: „Kommen sie mit Waffen?"

„Nein, nein! Es scheinen mir eher riesige, stinkende Fahrzeuge zu sein, die sie mitbringen, ähnlich wie ich sie als ‚Autos' unten in Gilgit schon gesehen habe, aber viel größer."

Einige Wochen später erzählte ihm Onkel Karok dasselbe als Weissagung eines Bitans ...

Karok stellte ihm für die Jagd immer seine Büchse, ein recht gutes Repetiergewehr, zur Verfügung. Eskander hatte aber Schwierigkeiten mit der teuren Munition, bis ihn Nilufar an den ‚berühmten' Bogen seines Vaters erinnerte. Aus einem Winkel hervorgesucht, half sie ihm beim nächsten Besuch, ihn wieder mit einer neuen Sehne zu bespannen. Auch zeigte sie ihm einige Tricks, die er noch nicht kannte, wie etwa, dass er nach dem Abschießen dem Pfeil sozusagen nachschauen müsste und anderes mehr.

Bald war er mit der neuen Waffe so geschickt, dass er die Wand des Gebetshauses in Baltit mit neuen Trophäen dekorieren konnte. Daheim erinnerte ihn aber das mächtige Schneckengehörn des Marco Polo-Widders sowie einige Leopardenfelle an die großen Jagderfolge, die sein Vater mit dem selben Bogen erzielen konnte.

## *V*

Es war mitten im Zweiten Weltkrieg, als Eskander die Schule wenn schon nicht mit ausgezeichnetem, so doch mit gutem Erfolg abschließen konnte.

Bei der Schlussansprache konnte sich der Rektor nicht verkneifen, darauf hinzuweisen, dass einige Schüler viel bessere Leistungen hätten erbringen können, hätten sie nicht ihre ganze Energie beim Polospiel oder sogar bei der Jagd vergeudet …

Das Kriegsglück in Europa lag noch immer bei den Deutschen, wenngleich sich langsam eine Wende insoferne abzuzeichnen begann, als die deutsche Armee in Russland scheinbar nicht mehr so recht weiterkam. – Fast alle britischen und auch mehrere einheimische Klassenkameraden Eskanders meldeten sich sofort freiwillig zum Militär, denn die Japaner hatten inzwischen nahezu den gesamten Pazifikraum besetzt und standen nach der Eroberung Singapurs fast vor den Toren Indiens.

Eskander juckte es ungeheuerlich, sich ebenfalls einschreiben zu lassen, aber da stand das Verbot des Mir im Raum, das dieser bei einem Aufenthalt im britischen Militär-Hospital in Lahore kürzlich bekräftigt hatte. Auch erhoben sich nun immer mehr Stimmen, die für ein selbstständiges Indien und ein Ende der britischen Kolonialherrschaft waren.

So kehrte Eskander Lahore endgültig den Rücken, denn ein Universitätsstudium erschien ihm völlig uninteressant, zumal auch das Geld dafür nicht vorhanden war. Er freute sich schon unbändig auf die frische Gebirgsluft, die gleißenden Gletscher und die grünen Ackerterrassen.

Nur in der Landwirtschaft zu arbeiten, dünkte ihm zu wenig, und auch zum Lehrer fühlte er sich nicht berufen. So hoffte er, dass der Mir sein Versprechen halten und ihm spezielle Aufträge als eine Art Botschafter erteilen würde.

Als er sich bereits einige Tage nach seiner Ankunft beim Mir einfand, um seine Abschlusszeugnisse zu präsentieren, warteten dort angenehme Überraschungen auf ihn.

Zum einen ließ ihm der Mir durch seinen Schatzmeister eine Börse mit einem Schreiben des Aga Khan überreichen, worin dieser sich – wenn auch mit zwei Jahren Verspätung – auf das Ansuchen um ein Stipendium bezog und seine Freude darüber ausdrückte, dass endlich einer seiner ‚getreuen Anhänger aus Hunza' eine höhere Bildung erworben habe. Der Mir meinte dazu gutmütig, dass er das Geld ja jetzt auch noch gut brauchen, beziehungsweise seine Schulden bezahlen könne.

Zum anderen ließ ihn der Mir ein weiteres Schreiben des Aga Khan lesen, worin dieser den Besuch einer englischen Ärztin aus Bombay ankündigte, welche helfen wolle, die hygienischen Umstände für gebärende Mütter zu verbessern und Hebammen einzuschulen. Der Brief endete mit der humorvoll gemeinten, aber sarkastisch klingenden Feststellung, dass demnächst sein Goldenes Jubiläum stattfände und er wisse, dass auch die Hunzaleute gerne ihren Gold-Beitrag auf die Waage legen würden. – Der Mir musste dazu Eskander aufklären, dass es üblich sei, bei einem derartigen Jubiläum den religiösen Führer der Ismailiten mit Gold aufzuwiegen.

„Und was ist, wenn seine Heiligkeit sechzig Jahre im Amt verbleibt?"

Der Mir legte die Stirn in Falten, wollte sich aber keine Blöße geben und meinte gleichmütig: „Inschallah, dann werden ihn eben alle Ismailiten auf der Welt mit Diamanten aufwiegen ..." Weiters meinte der Mir: „Du sollst also die englische Ärztin in die Häuser und zu den einzelnen Familien begleiten. Sie wird wohl längere Zeit im Lande bleiben. Die Rani hat übrigens gemeint, dass es mit der Hygiene unserer Frauen nicht schlecht bestellt sei und so etwas wie Hebammen nicht nötig seien, weil bei uns immer die Nachbarinnen helfen. – Natürlich musst du dir für diese heiklen Gespräche mit den Frauen eine einheimische weibliche Person mitnehmen und kannst selbst nur als Dolmetscher wirken."

Da der Mir weiter nichts verlauten ließ, wagte Eskander doch nach seinem Salär in dieser Sache zu fragen: „Ja, ja. Komm in einigen Tagen zum Zahlmeister, er erhält von mir eine Anweisung. Übrigens bewohnen wir jetzt schon seit einem halben Jahr das neue Schloss, und du kannst dir vorstellen, wie glücklich wir über das fließende Wasser und die anderen Annehmlichkeiten sind. Ich wickle vorläufig nur noch die Amtsgeschäfte hier in der alten Burg ab. Bald werden aber auch die Empfangsräume für Fremde und die Diensträume im neuen Schloss fertig gestellt sein. Die Ärztin wird natürlich schon im neuen Haus als mein Gast wohnen."

Eskander wusste sofort, wen er als weibliche Begleitperson auswählen würde. Für ihn kam nur eine Frau in Frage, nämlich Tante Malika, die ihn immer begierig nach den britischen Ladies ausfragte und gerne mehr von der weiten Welt gewusst hätte. Tatsächlich war sie auch sofort bereit, zumal ihre Töchter schon längst verheiratet waren und Karok natürlich nichts einzuwenden hatte.

Schon nach einer Woche kam Nachricht von Gilgit, dass Mrs. Dr. Brown, die gut reiten könne, abzuholen wäre. Eskander erwartete, im Hause des District Commissioners einer weißhaarigen oder zumindest gesetzten Dame vorgestellt zu werden, aber die Überraschung war auf beiden Seiten groß. Dr. Brown war eine quirlige Endzwanzigerin mit ähnlich blaugrünen Augen wie Nilufar, und Eskander erschien ihr mit seinem kühn geschnittenen Profil und dem kleinen Oberlippenbärtchen sofort als Idealbild eines kühnen Hunza-Jägers, von denen sie schon so viel gehört hatte. Angenehm überrascht war sie von seinem perfekten Englisch, das fast einen leichten Oxford-Akzent aufwies und seinen perfekten Manieren.

Sie war glücklicherweise im wahrsten Sinne des Wortes sattelfest und brach in Begeisterungsstürme aus, als sie bei Mayun die wild-romantische Landschaft Hunzas erstmals sah.

Der kühn in die Bergflanken hineingebaute Saumweg mit seinem Auf und Ab, der an mehreren Stellen durch Felsrutsche so schmal war, dass die Pferde am Zügel geführt werden mussten sowie die gefährlich schwankende Brücke bei Hindi waren ihr aber doch nicht ganz geheuer. Dass dies auch ein Teil der alten Seidenstraße gewesen war, erschien ihr fast unglaubhaft.

Eskander verstand es recht gut, ihr die Angst zu nehmen und konnte ihr auch schon in den beiden Anreisetagen in groben Zügen ein Bild der Hunza-Lebensweise entwerfen.

Von der königlichen Familie herzlich willkommen geheißen, gratulierte sie dem Mir spontan zu dem hervorragenden Vetreter seines Volkes, den er ihr als Begleiter gesandt hatte.

Eskander und Malika führten sie schon am zweiten Tag nach ihrer Ankunft zum Haus einer Hochschwangeren, die in den nächsten Tagen niederkommen sollte. Dr. Brown war entsetzt, als man ihr als Entbindungsraum den neben dem Haus liegenden Ziegenstall, der jetzt im Sommer leer war, vorführte. Natürlich müsse die Entbindende nicht auf dem bloßen Stroh liegen, sondern man werde ihr mit Decken schon ein bequemes Bett bereiten, erklärte man der Ärztin.

Bei dieser Gelegenheit kam dann auch die Sprache auf die ‚Unreinheit der Frau' während der Menstruation und nach der Geburt. Die Ärztin rannte nicht nur bei Malika offene Türen mit der energisch vorgebrachten Meinung ein, dass sich hier dringend etwas ändern müsse, sondern auch die besuchten Frauen schlossen sich den Argumenten an, dass dieser ungerechte und auch unmenschliche, längst überholte alte Brauch verschwinden sollte.

Dr. Brown und Malika kamen überein, dass ab kommendem Winter die Frauen zu Aufklärungsversammlungen – und zwar ins ismailitische Gebetshaus – eingeladen werden sollten.

„Da wird aber die ganze Autorität Aga Khans notwendig sein, um die dagegen sicher opponierenden Mukhis zu beschwichtigen", wandte Eskander ein.

„Das lass nur meine Sorge sein. Bist du etwa auch dagegen?"

Eskander lachend: „Um Allahs willen, nein. Ich habe im Biologieunterricht meine Lektionen schon gelernt. Aber wissen Sie, uns Männern seid ihr Frauen in manchen Dingen eben unheimlich …"

„Aber sonst sind wir euch scheinbar doch ganz angenehm!", dabei rückte die Ärztin so nahe an Eskander heran, dass er ihr dezentes Parfum riechen konnte. „Bin ich dir vielleicht auch unheimlich?"

Eskander errötete bis unter die Haarwurzeln und brachte verlegen heraus: „Nein, nein, gewiss nicht." Dann fasste er sich aber schnell und schloss noch dreist an: „Ein bisschen vielleicht doch."

„Da müssen wir uns aber noch näher kommen, um deine Vorurteile abzubauen!"

Eskander war froh, dass Malika diese frivole Unterhaltung nicht verstand und errötete nochmals.

In der Frage der Hebammen ließ sich Dr. Brown überzeugen, dass die Nachbarschaftshilfe hier vorerst ausreichend war, wenngleich sie die Vision einer Gebärklinik vor Malikas und Eskanders Augen entstehen ließ. – „Ihr werdet sehen, Aga Khan wird euch auch hierin eines Tages unterstützen."

Für die Aufklärungskampagne schien Malika als Vortragende sehr gut geeignet zu sein, nur müsste sie zu diesem Zweck in Bombay eingeschult werden. Dort gäbe es am Ismailia-Center einige Leute aus Gilgit, deren Sprache Malika einigermaßen beherrschte, wie Dr. Brown inzwischen wusste.

Malika war Feuer und Flamme und bereitete sich schon für kommendes Frühjahr auf einen längeren Aufenthalt in Bombay vor.

Die Ärztin interessierte sich natürlich auch besonders für die in Hunza angewandten Heilmethoden und horchte auf, als sie erfuhr, dass man nicht nur bei der Abnabelung, sondern auch allgemein zur Desinfektion von Wunden das Öl der Aprikosenkerne verwende. Sie wusste, dass neben Spuren von Blausäure vor allem Bitterstoffe, so genannte Amygdaline, in den Kernen vorhanden waren. Und in diesem Zusammenhang zog sie erstmals die kühne Schlussfolgerung, dass neben einer desinfizierenden Wirkung die Bitterstoffe vielleicht ebenfalls eine der Ursachen sein könnten, dass in Hunza Krebserkrankungen praktisch unbekannt waren. – Sie widmete sich in späteren Jahren in den USA der Erforschung dieser Fragen und fand tatsächlich heraus, dass Amygdaline gezielt Krebszellen töten können …

Dr. Brown genoss die Gastfreundschaft der Königsfamilie, und auch Eskander wurde die Ehre zuteil, gelegentlich am Abendessen teilzunehmen, das keineswegs üppig war, sondern dem einer Durchschnittsfamilie entsprach.

Die Ärztin musste sich anfangs regelrecht überwinden, die ‚Gletschermilch' zu trinken, nach einiger Zeit hatte sie sich aber daran gewöhnt.

Gelegentlich ließ der Mir aber auch ‚rotes Hunzawasser', wie er den Wein unter Augenzwinkern nannte, servieren, und nachdem dieser die Zungen gelöst hatte, gab er meist Anekdoten über seine offiziellen Besuche beim britischen Vizekönig in Kalkutta und Simla zum Besten.

Auch diese feuchtfröhlichen Runden wurden aber meist frühzeitig beendet, vor allem wegen der schwachen Beleuchtung – ein kleines elektrisches Kraftwerk für Baltit und Altit war schon länger geplant, aber wegen der hohen Kosten noch nicht verwirklicht worden.

Dr. Brown wollte nie schon so früh zu Bett gehen und begleitete daher meist Eskander das kurze Stück nach Hause, wobei er sie oft von der Seite musterte und immer wieder eine starke Ähnlichkeit mit Nilufar feststellte.

Eines lauen Sommerabends, nachdem sowohl die Ärztin als auch Eskander mehr als ein Glas des ‚roten Hunzawassers' getrunken hatten, hängte sie sich bei Eskander am Nachhauseweg ein, was dieser wegen der Leute, die das vielleicht sehen könnten, zurückweisen musste. Ihre körperliche Nähe übte aber eine berauschende Wirkung auf ihn aus, und so lenkte er ohne viel nachzudenken die gemeinsamen Schritte ein kurzes Stück in Richtung Altit und dann schon in seinen eigenen, mit einem Türchen versehenen und mit Steinmauern umfriedeten Aprikosengarten.

Sie war ihm willig gefolgt. Gleich hinter der Mauer umfassten ihn ihre Arme, und er spürte ihre weichen Lippen auf seinem Mund. Ihre fordernde Zunge verlangte bald nach der seinen. Ihm wurden die Knie weich, und er zog sie mit sich zu Boden. Sie half ihm die Bluse aufzuknöpfen. Seine Hände fanden ihre Brüste. Als sie sein Gesicht zu ihrem Busen heranzog, schreckte er einen Augenblick zurück, sie glaubte sogar ein kurzes Auflachen gehört zu haben. Dann umschlossen seine Lippen aber schon ihre Brustwarzen. Als sie aufstöhnte, begannen seine Hände ihre intimsten Stellen zu liebkosen.

Sie spürte seine harte Männlichkeit und wusste, dass sie dem unerfahrenen jungen Mann nun helfen musste, zog ihn fest an sich und öffnete ihm gleichzeitig ihren Körper. Er wusste kaum mehr wie ihm geschah, als er in ihre weiche Wärme eintauchen konnte und ihr Körper auf seine Bewegungen gleichzeitig verlangend und hingebend reagierte …

Eng umschlungen lagen sie wenig später eine Weile da, bald begann sie aber sein Gesicht und schließlich seinen ganzen straffen Körper mit Küssen zu bedecken, und wieder liebten sie sich …

„Natürlich musst du jetzt ‚Eve' zu mir sagen – aber nicht am Tisch des Mir, denn das würde auffallen", flüsterte sie ihm zärtlich ins Ohr. Und nach einer Weile: „Habe ich mich getäuscht, dass du kurz aufgelacht hast, als du meine Brüste geküsst hast? Sie sind aber noch gar nicht schlaff!"

Eskander musste wieder lachen: „Das hat seinen guten Grund. Berührt nämlich ein Hunzakuts die Brustwarze einer Frau mit den Lippen, dann sind beide für den Rest ihres Lebens Milch-Geschwister und stehen zueinander wie Bruder und Schwester …"

„… und dürfen sich nicht mehr lieben?", unterbrach Eve ihn ängstlich.

„So ist es, aber das gilt nur für Hunzaleute. Das ist bei uns auch die härteste Strafe für Ehebruch."

„Das musst du mir noch genauer erzählen."

„Das mache ich, aber jetzt müssen wir wohl nach Hause."

Die vorgesehenen zwei Monate für Dr. Browns Anwesenheit waren schon abgelaufen, und mehr als zwei, drei Wochen konnte sie ihre Zeit keinesfalls überziehen. So trafen sich die beiden Liebenden fast jeden Abend unter den Aprikosenbäumen, und Eskander konnte sich nicht vorstellen, dass er Eve schon bald nicht mehr in seinen Armen halten könnte.

Er war bis über beide Ohren in sie verliebt, und Malika wäre nicht eine erfahrene Frau gewesen, hätte sie das etwas veränderte Verhalten beider nicht bemerkt. So nahm sie bei Gelegenheit Eskander zur Seite und ermahnte ihn, sein Herz nicht zu sehr an die ‚blonde Ingles' zu hängen, die hier sicher niemals leben wollte. Dabei hatte er sich schon ausgemalt, dass sie vielleicht nach wenigen Jahren hierher zurückkehren würde, wenn Aga Khan ein Hospital in Hunza errichten würde. Aber sie hatte auch ihm gegenüber kürzlich einmal angedeutet, dass sie im Auftrag Aga Khans, den sie übrigens glühend verehre, für längere Zeit nach Amerika reisen müsse, um sich dort um ausgewanderte Ismailiten zu kümmern.

Die Ärztin und Malika konnten sich überraschend einer durchziehenden Händlerkarawane anschließen, und so kam der Abschiedstag schneller als gewollt heran. Eve, die um die Kurzlebigkeit dieser ‚kleinen Affäre' froh war, wie sie später ihrer Freundin in Bombay einmal anvertraute, versuchte Eskander nicht einmal zu trösten. Er verspürte das wie einen Keulenschlag und schlich einige Tage lang trübselig umher.

Dabei hätte er eigentlich Onkel Karok trösten sollen, der es kaum fassen konnte, nach so vielen Ehejahren von seiner geliebten Frau für längere Zeit getrennt zu sein. Malika hingegen hatte sich – ‚begierig auf die weite Welt' – scheinbar ohne großen Abschiedsschmerz verabschiedet.

Wie immer, wenn er mit sich nicht ins Reine kam, zog es Eskander auf die Hochalm. Er hatte das Bedürfnis, sich auszusprechen, hatte aber auch ein schlechtes Gewissen, ohne dass er sich einer direkten Schuld bewusst war. Dies wurde noch dadurch verstärkt, dass ihm knapp vor dem Gelben Felsen, dem üblichen Treffpunkt mit Nilufar, einfiel, dass er vor dem

Aufstieg keine frischen Kleider angezogen hatte, wie die Peris es wünschten, wenn man in ihr Reich vordrang.

Sie erwartete ihn dennoch, küsste flüchtig seine Hand, fuhr aber sogleich mit gerümpfter Nase zurück, als ob sie einen Dschin gerochen hätte. „Du kommst zu mir, ohne deine Kleider gewaschen zu haben. Ja, ich rieche sogar noch die Brünstigkeit der blonden Fremden an dir – grässlich! Eigentlich sollte ich mich sofort zurückziehen und einen ordentlichen Regenguss zur Reinigung auf dich niederprasseln lassen!"

Nilufars Gesichtszüge schienen auf einmal gealtert.

„Da war dein Vater noch anders, der hat genau gewusst, wie er uns Peris bei guter Laune halten konnte, peinlich genau hat er alle Regeln beachtet."

Auch ihre sonst so straffe Figur schien auf einmal nicht mehr so jugendlich: „Und vor allem hat er die guten Sitten nicht verletzt, nie wäre es ihm eingefallen, einer Frau im Hunzaland die Brust zu küssen und dann dennoch mit ihr Beischlaf zu pflegen. So etwas ist verwerflich! Ich kann nur Pfui dazu sagen!"

Eskander stotterte: „Aber, aber, ich habe gedacht, wenn sie doch keine Hunzakuts ist ..."

„Hier sind wir aber im Hunzaland, und wenn ihr eure Kultur nicht in Ehren haltet, wird das edle Hunzavolk zugrunde gehen."

Eskander saß mit eingezogenem Kopf wie ein armer Sünder vor ihr. Er tat ihr bereits leid, aber sie konnte dennoch nicht an sich halten: „Außerdem hat sie dich nur als Spielzeug ihrer Leidenschaft gebraucht, wie du wohl selbst beim Abschied bemerkt hast."

Nach einer längeren Pause bemerkte Nilufar plötzlich: „Du darfst aber nicht glauben, dass ich eifersüchtig bin. – Weißt du, ich sehe ja ein, dass du eine Frau brauchst, und damit du keine großen Dummheiten mehr begehst, werde ich für dich eine aussuchen!"

„Aber ich will doch noch gar nicht heiraten!"

„Ach, die ganze Prozedur dauert, wie du weißt, sowieso volle zwei Jahre."

# VI

Ende des Sommers hatte es noch ein paar heftige Gewitter gegeben, die anschließenden Herbstwochen waren aber wie immer prachtvoll klar, und so stieg Eskander mit seinem Jagdbogen oft ins Gebirge hinauf und hatte auch reichlich Jagdglück. Nilufar war ihm nie begegnet; er hatte es aber auch nicht darauf angelegt.

Die Mutter besorgte die kleine Landwirtschaft ohne Probleme alleine; nur bei besonders schweren Arbeiten half ihr Eskander. Im Dorf war man ihm seine Jagderfolge neidig, obwohl er reichlich Wildbret unter die Nachbarn verteilte: „Ja, wenn man nicht von der Landwirtschaft leben muss, hat man freilich viel Zeit zum Jagen – und auch er scheint, wie sein Vater, ein Günstling der Peris zu sein …"

Eskander war wieder einmal von einem langen und ermüdenden Pirschgang am Heimweg, er war in den nach Süden ausgreifenden Hochkaren unterwegs gewesen und hatte einen feisten jungen Steinbock zwar knapp hinterm Blatt gut getroffen, musste aber dann noch ein beträchtliches Stück den Schweißspuren folgen, bis er das Tier verendet fand. Er stieg, das schwere Wildbret über die Schulter geworfen, der Einfachheit halber ausnahmsweise direkt in Richtung Haiderabad, dem Nachbardorf von Baltit, ab. Dabei musste er die steile Schluchtrinne, welche sich in Falllinie bis vor das Dorf hinunterzog, queren. Er hatte dies schon oft ohne Last getan. Man musste nur auf den geneigten, glatt geschliffenen Felsplatten Acht geben, um nicht auszurutschen. Diesmal war er aber müde und etwas unkonzentriert, und schon war er am Grus auf einer Felsplatte ausgerutscht. Er überschlug sich zweimal, konnte sich dann aber fangen und mit einem mächtigen Satz den Rand der Rinne erreichen, wo er einen Moment erschöpft liegen blieb. Den an den Läufen zusammengebundenen Steinbock sah er in der Schlucht verschwinden.

An unzähligen Stellen aufgeschürft, mit vorne und hinten zerrissener Hose und leicht hinkend, erreichte er schließlich knapp vor Haiderabad den Dorfweg, der die Rinne kreuzte. Er musste einmal pro Woche von herabstürzenden Steinen gesäubert werden, und eben war eine Gruppe junger Frauen und Mädchen damit beschäftigt. Als Eskander näherkam, hörte er lautes Lachen, das sich noch verstärkte, als man seiner Jammergestalt gewahr wurde.

Keine brachte ein richtiges Wort heraus, und man wies nur immer wieder auf ein blutiges Bündel Steinbock und sodann auf ihn, bis sich schließlich eines der Mädchen, immer wieder von Lachkrämpfen geschüttelt, für ihn verständlich machen konnte: „Eskander du bist´s, Allah sei Dank! Zuerst sprangen wir in Deckung, weil wir einen Steinschlag hörten, dann waren es aber nur ein paar Steinchen, schließlich stürzte aber ein zusammengekrümmtes Lebewesen in großen Sprüngen über die Felsstufen. Wir dachten zuerst schon, es wäre ein Mensch, dann entdeckten wir aber, dass es ein Steinbock war. Kaum vom Schreck erholt, kamst du humpelnd und mit zerrissenen Kleidern um die Ecke. Und als eine rief: ‚Achtung, eine Rui!', konnten wir uns vor Lachen nicht mehr halten." Sie brachte die Sätze kaum heraus, als sie sich selbst schon wieder vor Lachen krümmte.

Eskander kam sich in dieser Runde übermütiger Mädchen recht komisch vor und versuchte seine Blößen einigermaßen zu verdecken, was ihm aber kaum gelang. Plötzlich löste sich aber eine aus der Gruppe und herrschte die anderen an, sich doch nicht wie dumme Gänse zu benehmen, sondern lieber dem Verletzten zu helfen.

Sie wickelte ihren langen Seidenschal von der Kappe und konstruierte daraus geschickt einen Umhang, den sie ihm um die Hüften schlang: „Komm mit nach Hause, ich wohne gleich da hinten."

Die Freundinnen hatten sich inzwischen beruhigt, und plötzlich wollten sich alle um den Verletzten kümmern, doch Dulat, wie die große, etwas grobknochige und energische junge Frau hieß, scheuchte alle davon.

„Sie wird sich doch nicht gar den hübschen Eskander angeln wollen", zischelten sich einige der Mädchen zu.

Es war nur der Vater daheim, der Eskander in seinem Zustand gar nicht erkannte und entsetzt war, Dulat mit einem fremden Mann das Haus betreten zu sehen. Er fasste sich aber, als Eskander sich vorstellte und musste nun auch selbst lachen, als er um eine Hose und frisches Wasser zum Abwaschen seiner Blutkrusten bat.

Dulat, die sich sofort an die Versorgung der Wunden machen wollte, scheuchte der Vater aber augenblicklich aus dem Haus, um die Mutter zu holen. Er eilte mit ihr vor die Tür und herrschte sie an, ob sie denn verrückt sei, sich dem Fremden so ungebührlich zu nähern.

Als die beiden Frauen zurückkamen, hatte Eskander bereits eine geborgte Hose an und versuchte sich mit einem nassen Lappen zu säubern. Da hatte die Mutter aber schon eine Flasche des kostbaren Aprikosenöls zur Hand, reinigte damit die Blessuren und verband die ärgeren mit frischen Leinenstreifen. Der Vater, dem einerseits um das wertvolle Öl leid war, andererseits das unterwürfige Getue der beiden Frauen gar nicht recht war, verließ verärgert den Raum.

Eskander wurde zum Niedersetzen veranlasst, und Dulat zog ihm die Fellschuhe aus, um auch nach den Beinen zu sehen. Sie nahm dabei ganz bewusst ihre Kappe ab, damit ihre schulterlangen schwarzen Haare besser zur Wirkung kämen und kauerte sich dabei so vor ihn hin, dass er im Blusenausschnitt ihre Brüste sehen konnte.

All das zeitigte die beabsichtigte Wirkung, und Eskander begann das Mädchen mit den Augen eines Mannes zu betrachten. Seit Eves Abreise war er nach Liebe regelrecht ausgehungert. ‚Sie ist zwar keine Schönheit, aber sonst gar nicht so übel', dachte er sich, ‚und vor allem nicht zimperlich und scheinbar auch unkompliziert.'

„Ich bin tief in eurer Schuld, die Hose werde ich umgehend, sobald sie gewaschen ist, zurückschicken – nein ich werde sie selbst zurückbringen."

„Es schickt sich aber nicht, wenn du selbst kommst, unsere Tochter ist doch noch unverheiratet."

Eskander verstand diese gezielte Bemerkung recht gut und tauschte mit Mutter und leicht errötender Tochter einen fragenden Blick, als er ging.

Daheim erkundigte er sich bei Zorah, die inzwischen auch schon die Last der Jahre spürte, ob ihr Dulat aus Haiderabad bekannt sei. Die Mutter war sogleich begeistert: „Ja, die würde als Frau sehr gut für dich passen, auch wenn sie um zwei, drei Jahre älter ist. Sie ist gesund und kräftig und könnte mich bei der Arbeit entlasten. Zum Glück wird seit einigen Jahren nur noch von den wenigsten Familien die komplizierte zweijährige Wartezeit eingehalten – du könntest sicher schon im nächsten Frühjahr heiraten."

Damit rannte sie bei Eskander offene Türen ein, dem diese altmodischen Verlobungs-Zeremonien mit dem Hin und Her des gegenseitigen Geschenkeaustausches total überholt erschienen. Außerdem sehnte er sich schon nach einem weichen, weiblichen Körper.

„Kann ich das Mädchen selbst fragen, ob sie meine Frau werden will?"

„Das geht aber wirklich nicht. Du hast nur schlechte westliche Sitten aus Lahore mitgebracht! Einen Vertrauensmann musst du auf jeden Fall zu den Eltern schicken."

„Ja, ja, das Aushandeln der Brautgeschenke und so weiter. Das wird Onkel Karok gerne für mich machen – aber mit dem Mädchen rede ich selbst!"

Eskander brachte die Hose sowie einen kleinen Sack Dörraprikosen persönlich zurück, ließ sich von der Mutter zuerst die Hand küssen, wie es üblich war und verstand es so einzurichten, dass er Dulat, die gerade in der warmen Herbstsonne vor dem Haus saß und den Buttersack über die Knie walkte, zuflüstern konnte: „Ich warte nach dem Abendgottesdienst bei der Schlucht auf dich."

Prompt fand sie sich ein und war kaum besorgt, dass man sie vielleicht gar mit Eskander sehen könnte. Der zog sie aber sofort in den Schatten eines Felsens und dann noch weiter ein Stück bergauf hinter ein Berberitzengebüsch. Hier waren sie ungestört.

„Mädchen, willst du mich heiraten?"

Ohne Umschweife stellte er diese Frage und ohne viel Federlesens schlang sie ihre Arme um ihn und legte ihren Kopf an seine Brust. Er war über diese spontane Geste gerührt, nahm vorsichtig ihr Gesicht in beide Hände, spürte wie ihr Körper bebte und küsste sie ganz leicht auf den Mund.

„Eskander!"

Nun war sie es, die ihre Lippen auf seine presste, sodass ihm fast der Atem weg blieb. Eng schmiegte sie sich an ihn, und sie hätte sich ohne Zweifel mit ihm zu Boden sinken lassen, wenn er das nur gewollt hätte. Es erschien ihm aber zu gefährlich, entdeckt zu werden und so flüsterte er ihr nur ins Ohr: „Ich werde mir einen sicheren Platz einfallen lassen. Genau heute in einer Woche treffen wir uns aber vorerst wieder hier. – Ja, natürlich, Onkel Karok wird demnächst bei deinen Eltern mit Brautgeschenken auftauchen." Damit ließ er Dulat los und verschwand im Dunklen.

Das nächste Treffen stand aber unter einem schlechten Stern. Just an diesem Tag hatte nämlich das Begräbnis von König Naber Schah stattgefunden, der zwei Tage vorher für das Volk von Hunza völlig überraschend – für seine nähere Umgebung aber wegen seines Übergewichtes und schon langjähriger Atembeschwerden nicht ganz unerwartet – verstorben war. – ‚Er ist der einzige Hunzakuts, der nicht alt werden kann, weil er zu viel isst und sich kaum bewegt', hatte man sich schon immer zugeflüstert.

Dulat musste eine Weile warten, bis Eskander, seinen bestickten weißen Festtagsmantel über dem Arm, herbeigehastet kam und sie nach einem flüchtigen Kuss genau auf eine Woche später vertröstete, weil er für heute noch ins Schloss bestellt war.

Zum Glück war Karok ‚im Auftrag der Bräutigamfamilie' schon vor einigen Tagen bei den Eltern gewesen, sonst hätte Dulat Zweifel gehabt, ob Eskander es ernst meinte. Sie bekam aber gleichzeitig eine Ahnung davon, dass sie keinen durchschnittlichen Hunza-Mann heiraten würde.

Im Schloss waren der Familienrat sowie die Ältesten der wichtigsten Hunza-Sippen, allen voran die Diramitin, zusammengetreten. Es gab bei diesem Regierungswechsel aber ausnahmsweise keine Probleme, denn man war sich schnell einig, dass der Kronprinz Dschabir Khan Nachfolger seines Vaters werden sollte.

Eskander war darüber sehr froh, denn Dschabir war ihm sehr gewogen, und er konnte weiterhin mit offiziellen Aufträgen rechnen.

Diesmal wartete Eskander schon ungeduldig auf das Mädchen, denn er sehnte sich täglich mehr nach weiblicher Nähe. Schwer atmend tauchte sie schließlich auf, warf sich in seine Arme, küsste ihn leidenschaftlich und gestand, dass der Vater wohl etwas ahnte und sie daher zur Sicherheit einen größeren Umweg machen musste, um ihre Spuren zu verwischen.

Beide hatten das gleiche Verlangen nach einander, und so saß sie bereits wenig später auf seinem Schoß, öffnete sein Hemd und begann seine Brust mit ihren Lippen zu berühren. „Bei mir darfst du das nie machen", flüsterte sie und führte seine Hände zuerst zu ihren Brüsten, dann aber an ihre Schenkel heran. „Streichle mich hier", forderte sie, „ich sehne mich so nach dir!"

Es währte nur kurze Zeit, da ließ sie sich nach hinten gleiten, und nun flüsterte Eskander: „Es wird dir aber weh tun!"

„Ich weiß, ich weiß, aber ich warte darauf …" Und so versanken sie ineinander.

Die spätherbstliche Kälte ließ Dulat aber dennoch bald erschauern, obwohl er ihr seine Jacke untergeschoben hatte.

„Wir müssen uns ein festes Dach über dem Kopf suchen."

„Mir fällt die kleine Mühle am Weg nach Hindi ein."

„Da müssen wir uns aber den Mehlstaub immer von den Kleidern klopfen", lachte Dulat.

Eskander war von ihrer natürlichen Unbekümmertheit sehr eingenommen und beglückwünschte sich zu seiner Wahl. Am liebsten wäre er mit Dulat ja gleich für einige Tage auf die leerstehende Hütte auf die Hochalm gegangen, aber dies war undenkbar.

Wohl aber stieg er wenige Tage später, an einem frostigen Spätherbsttag, hinauf, um nach den Steinböcken zu sehen, von denen manche jetzt schon begannen, die Geißen zu treiben. Es war für ihn immer faszinierend, die Böcke beim Treiben der Geißen zu beobachten.

Als er aus guter Deckung über eine Gratkante lugte, saß plötzlich Nilufar mit leicht spöttischer Miene auf einem Stein neben ihm: „Leider habe ich bei der Auswahl der passenden Frau für dich ziemlich danebengegriffen. – Ganz ähnlich wie die brunftigen Geißen da drüben!"

„Was meinst du mit Auswahl?"

„Ja, glaubst du wirklich, dass der Steinbock zufällig mitten unter die Mädchen gefallen ist? Außerdem habe ich dich vor einem bösen Absturz in der Rinne bewahrt."

Eskander fasste sich und jetzt erst tauschten sie den üblichen Händekuss.

„Allerdings habe ich nicht geahnt, dass sie so verrückt nach dir ist. Weißt du, ich bin ja nicht zimperlich, aber derart gegen die guten Sitten zu verstoßen, das kann auch nur jemandem wie dir einfallen, der von den Ingles verdorben wurde. Was stellst du dir vor, wenn sie nun zum Beispiel hochschwanger zur Hochzeit gehen müsste? Der Tham würde euch beide verdientermaßen nach Shimshal in die Verbannung schicken."

Eskander saß wie ein armer Sünder da, hob aber dann den Kopf und meinte verschmitzt: „Ich höre heraus, dass du nur in der Möglichkeitsform sprichst, also ist es noch nicht so weit …"

„Na, ja, ganz kann ich meinen Bruder ja nicht im Stich lassen, auch wenn er es verdienen würde. Aber damit ist es nun bis zur Hochzeit aus!"

Ihre Miene veränderte sich: „Außerdem wirst du demnächst Hunza für einige Wochen verlassen, weil der neue Mir zur Bestätigung seiner Würde beim britischen Vizekönig in Delhi erscheinen muss und dich in seiner Delegation haben will."

Dulat war über seine Abreise gar nicht so unglücklich, wie Eskander vermuten musste. Sie hatte es inzwischen nämlich mit der Angst zu tun bekommen, nachdem sie sich ihrer engsten Freundin anvertraut hatte: „Weißt du, wenn man uns entdeckt, könnten wir vielleicht gar nach Shimshal verbannt werden …"

Eskander musste heimlich lachen. War es möglich, dass Nilufar auch da ihre Hand irgendwie im Spiel hatte …?

Malika war knapp vor Eskanders Abreise aus Bombay zurückgekehrt und voller Pläne für die Einrichtung von Gesundheits-Beratungsstellen für die Frauen. Sie sah allerdings nicht gut aus und gestand Karok nach einigen Tagen, dass sie erst vor wenigen Wochen von einem Malaria-Anfall genesen sei: „Es ist eine Art, die regelmäßig wieder auftritt, wofür ich aber Chinin mitbekommen habe."

Nicht nur Eskander, sondern auch der Mir war von den riesigen Bauten in Neu-Delhi, besonders aber von der kilometerlangen neuen Pracht-Avenue zwischen dem Regierungssitz des Vizekönigs und dem riesigen Denkmal für die Gefallenen des Ersten Weltkriegs, überwältigt.

Nach Tagen der Bankette und offiziellen Besichtigungen sprach der Mir aber allen Delegationsmitgliedern aus der Seele, als er meinte: „Nichts wie heim, in die klare und frische Gebirgsluft von Hunza!"

# *VII*

Der große Krieg in Europa näherte sich offensichtlich seinem Ende, und auch im Pazifik verloren die Japaner Insel um Insel an die Amerikaner, sodass die Stimmung im britischen Militärkorps fast ausgelassen war. Nur wenige besonders Weitblickende gaben der Sorge über die zunehmenden Unabhängigkeitsbestrebungen im Lande Ausdruck. In diesem Zusammenhang wurde der Mir auch eines Abends heimlich von Vertretern der schon seit Jahrzehnten bestehenden Muslim-Liga kontaktiert, die auf eine Trennung Indiens in eine muslimische und hinduistische Hälfte hin arbeitete. – Der Mir hielt diese Idee aber vom toleranten Standpunkt seines Ismailitentums her für kurzsichtig und abwegig und schied von den Leuten in Unfrieden.

Im Winter erhielt Eskander von den alten Freunden seines Vaters Einladungen zur Jagd auf Schneeleoparden nach Gulmit und auch nach Yasin, wo ihm im Haus des Gastgebers das reizende und ausnehmend hübsche, etwa acht Jahre alte Töchterchen besonders zugetan schien. Dschaffer, der inzwischen als Beamter im District Office in Gilgit eine recht gute Anstellung gefunden hatte, war für zwei Tage nach Yasin nachgekommen und sagte vor den Hausleuten, dass das Mädchen in zehn Jahren eine passende Frau für ihn sein würde.

„Aber du weißt doch, dass ich demnächst heirate."

„Ein Gesandter des Mirs von Hunza braucht sowieso zwei Frauen, du musst nur zwei möglichst weit voneinander liegende Wohnsitze unterhalten."

Der Hausvater nahm die Sache ziemlich ernst und versprach, bis dahin alle weiteren Bewerber fernzuhalten …

Einige Wochen nach dem Bophao-Aussaatfest heirateten Eskander und Dulat ohne großen Pomp, und die Angehörigen der alten Generation ereiferten sich sehr über die kurze Verlobungszeit und die Missachtung der alten Sitten.

Wenige Tage später kam die Nachricht, dass der Krieg in Europa beendet sei und nun nur noch die Japaner endgültig besiegt werden müssten.

Zusammen mit dem Wazir und den alten Veteranen musste auch Eskander auf Wunsch des Königs an der kleinen Siegesparade in Gilgit teilnehmen, bei der das Bataillon der Gilgit-Scouts und die kleine örtliche Polizeieinheit einen schneidigen Eindruck machten.

Beim anschließenden Festmahl ersuchte der District Commissioner den Mir, einen seiner Leute als Verbindungs-Beauftragten für Bergexpeditionen abzustellen, die künftig in größerer Zahl nach Hunza und in die Nachbargebiete kommen würden. Es lägen schon viele Ansuchen vor, die nur wegen des Krieges bisher nicht behandelt werden konnten: „Der Mann muss die Träger für die Expeditionen rekrutieren, muss Englisch sprechen und natürlich auch selbst ein Bergsteiger sein. Er wird selbst nicht immer mitgehen können und soll sich daher weitere ‚Liaison Officers' heranziehen. Einen Schreibtischplatz werden wir ihm hier im Office einrichten."

Der Mir brauchte nicht lange zu überlegen: „Eskander ist der richtige Mann dafür."

Eskanders Flitterwochen begannen daher mit Verzögerung, ungeduldig von Dulat erwartet. Der frischvermählte Ehemann machte dies aber durch besondere Leidenschaft wett …

Zorah war so taktvoll, möglichst oft im Nachbarhaus schlafen zu müssen, ‚weil Malika gesundheitlich nicht gut beisammen sei', was leider den Tatsachen entsprach. Sie hatte schon wieder einen Fieberschub erlitten, der zwar mit dem ‚Wundermittel Chinin' gut zu bekämpfen war, aber offensichtlich stimmte auch mit ihrer Leber etwas nicht.

Karok, der alle Kräuterkundigen im Umkreis der Dörfer sowie Kalifa und Bitan herbeigeholt hatte, die alle ihre Kunst an Malika erfolglos praktiziert hatten, war verzweifelt. Schließlich brachte er Malika sogar nach Gilgit ins Militär-Hospital, aber selbst der in Indien weit umhergekommene, altgediente Major-Arzt, der selbst an Malaria litt, konnte auch nichts machen. Er vertraute Karok lediglich an, dass sich manchmal als Malaria-Spätfolge an der Leber Abszesse bilden würden, was aber höchstwahrscheinlich das Todesurteil für den Patienten bedeutete. In seiner Not wandte sich Karok an Eskander um Hilfe: „Sprich bitte mit Nilufar, vielleicht weiß sie ein Wundermittel."

Eskander, der die Wochen vor und nach der Hochzeit keinen Kontakt zu Nilufar gesucht hatte, weil er ihre sarkastischen Bemerkungen dazu fürchtete, machte sich nun sofort zum Gelben Felsen auf, entzündete sein Wacholderfeuer und musste auch nicht lange warten. Der berückende Aprikosenduft schien ihm diesmal besonders intensiv, und er wusste, dass sie schon in der Nähe war und ihn in Augenschein nahm.

„So sieht also ein glücklicher Ehemann aus!"

Und leiser: „Sei mir nicht böse über diese Bemerkung! – Ich bin eben doch etwas eifersüchtig."

Sie nahm ihn bei beiden Händen, kam ihm mit dem Gesicht ganz nahe und seufzte: „Eskander, schau mich einmal genau an. Sag mir ehrlich, ob du den Eindruck hast, dass ich langsam alt werde. Wenn ich im klaren See oben am Ultar mein Spiegelbild betrachte, entdecke ich Falten in den Augenwinkeln. Weißt du, wenn ich meine Schwestern anschaue, dann habe ich bei ihnen manchmal diesen Eindruck."

Eskander blieb nichts anderes übrig, als ihr in die wie immer strahlenden Augen zu blicken und konnte sich davon fast nicht lösen.

„Sei ehrlich, habe ich Falten?"

Eskander stotterte: „Ja, ja, ein paar Fältchen entdecke ich um deine wunderschönen Augen."

„Und wie ist es mit meinem Busen? Ist er noch straff genug?" – Sie entblöste ihre Brüste ohne Umschweife.

Eskander fasste sich: „Voller und fester als bei meiner jungen Frau!"

„Die ist aber auch schon vierundzwanzig Jahre alt", kam es prompt zurück. Nilufar bemerkte noch nachdenklich: „Also habe ich doch schon Falten …"

Eine Weile sagte keiner von beiden etwas, bis Nilufar die Stille unterbrach: „Weißt du, es tritt scheinbar genau das ein, was ich schon länger befürchtet habe: „So wie die guten alten Sitten und Bräuche verschwinden, werden auch wir alt werden und eines Tages nicht mehr sein …"

Eskander sprang auf: „Nein, es wird nie so weit kommen! Wir Hunzakuts brauchen euch doch! Wer schützt unsere Täler vor den Lawinen, wer sorgt für das Wachstum auf den Feldern?"

„Du siehst ja, der Tham lässt die gemeinsame Hochzeit zur Wintersonnenwende nicht mehr feiern, und ich sage dir voraus, dass der neue Tham bald auch das Bophao nicht mehr zelebrieren wird."

„Aber wie wird dann das Getreide gedeihen?"

„Du hast sicher bei deinem Studium von künstlichen Düngemitteln gehört; die Menschen werden sich lieber darauf verlassen – siehst du, das werden die neuen Götter sein, welche sie anbeten."

„Ich werde dagegen mit aller Kraft auftreten, das verspreche ich dir!"

„Ja, ja, ich glaube dir deinen guten Willen, aber du wirst dich wundern, wie du dich selbst in den nächsten Jahren noch an alles gewöhnen und anpassen wirst."

Wieder waren beide eine Weile still, bis Eskander einfiel, warum er überhaupt heraufgekommen war: „Meine Tante …"

„Ich weiß schon", unterbrach ihn Nilufar: „Eine gefährliche Krankheit! Warum zieht es euch Hunzakuts bloß seit neuestem immer mehr in die Fremde? – Du bist ja selbst ein Beispiel dafür. – Aber ich weiß eine Medizin: Mische Schilfrohr-Asche zu gleichen Teilen mit dieser getrockneten Pflanze" – sie übergab Eskander ein Lederbeutelchen – „und verabreiche Malika davon so lange, bis ihre Leberschmerzen nicht mehr auftreten. Das Abszess sollte damit ausgeheilt werden."

„Wo finde ich aber bloß Schilf?"

„Denk nach! Oben am Borit-See bei Hussaini. Dein Vater hat dort oft Wildenten gejagt."

Eskander küsste ihre Hände.

„Komm bald wieder. – Und vergiss das nächste Mal nicht, dich besser zu waschen, dir haftet der Geruch deiner Frau an. Dieses Mal habe ich es durchgehen lassen, weil du wegen der Tante in Eile warst. Ich konnte es nur aushalten, weil ich mehr als sonst von meinem Aprikosen-Parfum versprühte."

Karok war überglücklich, und Malika genas tatsächlich langsam, wobei Eskander im Herbst – diesmal bestens gewaschen und frisch gekleidet – von Nilufar nochmals Nachschub an der Kräutermedizin holen musste. Lange besprach er mit Karok auch die Sorgen der Peri, und beide waren ziemlich ratlos, wie man dem Sittenverfall gegensteuern könnte.

# *VIII*

Eskander musste nun oft im Office in Gilgit sein, wo er ja noch immer das Häuschen des Vaters besaß und verbrachte die restliche Zeit meist beim Jagen. Dulat war der Mutter eine große Stütze und bewältigte mit Leichtigkeit alle schweren Arbeiten. Die häufige Abwesenheit ihres Mannes nahm sie ziemlich gelassen hin.

Inzwischen bemächtigte sich des ganzen Distrikts große Unruhe, weil es hieß, dass die Briten schon in wenigen Monaten Indien in die Unabhängigkeit entlassen wollten. Die Muslim-Liga drängte mit Gewalt auf die Schaffung eines eigenen muslimischen Staates, für den man sich auch schon den Namen PAKISTAN ausgedacht hatte, wobei P für Pandschab und K für Kaschmir stand; STAN bedeutete ja auf Urdu so viel wie LAND.

Und tatsächlich, Indien wurde überraschend frei. Trotz der Warnungen Ghandis trennten sich die beiden großen Religionsgruppen, und neben Indien entstand der neue Staat Pakistan, geteilt in eine Osthälfte mit der muslimischen Bevölkerung Bengalens und einer Westhälfte, welche hauptsächlich das Industal bis hinunter nach Karachi umfasste. Die Unabhängigkeit löste gleichzeitig eine immense Völkerwanderung aus. Fast zehn Millionen Muslime verließen ihre Heimat und zogen in den neuen Staat Ost-Pakistan, während Millionen Hindus ihrerseits in ihr neues Land auswanderten. Furchtbare Massaker geschahen, wo immer beide Gruppen aufeinandertrafen. Im Pandschab brachten sich Sikhs, Hindus und Muslime gegenseitig um, denn die von Großbritannien recht unglücklich gezogene Grenze verlief zwischen Amritsar und Lahore, wobei letzteres an Pakistan fiel. Mehr als eineinhalb Millionen Menschen kamen ums Leben.

Nur vage gelangten diese Tatsachen bis in den Raum von Hunza, wo man sich auf Grund der ausschließlich muslimischen Bevölkerung automatisch Pakistan zugehörig fühlte.

Formell hatten Hunza und seine Nachbargebiete immer zum Bereich des Maharadschas von Kaschmir gehört, nur hatte man davon kaum etwas gemerkt, denn in Gilgit saß ein britischer Commissioner. Dieser wurde nun über Nacht durch einen Beamten des Maharadschas, einen Hindu ersetzt.

Obwohl Kaschmir zu drei Viertel von Muslimen bewohnt war, herrschte über Kaschmir schon seit Jahrhunderten eine Hindu-Dynastie. Da das Zusammenleben beider Religionsgruppen in Kaschmir bisher immer reibungslos funktioniert hatte, machte man sich in Hunza über die neuen Obrigkeitsverhältnisse nicht allzu viele Gedanken, zumal der neue Commissioner die Geschäfte nach guter britischer Tradition weiterführte und im Beamtenstab auch keinerlei Änderungen vornahm.

Die neue pakistanische Regierung nahm diese politische Situation aber nicht hin, der Maharadscha wurde formell abgesetzt, und pakistanische Truppen marschierten auf Srinagar, die Hauptstadt Kaschmirs zu. Als sie knapp vor Srinagar standen, unterzeichnete der Maharadscha eine Beitrittsurkunde zum indischen Staatsverband, worauf Indien sofort seinerseits große Truppenkontingente in Marsch setzte, welche die pakistanischen Truppen vor Srinagar zurückwarfen: Der erste pakistanisch-indische Krieg hatte begonnen. Gleichzeitig verbreitete sich auch die traurige Meldung, dass Mahatma Ghandi ermordet worden sei.

Die Nachricht löste auch in Hunza, wo das Leben seinen gewohnten Gang genommen hatte, eine gewisse Unruhe aus. Eskander beriet sich mit Onkel Karok, dessen Hauptsorge die Gilgit-Scouts waren, die nunmehr ja formell dem Maharadscha unterstanden. Es blieb aber den ganzen Sommer über ruhig, und der Mir ließ Eskander ausrichten, sich keinesfalls nach Gilgit zu begeben, so lange dort die Situation nicht geklärt sei. Knapp vor Winterbeginn traf aber die Meldung ein, dass die Scouts in Gilgit in Kämpfe mit einer Polizeieinheit des Maharadschas verwickelt seien. Sie hätten auf dem alten Fort in Gilgit die pakistanische Flagge gehisst.

Eskander und einige andere junge Männer hielten es daheim nicht mehr aus, und trotz des Verbotes des Mir ritten sie während der Nacht nach Gilgit. Als sie dort eintrafen, befanden sich aber die schwachen Einheiten des Maharadschas schon auf der Flucht. Vier der fünf Kompanien der Gilgit-Scouts waren ihnen auf den Fersen, und schon nach wenigen Tagen traf die Meldung ein, dass sie auch Skardu bereits nach kurzen Kämpfen eingenommen hätten.

Die Gilgit-Scouts hatten absichtlich die kalte Jahreszeit für ihren Angriff gewählt, weil damit sichergestellt war, dass größere Kontingente indischer Truppen über die verschneiten Pässe keine Gegenangriffe unternehmen konnten.

Es überraschte Eskander nicht, dass sein gewiefter Freund Dschaffer vom Ältestenrat zum provisorischen Commissioner in Gilgit ernannt worden war. Aber dieser verbot Eskander und den anderen Hunzakuts, sich als Freiwillige bei den Scouts zu melden, denn er bräuchte dringend eine Polizeitruppe für die Nachtstunden.

So fand sich Eskander plötzlich mit einer Armbinde versehen, sein vorsorglich mitgebrachtes Jagdgewehr geschultert, zu zweit nächtens durch den Basar Gilgits streifen. Auch aus Nager waren einige junge Männer herbeigeeilt, und Eskander richtete es nach Möglichkeit immer so ein, dass er mit einem Nagerkuts auf Streife gehen konnte, hatte er doch bisher kaum mit Leuten ‚von drüben' Kontakt gehabt.

Da überhaupt nichts los war, denn die wenigen Taschendiebe gingen nur bei Tag ihrem Geschäft nach, hatte man viel Zeit zum Gedankenaustausch.

Besonders wenn der Muezzin im Morgengrauen zum ersten Gebet rief und sich sein Streifen-Kamerad als Schiite an Ort und Stelle niederwarf, kam sich Eskander zu wenig fromm vor, entlastete sich im Gespräch aber damit, dass sich fast jeder Hunzakuts morgens und abends im Gebetshaus einfände, während die Schiiten vor allem nur am Freitag ihre Moschee aufsuchten.

Einer der wenigen etwas gebildeteren Nagerkuts redete ihn eines nachts auf Aga Khan an, von dem man über ihre Mullahs höre, dass er ein ausschweifendes und luxuriöses Leben weit abseits seiner Gläubigen führe, sich vor einem Jahr habe mit Diamanten aufwiegen lassen und angeblich nur Interesse für seine Rennpferde habe: „Müsst ihr euch nicht eures obersten religiösen Führers schämen und alle zum Schiitentum übertreten?"

Eskander war die Frage sehr peinlich, und er zog sich nur mühsam aus der Affäre, indem er einmal aufklärte, dass die Diamanten in einen Fonds kämen, aus dem die Ismailiten unterstützt würden. Und zweitens fiel ihm zum Glück ein, dass die Ismailiten ja in aller Welt verstreut lebten und der Aga Khan sich daher nicht in Indien alleine aufhalten könne.

Wütend wurde Eskander nur, als ein anderer Nagerkuts seine Freude darüber äußerte, dass in den Auseinandersetzungen der letzten beiden Jahre in Indien viele Ungläubige umgekommen seien: „Da die Hindus sich nicht bekehren lassen, sollen sie sterben!"

Hier wurde Eskander erst bewusst, wie stark sich seine eigene Religion vom blinden Eifer der Schiiten und Sunniten abhob, und er formulierte mutig: „Aga Khan, unser oberster Imam, hat mehrmals gesagt, dass alle Menschen auf der Erde, die ehrenwert leben und ihre Mitmenschen achten, Anspruch auf das Paradies hätten!"

Der Winter war sehr streng gewesen und alle Verbindungen nach dem Süden waren für Monate unterbrochen, sodass die neue pakistanische Regierung erst zur Jahresmitte davon erfuhr, dass Baltistan und Hunza ein gesicherter Teil Pakistans geworden waren …

Eskander war längst wieder daheim, hatte Freude an seinem kürzlich geborenen Töchterchen, führte aber kaum das normale Leben eines Bauern. Er war fast ständig in den Bergen unterwegs und begann auch systematisch Höhe zu trainieren, denn er wusste, dass bald Expeditionen organisiert werden mussten.

In Gilgit war ein Offizier aus Lahore District Commissioner geworden, der Eskander, nachdem er von seinen abgeschlossenen Studien gehört hatte, sofort wieder als Liaison-Officer für Bergexpeditionen berufen hatte. Dschaffer war hingegen auf die Militärakademie nach Rawalpindi gegangen.

Als Eskander davon hörte, dass nicht nur die beiden Bitans von Baltit und Altit, sondern auch Schamanen von anderen Orten vor den ‚schwarzen Krähen aus dem Süden' gewarnt hatten, fand er dies sehr merkwürdig.

Er beschloss, Nilufar umgehend aufzusuchen, um ihre Meinung zu hören.

Zwischen beiden hatte sich mit der Zeit ein Verhältnis wie unter echten Geschwistern aufgebaut, und Eskander kam mit allen Sorgen und Problemen zu ihr, die immer aufrichtig froh schien, ihn einerseits zu sehen und ihm andererseits mit Rat und Tat beistehen zu können.

„Ja, ja, die ‚schwarzen Krähen' sind unsere Erfindung. Wir müssen es den Leuten ein wenig verschlüsselt mitteilen. Es sind natürlich die neuen Herren mit ihrer dunkleren Hautfarbe aus dem Süden Pakistans gemeint."

„Aber warum warnt ihr vor ihnen?"

„Du wirst schon noch sehen. Sie werden alle Ämter besetzen. Sie werden euch Polizisten herschicken."

„Was? Polizisten nach Hunza? Das ist doch lächerlich! Bei uns gibt es doch überhaupt keine Verbrechen."

„Sie werden euer Land aufkaufen wollen, weil man hier viel besser lebt als im heißen, stickigen Süden und euch ihre fremde Kultur aufdrängen."

„Ah, wir werden ihnen kein Land verkaufen."

„Das mag vorerst schon so sein, aber sie werden vorerst

eben als Touristen kommen und sich bei den ‚ungebildeten Hunzakuts' als Herren aufspielen. Später werden sie Gesetze erlassen, und ihr werdet ihnen für verschiedene amtliche Stützpunkte Land abtreten müssen."

„Wenn sie uns wenigstens elektrischen Strom vom Süden heraufleiten würden, schon die Briten haben ja einen riesigen Staudamm nördlich von Rarwalpindi zur Stromerzeugung gebaut."

„Eskander, du enttäuschst mich. Wir haben schon einmal darüber gesprochen. Mit dem elektrischen Licht werden sie euch eines Tages auch Trugbilder in die Häuser liefern, die nur ihre fremde und verderbliche Kultur und ein leichtes Leben ohne jede Mühe als Vorbild erscheinen lässt, und besonders die jungen Leute werden darauf hereinfallen. Und noch etwas: Du hast schon oft geklagt, dass die Straße von Gilgit herauf für die neuen, die Luft verpestenden Fahrzeuge, die ihr Autos nennt, noch immer nicht fahrbar gemacht wurde. Ach, wenn es nur das wäre. Ich hatte da nämlich kürzlich einen schrecklichen Traum – und meine Träume haben sich noch alle bewahrheitet –, in dem tausende und abertausende Krähen, die einen waren von schwarzer, die anderen von gelblicher Farbe, eine breite Straße mitten durch unser Gebiet, über die höchsten Bergpässe, über Gletscher und über reißende Flüsse gebaut haben."

Eskander war bestürzt, denn er hatte bisher keine Ursache gehabt, auch nur den geringsten Zweifel an Nilufars Aussagen zu haben: „Das ist ja völlig undenkbar … wenn mit den schwarzen Krähen unsere neuen Herren gemeint sind, wer sind dann die gelben?"

„Ich weiß es selbst nicht recht, wir werden es früh genug erfahren. Diese Krähen werden unsere Leute mit ihrer fremden Kultur überschwemmen, den Menschen andere Essensgewohnheiten beibringen, sie mit leicht zu verdienendem Geld unzufrieden machen …"

Eskander unterbrach sie: „Nilufar sprich nicht weiter! Das kann doch alles nicht wahr sein!"

„Vor allem werden die Leute aus dem Süden aber eines tun", Nilufars Stimme wurde sehr traurig: „Sie werden den König absetzen – ich sehe ganz genau, dass dies eintreten wird – und damit wird auch seine Funktion als ‚Tham', als Mittler zwischen den ‚Himmlischen', von denen er abstammt sowie zwischen euch und uns Peris verschwinden."

Sie seufzte auf: „Und damit werden auch wir Peris langsam verschwinden … der Anfang ist ja schon gemacht."

Eskander nahm Nilufars Gesicht, das plötzlich tränenüberströmt war, in beide Hände und beeilte sich zu versichern, dass er noch keine weiteren Fältchen um ihre Augen, die so strahlend schön seien wie immer, bemerkt habe.

„Ja, ja, du bist lieb …"

Plötzlich war ihre Stimme wieder energisch: „Weißt du, gegen diese straßenbauenden Krähen und andere bösen neuen Einflüsse werden wir uns natürlich zur Wehr setzen: Da gibt es Lawinen und Steinschlag, Überschwemmungen und vieles andere mehr …"

Die letzten Worte waren nur noch von der Ferne zu vernehmen und dann war sie auch schon verschwunden …

Nachdenklich betrat Eskander wenige Stunden später sein Haus, wo ihm die Mutter vorhielt, sich überhaupt nicht um sein kleines Töchterchen zu kümmern. Außerdem sei eben die Nachricht überbracht worden, dass er dringend im Office in Gilgit erwartet würde. Dulat hingegen verteidigte ihn wie schon öfters damit, dass ein Mann seines Ranges eben viele Verpflichtungen habe, was sie einsehe. Diesmal trugen ihr diese Worte von ihm sogar einen dankbaren, wenn auch flüchtigen Kuss ein.

In Gilgit erfuhr er vom District Commissioner, dass eine deutsche Expedition, der auch Österreicher angehörten, zum Nanga Parbat kommen wolle und er umgehend die notwendigen Träger rekrutieren und die Expedition begleiten möge.

„In einem Brief haben sie mir mitgeteilt, dass man unseren Nanga Parbat in Europa nur noch als ‚Schicksalsberg der Deutschen' bezeichnet. – Ich habe übrigens inzwischen erfahren, dass auch dein Vater im Jahre 1937 bei der letzten großen Tragödie, wo viele Deutsche umgekommen sind, sein Leben verloren hat. – Inschallah, aber diesmal würde ich den Deutschen einen Erfolg vergönnen."

Die Deutschen wollten den Berg diesmal wieder vom Norden her besteigen. Deshalb war die Bereitstellung der Träger wie immer eine schwierige und heikle Sache, denn Eskander konnte nur wenige der verlässlichen Hunza-Träger einschleusen. Die Mehrzahl musste vor Ort, vor allem aus Tato, angeworben werden, der Rest aus Chilas unten im Industal. Und die Leute beider Ortschaften waren nicht nur eifersüchtig aufeinander, sondern viele Familien sogar tödlich miteinander verfeindet. – Letztendlich hatte er aber die notwendigen einhundert Träger beisammen.

Als die Expeditionsvorhut eintraf, war er enttäuscht zu hören, dass diesmal keine der besonders tüchtigen Darjeeling-Sherpas als Hochträger dabei sein würden, weil die neue Feindschaft zwischen Indien und Pakistan dies – zumindest im Moment – verhinderte. So war es ihm aber andererseits möglich, einige weitere, besonders tüchtige Männer aus Gulmit mit entsprechender Berg-Erfahrung anzuheuern; das Interesse war wegen der guten Verdienstmöglichkeiten ja sehr hoch. Der Bedarf nach Bargeld stieg auch in Hunza von Jahr zu Jahr, weil die Versuchungen des Basars von Gilgit mit allen möglichen neuartigen Gütern für die Leute allzu verlockend waren.

Als Eskander die Bergsteiger kennen lernte, fiel ihm schon beim Aufstieg zur Märchenwiese einer besonders auf. Er konnte mit dem an sich sehr wortkargen Mann zwar wegen dessen mangelhaften Englischkenntnissen kaum kommunizieren, aber dieser ‚Hermann', wie er hieß, schien von außerordentlicher Zähigkeit zu sein.

Er hatte sich keine Erlaubnis von seinem Vorgesetzten eingeholt, selbst an der Gipfelbesteigung teilnehmen zu dürfen, weil er für den schwierigen, außerordentlich hohen Berg viel mehr hätte trainieren müssen. Für die nächsten Jahre nahm er sich aber einige ‚Ziele vor der Haustüre' vor: Da waren als Herausforderung der noch immer unbestiegene Haramosh, dessen kühnes Horn bei jedem Fenster Gilgits hereinschaute – und natürlich der ebenfalls noch unbezwungene, gewaltige Rakaposhi, der das gesamte Hunzatal dominierte und zu den höchsten Bergen der Erde zählte.

Auch dieses Mal schien die Expedition nicht gerade vom Glück begünstigt zu sein, aber langsam schoben die erfahrenen Bergsteiger ihre Lagerplätze hoch. Eskander stieg einmal sogar bis zum Lager III hinauf. Dort wurde er prompt zwei Tage lang mit Hermann, auf den der Expeditionsleiter große Hoffnungen setzte, eingeschneit. Das Lager war bestens mit Proviant ausgestattet, und so beobachtete er mit zunehmendem Interesse, dass Hermann nach dem Frühstück langsam und bedächtig weiteraß – durcheinander, alles was da war: Käse, Schinken, Dörraprikosen, dann zu Mittag wieder eine kräftige Suppe mit Speck und anschließend Ölsardinen, Schokolade, dazwischen immer wieder große Brotstücke. Das praktizierte er bis zum Abend weiter, und als Eskander den jungen Mann, der ungefähr in seinem Alter und gertenschlank war, schließlich daraufhin ansprach, lachte der nur und bedeutete ihm mit Hilfe der Zeichensprache, dass es morgen schon mit dem Gipfelangriff ernst werden könnte, und da habe er dann vielleicht keine Zeit mehr zum Essen. Außerdem wolle er seinen Rucksack nicht auch noch mit Proviant belasten.

Wieder im Basislager erzählte Eskander von der ungewöhnlichen Kapazität Hermanns und da wurde ihm dann bestätigt, dass dieser tatsächlich auf Vorrat essen könne und dann lange Zeit nichts benötige.

So wunderte es Eskander nicht, dass Hermann Buhl schließlich auch als Einziger den Berg bezwang, war sich aber darüber im Klaren, dass dies vor allem seiner unglaublichen Zähigkeit zu verdanken war – schade dass dieser Hermann kein Hunzakuts war! Dabei hatte er erst gegen Abend den Gipfel erreicht, konnte dann nur noch das kurze Stück bis zum ‚Silbersattel' absteigen, dessen Eisflanken bis zur Märchenwiese hinunterleuchten, und musste hier die Nacht in fast 8000 Metern Höhe ohne Zelt und Biwaksack zubringen, wobei er sich keine nennenswerten Erfrierungen zuzog. – Eine unglaubliche Leistung, deren Strapazen man beim umjubelten Einzug im Basislager allerdings seinem um Jahre gealterten Gesicht ansah.

Ein kleiner Teil des Ruhmes der erfolgreichen Expedition fiel auch auf Eskander zurück, der eine Zeit lang in den Hunzadörfern nur noch als der ‚Bergsteiger' bezeichnet wurde.

Inzwischen bekam er vom Mir noch eine weitere Aufgabe zugeteilt: „Eskander, ich denke, du stimmst mir zu, dass es langsam unerträglich wird, dass Hunza nicht mit Autos erreichbar ist. Ich habe den Wazir daher beauftragt, alle Dörfer an der Strecke zur Ausbesserung und Verbreiterung ihrer Wegabschnitte zu verpflichten. Es soll eine so breite Straße entstehen, dass zumindest ein Personenkraftwagen Platz hat. Du sollst die Arbeiten überwachen."

„Majestät, das können aber nur diese neuartigen Jeeps sein, bei denen alle Räder gleichzeitig angetrieben werden und die sehr hoch gebaut sind, denn asphaltieren können wir die Straße nicht."

„Ja, ja, da hast du recht. Ich habe dem Wazir, der sich schon ein Luxusauto für mich vorgestellt hat, wie er es beim Vizekönig in Delhi gesehen hat, gleich gesagt, dass das nicht gehen wird."

Und tatsächlich, man schrieb das Jahr 1954 als der erste Jeep vor dem königlichen Wohnsitz in Baltit anhielt.

Nicht nur der Chauffeur, sondern auch die beiden Insassen, Gäste des Königs, waren blass und stiegen erschöpft aus dem Fahrzeug. Eskander, der bereits darauf gewartet hatte und beim historischen Moment dabei sein wollte, hatte die Staubfahne gesehen und war sofort herbeigeritten. Er kam gerade noch zurecht, als der deutsche Wissenschafter mit seiner Frau sich beim Fahrer überschwenglich bedankte, dass sie heil angekommen seien, und die Dame versicherte dem Mir eben, dass sie immer auf der ‚Bergseite' gesessen habe, um nicht in die entsetzlichen Abgründe blicken zu müssen.

Der Professor war Ernährungsspezialist und war extra nach Hunza gekommen, um hier die Lebensweise und Ernährungsgewohnheiten zu studieren.

Wieder war es Eskander, der vom Mir den Auftrag erhielt, die beiden beim Besuch in die Häuser zu begleiten, und er war diesmal auch ständiger Gast an der abendlichen Tafel des Königs. Sie war wie immer nur karg gedeckt, und es machte auf die Gäste ungeheuren Eindruck, dass auch die Königsfamilie so einfach wie das Volk lebte.

Das vom Gletscherschluff getrübte Trinkwasser kam auch im Königsschloss auf den Tisch und erregte die besondere Aufmerksamkeit des Professors. Er nahm am Schluss der Reise mehrere Proben davon mit, um sie daheim in den Labors nach verschiedenen Gesichtspunkten zu untersuchen und versprach, die Resultate mitzuteilen.

Ein halbes Jahr später ließ der Mir Eskander ins Schloss kommen, um mit ihm den Inhalt eines langen Briefes zu besprechen, der vom Professor gekommen war: Die wesentliche Aussage war, dass die trüben Mineralstoffe des Hunzawassers eine außerordentlich hohe elektrische Ladung – wie sonst nirgendwo bekannt – besitzen. Das Besondere könnte nun sein, so schrieb der Wissenschafter, dass kranke und abgestorbene Zellen des menschlichen Körpers durch diese elektromagnetischen Kräfte angezogen und durch das Blut abtransportiert würden.

„... Mhm, Eskander kannst du mir das näher erklären, du hast ja in Lahore höhere Studien betrieben. Ich habe schon mit dem Wazir darüber gesprochen, er hat nur den Kopf geschüttelt und gemeint, dass nicht einmal die ‚Überirdischen' solch kompliziertes Zeug verstünden."

Eskander schüttelte nur mit dem Kopf und musste lachen: „Majestät, ich glaube ebenfalls, dass da selbst die Peris überfragt wären."

„Gut, lassen wir es dabei bewenden und freuen wir uns an der scheinbar wirklich überdurchschnittlichen Gesundheit unseres Volkes."

Damit war Eskander eigentlich entlassen, blieb aber noch etwas verlegen stehen und musste wieder einmal die Bitte nach Auszahlung eines versprochenen Honorars, diesmal für die Begleitung des deutschen Ehepaares, vorbringen. Es war ihm dies immer höchst lästig, aber da er auch für seine Liaison Officer-Tätigkeit nur jeweils im Einzelfall honoriert wurde, war er ständig ziemlich knapp bei Kassa und konnte auf keine Rupie verzichten. Kleidung, Pferd und die Aufenthalte in Gilgit verlangten immer Bargeld, das aus der Landwirtschaft nicht zu erwirtschaften war; von des Vaters Gold war nur noch ein kleinerer Betrag vorhanden, den er als eiserne Reserve hütete.

# IX

Schon im vergangenen Jahr wurde eine Expedition von Engländern zum Haramosh angekündigt, der mit seinen 7400 Metern noch immer unbestiegen war. Da er sozusagen der ‚Hausberg' von Gilgit war, verbreitete sich das Gerücht mit Windeseile, dass einige verrückte Ingles die Ruhe der Peris am Haramosh stören wollten und diese sich das sicherlich nicht gefallen lassen würden. Diese Gerüchte wurden noch durch Schrecken erregende Aussagen von Dayals, so wurden die Bitans im Bereich von Gilgit genannt, verstärkt: „Es werden Schlammlawinen die Täler verwüsten und die Aprikosenbäume werden an einer bösartigen Krankheit zugrunde gehen", konnte man von ihnen hören. Auch Eskander kam dieses Gerede zu Ohren, und er dachte, dass es vielleicht am besten wäre, mit Nilufar einmal darüber zu sprechen.

Er wusste, dass der Haramosh nicht mehr im Einflussbereich der Hunza-Peris lag, die gegen eine Besteigung der Bergspitzen in ihrem Bereich nichts einzuwenden hatten, ‚wenn sich die Bergsteiger nur ordentlich verhielten'. Soviel er wusste, waren die Hunza-Peris mit jenen von Gilgit zumindest verwandt.

So fand er sich wieder einmal bei Nilufar ein, die über die Theorien des deutschen Professors nur insoferne lachte, als es seine wissenschaftlichen Erklärungen betraf: „Natürlich hat unser Hunzawasser geheimnisvolle Kräfte, für die aber wir Peris verantwortlich sind. Nur so lange ihr Hunzakuts mit uns in Harmonie und Übereinstimmung lebt, wird das Wasser auch diese besondere Wirkung haben!"

„Wie ist es eigentlich mit euren Nachbarinnen auf den Bergen rund um Gilgit? Sind die ihrem Volk auch so zugetan?"

„Ach, du meinst die Prophezeiungen der Dayals aus den Bagrot- und Kutwal-Tälern über die beabsichtigte Besteigung des Haramosh. – Nun ja, die Peris dort sind unsere Kusinen. Ich will mit ihnen möglichst nichts zu tun haben, denn sie sind immer schlecht gelaunt und vollkommen humorlos. Das wirkt sich auch in ihrem Verhältnis zu den Menschen aus. Wenn du dort hinaufsteigen willst, musst du dich vor ihnen sehr in Acht nehmen. Was aber die Prophezeiungen betrifft, die sind wohl nicht so besonders ernst zu nehmen."

„Du meinst also, sie werden die Bergsteiger nicht ins Verderben reißen?"

„Jedenfalls werden sie ungeheure Schneemengen schicken, das ist ihre Spezialität."

„Aber ich habe für die Besteigung ja die beste Jahreszeit nach dem Ende des Monsuns vorgeschlagen."

„Na, du wirst schon sehen! Für dich werde ich natürlich ein gutes Wort bei den Kusinen einlegen ... eigentlich müssen sie dich als meinen Milchbruder auch als ihren Verwandten betrachten. – Aber ich will dir noch etwas anderes sagen: Auf den Tham bin ich wirklich böse. Musste er denn die Straße nach Hunza für Autos befahrbar machen? Mit diesen stinkenden Geräten hält eine böse Zeit Einzug und unserem kleinen Paradies wird langsam aber sicher sein letzter Zauber genommen."

Eskander fühlte tief in seinem Inneren, dass sie recht hatte und widersprach daher nicht. Und er saß noch immer mit gesenktem Kopf da, als sie schon längst verschwunden war ...

August und September waren zweifellos die besten Monate für eine Besteigung des Haramosh. Die fünf britischen Bergsteiger waren schon Ende Juli in Gilgit eingetroffen und begannen, während Eskander mit der Rekrutierung der Träger beschäftigt war, den günstigsten Ausgangspunkt zu erkunden. Der Expeditionsleiter war ein erfahrener Mann, der im vergangenen Jahr zusammen mit Norwegern den Tirich Mir, den höchsten Gipfel des benachbarten Hindukusch, erstbestiegen hatte. Die anderen vier waren zwar sehr gute Alpinisten, hatten aber keine Erfahrung auf siebentausend Meter hohen Bergen.

Der Expeditionsleiter war anfangs erschreckt, als Eskander zu verstehen gab, dass auch er den Gipfel besteigen wollte, denn der Liaison Officer des vergangenen Jahres, ein Chitrali, war über das Basislager nie hinausgekommen und als Bergsteiger völlig ungeeignet. Als er Eskander aber erstmals im steilen Eis beobachten konnte, war er sehr froh, ein so souveränes weiteres Expeditionsmitglied gewonnen zu haben.

Als Ausgangspunkt war das Kutwal-Tal gewählt worden, das von der gewaltigen Nordseite des Haramosh mit seinen übereinander liegenden Eiswülsten, Eistürmen und Graten beherrscht wurde. Von hier konnte Eskander auch erstmals sehen, dass der Gipfelbereich aus einer niedrigeren und einer etwas höheren Spitze bestand.

Beide waren durch einen Eisgrat verbunden und der Haramosh II, wie sie ihn benannten, war etwa 100 Meter niedriger als der Haramosh I. Schon von unten erkannte man aber klar, dass der Anstiegsweg nur über den Haramosh II führen konnte.

Eskander war froh, diesmal ausschließlich mit Hunza-Trägern arbeiten zu können, es waren aber nur zwanzig Mann nötig, weil die Sahibs selbst viel tragen wollten.

Als die kleine Karawane durch das untere Kutwal-Tal zog, war dort das Getreide noch nicht geerntet, und der Mais hatte noch einige Wachstumswochen vor sich. Im hinteren Tal führte der Pfad über Bergwiesen, die noch in voller Blüte standen. Schafe, Ziegen und Pferde bevölkerten höher oben die Weideflächen, und später schlängelte sich der Weg durch Bestände mächtiger Föhren und Tannen. Schließlich erreichten sie den türkisfarbenen Kutwal-See, der von der Seitenmoräne des gewaltigen Nordwandgletschers begleitet wurde, der in unzähligen Kaskaden bis hier herunter stürzte. Seinen Nachschub erhielt er durch drei Hängegletscher, die drohend unterhalb des Hauptgipfels hingen.

Am See bezogen sie ihr erstes Lager, um aber schon am nächsten Tag auf etwa 3800 Metern einen sehr geeigneten Platz für das Basislager zu finden. Hier richteten sie sich fürs erste ein, und Eskander organisierte einen regelmäßigen Nachschub mit frischen Lebensmitteln aus dem nächstgelegenen Dorf .

Für das Lager I, das eher als Zwischenstation für die höheren Lager gedacht war, konnten sie schon am nächsten Tag einen passenden Platz auf einer kleinen Felsinsel in 4400 Metern finden. Ab hier begannen erst die ernst zu nehmenden Schwierigkeiten. Zusammen mit Mike, dem Leiter der Expedition, erkundete Eskander in den nächsten Tagen die weitere Route.

Von Camp I zog eine Eisrinne nach oben, in die sie Stufen schlagen mussten. Mike war froh, dass Eskander ihn bereits nach kurzer Zeit ablöste und die anstrengende Arbeit – ohne Ermüdung zu zeigen – mehrere Stunden lang auf sich nahm, bis sie endlich einen Absatz erreichten, von dem weniger steiles, gemischtes Gelände zu einem Scharteneinschnitt im Grat hinaufzog. Die Steigeisen waren hier teilweise unentbehrlich, auf den dazwischen liegenden Felspassagen aber eher lästig. Eskander überzeugte Mike, dass dieser Abschnitt für die Träger unbedingt mit fixen Seilen versichert werden musste.

Hinter dem Scharteneinschnitt fand sich glücklicherweise wieder leichteres Gelände, und nach längerem Suchen entdeckten sie auch einen lawinengeschützten, günstigen Platz für das Lager II. Mikes Höhenmesser zeigte 5100 Meter, eine bereits beachtliche Höhe.

Eskander spürte die Höhe kaum, Mike aber klagte mangels Höhenanpassung über ziemliche Kopfschmerzen. Beide stiegen sofort wieder ab, das Lager musste ja erst langsam aufgebaut werden. Beim Versichern der Route für die Träger würden die Bergsteiger genug Zeit zur Gewöhnung an die Höhe finden.

Das Wetter war in den nächsten Tagen prächtig, die Träger, von denen einige auch mit Steigeisen ausgerüstet wurden, halfen selbst beim Versichern des Aufstieges, und so war nach einer Woche das Lager II komplett eingerichtet.

Mike und Eskander waren inzwischen bereits Tag für Tag unterwegs, um die weitere Aufstiegsroute festzulegen. Gleich oberhalb des Lagers erstreckte sich ein mäßig steiles Gletscherbecken, das am Morgen, bei gefrorenem Schnee, mit den Steigeisen leicht zu begehen war. Wegen verdeckter Spalten musste der Weg aber dennoch vorsichtig ertastet werden. Daran schloss als schon von weit unten sichtbares Hindernis ein Eisfall. Bald war klar, dass durch ihn der weitere Weg führen musste.

Im Gewirr von Klüften und Spalten, überhängenden Eistürmen, die jederzeit herabstürzen konnten und über Schneebrücken, die manchmal nur durch vorsichtiges Drüberkriechen zu bewältigen waren, mussten sie einen Aufstiegsweg finden. Langsam schälte sich eine brauchbare Route heraus. An mehreren Stellen mussten fixe Seile angebracht werden, und der gesamte Weg wurde von den beiden mit Fähnchen markiert.

Drei volle Tage waren sie mit der Steiganlage durch den Eisbruch beschäftigt, während die Träger und die ‚Sahibs', wie die anderen Expeditionsmitglieder von den Hunzakuts genannt wurden, täglich Lasten ins Lager II schleppten.

Mike hatte sich in diesen Tagen ziemlich verausgabt und stieg zur Erholung bis ins Basislager ab. So war Eskander mit einem anderen Sahib und dem erfahrensten der Träger dabei, den Platz für das Lager III zu erkunden.

Oberhalb des Eisbruches folgte wieder leichteres Gelände; der Weg war aber ständig durch verdeckte Spalten bedroht, deren Brücken besonders in der Mittagshitze nicht mehr hielten. Das Gehen am straff gespannten Seil war hier eine selbstverständliche Notwendigkeit, und es geschah nicht nur einmal, dass man sich gegenseitig durch ständige volle Aufmerksamkeit vor tiefen Stürzen bewahrte.

Schließlich schien ein günstiger Platz für das Camp III auf einer kleinen flachen Rampe auf ebenem Gletscherboden, unterhalb des großen Grates, der sich auf einen Sattel hinaufzog, gefunden zu sein. 5600 Meter zeigte der Höhenmesser, und Eskander hatte berechtigte Hoffnung, dass von hier der Weg in Richtung Gipfel möglich sein könnte. Er markierte den Punkt mit einigen Fähnchen und man machte sich unverzüglich an den Abstieg.

Die gesamte Mannschaft war so sehr an gutes Wetter gewöhnt, dass Eskander erst knapp vor Erreichen des Lagers II bemerkte, dass der Himmel inzwischen mit einem Schleier hoher Cirruswolken bedeckt war und dass es knapp nach Sonnenuntergang unglaublich warm war.

Die nächsten achtundvierzig Stunden schneite es unaufhörlich, und so blieb nichts anderes übrig, als die Zelte immer wieder freizuschaufeln, im Schlafsack zu liegen und zu essen. An sich tat die erzwungene Ruhepause allen gut, denn die letzten vierzehn Tage waren ziemlich anstrengend gewesen.

Am dritten Tag ließen die massiven Schneefälle zwar nach, aber das Wetter hatte sich noch längst nicht beruhigt. Rundum herrschte große Lawinengefahr, und man war froh, das Lager II auf einem so sicheren Platz errichtet zu haben. Als großes Problem stellte sich aber langsam heraus, dass bereits verhältnismäßig viel an Lebensmitteln verbraucht wurde, die eigentlich für die höheren Lager vorgesehen waren. Wenn man bei wieder besserem Wetter rasch zum Gipfel vorstoßen wollte, fehlte dazu womöglich der Proviant, und auch die Zelte für die weiteren Lager mussten dringend nach oben geschafft werden.

Mike verbot aber wegen der Lawinengefahr jeglichen Abstieg zum Basislager durch die steilen Rinnen.

Eskander, der in den letzten zwei Tagen – auf eigenes Risiko – schon begonnen hatte, einen Pfad durch den brusttiefen Schnee bis zum Beginn der Rinnen zu wühlen, hatte aber das sichere Gefühl, dass der Abstieg gelingen könnte, wenn man schon beim Morgengrauen losging. So brach er mit allen Trägern und drei Sahibs am nächsten Tag auf und sie erreichten auch tatsächlich knapp vor Einbruch der Nacht das Basislager. Mike und ein zweiter Sahib waren im Camp II verblieben.

Einen Tag gönnten sie sich zum Ausrasten und zum Sortieren der Lasten. Schon am Abend klarte es auf, und da sie nun schon drei Wochen am Berg waren und die Zeit davonlief, gab Eskander, dem sich die Sahibs auf Grund seiner offensichtlich großen Erfahrung voll untergeordnet hatten, bereits für kommenden Morgen den Befehl zum Aufbruch. Voll bepackt mit Nahrung und Ausrüstung setzte sich die Karawane bei leidlich gutem Wetter in Marsch.

Es war im tiefen Schnee äußerst anstrengend, die steilen Rinnen bis unterhalb von Camp II zu schaffen, und Mittag war schon vorüber, als sie sich am oberen Rand mitsamt den Lasten erschöpft in den Schnee fallen ließen.

Eskander blickte sich um, denn er hatte plötzlich ein sehr ungutes Gefühl. Ja, da oberhalb von ihnen lauerte große Gefahr. Womöglich wurden durch die Mittagshitze Lawinen ausgelöst.

Sie konnten jeden Moment Verderben bringen. Aber wohin flüchten? Er musste seine Leute, die im Schnee liegend vor sich hin dösten, regelrecht anschreien: „Weg von hier, schnell!

Aber nehmt auch die Lasten mit, dort drüben zu dem großen Felsblock!"

Nur zögernd erhob sich einer nach dem anderen und während sie sich mit den schweren Packen langsam in Bewegung setzten, hörte man ober ihnen schon ein eigenartiges Knacken und Rauschen. Einer der Sahibs stolperte und verhedderte sich im Seil, aus dem er sich noch nicht losgebunden hatte. Eskander hetzte in Riesensätzen zurück, riss den Mann hoch, packte seine Traglast, und schon fuhr die erste Lawine oberhalb in den Eisbruch hinein, wo sie sich mit einer gewaltigen Staubwolke eigenartigerweise irgendwie verfing. Kaum hatten sie schwer atmend den Schutz des Felsblocks erreicht, als mit einem peitschenartigen Knall eine viel größere Lawine losbrach. Es sah so aus, als ob der ganze Berg sich in Schollen aufgelöst hätte. Diese rasten mit ungeheurer Geschwindigkeit in den Eisbruch hinein und über ihn hinweg. Selbst seine Unebenheiten konnten ihre Wucht nicht vermindern. Der Luftdruck riss die sitzenden Männer um, und ein seitlicher Ausläufer der Lawine deckte den Felsblock zu.

Zum Glück war es Lockerschnee, aus dem sie sich bald ausbuddeln konnten. Eine dichte Wolke von Schneestaub stand noch minutenlang über dem Geschehen und wo sie vorhin gerastet hatten, war die Schneedecke bis auf das darunter liegende Blankeis weggefegt.

Erst nach und nach erholten sie sich vom Schreck. Die Träger schauten zu Eskander von da an wie zu einem Heiligen auf und die Sahibs konnten seinen Instinkt nicht hoch genug loben.

Bereits nach zwei Stunden waren sie in Sichtnähe von Lager II, und Eskander war glücklich, das Camp unversehrt vorzufinden, denn es wäre durchaus möglich gewesen, dass die Riesenlawine so weit seitlich ausgegriffen hätte. Mike dankte ihm überschwänglich für alles, was er bisher für die Expedition getan hatte; bisher hatte immer geglaubt, dass sich die Liaison Officers nur im Basislager aufhielten.

Eskander erkundete noch am Spätnachmittag den Weg durch den Eisbruch und fand eine vollkommen veränderte Landschaft vor. Viele alte Spalten waren zugeschüttet – manche allerdings nur trügerisch – und einige neue hatten sich aufgetan. Die meisten Eistürme waren allerdings umgestürzt und so bot sich ein gar nicht so schlechtes Bild für den weiteren Weg, den er neu mit Fähnchen markierte. An einigen Stellen mussten aber später noch Fixseile angebracht werden.

Der nächste Tag war von den Wetterbedingungen her leidlich gut, und so stapfte bald nahezu die gesamte Mannschaft im tiefen Neuschnee mit Zelten, Schlafsäcken und Lebensmitteln schwer bepackt nach oben, um endlich das Lager III beziehen zu können.

Der Weg durch das Spaltengewirr war mühsam genug, aber am Spätnachmittag standen die ersten Zelte in der Nähe des seinerzeit schon erkundeten Platzes – von den alten Fähnchen war natürlich nichts mehr zu sehen.

Nun galt es in den nächsten Tagen weiteres Material heraufzuschaffen, denn bis zum Gipfel war der Weg noch weit und es musste mindestens noch ein viertes Lager eingerichtete werden, von wo erst Hoffnung bestand, den Gipfel zu erreichen.

Das Wetter hatte sich weiter gebessert, und so stiegen die Träger wieder bis ins Basislager ab, um Nachschub heraufzubringen, die Sahibs versuchten aber, einen gangbaren Weg nach oben zu finden.

Schon von unten sahen sie, dass der Weg zum Gipfel nur über den scharfen, überwächteten Grat führen konnte, der sich oberhalb ihres Standortes aufbaute. Mit dem Fernglas war zu erkennen, dass es am Beginn des Grates einige ebene Flächen gab, wo man vielleicht das Lager IV einrichten könnte.

Über steiles Gletschergelände näherten sie sich dem Gratfuß. Hier versperrte überraschend eine riesige Querspalte den Weg. Ihre Oberkante war ungefähr drei Meter höher als die untere. Die Wände waren fast lotrecht. Seitlich war sie nicht zu umgehen. Guter Rat war teuer. Eskander studierte die Kluft Meter für Meter und fand schließlich eine Stelle, wo er – am Seil gesichert und mit dem Gesicht zur Eiswand – bis zu einem Punkt abstieg, wo sich die Spalte so verengte, dass er auf die andere Seite hinüberspringen konnte. Drüben krallte er sich katzengleich mit Pickel und Steigeisen fest und hackte sofort eine Stufenreihe nach oben.

Mit angehaltenem Atem verfolgten die Sahibs sein gewagtes Unternehmen und applaudierten, als er oben angelangt war.

Nun konnte er ein Seil herüberwerfen, und bald war eine mehrfache Seilsicherung installiert und tiefe Stufen ausgehackt, sodass künftig auch die Träger die Spalte an dieser Stelle queren konnten.

Im Zickzack stiegen sie den Gletscher steil aufwärts. Die dünne Luft machte sich bei allen bemerkbar. Als nächstes Hindernis galt es, eine Randkluft zu bezwingen. Wieder war es Eskander, der dies auf einfachste Weise, nämlich mit einem Riesensprung, schaffte. Durch kleine Felskamine, über ausgesetzte Gratrippen und dann wieder über steiles Eis, in das sie Stufen schlagen mussten, ging es aufwärts, und gegen Mittag konnten sie ihre Rucksäcke erleichtert am großen Gratrücken abwerfen.

Prachtvoll war das Panorama: Rakaposhi, Matubiling und Chogo Lungma waren zum Greifen nah, nur die beiden Haramosh-Gipfel waren in einer Wolke verborgen.

Nach längerem Suchen fanden sie in einer weiten Gratmulde einen sicheren Platz für das Lager IV, das auf 6300 Metern lag. Eskander überredete Mike, der sich trotz der beträchtlichen Höhe bestens fühlte, mit ihm gleich hier zu bleiben und die anderen Sahibs zur Versicherung des Weges nach unten zu schicken. Sie sollten sich bemühen, in den nächsten Tagen möglichst viel Material heraufzubringen, damit dann alle den Gipfel in einigen Tagen in Angriff nehmen könnten. Insgeheim hatte Eskander aber das Gefühl, den Gipfel möglichst bald angehen zu sollen, denn er spürte schon wieder schlechtes Wetter im Anzug, obwohl die beiden letzten Tage strahlend schön waren und der bereits angebrochene September als wetterbeständigste Jahreszeit in diesem Gebiet galt.

Die ganze Nacht rüttelte der Wind heftig an den Verstrebungen, sodass beide wenig Schlaf fanden. Schon im ersten Morgengrauen trat Eskander bei wolkenlosem Himmel vor das Zelt und sah den Gipfel des Haramosh I verlockend vom Gratende herübergrüßen. Der Wind hatte sich gelegt, und für die große Höhe war es erstaunlich warm. Die Luft war glasklar, sodass man unglaublich weit sehen konnte … Eskander wusste, dass wieder ein Wettersturz bevorstand.

„Wir sollten heute noch mit ganz leichtem Gepäck den Gipfel in Angriff nehmen – das Wetter wird leider wieder umschlagen."

Mike zögerte: „Ich möchte unbedingt, dass wenigstens ein, zwei der anderen auch mit zum Gipfel kommen. Das Wetter ist doch im September immer schön."

„Wenn ich der Expeditionsleiter wäre, würde ich darüber abstimmen lassen, denn wer weiß, was die nächste Zeit bringt", und grinsend: „Der Liaison Officer hat dabei natürlich zwei Stimmen."

Mike musste herzlich lachen, wurde dann aber ernst: „Ja, wenn du wirklich meinst …?"

Schon eine Stunde später waren sie nur mit Schlafsack, Biwaksack und etwas Proviant auf dem Weg.

Der Grat war im ersten Teil leicht begehbar, dann wurde er aber von einem nahezu senkrechten Felsturm unterbrochen, der sie in die Gletscherflanke hinunterzwang. Sie mussten im extrem steilen Eis mit dünner Schneeauflage, wo die Steigeisen oft nicht griffen, eine sehr heikle Querung vornehmen, bei der die gegenseitige Sicherung mit dem Eispickel im Ernstfall kaum genützt hätte.

Aufatmend erreichten sie sichereres Gelände, wenngleich die Schwierigkeiten am Grat immer wieder beträchtliche Kletterfertigkeit verlangten. Ein Problem war dabei, dass mit den Steigeisen häufig auch geklettert werden musste.

Die Zeit verrann, und Mike sah zum ersten Mal auf die Uhr als der Himmel sich plötzlich grau zu überziehen begann. Es war schon früher Nachmittag geworden, aber der Gipfel des Haramosh I war auch bereits ganz nah gerückt. Jetzt war beiden die vorgerückte Zeit gleichgültig: „In einer halben Stunde können wir oben sein!"

Es graupelte bereits, und der Nachbargipfel war nur noch in groben Umrissen zu erkennen, als sie sich auf der überwächteten Spitze die Hände schüttelten und sich in die Arme fielen. 7100 Meter zeigte der Höhenmesser. Der Haramosh I war zum ersten Mal von Menschen betreten worden.

Eskander mahnte schon nach wenigen Minuten: „Ein, zwei

Gipfelfotos noch, dann ist es allerhöchste Zeit umzukehren, den ‚Zweier-Gipfel' müssen wir ein ander Mal besteigen.

Mike fügte sich, denn es wurde ihm erst jetzt bewusst, dass das Wetter sich radikal verschlechtert hatte und der Wind die Schneeflocken schon waagrecht herpeitschte.

Solange sie dem Grat zu folgen hatten, gab es wenigstens keine Schwierigkeiten mit der Orientierung. Bald verwandelte sich der Wind aber in Sturm, und die heiklen Felspassagen waren noch dazu plötzlich mit einer dünnen Eisschicht überzogen.

Mike kämpfte verbissen weiter, war aber sehr froh, als Eskander bedeutete, dass es an der Zeit wäre, einen Biwakplatz zu suchen. Weil der Grat schmal war, schien dies unmöglich, aber es gab auch breitere, zerklüftete Stellen. Des Liaison Officers Spürnase und seinem unglaublichem Glück war es zuzuschreiben – so schilderte Mike es zumindest später seinen Kameraden –, dass Eskander plötzlich in einer kleinen Felskluft verschwand. Er sei tödlich erschrocken, aber aus etwa drei Metern Tiefe hätte er heraufgerufen: „Du musst auch springen. Wir werden schon sehen, dass wir hier auch wieder herauskommen. Auffangen kann ich dich mit deinen Steigeisen aber nicht."

Mike ließ sich aufs Geratewohl in das finstere Loch hinunter und landete zum Glück in einem eingewehten Schneehaufen. Zwischen übereinander getürmten Felsblöcken, deren Zwischenräume zum Teil mit Blankeis ausgefüllt waren, war eine Art Höhle entstanden. Nur an einer Stelle kam ständig Triebschnee herein. Eskander brannte eben ein Streichholz nach dem anderen ab, damit sie sich einigermaßen orientieren konnten.

„Allah sei Dank, der seitliche Spalt ist gar nicht so groß, den können wir mit meinem Rucksack ausstopfen. Dann setzen wir uns im übergestülpten Biwaksack auf deinen Rucksack und so sollten wir es hier ganz gut aushalten. Die paar Schneeflocken, die von oben kommen, werden uns weiter nicht stören."

„Gott sei Dank! Eskander, du musst mit den Bergdämonen im Bund stehen, dass du diesen Platz gefunden hast, denn am vereisten Grat war es bereits mehr als lebensgefährlich!"

„Was heißt gefunden, ich bin in den Spalt hereingestürzt!"

Mühevoll war es, sich der Steigeisen zu entledigen, aber dann machten sie es sich, Rücken an Rücken sitzend, einigermaßen bequem. Im Biwaksack war es zwar ausreichend warm, aber die nasse Kleidung begann zu dampfen, und so musste der Sack auch ständig gelüftet werden. An Schlaf war kaum zu denken. Außerdem litten sie bald unter argen Durst, der mit gelutschten Eisstücken nur schlecht gelöscht werden konnte.

Immer wieder dösten sie ein. Draußen heulte der Sturm um den Grat, und die Nacht schien kein Ende zu nehmen. Endlich drang ein schwacher Lichtschimmer herein ,und Eskander konnte mit Steighilfe Mikes und einem Klimmzug seinen Kopf nach draußen stecken: „Vorläufig scheinen wir gefangen zu sein. Es schneit in Fetzen. Ein, zwei Tage können wir aber hier schon durchhalten."

Mike wiegte auf diese Mitteilung hin nur bedenklich den Kopf und begann den wenigen Proviant zu sortieren.

So verging Stunde um Stunde, und es blieb ihnen nichts anderes übrig als, mit den Armen um sich schlagend, immer wieder aufzustehen und nach einer Weile wieder in den Biwaksack zu flüchten.

So verbrachten sie im engen Gefängnis, aber trotzdem froh, vor dem Toben der Eelemente geschützt zu sein, noch zwei weitere Nächte. Zu essen hatten sie fast nichts mehr, und der Durst wurde fast unerträglich. Auch die Sorge, ob bei diesen Neuschneemengen die Kameraden wohl alle in Sicherheit waren, bedrängte sie immer mehr.

Am Morgen des dritten Tages klarte es endlich auf, es war bitter kalt, aber der Sturm hatte nahezu aufgehört. Vorsichtig stiegen sie auf den Grat hinaus, der zur großen Überraschung vom Neuschnee vollkommen freigefegt war.

Die große Schwierigkeit, nämlich die lange Querung der steilen Flanke, nach der sie erst wieder den leichteren Gratteil und damit die Abstiegsroute ereichen konnten, lag aber noch vor ihnen. Beide waren sich einig, dass dort höchste Lawinengefahr lauern würde.

Als sie ungefähr zur Stelle kamen, wo es galt, vom Grat in die Flanke abzusteigen, war dieser auf einer Länge von mehr als hundert Metern weit ausladend überwächtet.

„Das hat uns gerade noch gefehlt!", war Mike ziemlich verzweifelt.

Eskander überlegte nicht lange: „Wir müssen die Wächten zum Abreißen bringen und können damit vielleicht sogar eine Lawine auslösen. Komm, hilf mir."

Er begann am teilweise noch recht gut begehbaren Grat an den Wächtenrändern mit dem Eispickel Kerben zu ziehen, wobei die Notwendigkeit bestand, sich nicht zu weit vorzuwagen. Mike folgte seinem Beispiel so gut er konnte, und nach zwei Stunden hatten sie die Strecke bis zu den unbegehbaren Grattürmen einigermaßen präpariert.

„Nun müssen wir an mindestens zwei Stellen Felsbrocken übereinander türmen und diese dann gleichzeitig auf die Wächten kippen."

Sie schufteten wie besessen, und es war bereits gegen Mittag, als sie mit ihrer Arbeit fertig wurden. Es war inzwischen völlig aufgeklart, und die Sonneneinstrahlung hatte die Lawinengefahr nur noch größer gemacht. Auf ein Kommando Eskanders setzten sie die Eispickelschäfte ein und stemmten sich gleichzeitig mit den Schultern gegen die Steinbrocken.

Einen Moment schien es, als ob alle Mühe vergebens gewesen wäre, dann sahen sie aber, wie ein Riss durch die Schneekante lief, sich mit einem Knall vergrößerte, und schon setzte sich der ganze Hang in Bewegung.

Es war ein unglaubliches Schauspiel, das sich ihnen darbot: Oben noch schmal, dann aber rasch an Breite zunehmend entstand eine riesige Lawine, die den ganzen Hang leerfegte und bald aus ihren Augen entschwand. Nun erst hörten sie auch ein Rauschen und Donnern, und eine gewaltige Schneestaubwolke stieg aus dem Talkessel auf.

Noch immer zog mit dem Aufwind Schneestaub bis zu ihnen herauf, als sie den harten, aber nun völlig sicheren Hang der Flanke vorsichtig, teilweise Stufen schlagend, querten.

Drüben klopften sie sich gegenseitig auf die Schultern und warfen sich lachend in den Schnee: „Eskander du bist ein Teufelskerl!"

„Nein, die Dschin haben da nicht geholfen, höchstens die ‚Peri-Kusinen'."

Eskander war aber schon im Abstieg, um nicht mehr auf Mikes Frage nach den Kusinen eingehen zu müssen.

Vorbei am Lager IV, wo zwei von der Neuschneelast plattgedrückte, leere Zelte standen, erreichten sie bereits am Spätnachmittag erschöpft und glücklich das Lager III, dessen Zelte teilweise mit Schnee bedeckt waren. Im Sahib-Zelt fanden sie eine Nachricht, dass man sich bei Einsetzen des Schlechtwetters ins Camp II zurückgezogen habe.

Beruhigt kochten sie sich Unmengen von Tee und aßen auch ein wenig, ehe sie sich in die Schlafsäcke verkrochen.

Die Sonne stand schon ziemlich hoch am Himmel, als sie am nächsten Tag nach tiefem Erschöpfungsschlaf aufwachten und zuerst gar nicht recht wussten, wo sie waren.

Sie genossen das Frühstück aus ‚Ingles-Scherbet' – wie Eskander das Porridge getauft hatte – und einer Riesenportion gekochter Dörr-Aprikosen, machten sich aber doch Sorgen, warum denn niemand heraufgekommen sei, galt es doch auch für die anderen, das schöne Wetter auszunützen.

So machten sie sich unverzüglich an den weiteren Abstieg, und Eskander fand mit nachtwandlerischer Sicherheit einen guten Weg durch den Eisbruch, der sich in den letzten Tagen schon wieder verändert hatte. Der Himmel aber hatte sich inzwischen schon wieder überzogen, und das Wetter sah für den kommenden Tag nicht gut aus.

Als Camp II in Sicht kam, herrschte dort offensichtlich große Aufregung, einer der Träger gestikulierte gerade mit den anderen:

„Allah sei Dank, Eskander Khan, dass du da bist. Ein furchtbares Lawinenunglück! Zwei unserer Träger und zwei Sahibs sind unter die Schneemassen geraten. Gestern zu Mittag ging eine riesige Lawine vom Haramosh-Grat ab, so groß, wie ich noch nie eine gesehen habe. Ich bin heraufgekommen, um auch die restlichen Träger zu holen, damit sie graben helfen können. Auch ins Dorf haben wir um Hilfe hinuntergeschickt."

„Wo ist denn das Unglück genau geschehen?"

„Ganz nahe beim Basislager. Die Zelte dort wurden aber nur vom Rand der Lawine erfasst, vom Luftdruck geknickt und nachher wohl mit Staubschnee bedeckt. Die Einheimischen sagen, so weit sei noch nie eine Lawine heruntergekommen."

Unverzüglich machten sich alle auf den Weg, die Versicherungen in der Steilrinne waren glücklicherweise noch in gutem Zustand, sodass sie rasch unten beim Lager I und von dort fast im Laufschritt beim Basislager waren. Schon von der Ferne sahen sie den gewaltigen Lawinenkegel, der sich auslaufend in mehrere Zungen zerteilt hatte. Auf ihm irrten mehr oder weniger ziellos Leute umher, die mit langen Stangen im Schnee stocherten, andere standen hilflos mit Schaufeln umher. Keiner wusste, wo anzufangen wäre.

„Nach so langer Zeit gibt es keine Lebenden mehr", waren sich Mike und die zwei anderen Sahibs sicher.

Eskander widersprach: „Wunder gibt es immer. Wir müssen nur systematisch suchen. In der Mitte des Kegels ist es allerdings zwecklos. Wenn, dann haben wir nur an den Rändern Chancen, jemanden lebendig zu finden. – Hat überhaupt jemand genau gesehen, wo die vier von der Lawine erfasst wurden?"

„Nein, das nicht, aber sie sind ja seit dem Lawinenabgang verschwunden", war die überraschende Antwort.

Eskander hatte sofort einen Verdacht und arbeitete sich über Knollen dorthin, wo eine Zeltstange am Rand der Lawine schräg aus dem Schnee ragte: „Kommt einmal alle mit euren Schaufeln her und beginnt die Zelte freizulegen."

Die Arbeit war äußerst mühsam, weil der gepresste Schnee teilweise hart wie Stein war. Nach einiger Zeit stieß man aber schon auf ein Zweimannzelt und bald auf noch eines. Beide waren leer. Eskander überlegte: ‚Wahrscheinlich waren sie zu Mittag gerade im großen Küchen- und Essenszelt, wo auch die Lebensmittelvorräte in Kisten aufbewahrt wurden.'

„Wir müssen das Messe-Zelt finden. Grabt mehrere Kanäle im Abstand von je zwei Metern."

Auf einmal stieß einer der Männer einen Schrei aus: „Hierher! Ich höre etwas!"

Alle strömten zusammen … und tatsächlich: Ganz dumpf war ein Stöhnen und wenig später auch schwach, aber deutlich „Help!" und „Despasas", das Wort für „Hilfe" auf Buruschäski, zu hören.

„Grabt ganz vorsichtig!"

Prompt wurde eine Seitenverstrebung des Messezeltes sichtbar. Manche gruben mit den bloßen Händen weiter, bis die Finger blutig waren. Eskander versuchte von einem etwas erhöhten Standpunkt Ordnung in das Chaos zu bringen.

Schon wenig später stieß eine Schaufel auf eine der Proviantkisten und gleich danach auf mehrere übereinanderliegende Behälter. Die Leute sprangen entsetzt zurück, als eine der Kisten sich plötzlich bewegte und darunter einer der Träger hervorkroch.

„Allah sei Dank!", war das einzige, was er hervorbrachte. Er setzte sich auf und griff an den Kopf, wo eine verkrustete Platzwunde zu sehen war.

Mit rauer Stimme brachte er mühsam hervor: „Sucht weiter, dort müssen auch die anderen sein."

Er hätte dazu nicht auffordern müssen. Kisten wurden weggehoben, verbogene Zeltstangen herausgezogen, und dann kam auch schon der erste Sahib zum Vorschein. Er war zwischen zwei Kisten eingeklemmt und hatte offensichtlich beide Beine gebrochen, war aber voll bei Bewusstsein und verlangte nur nach Wasser.

Sein Kamerad lag teilweise unter ihm, schien unverletzt, war aber nicht bei Bewusstsein.

Mike stöhnte auf: „Er wird doch nicht erstickt oder erfroren sein".

Eskander überlegte nicht lange, verlangte ein paar Schafpelze, um ihn langsam aufzuwärmen und begann sofort mit Herzmassage. Es währte nicht lange, da kam Farbe in sein Gesicht, und bald flüsterte auch er: „Durst!" Nachdem er Unmengen von Tee getrunken hatte, konnte er sogar aufstehen, und es stellte sich heraus, dass er abgesehen von leichten Erfrierungen völlig unversehrt war.

Auf einmal ertönte lautes Lachen: Der zweite Hunzakuts war, ebenfalls zwischen Kisten und großen Brennholzscheiten eingeklemmt, gefunden worden. Es war der Koch. Er schien quicklebendig und humpelte, als er die erste Steifheit abgelegt hatte, bereits wieder umher, hielt sich jedoch das Hinterteil, wo die Hose verbrannt war: „Stellt euch vor, ich bin vom

Schnee genau auf das Feuer geworfen worden und habe es wohl mit meinem Körper löschen müssen."

Niemand konnte in der nächsten Stunde das schier unglaubliche Glück im Unglück so richtig fassen. Erst nach einer Weile legte sich die Aufregung, und Mike und Eskander konnten ihre Anweisungen geben. Der Verletzte wurde auf eine Bahre gelegt, und bei Fackelschein zog man gegen Mitternacht im Dorf ein.

Der Kranke wurde so gut es ging versorgt, denn er hatte sich neben den Beinbrüchen auch Erfrierungen zugezogen, aber die ‚Kräuterhexe' des Dorfes war sofort um ihn bemüht.

Die anderen dachten trotz Übermüdung nicht an Schlaf, und immer wieder wurden die dramatischen Ereignisse des Tages durchbesprochen. Erst nach einer Weile wurde den Bergsteigern auch klar, dass ihrem Anführer und Eskander die Besteigung des Gipfels gelungen und damit auch das Expeditionsziel erreicht war.

Sie saßen im leer stehenden Ziegenstall des Dorf-Lambardars auf eben ausgedroschenen Strohbündeln, als plötzlich der Hausherr mit einer großen Flasche voll Maulbeerschnaps als ‚Medizin gegen Erfrierungen' auftauchte. Und so graute bereits der Morgen, als sich alle an Ort und Stelle zu einem kurzen Schlaf nach hinten sinken ließen.

Die Wetterdämonen zeigten sich in den nächsten Tagen wieder sehr launisch, und so war auch von dieser Seite her an keine weiteren Besteigungsversuche mehr zu denken. Es schneite sogar wieder recht heftig, sodass nur die beiden unteren Lager geräumt werden konnten und das übrige Material am Berg bleiben musste.

Als die Expedition in Gilgit einzog, lud der District Commissioner bereits für den nächsten Abend zu einem Festbankett ein. Seine Informanten aus dem Kutwal-Tal hatten ihm natürlich schon alles bis ins letzte Detail berichtet, und so gratulierte er nicht nur Mike zum erfolgreichen Abschluss der Expedition – ‚wenngleich auch der zweite Haramosh-Gipfel noch einer Erstbesteigung harre' –, sondern sprach auch voll Stolz von den außerordentlichen Leistungen ‚seines' Liaison Officers, dem ein hoher Orden der pakistanischen Regierung sicher sei.

Die Leute im Kutwal-Tal sprachen aber noch nach Monaten von Eskanders geheimnisvollen Taten, die nur durch die Mithilfe der Peris möglich gewesen sein könnten. Andere wieder bestritten das, denn er sei doch ein Hunzakuts, und deren Peris seien mit den ihrigen nur weitläufig verwandt …

Eskander hatte längere Zeit in Gilgit mit den schriftlichen Berichten über den Expeditionsverlauf zu tun. Wo immer er sich im Basar zeigte, feierte man ihn als den Bezwinger des Haramosh, indem die meisten unter Kopfschütteln auf das kühn geschwungene Gipfelhorn zeigten; nicht wenige küssten ihm sogar die Hand. Man trug ihm aber auch zu, dass der Dayal von Bagrot sich triumphierend geäußert habe, dass seine Prophezeiungen mit dem ungewöhnlich schlechten Wetter doch richtig gewesen sei und die Peris sich mit Lawinen gegen die fremden Eindringlinge gewehrt hätten.

Eskander sah das genau umgekehrt. Ihm schien, dass so viel Glück auf einmal kein Zufall sein könnte: Zuerst der sanfte Sturz in die lebensrettende Felskluft, dann das unglaubliche Glück bei der Errettung der vier Kameraden aus der Lawine. – ‚Ich muss mit Nilufar darüber sprechen!'

So stieg er bereits wenige Tage später zum Gelben Felsen hinauf – und diesmal kam sie ihm sogar ein Stück des Weges entgegen. Nach flüchtigem Tausch eines geschwisterlichen Handkusses konnte sie bereits nicht mehr an sich halten: „Leicht war es nicht! Meine Kusinen wollten euch alle ins Verderben reißen! Vom Brauen des schlechten Wetters mitten in der schönsten Jahreszeit konnte ich sie nicht abhalten; das Wetterkochen ist ja ihre Spezialität. Aber dass sie meinen Bruder, ihren Vetter, nicht umkommen lassen konnten, davon gelang es mir schließlich, sie zu überzeugen. – Langsam fühlten sie sogar Mitleid mit dir und ließen dich gnädig die Felsspalte finden. Sie halfen dir dann sogar, die große Lawine abgehen zu lassen. Glaubst du denn wirklich, dass eure beiden lächerlichen Steinhäufchen das ohne Hilfe der Peris bewirkt hätten?"

„Ja, aber …"

„Lass mich ausreden! Sie waren doch tatsächlich von deiner für sie neuen Idee, wie man eine Lawine abgehen lassen könnte, begeistert. Du hättest ihren Freudentanz sehen sollen, als die Schneemassen eine noch nie dagewesene Breite erreichten. Als sie aber bemerkten, dass die Ingles alle ungeschoren davonkommen würden, haben sie dem einen schnell eine schwere Proviantkiste auf die Schienbeine geworfen, ‚damit er für einige Zeit ein Andenken an uns hat!', wie sie gehässig bemerkten. – Euer Glück war meiner Meinung nach auch, dass ihr den um einige Meter höheren zweiten Haramosh-Gipfel nicht erreichen konntet. Da wären sie vielleicht mit noch gröberen Dingen gekommen."

Eskanders Vermutungen waren also bestätigt. Er konnte nur kopfschüttelnd danken: „Ich fürchte, ich verbrauche langsam meinen Vorrat an gütiger Hilfe, die du mir zuteil werden lässt."

Sie nahm seine Hände: „Aber nein! Natürlich sollst du keine verrückten und unnützen Dinge unternehmen, aber ich und meine Schwestern sind auf deine Leistungen stolz, und du vermehrst dabei auch den Ruhm der Hunzakuts, was auch auf uns Peris zurückfällt."

Und beim Weggehen rief sie ihm noch nach: „Jetzt hast du so viel Erfahrung, dass du auch den Rakaposhi in Angriff nehmen kannst."

Er glaubte nicht richtig zu hören … Wie Himmelsmusik klang es in seinen Ohren …

# X

Als er wenige Stunden später sein Haus erreichte, waren im Hof Dulat, Karok und Malika versammelt: „Stell dir vor, Seine Heiligkeit, der Aga Khan, ist verstorben!"

Eskander nahm die Nachricht mit gemischten Gefühlen entgegen: Einerseits war er als oberster Priester der Ismailiten eine große Autorität – auch in Fragen der Weltpolitik – gewesen, andererseits hatte sein lockerer Lebenswandel die Mukhis und Kalifas oft zu gewundenen Erklärungen gezwungen, die sie selbst nicht recht glaubten.

Wer würde wohl sein Nachfolger werden? Vom Sohn war nur bekannt, dass er Interesse an schönen Frauen und Pferden hatte.

Mit großer Erleichterung vernahm man im Hunzaland aber schon wenige Tage später, dass Aga Khan testamentarisch seinen Enkel Karim als Nachfolger eingesetzt habe. Er sei ein frommer junger Mann, der einen bescheidenen Lebenswandel führe und von seinen religiösen Aufgaben durchdrungen sei.

Groß war die Überraschung in Hunza, als schon für kommendes Frühjahr sein Besuch angekündigt wurde. Eskander, die Dorfältesten und andere angesehene Männer wurden in einen Ausschuss zur Vorbereitung der Festlichkeiten berufen.

Der Wazir selbst brachte gleich eine Idee ein, auf die er besonders stolz war: Baltit und Altit seien schon so zusammengewachsen, dass ein gemeinsamer Ortsname zweckmäßig sei, er schlage zu Ehren des neuen Aga Khan ‚Karimabad' vor. Die meisten der Anwesenden applaudierten, nur Eskander und Karok waren dagegen, weil damit wieder ein Stück alter Identität verloren ginge. Auch dem Mir gefiel der Vorschlag nicht, aber seine Frau, eine Prinzessin aus Nager, setzte sich mit der Begründung durch, dass Seine Heiligkeit seine getreuen Diener in Hunza sicher dafür belohnen werde.

Als nach einigen Wochen Karim Aga Khan tatsächlich in Hunza eintraf, wurde seine Jeep-Kolonne schon im ersten Dorf Unterhunzas, in Hindi, vom Mir und einer großen Ehrendelegation empfangen. Man hatte eine Ehrenpforte errichtet, die gesamte Geistlichkeit sowie fast alle Einwohner standen in zwei Reihen, und es war schon später Abend, als man das neu benannte ‚Karimabad', wie auf der dortigen Ehrenpforte zu lesen war, erreichte. Der junge, ernst dreinblickende Mann war offensichtlich bewegt. Durch ein langes Spalier von Fackelträgern wurde er zum Schloss geleitet, wo die Familie des Mir fast sämtliche Zimmer zur Verfügung gestellt hatte. Auf allen Bergkämmen rundum waren Freudenfeuer entzündet worden, und funkensprühend rollten brennende Strohreifen in die Tiefe.

Der nächste Tag sah eine unüberschaubare Menschenmenge am Poloplatz versammelt, die der inhaltsschweren Ansprache ihrer obersten religiösen Autorität lauschte. Immer wieder wurde tosend applaudiert, aber Eskander bemerkte auch, dass bei mehreren Aussagen der Beifall nur halbherzig erfolgte. Es waren dies etwa die Ankündigungen, dass in jedem größeren Ort auch irgendwann ein höhere Schule für Mädchen errichtet werden müsse, dass Spitäler gebaut werden sollten und dass in der Landwirtschaft Verbesserungen notwendig seien. Bedrückende Stille legte sich sogar kurz über den Platz, als er nochmals auf die grundsätzliche Stellung der Frau zu sprechen kam, die zwar in Hunza viel besser als bei den Schiiten und Sunniten, aber noch immer verbesserungsbedürftig sei. Seine Heiligkeit brachte dazu dann sogar ein Beispiel: „Wenn etwa eine Familie zwei Kinder – einen Sohn und eine Tochter – hat und das Geld für eine bessere Schulbildung nur für ein Kind reicht, dann ist der Tochter der Vorzug zu geben."

Karim Aga Khan spürte den inneren Widerstand der Zuhörer und fügte sofort hinzu: „Und ich lege hiermit nicht nur das Versprechen ab, Schulen im Hunzaland zu bauen, sondern den Schulbesuch für die ärmere Bevölkerung auch kostenlos zu machen."

So konnte er sein Rede dennoch unter lang andauerndem Beifall schließen.

Bei Eskanders nächstem Besuch beim Gelben Felsen ging Nilufar prompt auf den Besuch Karim Aga Khans ein: „Da ist euch ein großer neuer religiöser Führer erstanden. Er wird viel Gutes tun … ja, ja – und seine Versprechen auch halten. Ich sehe bereits viele Schulen und auch einige Krankenhäuser entstehen. Was mir weniger gefällt, ist sein Glaube an das, was ihr technischen Fortschritt nennt. Wenn er das nächste Mal kommt – du wirst dich wundern – lässt er sich nicht mehr auf der Straße durch Erdrutsche aufhalten, sondern kommt durch die Luft."

„Aber unser Tal ist doch viel zu eng, um hier je einen Flugplatz anzulegen. Haben sie doch draußen in Gilgit, wo die Berge viel weiter auseinander liegen, damit schon große Schwierigkeiten."

„Nein, du kennst doch die Prophezeiung: Er wird mit diesen Libellenflugzeugen kommen, die überall landen können, und auch seine Mitarbeiter damit ausrüsten."

„Ach, du meinst diese neuen ‚Helikopter'. Ich kann mir selbst kaum vorstellen, wie die funktionieren sollen."

Nilufars Züge verdüsterten sich: „Ich bitte dich inständig, steig nie in ein solches Teufelsgerät ein!"

Ehe Eskander darauf antworten konnte, fuhr sich Nilufar mehrmals über das Gesicht, als ob sie trübe Gedanken wegwischen wollte, konzentrierte sich dabei scheinbar auf irgendetwas und schüttelte den Kopf. Nach einer Weile meinte sie aufseufzend: „Ach lassen wir das, es liegen noch so viel interessante Jahre vor dir ..." Den letzten Teil des Satzes hatte sie so gemurmelt, dass Eskander ihn nicht recht verstehen konnte.

„Was meintest du?"

Nilufar ging aber darauf nicht ein: „Ich muss noch einmal auf Karim Aga Khan zurückkommen: Weißt du, dass er den Frauen auch eine höhere Bildung zukommen lassen will, das wird wohl in Ordnung sein. Ich hege nur Befürchtungen, dass sie dann die guten alten Bräuche hinterfragen und sich von allen Zwängen befreit fühlen ..."

Jetzt unterbrach Eskander sie lachend: „... und auch auf die Hochalmen heraufsteigen werden."

„Richtig, du brauchst gar nicht zu lachen – und du brauchst auch nicht zu glauben, dass ich eifersüchtig bin ..."

Damit war Nilufar aber auch wieder einmal entschwunden ...

Tief in Gedanken versponnen kehrte Eskander nach Baltit zurück, das ja nun eigentlich Karimabad hieß.

Für trübe Gedanken war aber kein Platz. Der Postläufer kam nun schon dreimal die Woche von Gilgit herauf, und ein inhaltsschwerer Brief kündigte schon für das kommende Frühjahr die sehnlichst erwartete Expedition zum Rakaposhi an. Es sollten drei Briten, drei Amerikaner und ein Neuseeländer daran teilnehmen.

Eskander stürzte sich sofort in die Vorbereitungen. Im ersten Moment war er mit dem frühen Termin nicht glücklich, aber er schloss sich dann doch der Meinung des Expeditionsleiters an, dass man es einmal vor dem Monsun versuchen müsste. In dieser Zeit wären zwar immer wieder kurze Schlechtwetterphasen, aber keine großen Schneemengen zu erwarten. Er war auch über die Entscheidung froh, dass der Berg, obwohl er mit seinen nahezu 7800 Metern zu den höchsten der Erde zählte, ohne die neuartigen Sauerstoffgeräte bestiegen werden sollte – war dies inzwischen ja schon am Mount Everest geglückt. ‚Ihr Hunzaleute seid ja an die Höhe sowieso gewöhnt, und meine Leute sind alle gut trainiert', hatte Richard, der britische Expeditionsleiter, geschrieben.

Für Eskander war klar, dass der Rakaposhi nur von der Westseite her bezwungen werden könnte. Als Ausgangspunkt kam die Ortschaft Jaglot in Betracht, die zwischen Gilgit und den ersten Hunzadörfern lag. Obwohl nicht direkt zum Königreich Hunza gehörend, war Eskander hier bereits eine bekannte Persönlichkeit, und es war leicht für ihn, die benötigten rund einhundert Träger für die Versorgung der unteren Lager zu rekrutieren. Als Hochträger hatte er aber an die zehn erstklassige Hunzakuts ausgewählt, die alle mit ihm schon einmal unterwegs gewesen waren.

Bereits Anfang Mai, in der westlichen Welt schrieb man das Jahr 1958, trafen die Expeditionäre mit einem Flugzeug der pakistanischen Armee in Gilgit ein, wobei der Pilot wegen Schlechtwetters nicht die normale Route über den Babusar-Pass genommen, sondern, dem gewundenen Lauf des Indus folgend, sehr riskant zwischen den engen Felswänden manövriert hatte.

Schon nach zwei Angewöhnungstagen ging es los, und die erste Hürde für die sieben Bergsteiger bestand in der Bezwingung der aus Weidenzweigen gefertigten Hängebrücke über den Hunzafluss bei Nomal, der einzigen Verbindung der Bewohner Jaglots mit der Außenwelt. Obwohl alle sieben schon manchen Gefahren kaltblütig ins Auge gesehen hatte, zögerten sie so lange, bis auch Eskander nachgekommen und ohne nachzudenken über das schwankende Gebilde getänzelt war. Gleichzeitig kam ihm ein Jagloti mit einer hochgetürmten Last entgegen, und beide hielten sogar mitten auf der Brücke ein Schwätzchen.

Die Brücke bestand, wie alle ihrer Art, nur aus drei dicken geflochtenen Seilen, eines für die Füße und zwei Handläufe. „Ihr dürft einfach nicht aufs Wasser schauen!", hatte er ihnen zugerufen.

Lachend beklagte sich einer der Briten nachher: „Das war aber unmöglich, du musstest hinunterschauen, um zu sehen, wo du deinen Fuß hinsetzt, sofort hattest du dann den Eindruck, dass der Steg mit dir stromaufwärts rast, und du musstest dir gut zureden, dass das Wasser noch immer talwärts fließt."

Nach glücklicher Flussquerung wurde das Dorf Jaglot, wo die zehn Hunzaträger schon einen Tag früher eingetroffen waren, bereits nach wenigen Stunden erreicht. Hier staunten die westlichen Bergsteiger sehr, als mehrere Dorfbewohner herbeikamen, Eskander die Hand küssten und zwei der Dorfältesten ihm einen jungen Ochsen als Willkommensgruß darboten. Er nahm das Geschenk huldvoll an, gab es aber sofort wieder an die Eigentümer zurück, wie die gute Sitte es verlangte.

Am Lagerfeuer begann dann ein Einheimischer nach dem anderen mit den einfachen, aber dennoch eindrucksvollen Schrittkombinationen zu tanzen. Und als Michael, der Neuseeländer, sein kleines Akkordeon aus dem Gepäck hervorsuchte, war klar, dass die Zelte erst lange nach Mitternacht bezogen wurden.

Der nächste Morgen war kalt und regnerisch, und es war ziemlich sicher, dass es tausend Meter höher, am vorgesehenen Ort des Basislagers, schneien würde.

Eskander hatte den Platz schon vor zwei Jahren ausgekundschaftet und auch damals schon erkannt, dass die beste, weil lawinensicherste Route zum Gipfel über den Südwestsporn führen müsste, an dessen Fuß sie sich praktisch befanden. Das Lager I, auch das hatte er schon erkundet, sollte praktisch am Ende eines Moränenrückens, der den zerrissenen Kunit-Gletscher begleitete, errichtet werden.

So wurde der erste Tag zum Verteilen der Lasten und zur Komplettierung der Ausrüstung der Hunza-Hochträger verwendet. Jeder erhielt seine Steigeisen, einen Eispickel, Schneebrillen, Anorak und Schlafsack sowie winddichte Hosen.

Nur Eskander war nicht verwundert, als dann am Berg festzustellen war, dass die Männer auch bei Nässe, Sturm und Kälte ihre schafwollene Bekleidung dem ‚künstlichen Material', wie sie es nannten, vorzogen.

Der nächste Tag war wieder klar, und ähnlich sollte sich der Wetterverlauf die gesamten folgenden zwei Monate abspielen: Ein bis drei Schönwettertage wechselten fast ständig mit ebenso vielen Schlechtwettertagen.

So setzte sich bereits am frühen Morgen die erste Trägerkolonne durch den Wald und später über Bergweiden in Bewegung, und am späten Nachmittag standen schon die ersten Zelte auf einer weiten Almfläche auf etwa 4200 Metern Seehöhe.

Richard hatte die Parole ausgegeben, dass jedes der nächsten Lager – und es schien ziemlich sicher, dass fünf bis sechs notwendig sein würden – mit mindestens einem Zelt, einem Gaskocher und einer Notration für mehrere Tage ausgestattet sein müssten. Erst dann sei an einen Gipfel-Angriff zu denken. Außerdem sollte als Grundsatz für alle Teilnehmer gelten: ‚Täglich eine Stufe höher tragen, aber wieder zumindest eine Lagerstufe tiefer schlafen!' Wie sich herausstellte, war das dann auch die Grundlage für den späteren Erfolg.

Nun galt es, das Lager I aufzubauen: Der Weg war über steile Schneefelder und später über den obersten Teil eines Moränenrückens zwar ziemlich klar vorgegeben, aber doch sehr anstrengend. Endlich, nach sieben Stunden ziemlicher Plagerei, war ein guter, ebener Platz in einem Moränentälchen erreicht, der für das Lager I gut geeignet schien. 5200 Meter zeigten die Höhenmesser, und das war schon eine sehr respektable Höhe.

Die nächsten beiden Tage galten der Erforschung der weiteren Route, und es zeigte sich tatsächlich, dass der gesamte Südwestsporn begehbar sein müsste – nicht einfach, aber doch machbar. Er präsentierte sich als mehr oder weniger stark überwächteter Felsgrat, der immer wieder von Grattürmen unterbrochen war.

Für das Lager II wurde ein Platz direkt am Beginn des Sporns, nur 600 Meter höher, gewählt. Es gab hier keine einzige ebene Fläche, und so wurden aus dem gepressten Schnee Plattformen für zwei Zelte herausgehackt. Von hier gab es bereits eine Prachtaussicht zum Nanga Parbat, zu Haramosh und Dobani sowie zu den Gipfeln des Hindukusch.

Während die Jagloti das Lager I mit Material versorgten, stiegen die Hunza-Träger schon zum Camp II auf, um es auszustatten und um Seile zu spannen.

Richard hatte mehrere tausend Meter Fixseile mitgebracht, die an allen steilen und heiklen Stellen angebracht wurden.

Dies erwies sich bereits an einem der nächsten Tage als unbezahlbar. Starker Wind hatte nämlich in den letzten Tagen zur Bildung von Schneebrettern geführt. Als eine Trägergruppe zum Lager II aufstieg und bemerkte, dass der Schnee unter ihren Füßen hohl klang, war es auch schon geschehen. Der gesamte Hang zerbarst in Schollen und formte sich zu einer Lawine, die zu Tal rauschte. Alle konnten blitzschnell in die Seile greifen und wurden lediglich aus dem Stand geschleudert.

Ein riesiger Gratturm versperrte nun den Weiterweg und stellte die Bergsteiger vor die kniffelige Aufgabe, ob man ihn auf höchst lawinengefährdeter Route umgehen oder ihn überklettern sollte. Eskander, der längst schon als vollwertiges Expeditionsmitglied galt, entschied sich für den sicheren, aber schwierigen Weg über den Turm.

Eskander leistete zusammen mit Michael, mit dem er sich inzwischen eng angefreundet hatte und das Zelt teilte, großartige Arbeit. Bei schlechtestem Wetter arbeiteten sie zwei volle Tage lang, um den Weg für die Träger begehbar zu machen. Katzengleich bewegten sie sich im steilen Fels, schlugen die notwendigen Haken und versicherten alle heiklen Passagen.

Nun erst war der Weg zum Lager III frei. Hinter dem Turm

wurde der Sporn breit, und es gab auf einem vollkommen flachen Gletscherstück genug Plätze zur Auswahl für das Camp, das mit 5800 Metern gleich hoch wie Camp II lag.

Die weitere Route führte nun über einen gewaltigen Grataufschwung, einen eigenartig geformten Kopf aus Eisgebilden und riesigen Schneewächten. Spontan nannte Richard ihn den ‚Mönchskopf'. Seine Begehung erwies sich als wesentlich komplizierter, als es von unten ausgesehen hatte. Die überhängenden Wächten drängten die Bergsteiger mehrmals in die äußerst lawinengefährlichen Flanken hinaus, und für die Versicherung aller gefährlichen Stellen mussten vom Basislager sogar einige Holzpflöcke heraufgebracht werden.

Erst dann konnte mit der vollen Versorgung von Lager IV begonnen werden, das auf einer weiten, flach geneigten Gletscherflanke auf 6400 Metern errichtet wurde. Hier befand man sich sozusagen am Fuß des Gipfelaufbaues, wobei das letzte Stück eine steile Gletscherzunge war, die direkt zum felsigen Gipfel hinaufführte. Er schien gar nicht mehr weit entfernt zu sein.

Das erwies sich aber als arge Täuschung, denn noch einmal galt es, teilweise sogar in mühsamem Auf und Ab, eine Reihe von überwächteten Gratstücken zu bewältigen. War das Gehen in dieser großen Höhe schon anstrengend, so erst das Transportieren von Lasten. Die Hunzaträger bewiesen hier aber ihre Stärke.

Auch die Expeditionsmitglieder hatten sich ausnahmslos bereits an die Höhe angepasst, und so konnte Richard einen genauen Plan aufstellen, wie im Verlauf von drei Tagen – vorausgesetzt, das Wetter spielte mit – alle Mann den Gipfel erreichen könnten.

Das Lager V stand nun bereits auf 7000 Metern. Für die besonders starken Bergsteiger war es zweifellos möglich, die 700 Höhenmeter bis zum Gipfel in einem Zug durchzugehen. Richard entschloss sich aber doch, um wirklich allen Teilnehmern die Chance einer Gipfelbesteigung einzuräumen, noch ein weiteres Lager, es erhielt die Nummer VI, auf 7300 Metern einzurichten. In dieser Höhe konnte man sich nicht lange aufhalten, sondern musste einen Tag später zum Gipfel aufbrechen, der dann nur 400 Meter höher lag.

Nach nur einer weiteren Woche waren tatsächlich alle Lager entsprechend versorgt, und auch die Bergsteiger in Zweier- und Dreiergruppen in den oberen Lagern verteilt. Richard wollte auf Eskanders Erfahrung und Leistungsstärke nicht verzichten und ersuchte ihn, mit ihm zusammen die erste Gruppe zu bilden.

Sie waren bereits zu Mittag in Lager V angekommen, und obwohl das Wetter nicht besonders gut schien, meinte Richard, dass man doch heute noch zum Lager VI aufsteigen sollte. Sie waren so gut akklimatisiert, dass sie den Aufstieg in nur zwei Stunden schafften.

Groß war die Enttäuschung, als Eskander in der Nacht schon das Graupeln der Schneeflocken auf der Zeltwand hörte. Tatsächlich schneite es am Morgen. Es blies zwar kein heftiger Sturm, aber die Schneeflocken kamen doch waagrecht daher. Richard war gewaltig motiviert, und nach genauer Beobachtung der Wettersituation meinte auch Eskander, dass es gehen könnte. Allerdings war es bitter kalt, und die Sicht war praktisch null.

So zogen sie alles an, was sie hatten: Richard trug über zwei Unterleibchen ein wollenes Hemd, darüber kamen ein Pullover, eine Wolljacke sowie ganz zum Schluss die Daunenjacke. Eskander trug nur Hemd, Pullover und Daunenanorak. An den Füßen trugen beide die bewährten „doppelten" Expeditionsschuhe, und die Hände schützten zwei Paar Wollfäustlinge mit einer windsicheren Hülle.

Außerhalb des Zeltes hatte sie ein eisiger Wind im Griff, aber der Himmel war plötzlich wolkenlos geworden. Der Schnee war knietief, und Eskander übernahm wie selbstverständlich die mühsame Spurarbeit. Überraschend gelangten sie aber bald an eine gänzlich abgewehte Stelle, wo eine Rinne direkt zum Gipfel hinaufzuleiten schien. Steigeisen wären hier das Richtige gewesen, aber wegen der Kälte konnten sie sich nicht zum Anlegen der Eisen entschließen. So trat Eskander mühsam mit der Schuhspitze Kerben in den beinharten Firn, und sie seilten sich nicht an, damit einer den anderen im Fall eines Sturzes nicht mitreißen konnte.

Das Ziel schien nicht und nicht näher zu rücken. Plötzlich gab es aber einen überraschenden neuen Ausblick: Seitlich hinter dem Gipfel tauchten plötzlich einer der hohen Karakorumberge nach dem anderen auf, schließlich war sogar der Baltorogletscher, überragt vom K2, deutlich auszumachen.

Die Rinne wurde nun so steil, dass sie auf das Anlegen der Steigeisen nicht mehr verzichten konnten; Eskander musste dazu eine Plattform aus dem beinharten Schnee heraushacken. Er benötigte dazu ziemlich lange, dafür waren sie aber plötzlich in wärmendes Sonnenlicht getaucht.

Und nun waren es wohl nur noch einige hundert Meter. Eskander, der voranging und wegen der großen Höhe nur langsam vorankam – jeder Schritt kostete größte Anstrengung – schreckte plötzlich zurück, denn er blickte direkt über die Nordwand des Rakaposhi hinunter und sah die herrlich grünen Terrassenfelder Hunzas … Sie standen auf dem höchsten Punkt …

Beide schauten sich schwer atmend eine Weile an und fielen sich dann in die Arme. – Sie hatten es geschafft, sie waren die ersten Menschen am Gipfel des Rakaposhi …

Es war so bitter kalt, der eisige Wind hatte noch zugelegt, dass Richard mit den behandschuhten Fingern mit seinem Fotoapparat nicht und nicht zurecht kam. Schließlich nahm Eskander ihm die Kamera ab, zog seine Handschuhe trotz Richards Warnung aus und machte einige Aufnahmen. Sie wurden blitzschnell kreideweiß und trotz heftigen Schlenkerns blieben sie stundenlang gefühllos. – Erst am Abend fingen sie glücklicherweise zu schmerzen an, und noch Monate später fühlte er jeden Wetterumschwung in den Fingerspitzen.

Der Abstieg erforderte größte Vorsicht, zum Glück war der Schnee aber durch die Sonneneinstrahlung etwas weicher geworden, sodass die Steigeisen gut griffen. Schon nach zwei Stunden waren sie beim Zelt von Lager VI, wo zu ihrer großen Freude zwei weitere Kameraden auf den Aufstieg warteten. Nach Glückwünschen und genauer Aufstiegsschilderung stiegen sie noch weiter bis ins Camp V ab, wo drei Zelte eingerichtet waren; zwei davon mit drei Mann besetzt.

Richard war sehr zufrieden: Ja, so müsste es klappen.

Auch Michael war hier, er lag mit einer befeuchteten Binde über den Augen auf seiner Luftmatratze und klagte, dass sie höllisch schmerzten und er das Gefühl habe, als ob die Augen voller Sand seien – ein typischer Fall von Schneeblindheit.

„Nun ist es für mich aus!", klagte er. „Dabei bin ich in so guter Form. Was habe ich alles für Opfer auf mich genommen, um mir die weite Reise von Neuseeland her zu finanzieren."

Eskander, der mit ihm wieder das Zelt teilte, überlegte nicht lange: „Wir haben bestes Wetter. Ich gehe mit dir morgen auf den Gipfel. Ich kenne nun schon jeden Schritt und führe dich notfalls an der Hand hinauf. Es gibt außer der Steilheit keine nennenswerten Hindernisse. Du gehst ganz einfach am kurzen Seil nur zwei Schritte hinter mir. Die Augenbinde lässt du unbedingt oben, bei heiklen Stellen kannst du ja kurz herausblinzeln. – Außerdem marschieren wir gleich von hier weg bis zum Gipfel durch; die siebenhundert Höhenmeter schaffst du leicht ..."

Und so saßen ein überglücklicher Michael und ein sehr zufriedener Eskander bei strahlendem Sonnenschein und nahezu kompletter Windstille bereits zur Mittagsstunde des nächsten Tages am Gipfel. Michael wagte hier sogar für kurze Zeit die Binde abzunehmen und benötigte sie dann beim Abstieg überhaupt nicht mehr, denn er konnte überraschend wieder schmerzfrei sehen ...

Nach nur drei Tagen waren alle im Basislager versammelt. Alle sieben Sahibs hatten den Gipfel erreicht. Die Hunza-Hochträger waren mit dem systematischen Abbau der Lager bereits zwei Tage später fertig.

Richard konnte sein Glück als Expeditionsleiter fast nicht fassen, war aber so aufrichtig, immer wieder zu betonen, dass Eskander größten Anteil am Erfolg der Expedition hatte.

Nun begann auch das große Feiern: Das erste Fest fand in Jaglot statt, das nächste aber nicht in Gilgit, sondern in Karimabad, denn der Mir von Hunza ließ es sich nicht nehmen, alle Bergsteiger in sein Schloss einzuladen. Schon am nächsten Abend veranstaltete er am großen Poloplatz ein Freudenfest, zu dem sich an die tausend Leute versammelten.

„Es war ein Hunzakuts, der zusammen mit unseren britischen Freunden als Erster jenen Berg bezwungen hat, der gleichsam als Wächter unser Tal überragt", führte er in seiner Festrede aus. „Da alles ohne Unfall verlaufen ist, müssen wohl auch die Peris, die uns so gnädig gesinnt sind, ihre Hand im Spiel gehabt haben. – Eskander wird von nun an wohl noch höhere Achtung in unserer Mitte genießen."

Karok, der neben Eskander auf der Ehrentribüne saß, flüsterte ihm zu, dass er mehr von einem Beutelchen voller Rupien gehabt hätte.

Es folgten, wie üblich, Schwerttänzer und Tänze der Ältesten, die Jugend führte lustige Jagdpantomimen auf, und zwischendurch wurde aus großen Kesseln Scherbet an die Hungrigen verteilt.

Was wäre ein solches Fest aber ohne das abschließende Erscheinen eines Bitans gewesen.

Eskander, derm es bei Festlichkeiten bisher immer gelungen war, sich vor dem Bitan-Auftritt heimlich zu verdrücken, konnte sich diesmal von der Tribüne nicht fortstehlen. Als die Bitan-Musik ertönte, begann er heftig zu zittern. Karok wusste sofort um seine Not, hielt ihn fest an der Hand und flüsterte ihm die rettende Idee ins Ohr: „Ruf deine Peri herbei, sie soll dir helfen."

Eskander blieb nichts anderes übrig, als alle seine Gedanken auf Nilufar zu konzentrieren. – Und tatsächlich, Karok stellte erleichtert fest, dass Eskander sich bald darauf völlig entspannte, seine Augen schloss, manchmal lächelte und mehrmals mit dem Kopf nickte – das währte so lange, bis der Bitan am Höhepunkt seiner Ekstase zusammenbrach.

Eskander überhörte dabei, dass der Bitan bei seinen Aussagen beklagte, dass der Tham heuer kein Bophao-Fest zelebriert hätte.

Am Nachhauseweg berichtete Eskander, dass Nilufar plötzlich hinter ihm gestanden sei und ihm die Augen einfach zugehalten habe. Dabei habe sie ihm erzählt, dass sie das Wetter bei der Expedition gelenkt, die Dosierung zwischen Schön- und Schlechtwettertagen aber nicht immer voll koordinieren konnte, weil ihre Schwestern manchmal dreingepfuscht hätten. ‚Aber auch meine Schwestern, die inzwischen viel von dir halten, freuen sich über deinen Erfolg – jetzt sprechen sie übrigens gerade mit dem Bitan', wären ihre Worte gewesen.

Dulat war sehr verärgert, dass Eskander nach der langen Abwesenheit nur eine Nacht daheim bleiben und schon wieder nach Gilgit aufbrechen musste, wo die Feierlichkeiten ja weitergingen. Ihre Worte: „Deine Tochter kennt dich ja überhaupt nicht mehr, und für mich hast du sowieso nichts übrig", klangen ihm noch lange in den Ohren.

Tatsächlich wunderte er sich, wie rasch seine Liebe zu Dulat erkaltet war, die allerdings für seine Tätigkeit kaum Verständnis aufbrachte und überhaupt nur für die einfachen Dinge des ländlichen Alltags Interesse hatte.

In Gilgit gab es ein großes Ehrenbankett, und bei dieser Gelegenheit übereichte der Commissioner Eskander auch die Urkunde für einen hohen militärischen Orden, ‚denn die Eroberung des Gipfels sei ja ein echter Kampf gewesen'. Er müsse ihn aber demnächst selbst in Islamabad abholen.

Der Abschied von Michael fiel Eskander schwer, hatte er doch einen echten Freund gewonnen, und Michael meinte es wohl ernst, als er beteuerte, dass er ihm den ‚gemeinsamen Gipfelgang' nie vergessen werde.

# *XI*

Eskander war von der großzügigen Anlage der neuen Hauptstadt Islamabad überrascht, die unweit von Rawalpindi eben aus dem Boden gestampft wurde. Nach einem Schachbrettmuster angelegt, entstand hier Straßenzug um Straßenzug. Eine riesige neue Moschee, mit vier über achtzig Meter hohen Minarett-Türmen, war noch im Rohbau. Im Regierungsviertel standen erst das Verteidigungs- und Innenministerium, die anderen waren ebenfalls noch in Bau.

Bei der feierlichen Ordensverleihung kam er sich in einer Reihe mit Militärs recht komisch vor, wurde dabei aber schmerzlich an den noch immer nicht beendeten Kaschmirkonflikt erinnert, saß neben ihm im Rollstuhl doch ein Offizier, dem beide Beine fehlten.

Beim anschließenden Festmahl wurde die große Weltpolitik besprochen; davon, dass Indien und die Sowjetunion eine Achse bildeten, während der neue Staat Pakistan sich eher an die USA, aber auch an den chinesischen Nachbarn anlehnte. Und in diesem Zusammenhang kamen ernsthafte Erörterungen über den geplanten Straßenbau von China längs der Route der alten Seidenstraße und weiter durch die Indus-Schluchten bis Islamabad zur Sprache.

Eskander war wie elektrisiert und wagte es, sich ins Gespräch einzuschalten: „Aber diese Straße müsste ja über Hunza und Gilgit verlaufen?" Ein höherer Offizier der Pioniertruppe bejahte lächelnd und lud ihn für den nächsten Tag in sein Planungsbüro ein.

Dort gab es tatsächlich schon grobe Skizzen des Trassenverlaufes. Die Grenzüberschreitung von China her war noch unklar, aber ab Gulmit, durch Hunza, vorbei an Gilgit und sodann durch die Indus-Schluchten war die Route eigentlich von der Natur vorgezeichnet. – Eskander konnte nur den Kopf schütteln: „Sir, das ist ein unmögliches Unterfangen. Haben Sie die Erdrutsche, Steinschläge, Lawinen und Hochwässer bedacht? Wir müssen oft mit unseren Pferden, allein, wenn wir von Hunza nach Gulmit reiten, an einigen Stellen eine Stunde und länger warten, bis sich der Steinschlag an den riesigen Moränenhängen beruhigt hat. Wie würde das erst sein, wenn die Hänge durch eine breitere Straße angeschnitten werden?"

Und noch immer kopfschüttelnd verließ Eskander das Ministerium und dachte bei sich, dass dieses verrückte Vorhaben nie verwirklicht werden könnte.

Nilufar hatte ihm noch beim Fest zugeflüstert, dass sie ihn demnächst erwarte. Nach all dem, was sie in den letzten Jahren für ihn getan hatte, fühlte er sich ihr immer mehr zugetan; sie war ihm aber auch eine unverzichtliche Gesprächspartnerin und Ratgeberin geworden – und nicht zuletzt war er in sie verliebt, ohne sich das ganz eingestehen zu wollen.

Als aber diesmal an der Feuerstelle beim Gelben Felsen der würzige Rauch der Wacholderzweige aufstieg, war Eskander einen Moment vor Schrecken fast gelähmt: Neben Nilufar saßen noch fünf weitere Peris in einem Halbkreis um ihn herum. Im ersten Augenblick sahen sie mit ihren blonden Haaren und hellen Augen alle sehr ähnlich aus. Aber in ihren Gesichtszügen gab es bei näherem Hinsehen doch beträchtliche Unterschiede. Vor allem trugen sie die Haare in verschiedener Tracht; einige hatten sie als Zöpfe geflochten, andere hatten sie hochgesteckt, und Nilufar erkannte er sofort an ihrem losen Haar. Ausnahmslos hatten aber alle einen leidenden Zug um den Mund und machten einen niedergeschlagenen Eindruck.

„Jetzt müssen wir uns unserem Bruder – eigentlich Nilufars Milchbruder – doch einmal selbst vorstellen", ergriff jene der Peris das Wort, die anscheinend eine Spur älter als die anderen war. Tatsächlich wirkten sie mit ihrer makellosen Haut und der schlanken, aber doch weiblich reifen Gestalt jedoch alle kaum älter als fünfundzwanzig Jahre.

„Das ist Sultana, daneben sind Guldana und Fauzia, dort sitzt Bulbul, Nilufar kennst du ja, und ich bin Rubina. – Wir möchten dir danken, dass wenigstens du unsere guten Sitten so hoch hältst und verteidigst, wie das auch dein Vater schon getan hat und dass du unserem Hunzavolk so viel Ehre einbringst. Wir freuen uns auch über deinen großen Erfolg am Rakaposhi, möchten aber eine wichtige Bitte vorbringen: Der Ultar da hinter uns hat drei Spitzen, wie du weißt. Die zwei niedrigeren könnt ihr Berggipfel-Hungrigen meinetwegen erklimmen. Der mittlere, er ist der höchste, sollte aber nie von einem Menschen betreten werden, denn hier bergen wir unsere Schätze und Geheimnisse."

„Sollte es aber jemand versuchen", warf die neben Rubina sitzende Peri ein, „dann werden wir uns mit allen Mitteln zur Wehr setzen. Als Bergsteiger kennst du ja unsere Waffen: Steinschlag, Lawinen, Schneestürme und so fort!"

Eskander konnte nur immer wieder verlegen nicken, beim Stichwort ‚Steinschlag' fiel ihm aber die verrückte Straßenplanung ein, von der er in Islamabad gehört hatte.

„Du möchtest etwas sagen", kam ihm Nilufar zur Hilfe.

„Ja – da habe ich kürzlich in der neuen Hauptstadt von einem wahnsinnigen Projekt gehört ..." Eskander überschlug sich fast beim Reden, als er alles erzählte, was er von der Planung der beabsichtigten Straße wusste. Er fügte auch noch an, dass die Pakistani es scheinbar wirklich ernst meinten, seiner Meinung nach sei das Projekt allerdings undurchführbar.

Die Peris saßen ein Weile mit betroffenen Gesichtern da, bis Nilufar diesmal das Wort ergriff: „So hast du, Rubina, mit deiner ständigen Schwarzmalerei doch recht gehabt, als du im vergangenen Jahr von einem schrecklichen Traum erzähltest, bei dem tausende Männer in blauen Kitteln wie Ameisen über die Berge vom Norden hereinströmten und vom Süden her riesige Maschinen ganze Berghänge auffraßen."

„Wir werden das mit allen Mitteln bekämpfen, die sollen nur kommen!", riefen nun die anderen Peris fast zugleich.

„Wenn nur unsere Menschen im Hunzatal alle geschlossen gegen ein solches wahnwitziges Unterfangen wären. Aber denkt doch daran, wie gelassen sie es hinnahmen, als der Tham heuer im Frühjahr erstmals seit Jahrhunderten das Bophao nicht zelebrierte. Er hatte das mit einer Schrift begründet, die vom neuen ‚Landwirtschaftlichen Hilfsdienst' des Aga Khan herausgegeben wurde, wo von einem neuen ‚Wundersaatgut' die Rede war, das sozusagen von selbst für hohe Erträge sorge", hatte nun Rubina wieder das Wort ergriffen.

„Wenn es kein Bophao mehr gibt, dann wird auch Ginani nicht mehr stattfinden. Und schließlich wird es auch keine Bitans mehr geben, die sich von uns Rat holen werden", wagte Sultana mutig auszusprechen, was sich ihre Schwestern scheinbar schon manchmal im Geheimen gedacht hatten.

Keine erwiderte darauf etwas, und als Eskander betroffen in die Runde blickte, hatte er den Eindruck, dass sie auf einmal alle um Jahre gealtert wären.

„Hört doch auf, womöglich fangt ihr auch noch zu weinen an. Ihr müsst Eskander nicht mit unseren Sorgen belasten ...", und plötzlich saß nur noch Nilufar neben ihm.

Eskander war tief bewegt, als Nilufar ihm mit feuchten Augen ihr liebes Gesicht zuwandte. Er nahm sie augenblicklich in die Arme und versuchte mit seinem Ärmel ungeschickt ihre Tränen zu trocknen.

„Sieh mich an, sei ehrlich! Diesmal kannst du die Krähenfüße um meine Augen nicht mehr leugnen! Nicht wahr, ich bin seit unserem letzten Treffen viel älter geworden!"

Eskander begann spontan die Fältchen um ihre Augen zu küssen und fand auch für einen Augenblick ihre Lippen bereit ...

„Eskander, nein, das geht nicht ..." – und zurück blieb von Nilufar, wie so oft, nur ein zarter Aprikosenduft ...

# *XII*

Während des nächsten Jahres war Eskander mit der Vorbereitung gleich mehrerer Expeditionen zu den hohen Karakorumbergen voll ausgelastet und hielt sich ständig in Gilgit auf. Er war erstmals am gewaltigen Baltorogletscher gewesen und hatte ehrfurchtsvoll zum K2, dem zweithöchsten Berg der Erde, hinaufgeblickt. ‚Das wäre ein Ziel!', dachte Eskander. Es bestanden auch gewisse Hoffnungen, dass er bald einmal eine Expedition dorthin begleiten durfte. Allerdings hatte ihm das Tourismus-Ministerium einen großen Strich durch die Rechnung gemacht: Die Liaison Officers, die teilweise nun auch aus anderen Gebieten Pakistans für diese Aufgaben abgestellt wurden, durften selbst nicht mehr an den Gipfelbesteigungen teilnehmen.

So war er höchst überrascht und letztlich auch erfreut, als in seinem Büro in Gilgit eines Tages ein hoher Offizier der ‚Engineer-Truppe' vor ihm stand, den er sogleich als jenen erkannte, der ihm seinerzeit in Islamabad Einblick in die Straßenplanung gewährt hatte.

„Wir brauchen dringend einen ortskundigen und auch vielseitig gebildeten Mann, der mit uns den Trassenverlauf oben an der chinesischen Grenze festlegt. Ja, staunen Sie nur, die Chinesen werden mit uns zusammen den ‚Karakorum Highway', wie er genannt wird, bauen. Bereits in zwei Jahren soll mit dem Bau begonnen werden."

„Aber das ist ja technisch unmöglich!"

„Nichts ist unmöglich! Die Chinesen haben uns bereits vertraglich eine unbeschränkte Anzahl von Arbeitskräften in Aussicht gestellt. Sie werden sämtliche Brücken bauen, und wir werden mit unseren Pionier-Bataillons und den gewaltigen neuen Bulldozern die Straßentrassen in Angriff nehmen. –

Was, wie gesagt, noch offen ist, betrifft den Passübergang und die Straßenführung nördlich von Hunza."

Eskander war geschockt.

„Was ich Ihnen noch sagen wollte, Sie werden für den Zeitraum Ihrer Arbeit in den Rang eines Captains der ‚Engineers' erhoben und erhalten natürlich das entsprechende Gehalt."

Eskander überlegte lange. Natürlich wäre das eine sehr interessante Aufgabe, zumal ihm die Liaison Officer-Tätigkeit durch den neuen Erlass versauert worden war. Aber sollte er dieses irrsinnige Unternehmen unterstützen? – Und was würden die Peris dazu sagen?

„Ich muss mit dem König darüber sprechen."

„Gut, das sehe ich ein, erwarte aber in spätestens zwei Wochen ihre – hoffentlich positive – Antwort."

Der Mir war über das Vorhaben bereits im Bilde und redete Eskander nicht nur zu, sondern gab ihm nahezu den Befehl, die Aufgabe ‚zum Wohle Hunzas' unbedingt anzunehmen. Außerdem habe er sowieso vorgesehen, ihn während der Bauphase auf Hunza-Gebiet als Verbindungsmann zu den Pionieren einzusetzen.

„Um einen Straßenbau nach Hunza wären wir sowieso nicht herumgekommen – und so übernimmt die pakistanische Regierung wenigstens die Kosten", fügte der Mir noch nachdenklich an.

„Eure Hoheit, eine Straße nach Hunza schon, aber dass die Chinesen mit ihren kommunistischen Ideen dann direkt vor unserer Haustüre stehen, das ist doch wohl sehr bedenklich."

„Das macht mir keinen Kummer, unsere Leute sind gegen diesen Unsinn wohl immun …!", womit Eskander entlassen war.

Eskander bekam eine volle Militärausrüstung ausgehändigt und musste sich beim Schneider in der neuen Pionier-Kaserne von Gilgit eine Uniform anmessen lassen. Colonel Hadschif Saram, Kommandant der kürzlich nach Gilgit verlegten Pioniereinheit und nunmehr Vorgesetzter Eskanders, bestand darauf, dass er künftig zumindest draußen in den Dörfern die Uniform tragen müsste.

„Inschallah, Sir, aber zum Tragen des Baretts können Sie mich nicht zwingen." Und so wurde Eskander in den nächsten

Monaten in Oberhunza, bis hinauf zur chinesischen Grenze, als der ‚Captain mit der weißen Hunza-Mütze' bekannt.

Als er sich beim District Commissioner in der neuen Uniform endgültig verabschiedete, weil er seine Tätigkeit als Liaison Officer aufgegeben hatte, stieß er dort zufällig auf seinen alten Freund Dschaffer, der inzwischen die militärische Laufbahn bei der Fliegertruppe in Islamabad ergriffen hatte: So wollten ein Major des neu aufgebauten Helikopter-Geschwaders und ein Captain der Pioniertruppe im dunklen Gang des Gebäudes einander ausweichen. Der Major sah bloß die zwei Sterne auf der Schulterklappe des rangniedrigeren Offiziers und wartete, dass der andere salutieren würde, was aber Eskander überhaupt nicht in den Sinn kam. Dschaffer wollte eben eine bissige Bemerkung machen, als sich beide erkannten und in die Arme fielen.

„Eskander, mich laust der Affe. Du beim Militär! Lass dich anschauen – und eine Ordensspange trägst du auch!"

„Dschaffer, was machst denn du bei den Fliegern?"

So ging es hin und her, und Arm in Arm setzten sie sich ins nächste Kaffehaus ab, wo sie einander stundenlang von den Erlebnissen der letzten Jahre erzählten.

Nach dem Schock des riesigen Straßenbauprojektes konnte Eskander nun auch die Tatsache nicht mehr erschüttern, dass künftig die Helikopter, die ‚stählernen Libellen', wie die Peris geweissagt hatten, überall herumfliegen würden.

Ein kleiner Trost war für ihn, dass Dschaffer beklagte, mit diesen Geräten leider nicht höher als sechstausend Meter fliegen zu können. ‚Da haben die Peris wenigstens am Ultar ihre Ruhe', dachte er sich im Stillen.

„Du kannst übrigens morgen gleich einmal mitfliegen, du wirst sehen, welche neuen Einblicke du von oben gewinnst."

Eskander nahm mit gemischten Gefühlen neben Dschaffer Platz, der ihm auch Kopfhörer zur gegenseitigen Verständigung aufgesetzt hatte, und war vorerst einmal von der Unzahl der Instrumente verwirrt. Als sie dann aber mühelos ins Bagrot-Tal hineinknatterten und er ‚seinem' Haramosh-Gipfel ganz nahe kam, von dem Moment an war er dem Fliegen verfallen und nützte in den nächsten Jahren jede Möglichkeit, wenn Dschaffer ihn mitnehmen konnte.

Eskander erkannte auch sofort die großartige Möglichkeit, Helikopter zur Rettung verunfallter Bergsteiger einzusetzen und diskutierte mit Dschaffer, der ihm erzählte, dass dies in der Schweiz schon praktiziert wurde, lang und breit die Möglichkeiten: „So lange es in den Tälern keine Telefonverbindungen gibt, bleibt das Ganze aber nur Theorie", stellten sie die Idee vorläufig zurück.

Wie für eine Expedition ausgerüstet, brach Eskander mit Colonel Hadschif Saram schon nach vierzehn Tagen in den Norden auf. Maultiere trugen Zelte und Lebensmittel für zwei Monate, und die Begleitung bestand aus einem Vermessungsingenieur mit seinen Gehilfen sowie fünf bewaffneten Pionieren und einigen Maultiertreibern aus Hunza. Der Oberst wollte zum Schutz vor Banditen ursprünglich eine kleine bewaffnete Streitmacht mitnehmen, aber Eskander konnte ihn überzeugen, dass die fünf Mann voll ausreichen würden.

Eskander hatte sein Jagdgewehr dabei, und auch der Oberst, der inzwischen gehört hatte, dass Eskander nicht nur ein berühmter Polospieler, sondern vor allem auch ein bekannter Jäger war, ließ sich ein Jagdgewehr nachkommen, nachdem Eskander ihm versichert hatte, dass man Steinböcke in Massen, aber auch Markhors und das seltene Marco Polo-Schaf sichten werde.

In Gulmit gab es einen riesigen Auflauf, als die Truppe dort am Grundstück von Eskanders Großeltern ihre Zelte aufschlug und zwei Tage im Ort verweilte, um den restlichen Proviant einzukaufen.

Auch die berühmte Wahrsagerin ließ es sich nicht nehmen, ihre Dienste anzubieten. Eskander lehnte energisch ab, aber Colonel Saram wollte sich diese ‚neue Erfahrung', wie er sagte, nicht entgehen lassen: Nach einer Weile verließ er mit ernster Miene ihr Haus und erzählte Eskander am Abend, dass sie hoffentlich nicht recht habe: „Mir hat sie zwar ein langes Leben vorausgesagt, aber für unser großes Unternehmen hat sie hunderte Tote prophezeit und dazu etwas gemurmelt, wie: ‚Die Peris von Hunza werden sich fürchterlich rächen!' Sie war offensichtlich in Trance und wirkte so überzeugend, dass ich ihr fast Glauben schenken muss. Was meint sie denn mit Peris?

Ist das eure Geheimorganisation?", scherzte er schließlich noch.

Eskander wurde wie immer rot, wenn sich jemand auf die Peris bezog: „Sie sind die gütigen Feen, die auf den höchsten Berggipfeln ihre Wohnstatt haben und unser Heimatland Hunza beschützen."

„Das Ganze hat aber nicht nach Güte geklungen."

„Ja, sie sind eben auch die Verteidiger unserer Lebensweise und Kultur. Ich kann mir schon vorstellen, dass sie große Sorge haben, sollten sich plötzlich so viele fremde Arbeiter durch unser Land wälzen, und vor allem haben die Peris Angst, dass verderbte fremde Sitten unsere Lebensart langsam aber sicher aushöhlen ... Aber ich bin ja nach wie vor felsenfest überzeugt, dass es unmöglich ist, eine Straße über die hohen Berge von China zu bauen. – Sir, Sie werden es in den nächsten Wochen selbst sehen."

Langsam zogen sie nun den Hunzafluss weiter aufwärts. Aber schon gleich hinter Gulmit musste Colonel Saram mit Schrecken feststellen, dass hier ein Gletscher mit seiner Zunge bis zum Fluss vorstieß und tatsächlich kein Raum für eine solide Straße gegeben schien: „Das wird eine kniffelige Pionieraufgabe werden."

‚Mit großen Betonkeilen könnte hier der Gletscher abgelenkt werden', wurde schließlich nach zweitägiger Vermessung ins Expeditionsprotokoll eingetragen.

Und schon eine halbe Tagesreise später ergab sich bei der Zunge des Passu-Gletschers dasselbe Problem.

Saram war äußerst erleichtert, dass wenigstens nach einer weiteren Tagesetappe, als man die Endmoränen des Baturagletschers erreichte, dieser offensichtlich auch nach schneereichen Jahren nicht ganz bis zum Flussufer vorstoßen würde.

Hier kam auch der Shimshal-Fluss durch ein Schluchtensystem heraus, und Eskander war selbst schon einmal hinten am Shimshal-Pass gewesen, der für Tragtiere eine Übergangsmöglichkeit nach China bot. Eskander warnte aber vor dem Malanguti-Gletscher, dessen gewaltige Zunge noch vor dem Ort Shimshal überquert werden müsste. Der Colonel ließ sich von einem persönlichen Augenschein nicht abbringen, trug aber bereits eine Woche später ins Protokoll ein, dass man diese Variante voraussichtlich werde ausschließen müssen …

Über die Weiler Sost und Misgar zog die Karawane meist auf so schmalen Pfaden durch die Schluchten weiter, dass gerade ein Tragtier mit seiner Last Platz hatte.

Es war bekannt, dass die meistbegangenen Wege hinüber nach Kashgar über den Kiliki- und Mintaka-Pass führten.

Der Zugang zum 4800 Meter hohen Kiliki-Pass erwies sich als äußerst schwierig und wurde nach tagelangen Erkundungsmärschen einhellig verworfen.

Colonel Saram setzte nun seine große Hoffnung auf den weiter östlich gelegenen und um einhundert Meter niedrigeren Mintaka-Pass. Riesige Geröllhalden waren beim Aufstieg zu meistern, und da keineswegs klar war, ob die Passhöhe auch die Grenze zu China darstellte, empfahl Eskander, unbedingt nach Norden abzusteigen. Der Colonel zögerte, aber Eskanders Argument: „Hier leben Kirgisen, die dem König von Hunza noch tributpflichtig sind und die sogar meine Muttersprache, das Buruschäski, verstehen", gab dann doch den Ausschlag. Allerdings erwies sich das extrem steile Gelände auf der Nordseite als besonders schwierig. Eskander hatte Colonel Saram, der ihm inzwischen längst angeboten hatte, sich mit dem Vornamen anzureden, mit der Übersetzung des Namens ‚Mintaka – Eintausend Steinböcke' große Lust auf eine Jagdunterbrechung gemacht, zumal der Herbst erst vor der Tür stand.

Da war es ein angenehmer Zufall, dass sie bereits bei den ersten Kirgisen-Yurten auf eine Großfamilie stießen, deren Männer wussten, dass Nazim, Eskanders Vater, hier mehrmals vorbeigekommen und großes Jagdglück gehabt hatte.

Saram und Eskander wurden zu den besten Ansitzplätzen geführt, und beide konnten nach wenigen Tagen bereits eine stattliche Anzahl von Steinbock-Trophäen ihr Eigen nennen.

„Wo stehen denn heuer die Marco Polo-Schafe?", wollte Eskander wissen.

Die Kirgisen gaben sich sehr verschlossen, und erst als Eskander eine bestimmte Menge Goldstaub in Aussicht stellte, von dem er immer für Notfälle etwas mit sich führte, wurden sie weich. Sie hatten nämlich inzwischen längst den besonderen Wert dieses seltenen Wildes herausgefunden.

Sie brachen bereits beim Morgengrauen auf und hatten einen langen Marsch vor sich. Saram beklagte wieder seine viel zu harten Militärstiefel, Eskander hatte aber schon die letzten Tage seine weichen Filzstiefel mit der geschmeidigen Ledersohle getragen. Sie waren ihm nun beim mehrmaligen Queren sandiger Rinnen sehr dienlich, und als es dann galt, eine lotrechte Felsbarriere zu erklettern, wo der Blick erst in jenes Hochkar frei wurde, in dem sich die Tiere besonders gerne aufhielten, war Saram bass erstaunt, als Eskander und die Kirgisen die Kletterei barfuß meisterten. Er konnte ihnen weder mit seinen steifen Stiefeln noch mit seiner zarten Haut auf den Fußsohlen folgen und war sehr verärgert, als er bald danach einen Schuss hörte. Nach mehr als einer Stunde, er wollte sich schon alleine auf den Heimweg machen, kam ein Kirgise herangekeucht, um ihn abzuholen.

„Ja, es ist ein kapitaler Bock. Eskander hat ihn mit einem Blattschuss erlegt und wird ihn wohl inzwischen schon aufgebrochen haben."

Es gab ein festliches Abendessen mit den frisch gebratenen Innereien in der Yurte des Sippen-Ältesten, wobei auch Saram sich wieder versöhnlich zeigte, da man ihm für nächsten Tag versprochen hatte, einen Markhor vor die Flinte zu treiben. Als Eskander ins Freie trat, um etwas Luft zu schöpfen, hörte er plötzlich ein ‚Pst!', und schon zog ihn eine Mädchenhand in den Schatten: „Großer Jäger Recht auf Belohnung", flüsterte sie in gebrochenem Buruschäski. „Du in ein Stunde letzte Yurte, wo Futter."

Eskander war mehr als ausgehungert nach weiblicher Nähe, es bedurfte aber ziemlicher Ausreden, vor den Männern Müdigkeit vorzuschützen, um vorzeitig sein Zelt aufzusuchen …

Die dünne Mondsichel gab kaum Licht, sodass er sich unbemerkt zur Yurte schleichen konnte, wo die Futtervorräte aufbewahrt wurden. Vorsichtig öffnete er die Türe und sah im fahlen Sternenlicht, das durch die Öffnung hereinfiel, im ersten Moment bloß gestapelte Futtersäcke. Aber schon zupfte ihn jemand am Ärmel und bedeutet ihm, sich niederzusetzen. Sodann huschte der Schatten zur Tür und zog sie zu.

Gleich darauf drückte ihn eine üppige weibliche Gestalt nieder, ließ geöffnete Haare über sein Gesicht streichen und führte seine Hände an ihre prallen Brüste. Ein leichter Moschusduft wurde vom nicht unangenehmen Geruch nach Milch und Rauch überdeckt. Eine Hand tastete nach unten, half ihm, die Hose abzustreifen und zog gleichzeitig mehrere Lagen Röcke und Unterröcke hoch. Ehe er sichs versah, lag ein warmer Frauenkörper auf ihm. Seine Hände fanden lang vermisste weiche Weiblichkeit, und wieder war sie es, die mit zuerst sanften, aber dann immer heftiger werdenden Bewegungen die Führung übernahm. Ausgehungert nach körperlicher Liebe wie er war, kam er bald zu einem Höhepunkt, der für sie aber nur ein Anfang war.

Schlaftrunken spürte er – es war bereits lange nach Mitternacht – wie sie ihn rüttelte, zur inzwischen wieder geöffneten Tür der Yurte zeigte und ihm bedeutete, dass er in sein Zelt zurückkehren möge.

Saram bat am Morgen pfiffig lächelnd um eine Empfehlung, welche Möglichkeiten zum Zeitvertreib für Junggesellen es hier in der Umgebung für die späten Abendstunden wohl gäbe. Eskander wurde die Antwort erspart, weil zum Frühstück gerufen wurde, das die Mannschaft sich selbst kochte. Er und Saram waren aber wieder in die Yurte des Ältesten eingeladen, wo sich die drei unverheirateten Töchter um die Gäste kümmerten.

Eskander nahm eine nach der anderen genau in Augenschein, aber keine ließ auch nur den kleinsten Hinweis auf das nächtliche Abenteuer erkennen. ‚Ja, die Älteste muss es gewesen sein', dachte er sich bei genauerem Betrachten ihrer Rundungen. Merkwürdigerweise radebrechte aber nur die Jüngste ein bisschen Buruschäski …

Am folgenden Abend geschah wieder dasselbe: Das Mädchen flüsterte ihm zu, zur ‚Futter-Yurte' zu kommen. Saram hatte diesmal genau Acht gegeben und gab bereits nach kaum vorgerückter Abendstunde Eskander den Rat, sich doch zur Ruhe zu begeben, da morgen wieder ein besonders anstrengender Jagdtag zu erwarten sei.

Diesmal wusste Eskander schon Bescheid, zog selbst die Yurtentür hinter sich zu und tastete sich zu den Futtersäcken vor. – Er wurde nicht enttäuscht. Seine suchenden Hände fanden sofort weibliche Formen, die diesmal aber völlig unbekleidet waren. Weiche Arme zogen ihn aufs Lager, und lustvoll gaben sich beide ihren Körpern hin. Eskander versuchte dem Mädchen wenigstens ein Wort auf Buruschäski zu entlocken, aber sie flüsterte ihm nur irgendetwas auf Kirgisisch zu.

Der nächste Tag brachte weitere Jagderlebnisse, aber Saram drängte nun doch zum baldigen Aufbruch, und so gab es am Abend ein kleines Abschiedsfest, von dem Eskander sich unmöglich fortstehlen konnte, obwohl ihm das Mädchen bereits wieder Bescheid gegeben hatte.

Es wurden diesmal alle alten Geschichten hervorgekramt, die inzwischen schon fast zu Heldenlegenden geworden waren, so zum Beispiel Nazims große Jagderfolge mit Pfeil und Bogen oder die Banditenjagd hinüber in den Wakhan, wo sich Nazim so besonders ausgezeichnet hatte. Eskander war begierig, alles zu hören und gleichzeitig auch stolz auf seinen Vater, hatte er aus dessen Mund doch immer nur Bruchstücke erfahren.

Die Kirgisen wussten aber auch zu berichten, dass schon im vergangenen Jahr eine chinesische Grenzpatrouille mit ähnlichen Absichten den Straßenbau betreffend hier gewesen sei und man dieser den Mintaka-Pass offensichtlich ausreden konnte, denn sie seien heuer nicht wiedergekommen: „Ihr müsst euch schon unten in Misgar nach Osten wenden, dort werdet ihr auf einen zwar auch so hohen, aber viel leichter zu überschreitenden Pass stoßen."

Beim Abschied am nächsten Morgen hatten alle drei Mädchen Tränen in den Augen, das jüngste aber schluchzte laut auf und wandte sich ab.

Saram, der alles genau beobachtet hatte, erwies sich als so neugierig, dass Eskander ihn nicht weiter auf die Folter spannte und ihm während des Reitens in groben Zügen vom Abenteuer berichtete. Der Colonel schloss sofort messerscharf, dass auch die Jüngste seine Liebe erwarten durfte, aber die Mädchen eben vom Alter her der Reihe nach vorgegangen wären und die vorzeitige Abreise deren Pläne über den Haufen geworfen hätte ... Eskander lachte still vor sich hin.

Sie folgten dem Rat der Kirgisen, ritten zurück bis Misgar und wandten sich jenem Schluchtensystem zu, das sich hier nach Osten in die hohen, wild zerklüfteten Berge hineinwand. Mehrmals führte die scheinbar günstige Strecke in echte Sackgassen, aber sie hatten das Glück, eines Tages einen Wakhi-Jäger zu treffen, der ihnen detailliert eine Route beschrieb, die sie auf einen hohen, aber flachen Pass führen würde, den die Einheimischen ‚Khundscherab' nennen und der auch nach Norden nicht steil abfällt.

Mehrere Tage lang ging es wieder durch enges Schluchtgelände, häufig konnten sie sogar nur im Flussbett vorankommen, und erst nach drei Tagen wurden die Berghänge oben flacher. Große Gletscher erstreckten sich beiderseits eines erst im oberen Teil erkennbaren alten Karawanenweges, kamen mit ihren Zungen aber nie an den Pfad heran. Überall waren die schwarzen Tupfen weidender Yakherden in einem weiten Almgelände zu sehen. Auf der gänzlich flachen Passhöhe fanden sie sogar etwas, das wie ein uralter Grenzstein aussah und mit chinesischen Schriftzeichen bedeckt war. Gleich in der Nähe hatten Wakhi-Yakhirten ihre Zelte aufgestellt. Mit ihnen konnte sich Eskander, der des Wakhi einigermaßen mächtig war, gut verständigen: „Ja, das ist eine sehr alte Grenze zwischen dem König von Hunza und dem Mandarin in Kashgar. In zwei Tagesritten auf der anderen Seite liegt eine Ansiedlung, wo auch einige chinesische Händler leben."

Da das Wetter in eine besonders ruhige und schöne Herbstphase überging, richtete Saram einige Kilometer vor der Passhöhe das Lager für längere Zeit ein und schickte den Vermessungstrupp in alle Himmelsrichtungen los. Zusammen mit Eskander unternahm er ausgedehnte Ritte auf die chinesische Seite hinunter, und beide erkannten bald, dass dies wohl der richtige Übergang sein musste.

Saram fiel ein Stein vom Herzen, weil er in den letzten Wochen schon selbst von Zweifeln geplagt worden war, ob man überhaupt einen vernünftigen und technisch machbaren Übergang finden würde. Eskander konnte sich nach wie vor mit größter Phantasie nicht ausmalen, wie weiter unten in den Schluchten jemals eine breite Autostraße gebaut werden könnte. Mit viel Geduld gelang es aber dem Vermessungsingenieur, Eskander langsam zu überzeugen, was schließlich so weit ging, dass Eskander selbst ein begeisterter Verfechter einer solchen ‚einmaligen technischen Großtat' wurde. Wenn er allerdings an die Peris dachte, wurde er immer wieder von Schuldgefühlen und Gewissensbissen geplagt ...

„Hoffentlich stimmen auch die Chinesen dieser Trasse zu", war aber nun die nächste große Sorge.

„Das wird Monate dauern, bis wir auf diplomatischem Weg über Islamabad und Peking zu einer Einigung kommen. Vor nächstem Frühjahr werden wir uns hier wohl nicht mit den Chinesen treffen."

Der Vermessungstrupp war nun schon oben mit der Passhöhe beschäftigt, und so konnten Saram und Eskander sich auch ein bisschen dem Jagdvergnügen hingeben. Es gab hier eine große Geierart mit mächtiger Flügelspannweite, und Eskander machte sich häufig den Spaß, auf die Vögel zuzureiten, um sie schwerfällig auffliegen zu sehen, wenn sie irgendwo im weiten Hügelgelände mit einem Aas beschäftigt waren.

So war er wieder einmal ein kurzes Stück über die Passanhöhe hinweggeritten und hatte aus dem Sattel gerade begonnen, mit dem Fernglas die Gegend zu studieren, als neben ihm der Sand aufspritzte und der Knall einiger Schüsse zu hören war. Sofort ließ er sein Pferd niederliegen und nahm dahinter Deckung. Vorsichtig schob er nach geraumer Weile sein Gewehr über den Sattel, um zu sehen, welche Banditen hier ihr Unwesen trieben, als plötzlich von zwei Seiten Reiter auf ihn zusprengten. Er konnte kaum aufspringen, da war er schon von mehreren Soldaten in olivgrüner Uniform umringt, die drohend ihre Gewehrläufe auf ihn richteten. Eskander legte angesichts der Übermacht in aller Ruhe sein Gewehr auf den Boden und überlegte eben, in welcher Sprache er protestieren sollte, als auch schon einer der Soldaten aus dem Sattel sprang und die anderen anherrschte, die Gewehre zu senken. In seiner einfachen Uniform unterschied er sich nur durch die Schulterklappen mit mehreren Sternen und eine umgeschnallte Pistole von den anderen.

Er musterte Eskanders Uniformjacke kurz und winkte einem der Soldaten, ebenfalls abzusteigen, und so war mittels dieses Mannes ein Dialog im besten Englisch im möglich: „Major Ling lässt sich einhunderttausendmal entschuldigen, einen Captain der befreundeten pakistanischen Armee belästigt zu haben."

Eskander hatte sich schnell gefasst: „Wir in Hunza – ah – Pakistan pflegen allerdings nicht auf befreundete Soldaten zu schießen."

Der Major lächelte gequält: „Es waren auch nur Warnschüsse, denn Sie befinden sich immerhin auf chinesischem Territorium." Er sah sich um, denn ein einzelner Pakistani kam in langen Schritten auf sie, während zwei Bewaffnete ziemlich genau beim alten Grenzstein im Sattel anhielten. Durch die Schüsse alarmiert, hatte Colonel Saram Nachschau gehalten und die kleine Ansammlung chinesischer Soldaten gleich richtig eingeschätzt.

Der chinesische Major salutierte, befahl seinen Soldaten abzusteigen und wandte sich nochmals an Eskander: „Sehen Sie, Ihr Vorgesetzter weiß genau die Grenze zu respektieren."

Eskander informierte Saram mit wenigen Worten, und dieser entschuldigte sich nochmals für die unbeabsichtigte Grenzverletzung. Dann ergab aber ein Wort das andere, und beide Offiziere kamen ziemlich zugleich mit der Frage heraus, ob der andere denn auch Kundschafter für den beabsichtigten Straßenbau sei.

Es stellte sich heraus, dass auch Major Ling einer Pioniereinheit angehörte und in derselben Angelegenheit unterwegs war: „Ja, Dank der umfangreichen Untersuchungen, die unser großer Vorsitzender Mao angeordnet hat, sind wir zum Schluss gekommen, dass dies hier von chinesischer Seite der beste Übergang sein müsste."

Die Chinesen waren hoch befriedigt, als auch Colonel Saram bestätigen konnte, dass die Trassierung zum Pass herauf von pakistanischer Seite zwar schwierig, aber möglich sein müsste.

Eine gelöste Stimmung machte sich breit, die Chinesen begannen zu lachen, Major Ling schüttelte Colonel Saram beide Hände und klopfte Captain Eskander voller Begeisterung auf die Schulter. Das war den beiden an der Grenze postierten Pakistani zu viel, sie ritten in vollem Galopp herbei, da sie eine gewaltsame Auseinandersetzung vermuteten. Als sie aus dem Sattel sprangen, wurden sie von den chinesischen Soldaten umarmt und mit Schulterklopfen begrüßt, und der Dolmetscher wandte sich mit einer höflichen Verbeugung an Saram, ob es Major Ling gestattet sei, obwohl sein Rang weit unter dem eines Oberst läge, Colonel Saram ebenfalls zu umarmen und auf die Schulter zu klopfen ...

Nun erst wurde man sich des eisigen Passwindes bewusst, und Saram lud die Chinesen in sein Camp zu Tee und einem Imbiss ein. Diese nahmen erfreut an. Major Ling befahl seinen Leuten, die Gewehre an der Grenze abzulegen und wollte einen Soldaten zur Bewachung abstellen, aber Saram, der schon voraussprengte, bedeutete mit Handbewegungen, dies bleiben zu lassen.

Die chinesischen Soldaten labten sich noch immer an gewaltigen Mengen von Tee, Fladenbrot und Corned Beef, während die Offiziere schon längst über die Routenskizzen gebeugt waren. Nur den Cheddar-Käse aus Dosen lehnten sie zur Überraschung des Kochs mit großem Widerwillen ab: Der Dolmetscher übersetzte schließlich verlegen, dass die Männer meinten, keine ‚verfaulte Milch' essen zu können.

Nach Stunden verabschiedeten sich die Chinesen unter ungezählten Dankesbezeugungen, nicht ohne für den nächsten Tag zum Frühstück einen Gegenbesuch in ihrem Lager vereinbart zu haben.

Schon bald nach Sonnenaufgang kam eine Eskorte angeritten, um die gesamte pakistanische Mannschaft abzuholen. Während des mehrstündigen Rittes stellten Saram und Eskander mit Befriedigung fest, dass das Gelände auf chinesischer Seite sogar weniger schwierig schien.

Das chinesische Camp war dreimal so groß wie das pakistanische, und zur Begrüßung hatte man sogar neben der roten mit den gelben Sternen eine pakistanische Flagge gehisst.

Zu Eskanders Überraschung gab es ein gesondertes Offiziers-Messe-Zelt, hatte er doch gedacht, dass die kommunistische Bewegung die gleiche Behandlung aller Menschen zum Ziel hätte. Auch Saram war verwundert, als seine Leute beim

Heimritt von einer wesentlich einfacheren Verköstigung berichteten, als sie den Offizieren vorgesetzt worden war. Alles in allem war man sich aber einig, dass das Essen eine kleine Katastrophe gewesen sei: Der ungezuckerte grüne Tee mit Jasminblütengeschmack war sehr gewöhnungsbedürftig, die Dampfbrote ohne Rinde schmeckten halbgar, die kalt servierten sauren Rüben passten überhaupt nicht dazu, und der Hunger konnte somit nur mit Reis gestillt werden, den es allerdings in vorzüglicher Qualität gab. Beim Servieren eines besonderen Leckerbissens, nämlich der berühmten ‚Hundert-Tage-Eier', war sich allerdings Major Ling selbst nicht sicher, ob sie den Gästen schmecken würden und empfahl lachend, beim Essen die Nase zuzuhalten. Tatsächlich kosteten die Pakistani von der gallertartigen grüngelben Masse nur eine Messerspitze voll, denn der Geruch und auch der leichte Geschmack nach Schwefelwasserstoff waren umwerfend.

An diesem Punkt des Frühstücks war man allerdings auch bereits bei den Toasts mit Mao Tai, dem klaren chinesischen Schnaps, angelangt: „Wir haben in unserer Mannschaft mehrere muslimische Kasachen aus Kashgar. Nachdem sie alle Schnaps trinken, darf ich das auch von unseren muslimischen pakistanischen Freunden erwarten", gab sich Major Ling recht locker und brachte augenblicklich einen Toast auf den jungen Staat Pakistan aus, dem natürlich alle Folge leisten mussten. Saram musste mit einem Trinkspruch auf den Großen Vorsitzenden Mao Zedong erwidern, und so ging es hin und her. Die Pakistani lernten mit Begeisterung ‚Gambei', das chinesische Wort für Prosit, mussten allerdings zugeben, dass es in der islamisch geprägten Sprache Urdu dafür keinen Ausdruck gab. Hier konnte aber Eskander mit seinem Buruschäski einspringen, und so bürgerte sich das Wort ‚Uyamkusch' derartig ein, dass es zum stehenden Begriff für ‚Prosit' während der gesamten vieljährigen Bauphase bei den pakistanischen Pionieren wurde. Sie waren zwar allesamt Muslime, nahmen es aber mit Mohammeds Alkoholverbot nicht sehr ernst, zumal sie von den chinesischen Arbeitern ständig mit Mao Tai versorgt wurden.

Zum Abschied versicherte man sich ewige gegenseitige Freundschaft, wobei die beiden Kommandanten aber doch noch so nüchtern waren, dass bereits für übernächsten Tag das erste Arbeitstreffen vereinbart wurde.

Der Heimritt gestaltete sich zu einem kleinen Fiasko, weil einige sogar mehrmals aus dem Sattel fielen. Eskander, der als ‚echter Hunzakuts', wie Saram feststellte, ziemlich viel Alkohol vertrug, war hier der wahre Samariter. Er half den Gestürzten immer wieder in die Steigbügel und legte schließlich einen jungen Pionier, der nicht mehr aufrecht sitzen konnte, quer vor sich über seinen Sattel. Die beiden zurückgebliebenen Wachtposten glaubten im ersten Moment, als die Truppe ins Lager einrückte, dass es eine Schlacht gegeben hätte ...

Bereits nach zwei Wochen war Eskander wieder daheim und berichtete dem Mir ausführlich über die praktisch nun schon feststehende Trassenführung.

„Ich sehe, du bist auf einmal selbst von der Idee dieser Straße begeistert."

„Hoheit, das bin ich – es wäre sicher eine ganz große technische Leistung, aber nach wie vor kann ich mir kaum vorstellen, dass so ein gewaltiges Vorhaben durchführbar ist."

„Wie ich aus deiner groben Skizzierung der Routen ersehe, berührt die Straße unser Karimabad ja nicht direkt, sondern verläuft unten, längs des Flusses. Das ist ja immerhin ein Vorteil. Eine kleine Stichstraße herauf wird sich schon bauen lassen."

„Hoffentlich überschwemmen die Arbeiter während der Bauzeit nicht unsere Dörfer. Wie ich hörte, wird der Bau weit länger als zehn Jahre dauern."

„Allah steh uns bei! Eskander, es wird deine Hauptaufgabe als mein Verbindungsmann zum Kommando der Bautrupps sein, dafür zu sorgen, dass die fremden Arbeiter sich in unsere Lebensart einfügen."

„Ob mir das gelingen wird? – Majestät, ein Problem werden aber auch die Arbeiter aus Hunza selbst sein. Oberst Saram hat mir nämlich mitgeteilt, dass man aus unserem Gebiet ebenfalls Arbeitskräfte dringend benötigen wird und ihnen einen sehr guten Lohn bietet. Was aber dann, wenn die Straßenbauten einmal abgeschlossen sind? Ich bezweifle, dass diese Leute dann mit dem Wenigen zufrieden sein werden, das ihre Landwirtschaft abwirft."

Der Mir bewegte nachdenklich den Kopf: „Das ist richtig. Probleme über Probleme – und dennoch: Mit dem Auto möchten wir, die wir seine Vorteile kennen gelernt haben, doch alle einmal auch in unserem Ländchen fahren können. Habe ich nicht recht?"

„Gewiss Majestät – aber ..." – Nun machte auch Eskander eine fragende Geste der Ungewissheit.

„Wenn nur alle einmal eine gehobene Bildung haben werden, dann lösen sich diese Probleme, so wie in anderen Teilen der Welt, von selbst. Außerdem werden die Bergexpeditionen leichter nach Hunza gelangen können, und" – nun wirkte der Mir fast prophetisch – „es werden auch zahlungskräftige Gäste kommen, die unsere besondere Lebensart kennen lernen wollen ..."

Eskander verabschiedete sich, nach hinten gehend, mit der vorgeschriebenen tiefen Verbeugung. In seinem Kopf aber rumorte es.

Daheim blieb er wegen der uninteressierten Haltung seiner Frau, mit der er sich immer mehr auseinanderlebte, meist nur ein, zwei Tage. Wenn Eskander nicht unterwegs sein musste, hielt er sich nach Möglichkeit nur noch in Gilgit auf. Hier hatte er sein kleines, aber bequemes Haus, betreut vom Koch, Gärtner und Stallburschen Muhamad. Hier hatte er sein Polopferd, mit dem er täglich ausritt, obwohl er kaum mehr zum Polospielen kam und nur noch an gelegentlichen Trainingsspielen teilnahm. Und hier lebten auch seine wenigen Freunde, darunter neuerdings wieder Dschaffer, zu dem er von der Schulzeit her noch ein sehr nahes Verhältnis hatte. Dieser war übrigens seit kurzem mit einem sehr klugen und charmanten Mädchen verheiratet. Dschaffer drängte Eskander, doch einfach hier in Gilgit ein nicht so konservatives Mädchen wie Dulat es war zur zweiten Frau zu nehmen. Langsam begann Eskander Gefallen an dieser Idee zu finden, aber sie sollte unbedingt aus einer ismailitischen Familie stammen – und solche gab es in Gilgit nur wenige.

Als er wieder einmal oben in Karimabad war, fühlte er ganz stark, dass Nilufar ihn sprechen wollte – sie brauchte schon seit einigen Jahren nicht mehr in der Dachluke aufzutauchen, um ihn zu einer Aussprache einzuladen, sondern er hatte mit ihr bereits seit langem eine Art telepathischen Kontakt entwickelt.

So stieg er, in Gedanken versunken, wieder einmal zum Gelben Felsen hinauf und ließ es sich selbstverständlich nicht nehmen, ein Feuerchen aus Wacholderzweigen zu entfachen.

„Eskander, du warst lange aus."

Wie immer verzauberte ihn ihre reizende Erscheinung, auch wenn sich in den letzten Jahren ein paar Fältchen um ihre Augen eingenistet hatten: „Nilufar, ich bin so froh, dich wiedersehen zu dürfen."

„Gut siehst du aus. Ein stolzer Mann in der Blüte der Jahre. Sag mir, wie alt bist du jetzt eigentlich? – Ein Moment, lass mich selbst rechnen." Nilufar nahm ihre Finger zur Hilfe: „Vierzig Jahre. Das ist ja überhaupt nichts. Du hast ja erst angefangen zu leben."

Sie nahm wie immer seine Hände: „Schau mich einmal genau an: „Ja, du brauchst dringend ein weibliches Wesen, das dich versteht, und ich kann dir nicht helfen ..."

Sie ließ für eine Weile zu, dass er seinen Kopf in ihr seidiges, duftendes Haar vergrub.

„Jetzt berichte mir aber bitte, wie es wirklich um den wahnwitzigen Straßenbau bestellt ist. Ich habe letzthin mit meinen Schwestern bei deinem Gespräch mit dem Mir zugehört. Es gefällt uns Peris gar nicht, was da geschieht. Wir haben mit Entsetzen vernommen, dass sowohl der Tham als auch du auf einmal Befürworter der Straße geworden seid."

Eskander ging vorerst darauf nicht ein, sondern erzählte ausführlich vom langwierigen Auffinden und schließlich der endgültigen Festlegung der Trasse über den Khundscherab-Pass. Nur als er auch das komische Verhalten der Chinesen erwähnte, rang sie sich ein kurzes Lächeln ab, sonst blieb ihre Miene sehr ernst. Als er dann mit wachsender Begeisterung die Vorteile einer solchen Straßenverbindung – weniger nach China als vom Süden herauf – zu schildern begann, wurden ihre Züge sehr traurig.

„Ich sehe schon, die Sache scheint beschlossen zu sein." – Und nach längerem Nachdenken:

„Es tut mir leid, aber ich muss dir mitteilen, dass wir uns entschlossen haben, in unserem Hunza-Bereich dagegen zu kämpfen ... Steinschlag, Erdrutsche, du weißt schon – aber wir haben auch noch andere Methoden ..."

Als Eskander etwas erwidern wollte: „Ja, ja, ich weiß schon ... niemand, weder du noch wir Peris, kann seinem Schicksal entgehen ...!" – Und dann war sie wieder einmal plötzlich nicht mehr zu sehen.

Als Eskander sich langsam aufrichtete und die noch brennenden Holzscheite auseinanderzuziehen begann, um die Reste des Feuers zu löschen, war sie aber noch in der Nähe und rief ihm zu: „Übrigens – auch deine letzten Jagdtrophäen gehören an der Wand des Gebetshauses angebracht und nicht in deinem Haus in Gilgit. Merkwürdig, das musste ich schon deinem Vater mühsam beibringen ..."

In Gilgit fand Eskander einen Brief von Michael aus Neuseeland vor. Dieser lud ihn ein, doch unbedingt die weite Reise auf sich zu nehmen, die jetzt mit dem Flugzeug wesentlich leichter durchführbar sei, um einige Monate bei ihm zu bleiben. Er habe unlängst von seinem Onkel eine große Schaffarm auf der Südinsel übernommen. „Du wirst dich wohl fühlen, denn die Berge hier sind zwar nicht so hoch wie bei euch, aber ebenfalls großartig vergletschert. Wir könnten hier sogar noch Erstbesteigungen unternehmen", schrieb er.

Eskander war von der Einladung sehr angetan, denn es juckte ihn schon lange, von der weiten Welt etwas zu sehen. Vorläufig war aber wegen des geplanten ‚Karakorum-Highways' nicht daran zu denken. So schrieb er zurück, dass er die Einladung frühestens in einigen Jahren annehmen könnte. Aus diesem Anlass fiel ihm aber ein, dass er sich einen Reisepass besorgen musste, weil er künftig öfters wegen des Straßenbaues auch auf chinesischem Gebiet zu tun haben würde.

# XIII

Den kommenden Winter über saß er mit Colonel Saram und dessen Ingenieuren tage- und nächtelang über den Plänen, und im Februar rückte er mit dem Vermessungsteam schon wieder aus, um Feinabstimmungen des Trassenverlaufes festzulegen.

Inzwischen war auch auf Regierungsebene vertraglich festgelegt worden, dass die Chinesen die Brückenbauten und die Pakistani den direkten Straßenbau übernehmen sollten. Eine grobe Übersicht ergab schließlich, dass rund einhundert größere Brücken und mehr als eintausendfünfhundert brückenähnliche Durchlässe für die Seitenbäche benötigt würden, sodass die Chinesen sich einer immensen Aufgabe gegenüber sahen. Stolz meinten sie jedoch, dass ihre Vorfahren die fünftausend Kilometer lange Großer Mauer gebaut hätten, dann würden sie mit ihren heutigen technischen Mitteln doch die paar Brücken herstellen können! So bagatellisierten die Chinesen diese riesige Aufgabe. Für den jungen Staat Pakistan aber war der Straßenbau eine Frage höchsten nationalen Prestiges.

Eskander führte Saram in den nächsten Monaten der Reihe nach zu den seiner Meinung nach besonders heiklen Punkten: Das waren vor allem riesige Moränenhänge mit ihrer losen Struktur, sodann die unzähligen schluchtähnlichen Stellen, wo gewaltige Felsblöcke drohend über der Trasse hingen, aber auch die durch Wildbäche und gelegentliches Hochwasser ständig bedrohten Abschnitte. Saram war auch nachhaltig von den gewaltigen Temperatur-Unterschieden, gerade im Gebiet von Hunza, mit Juni-Werten von vierzig Grad und Januar-Temperaturen von minus dreißig Grad beunruhigt, denn er wusste, was das für die Instabilität der Hänge zu bedeuten hatte. Die vorläufigen Überschlagsrechnungen ergaben einen notwendigen Einsatz von mehreren tausend Arbeitern auf beiden Seiten, aber niemand wusste zu diesem Zeitpunkt, dass letztlich über Jahre hinweg an die zehntausend Chinesen und fünfzehntausend pakistanische Pioniere und Zivilarbeiter nötig sein würden.

Eskanders Aufgabe bestand im nächsten Jahr vor allem in

der Organisation der Verpflegung und dem Aufbau des schwierigen Nachschubproblems. Die Chinesen mussten ihren Nachschub von Kashgar herein selbst organisieren, was sie mit größtem Personen- und Materialeinsatz auch erstaunlich gut bewältigten, sodass er wenigstens damit nichts zu tun hatte.

Dschaffer als Kommandant der Hubschrauberstaffel Gilgit half Eskander öfters mit einem ‚notwendigen Übungsflug' aus, sodass er bei den Arbeitern bald den Spitznamen der ‚fliegende Hunza-Captain' erhielt.

Seine letzte Aufgabe bei den Pionieren bestand nun in der Auffindung und Festlegung der besten Standorte für die Errichtung der Baracken-Lager für die Arbeiter. Es war in vielen Abschnitten äußerst schwierig, selbst für ein kleines Lager einen steinschlag- und lawinensicheren Platz zu finden. Aber mit Hilfe der Hubschrauberflüge und seiner guten Geländekenntnisse kam er mit dieser Arbeit rasch voran.

Instinktiv versuchte er auch die Camps der Chinesen und der Pakistani möglichst weit voneinander entfernt zu errichten, waren doch die Lebensgewohnheiten der beiden Völker zu unterschiedlich. Es gelang dies aber nicht immer, und wo künftig die Arbeiter gegenseitigen Kontakt hatten, kam es vor allem wegen der unterschiedlichen religiösen Auffassungen alsbald zu kleineren und größeren Reibereien.

Es gab bei den chinesischen Brigaden zwar einen kleinen Prozentsatz muslimischer Kasachen, Uighuren und Kirgisen, aber die Einheiten waren – scheinbar absichtlich – immer mit reinen Han-Chinesen vermischt.

Eskander war schließlich froh, Meldung über den Abschluss seiner Arbeiten erstatten zu können. Saram wollte ihn unbedingt überreden, eine Offizierslaufbahn bei den Pionieren zu ergreifen und stellte ihm die sofortige Beförderung zum Major in Aussicht. Aber Eskander schätzte seine Freiheit viel zu sehr und gab sich mit einem weiteren Orden und einer kleinen finanziellen Abfindung, die allerdings erst nach einem halben Jahr bei der Staatsbank in Gilgit eintraf, zufrieden.

Nun hätte er wieder als Liaison Officer für Bergexpeditionen arbeiten können, aber dem stand das Versprechen entgegen, das er dem Mir gegeben hatte: Eskander war sich nämlich durchaus bewusst, dass viele Probleme auftauchen würden, welche die Interessen der Einwohner Hunzas direkt berührten.

So brauchte er nur die Schulterklappen von seinem Uniform-Pullover abzutrennen und war schon wieder Zivilist, der allerdings kein festes Einkommen hatte und auf die gelegentlichen Zuwendungen des Mirs angewiesen war. Ihm war dies aber gleichgültig, denn er war nun schon selbst zu sehr am Fortgang des Straßenbaus interessiert.

Er brauchte auch bereits im ersten Jahr seiner neuen Tätigkeit nicht lange auf Aufgaben zu warten, denn schon bald hagelte es Beschwerden beim Wazir, dass die Zahlmeister der Pioniere beim Einkauf von Lebensmitteln keine gerechten Preise zahlen wollten. Es gab auch laufend Diebstähle an Vieh und Ackerfrüchten, von der Selbstbedienung der Arbeiter an den Aprikosenbäumen gar nicht zu reden.

Eskander hatte zwar sämtliche Arbeiter-Camps möglichst weit von den Ortschaften entfernt platziert, aber am freien Freitag konnten die Leute nicht in den Lagern eingesperrt werden und schwärmten überallhin aus – anders als bei den Chinesen, die strenge Disziplin walten ließen und keinen Kontakt mit der Bevölkerung duldeten. Wohl organisierten sie aber so genannte ‚Freundschafts-Einladungen'. Diese waren jedoch nicht besonders beliebt, denn die Pakistani mussten sich dabei auch von den Segnungen der kommunistischen Weltrevolution einiges anhören, und es wurden Zitate aus der ‚Roten Bibel', dem von Mao Zedong persönlich verfassten Büchlein, vorgetragen, ehe es an ein gemeinsames Essen ging. Das pakistanische Oberkommando hatte die Chinesen schon von Anfang an ersucht, bei solchen Einladungen wegen des muslimischen Verbotes keinen Alkohol auszuschenken. Die Chinesen kamen diesem Wunsch nach – allerdings zum Ärger ihrer eigenen Leute, die ihr gutes ‚Pidschu', das Bier, über alles liebten.

Großen Ärger hatte Eskander im Winter, als ein regelrechter Aufschrei durch die Hunzadörfer ging, dass während der Nacht Pappeln und sogar Aprikosenbäume gefällt würden.

Die Baracken waren zwar mit Kohleöfchen ausgestattet, aber der Nachschub mit Kohle klappte längst nicht ausreichend, und so beschafften sich die Arbeiter illegal ihr Brennholz. – Das war unmöglich zu dulden, denn das nur längs der Bewässerungskanäle wachsende Pappelholz war als Baumaterial fast unersetzlich, und die Aprikosen stellten nach wie vor einen beträchtlichen Teil der Nahrungsreserven Hunzas dar.

Er kontaktierte in solchen Fällen sofort die betreffenden Bauabschnittsführer. Diese deckten ihre Leute aber meistens, und ganz selten wurden Schuldige gefunden und bestraft. So protestierte der Wazir mehrmals beim Oberkommando in Gilgit persönlich und stellte auch konkrete Schadenersatzforderungen, die zwar anerkannt, aber nie ausbezahlt wurden.

Auf Dauer ließen sich die Kontakte der Arbeiter aus Mittel- und Südpakistan mit der Bevökerung nicht vermeiden. Sie waren besonders hinter den Dörraprikosen her und boten als Tauschprodukte Zucker, Corned Beef- und andere Konserven in großzügigen Mengen. Die Kinder waren ganz versessen darauf, und so entdeckte Eskander bei seinen Besuchen in Hunza-Häusern immer öfter diese ‚Zivilisations-Abfälle', wie er sie geringschätzig nannte.

Was ihm überhaupt nicht gefiel, waren einige junge Hunza-Wakhis, die sich von Chinesen in Oberhunza als Jäger anstellen ließen, um die Offiziersmessen regelmäßig mit Wildbret zu versorgen. Auch dagegen war nicht viel zu unternehmen, obwohl der König an sich oberster Jagdherr war.

Das Fass zum Überlaufen brachte aber einer dieser jungen Männer, als er in Gulmit damit begann, öffentlich Mao-Parolen zu zitieren und für die Abschaffung der Monarchie einzutreten – er hatte sich mit einem der chinesischen Dolmetscher, einem jungen Studenten, angefreundet. Eskander blieb nichts anderes übrig als fürs erste einige Burschen zu organisieren, die den ‚Aufrührer' ordentlich verprügelten. Eskander begann daraufhin systematisch die Lehrer in den verschiedenen Dörfern aufzusuchen – inzwischen waren durch die ‚Karim Aga Khan-Hilfsorganisation' ja praktisch in allen größeren Orten schon Volksschulen eingerichtet worden – um sie zu bitten, diesem schädlichen Gedankengut entgegenzuwirken. Er wurde jedoch sehr enttäuscht, als er nicht bei allen Lehrern auf

Verständnis stieß. Besonders jene, die aus dem südöstlichen Pakistan kamen, vertraten die Meinung, dass sich die junge Republik Pakistan sowieso dieser letzten feudalen Reste innerhalb ihres Landes bald werde entledigen müssen.

# *XIV*

Colonel Saram ließ Eskander durch den Mir bitten, eine eigene kleine Einheit aus besonders berggewandten Hunza-Männern zu rekrutieren. Sie sollten bei mehreren ständig vom Steinschlag bedrohten Brückenbauten der Chinesen, gleich unterhalb des Khundscherab-Passes, in den Steilhängen zusammen mit chinesischen Spezialisten Sicherungsarbeiten vornehmen. Da die Arbeit sehr gut entlohnt wurde, hatte Eskander die rund zwanzig Burschen bald beisammen.

Er versuchte für sie ein eigenes Lager einzurichten, was aber abgelehnt wurde, weil in den chinesischen Baracken genug Platz vorhanden war.

In den nächsten Wochen erkundigte er sich immer wieder nach den dortigen Fortschritten und schaute auch selbst mehrmals vorbei.

Die chinesischen Pioniere, mit denen sie zu arbeiten hatten, freundeten sich mit den Hunzakuts sofort an, unter anderem, weil sie bei ihnen – was den Biergenuss betraf – gleichgesinnte Partner vorfanden. Als einer der Hunza-Burschen von einem kurzen Heimaturlaub sogar einige Liter guten Hunza-Weines mitbrachte, war der chinesische Anführer, ein kasachischer Leutnant aus Umrumqi, so begeistert, dass er immer wieder davon sprach, bei nächster Gelegenheit Ismailit werden zu wollen.

An einem freien Wochenende war Eskander wieder einmal bei der Spezialeinheit zu Gast; nicht nur, weil er sich für die schwierige Arbeit interessierte, die auch Kletterfertigkeit verlangte, sondern auch das gute Bier und der ausgezeichnete Mao Tai hatten es ihm angetan. Darüber hinaus fand er hier in der Gestalt eines jüngeren chinesischen Dolmetschers, welcher der Arbeitsgruppe wegen der Hunzaleute zugeteilt war und perfekt Urdu beherrschte, einen interessanten Gesprächspartner.

Der chinesische Koch, der schon einmal von Eskander ein Trinkgeld erhalten hatte, bemühte sich diesmal wieder besonders. Er hatte inzwischen gelernt, Hunza-Fladenbrote zu backen und den Reis schmackhaft mit Ziegenfleisch zu verfeinern. Eskander lobte das Essen, bei dem schon reichlich Bier kredenzt wurde, ganz besonders, und der Koch erhielt noch einen Sonderbeifall, als er zum Abschluss mehrere Flaschen der besten Mao Tai-Marke hervorzauberte.

Es begann ein fröhliches Zechen, wobei Eskander auch einen Trinkspruch auf die alte Freundschaft ausbrachte, die zwischen dem Königreich Hunza und dem Mandarin in Kashgar bestanden hatte. Damit kam er aber beim Dolmetscher, der schon einige Gläser über den Durst getrunken hatte, schlecht an: „Zum Glück hat unser Großer Vorsitzende diese reaktionäre und korrupte Mandarin-Clique hinweggefegt!" – Und nach einer kurzen Pause: „Auch die Tage eures kläglichen Fürsten, den ihr ‚König' nennt, sind gezählt, denn die große Kulturrevolution wird von uns in die ganze Welt getragen werden, und da gibt es keine privilegierten Klassen mehr!"

Die meisten anwesenden chinesischen Arbeiter applaudierten pflichtschuldig, und einige der Hunzakuts murrten. Am klügsten wäre natürlich gewesen, sie hätten einfach geschlossen den Raum verlassen. Eskander aber glaubte, diesen Angriff nicht auf sich beruhen lassen zu können: „Bei uns in Hunza sind alle Menschen gleich viel wert, nur der Tham, unser König hebt sich ein bisschen ab. Überzeuge dich doch selbst, wie bescheiden er und seine Familie leben. Da leben euer Mao und eure so genannten Kader im Vergleich dazu in größtem Luxus – wahrscheinlich nicht schlechter als der ehemalige Kaiser und seine Mandarine in Beijing, und der Rest eures Volkes ist nach wie vor stinkarm und muss sogar immer wieder hungern!"

Der Dolmetscher fühlte sich persönlich betroffen, denn er war, was Eskander nicht wusste, der Sohn des Vorsitzenden des Volksrates in Urumqi. Eine Funktion, die einem ehemaligen Provinzgouverneur im obersten Mandarin-Rang entsprach.

Er sprang auf: „Das ist eine Frechheit! Wir chinesischen Kader leben gleich einfach wie unser Volk, und hungern muss in China dank der weisen Voraussicht unseres Vorsitzenden niemand mehr."

Eskander erwiderte lachend: „Da habe ich aber von einem deiner Kollegen – nein, ‚Genossen' – kürzlich anderes gehört: Bei der Hungersnot nach den riesigen Überschwemmungen im vergangenen Jahr hätten die Leute gesagt, dass es zwar die roten Büchlein, du weißt schon, die Mao-Bibeln, nicht aber Reis in ausreichenden Mengen gegeben hätte."

Der Dolmetscher war unklug genug, automatisch weiter zu übersetzen, sodass nun die Hunza-Fraktion wieder laut lachen musste.

Er trat ganz nahe an Eskander heran, der, spöttisch lächelnd, ruhig sitzen blieb: „Entschuldige dich sofort! In Maos rot gebundenem Lehrbuch ist alle Weisheit und sind alle Lebensregeln nachzulesen. Sobald sich alle Chinesen restlos daran halten, wird es auch keinen Hunger mehr geben."

Nun stand auch Eskander auf und nahm eines der in einer Ecke des Raumes gestapelten roten Bücher in die Hand „Ich wüsste nicht, wofür ich mich entschuldigen sollte. Über den Inhalt dieser ‚heiligen Schrift' kann ich nur lachen."

„Lass deine schmutzigen Finger von diesem Werk! Du bist gar nicht würdig, es auch nur in die Hand zu nehmen!"

Eskander stach plötzlich der Hafer, und er warf das Büchlein mit einer verächtlichen Geste durch eines der gerade offenen Fenster hinaus. Das war für einen seiner Leute, der schon ziemlich angetrunken war, das Signal, es ihm gleich zu tun. Er raffte mit beiden Händen die roten Büchlein zusammen und schleuderte sie, ehe die Chinesen einschreiten konnten, ebenfalls aus dem Fenster.

Der noch ziemlich nüchterne Dolmetscher stürzte sich auf den fast wehrlosen Betrunkenen und begann ihn mit aller Kraft zu würgen. Eskander wollte den Dolmetscher zurückreißen, der ließ aber von seinem Opfer nicht ab, obwohl der Mann schon blau wurde und nur noch röchelte. Eskander blieb nichts anderes übrig, als den Dolmetscher mit einem blitzschnellen Handkantenschlag außer Gefecht zu setzen, obwohl er bereits zwei weitere Chinesen an sich hängen hatte.

Dies war das Signal für eine wüste Schlägerei, wobei die Hunzakuts, obwohl in der Minderzahl, sich wacker hielten. Bald waren Stühle und Tische zerlegt, und es wurde kräftig aufeinander eingedroschen. Einige Chinesen hatten aber plötzlich auch abgeschlagene Bierflaschen in der Hand, und nun begann reichlich Blut zu fließen. Eskander wurde daraufhin vollkommen nüchtern und erkannte, dass die Klügeren nachgeben sollten: Mit großer Mühe gelang es ihm, seine Leute der Reihe nach zum Aufhören zu bewegen und sich in die eigene Schlafbaracke zurückzuziehen. Er deckte den Rückzug und schlug mit einem Stuhlbein, schon als Letzter in der Tür stehend, noch schnell zwei Chinesen ihre Flaschen aus der Hand.

Er ließ die Unterkunft sofort verbarrikadieren, aber die Chinesen waren selbst mit dem ‚Lecken ihrer Wunden' ausreichend beschäftigt. Nach dem Verbinden und Besichtigen aller Blessuren stellte sich zum Glück heraus, dass keine bleibenden Schäden zu erwarten waren. Eskander hoffte, dass es bei den Chinesen ebenso sei.

Am nächsten Morgen sahen zwar viele sehr mitgenommen aus, aber es begaben sich sowohl Chinesen als auch Hunzakuts wieder an die Plätze, wo sie vor dem Wochenende die Arbeit eingestellt hatten. Nur der Dolmetscher war nirgends zu sehen, und so erkundigte sich Eskander besorgt beim Leutnant, mit dem er sich mittels Zeichensprache und mit einigen Brocken Chinesisch leidlich verständigen konnte, nach dessen Befinden. Der Leutnant wiegte bedenklich den Kopf, zeigte den Handkantenschlag und eine schiefe Körperhaltung an, gab aber zu verstehen, dass er zum Frühstück erschienen sei. Als er schließlich zum Abschied Eskander noch die Hände schüttelte und andeutete, dass dem Dolmetscher recht geschehen sei, ritten sie ohne weitere Gedanken daran heim.

Von Misgar aus unternahm er einen mehrtägigen Abstecher in das entlegene Dorf Chipursan, um sich dort über den Fortschritt beim Bau des bescheidenen Schulhauses zu informieren. Wieder zurück im breiten Haupttal, kam ihm eine Pioniereinheit mit Maultieren entgegen, die speziell für Hilfseinsätze ausgebildet war: Kurz hinter Misgar sei vor zwei Tagen ein ganzer Hang ins Rutschen gekommen und habe mindestens fünfzig Arbeiter verschüttet. Pakistani und Chinesen seien darunter. Eskander machte sofort wieder kehrt, einerseits, um vielleicht helfen zu können, andererseits war er wegen seiner Leute besorgt.

Nach einem Gewaltritt von sechzehn Stunden war er am Unfallsort, sah dort , dass jede Hilfe zu spät kam, fand aber zu seiner Erleichterung seine eigenen Leute unter den Hilfsmannschaften. Er erkundigte sich nebenbei auch nach dem Dolmetscher und erfuhr, dass er sich nicht blicken lasse und offensichtlich an einer Halswirbelverletzung laboriere. Die raue Behandlung durch Eskander habe er aber verdient, weil er ihren Kameraden sonst sicherlich getötet hätte.

Eskander blieb die Nacht über bei seinen Leuten. Er war am nächsten Morgen eben mit dem Satteln seines Pferdes fertig, als aus der nahe gelegenen Chinesen-Baracke zwei Arbeiter mit roten Armbinden und schussbereiten Gewehren und dahinter der Dolmetscher mit einer umgeschnallten Pistole, zwar mit geneigtem Kopf und verzogener Schulter, aber sonst ganz munter, auf ihn zutraten: „Sie sind verhaftet, leisten Sie keinen Widerstand! Eskander blieb nichts anderes übrig, als die Hände zu erheben: „Was soll denn das?"

„Unser Werkschutz nimmt Sie in Gewahrsam. Wir werden Sie nach Kashgar bringen, wo Sie sich vor dem Gericht wegen Ermordung eines unserer Arbeiter – er ist heute Nacht verblutet – und wegen Aufruhr sowie schwerer Körperverletzung verantworten müssen."

„Erstens einmal ist niemand verblutet, und zweitens haben Sie mit ihren unsinnigen Mao-Parolen unsere Leute provoziert! Auch befinden wir uns hier auf pakistanischem Boden, und da sind nur unsere Gerichte zuständig." Eskander stieß gleichzeitig einen leisen Pfiff nach seinem Pferd aus, das sich sofort näherte.

„Hier im chinesischen Camp gilt chinesisches Recht. Ergreift ihn!"

Ehe die drei es sich versahen, saß Eskander jedoch im Sattel, und da die Bewaffneten ihre Gewehre in Anschlag brachten, ließ er sein dressiertes Polpopferd vorne hochsteigen und sich einmal um die eigene Achse drehen, sodass einem der Arbeiter das Gewehr aus der Hand getreten wurde und der andere sein Gesicht vor den Pferdehufen schützen musste. Der Dolmetscher zog seine Pistole, aber ehe er abdrücken konnte, hatte Eskander ihn regelrecht niedergeritten.

Er warf einen kurzen Blick auf das ‚Schlachtfeld' zurück und war schon in gestrecktem Galopp unterwegs, als hinter ihm die ersten Schüsse fielen, die – aus ungeübter Hand abgegeben – weit daneben gingen.

Da er wusste, dass die Chinesen keine Pferde zur Verfolgung besaßen, konnte er schon nach kurzer Zeit eine erste Pause einlegen. Er musste allerdings damit rechnen, dass sie per Funk ihre talauswärts arbeitenden Brigaden verständigen würden, und so vermied er in den nächsten Tagen sämtliche chinesischen Lager. Dies war in den engen Taleinschnitten aber nur möglich, indem er von Misgar aus den umständlichen Weg über den Shimshal-Pass nahm, einige Male bei Hirten einen leidlichen Schlafplatz und Verpflegung fand und von dort direkt nach Passu, das Pferd am Zügel, absteigen konnte. Ab hier waren nur pakistansiche Einheiten mit dem Straßenbau beschäftigt, und so konnte er in aller Ruhe bis Karimabad reiten.

Er erstattete dem Mir schon am nächsten Tag Bericht über die Stichelei der Chinesen gegen die Monarchie. Auch der König gab seiner Sorge Ausdruck, dass die Hunza-Arbeiter nun mit den verderblichen Mao-Doktrinen, aber auch mit der republikanischen Gesinnung der Pakistani dauernd in Kontakt kämen. Über die beim Fenster hinausgeworfenen Mao-Bibeln und die Rauferei amüsierte sich der Mir im wahrsten Sinne des Wortes königlich und ließ Eskander zum Abschied vom Schatzmeister sogar seine längst überfällige Entlohnung für die beiden letzten Jahre auszahlen.

Bei Dulat und seiner Tochter, die ihn im ersten Augenblick gar nicht erkannte, hielt er sich nur über Nacht auf , da ihn in Gilgit Nachrichten über Expeditionen die Hunza-Berge betreffend erwarteten.

In seinem Haus in Gilgit überreichte ihm Muhamad einen Brief von Dschaffer. Dieser habe ihn beauftragt, dass Eskander den Inhalt unbedingt vorher lesen möge, ehe er zum Militärkommando oder ins District Office ginge. Nanu, was steckte hinter seinem Wunsch?

Eskander las mit zunehmendem Staunen: „Gegen dich liegt ein Haftbefehl vor, und eine Untersuchung soll klären, ob du anschließend an die Chinesen ausgeliefert wirst. Man wirft dir Mord und schwere Körperverletzung vor. – Muhamad soll mich sofort persönlich verständigen, wenn du eingetroffen bist; ich werde dich daheim aufsuchen. Zeige dich keinesfalls im Ort."

Eskander traute seinen Augen nicht – das war doch völliger Unsinn!

Inzwischen war Muhamad auch schon auf dem Weg, und keine Stunde später stand Dschaffer vor ihm: „Eskander, lieber Freund, wie hast du das bloß angestellt, die Chinesen bis hinauf in das oberste Parteibüro in Beijing gegen dich aufzubringen? Sie wollen unbedingt deine Auslieferung. Das hat zwar unsere Regierung strikt abgelehnt, aber du musst in Islamabad mit langwierigen Untersuchungen rechnen. Mit den Chinesen, die beim Straßenbau wirklich Ungeheuerliches leisten, will es sich niemand verscherzen."

Eskander konnte nur den Kopf schütteln und berichtete Dschaffer alles bis ins Detail.

„Ja ja, da wird es Zeugen und Gegenzeugen geben; scheinbar hast du den Dolmetscher beim Niederreiten ein zweites Mal – und zwar ziemlich schwer – verletzt. Das beste wird sein, du machst dich für eine Weile unsichtbar. Von Colonel Saram, der dir übrigens sein Mitgefühl und seinen Dank ausspricht, dass du einige Chinesen verprügelt hast, soll ich dir ausrichten, dass du dich am besten für einige Zeit ins Ausland absetzt, bis Gras über die Sache gewachsen ist. Du hättest ihm seinerzeit von einem Freund in Neuseeland erzählt."

„Neuseeland? Hm, da wollte ich eigentlich schon immer hin, und eine Einladung hätte ich auch. Ja, das wäre etwas!"

„Ein größeres Problem könnte es sein, für dich unter den jetzigen Umständen einen Reisepass zu erhalten. Saram meint, dass wir uns am besten in Peshawar bemühen sollten, die fälschen ja – Inschallah – alles."

„Daran soll es nicht liegen, einen Pass habe ich. Aber wie komme ich zu einem Visum?"

„Auch das habe ich mit Saram, in dem du wirklich einen verlässlichen Freund hast, schon diskutiert. Du verschwindest hier jetzt einmal sofort und setzt dich hinunter nach Karachi ab. Dort kennt dich niemand. Außerdem hat Neuseeland bei uns nur einen Honorarkonsul, und der hat seinen Sitz in Karachi. Er ist ein pakistanischer Geschäftsmann – und du hast unglaubliches Glück – er wickelt ständig größere Geschäfte für den ismailitischen ‚Karim Aga Khan Hilfsfonds' ab. Es wäre gelacht, wenn er dir nicht sofort ein Visum ausstellen sollte. Du musst dich nur vorher mit der ‚Aga Khan Foundation' in Verbindung setzen. – Jetzt habe ich aber genug geredet und regelrecht eine trockene Kehle bekommen. Lässt du denn deine Freunde immer halb verdursten?"

„Ich hoffe, dass Muhamad heute schon frisches Wasser geholt hat."

„Stell dich nicht so an, ich meine natürlich dein ‚rotes Hunzawasser', das mir immer besser schmeckt. Zum Glück gibt es genug dunkle Leitungen, aus denen man es hier im Basar – wenn auch unverschämt teuer – abzapfen kann. Allerdings gibt es jetzt auch oft sehr guten geschmuggelten chinesischen Schnaps zu kaufen, aber euer Wein ist mir lieber."

„Aber Dschaffer, du als frommer Sunnit?"

„Ja, vielleicht sollte ich Ismailit werden. Nun, herbei mit deinen Vorräten, wir müssen auf das Gelingen deiner Neuseeland-Reise anstoßen."

Eskander war zuerst nicht nach fröhlichem Zechen zumute, aber er musste doch immer wieder zuprosten, da Dschaffer das ‚Uyamkusch' so perfekt aussprach. Und schließlich saßen sie sich – nur noch alte Witze erzählend – gegenüber und wären wohl unter den Tisch gesunken, wenn der Vorrat nicht zu Ende gegangen wäre.

Dschaffer richtete es so ein, dass er schon am übernächsten Tag mit drei Helikoptern zur monatlichen technischen Inspektion nach Islamabad fliegen musste, und Eskander, der zu diesem Zweck wieder seine Uniform angezogen hatte, fiel als Passagier überhaupt nicht auf.

# XV

Mit einem Dienstfahrzeug der Luftwaffe wurde er zuerst zur Bank gebracht, wo er sein bescheidenes Konto zur Gänze plünderte, und sodann am Bahnhof abgesetzt. Erst in der Toilette des Nachtzuges, der sich wenige Stunden später in Richtung Lahore – Karachi in Bewegung setzte, vertauschte er seine Uniform gegen Zivilkleidung.

Während der langen Nachtfahrt wurde ihm langsam bewusst, auf welches Abenteuer er sich einlassen musste, und er schwor sich, so rasch es die Umstände erlauben würden wieder nach Hause zurückzukehren.

In Karachi gelang es ihm, bis zum Privatsekretär seiner Hoheit Karim Aga Khan vorzudringen, und er tat das einzig Richtige, nämlich alles wahrheitsgetreu zu erzählen. Der Mann zeigte nicht nur volles Verständnis, sondern machte es sich zur Ehrensache, Eskander zu unterstützen. Bereits wenige Tage später hatte er sein Visum für Neuseeland, dem allerdings mehrere Telegramme an und von Michael vorausgegangen waren. Michael musste Eskander nicht nur einladen, sondern auch garantieren, dass er sich in Neuseeland nur als Tourist aufhalten würde.

Eine große Überraschung gab es mit den Flugtickets, gebucht bei British Airways, die der Sekretär mit folgenden Worten an Eskander aushändigte: „Seine Heiligkeit beehrt sich, Ihnen die Tickets als Geschenk und Anerkennung für Ihre Leistungen zu überreichen, welche Sie bisher schon für die Ismailiten erbracht haben. Seine Heiligkeit hofft, dass Sie ehebaldigst wieder in die Heimat zurückkehren können und wird sich dafür bei der Regierung in Islamabad persönlich einsetzen." Die Worte waren Balsam für Eskanders Gemüt und Stimmung.

Schon am Folgetag bestieg er gelassen ein Flugzeug nach Bombay, nicht wissend, dass ihm die Polizei schon auf der Spur war. Es war nur Karim Aga Khans Organisation, die überallhin ihre Verbindungen hatte, zu verdanken, dass er nicht im letzten Moment noch verhaftet wurde. Alle nach Indien ausreisenden Staatsbürger wurden nämlich wegen des gerade wieder aufschwelenden Kaschmirkonfliktes besonders unter die Lupe genommen, und da war er aufgrund eines Steckbriefs erkannt worden.

Die unendlich langen Flugetappen, zuerst nach Hongkong, von dort weiter nach Sidney überstand er leidlich gut, die letzten Stunden von Sidney nach Auckland hatten ihn dann aber apathisch gemacht. Er wurde erst wieder richtig lebendig, als ihm nach der Landung in Auckland, wo alle Passagiere noch sitzen bleiben mussten, ein Suchtgift-Spürhund regelrecht auf den Schoß sprang und ihn von oben bis unten beschnupperte.

Das Flugzeuginnere wurde mit einem Sprühmittel desinfiziert und beim Zoll wurde das Gepäck nicht nach Wertgegenständen, sondern nach Erdresten auf den Schuhsohlen untersucht.

Wie würde er Michaels Freund erkennen, der ihn am Flugplatz abholen sollte? Im Gedränge beim Ausgang entdeckte er aber nach langem Schauen eine große, handgeschriebene Tafel, auf der ‚Eskander Khan, Erstbesteiger des 24.000 Fuß hohen Rakaposhi' zu lesen war.

Es hatten sich inzwischen auch viele fremde Neuseeländer, die zufällig anwesend waren, um das Schild geschart, denn ein Bergheld konnte sich im Geburtsland Edmund Hillarys von vornherein großen Interesses erfreuen.

So brach denn, als er sich mit seinem Gepäckwägelchen zur Tafel durchgeschoben hatte, begeisterter Applaus los, und völlig unbekannte Menschen schüttelten ihm die Hände, ja es wurden ihm sogar Visitkarten hingehalten, auf die er sein Autogramm geben sollte, obwohl er gar nicht wusste, was da von ihm verlangt wurde.

Michaels Freund John und dessen Frau konnten sich im allgemeinen Trubel nur mühsam als die Gastgeber bemerkbar machen und den völlig Verdutzten langsam aus der Menge herausziehen: „Willkommen in Neuseeland! – Na, was sagen Sie dazu, wie man hier als Bergsteiger begrüßt wird? Das wird Michael besonders freuen, wenn er es erfährt."

Nach zwölf Stunden Schlaf im hübschen Haus an der großen Bucht war Eskander erst richtig ansprechbar, obwohl er sich nachher noch tagelang mit den völlig ungewohnten Jetlag-Erscheinungen herumschlagen musste.

Unzählige neue Eindrücke stürmten auf ihn herein, aber er fasste sich schnell und genoss vor allem einmal die ungezwungene Freundschaft. Die Gastgeber ihrerseits waren von dem gelassenen Auftreten Eskanders sehr beeindruckt. Sie hatten einen wilden Naturburschen aus dem Himalaya erwartet und fanden sich einem perfekt erzogenen englischen Gentleman gegenüber. Nur beim Vorschlag, so wie alle neuseeländischen Männer kurze Hosen zu tragen, weil doch schon Frühjahr war, protestierte Eskander energisch und bezog sich auf die Gebräuche seiner Heimat, die das als unschicklich empfanden.

Halbe Nächte lang musste er von daheim erzählen und befreundete Familien rissen sich darum, ihn einzuladen.

Es war November, was dem Mai in Hunza entsprach, und das Gelb der Ginsterblüte, das zu dieser Zeit die gesamte Nordinsel überzog, harmonierte mit dem Blau der Meeresbucht, an der Johns Haus lag, auf prachtvolle Weise. Eskander genoss erstmals in seinem Leben bei ausgedehnten Spaziergängen die wunderbare Athmosphäre am Meer.

So vergingen die zwei Wochen in Auckland, die Michael sich als Einstimmungszeit vorgestellt hatte, fast zu schnell, aber Eskander sehnte sich schon nach den Bergen und war gespannt, was er auf der Südinsel, wo Michael eine riesige Schaffarm besaß, vorfinden würde.

Die zweitägige Busfahrt durch die Nordinsel hinunter nach Süden war ein weiteres großes Erlebnis. Der ständige Wechsel von fantastischer Vulkanlandschaft mit Geysiren, tiefblauen Seen und weiten Grasländereien, gesprenkelt von unzähligen Schafen, war faszinierend.

In Wellington musste er sich auf die Fähre einschiffen, um die Cook-Strait hinüber zur Südinsel zu überqueren. Wie häufig war die Überfahrt sehr stürmisch, und so konnte Michael, der in Blenheim wartete, einen sehr blassen und wortkargen Freund in die Arme schließen, dessen Zustand sich erst nach einem doppelten Gin deutlich besserte.

Michael war mit seinem Landrover gekommen und machte seinen Freund nun in einer mehrtägigen Reise nach Süden mit den landschaftlichen Schönheiten der Südinsel vertraut.

Während der vielen Stunden im Auto hatte Eskander genug Zeit, von den Geschehnissen in Hunza ausführlich zu erzählen. – „Da wirst du nicht so schnell nach Pakistan zurückkehren können. Aber keine Sorge, deinen dreimonatigen Touristen-Aufenthalt werden wir ohne weiteres auf unbestimmte Zeit verlängern können. Ich habe für dich genug Arbeit auf der Farm, und Bergsteigen werden wir auch!"

Eskander bestaunte auf der Fahrt riesige Baumfarne, sie kamen an einsamen Meeresbuchten vorüber, besichtigten eine Milch-Farm, und Eskander stand dort fassungslos vor Kühen, deren Euter so groß wie Koffer waren und die so viel Milch gaben, wie zehn Kühe in Hunza zusammen. Zwischendurch war die Landschaft immer wieder wie weiß getupft von Schafen, ein Bild, das sich so einprägte, dass Eskander es nie mehr vergaß.

Sie überquerten eine Bergkette, und vom Pass waren mit dem Fernglas stark vergletscherte und kühn geformte Gipfel zu erkennen: „Dort in den Tälern wirst du für die nächste Zeit deine Bleibe finden. Wenn du den Berg mit dem kühn überwächteten Gipfel genau ins Auge fasst: Das ist der Mount Cook, der höchste Berg Neuseelands. Direkt zu seinen Füßen liegt meine Farm.

Das weiß gestrichene geräumige Haus, umgeben von einigen Nebengebäuden und einem kleinen Nadelholz-Wäldchen, lag völlig einsam inmitten einer weiten, saftig-grünen Hügellandschaft, die abrupt an steil aufragenden Bergflanken endete. Wenige Kilometer im Hintergrund erhob sich der gewaltige Gebirgsstock des Mount Cook mit dem Strom des Tasman-Gletschers, dessen schuttbedeckte Eiszunge und Endmoräne direkt in den Tasman-Fluss mündete, der gleichzeitig die Grenze zur Schaffarm Michaels markierte.

Judith, Michaels Frau, empfing Eskander wie einen alten Bekannten, sodass er sich sofort wie daheim fühlte. „Die zwei Söhne studieren in Christchurch, und die Tochter besucht, nicht allzu weit entfernt, das College im benachbarten Hermitage. Sie werden die Kinder in wenigen Wochen, in den kombinierten Weihnachts- und Sommerferien kennen lernen", erläuterte Judith die familiäre Situation.

Eskander war verblüfft zu erfahren, dass Michael für die

rund fünftausend Schafe, die auf der Farm gehalten wurden, nur zwei Arbeiter beschäftigte. Das Geheimnis klärte sich aber schon am ersten Tag auf, als er bei der Besichtigung der Farmgebäude einen großen Zwinger mit rund zehn Hundehütten sah: „Sie sind mit den beiden berittenen Farmarbeitern jetzt draußen im Gelände und werden in zwei, drei Tagen erwartet, du bist nämlich gerade zur Sommer-Schur zurecht gekommen."

„Und wer wird die vielen Schafe scheren?"

„Morgen schon erwarte ich die erste Partie von insgesamt acht oder zehn Mann. Es sind australische Spezialisten, die jedes Jahr zweimal herüberkommen. Du wirst dich wundern, wie schnell die arbeiten!"

Eskander erinnerte sich an eines seiner Englisch-Lehrbücher aus dem College in Lahore, in dem ein australischer ‚Sheep Shearer Song' abgedruckt war.

Das Schurgebäude war erstaunlich klein, aber mit zehn Schurtischen, jeder mit einem Anschluss für die elektrischen Scheren, sehr rationell eingerichtet.

„Bis vor zehn Jahren sind wir auf der Farm ohne elektrischen Strom ausgekommen, aber die australischen Scherer mit ihren hohen Stundenlöhnen haben mich förmlich zur Anschaffung eines Diesel-Aggregates gezwungen, und jetzt wollen wir den Strom natürlich nicht mehr missen."

Eskander war einige Tage später sprachlos, wie geschickt und blitzschnell die Scherer ihr Schaf mit einer kurzen Bewegung auf den niedrigen Schurtisch kippten und es mittels eines Spezialgriffes völlig ruhig stellten. Kaum eine Minute dauerte es, bis das zusammenhängende Vlies nach hinten geschoben wurde und der Mann sich schon das nächste Schaf griff. Die geschorenen Tiere drängten sich in der Reihe weiter und mussten durch ein Desinfektionsbad ins Freie schwimmen, wo sie in getrennten Pferchen bis zum Rückmarsch auf die Sommerweiden gehalten wurden.

Michael, der wusste, welch passionierter Reiter Eskander war, ließ ihn schon in den ersten Tagen ein Pferd aussuchen, von denen rund ein Dutzend auf der Farm gehalten wurden.

Eskander fühlte sich im Sattel sofort daheim und hatte in

wenigen Tagen sein Pferd so an sich gewöhnt, dass er mit ihm alle möglichen Kunststücke aufführen konnte. Restlosen Respekt verschaffte er sich bei den beiden Arbeitern, die selbst von Kind auf mit Pferden groß geworden waren, als er sich nach Afghanen-Art im gestreckten Galopp seitlich aus dem Sattel beugte und ein Stück Holz vom Boden aufnahm.

So ergab es sich ganz von selbst, dass er bereits nach einer Woche beim Rücktrieb der Schafe auf die Sommerweiden einen der beiden Männer ersetzte, dessen Zahnarztbesuch schon überfällig war und der dazu dringend für zwei Wochen nach Christchurch musste.

Die große Überraschung für Eskander waren die hervorragend abgerichteten Hunde, die praktisch selbstständig die einzelnen Herden-Blöcke umrundeten und gleichzeitig in die beabsichtigte Marschrichtung drängten. So ein Zusammenspiel von Mensch und Tier hatte er noch nicht erlebt. Es bedurfte aber einiger Tage, bis er die Kommandos und Pfiffe erlernt hatte, mit denen die Hunde angeleitet werden mussten.

Der Arbeitskollege riet ihm, die abendliche Fütterung der Hunde zu übernehmen, damit sie sich an ihn gewöhnten. Für Eskander waren Hunde überhaupt fremde Wesen, denn in Hunza gab es praktisch keine Hunde, und auch Katzen wurden kaum gehalten, weil beide Haustiere ‚unnütze Fresser' waren, wie die Großeltern schon ihren Enkeln immer einbleuten. Er war aber bald von der Intelligenz und dem bedingungslosen Gehorsam der Tiere sehr berührt, Eigenschaften, an welche auch die treuesten Pferde nicht herankamen.

Der Arbeitskollege, der sich zuerst ein wenig in der Rolle des ‚Bosses' gefiel, musste jeden Tag mehr an Kompetenz an Eskander abtreten. So wollte es ihm an einem gewittrigen Abend nicht und nicht gelingen, ein Feuer zustande zu bringen, bis Eskander eingriff und ein Bündel trockener Späne aus der Satteltasche zog, da er schon Stunden vorher vermutet hatte, dass Regen zu erwarten war. Als eines der beiden Packpferde lahmte, war Eskander sachkundig am Huf an der Arbeit und hatte den Übeltäter, einen verbogenen Hufnagel, der sich ins empfindliche Gewebe gebohrt hatte, bald lokalisiert. Da sie in der gewittrigen Frühsommerzeit unterwegs waren, gab es mehrmals auch nachts heftige Stürme, und zweimal rettete

Eskander das Zelt des Kollegen vom Weggerissen werden, indem er schon Steine um den Zeltrand schichtete, als der gute Mann noch immer schnarchte: „Ich verstehe nicht, wie du immer rechtzeitig wach wirst, du hast doch am Abend mindestens ebenso viel Bier und Gin wie ich getrunken?"

Ja, das gute Bier und der vorzügliche Gin! Eskander schwelgte in der Freiheit des Alkoholgenusses in der nichtmuslimischen Welt, in der er sich befand, und sagte auch jedem Mann, der es hören wollte – allerdings klugerweise nicht den Frauen – wie gut sie es diesbezüglich hätten, was ihm natürlich zwangsweise ein nachgeschenktes volles Glas einbrachte.

Nach einer Woche wurde er abgelöst und vom Arbeiter mit großem Respekt und Bedauern verabschiedet. Als die beiden Männer zu Weihnachten einige Tage in ihren Farmquartieren weilten, ersuchten sie Judith, doch das Porridge mit Butter anzureichern, Eskander hätte ihnen das beigebracht: „Dieses ‚Scherbet', wie er es nennt, ist wahrscheinlich dafür verantwortlich, dass diese schmächtigen Männer aus dem Himalaya so gut reiten können."

Judith war von Michael instruiert worden, Eskander keinesfalls Schweinefleisch – in welcher Form auch immer – vorzusetzen. Als aber jeden Tag beim Frühstück nur die anderen den köstlich duftenden Bacon vorgesetzt bekamen, protestierte er und aß von da an Schweinefleisch in jeglicher Variation mit Appetit: „Ihr müsst wissen, dass unser kluger Prophet dieses Verbot nur eingeführt hat, damit die Menschen nicht an Trichinose erkranken, die in den heißen Ländern so gefährlich ist. Hier bei euch ist es aber kühl und feucht."

„Und wie ist es mit dem Alkohol?", wollte Judith sarkastisch wissen.

„... Mhm, das ist so eine Sache. Ich vermute, dass das Verbot Mohammeds auch mit dem heißen Klima zusammenhängt, wo doch Alkohol in der Hitze, wenn man ihn gegen den Durst trinkt, wirklich gefährlich werden kann – oder nicht?"

Eskander erntete zustimmendes Nicken.

Weihnachten rückte heran, und Eskander war schon gespannt

auf die Kinder. Die beiden Söhne waren schon ein halbes Jahr nicht mehr daheim gewesen, während Pamela zwar öfters auf Kurzbesuch daheim vorbeischaute, wenn es von Hermitage eine Mitfahrgelegenheit gab. Eskander hatte sie aber noch nie getroffen und war auch noch nie in Hermitage gewesen. So nahm er gerne die Einladung Michaels an, mit hinüber in den kleinen Fremdenverkehrsort zu fahren, um Pamela abzuholen.

Hermitage lag prächtig direkt am Fuß von Mount Cook und Mount Sefton und bestand lediglich aus einigen Hotels, einem Schulzentrum, der Nationalparkverwaltung und mehreren Kaufläden; auch ein Arzt war hier niedergelassen.

Pamela und einige Freundinnen warteten schon abholbereit mit ihrem Gepäck im Freien. Als auch Eskander dem Auto entstieg, wurde er sofort von neugierigen Mädchen umringt, die schon vom exotischen Bergsteiger gehört hatten und ihn unbedingt aus der Nähe sehen wollten. Ohne dass er es geahnt hatte, war er schon die längste Zeit über Gesprächsstoff der Teenager gewesen, und Pamela wurde beim Einsteigen ins Auto entsprechend gehänselt, was sie mit strafenden Blicken quittierte.

Daheim angekommen, gab sie sich Eskander gegenüber recht unbefangen, wenn sie auch die ersten paar Mal recht scheu auf seine Fragen antwortete. Trotz ihrer sechzehn Jahre trug sie ihr blondes Haar noch in zwei langen Zöpfen, war aber sonst schon fraulich gereift. Als Eskander sie in den nächsten Tagen einmal mit gelösten Haaren beim Hundezwinger antraf, wurde er sofort schmerzlich an Nilufar erinnert. Er musste sie länger als schicklich betrachtet haben, denn Pamela errötete tief und wandte sich ab.

„Du musst mir verzeihen, dass ich dich so angestarrt habe, aber du hast mich mit deinen blonden Haaren an jemanden erinnert, der mir sehr viel bedeutet."

„Ich dachte, bei euch gibt es nur dunkle Haare."

Eskanders Gesicht bekam einen versonnenen Ausdruck, als er sagte: „Da gibt es einige wenige Ausnahmen."

Pamela deutete Eskander, sich neben ihr auf einem Holzstoß nieder zu lassen: „Erzähl mir von dir daheim." Sie studierte sein scharf geschnittenes Gesicht mit den grünen Augen, dem Schnurrbärtchen und dem kastanienbraunen Haar, das noch von keinen grauen Fäden durchzogen war. Sie wusste, dass er nicht viel jünger als ‚Dad' sein konnte, vergaß es aber sofort wieder.

Eskander bemerkte ihren schwärmerischen Blick und wollte dem gleich einen ordentlichen Dämpfer aufsetzten: „Weißt du, ich bin schon lange Zeit verheiratet und habe eine Tochter, die schon bald so alt wie du ist." Und nun stach ihn auch noch der Hafer: „Wenn ich heimkomme, werde ich mir wahrscheinlich eine zweite Frau nehmen."

Pamela war begeistert, in seine Geheimnisse eingeweiht zu werden: „Wir haben in der Schule gelernt, dass viel Muslime einen Harem haben. Wird es die blonde Frau sein? – Und sag, was wird deine erste Frau davon halten?"

Eskander wurde durch einen der beiden Brüder, dem er versprochen hatte, mit ihm auszureiten, von der Beantwortung der Fragen enthoben.

„Du wolltest doch aber mir zusehen, wie ich schon bei den Welpen mit der Dressur beginne!"

„Vielleicht ein anderes Mal!" – und schon war Eskander mit John unterwegs zum Pferdestall.

„John, du bist eklig!", klang es hinter ihnen noch nach.

Das Weihnachtsfest war für Eskander ein kleines Erlebnis. Obwohl er aus seinen Schulbüchern Bilder von geschmückten Weihnachtsbäumen und Mistelzweigen in Erinnerung hatte, war er vom Festtagsablauf, wie es in Michaels Familie Tradition war, sehr überrascht.

Die feierlichen Weihnachtslieder, die allgemein festliche Stimmung und das gegenseitige Beschenken berührten ihn stark, dabei wurde ihm aber auch schmerzlich bewusst, dass er über nahezu keine Barmittel verfügte und daher keine Geschenke kaufen konnte: „Ich muss mir bald nach Weihnachten eine bezahlte Arbeit suchen", vertraute er sich Michael an.

„Offiziell darfst du nicht arbeiten, aber es gibt für dich genug Arbeit auf der Farm, und du musst eben von mir eine Bezahlung annehmen. Aber ich werde mich für alle Fälle bemühen, dass du eine unbeschränkte Arbeits- und Aufenthaltsbewilligung erhältst, dann kannst du überhaupt in Neuseeland bleiben."

Eskander bekam eine ganz heisere Stimme als er antwortete: „Das wird wohl um Allahs Willen nicht notwendig sein. Wenn ich nur schon bald einmal Nachricht von daheim bekäme."

Während der Feiertage war es auch üblich, dass sich die Nachbarn, so weit entfernt sie auch auseinanderlagen, gegenseitig einluden. Dieses Jahr waren Michael und Judith dran, und so fanden sich am zweiten Weihnachtsfeiertag an die zehn Nachbarn ein. Es waren lauter Farmer, und die meisten waren so wie Michael auf Schafe spezialisiert. Alle, besonders aber die Frauen, waren neugierig, den exotischen Dauergast aus dem fernen Pakistan kennen zu lernen. Seine Reitkünste hatten sich schon überall herumgesprochen.

Eskander wurde der Reihe nach vorgestellt, brillierte mit seinem noblen Englisch und gewann sofort die Herzen der Damen, als er vom Hunza-Brauch berichtete, dass man dort ganz allgemein den Frauen die Hand küsse. Dass allerdings die Frau vorher dem Mann die Hand küssen musste, erlaubte er sich zu verschweigen, lebte er doch nun schon lange genug in der christlich geprägten Welt, um mitbekommen zu haben, wie rasant dort die Emanzipation der Frauen fortschritt.

Es waren fünf Ehepaare und eine seit einem Jahr verwitwete Farmersfrau gekommen; ihr Mann war mit seinem einmotorigen Flugzeug, das auf den besonders großen Farmen nun langsam Einzug hielt, abgestürzt.

Alle Gäste waren festlich gekleidet, die Witwe, eine recht flott wirkende, nicht unhübsche Enddreißigerin, hob sich mit ihrem knöchellangen und besonders tief ausgeschnittenen Kleid von den anderen Damen aber doch stark ab: „Anne will den Exoten beeindrucken!", flüsterte man sich sogleich zu.

Wie ungezwungen und direkt sich emanzipierte Frauen benahmen, erfuhr Eskander schon während des festlichen Essens, wozu mehrere Tische zu einer langen Tafel zusammengestellt waren: Anne hatte es so eingerichtet, dass sie prompt neben dem Fremdling zu sitzen kam. Und schon während des Hauptgerichtes spürte er, wie sich etwas warmes an seinem Knöchel rieb. Er blickte nach unten und bemerkte, dass seine Nachbarin den Schuh abgestreift hatte. Gleichzeitig war sie aber scheinbar mit ihrem Nachbarn an der anderen Seite in ein ernstes Gespräch vertieft.

Die Berührung war nicht unangenehm, und als er verstohlen den Blick zu ihr wandte, was sie erwartet hatte, beugte sie sich einen Moment nach vor, sodass er tief in ihren Ausschnitt sehen konnte. Ein gewaltiges Verlangen nach weiblicher Nähe überkam ihn, und er vermochte das Gespräch mit seinem anderen Tischnachbarn kaum noch fortzusetzen.

Als Anne sich ihm schließlich mit strahlendem Lächeln direkt zuwandte, nach seinen bergsteigerischen Erfolgen zu fragen begann, sich gleichzeitig mit ihren Zehen aber sein Hosenbein hinauftastete, war es fast um ihn geschehen. Er konnte sich schließlich nur so helfen, dass er abrupt seinen Stuhl nach hinten rückte und vorgab, dass ihm seine Serviette zu Boden gefallen sei.

Zum Glück war das Mahl bald beendet, und man begab sich ins Freie, um den herrlichen Sommertag auf der Terrasse bei Kaffee sowie der Whisky- und Gin-Kollektion des Gastgebers zu genießen. Eskander war der Mittelpunkt einer regelrechten Frage- und Antwortstunde über Hunza und seine persönlichen bergsteigerischen Ambitionen. Er konnte sehr gut erzählen, und so waren alle recht ungehalten, als Anne seinen Redefluss unterbrach: „Eskander, Sie haben mir doch vorhin noch vor der Tea-time einen Ausritt versprochen, um mir einige Dressurstücke zu zeigen, die Sie ihrem Pferd beigebracht haben."

Obwohl völlig erfunden, ging Eskander sofort darauf ein, leistete sich aber den Scherz, Anne von oben bis unten zu mustern: „Madam, mit diesem Kleid?"

„Nicht wahr Judith, du borgst mir deinen Reitdress?"

Unter den Protestrufen – besonders der anderen Damen, für die es keine weitere Reitkleidung zum Ausborgen gab – verschwanden die beiden im Haus. Noch ehe Eskander aus dem Schrank seine Reithosen hervorholen konnte, ging die Tür leise auf, und Anne hielt ihm die von hinten die Augen zu. Er wusste, wer das nur sein konnte, drehte sich blitzschnell um und drückte seinen Mund auf ihre Lippen, was sie sofort mit wildem Zungenkontakt erwiderte.

Sie wollte ihn eben zu Boden ziehen, als die Tür hinter ihnen einen Spalt aufging und sofort mit einem Knall wieder zugeschlagen wurde. Eskander konnte am Gang gerade noch die Zöpfe Pamelas um die Ecke verschwinden sehen.

„Um Allahs willen, nicht hier! Es war Pamela – ziehen wir uns doch schnell um und reiten wir in die Hügel hinein, dort gibt es genug ruhige Plätze."

Einige anzügliche Bemerkungen der Gäste und die Aufforderung, unbedingt bis zum Tee wieder zurück zu sein, klang ihnen noch in den Ohren, als sie nach einem scharfen Trab die Gebäude hinter sich gelassen hatten und in einen gemächlichen Schritt verfielen.

Als sie eine kleine Gebüschgruppe erreichten, ritt Anne so nahe an Eskander heran, dass sich beider Beine berührten: „Du musst mir keine Kunststücke am Pferd zeigen, komm, da hinten scheint es ein verborgenes Plätzchen zu geben."

„Wenn nur Pamela nicht plötzlich hier auftaucht, sie hat genau beobachtet, welche Richtung wir einschlugen."

„Hast du ihr also auch den Kopf verdreht! Schäm' dich, sie ist noch ein Kind!"

Und schon war Eskander aus dem Sattel. Ehe er aber ihren Steigbügel halten konnte, lag sie bereits auflachend in seinen Armen und bedeckte sein Gesicht mit Küssen.

„Wart, ich binde die Pferde dort drüben an."

„Liebling, ich brauche so dringend einen Mann …"

„Und ich sehne mich nach deiner Zärtlichkeit!"

Eskander breitete seine Jacke am Boden aus, ihre Bluse war im Nu aufgeknöpft, und während sein Mund ihre Brust liebkoste, hatte sie bereits ihre Reithose abgestreift und leitete seine Hände unter ihren Slip. Sie schrie hemmungslos vor Lust auf, als er in sie eindrang.

Wie zwei Ertrinkende gaben sie sich einander hin und lagen sich nach einer kurzen Pause bereits wieder in den Armen.

Anne hatte zufällig gesehen, dass sich in einiger Entfernung hinter den Büschen etwas bewegte und richtig auf Pamela getippt, ließ sich aber dadurch nicht stören. ‚Die Göre soll nur langsam erwachsen werden und etwas lernen', dachte sie im Stillen bei sich und machte Eskander auf die Spionin nicht aufmerksam.

Tea-time war schon vorbei, und die Gäste saßen bereits beim Sundowner auf der Terrasse, als die beiden herantrabten.

Sie waren inzwischen das Haupt-Gesprächsthema gewesen und alle teilten die Ansicht, dass Anne ihm total den Kopf verdrehen würde. Michael und Judith waren die einzigen, die diese ‚sicher nur kurzfristige Liebschaft', wie sie es nannten, verteidigten. „Wer weiß, ob er sich nicht auf ihrem herrlichen Besitz einnisten wird, das wäre für die beiden Söhne eine Katastrophe", waren sich aber fast alle anderen Damen einig. Michael verteidigte Eskander und erzählte, dass er daheim Frau und Tochter habe und so heimatverbunden sei, dass er, sobald es für ihn dort wieder sicher sei, zweifellos zurückkehren werde.

Nach einem kleinen Abendimbiss löste sich die Gesellschaft langsam auf, denn die meisten hatten noch eine mehrstündige Autofahrt vor sich. Anne küsste Eskander absichtlich in aller Öffentlichkeit auf beide Wangen und sagte so laut, dass es alle hören konnten: „Also bis übermorgen. Ich hole dich mit dem Auto ab!", und sich an Michael wendend: „Du wirst ihn hoffentlich für einige Zeit entbehren können, denn er muss ja auch andere Farmen kennen lernen."

„Aber bei unserer geplanten Besteigung der Mount Sefton-Westwand gegen Ende Januar bleibt es selbstverständlich", fügte Eskander, sich an Michael wendend, etwas schuldbewusst hinzu.

Anne war voll mit der Führung der Farm, die gut doppelt so groß wie jene Michaels war, beschäftigt. Zwei der drei Söhne besuchten das College und der älteste studierte in Christchurch Landwirtschaft. Neben der ausgedehnten Schafzucht hatte schon ihr verstorbener Mann mit der Gatterhaltung von Rot- und Damwild begonnen, und Anne bemühte sich um diesen neuen Wirtschaftszweig, der vielversprechend schien, ganz besonders. Eskander war von den Wildgattern fast nicht mehr wegzubringen, hatte er doch als ausgepichter Jäger noch nie Wildtiere unter landwirtschaftlichen Bedingungen beobachten können. Er konnte Anne auch bald einige wertvolle Ratschläge geben.

Der Tagesablauf der beiden gestaltete sich meist derart, dass Eskander mit ihr zusammen entlegene Weideplätze kontrollierte, wobei viele Strecken im geländegängigen Wagen zurückgelegt werden konnten. – Nicht selten liebten sie sich schon an verborgenen Picknick-Stellen im Wagen; jedenfalls gehörten aber die Nächte ihnen ganz allein. Beide lebten in einem regelrechten Taumel und waren ihren begehrenden Körpern restlos verfallen.

Anne genierte sich vor der Wirtschafterin, einer erst kürzlich eingewanderten Österreicherin, die gleichzeitig auch Köchin war, überhaupt nicht und besprach mit ihr auch ganz zwanglos alle privaten Angelegenheiten. Das hübsche, knapp zwanzig Jahre alte Mädchen fand Eskander umwerfend ‚sexy' und ‚nicht so langweilig wie die meisten neuseeländischen Männer'. Anne stimmte natürlich zu, war aber von diesem Moment an auf das so viel jüngere Mädchen eifersüchtig.

Die Farm war so groß, dass Annes verstorbener Mann auch bereits einige kleine Landepisten für Sportflugzeuge angelegt hatte, die aber allesamt zu kurz geraten waren. Sie konnte sich daher nicht entschließen, die Pilotenprüfung abzulegen, sondern wollte dies einmal einem ihrer Söhne überlassen. Eskander brachte sie auf die Idee, doch künftig einen Helikopter einzusetzen, was sie einige Jahre später auch realisierte.

Bereits nach drei Wochen tauchte Michael auf, um mit Eskander für die nächste Schönwetterperiode die Details der geplanten Bergbesteigung durchzusprechen. Anne war dies gar nicht recht, aber sie war so klug, Eskander nichts in den Weg zu legen.

Und so war sie schon nach wenigen Tagen wieder allein, nicht ohne Eskander beim tränenreichen Abschied alle Schwüre abzunehmen, doch auf sich Acht zu geben und sofort nach der Tour wieder zu ihr zurückzukehren.

Michael hatte aber auch zwei Briefe mitgebracht. Die erste Nachricht für Eskander, seit er von daheim so überhastet aufbrechen musste: Der eine Brief war von Karok, der ihm auch im Namen von Dulat schrieb, ihm ihrer aller Liebe versicherte und der Hoffnung Ausdruck gab, dass er möglichst bald wieder nach Hause zurückkehren möge. Allerdings wären an mehreren Stellen Steckbriefe mit seinem Bild ausgehängt worden; die Bevölkerung hätte sie – mit Ausnahme der Polizeistation in Karimabad – aber sofort heimlich heruntergerissen – er sei nämlich inzwischen so etwas wie ein Volksheld geworden. „Tante Malika ist leider schwer erkrankt", war in einem Nachsatz noch zu lesen.

Der zweite Brief stammte von Dschaffer und enthielt kurz Folgendes: „Ich nehme an, dass es dir bei den Antipoden gut geht, dass du dir schon ein hübsch tätowiertes Maori-Mädchen angelacht hast und in Bier, Whisky und Gin schwelgst. Ich bin schon sehr gespannt auf die Erzählungen aller deiner Abenteuer. Zurückkehren kannst du vorläufig aber noch nicht, denn dein Konterfei ist in Gilgit an vielen Stellen als ‚Wanted' zu sehen. Colonel Saram bemüht sich aber um eine gerichtliche Untersuchung der Anschuldigungen gegen dich, denn inzwischen gibt es bereits klare Beweise, dass niemand bei der Rauferei und deiner Flucht ums Leben gekommen ist."

Eskander war erleichtert und bestürzt zugleich, und übersetzte Dschaffers Brief für Michael aus dem Urdu … „Na, ja, wenn ich an Anne denke, willst du ja sowieso nicht ganz so schnell zurückkehren; habe ich nicht recht?", lachte Michael.

Eskander machte ein verkniffenes Gesicht, nickte mehrere Male und meinte nur: „Auf in die Berge!"

# XVI

Die Mount Sefton Westwand, die noch nie durchstiegen worden war, erwies sich im ersten Drittel als unschwierig, und die beiden Freunde kamen trotz ihrer schweren Packen zügig voran. Sie rechneten mit zwei Biwaks und hatten dafür auch die entsprechende Ausrüstung mit. Das Hauptproblem war, wie für alle schwierigeren Touren auf der Südinsel, das Wetterrisiko. Durch die Meeresnähe musste ständig mit Wetterstürzen gerechnet werden, die sich nur einige Stunden vorher ankündigten.

Vereiste Kamine und ein von unten nicht so richtig einzuschätzender kleiner Überhang erzwangen das erste Biwak aber relativ bald. Sie konnten es sich auf einer kleinen Rampe mit Gaskocher und Biwaksack relativ bequem machen und waren bei klarem Sternenhimmel auch bald eingeschlafen.

Der nächste Morgen brachte schönes Wetter, und so ging Eskander – als der eindeutig bessere Kletterer – den Überhang mit frischen Kräften an. Zum Glück hatten sie genug Haken und Seilschlingen dabei. Teilweise wie eine Katze über die schweren Stellen schleichend, teils wie ein Affe sich nur an den Armen forthangelnd, hatte Eskander die schwierige Stelle bald überwunden und so präpariert, dass Michael mit dem schweren Gepäck nachkommen konnte.

Schwer atmend rasteten sie oberhalb der heiklen Stelle und studierten den Weg, der in kombiniertem Gelände weiterführte. Er schien nicht allzu schwierig zu sein, und Eskander meinte, heute noch den Gipfel, über den ein leichter Abstieg auf der anderen Seite ins Tal führte, erreichen zu können.

„Die Schäfchenwolken, die jetzt plötzlich von Westen aufziehen, gefallen mir aber gar nicht. Sie sind meistens Vorboten eines Wetterumschwungs."

„Dann nichts wie weiter!", war Eskanders Kommentar.

Seillänge um Seillänge konnten sie, manche Stellen besonders sorgfältig sichernd, hinter sich bringen. Blankeis wechselte mit hohlen Eisschichten, die beim Pickelschlag in sich zusammenfielen und als kleine Eiskaskaden abstürzten. Oft waren Stufen zu schlagen, an manchen Stellen reichten die Steigeisen aber wieder alleine. Lästig waren nur jene Passagen, wo steiler Fels zumindest für den Voraussteigenden ein Ablegen der Steigeisen notwendig machte. Sie waren so beschäftigt, dass sie den Schlechtwettereinbruch erst wahrnahmen, als sie der erste Schneegraupel-Schauer einhüllte.

„Weiter aufwärts! Vielleicht kommen wir noch bei Tageslicht bis zum Gipfel durch!"

„Oft hält so ein Wettersturz aber nur zwölf Stunden an, und da wäre es besser, wenn wir uns bald einen geeigneten Biwakplatz suchen!" Der aufkommende Sturm riss Michael die Worte fast vom Mund.

Nach einer halben Stunde immer schwieriger werdender Kletterei, denn die Felsen waren sofort mit einer spiegelglatten Eisschicht überzogen, fanden sie ein leidlich geeignetes Plätzchen, um sich die Biwaksäcke überstülpen und die Steigeisen ablegen zu können. Der Sturm zerrte so an den Perlonhüllen, dass an ein Tee-Kochen nicht zu denken war. So ließen sich beide zwischen den letzten Bissen Brot und etwas Käse, den sie noch hatten, immer wieder kleine Schneebällchen im Mund zergehen. Richtig durstlöschend war das aber kaum.

Um die Zehen nicht zu erfrieren, mussten sie diese permanent bewegen und schon aus diesem Grund die ganze Nacht wach bleiben. Auch war ihr Lagerplatz so ausgesetzt, dass sie sich keine falschen Bewegungen erlauben konnten.

So verging die Nacht mehr schlecht als recht, und beide schälten sich im Morgengrauen ziemlich gerädert und mit völlig ausgetrocknetem Mund aus ihren Hüllen. Es schneite leicht, aber der Sturm hatte nachgelassen, und gelegentlich schimmerten einige blaue Flecken durch den Nebel. Fast zugleich stießen beide den Seufzer ‚Gott sei Dank' aus; Eskander hatte sich im Englischen längst das Wort ‚Gott' für ‚Allah' angewöhnt.

Eskander übernahm sofort, an einem Handgelenk den Kletterhammer, am anderen den Eispickel, die Führung, denn der Weiterweg war äußerst heikel. Der Fels war nicht nur eisglasiert, sondern auch mit einer Schneeschicht überzogen, und so musste praktisch jede Griff- und Trittstelle zuerst vom Schnee gesäubert und sodann mit dem Kletterhammer freigeklopft werden. Michael konnte sich beim Warten der Kälte kaum erwehren, und so waren beide froh, als sie plötzlich im Sonnenschein standen. Das Wetter hatte sich tatsächlich gebessert, und endlich fand sich auch ein kurzes Schuttband, wo sie Tee kochen konnten. Zu essen hatten sie außer einem Stück Schokolade nichts mehr. Der Weiterweg war in groben Zügen zu erkennen, aber der Gipfelaufbau noch in weiter Ferne.

„Ich fürchte, dass wir es bei Tageslicht nicht mehr schaffen."

„Umso eher müssen wir weitermachen."

„Ja, natürlich. Eskander, ich bin froh, dich als Kameraden dabei zu haben. Ich muss dir nämlich gestehen, dass mir die Nacht noch in den Knochen steckt und ich eigentlich hundemüde bin."

„Warte, ich erleichtere deinen Rucksack."

„Nein, das kommt nicht in Frage!" – Eskander lud jedoch alles um, was er in seinem Sack unterbringen konnte und stieg mit einem hochgetürmten Packen weiter.

Eine Kaminserie folgte der anderen, und nicht selten waren die anschließenden Wandpartien so glatt, dass umständliche Querungen notwendig waren. An den schwierigen Stellen musste sich Eskander jeweils des Rucksacks entledigen und diesen anschließend hochziehen. So rückte das Gipfelplateau nur ganz langsam näher.

Als Eskander den Rucksack wieder einmal unterhalb einer glatten Platte in Michaels Obhut ablegte und zügig hinaufzuklettern begann, geschah das Unglück. Michael hatte zwar einen Standhaken geschlagen und das Seil in den Karabiner eingehängt, versuchte aber die Felsleiste, auf welcher er stand, vom Schnee zu säubern – mit dem Pickel in der einen und dem großen Rucksack in der anderen Hand. Dabei entglitt ihm der schwere Packen und entschwand lautlos in der Tiefe. Michael wollte ihn unvorsichtigerweise mit einer schnellen Bewegung zurückhalten, verlor dabei aber selbst das Gleichgewicht und fand sich nach einer Schrecksekunde etwa fünfzehn Meter tiefer im Seil hängend. Eskander hatte die schwierige, aber nur etwa sechs Meter hohe Stelle fast hinter sich gebracht, als ihn ein heftiger Ruck am Seil aus dem Stand riss. Er sah genug freies Seil, sprang auf die Felsleiste, wo Michael eben noch gestanden hatte, hinunter und verkrallte sich blitzschnell im Gestein. Irgendwie war es ihm gelungen, das Gleichgewicht zu halten.

„Michael, was ist los?"

„Ich lebe", kam es schwach zurück, „Aber mein linker Fuß ist irgendwie defekt."

„Hilf, so gut du kannst, mit dem rechten mit! Ich beginne zu ziehen!"

Es dauerte über eine halbe Stunde, bis Michael neben Eskander stand und sofort einknickte. Der linke Fuß war stark geschwollen und der Knöchel wohl gebrochen.

Eskander bemerkte mit Schrecken, dass der Rucksack mit nahezu der gesamten Biwakausrüstung nicht mehr da war, fasste sich aber gleich: „Gut, dass der schwere Packen verschwunden ist, denn euch beide könnte ich nicht tragen. So haben wie eine Chance, den Gipfel zu erreichen."

„Aber das ist doch unmöglich. Ich wiege über hundertvierzig Pfund."

„Für einen Hunzakuts ist nichts unmöglich. Als Bursche in den Ferien und bei Expeditionen habe ich gelegentlich noch schwerere Lasten und auch kranke Personen getragen. Das Seil brauchen wir jetzt nicht mehr in voller Länge, sodass ich einen ordentlichen Traggurt für dich knüpfen kann. Zum Glück scheint mir das Gelände oberhalb der Platte nicht mehr allzu schwierig zu sein."

Das größte Problem war dann auch, nochmals die Platte zu bewältigen, wobei Michael diese Stelle mit voller Seilzughife von oben und mit schmerzverzerrtem Gesicht schließlich bewältigte.

Eskander lud ihn sich auf den Rücken, und mit einem Eispickel in jeder Hand ging es langsam aufwärts. Die ersten zwei Stunden schaffte Eskander ohne Rast, dann aber musste er Michael in kürzeren Abständen absetzen, ihm gleichzeitig aber auch die Glieder massieren, die von den Seilschlingen eingeschnürt waren. Die Sonne hatte den Zenith längst schon überschritten, und beide wurden wieder mehr von Durst als von Hunger gequält. Einzelnen glatten Wandstufen musste Eskander auf zeitraubenden Umwegen ausweichen, aber seine Zuversicht blieb ungebrochen.

Er ignorierte Michaels immer wieder vorgebrachte Worte: „Lass mich doch liegen und sieh zu, dass wenigstens du raufkommst."

„Wir schaffen es, und wenn es mondhell wird, sind wir gegen Mitternacht am Gipfel. Dort dürfen wir allerdings auf keinen Fall einschlafen. Versprich mir, dass du mir dann die unanständigen Studentenlieder vorsingst, die du damals im Rakaposhi-Basecamp zum Besten gegeben hast."

„Du bist doch unverbesserlich. – Aber mir fällt etwas ein: Eine Stunde unterhalb des Gipfels wird doch derzeit an einer Schutzhütte gebaut, möglich, dass Leute oben sind."

„Glaubst du, dass die auch Bier haben?", war Eskanders einziger Kommentar, und mit Hauruck stützte er sich zuerst auf die Knie und stemmte sich dann langsam hoch; das Aufstehen mit der schweren Last war immer das Schwierigste.

Zum Glück ging der Mond bald auf. Durch den Schnee war die Sicht recht gut, und auch das Gelände wurde zusehends leichter.

„Zwei, drei Stunden noch, dann haben wir´s!" Eskander flüsterte die Worte nur noch heiser, denn er war nun bald am Ende seiner Kräfte.

Immer öfter stützte er sich auf die Pickel, zum Hinsetzen hatte er nicht mehr die Kraft ... dann waren es aber nur noch einige Schritte, und das Vermessungszeichen am höchsten Punkt des Mount Sefton war erreicht. Direkt gegenüber grüßte das vereiste Horn des Mount Cook herüber. Eskander ging vorsichtig in die Knie und setzte Michael sanft ab. Dann ließen sich beide in den Schutt fallen und rührten sich eine Weile nicht.

Michael war der erste, den der eisige Gipfelwind wieder zu sich brachte: „Eskander, wir haben es geschafft!"

„Wie ist es mit dem Bier? Und die Lieder singst du mir auch lieber erst in der Hütte vor."

Eskander sammelte noch ein letztes Mal alle seine Kräfte und stolperte durch das Geröll bergab. Tatsächlich, nach einer knappen Stunde – der Mond verzog sich eben hinter einer Bergkante – tauchte schimmerndes Wellblech vor ihnen auf.

Die Hütte war scheinbar schon fertig, obwohl noch viel Baumaterial umherlag. Eskander nahm sich gar nicht die Zeit, die Tür zu suchen, sondern klopfte mit dem Eispickel an die Wand.

Prompt ertönte von drinnen eine ärgerliche Stimme: „Das kann doch nicht sein, dass die frechen Keas bis hier rauf kommen. Ich drehe euch den Kragen um!"

Michael erkannte sofort die Stimme des Vorsitzenden der Sektion ‚Mount Cook' des Alpenklubs, der sich persönlich um die neuen Schutzhüttenbauten im Gebiet kümmerte: „Seit wann bedrohst du Bergkameraden und lässt sie verdursten?"

Mit Gepolter wurde die Tür aufgestoßen und eine Taschenlampe leuchtete Michael und dann wieder Eskander ins Gesicht: „Um Himmels willen, kommt herein!"

Drinnen schälten sich noch zwei weitere Männer schlaftrunken aus ihren Deckenstapeln.

„Michael, du bist´s! Ich wusste, dass ihr in der Westwand unterwegs seid und hoffte, euch schon ab heute Mittag am Gipfel begrüßen zu können. – Was ist mit deinem Fuß?"

„Wahrscheinlich gebrochen!"

„Dann lassen wir den Schuh zur Stabilisierung am besten oben. Bei Tageslicht tragen wir dich natürlich sofort hinunter. Ihr Jungs könnt schon mit dem Zimmern einer Tragbahre beginnen", ließ der Vorsitzende seine befehlsgewohnte Stimme ertönen.

Zunächst bei unzähligen Tassen Tee, gefolgt von einer riesigen Portion Ham and Eggs und schließlich mehreren Flaschen Bier begann Michael, der voll aufgekratzt war, ausführlich alles zu erzählen. Eskander, der daneben auf einer Schlafpritsche saß, ließ sich aber gleich nach hinten fallen und begleitete Michaels Worte lediglich mit tiefen Atemzügen.

„Er hat sich´s wahrlich verdient und mir mit Sicherheit das Leben gerettet!"

„Mir scheint, einen Mann aus Hunza zum Freund zu haben, ist mehr wert als die teuerste Lebensversicherung!"

„Das kannst du wohl sagen!"

Michael hatte nur zwei Stunden schlafen können und wurde erst beim Schaukeln auf der Bahre, wobei sich Eskander beim abwechselnden Tragen bereits wieder als unentbehrlich erwies, so eingermaßen wach.

Der Vorsitzende verabschiedete sich von Eskander nach Ablieferung Michaels bei der Sanitätsstation in Hermitage, mit der Bemerkung, dass er ihn schon morgen auf der Farm aufsuchen möchte. Er hätte Wichtiges zu besprechen …

Michaels Knöchel war tatsächlich gebrochen und in den drei Tagen in falscher Stellung schon wieder leicht zusammengewachsen. Das Einrichten beziehungsweise neuerliche Brechen tat nur einen Moment lang sehr weh, denn eine kurze gnädige Ohnmacht erlöste ihn von ärgeren Schmerzen. Schon nach wenigen Minuten, beim Eingipsen, war er wieder wach und wurde auch schon von Judith in die Arme geschlossen, die inzwischen per Funktelefon verständigt worden war.

Im Warteraum war Eskander in seinen lädierten Bergsteigerhosen und seinem verschwitzten Hemd inzwischen vom Krankenhauspersonal und auch von zwei Zeitungsreportern umringt und konnte gar nicht ausführlich genug alle Fragen beantworten. Der Kreis der Neugierigen wurde aber schon nach kurzer Zeit von Anne unsanft auseinandergetrieben, die von Judith informiert worden war und es sich natürlich nicht nehmen ließ, ihren ‚Helden' zu begrüßen.

Es war Eskander höchst unangenehm, als sie ihn mit einem Aufschrei der Erleichterung in die Arme schloss und mit Küssen bedeckte. Sodann gab sie den beiden Reportern ein Interview, als ob sie bei der Besteigung dabei gewesen wäre und erzählte ungefragt alle möglichen ‚Großtaten' aus Eskanders Leben, die zum Teil ihrer Phantasie entsprangen.

Das Resultat waren seitenlange Berichte in den beiden Lokalzeitungen, und in den nächsten Wochen wurde Eskander auch von Reportern der großen Tageszeitungen aufgespürt. – Ein Gutes hatte die ganze Sache, Michael rannte bei der Fremdenpolizei in Christchurch einige Wochen später offene Türen ein, als er um eine unbeschränkte Aufenthaltsbewilligung für Eskander ansuchte.

Solange Michaels Fuß eingegipst war, war es für Eskander selbstverständlich, auf der Farm eine Reihe von Aufgaben zu übernehmen. Anne sah das ein, bezog dafür aber zu Judiths Missfallen immer gleich für zwei, drei Tage in Eskanders Zimmer Quartier und spielte für Eskander gleichzeitig Fahrlehrer, ‚da es doch höchste Zeit sei, dass er Auto fahren lerne'. Ihm machte sie damit allerdings tatsächlich eine Freude. – An sich war Annes Anwesenheit Eskander aber sehr peinlich, und er entschuldigte sich dafür mehrmals bei Michael, der ihm aber nur lachend auf die Schulter klopfte.

Nach zwei Wochen erschien der Alpenklub-Vorsitzende – Eskander hatte schon vergessen, dass er mit ihm und Michael ‚Wichtiges' besprechen wollte: „Michael, du musst deinen Freund für den Rest des Sommers entbehren. Wir bauen oben am Tasman Saddle eine Schutzhütte und brauchen dringend einen erfahrenen Bergsteiger, der die Landvermesser betreut und auch notfalls selbst einmal zupacken kann. Wir müssen dazu am Gletscher ein Camp einrichten, das auch einer ständigen Aufsicht bedarf." Und sich an Eskander wendend: „Wir bieten sehr gute Bezahlung und werden Sie unbedingt auch die nächsten Jahre brauchen, wenn die Hütte gebaut wird. – Übrigens – ich bin James, zu dir habe ich ja schon immer Eskander gesagt, weil ihr Hunzaleute scheinbar nur einen Namen habt. Komm, schlag auf mein Angebot ein!"

Eskander überlegte blitzschnell und erkannte die Chance, endlich selbst Geld zu verdienen und sich andererseits aus der Vereinnahmung durch Anne lösen zu können und schlug spontan ein.

„Na, da wird Anne toben", war Michaels trockener Kommentar, während Judith bloß feixte.

„Da bist du wenigstens dem Mount Cook und seinen Eisfällen direkt gegenüber und kannst gleich eine neue Route für uns beide im nächsten Jahr auskundschaften", waren Michaels Abschiedsworte, als Eskander bereits wenige Tage später von James abgeholt wurde.

Anne, die Eskander zuerst eine große Szene gemacht hatte und ihn der Undankbarkeit zieh, hatte ihn beim Abschied aber schon wieder um den Finger gewickelt und das Versprechen abgenommen, dass er den Winter bei ihr verbringen werde.

## *XVII*

Der fast 3000 Meter hohe Tasman Saddle wurde vom eisbedeckten Mount Tasman überragt, war bis auf einige eisfreie Felsen selbst voll vergletschert, und von ihm wälzte sich der breite Tasman-Gletscher bis hinunter in die Nähe von Hermitage. Direkt gegenüber mündeten die gewaltigen Eismassen des Hochstätter-Eisfalls, der am Mount Cook seinen Anfang nahm, in einen wild zerklüfteten Gletscherkessel. – So fand sich Eskander in einer höchst vertrauten Umwelt und war voll in seinem Element.

Zusammen mit freiwilligen Helfern des Alpenklubs erkundete er den sichersten Weg zum Sattel, markierte ihn mit Fähnchen, verlegte Aluminiumleitern über mehrere Spalten und schleppte tagelang Lasten nach oben. Bei den „Kiwis", wie die Neuseeländer sich selbst gerne bezeichneten, galt er bald als der ‚Schneetiger des Karakorum'.

Bald war ein Camp mit Küchenzelt und Messezelt eingerichtet, und die Vermesser und der Baumeister mit seinen Helfern konnten ihre Arbeit beginnen. Eskander sicherte sie an heiklen Stellen und zeigte ihnen die besten Wege. Schon wenig später legte er zusammen mit James den endgültigen Standort der Hütte fest. Zwischendurch übernahm er auch die Rolle des Kochs, und bald waren sein ‚Scherbet', das viel besser als das übliche Porridge schmeckte, sowie seine Tschapati-Brotfladen bekannt.

Da der Herbst eine längere Schönwetter-Phase verhieß, wurde die Zeit genützt und gleich mit dem mühsamen Hochtransport des Baumaterials begonnen, das schon in Hermitage bereitlag. Aus Kostengründen konnte nur ein Teil mit Helikoptern, die bereits für das kommende Frühjahr bestellt waren, hinaufgebracht werden.

James trommelte bis hinunter nach Dunedin Freiwillige zusammen, und so hatte Eskander alle Hände voll zu tun, um immer genug Schlafplätze im Camp bereit zu haben, denn der Aufstieg mit Lasten beanspruchte für die Träger einen vollen Tag. Zwischendurch stieg er, wenn Not am Mann war, auch immer wieder selbst ab, um dann in Rekordzeit eine doppelte Last hinaufzutragen.

Als James, der seine Funktion ja ehrenamtlich ausübte, seinen gesamten Urlaub verbraucht hatte, konnte er ruhigen Gewissens die Leitung des Unternehmens ‚Saddle Hut' an Eskander übergeben und fand sich nur noch an den Wochenenden ein.

An solch einem Wochenende fiel Eskander aus allen Wolken, als sich in James' Schlepptau – halb gezogen und halb geschoben – Anne befand. James konnte nur schnell flüstern: „Hoffentlich ist es dir recht?", als sie sich wie ein Teenager mit Eskander vor lauter Übermut auch schon im Schnee wälzte.

Ob der ungewohnten Höhe nach Luft schnappend, teilte sie den Umstehenden aber dennoch unverzüglich mit, dass

Eskander ihr Verlobter sei und sie mit ihm heute den Schlafsack teilen werde. Als dieser vor Schreck fast einen Luftsprung machte, brüllte alles vor Lachen, und er musste die Frage über sich ergehen lassen, ob er nun wegen der überraschenden Verlobung oder wegen der zu erwartenden Anstrengung in 3000 Metern Seehöhe so erschrocken sei. Als er in seiner Verlegenheit nichts anderes zu sagen wusste, als dass er gar keinen Doppelschlafsack besitze, schleppte man sofort Decken und Pullover herbei, um den „frisch Verlobten" ein warmes Nest zu bereiten.

Sie hatte für Eskander aber auch einen Brief von Karok mitgebracht, und er war richtig froh, dass sie sehr über Höhenkopfweh zu klagen begann und sich noch vor dem Abendessen aus dem Messezelt in seinen Schlafsack zurückzog, damit er den Brief in Ruhe lesen konnte.

Das Schreiben erwies sich auch als sehr inhaltsschwer. Karok schrieb: „Der König ist schon bald nach deiner Flucht von der pakistanischen Regierung ‚als der letzte Feudal-Rest in der Republik' abgesetzt worden. Teils aus Gram darüber, teils wegen einer Prophezeiung des Bitans von Altit, der den Todeszeitpunkt auf den Tag genau vorausgesagt hatte, ist er genau ein halbes Jahr später verstorben. Und der Kronprinz darf sich nicht mehr König nennen, hat die Regierung verfügt. Damit, mein lieber Eskander, verschwindet wieder ein wichtiger Teil unserer Kultur. Wenn du nur im Lande wärst, es sollten so viele Probleme geklärt werden.

Oberstleutnant Dschaffer war übrigens kürzlich mit einem Jeep hier, denn der Karakorum Highway ist für kleine Geländefahrzeuge schon recht gut befahrbar – er will aber demnächst sogar mit dem Helikopter hier landen –, und bat mich, dir zu schreiben, dass du dich noch nicht herwagen solltest. Es könne allerdings nicht mehr lange dauern, bis du offiziell rehabilitiert wirst. – Ja, deiner Frau und Tochter geht es gut; vielleicht freut es dich, wenn ich dir sage, dass sie dich kaum vermissen." Und der Brief schloss mit der Bemerkung, dass es Karok leid täte, nicht mit Nilufar in Verbindung treten zu können.

Eskander wurde von einer Welle des Heimwehs übermannt und erzählte James, der dabeisaß und schon beim dritten Gin angelangt war, von seiner Trauer um den König und ließ seine Heimat Hunza in leuchtenden Farben vor ihm erstehen.

„Ich komme, sobald du wieder daheim bist als Trekking-Gast zu dir, dieses prächtige Land muss ich kennen lernen! – Übrigens, solltest du dich nicht um deine ‚Verlobte' kümmern?"

Eskander hatte so gar keine Lust, stapfte aber doch zu seinem Zelt hinüber, wo er Anne zu seiner großen Erleichterung in tiefem Erschöpfungsschlaf vorfand. In den frühen Morgenstunden wurde er jedoch durch einen baren Busen geweckt, der über sein Gesicht strich: „Liebling, hast Du schon oft in so großer Höhe Sex gemacht …?"

Nach dem Frühstück führte Eskander Anne zu einer völlig ebenen, spaltenfreien Gletscherfläche unterhalb des Sattels und fragte sie, die viel von Kleinflugzeugen verstand, ob man hier nicht mit Schneekufen landen könne, wie er das schon auf Bildern auf Schweizer Gletschern gesehen habe: „Ja, das müsste gehen, ich werde gleich veranlassen, dass die Leute vom Klub sich solche Kufen aus der Schweiz kommen lassen, was aber bis zum Frühjahr dauern wird. Wenn du mitfliegst und den Piloten einweist, wird es sicher der eine oder andere wagen."

James war von der Idee begeistert, denn er hatte sich schon Gedanken über die Auslastung gemacht, da die geräumige neue Schutzhütte mit der relativ geringen Zahl der reinen Bergsteiger kaum profitabel geführt werden könnte.

„Da können wir sogar normale Touristen herauffliegen und sie am nächsten Tag wieder abholen."

„Dazu braucht es dann aber auch genügend Bergführer, wenn Unerfahrene hier ausschwärmen sollen."

„Das versteht sich von selbst."

„Und nachher", warf Anne lachend ein, „schickt ihr sie in Raftingbooten auf dem Tasman-River, der durch mein Farmgelände fließt, bis zum neuen Restaurant, das ich bauen werde."

Der schon längst überfällige Wintereinbruch bereitete allen Aktivitäten am Tasman Saddle schon wenige Tage später ein abruptes Ende.

Nach ein paar Tagen bei Michael fand sich Eskander bei Anne ein, hatte sie doch versprochen, ihm das Autofahren endgültig beizubringen. Nach einigen Wochen war er dann auch so weit, er konnte in Dunedin die Fahrprüfung mit Erfolg ablegen und war stolzer Besitzer einer Driving-licence.

Eskander fieberte schon wieder dem Frühjahr entgegen, ließ sich von Anne keine Stunde zurückhalten und war schon im Oktober ständig bei James in Hermitage, um den Bau und – wenn möglich auch noch in dieser Saison – die Fertigstellung der Hütte voranzutreiben.

Absolut unersetzlich geworden, beaufsichtigte er den gesamten Baufortschritt, bewältigte nicht selten den vierstündigen Abstieg und sechsstündigen Aufstieg nach und von Hermitage in einem Tag, um unten noch verschiedene Baumaterialien zu ordern und mit Handwerkern zu verhandeln. Zwischendurch kümmerte er sich auch noch um neugierige Bergsteiger.

Er war so beschäftigt und ging so in seiner Arbeit auf, dass er sogar die mit Michael beabsichtigte gemeinsame Besteigung des Mount Cook auf nächstes Jahr verschob.

Anne, die unbedingt auch in die Aktivitäten rund um die neue Schutzhütte einbezogen werden wollte, hatte inzwischen tatsächlich den Fliegerklub in Dunedin für den Ankauf von aufklappbaren Schneekufen in der Schweiz begeistern können.

Der Pilot, der das Wagnis einer Landung am Tasman-Gletscher als Erster versuchen sollte, bestand aber darauf, dass ein völlig Ortskundiger bei ihm im Cockpit sitzen müsste. Eskander vermaß die Streckenlänge genau, beseitigte in mehrtägiger Schwerarbeit am Eis einige Unebenheiten und füllte mit Hilfe einiger Freiwilliger des Alpenklubs auch zwei kleine Gletscherspalten auf, damit die Landepiste ja lange genug war. James sollte als „Bodenpersonal" fungieren, rechtzeitig einen Windsack aufstellen und allenfalls mit vereinbarten Handzeichen Hinweise geben.

Dann war es endlich so weit, Eskander stieg noch am Vorabend des geplanten ersten Versuches nach Hermitage ab, wo ihn Anne erwartete und in einer Nachtfahrt nach Dunedin brachte.

Bei klarem Wetter starteten sie am nächsten Morgen mit dem Flugzeug. Der Pilot hatte mit den ungewohnten Kufen schon trainiert, hatte aber die Sorge, ob die neu eingebaute Vorrichtung zum Hochklappen der Räder auch einer häufigeren Belastung standhalten würde.

Etwas mühsam überwand die einmotorige Maschine beim Anflug einige Pässe. Als sie sich schließlich dem Mount Cook-Massiv näherten, war Eskander von der phantastischen Eiswelt fasziniert. Der Pilot schraubte die Maschine längs der Kaskaden des zerrissenen Franz Joseph-Gletschers in mehreren Kreisen hoch, überflog den höchsten Punkt nur um etwa zwanzig Meter und wurde von stürmischen Fallwinden empfangen. Das gebrechliche Flugzeug wurde schwer durchgerüttelt, und ehe Eskander sich in Richtung des nunmehr ganz nahe gelegenen Tasman-Saddle orientieren konnte, befanden sie sich in einer der Nebelbänke, die hier auf der Westseite des Gebirges nicht selten waren.

Eskander sah, dass der Pilot in Panik geriet und griff von der Seite her in das Steuerruder, um den Kurs zu halten. Anstatt aber gleichzeitig das Höhenruder zu ziehen, drückte der Pilot das Flugzeug etwas nach unten. Als die Nebelbank sie eine Minute später abrupt wieder in gleißendes Sonnenlicht entließ, befanden sie sich bereits unterhalb des Tasman-Saddles im engen Kessel des Hochstätter-Eisbruchs. Der Pilot begriff sofort, dass sie nur mit einigen ganz engen Schleifen aus dem Eisgewirr herauskommen könnten, drückte die Maschine in äußerste Schräglage und gab Vollgas. Die erste Kurve gelang, wobei sie um ein Haar zwei Eistürme streiften, aber noch immer waren sie aus dem Kessel nicht draußen. Ob auch die zweite Schleife gelingen würde, war sehr fraglich – und dann geschah das Wunder, das noch nach Jahren diskutiert wurde: Im selben Moment löste sich vom Mount Cook eine mächtige Staublawine und stürzte in den Kessel hinein. Ihr gewaltiger Luftdruck riss das Flugzeug wie in einem Fahrstuhl nach oben und warf es regelrecht aus dem Eisgewirr heraus.

Schneestaub drang durch alle Ritzen des Cockpits und nahm ihnen für lange Sekunden total die Sicht. Wieder ergriff Eskander, der die Nerven im Gegensatz zum Piloten nicht verloren hatte, das Ruder und schlug instinktiv den richtigen Kurs ein.

James und den anderen Zusehern war das Herz fast stehen geblieben, als sie sahen, wie die Maschine in den Eisbruch hinuntergedrückt wurde und brachen in ein frenetisches Jubelgeschrei aus, als die Lawine das schier Unglaubliche bewirkt hatte ...

Als der Pilot zwei-, dreimal mit wackelnden Tragflächen über sie hinwegdonnerte, rissen sie sich fast die Arme vor freudigem Winken aus, und James vergaß, den Windsack wieder aufzustellen, hatte doch der Luftdruck der Lawine bis zu ihnen herübergereicht.

Noch einmal drehte der Pilot eine Schleife, Eskander lehnte sich kurz mit hochgestrecktem Daumen aus dem Seitenfenster, und dann setzte das Flugzeug schon holpernd auf den Kufen auf und kam mit aufheulendem Motor sogar schon vor den aufgefüllten Spalten zum Stehen.

Der Pilot und Eskander verharrten längere Zeit wie versteinert in ihren Sitzen und brachen dann zugleich in ein hysterisches Lachen aus. Ehe James und die Männer sie draußen auf die Schultern hoben und wie verrückt im Kreis herumtrugen, rang sich der Pilot noch die Worte ab: „Ich habe dir wohl zu danken, dass du zweimal in die „Speichen" gegriffen hast, obwohl ich dich eigentlich bei der Flugbehörde anzeigen müsste."

Nach einigen Stunden der Erholung, wobei der Pilot mit Eskander immer wieder das unglaubliche Geschehen durchsprach, startete er problemlos und drehte zum Abschied noch ein paar Ehrenrunden. Vorher hatte er Eskander allen Ernstes eingeladen, doch den Flugschein zu machen.

Die Zeitungen ganz Neuseelands waren voll von den Ereignissen am Tasman Saddle, und James erzählte auch Edmund Hillary, mit dem er öfters zusammentraf, wenige Wochen später von Eskander.

Dies hatte zur Folge, dass Sir Hillary im Herbst zwischen zwei Nepal-Terminen extra zur Hütte heraufstieg, die schon im nächsten Frühjahr eröffnet werden sollte. Er wollte den berühmten Hunza-Mann unbedingt kennen lernen und unterhielt sich stundenlang mit ihm über die Verhältnisse in seiner

Heimat. Er stellte auch einen Besuch Hunzas in Aussicht und versprach, sich umgehend bei der pakistanischen Regierung für Eskanders Rückkehr einzusetzen.

Zu Annes Ärger hatten der Fliegerklub von Dunedin sowie der Bergsteigerklub Eskander eine ‚Gratis-Ausbildung' zum Geschenk gemacht.

Eskander war selig – nicht so Anne: „Es reicht mir, dass einer meiner Männer abgestürzt ist; außerdem bist du bald fünfzig und damit sowieso zu alt fürs Fliegen."

„Wenn es jemandem reicht, dann mir! Erstens bin ich nicht einer deiner Männer, und wegen des Alters würde ich selbst einmal in den Spiegel schauen."

Mehr brauchte es nicht. Ein Wort ergab das andere – mit dem Resultat, dass Eskander seine wenigen Sachen packte und wieder bei Michael „um Asyl" bat ... nicht ohne dass Anne ihm noch nachgerufen hätte, dass dort die inzwischen achtzehnjährige Pamela scheinbar schon auf ihn warte.

Eskander übersiedelte für die Wintermonate nach Dunedin, fand bei netten Leuten eine angenehme und nicht zu kostspielige Bleibe und ging ganz in der Fliegerei auf. Er stürzte sich mit Feuereifer in die Theorie und büffelte die halben Nächte durch. Zusammen mit dem Fluglehrer durfte er aber auch bald seine ersten Start-und Landeversuche machen – er schien der geborene Flieger zu sein.

„Schade, dass du erst so spät mit der Fliegerei angefangen hast", hörte er von allen Seiten.

Die Krönung für ihn war nach fünf Monaten aber nicht alleine der Flugschein, sondern eine Landung am Tasman-Gletscher – allerdings mit dem Fluglehrer an seiner Seite: Es war ein ausnehmend warmer Tag, und der Schnee war sehr aufgeweicht, sodass Eskander bei der ersten Berührung der Kufen mit dem Gletscher eine eigenartige Haftung spürte, die zu einer Bruchlandung mit der ‚Schnauze im Schnee' hätte führen können. Er gab Vollgas, zog die Maschine instinktiv noch einmal in die Höhe und stellte beim nächsten Landen das Höhenruder geringfügig an, sodass sich die Kufen nicht eingraben konnten.

„Meisterlich!", war das einzige, das der Fluglehrer herausbrachte.

Eskander erhielt vom Klub das Angebot, in der Hauptsaison zusammen mit anderen Piloten Touristen auf den Tasman-Saddle zu fliegen – man wolle dazu in Hermitage eine kleine Landebahn asphaltieren, aber auch zwei neue viersitzige Flugzeuge anschaffen.

Er sagte begeistert zu, wurde aber von James daran erinnert, dass er sich schon als Hüttenwart verpflichtet hatte. Man einigte sich schließlich darauf, dass er in Notfällen einspringen würde – außerdem könne das Ganze sowieso erst ein Jahr später realisiert werden.

Die ‚Tasman Saddle-Hut' wurde, wie die meisten neuseeländischen Schutzhütten, teilweise als Selbstversorgerhütte geführt, wobei die Touristen zwar eine volle Vorratskammer mit Preisliste vorfanden, sich aber an mehreren Gas-Kochstellen ihr Essen selbst zubereiten mussten. Zuerst war an eine Versorgung durch Helikopter gedacht worden, aber Eskander vermochte James und die anderen Herren des Vorstandes zu überzeugen, dass gelegentliche Transporte mit dem Schneekufen-Flugzeug viel billiger kämen – und diese führte er natürlich selbst aus, zumal er eine gewisse Anzahl von Flugstunden jährlich absolvieren musste, um den Flugschein zu behalten.

Immer wenn er nach Dunedin kam, wurde er von den Piloten und den Leuten der Flugschule mit großem Hallo begrüßt und kam nach mehreren Bier- und Gin-Runden häufig erst in den Morgenstunden ins Bett, musste aber bereits wenige Stunden später seinen Versorgungsflug durchführen. – „Mir macht das bisschen Alkohol überhaupt nichts aus!", entgegnete er kurz angebunden, als ihn einer der älteren Kameraden dazu einmal unter vier Augen Vorhaltungen machte.

Zwischendurch hielt sich Eskander immer bei Michael und Judith auf, wo er nun schon fast als Familienmitglied galt und im Farmbetrieb bei Bedarf voll zugriff.

Seit er sich von Anne zurückgezogen hatte, war er auch in Pamelas Gunst wieder gestiegen, ja sie himmelte ihn noch mehr als früher an. Sie fand sein Fliegerabzeichen, das er stets auf der Jacke trug, umwerfend schick und bekniete ihn, sie doch einmal auf einen Gletscherflug mitzunehmen. Sie hatte inzwischen eben das College abgeschlossen und verbrachte ein Jahr daheim, ehe sie dann auf die Universität gehen sollte.

Eskander empfand ihre Nähe als sehr angenehm, war sich aber im Klaren, dass er sie unbedingt auf Distanz halten musste; das war er schon ihren Eltern schuldig. So vermied er es tunlichst, mit ihr allein zu sein.

Inzwischen hatte sie auch von ihren Eltern die Erlaubnis erbettelt, Eskander bei seinem nächsten Versorgungs-Flug auf den Tasman-Gletscher begleiten zu dürfen. Ursprünglich hätte auch Judith mitfliegen sollen, aber Eskander erfuhr über das Telefon erst im letzten Moment, dass nur eine zweisitzige Maschine startbereit war.

So brachte Judith sie nur nach Dunedin – die kleine Rollbahn in Hermitage war nämlich noch immer nicht fertig – und winkte ihnen mit gemischten Gefühlen nach. Judith hatte zwar überhaupt keine Sorgen wegen Eskanders fliegerischen Fähigkeiten, aber sonst kannte sie ihre Tochter doch zu gut …

Es war ein herrlicher Spätherbsttag bei Windstille und klarer Sicht von Ozean zu Ozean, was Eskander noch selten erlebt hatte. Er zog ein paar Extraschleifen rund um den Mount Cook, flog dann hinüber zum Mount Sefton, um ihr die Westwand aus anderer Perspektive zu zeigen, und landete butterweich auf der festgestampften Gletscherpiste.

Überraschenderweise waren die beiden Helfer, Alpenklubmitglieder, mit denen er sich per Funktelefon verabredet hatte und die beim Entladen helfen sollten, nicht anwesend, und auch Bergsteiger waren wegen der fortgeschrittenen Jahreszeit nicht mehr viele unterwegs, sodass die Hütte im Moment offensichtlich unbemannt war. Sie stand aber oben am Tasman-Saddle, und der Aufstieg zu ihr nahm ohne Lasten immerhin eine halbe Stunde in Anspruch. So packte Eskander sich eine Ladung auf – Pamela hatte auch ohne Gepäck mit der dünnen Luft genug zu kämpfen. In der Hütte fanden sie eine Nachricht vor, dass der eine Kamerad nach Verlust seiner Gletscherbrille schneeblind geworden sei und sie daher beide heute absteigen mussten.

Pamela war nicht imstande, den Weg vom Flugzeug zur Hütte nochmals zu machen, sondern kümmerte sich um einen heißen Tee, während Eskander noch dreimal, immer schwer bepackt, auf und ab ging.

Inzwischen war es späterer Nachmittag geworden, und als Eskander mit der letzten Last bei der Hütte eintraf, machte Pamela darauf aufmerksam, dass sich unter ihnen eine geschlossene Nebeldecke gebildet hatte, was allerdings für schöne Herbsttage nichts Ungewöhnliches war. Dennoch trieb Eskander nun zur Eile, denn der Nebel stieg manchmal bis zum Sattel herauf.

Sie verschlossen die Hütte noch bei strahlendem Sonnenschein, als sie aber zwanzig Minuten später unten beim Flugzeug standen, waren sie schon in eine dichte Nebelsuppe eingehüllt, aus der heraus ein Start lebensgefährlicher Leichtsinn gewesen wäre.

„Jetzt sitzen wir bis morgen Vormittag hier fest. Erst wenn die Sonne höher steigt, drückt sie den Nebel wieder tiefer hinab."

Pamela strahlte: „Eskander, das macht doch nichts. Es gibt doch oben genug Decken und mehr als genug zu essen. Ich habe mir vorhin die Speisekammer angesehen und werde dir zeigen, dass ein College-Girl auch kochen kann."

„Ja, aber deine Eltern. Wir müssen sie umgehend verständigen."

„Ihr habt doch ein Funktelefon oben in der Hütte."

„Hoffentlich sind die Batterien voll."

So stapften sie beide wieder hinauf, und Eskander befasste sich sofort mit dem Telefon, aber die Batterien waren leer. Es blieb ihm nichts anderes übrig, als nochmals zum Flugzeug abzusteigen und zu versuchen, Kontakt mit dem Flugplatz zu bekommen.

Es wurde bereits finster, und Pamela machte sich schon Sorgen, als sie endlich seine Schritte wieder hörte. Er war vom feinen Nebel und vom schnellen Aufstieg regelrecht mit Raureif bedeckt.

„Ich habe es fast eine Stunde lang immer wieder umsonst versucht, weil niemand mehr im Kontrollturm anwesend war. Dunedin ist ja kein internationaler Flugplatz. Es war ein Zufall, dass einer Putzfrau das blinkende Rotlicht aufgefallen ist und sie dann jemanden herbeigeholt hat. – Man wird deine Eltern verständigen."

„Mhm, hier riecht es ja bereits köstlich."

„Ich habe eine Dose mit Würstchen geöffnet und diese brutzeln schon. Möchtest du dazu grüne Bohnen oder Gurken?"

„Ich dachte, das College-Girl wird ein mehrgängiges Dinner kochen ..."

„Sieh lieber zu, dass du etwas vernünftiges zu Trinken auftreibst. Ich habe außer Tee nichts gefunden. Und schon nach kurzem Sitzen kriecht einem die Kälte in die Glieder."

„Ja, weißt du, Alkohol können wir hier nicht zur Selbstbedienung anbieten; es ist ja schon großartig – so etwas wäre selbst bei unseren ehrlichen Leuten in Hunza unmöglich – dass man hier den Hüttengästen volles Vertrauen mit der ständig zugänglichen Vorratskammer und einer offenen Kasse schenkt. – Aber ich habe natürlich mein doppelt abgeschlossenes Geheimversteck ... Trinken College-Damen überhaupt scharfe Sachen?"

„Hast du eine Ahnung!"

Neben dem Abspülen und Saubermachen des Tisches war Pamela schon beim zweiten Gläschen Whisky angelangt, während Eskander sich lieber an den Gin hielt.

„Weißt du, ich mag Gin so besonders gerne, weil er doch aus Wacholderbeeren gebrannt wird und der Wacholder ist unsere heilige Pflanze."

„Du musst mir mehr darüber erzählen. Aber komm, setzen wir uns lieber auf die Matratzen, da ist es nicht so kalt wie auf den Holzbänken."

Rücken an Rücken, jeder eingehüllt in eine Decke, Whisky und Gin in greifbarer Nähe, machten sie es sich gemütlich.

Eskander empfand die Nähe des jungen und doch schon so fraulichen Körpers, der ihn plötzlich an Nilufar erinnerte, besonders angenehm, und da brach es in einer Mischung aus Heimweh und Sehnsucht förmlich aus ihm heraus, er erzählte und erzählte ... Von den Peris und Bitans, von seinem Vater, von den Jagderlebnissen, von der eigentümlichen Sitte der Milchbruderschaft, vom Tham und vielem mehr.

Pamela unterbrach ihn nur ganz selten, wenn sie etwas gar

nicht verstehen konnte. Bei seiner Schilderung der Peris wollte sie ihm aber nicht widerspruchslos folgen: „Du weißt doch, dass die Feen reine Märchen- und Phantasiegestalten sind. Die gibt es doch nicht wirklich. Vielleicht sind es eben schöne blonde Frauen, die bei euch gelegentlich auftauchen – so wie etwa die Zigeuner in Europa."

„Nein, Pamela! Die Feen gibt es wahrhaftig. Es können sie jedoch nur wenige Auserwählte sehen ... Wenn mich nicht alles täuscht, habe ich von euren Maoris ähnliches gehört."

„Nein, das kann ich nicht glauben!"

„Und doch ist es so!"

Da sie nur ungläubig den Kopf schüttelte, entfuhr es ihm mehr oder weniger ungewollt: „Ich bin aber der Milchbruder einer ganz bestimmten Fee", und er fügte noch das Wort ‚leider' hinzu.

„Das verstehe ich überhaupt nicht!"

Eskander nahm einen weiteren ordentlichen Schluck Gin. „Gut, dann erzähle ich dir alles – ich habe noch nie jemanden belogen!"

Und so erzählte er weiter ... Pamela drehte sich um, legte ihm die Hände auf die Schultern und hing wie gebannt an seinen Lippen: „Und sie hat dir ihre Brust förmlich in den Mund gezwungen und du durftest sie dennoch nicht lieben, weil ihr von dem Moment an wie Geschwister wart?"

„So ist es!"

Pamela hielt kurz inne, streifte sich den Pullover ab und zog ihre Bluse hoch. Sie trug darunter keinen Büstenhalter und presste ihren Busen an sein Gesicht: „Meine Brust kannst du aber nach Herzenslust küssen, ohne dass ich deine Schwester werde!" Gleichzeitig drückte sie ihn auf die Matratze nieder.

Das war für Eskander zu viel: Die festen Vorsätze, sich mit dem um so viel jüngeren Mädchen nicht einzulassen, schmolzen dahin. Er begann die beiden festen Brüste zu streicheln und sodann leidenschaftlich zu küssen.

„Ja, ja! – Ach, Eskander, ich sehne mich nach dir, schon seit ich dich das erste Mal gesehen habe. Ich möchte dir meinen ganzen Körper schenken. Ich bin auch so froh, dass du dich von dieser grässlichen alten Schachtel Anne wieder abgewandt hast." Und sie begann sein Gesicht unter Tränen ihrerseits mit Küssen zu bedecken.

Sie schlüpfte blitzschnell aus ihrer Berghose und schauderte einen Moment vor Kälte. Eskander blieb nichts anderes übrig, als sie in die Arme zu nehmen, zwei Decken über sie beide zu breiten und sie an sich zu pressen.

„Komm ganz zu mir! Bitte, bitte! Ich muss dich in mir fühlen!"

„Nein, Pamela, ich streichle dich nur, du darfst deinen Körper nicht an einen so alten Esel verschwenden. Dein künftiger Ehemann wird von dir sicherlich erwarten, dass du noch Jungfrau bist."

„Du Dummer! Diese alten Vorurteile gibt es längst nicht mehr. Die Jungs auf dem College im letzten Jahr waren einfach zu scharf hinter uns her."

Eskanders Widerstand erlahmte: „Aber, wir können kein Baby riskieren! Bei Anne habe ich mir da keine Sorgen gemacht, die wusste sich schon zu helfen."

„Ja, hast du noch nie etwas von der Pille gehört?"

„Was soll das für eine Pille sein?"

„Das erkläre ich dir später ..."

Eine so wilde und leidenschaftliche Nacht hatte Eskander noch nie erlebt. Beide schliefen eng umschlungen bis in den späten Morgen hinein, als Eskander plötzlich hochschnellte und zum Fenster stürzte. Er hatte geträumt, dass Nilufars Schwestern sein Flugzeug in einen Abgrund gestoßen hätten. – Tatsächlich hatte er gestern vergessen, es mit den Schnee-Ankern zu vertäuen. Aber zum Glück stand es ganz friedlich, von den ersten Sonnenstrahlen beschienen, unten am Gletscherboden.

„Pamela, höchste Zeit, dass wir uns aufmachen, sonst schicken sie uns noch ein Suchflugzeug."

Die Nebeldecke hatte sich während der Nacht wieder abgesenkt, und so zog er voll Übermut im gleißenden Sonnenlicht Schleife um Schleife, um vor Pamela die bizarre Gletscherwelt in all ihrer Herrlichkeit auszubreiten. Er drehte erst in Richtung Dunedin ab, als die Treibstoffanzeige nur mehr einen Spritvorrat für zwei Stunden anzeigte. – Es war, als ob er gefühlt hätte, dass mit diesem Flug ein Lebensabschnitt für ihn zu Ende wäre …

Pamelas Blicke wechselten fasziniert ständig zwischen seinem scharf geschnittenen, voll konzentrierten Gesicht und der großartigen Bergwelt, und als sie in Dunedin ausrollten, war es ihr, als ob sie aus einem Traum erwachte.

Diesmal war Michael mit dem Auto da, um sie abzuholen..

Eskander konnten nur sagen: „Also wurde euch Gott sei Dank die Nachricht durchgegeben!", als Pamela ihrem Vater schon jegliche Antwort vorwegnahm und hervorsprudelte, was sie alles erlebt habe: Vom Nebel, vom großartigen Flug über die Eisbrüche, von der neuen Schutzhütte, von Eskanders Anstrengung, die Lasten alleine hinauftragen zu müssen, von ihren Kopfschmerzen und … ja und …

Sie hörte erst auf, als der Vater lachend sagte: „Aber jetzt scheinen deine Kopfschmerzen schon vergangen zu sein …"

Bei der Heimfahrt herrschte etwas betretenes Schweigen, das Michael unterbrach, indem er zwei Briefe für Eskander aus der Tasche zog. Der eine hatte Dschaffer als Absender, der andere kam von Korak.

Eskander riss sie begierig auf, und Pamela, die, während er las, verstohlen sein Gesicht betrachtete, erkannte an der plötzlich strahlenden Miene, dass es gute Nachrichten waren.

„Michael, hurra! Ich kann sofort wieder nach Hause zurückkehren! Ich bin sogar von einem Untersuchungsgericht ganz offiziell für unschuldig erklärt worden."

„Das freut mich für dich riesig!"

Pamelas Gesicht wurde aschfahl und bat ihren Vater plötzlich, das Auto anzuhalten, da ihr übel geworden sei. Sie stürzte hinaus, verschwand hinter einen Busch, heulte sich dort aus und kehrte erst, mühsam die Tränen unterdrückend, nach längerer Zeit wieder zurück, während Eskander nach wie vor in seine Lektüre versenkt war.

Der Vater erriet, was in ihr vorging, tätschelte ihr die Hand und rang sich dann doch zu den Worten durch: „So ist es wohl am besten!"

„Ach, Vater …!"

Judith, die sich große Sorgen wegen Pamela machte, war

mehr als froh, als sie von Eskanders ‚guten Nachrichten' hörte, obwohl er ihr in seiner angenehmen Art wie ein liebes Familienmitglied bereits ans Herz gewachsen war. Sie hatte während der letzten Wochen ständig Pamelas schwärmerische Blicke mit zunehmender Sorge wahrgenommen.

Nichts konnte Eskander mehr aufhalten. Die nächsten Tage waren mit hektischen Telefonaten um die beste Flugverbindung und mit einer Reihe von Abschiedsbesuchen ausgefüllt. Michael borgte ihm dazu sein Auto, und so pendelte er mehrmals zwischen Hermitage und Dunedin hin und her. Bei James hatte er noch eine ausstehende Entlohnung abzuholen, und als er sein Bankkonto auflöste, hatte er zur eigenen Überraschung eine erkleckliche Summe in der Hand, die zwar für Neuseeland nicht übermäßig viel bedeutete, mit der er aber daheim einiges anfangen konnte. In den Regierungsdienst wollte er nämlich keinesfalls mehr zurück, das hatte er sich schon längst überlegt.

Ein großes Besäufnis war der Abschiedsabend mit den Flieger-Kameraden, die ihn alle in den nächsten Jahren ‚mit Sicherheit' einmal aufsuchen wollten. Sehr steif verlief hingegen der Besuch bei Anne, die mit ihm bei Tea and Biscuits belanglose Konversation machte – nur beim Abschied küsste sie ihn plötzlich heftig auf den Mund und zischte „Du Schuft! Daheim wartet wohl ein Harem voller junger Frauen auf dich!"

Pamela, die um das endgültige Ende ihrer kurzen Liebe wusste, ging ihm ständig aus dem Weg, bis er aber selbst einen ungestörten Augenblick suchte und sie in die Arme nahm: „Liebes, meine Gedanken werden oft bei dir sein. Du aber sollst mich möglichst rasch vergessen. Du bist noch so jung und ich könnte dein Vater sein ... Du findest sicher einen feinen Mann unter deinen ‚Jungs'."

Pamela schluchzte auf und klammerte sich an ihn: „Das mit den ‚Jungs' war eine Lüge von mir. Du warst mein erster Mann, und ich kann und werde dich nie vergessen ... Warum musstest du nur gerade jetzt diesen Brief erhalten?"

„Weißt du, vielleicht hat meine Peri über den halben Erdball hinweg ihre Finger im Spiel. Sie will nicht, dass liebe junge Damen unglücklich werden ..."

Pamela hatte einen plötzlichen Einfall: „Ich werde dich bald einmal in Hunza besuchen. Ich muss auch mehr über die Peris in Erfahrung bringen!"

„Ja, wenn du dein Studium in Christchurch beendet hast, lässt du dir von deinem Vater diese Reise als Geschenk machen. Das ist eine gute Idee. Wir werden gemeinsam eine Trekkingtour zu den schönsten Plätzen unternehmen."

Eskander erwiderte ihren leidenschaftlichen Kuss nur flüchtig, küsste aber statt dessen immer wieder ihre Hände: „Weißt du, das ist Hunza-Brauch."

Pamela fühlte, dass er in Gedanken schon längst wo anders war und ließ ihn los …

## *XVIII*

Als die Maschine in Singapur aufsetzte und Eskander dort ein ‚layover' über sich ergehen lassen musste, erschien ihm der dreijährige Aufenthalt in Neuseeland schon weit zurückzuliegen. Er wälzte sich im heißen Hotelzimmer die halbe Nacht schlaflos von einer Seite auf die andere, denn es gab irgendein Problem mit der Kilmaanlage, stand dann auf, duschte sich und ging, vom Nachtportier argwöhnisch beäugt, im kleinen Garten des Hotels zwischen den exotischen Bäumen auf und ab. Er war voller brennender Erwartung die Heimat wiederzusehen, wunderte sich aber selbst, dass er kaum an seine Frau und Tochter, wohl aber an Onkel Karok und vor allem an seine Freunde in Gilgit dachte. Wie weit war der Karakorum-Highway gediehen? Was machte sein Polopferd? Hatte Muhamad das Haus auch gut versorgt? – In Baltit wollte er sich nie mehr niederlassen, nein, dort war der geistige Horizont zu eng. Trekking? Ja, vielleicht sollte er in Gilgit eine Trekking-Agency gründen, dann könnte er öfters mit Trekking-Gästen auch nach Hunza kommen. – Nilufar … mhm … die musste er wohl bald aufsuchen …

Als er in Karachi am nächsten Abend ziemlich gerädert landete und am Flugplatz das riesige neue Hotel sah, war er tief enttäuscht, so einen Betonkasten auch in seiner Heimat vorzufinden. Er war mit sich und der Welt unzufrieden, da ihm nichts anderes übrig blieb, als gleich dort zu nächtigen, weil er schon früh am Morgen einen Flug nach Islamabad bekam – wenigstens funktionierte hier die Klimaanlage ...

Von Islamabad begab er sich gleich hinüber nach Rawalpindi, um sich eine Buskarte nach Gilgit zu besorgen, erfuhr dort aber, dass es seit vergangenem Jahr eine tägliche Flugverbindung nach Gilgit gab – gute Sicht vorausgesetzt. Das reizte ihn sehr.

Tatsächlich konnte er noch ein Ticket für nächsten Tag ergattern und war sehr überrascht, am Flugplatz eine neue zweimotorige Fokker vorzufinden. Bei bestem Wetter hoben sie ab, und Eskander nahm mit den beiden Piloten sofort Kontakt auf, ob er sie ‚als Fliegerkollege' im Cockpit besuchen dürfe. Zwischen die beiden Piloten gekauert, sah er bereits nach dreißig Minuten unter sich die Märchenwiese, direkt daneben die gewaltige Nordseite des Nanga Parbat, und dann schwenkte die Maschine schon in das Gilgit-Tal ein und landete sanft auf einer neuen Asphalt-Rollbahn. Jetzt erst hatten die Piloten Zeit, Eskander genauer unter die Lupe zu nehmen, da ihnen unterwegs einige fachkundige Bemerkungen gezeigt hatten, dass er von der Fliegerei viel verstand. Da sie sofort wieder zurückfliegen mussten, versprach er ihnen, bei Gelegenheit in Islamabad von Neuseeland zu erzählen.

Eskander nahm sich einen Träger für seine beiden großen Reisetaschen und marschierte vor sich hin summend die halbe Stunde in den Ort hinein. Der Weg führte am Basar vorbei, wo er gleich von mehreren Männern erkannt wurde. Sie stürzten herbei und rissen sich förmlich darum, ihm die Hand zu küssen.

„Eskander Khan, du bist wieder da. – Endlich gibt es wieder spannende Polospiele. – Es kann sich ja bald niemand mehr ein Polopferd leisten. Du hast sicher viel Gold mitgebracht! –

Wir wissen, dass du am anderen Ende der Welt warst. Dort werden doch große Goldbrocken gefunden, nicht so dürftige Mengen wie bei uns in den Flüssen."

Solche und andere Fragen begleiteten ihn bis vor sein Haus,

das er zur großen Erleichterung unverändert vorfand. Als er durch das Tor in den ummauerten Garten trat, fiel ihm ein Stein vom Herzen, denn der kleine Garten war bestens gepflegt.

Er hatte seine Rückkehr niemandem angekündigt, und so fiel der getreue Muhamad fast in Ohnmacht, als ihm sein Herr plötzlich gegenüberstand.

„Herr, ich habe zwar von Oberst Dschaffer erfahren, dass Ihr wahrscheinlich innerhalb der nächsten Wochen zurückkehren werdet – aber so schnell ...!"

„So, so, Oberst ist er schon geworden! Da hat er sich wohl an der Kaschmirgrenze ausgezeichnet. Na, da muss ich ihm sofort einen Boten schicken."

„Herr, das ist nicht nötig. Der Herr Oberst hat vor einigen Monaten dafür gesorgt, dass wir ein Telefon bekommen. Er hat die Kosten einstweilen selbst übernommen."

„Hat er dir auch – so wie ich es mit ihm vereinbart hatte – deinen Lohn weiterbezahlt?"

„Ja ... nach einem Jahr hat er sich erinnert, ich musste ihn aber zuerst selbst daran erinnern."

„Na, ich werde dir alle Außenstände sofort vergüten."

„Das ist alles nicht wichtig – Hauptsache, Ihr seid wieder da!"

Eskander ließ sich kopfschüttelnd beim Telefonapparat nieder und entdeckte dort auch eine Liste des Postamtes, auf der die Gesprächspartner in der Umgebung verzeichnet waren. Viele waren es nicht, und in Hunza gab es gar nur zwei Anschlüsse: den Kronprinzen und die Polizei.

Da fiel ihm auch plötzlich wieder ein, dass der Mir ja gestorben war – wie würde es wohl in Hunza ohne einen ‚Tham' weitergehen? Würde der Kronprinz vielleicht in die Rolle des Tham schlüpfen? Nein, wohl eher nicht, hatte der König doch zu seinen Lebzeiten schon eine Reihe von Zeremonien als ‚unzeitgemäß' selbst nicht mehr durchgeführt – und dennoch schien die Fruchtbarkeit Hunzas nicht abzunehmen – oder vielleicht doch?

Dschaffer wurde erst am Abend wieder in der Kaserne erwartet, aber mit Brigadier Saram konnte eine Verbindung hergestellt werden: „Was, Eskander, du bist´s? Wie freue ich mich, die Stimme meines tüchtigsten Mitarbeiters wieder zu hören. Komm doch herüber ins Kasino zum Mittagessen."

Eskander wurde respektvoll von den anwesenden Offizieren begrüßt, und Saram bat um Verständnis, sich mit seinem Gast an einen eigenen Tisch zurückziehen zu dürfen: „Du siehst blendend aus. Die Jahre scheinen spurlos an dir vorüberzugehen. In Neuseeland gab es sicher viele ‚Blondies', welche dir das Leben versüßt haben!"

Eskander war vom Wiedersehen zu sehr berührt, um vorerst auf den lockeren Ton einzugehen: „Saram, ich weiß, dass ich es dir alleine zu verdanken habe, meine Heimat so rasch wiedersehen zu können. Wenn das alles den üblichen bürokratischen Lauf genommen hätte, wären sicher nochmals drei Jahre daraus geworden."

„Ich habe getan, was menschenmöglich war – habe auch mit Bakschisch bei den Beamten etwas nachgeholfen, dass deine Akten immer wieder auf dem Schreibtisch des Justizministers landeten – aber der letzte Durchbruch geschah über das Außenamt dank der Intervention von Sir Hillary, der inzwischen ja Botschafter Neuseelands in Nepal geworden ist."

Und sodann erzählte Saram, wie er die Verleumdungen des chinesischen Dolmetschers aufgedeckt hatte, der bloß in seiner Ehre gekränkt war und „sein Gesicht verloren hatte". Als Sohn eines hohen Politfunktionärs hatten ihm die chinesischen Behörden natürlich alles geglaubt. Erst die unter Eid protokollierten Zeugenaussagen der damals anwesenden Pakistani hatten schließlich die Wende gebracht, und der Dolmetscher war endlich abgezogen worden. Bei der Erwähnung der Chinesen verdüsterte sich Sarams Gesicht: „Sie sind zwar unglaublich fleißige Arbeiter und haben Hervorragendes im Brückenbau geleistet, aber mit ihren Offizieren kann man keine normalen menschlichen Kontakte aufbauen. Scheinbar sind sie durch die augenblicklich laufende ‚Kulturrevolution' ihres größenwahnsinnigen Vorsitzenden völlig verunsichert. Dazu kommt noch, dass Menschenleben für sie überhaupt nichts bedeuten. Sie arbeiten derzeit unterhalb von Altit am Hunzafluss und bauen auch eine Brücke hinüber nach Nager, was übrigens auch euren Kontakten mit den ‚lieben Freunden jenseits des Flusses' zugute kommen wird. Stell dir vor, sie haben bisher schon an die vierhundert Arbeiter durch Steinschlag und Erdrutsche verloren, davon allein rund hundert im Bauabschnitt zwischen Gulmit und Karimabad. Dabei wurde dieser Bereich von den Geologen als stabil eingestuft, was aber überhaupt nicht stimmt. Auch wir hatten übrigens gerade im Bereich der Hunza-Dörfer bisher die größten Verluste an Menschenleben zu beklagen."

Saram sah Eskander forschend an: „Manchmal habe ich das Gefühl, dass eure Berggöttinnen – an die du ja felsenfest glaubst – hier ihre Finger im Spiel haben."

Eskander schüttelte nachdenklich den Kopf: „Wie viele Arbeiter sind überhaupt im Einsatz?" „Du wirst es nicht glauben, an die zehntausend Chinesen und noch einmal um die Hälfte mehr Arbeiter und Sodaten von uns."

„Das ist ja gigantisch! So wird also die Straße bald fertig?"

„Mit Jeeps kann man jetzt schon fahren, aber durchgehend asphaltiert und für Lastwagen benützbar wird der Highway erst in einigen Jahren sein. – Aber nun, Eskander, erzähl von dir! – Ich nehme mir heute Nachmittag frei und wir gehen in meine Privatwohnung."

Eskander musste alles genau berichten – immer wieder von staunenden Fragen unterbrochen – und als sich später auch Dschaffer dazugesellte, musste er sogar einiges wiederholen. Dschaffer hatte sofort das Fliegerabzeichen an Eskanders Jacke bemerkt und hörte sich fasziniert die Geschichte der Gletscherflüge an.

„Da könntest du ja sogar noch Hubschrauberpilot werden – aber leider wird es sich nicht mehr lohnen, denn wir sind beide schon fast zu alt. Ich darf gerade noch zwei Jahre fliegen. Bei der Altersgrenze sind sie sehr streng. Kleine Flächenflugzeuge kannst du aber bei laufenden Gesundheitstests bis ins höhere Alter steuern."

Es war schon Abend, als Dschaffer Eskander noch nach Hause begleitete, da dieser erwähnt hatte, aus dem ‚Duty free' in Singapur eine Flasche Gin mitgebracht zu haben.

Beim dritten Gläschen löste sich Eskanders Zunge, und er erzählte seinem Freund von der heißblütigen Anne – das Abenteuer mit Pamela war ihm aber zu wertvoll, als dass er es hier preisgegeben hätte. Er berichtete auch von seinen beträchtlichen Ersparnissen, mit denen er sich in Gilgit ein größeres Haus bauen werde. Schließlich beratschlagten sie dann lang und breit Eskanders berufliche Zukunft.

„Weißt du, die Beziehung zu Frau und Tochter in Baltit habe ich leider gänzlich verloren. Es geht ihnen nicht schlecht, wie mir Onkel Karok geschrieben hat, die Landwirtschaft reicht zum Leben, und sie sind offensichtlich zufrieden. Natürlich werde ich die Tochter mit einer entsprechenden Mitgift ausstatten, wenn es einmal so weit ist."

„Am besten du heiratest eine zweite Frau; hier in Gilgit gibt es genug ismailitsiche Familien, wenn dir daran besonders gelegen ist."

„Ich würde sogar eine Christin oder auch eine Schiitin heiraten, die engen Schranken sind bei mir längst gefallen, aber da muss ich mich vorher noch genau umsehen. Was mich traurig macht, ist mein zunehmendes Alter, einen ‚Achttausender' werde ich wohl nicht mehr besteigen können. – Aber ich habe da an das neumodische ‚Trekking' gedacht. Wenn ich eine Trekking-Agency gründete, käme ich wenigstens in den Bergen herum ..."

„... und hübsche ausländische Touristinnen sind auch dabei ... wolltest du wohl sagen."

„Dschaffer du denkst auch immer nur an das eine ..."

„Nicht immer, denn jetzt hätte ich gerne noch einen ordentlichen Schluck ... cheers!"

„Die neuseeländischen Flieger sagen aber ‚bottoms up!', wenn sie das Glas in einem Zug geleert haben", fügte Eskander mit schon etwas schwerer Zunge an.

„Weißt du, die Christen haben´s gut, bei denen ist der Alkohol sogar ein Teil der Religion. Ich wundere mich, wie du dich da wieder mit der Heuchelei unserer pakistanischen Religionswächter zurechtfinden wirst."

„Ehrlich gesagt, das ist der einzige Punkt, der mir die Rückkehr in die Heimat ein wenig verleidet hat."

„Du musst eben deine Verbindungen nach Hunza wieder spielen lassen."

So zechten die Freunde noch eine Weile weiter, bis sich Dschaffer doch mit schwankendem Schritt erhob. Er hatte seinen Chauffeur, der sie beide hergebracht hatte, schon längst heimgeschickt, weil dieser in der Nähe wohnte. Er lenkte des Abends öfters selbst das Fahrzeug.

Eskander, der nicht viel, aber doch um einiges nüchterner war, bestand darauf, ihn heimzubringen und selbst das Auto zu steuern. Dschaffer, der nicht wusste, dass sein Freund inzwischen fahren gelernt hatte, lehnte dies kategorisch ab. So blieb Eskander nichts anderes übrig, als sich neben Dschaffer zu setzen, der sofort ein Umfassungsmäuerchen streifte. Als Eskander ihn vom Fahrersitz wegzerren wollte, wurde er wütend. Eskander stand daraufhin im offenen Jeep auf, um notfalls abspringen zu können. Als Dschaffer weiterhin einen Zickzack-Kurs fuhr, stellte Eskander sich hinter ihn auf den Sitz und griff von hinten in das Lenkrad, das er an heiklen Stellen immer wieder korrigierte. Dschaffer betätigte Kupplung und Gas leidlich richtig, während Eskander auch mit der Handbremse gelegentlich eingriff.

Verkehrspolizei gab es damals in Gilgit noch nicht, sonst wäre es ihnen wohl schlecht ergangen. Eskander lieferte seinen Freund vor dessen Gartentor ab und fuhr dann selbst nach Hause, wobei ihm Dschaffer das Dienstauto, da er offensichtlich so gut fahren konnte, gleich „schenkte".

Am nächsten Vormittag wurde Eskander von Dschaffers Chauffeur geweckt, der das Auto abholte. Verschmitzt lachend sagte er: „Mein Chef lässt ausrichten, dass er das Auto gestern gar nicht habe verschenken können, weil es Staatseigentum sei."

Inzwischen klingelte auch schon das Telefon und Dschaffer fragte, ob Eskander auch so einen dumpfen Kopf habe. Wegen eines Autos würde er aber raten, bei der Militärwerkstätte nachzufragen, dort würden immer wieder ausgemusterte Jeeps, die aber noch recht fahrtüchtig seien, auch offiziell verkauft.

Eskander hatte sich sowieso schon gefragt, ob es nach dem Bau der Straße überhaupt zweckmäßig sei, zu reiten, da es schon sehr viel Baustellenverkehr – und wie er bereits gestern festgestellt hatte – auch erstaunlich viel privaten Verkehr gab.

Gesagt, getan! Schon nach drei Stunden war er Besitzer eines Jeeps, der zwar offensichtlich noch aus britischen Militärbeständen stammte und dessen Meilen-Anzeige nicht mehr funktionierte, der aber sonst voll fahrtüchtig war. Dem Chef-Mechaniker war durch die großzügig angebotene Summe nämlich „plötzlich eingefallen", dass beim letzten Abverkauf ein Wagen übriggeblieben war.

Heilfroh über den Allradantrieb des Jeeps ratterte er am nächsten Vormittag, voll beladen mit Reservekanistern und vier Autostoppern, die er unterwegs aufgelesen hatte, die steilen Kurven nach Baltit hinauf.

Als er in einer kleinen Staubwolke in der Nähe seines Hauses anhielt, humpelte Onkel Karok eben ums Eck. „Malika, Malika, schnell, Eskander ist da!

Beide lagen sich wohl eine Minute lang in den Armen, ehe Eskander seiner Tante beim Handkuss zuvorzukommen suchte. Dann war aber auch schon ein voll erwachsenes Mädchen da, das Eskander die Hand küsste. Als er ihr bei der Erwiderung kurz in die Augen blickte, erkannte er erst seine Tochter: „Asrul! Du bist ja zur Frau herangereift!", war das einzige, das er im Moment herausbrachte.

Verlegen betrachteten sich beide, bis sie sich einen Ruck gab: „Ich muss Mutter vom Feld holen, sie wird sich wundern, hat sie doch kürzlich noch gesagt, dass sie gar nicht mehr glaube, dich je wiederzusehen."

Eskander sah ihr betreten nach. Malika unterbrach die angespannte Situation: „Sie sieht dir ähnlich und ist auch im Kopf ganz der Vater. Ja, du wirst es kaum glauben, aber sie besucht schon seit zwei Jahren die ‚Karim Aga Khan-Highschool', die erste höhere Mädchenschule in Hunza – gleich unterhalb des alten Baltit-Schlosses wurde sie errichtet."

Karok sorgte dafür, dass alle weiteren familiären Erörterungen, die nun wohl zwangsläufig folgen mussten, im Hausinneren geschahen, indem er Eskander aufforderte, doch nachzusehen, wie hübsch Asrul die beiden Räume eingerichtete habe. Inzwischen hatte sich nämlich eine große Anzahl neugieriger Nachbarn eingefunden, die Eskander mit Fragen bestürmten.

„Er läuft euch nicht davon und wird in den nächsten Tagen schon seinen ‚nachbarlichen Pflichten' nachkommen", scheuchte der mit seinen achtzig Jahren noch unglaublich rüstige Karok die Leute weg.

„Tante Malika, ich bin so froh, dass ihr beide so gut ausseht! Habt ihr meine Briefe erhalten?"

Karok erwiderte lachend: „Überschwemmt hast du uns mit Nachrichten nicht. Es waren insgesamt drei – und der letzte kam vor einem halben Jahr. Zum Glück hat uns dein Freund Dschaffer vor einigen Wochen die Nachricht zukommen lassen, dass du bald zurückkehren wirst. Dulat wollte es nicht glauben, nachdem du in deinem letzten Brief von deiner Pilotenausbildung, den Gletscherbergen und den netten Menschen deiner Wahlheimat geschrieben hast."

Eskander nahm das Thema rasch auf, ehe Asrul und Dulat zurück waren: „So sehr ich euch allen, meine Lieben, zugetan bin, aber hier in Baltit kann ich mich nicht mehr niederlassen, da ist mir alles zu eng." Und seine Stimme senkend: „Auch verbindet mich mit Dulat gar nichts mehr. Ich werde mir vielleicht eine zweite Frau nehmen und jedenfalls in Gilgit eine neue Existenz aufbauen."

Karok nickte verstehend: „Ja, einen Mir als Auftraggeber gibt es nicht mehr, und auch die Pioniere werden dich – zumindest so lange die Chinesen im Lande sind – nicht mehr beschäftigen können. Dass du mit Dulat nie eine richtige Ehe geführt hast, ist ja nichts neues. Hast du schon irgendwelche Pläne?"

„Ich denke an eine Reiseagentur für gut zahlende Gäste, denen ich – zusammen mit einigen Helfern – unsere Bergwelt, aber auch die Besonderheiten unserer großartigen Hunza-Kultur zeigen möchte. Aber sag mir schnell noch was anderes: Haben Dulat und Asrul auch keinen Mangel gelitten? Ich habe ein schlechtes Gewissen, besonders nachdem ich zu meiner Freude gesehen habe, dass Asrul eine höhere Schule besucht, was Bargeld erforderlich macht."

„Du hast ein riesiges Glück. Dulat ist so bescheiden, dass sie mit dem Wenigen, das die Landwirtschaft abwirft, ihr Auskommen findet und scheinbar auch recht zufrieden ist. Für Asrul bin allerdings ich in den beiden letzten Jahren etwas in die Bresche gesprungen.Ich war mir sicher, dass du mir die Auslagen irgendwann ersetzen wirst."

„Onkel, auf dich war immer schon Verlass! Ja, mir geht es finaziell recht gut. Flugzeug kann ich mir zwar keines kaufen, aber für einen Jeep hat es gereicht."

Karok lachte: „Na, deine Peris werden sehr enttäuscht sein, wenn sie dich mit diesem stinkenden Teufelszeug beobachten."

Dulat hatte die letzten Worte glücklicherweise nicht mehr gehört. Verlegen standen sich die beiden einen langen Augenblick gegenüber, bis sich Dulat doch zum Handkuss entschloss, Eskander es ihr aber im selben Augenblick gleichtat.

Asrul überbrückte die peinliche Situation: „Ich habe Mutter schon berichtet, dass du mit einem Auto gekommen bist und auf deiner Jacke auch das Abzeichen eines Piloten trägst."

„Ja, ja. Mach lieber rasch das Feuer an, damit unser Gast", Dulat räusperte sich, „damit dein Vater einen Tee und etwas zu essen erhält, er wird sicher hungrig sein.

„Ich danke dir, dass du meine – ah – unsere Tochter hast in die High School einschreiben lassen."

Dulat gab sich einen Ruck: „Das hast du einzig und allein Karok zu verdanken, ich bin nach wie vor der Meinung, dass Mädchen so etwas nicht brauchen. Es genügt, wenn sie in der Volksschule lesen und rechnen lernen. Was fangen sie schon mit Englisch und dem anderen Kram hier bei uns an? Außerdem kosten die Schulbücher viel zu viel, und eine eigene Schuluniform haben sie auch eingeführt, als ob unsere bescheidene, aber zweckmäßige Kleidung nicht gut genug wäre."

„Mutter, du siehst das nicht richtig. Unsere Lehrerinnen sagen uns immer wieder, dass wir mit dieser Ausbildung einmal einen guten Beruf ergreifen können."

„Da haben wir es ja. Beruf, Beruf. Wenn ich das schon höre. Unser Beruf liegt bei der Bestellung der Äcker und bei den Rindern und Ziegen. Und natürlich auch in der Familie."

Bei diesen letzten Worten wand sich Dulat ab und konnte die Tränen nicht unterdrücken.

Asrul umarmte ihre Mutter spontan und sah ihren Vater vorwurfsvoll von der Seite her an.

Eskander war die Situation äußerst peinlich, und er war mehr als froh, dass Malika sich einmengte: „Nun, da Eskander wieder im Land ist, wird er sich schon um die finanziellen Auslagen für Asrul kümmern."

„Das ist doch selbstverständlich. Und wenn Asrul die Schule hier beendet hat, zieht sie zu mir nach Gilgit, wo es bis dahin hoffentlich schon eine Higher Secondary School auch für Mädchen geben wird."

Dulat löste sich aus Asruls Umarmung: „Du kommst also nicht mehr zurück nach Baltit?"

„Aber nein, besuchen werde ich euch immer wieder ..."

Dulat erwiderte darauf nichts mehr, sondern breitete das Esstuch am Boden aus und stellte Eskander Tee, Brot und saure Milch hin, lud aber auch die anderen mit einer Handbewegung zum Mitessen ein.

Karok und Malika verabschiedeten sich aber und boten Eskander an, bei ihnen drüben zu schlafen, da Asrul sich auf der Männer-Schlafseite eine kleine Arbeitsecke zur Erledigung ihrer Schulaufgaben eingerichtet hatte. Eskander stimmte dem erfreut zu und konnte so einer weiteren Peinlichkeit entgehen.

Schon am nächsten Morgen fand sich Eskander im Schloss ein, um der Königinwitwe und dem Kronprinzen nachträglich sein Beileid zu bekunden. Die Witwe empfing ihn sofort und spazierte mit ihm hinauf zur schlichten Grabstätte, die nach muslimischem Brauch nur mit einer blanken Steinplatte und dem eingemeißelten Sterbedatum versehen war. Eskander erzählte ihr von der christlichen Sitte, die Gräber an den Sterbetagen zur Erinnerung an die Toten jedes Jahr mit Blumen zu schmücken, was ihr sehr gefiel.

„Mein Sohn ist in Islamabad. Man hat ihm dort im Parlament einen Sitz als Abgeordneter und Vertreter Hunzas angeboten, was er natürlich annehmen musste, obwohl er als Beauftragter der Aga Khan-Stiftung für Hunza auch daheim sehr viel Arbeit hat. Seine Heiligkeit Karim Aga Khan baut nämlich, wie du sicher gemerkt hast, überall Schulen, sendet landwirtschaftliche Berater und hat auch schon zwei Sanitätsstationen in Bau. Er will die Leute auch zum Bau von kleinen Hotels anregen, weil er meint, dass die wirtschaftliche Zukunft in Hunza beim Tourismus liegen wird. – Ich bin ja mit all dem nicht einverstanden, weil ich jeden Tag sehe, wie ein weiteres

Stück unseres schönen, alten Hunza verschwindet." Sie seufzte auf: „Ja, Eskander, die Dynastie der ‚Himmlischen', wie das Volk unser Geschlecht nennt, ist leider wohl endgültig ausgelöscht. Mein Sohn lässt sich von den Leuten auch nicht mit ‚Tham' anreden. Er meint, dass dies nicht mehr ‚zeitgemäß' sei ..."

Die vornehme alte Dame bekam feuchte Augen, und Eskander, von ihrer nachdenklichen Traurigkeit angesteckt, verließ das Schloss mit gesenktem Kopf, hatte keine Lust, sich unterwegs mit irgendjemandem auf ein Gespräch einzulassen und verspürte plötzlich das dringende Verlangen, Nilufar zu treffen.

Als Karok sah, dass er sich bereits nach dem Mittagessen gewissenhaft wusch und seiner Reisetasche ein sauberes Hemd entnahm, wusste er sofort, was Eskander vorhatte.

Es war ein heißer Sommertag, und so kam Eskander gehörig ins Schwitzen, als er den Bergpfad hinaufstapfte. Rundum gleisten die Eisgipfel, und er wurde wieder einmal von Glücksgefühlen erfasst, als talaus ‚sein Rakaposhi' immer mächtiger die großartige Berg-Szenerie beherrschte.

Er stellte mit Genugtuung fest, dass auch ganz junge Wacholderpflänzchen, eine Lieblingsspeise der Ziegen, zu sehen waren, die Hirten mit ihren Ziegen also nach wie vor zum ‚geheimen Platz' am Gelben Felsen nicht vordrangen.

Eskander entfachte wie immer ein Feuerchen, setzte sich so, dass er den Rauch nicht direkt einatmen musste und war überglücklich, die geliebte Heimat vor seinen Füßen ausgebreitet zu sehen. Vom Karakorum Highway war hier oben erfreulicherweise nichts zu bemerken. Die grünen Oasen, weiter draußen die braungelben Schuttwüsten, darüber die weißen Gletscher und der blaue Himmel, alles verschwamm vor seinen Augen. Lange saß er so, als er auf einmal zarten Aprikosenduft wahrnahm und gleichzeitig durch ein Räuspern aus seinen Betrachtungen aufgeschreckt wurde:

„Nicht wahr, schön ist unser Hunza. Ein heiliges Fleckchen Erde. Seit einigen Jahren aber so sehr geschunden! – Komm, lass dich umarmen. Du hast also deine Schwester doch nicht vergessen."

Nilufar wehrte seinen Handkuss ab und drückte ihn, wie einen verlorenen Sohn, lange an sich.

„Du bist uns Peris so sehr abgegangen. Wir hätten nämlich manches mit dir zu besprechen. Ich weiß schon, dass du für deine lange Abwesenheit nichts kannst, und du bist ja auch jetzt sofort gekommen. Allerdings mit diesem grässlich stinkenden Fahrzeug – komm lass dich riechen – nein, Ahuramazda sei dank, ich rieche nichts von diesem Höllenstoff, mit dem ja wohl auch die eisernen Vögel betrieben werden. Besonders schlimm sind diese Libellen, mit denen auch dein Freund Dschaffer fliegt. Er soll nur ja immer den Talboden entlang fliegen, wenn er schon glaubt, Hunza entweihen zu müssen und ja nicht zu uns herauf kommen. Einige der radikalen Schwestern haben schon gesagt, dass es ihm da schlecht ergehen würde. – Aber ich rede viel zu viel. Ich will ja vor allem einmal von dir wissen, wie es dir ergangen ist. Du musst mir alles genau erzählen."

Eskander breitete seine Jacke am Boden aus und begann, durch viele kluge Fragen unterbrochen, von Neuseeland zu berichten. Nilufar wollte auch über seine Freundinnen alles erfahren und ließ nicht locker, bis sie alle Details wusste. Als er von der äußerst gefährlichen Situation mit dem Flugzeug im Eisbruch berichtete, warf sie überraschenderweise ein: „Ach ja, da hat euch eine Staublawine aus dem Kessel herausgeblasen."

Eskander war verblüfft: „Wie kannst du das wissen?"

„Ja, wie kann ich das wissen? Ich glaube, dass ich es geträumt habe. Hast du vielleicht in dieser Situation an mich gedacht?"

„Ja, das habe ich allerdings!"

Eskander schaute Nilufar tief in die Augen: „Es wäre nicht das erste Mal, dass du mich gerettet hast!"

Sein Blick glitt dabei über die lieben, so vertrauten Züge, und da wurde ihm auf einmal erschreckend bewusst, dass da keine junge Frau mehr neben ihm saß. Die Augen strahlten zwar nach wie vor, aber es gab überall Falten im Gesicht, die sich auch über den Hals hinunterzogen. Ja, und auch der Busen war zwar voll, aber nicht mehr straff, und das noch immer glänzende Haar war von grauen Fäden durchsetzt.

„Was blickst du mich so forschend an?"

„Ach nichts!"

„Du siehst wohl viel Kummer und manchen Ärger in meinem Gesicht? Wunder wäre es keines. Seit der König tot ist, haben wir Peris ein Stück unseres Selbst verloren. Stell dir vor, auf einmal gibt es nur noch zwei, drei Bitans in ganz Hunza. Die jungen Bitans wollen alle nicht mehr mit uns in Verbindung treten, ja sie schämen sich vor den Leuten. Es sei alles ‚Aberglauben', sagen sie. Auf einmal sind ja alle so gescheit geworden. – Sag mir, stimmt es wirklich", wechselte Nilufar das Thema, „dass Menschen am Mond gelandet sind? So einen Unsinn lehren sie die Kinder in der Schule, und dann wundern sich die Lehrer, dass die Eltern ihre Kinder nicht mehr in die Schule schicken wollen."

Als Eskander bejahte und sie auch auf die Satelliten aufmerksam machte, welche Nilufar und ihre Schwestern sicher schon am Nachthimmel als rasch bewegte Lichtpunkte gesehen hätten, sagte sie nur: „Also du auch!", und schaute ihn traurig an.

„Aber du glaubst doch wenigstens noch an uns?"

„Wie sollte ich nicht, wo du doch wahrhaftig neben mir sitzt."

Als Nilufar plötzlich aufschluchzte, war es Eskander, der sie in die Arme nahm. Ihm war dabei erstmals bei einem Zusammensein mit Nilufar zumute, als ob er seiner Mutter und nicht der unerreichbaren Geliebten das Gesicht streichelte.

Er küsste ihre Hände, was sie geschehen ließ. Und dann rang sie sich noch eine Frage ab, die ihr scheinbar besonders am Herzen lag: „Sag mir, nehmen die Frauen jetzt wirklich eine Medizin ein, damit sie keine Kinder bekommen? Ich habe Mädchen dabei belauscht, sie gehen übrigens in dieselbe Schule wie deine Tochter, die ständig von einer ‚Pille' getuschelt haben. Wenn das stimmt, dann sterbt ihr Hunzakuts sowieso aus, und dann brauchen wir Peris auch nicht mehr leben – übrigens schmerzen mir jetzt manchmal meine Glieder, so wie ich das von den alten Frauen in euren Dörfern immer höre. – Schau mich an, bin ich vielleicht älter geworden?"

Eskander war sehr verwundert, dass die Peri, die sonst alles wusste und erahnte, ihre eigene Situation scheinbar nicht erkannte. Ihr die Wahrheit zu sagen, konnte er sich aber nicht entschließen: „Aber nein! Du bist eine wunderschöne Frau – nur leider nie meine Geliebte geworden …"

Letzteres lenkte Nilufar von ihrer Frage ab und sie seufzte: „Wie gerne hätte ich dir ganz gehört. Aber sag einmal, was ist denn nun mit Dulat? Ihr habt euch wohl ganz auseinandergelebt. Nimm dir doch eine zweite Frau." – Und wieder ganz energische Peri: „Ich sehe schon, ich muss mich für dich draußen in Gilgit umsehen – hier sind dir die Mädchen ja zu dümmlich, wie ich deinen Gedanken entnehmen kann. Versprich mir nur eines: Heirate keine von diesen westlichen Frauen, denn die wollen euch Männer nur unterjochen – und diese komischen Pillen essen sie auch … Versprich es mir!"

Sie nahm Eskander an beiden Armen und rüttelte ihn, der stumm geblieben war, regelrecht durch.

„Ja, natürlich, das verspreche ich dir! … Aber keine wird auch nur annähernd an dich herankommen …!"

„Ach, deine Worte tun mir gut! – Ich weiß schon, du hast jetzt draußen in Gilgit viel zu tun, aber lass dich trotzdem bald wieder sehen …"

Und abermals schluchzte Nilufar auf. Eskander wollte ihr wieder die Tränen trocknen, ertastete aber nur noch für einen Augenblick ihr Gesicht, aus dem ihm ein Kuss auf den Mund gehaucht wurde …

Als Eskander wie gewohnt mit langen Schritten zu Tal eilte, war ihm eigenartig zumute. Er musste sich immer wieder umdrehen und bei dem Gedanken an Nilufar war ihm, als ob eine eiserne Faust sein Herz zusammenpresste …

In Baltit hielt es ihn nicht lange, wohl aber versprach er Asrul, sie bald einmal über das Wochenende abholen zu wollen.

„Vater zeigt mir die Pläne für das neue Haus, und außerdem ist von meinem Jahrgang noch keine im Auto ihres Vaters nach Gilgit gefahren", lag sie der Mutter freudestrahlend tagelang in den Ohren.

# XIX

Eskander stürzte sich in die Vorbereitungen zur Gründung eines Trekkingunternehmens. Dschaffer, mit dem er viel beisammen war, hatte den besseren Gesamtüberblick und riet ihm, unbedingt mit einer Agentur in Islamabad zusammenzuarbeiten, weil ja jemand die fremden Gäste bei ihrer Ankunft in Pakistan betreuen und für deren Weitertransport nach Gilgit sorgen musste. Außerdem wolle er als stiller Teilhaber mitmachen, was Eskander nur recht war, denn erste Kalkulationen ergaben doch beträchtliche finanzielle Erfordernisse. Es musste eine Kanzlei angemietet, ein zweites Auto sowie Zelte und Campingausrüstung angeschafft werden.

Die halben Nächte saßen sie über ihren Plänen beisammen, wobei ‚rotes Hunzawasser' und vor allem der über die chinesischen Arbeitsbrigaden sehr billig hereingeschmuggelte Mao Tai oft in Strömen floss und beide erst immer am späten Vormittag mit schweren Köpfen aufwachten.

Nach der ‚Alkohol-Fahrt', die sich in ganz Gilgit herumgesprochen hatte, bestand sogar Dschaffers Frau darauf, dass er an solchen ‚Arbeits-Abenden' gleich bei Eskander nächtigte: „Deine neidischen Offiziere werden dich noch beim Militärkommando in der Hauptstadt mit der Behauptung anschwärzen, dass du auch unter Alkoholeinfluss fliegst", sorgte sie sich mehr als einmal.

Dschaffer nahm Eskander so oft wie irgend möglich zu Aufklärungsflügen an die nahe Kaschmirfront mit. Dabei ergab sich manchmal die wetterbedingte Notwendigkeit, in die Karakorumtäler einzuschwenken und sodann über Nager und Hunza zurückzufliegen, womit Dschaffer seinem Freund aber scheinbar keine große Freude machte. Dschaffer wunderte sich, dass Eskander dabei immer bat, streng nur dem Flussverlauf zu folgen und ja nicht in die Bergflanken hineinzuschwenken.

„Aha, du willst deine Berggeister, besser gesagt, deine Feen, nicht stören!"

Eskander verlor dabei regelmäßig seine gute Laune, vor allem, wenn Dschaffer ihn damit hänselte, dass ein so gebideter und weit gereister Mann an Dämonen und Geister glaube.

Schon nach wenigen Monaten prangte das Schild ‚Hunza-Trekking' über dem Eingang eines erst wenige Jahre alten Hauses in der Nähe der neuen Moschee, nur ein kurzes Stück vom Basar entfernt. Die beiden Kanzleiräume und das angeschlossene Magazin waren von zwei leidlich Englisch sprechenden Absolventen der Secondary School besetzt, und Trekkingführer sowie Träger standen bei Bedarf unbegrenzt zur Verfügung.

Colonel Dschaffer' als Miteigentümer hatte auch in Islamabad Tür und Tor geöffnet, und so fand sich mit einem kleinen, aber soliden Reisebüro auch ein verlässlicher Partner in der Hauptstadt.

Inzwischen wuchs auch Eskanders neues Haus empor, und schon nach fünf Monaten war der geräumige Bau bezugsfertig. Über dem Gartentor prangten in Urdu und auf Englisch die Lettern ‚Hunza-Haus'. Dschaffers Frau, die als Namenspatin bei der Einweihung fungierte, war vor allem vom warmen Leitungswasser und den Spültoiletten hellauf begeistert. Als sie ihren Mann suchte, um ihn gleich schwören zu lassen, ebensolche Annehmlichkeiten in ihrem Haus einbauen zu lassen, stieg sie auch in den Keller hinunter, wo sie Lachen hinter einer verschlossenen Türe hörte, auf die jemand mit Kreide geschrieben hatte: ‚Kein Zutritt für Frauen und Schiiten!' Als sie dennoch hineinlugte, sah sie die beiden Freunde vor einer Wand mit kreisrunden Öffnungen stehen, in die Eskander eben sorgfältig Weinflaschen schlichtete. Sie schloss die Tür sofort wieder, hörte aber Dschaffer gerade noch sagen: „Lade doch einmal einen Kalifa von Hindi ein, dass er den ersten echten ‚Hunza-Weinkeller' in Gilgit einweiht."

Asrul weilte während sämtlicher Ferien zum Missfallen der Mutter in Gilgit und ging Eskander bei der Kanzleiarbeit zur Hand. Muhamad hatte sie zuerst nur argwöhnisch aufgenommen, als sie sich aber in die Haushaltsführung nicht einmengte, wurde sie sein erkorener Liebling, und er las ihre alle Wünsche von den Augen ab. Auf Asruls ständiges Bitten entschloss sich Eskander schließlich, seine Tochter bereits für das letzte Schuljahr nach Gilgit übersiedeln zu lassen.

Das Trekkinggeschäft war in Zusammenarbeit mit der Agentur in Islamabad augenblicklich angelaufen, und mit seinen beiden Trekkingführern waren bereits mehrere Gruppen erfolgreich zwischen Märchenwiese und den Gletschertrecks in Oberhunza unterwegs gewesen, nicht ohne dabei in den Hunzadörfern selbst Land und Leute kennenzulernen.

Eskander hatte noch keine Zeit gefunden, selbst einmal eine Trekking-Gruppe zu betreuen, obwohl mit seinem Namen als Rakaposhi-Erstbesteiger und seiner internationalen Erfahrung, die sich bis Neuseeland erstreckte, geworben wurde.

So kam ihm aber nun der Wusch einer deutschen Gruppe recht, die nach einigen Tagen in Hunza hinüber nach Chitral zu fahren wollte, um auch dem geheimnisumwitterten Volksstamm der Kalash einen Besuch abzustatten. Das hatte er lange schon selbst vorgehabt.

Die Gruppe bestand aus zehn jüngeren und älteren Semestern, und der erfahrene Reiseleiter hielt seine Leute offensichtlich recht gut zusammen, sodass es ein harmonisches Trekking zu werden versprach. Nachdem sie die übliche Hunza-Tour zwischen Hindi und Gulmit samt einenm Abstecher zum Hoper-Gletscher nach Nager absolviert hatten und Eskander unzählige Fragen über die legendäre Gesundheit und Langlebigkeit der Hunzakuts beantwortet hatte, kehrten sie nach Gilgit zurück.

Sie waren mit drei Jeeps unterwegs: zwei eigenen und einem angemieteten.

Gleich nach Gilgit gelangten sie von einer bewässerten Dorfoase in die andere. Die Häuser waren, anders als in Hunza, aus Flussrundlingen in Trockenbauweise errichtet und von ähnlichen Mauern umgeben. Hinter den Einfriedungen lugten Maulbeeren, Aprikosen und auch Weinreben hervor. Die begleitenden Bergzüge waren vorerst niedrig und auch auf den Spitzen schneefrei. In den Flusstälern erfreuten sie unzählige lila blühende Tamariskenbüsche. Es war Juli, und so stand auf den bewässerten Terrassen das gelbe Getreide schon schnittreif.

An der Abzweigung nach Yasin vorbei kam schließlich am Nachmittag die Ortschaft Gupis in Sicht, und hier geschah es, dass beim Miet-Jeep die Hinterachse brach. Der Schaden war leicht zu erkennen, und da Eskander hier sowieso für die Nacht die Zelte aufzustellen gedachte, ließ er das gesamte Gepäck auf dem Dorfanger abladen. Ein Jeep musste am nächsten Morgen sofort losfahren, um ein neues Fahrzeug aus Gilgit zu holen, denn Telefonverbindung gab es keine.

Die Trekker wussten, dass so etwas immer passieren konnte, und man richtete sich ohne Murren auf mindestens zwei Wartetage ein. Die Leute hier in Punyal, wie der Landstrich hieß, waren ebenso zugänglich und freundlich wie oben in Hunza und zur Überraschung der Trekker ebenfalls Ismailiten. So war auch die Tracht der Frauen mit den bestickten Blumenkappen jener von Hunza sehr ähnlich.

Eskander hatte umgehend den Lambardar aufgesucht und von ihm auf einem umfriedeten Grundstück einen hübschen Zeltplatz angewiesen bekommen.

Eskander brauchte kaum seinen Namen zu nennen, als man im Dorf auch schon wusste, wer er war. Viele kamen daraufhin herbei, um dem berühmten Eskander Khan die Hand zu küssen. Bald gab es ein richtiges Gedränge und großes Gelächter, als eine ältere Frau darauf verwies, dass er leicht zu erkennen sei, weil sein Foto monatelang an der Mauer des Bethauses ausgehängt gewesen war.

Nach dem Abendessen mit den Trekkern im Messezelt, bei dem er nur zusah, konnte Eskander nicht umhin, der Einladung des Lambardars in dessen Haus Folge zu leisten. Hier war die ganze große Familie versammelt, und er musste genau erzählen, warum er steckbrieflich gesucht worden war.

„Ich darf dir berichten, dass wir sogar für dein Wohlergehen mehrmals gebetet haben, nachdem das Gerücht umging, dass du einfach einige Chinesen verprügelt hast. Das ist im ganzen Gebiet auf große Zustimmung gestoßen, und wie wir jetzt aus deinem Mund hören, war es auch tatsächlich so", bemerkte der Lambardar mit großer Befriedigung.

Unter den dicht gedrängt sitzenden Frauen fiel Eskander eine nicht mehr ganz junge, aber auffallend hübsche Frau mit regelmäßigen Gesichtszügen und besonders lebhaften Augen auf. Sie verschlang ihn förmlich mit ihren Blicken, und als er vom chinesischen Dolmetscher und sodann auch von Neuseeland erzählte, entfuhr ihr mehrmals ein erstauntes oder zustimmendes ‚oh'. Sowie er sie daraufhin anblickte, errötete sie und wandte den Kopf für kurze Zeit ab.

Wenn ein Gast zugegen war, zogen sich die Frauen und Mädchen während des Abendessens der Männer nach altem Brauch für kurze Zeit zurück. Eskander nutzte diese Gelegenheit, den Hausherrn nach der auffallenden Frau mit der Blumenkappe und dem grünen Seidenschal darüber zu befragen.

„Das ist eine längere Geschichte, aber ich will es kurz machen: Kairul ist eine Verwandte aus Yasin, die bei mir so eine Art Asyl genießt. Sie hat erst kürzlich die Scheidung von ihrem Mann beim Ältestenrat durchgesetzt. Du kannst dir vorstellen, wie energisch und klug sie sein muss, um so eine Prozedur durchzustehen. Sie konnte nachweisen, dass ihr Mann, der im Winter als Wollhändler bis Lahore hinunter kam, sie nicht nur ständig mit einer Frau im Nachbardorf betrogen hat, sondern in Lahore sogar eine Ehe mit einer reichen Witwe eingegangen ist, ohne ihr als erster Frau davon Mitteilung zu machen. Damit hat er eindeutig gegen das islamische Eherecht verstoßen und da auch ihr erstes Kind vor kurzem verstorben war, hat der Ältestenrat schließlich ihrem Drängen nachgegeben."

„Und wie verhält sich ihr Mann dazu?"

„Der fühlt sich natürlich besonders in seiner Ehre gekränkt und hat geschworen, sie wieder zurückzuholen. So hat sie mir erst gestern anvertraut, dass sie sich auch hier nicht sicher fühle. Sie sei nur leider völlig mittellos und wüsste nicht wo sie sich verstecken könnte. Eine unangenehme Sache – auch für mich!"

Eskander tat die Frau leid, aber das Gespräch wandte sich anderen Themen zu. Als der Lambardar nach einer Weile sogar einen recht guten Maulbeerschnaps und schließlich ‚zur besonderen Ehre des Gastes' sogar eine verstaubte Flasche ziemlich süßen ‚roten Hunzawassers' aus seinem Geheimversteck holte, hatte Eskander das Schicksal der Geschiedenen bereits vergessen.

Als es Zeit zum Schlafen war, wollte der Gastgeber Eskander mit einer Fackel zum Zeltplatz geleiten. Dieser lehnte jedoch ab, weil er ja das kurze Stück immer nur den Begrenzungsmauern folgen müsse. Leicht benebelt, aber dennoch festen Schrittes, tastete er sich die Mauer entlang und erschrak heftig, als er in der Finsternis mit jemandem zusammenstieß. „Pst, erschreck nicht! Ich muss dich sprechen."

Es war Kairul. Eskander erkannte sie trotz der Dunkelheit sofort und nahm sie bei den Händen: „Was kann ich für dich tun?"

„Herr, nimm mich mit nach Gilgit, hier bin ich nicht sicher. Ich habe vorhin gelauscht und weiß, dass dich der Lambardar über mein Schicksal informiert hat."

„Wir wollen übermorgen Richtung Chitral aufbrechen und kommen nicht so schnell nach Gilgit."

„Macht nichts. Ich habe ein bisschen Geld und bezahle unterwegs für mein Essen. Chitral wollte ich sowieso schon immer sehen", meinte sie sehr unternehmungslustig. „In Gilgit finde ich mir dann schon eine Arbeit. Vielleicht kann ich deiner Frau im Haushalt helfen?"

„Ich wohne in Gilgit nur mit meiner Tochter und einem Diener zusammen. Aber du kannst natürlich in meinem Haus bleiben", setzte Eskander schnell hinzu und hielt noch immer ihre Hände, was ihr offensichtlich nicht unangenehm war.

„Ich warte also, sobald ihr abfahrt, ein Stück weiter draußen, am Weg zum Shandur-Pass."

Eskander wurde plötzlich von riesiger Sehnsucht nach weiblicher Wärme und Nähe übermannt und zog sie an sich.

„Aber Herr, das geht doch nicht!"

„Sag Eskander zu mir."

Er sog ihren angenehmen Geruch ein, und schon bedeckte sie sein Gesicht mit Küssen. Er fand ihre feuchten Lippen, die sie ihm willig darbot. Die Knie wurden ihm weich und am liebsten wäre er mit ihr zu Boden gesunken, aber dann gab sie sich einen Ruck und sagte nur: „Also bis übermorgen!"

Schon war sie im Finstern verschwunden, und Eskander zog sich notgedrungen alleine zu einen traumlosen Schlaf in sein Zelt zurück.

Am nächsten Morgen unternahm er mit seinen Leuten eine Wanderung, wobei die Hitze so beträchtlich war, dass sie bald an einem Flüsschen den Rest des Tages verbrachten, wobei die Leute ganz aufgeregt an einem Felsblock uralte Steinbock-

Ritzzeichnungen entdeckten. Eskander informierte sie bei der Gelegenheit über den neuen Fahrgast und bat um Nachsicht, dass es jetzt in den Jeeps noch enger werden würde. Besonders die Damen waren aber über die ‚Entführung aus dem Serail', wie sie es nannten, hellauf begeistert und malten sich jetzt schon aus, wie sie das bedauernswerte Geschöpf bemuttern würden.

Sie fieberten dem geheimen Treffpunkt entgegen und waren hoch zufrieden, als am nächsten Tag – der neue Jeep war tatsächlich am Abend noch eingetroffen – einige Kilometer außerhalb des Dorfes eine schlanke Gestalt mit einem kleinen Kleiderbündel in der Hand am Straßenrand wartete. Auch Eskander war erleichtert, hatte er doch insgeheim befürchtet, dass sie es sich anders überleget hatte.

Die Frauen waren enttäuscht, dass sie sich auf den Frontsitz neben Fahrer und Eskander zwängte und beteuerten lautstark, dass sie ohne weiteres auch hinten noch Platz gemacht hätten.

Bei dem Gerüttle in den nächsten Tagen blieb Eskander nichts andres übrig, als immer öfter seinen Arm schützend um seine Sitznachbarin zu legen, bis schließlich allen Reiseteilnehmern klar wurde, dass sich da etwas anbahnte.

Die Nächte musste Eskander aber alleine verbringen, dafür sorgten schon die Trekkerinnen. Sie verlangten vom einzigen Single-Zeltbewohner, der in der Gruppe war, mit zwei anderen Männern das Zelt zu teilen und so für Kairul eines frei zu machen. Dieses wurde zu Eskanders Leidwesen aber immer so aufgestellt, dass die Frauen den Eingang Tag und Nacht unter Kontrolle hatten. – Letztlich war das Eskander auch recht, denn er wusste, dass Liaisonen von Reiseleitern von den Teilnehmern einer Gruppe nicht gerne gesehen wurden.

Dafür lernte er Kairul jeden Tag besser kennen und schätzen und machte ihr schon nach zwei Tagen bei einem längeren Abendspaziergang, wobei er ihr von seiner Frau in Baltit erzählte, einen Heiratsantrag: „Da komme ich ja vom Regen in die Traufe und soll schon wieder nur Zweite werden!", meinte sie. „Wird sie wohl damit einverstanden sein?"

„Das kann ich dir beschwören – aber vielleicht findest du mich zu alt, ich könnte ja fast dein Vater sein."

Anstatt einer Antwort schlang sie die Arme um ihn und gab ihm einen lange Kuss.

Gleich nach Gupis zwängte sich die Straße durch kleine Schluchten, aber schließlich ging es hinauf zu den Almweiden des Shandur-Passes, wo Eskander schon an manchen heißen Polo-Wettkämpfen teilgenommen hatte. Hier war die Landschaft weit wie am benachbarten Pamir, im Hintergrund tauchten aber bereits die vergletscherten Sechstausender des Hindukusch auf.

Nun ging es halsbrecherisch durch riesige Erd- und Schuttflanken ins nächste Tal hinunter, wobei manche Kurven so eng waren, dass die Jeeps mehrmals zurückschieben mussten.

Vor dem alten Schloss des ehemaligen Radschas von Mastuj – auch er war wie alle lokalen Fürsten zu Anfang der Siebzigerjahre von der pakistanischen Regierung entmachtet worden – fanden sie wieder einen besonders schönen Zeltplatz.

Weiter ging es durch Oasen-Dörfer, jeweils durch mehrere Kilometer wüstenhaften Gebietes getrennt. Dann waren schließlich die wild dahinschießenden grauen Schmelzwassermassen des Chitralflusses erreicht, und hier wurde das Tal breiter und freundlicher. Die ersten Reisfelder tauchten auf. Platanen, Pappeln und Akazien säumten die Dorfstraßen, und in den Gärten sah man Apfel-, Birnen- und Pfirsichbäume sowie die köstlichen Granatäpfel. Aus Seitentälern lugten hohe Gletscherberge hervor, und schließlich war die Distriktshauptstadt Chitral erreicht. Im Talhintergrund baute sich der mit über 7000 Metern höchste Berg des Hindukusch, der Tirich Mir, auf.

Die Stadt war relativ klein, aber alle fanden den Basar noch viel bunter und orientalischer als jenen von Gilgit. Während Eskander beim District Officer um die Genehmigung für den Besuch der Kalash-Dörfer anfragte, durchkämmte Kairul einen Verkaufsstand nach dem anderen, um Eskander irgendetwas schenken zu können. Schließlich fand sie ein hübsch ziseliertes, schmales Silberarmband mit geheimnisvollen persischen Schriftzeichen, die sie aber nicht lesen konnte.

Sie überreichte es Eskander beim abendlichen Spaziergang. Es gefiel ihm auf Anhieb, und obwohl er sonst überhaupt keinen Schmuck trug, streifte er es sofort über die Hand. Abends, beim Kerzenschein im Messezelt nahm er es nochmals ab und sah jetzt erst, dass alte persische Schriftzeichen eingraviert waren. Er konnte nur ein Wort entziffern und das lautete zu seiner großen Verwunderung ‚Peri' …

Er schwankte lange, ob er Kairul, die inzwischen sein Herz voll erobert hatte, in seine Feen-Beziehung einweihen sollte, entschloss sich aber, es vorerst bleiben zu lassen.

Von den drei Kalash-Dörfern statteten sie zuerst Bamboret, dem nächstgelegenen, einen Besuch ab. Eskander wusste, dass die Kalash als einziger Volksstamm in Pakistan nie zum islamischen Glauben bekehrt worden waren und noch immer einer uralten Religion anhingen. Nach einer knappen Woche, die sie im Gebiet verbrachten, war ihm klar, dass es eine Mischung von Götter-, Feuer- und Ahnenverehrung mit vielen Blutopfern war: „Vermutlich nicht unähnlich jener vor zweihundert Jahren in Hunza", war seine Meinung. Diese wurde noch durch ein Erlebnis verstärkt, das sie gleich am ersten Tag hatten: Bei der Besichtigung eines mit Pferdeköpfen geschmückten Heiligtums hatten die Trekker nicht bedacht, dass diese Kultstätte für Frauen verboten sein könnte. Der örtliche Lambardar bemerkte die Übertretung zu spät, kam aufgeregt nachgekeucht und jammerte, dass die Gottheit nun Steinschlag und Erdrutsche schicken werde. Durch den Ankauf einer Ziege, die an Ort und Stelle geschlachtet und deren Blut über den Altar gesprengt wurde, war die Angelegenheit aber sogleich wieder bereinigt.

„Ganz wie bei uns in Hunza", war Eskander sehr erfreut. „Ziegenblut ist eben ein ganz besonderer Saft"

Und so wie in Hunza waren auch bei den Kalash die höchsten Berggipfel der Wohnort gottähnlicher Gestalten. „Diese Reinheit der Hochlagen überträgt sich auch auf die Bergantilopen und die ihnen verwandten Hausziegen", klärte der Lambardar auf. „Von den Berg-Antilopen haben die Hausziegen einiges angenommen …Und das ist der Grund, warum Frauen mit den Ziegen nichts zu tun haben dürfen."

„Aber das ist dummer Aberglaube!", fiel ihm Kairul ins

Wort. Als Eskander diese Worte mit Vergnügen übersetzte, erhielt Kairul von den Trekkerinnen heftigen Applaus.

Kairul hatte auf eigene Faust auch andere eigentümliche Sitten der Kalash herausgefunden und mit den Damen der Trekkergruppe, eigene Exkursionen unternommen. So etwa zu den ‚Häusern der Einsamkeit': „Während der Periode müssen sich die Kalashfrauen nämlich in eigene ‚Menstruationshäuser' zurückziehen. In diesen Häusern halten sie sich auch während der Niederkunft auf und für die Männer sind diese Häuser absolut tabu", übersetzte Eskander den Damen am Abend dann nochmals das Gesehene, weil Kairuls Englisch nicht voll ausgereicht hatte, alles verständlich zu machen.

„Bei uns in Yasin und bei euch in Hunza waren die Bräuche ja noch vor einigen Jahrzehnten genau dieselben", wurde Eskander von Kairul erinnert.

Eskander dolmetschte dann weiter: „Während des Aufenthaltes im Menstruationshaus dürfen die Kalash-Frauen auch mit den anderen Familienmitgliedern keinen Kontakt haben, das Essen wird für sie an der Türschwelle abgesetzt." – „Und so haben sie eigentlich jeden Monat eine angenehme Erholungspause und absolute Ruhe vor ihren Männern", fügte Kairul noch schelmisch an, was Eskander lachend auf Drängen der Damen übersetzte. Kairul wurde daraufhin von der Damenriege spontan beklatscht.

Die interessanten Tage bei den Kalash wurden durch ein Tanzfest beendet, das die Frauen den Gästen aus Deutschland gaben: In Altersgruppen unterteilt, zuerst zu dritt, dann untergehakt in langer Kette, tanzten sie mit einfachen Schritten nach den recht aufwühlenden Weisen zweier männlicher Musikanten, welche eine große Trommel und eine Handpauke schlugen. Die Frauen und Mädchen steigerten sich bald so in den Tanz hinein, dass sie alles um sich vergaßen und schließlich ihre Schritte mit erregten Ah-Ah-Rufen selbst begleiteten.

Alle Frauen trugen ihre merkwürdigen, mit Kaurimuscheln verzierten Hauben, die bei den älteren Frauen auch noch mit großen Federn geschmückt waren. Die roten Korallen- und Perlenschnüre um den Hals wippten im Takt der Tanzschritte …

„Ein unvergessliches Erlebnis!", waren sich alle einig.

Kairul war besonders begeistert, denn obwohl die Hunza-Frauen als Ismailiten, verglichen mit den benachbarten Schiiten und Sunniten, wesentlich größere Freiheiten genossen, wäre ein Tanzen in der Öffentlichkeit – und gar vor Fremden – undenkbar: „Wir müssen diese Sitten auch bei uns einführen!"

Ganz außer sich geriet Kairul aber, als sie erfuhr, dass die Kalash-Frauen eine Scheidung auch von sich aus vornehmen können, indem sie dem Mann dreimal erklären, dass sie dies so wollten. „Ich habe aber zusätzlich erfahren, dass Ehebruch nur mit einer Geldbuße geahndet wird", konterte Eskander … „Und ich, dass die Frauen dabei immer straffrei ausgehen, denn sie sind ja immer die Verführten …", behielt Kairul lachend das letzte Wort.

Einige Bergwanderungen bis an die nahe afghanische Grenze heran beschlossen die interesanten Tage bei den Kalash.

Der Rückweg wurde in südlicher Richtung durch das Swat-Tal über den 3100 Meter hohen Lowari-Pass genommen, dessen unzählige enge Kurven wieder harte Anforderungen an die Fahrer stellten. Oben auf der Passhöhe trafen sie auf mehrere Lastkraftwagen, welche mit großen Würfeln aus hart gepresstem Lawinenschnee beladen wurden. Mit Reisig abgedeckt, gelangten sie in die Lagerkeller von Peshawar und Lahore.

Die Trekker fuhren aber nicht so weit nach Süden, sondern bogen nach Verlassen der freundlichen Landschaft des Swat-Tales in östliche Richtung hinüber nach Islamabad, von wo die Trekker schon am nächsten Morgen den Heimflug antraten.

Eskander verabschiedete die überaus zufriedene Gruppe am Flugplatz, fuhr aber mit Kairul nicht gleich zurück, sondern schickte die Jeeps alleine nach Gilgit. Er wollte Kairul, die noch nie über Gilgit hinausgekommen war, Islamabad zeigen; auch hatte er mit seinem Agentur-Partner einiges zu besprechen. Bei dem stabilen Sommerwetter war auch ein Flug nach Gilgit in den nächsten Tagen mit Sicherheit zu erwarten.

Eskander wechselte vom internationalen in ein sehr gutes, aber nur von Einheimischen frequentiertes Hotel hinüber nach Rawalpindi und gab an der Reception Kairul natürlich als seine Frau aus.

Vorher hatte er darauf bestanden, Kairul in einem Konfektionsgeschäfte für Damen städtisch einkleiden zu lassen. In einem eleganten Seidenanzug und mit einem dünnen Schal leicht verschleiert, konnte sie als die typische Frau eines wohlhabenden Geschäftsmannes gelten.

Es war früher Nachmittag, und nun erst waren die beiden Verliebten endlich alleine. Beide hatten schon so sehr darauf gewartet, mussten sie doch auch die letzte Nacht, die sie mit den Trekkern gemeinsam verbracht hatten, in getrennten Zimmern zubringen. Hier hatte Kairul auch erstmals ein verfliestes Badezimmer samt allen sanitären Einrichtungen erlebt und war davon ganz entzückt.

Sofort betrat sie nun das Badezimmer, und als sie auch nach längerer Zeit nicht herauskam und nur Laute des Wohlbehagens zu hören waren, klopfte Eskander dezent an und fand sie im warmen Wasser der Badewanne schwelgen.

Er ließ den Blick verlangend von ihren noch immer straffen Brüste bis hinunter zu den wohlgeformten Schenkeln gleiten. Sie erhob sich schließlich langsam aus der Badewanne, und schon hatte Eskander das Badetuch zur Hand und begann sie flüchtig abzutrocknen, was sie unter wohligen Schauern geschehen ließ. Eskander nahm sie wie ein Kind auf die Arme und trug sie zum großen Doppelbett hinüber …

Erst am späten Vormittag des nächsten Tages, als das Zimmerservice schon mehrmals angeklopft hatte – Eskander hatte nämlich vergessen, das Schild ‚do not disturb' an die Türe zu hängen – lösten sie sich aus ihren heißen Umarmungen. Wie übermütige Kinder standen sie wenig später gemeinsam unter der Dusche, seiften sich gegenseitig ein und bespritzten sich.

Als sie zum Frühstück nach unten gingen, war es dafür schon zu spät und sie verließen das Hotel zu einem Stadtbummel. Eskander hatte ihr ja so viel zu zeigen.

„Weißt du, wir bleiben jetzt überhaupt noch ein paar Tage hier und lassen es uns gut gehen, denn die Arbeit oben in Gilgit läuft uns nicht davon. Wir müssen uns dann sowieso in die Hochzeitsvorbereitungen stürzen. Die westlichen Leute nennen so etwas übrigens Flitterwochen, die bei uns beiden eben schon vor der Hochzeit beginnen." Kairul war besonders von der englischen Übersetzung ‚Honigmonat' entzückt.

Die fünf Tage vergingen viel zu schnell; von Islamabad hatte Kairul nicht viel gesehen, dazu war die Herausforderung des ‚Kingsize-Bettes' viel zu groß ...

Der Flug am Nanga Parbat vorbei schlug sie voll in seinen Bann, während Eskander vorne bei den Piloten weilte und mit ihnen verschiedene Geländemarken diskutierte.

Muhamad fiel aus allen Wolken, als Eskander ihm die neue Herrin des Hauses vorstellte. Sie gewann aber rasch seine Zuneigung, und schon nach wenigen Tagen sprach er von ihr nur noch als von seiner ‚Begum' und stürzte sich in die Vorbereitungen für eine Hochzeitstafel, ‚von der man in Gilgit noch lange sprechen sollte'.

Anders Asrul, die sofort auf die neue Frau im Hause eifersüchtig und von ihrem Vater tief enttäuscht war. Nur durch gutes Zureden von Dschaffers Frau, die ihre mütterliche Freundin geworden war, begann sie sich langsam mit den Tatsachen abzufinden. Dabei war Kairul vom ersten Moment an sehr feinfühlig bemüht, ihr Vertrauen zu gewinnen.

Kairul hatte anfangs vermutet, dass Asrul wegen ihrer Mutter vergrämt war, die sicher schwer gekränkt und verdrossen daheim der landwirtschaftlichen Arbeit nachging. Als sich Asrul aber schließlich einer Aussprache unter vier Augen stellte, nahm sie sich kein Blatt vor den Mund und erzählte, dass der Vater schon viele Jahre mit Dulat überhaupt keine ehelichen Beziehungen mehr unterhalten habe.

So etwas war natürlich Balsam für Kairuls Gefühle. Sie blickte nur erstaunt auf, als Asrul so nebenbei bemerkte: „Vater ist ja außerdem der ‚Liebling der Peris!'"

„Was meinst du damit?"

Asrul wusste selbst nicht, warum ihr das eben über die Lippen gerutscht war und meinte nur: „Ach, die Leute in ganz Hunza sagen das schon immer. Außerdem war mein Großvater so etwas ähnliches wie ein Bitan."

Kairul ließ diese Bemerkung keine Ruhe, und schließlich fragte sie Eskander, was es damit auf sich habe.

„Wo hast du denn das her?"

„Ach, die Leute in ganz Hunza sagen das ..."

„So …? Na ja, meine eifersüchtige Frau. Du kannst dir absolut sicher sein: ich habe mit keiner Peri ein Liebesverhältnis."

Kairul musste lachen: „Was heißt eifersüchtig? Sie sind doch nur Geisteswesen, die Peris. Hast du vielleicht schon einmal eine leibhaftig gesehen?"

Eskander wurde auf einmal ganz ernst und nahm Kairul in die Arme: „Vielleicht erzähle ich dir später einmal mehr von den Peris …"

Er betrieb die Hochzeitsvorbereitungen mit Hochdruck – so, als ob er irgendetwas versäumen würde, obwohl er unter strenger Geheimhaltung mit Kairul schon längst das Schlafzimmer teilte.

Korrekterweise ließ er sich von Dulat schriftlich bestätigen, dass sie keinen Einwand gegen eine zweite Frau habe und konnte für diese delikate Aufgabe sogar seine Tochter gewinnen. Die in geschäftlichen und rechtlichen Fragen inzwischen sehr versierte Asrul machte den Vater bei dieser Gelegenheit auch aufmerksam, dass es zweckmäßig sei, ein Testament zu verfassen, „das meine und die Ansprüche deiner beiden Frauen klar regelt. Wir Hunzaleute werden zwar alle sehr alt, aber bei deiner Fliegerei weiß man ja wirklich nicht, was alles geschehen kann. Wie ich aus der Buchhaltung sehe, sind wir ja recht wohlhabend."

Tatsächlich war Eskander mit Dschaffer oder einem der anderen Piloten mindestens einmal pro Woche in der Luft, denn er war dabei, über das Militär eine Helikopterrettung für Bergsteiger zu organisieren, wie sie im benachbarten Nepal bereits gut funktionierte. Dabei wagte Dschaffer oft kühne Außenlandungen auf Felsklippen und versuchte auch ganz nahe an lotrechte Wände heranzufliegen. – Leider hatte es gerade in der letzten Woche wieder einen Absturz gegeben.

Eskander versuchte auch mit Kairuls Familie brieflichen Kontakt aufzunehmen; beide Eltern lebten ja noch. Als keine Antwort kam, setzte er sich in den Jeep und nahm die holprige und anstrengende Fahrt auf sich.

Mit großer Ehrerbietung wurde er empfangen, nachdem er sich vorgestellt hatte; sein Name war auch in Yasin inzwischen fast schon zur Legende geworden. Die beiden Leutchen hatten den Brief noch nicht geöffnet: „Wir haben gewartet, bis Kairuls Bruder einmal auf Besuch kommt, denn wir können ja nicht lesen."

„So wollt Ihr also unsere Tochter zur Frau nehmen? Hoffentlich erweist sie sich Eurer würdig! Sie ist ja ein arger Querkopf, und überhaupt sind wir froh, dass wir jetzt wissen, wo sie lebt, da sie ja aus Gupis plötzlich spurlos verschwunden war."

Eskander hatte auch, wie es sich gehört, Geschenke mitgebracht und entschuldigte sich mehrmals, dass er die vorgeschriebenen Regeln der Brautwerbung nicht einhalten könne. Die Eltern nahmen das gleichmütig zur Kenntnis und betonten, dass sie sich schon längst daran gewöhnt hätten. Niemand nehme sich mehr für etwas Zeit, und die guten alten Bräuche gäbe es sowieso schon längst nur noch in Erzählungen ...

„Ja, zur Hochzeit werden wir selbstvertsändlich kommen und auch die nächste Verwandtschaft von der Einladung verständigen."

So wurde im Einvernehmen mit dem Kalifa der kleinen, aber sehr angesehenen ismailitischen Gemeinde in Gilgit die Hochzeitszeremonie im neuen Bethaus für einen nahen Termin vereinbart. Asrul und Muhamad saßen tagelang über der Einladungsliste der Gäste, und schließlich waren es mehr als zweihundert Personen, für die im Garten zwei große Zelte für die Hochzeitstafel aufgebaut wurden.

Kairul hätte viel lieber nur eine kleine, intime Festtagsrunde gesehen, aber sie musste sich dem Bekanntheitsgrad ihres Mannes fügen.

Als sie vor dem Bethaus eintrafen, stand dort halb Gilgit Spalier, um das Paar zu sehen. Für die mehrheitlich sunnitische Bevölkerung war es ja auch immer eine Sensation, wenn Ismailiten heirateten, denn da blieb das Gesicht der Braut unverhüllt ...

Das Fest verlief bei schönem Spätherbstwetter sehr harmonisch, und Dschaffer sowie seine jungen Offiziere hatten zum Abschluss am Abend für ein großes Spektakel gesorgt, von dem Gilgit noch wochenlang sprach, indem sie ein Feuerwerk abbrannten.

Am Tag vor der Hochzeit war ein Brief aus Neuseeland mit Pamela als Absender eingelangt, und Eskander war froh, dass Kairul ihn nicht lesen konnte. Asrul hatte natürlich gleich eine Frau als Absender festgestellt und zog ihren Vater damit auf, wer denn nun eine Damengruppe aus Neuseeland als Reiseleiter begleiten würde. Erst nach der Hochzeit fand Eskander eine ruhige Viertelstunde, um den Brief zu überfliegen: Sie hätte im letzten Jahr bei einem Ferienjob recht gut verdient – und der Vater hätte auch noch einiges beigesteuert –, sodass sie im Frühjahr mit ihrer Freundin auf einen Besuch kommen wolle. Na gut, bis dahin werde ich Kairul meine Sünden gebeichtet haben und Pamela wird sicher keinen Skandal machen, beruhigte sich Eskander selbst.

# XX

Die kommenden Wochen hatten die beiden frisch Vermählten nur Augen für sich selbst. Da der Winter unverhältnismäßig mild war, unternahmen sie lange Spaziergänge, und Eskander konnte gar nicht genug aus seinem Leben erzählen. Nur über Nilufar schwieg er sich aus, erwähnte aber einmal, dass der Armreif, den ihm Kairul geschenkt hatte, eigentümlicherweise das Schriftzeichen ‚Peri' trage. Kairul horchte auf, fühlte aber, dass er darüber weiter nicht reden wollte und drängte ihn daher auch nicht.

Zweimal fuhren sie am neuen Highway, der im April in seiner ganzen Länge feierlich eröffnet werden sollte und bereits fertig war, hinunter nach Rawalpindi, um Einkäufe für die Hauseinrichtung zu tätigen. Eskander war tief beeindruckt, welch großartige Leistungen die tausenden Arbeiter und Pioniere – besonders in den Indus-Schluchten – vollbracht hatten. Die eineinhalbtägige Fahrt verging beiden vor lauter Schauen fast wie im Flug.

Nur zwischen Gulmit und Karimabad waren noch an die eintausend chinesische Arbeiter damit beschäftigt, eine neue

Brücke zu bauen. Die Erstkonstruktion hatte im vergangenen Sommer den reißenden Fluten des Hunzaflusses nicht standgehalten. Er war durch einen Gletschervorstoß aufgestaut worden und sodann mit einer Fluwelle durchgebrochen.

So waren alle schockiert, als genau zur Wintersonnenwende die Meldung nach Gilgit kam, dass die provisorische Neukonstruktion eingestürzt sei und an die einhundert Arbeiter in den Tod gerissen hätte. Dschaffer ersuchte Eskander als besonderen Kenner der betroffenen Gegend, mit ihm hinaufzufliegen.

Als sie zusammen mit zwei weiteren Helikoptern direkt neben der Unglücksstelle aufsetzten, war gerade die Versorgung der Verunfallten im Gange, und die Helikopter übernahmen sofort die schwer Verletzten, um sie nach Gilgit zu fliegen. Während Eskander wartete, bis die Hubschrauber nochmals zu einem zweiten Einsatz zurückkamen, hatte er Zeit, mit dem Lambardar von Gulmit über die Unglücksursache zu reden.

„Es ist mir völlig unklar", meinte dieser. „Die Konstruktion ist dieselbe wie bei mindestens zehn Brücken flussaufwärts, die alle bestens tragen." Und sich in Urdu an Dschaffer und Eskander wendend: „Die Leute sagen, dass die Peris wegen des Straßenbaues ganz böse und verärgert sind und sich diesen Eingriff in ihr Reich nicht gefallen lassen wollen ..."

Eskander war beim Heimflug sehr verschlossen und gab Dschaffer keine Antwort, als dieser nach einer Weile meinte: „Schon wieder diese ekelhaften Peris. Bald kann ich nichts mehr von diesem Unsinn hören ...!"

Die kommenden Wochen brachten einiges an Arbeit in der Firma, galt es doch, weitere Kundenkontakte in Europa aufzubauen. Auch die Japaner schienen immer mehr Interesse an einem Besuch in Hunza zu haben. Asrul war derart unentbehrlich im Geschäft geworden, dass sie schon im Herbst mit einer Art Zwischenabschluss die Higher Secondary School verlassen hatte. Da sie kein Universitätsstudium anstrebte, war dies auch weiters ohne Belang.

Die großen Feierlichkeiten zur Eröffnung des ‚Karakorum Highways' waren herangerückt. Nach dem Nauroz-Fest zu Ende März schien die Zeit dafür besonders günstig zu sein, denn die Flüsse führten kein Schmelzwasser und wiesen den niedrigsten Wasserstand des Jahres auf. Oben auf den Berggipfeln war es noch so kalt, dass keine Erd- und Steinlawinen zu erwarten waren. Unten im Hunzatal waren zu dieser Zeit jedoch abertausende Aprikosenbäume aufgeblüht und hüllten die Landschaft in ein zartrosa Blütenmeer.

Eine Kolonne von Regierungsfahrzeugen befuhr von Islamabad erstmals die Straße in ihrer ganzen Länge bis hinauf zum Khundscherab-Pass. Der Ministerpräsident und die Spitzen der Regierung stießen jedoch erst in Gilgit zur Kolonne und trafen dort auf die chinesische Delegation mit dem stellvertretenden Vorsitzenden der Volksrepublik. Hier gab es eine eintägige Unterbrechung mit einem großen Festbankett. Am nächsten Tag fuhr man dann gemeinsam bis zum Pass hinauf. Oben an der Staatsgrenze waren mehrere Denkmäler feierlich zu enthüllen – vor allem auch jenes, das der Erinnerung an die mehr als fünfhundert tödlich Verunglückten galt – wonach die Kolonne dann in Richtung Kashgar weiterfahren sollte, wo ein mehrtägiges Fest die nun auch durch eine Straße fest verbundene Freundschaft zwischen den beiden Staaten krönen sollte.

Auch Eskander hatte eine offizielle Einladung durch seinen alten Freund Saram, der aus diesem Anlass zum General befördert worden war, zum Festbankett in Gilgit erhalten. Weiters sollte er dann am nächsten Tag im Auto des Generals mit hinauf zum Pass fahren, wobei ‚hoffentlich Zeit sei, alte Erinnerungen aufzufrischen'. Er bat ihn, in Gilgit zum Festbankett seine ehemalige Uniform mit dem Pionier-Emblem und allen Orden, jedoch ohne weitere Rangabzeichen, zu tragen. Nur widerstrebend kam Eskander dieser Bitte nach – obwohl ihn Tochter und Ehefrau äußerst attraktiv fanden – setzte aber absichtlich dazu seine weiße Hunza-Mütze mit dem aufgerollten Rand auf.

Beim großen Bankett in der Pionierkaserne, zu dem natürlich auch der Kronprinz von Hunza eingeladen war, stahl Eskander diesem und den anderen örtlichen Würdenträgern unbewusst mit seiner originellen Uniformkombination die Schau, weil sich die anwesenden Reporter alle auf ihn stürzten.

Die Fahrt zum Grenz-Pass am nächsten Tag in der Gesellschaft Sarams verging wie im Flug, musste Eskander ihm doch vor allem von seinem ‚Exil' in Neuseeland erzählen.

Die Enthüllung der Denkmäler am Pass, von denen eines auch die Namen der kommandierenden Offiziere Chinas und Pakistans und die genaue Bezeichnung der am Straßenbau beteiligten Pionierheinheiten enthielt, nahm im eisigen Wind erkleckliche Zeit in Anspruch. So waren alle froh, als sich die Fahrzeugkolonnen endlich in Richtung Kashgar in Bewegung setzten.

Eskander, der mitfahren sollte, hatte sich nur widerstrebend auf eine mehrtägige Abwesenheit von daheim eingerichtet, da sich knapp vor seiner Abreise mehrere Trekkergruppen angemeldet hatten und ihm außerdem um jeden Tag leid war, an dem er von Kairul getrennt sein musste. So fasste er es als einen Fingerzeig auf, als gerade im Augenblick der Abfahrt ziemlich verspätet die Helikopterstaffel unter Oberst Dschaffer mit ihren sechs neuen Maschinen landete. Sie kamen damit einem Auftrag des Heeresministers nach, der mit dem neuen Fluggerät die Chinesen beeindrucken wollte, was auch einigermaßen gelang.

Da alle Piloten alleine flogen, nahm Eskander mit Freude die Einladung Dschaffers an, mit ihm zurückzufliegen. Außerdem interessierten ihn die neuen Maschinen, die er von innen noch nicht kannte. Saram war allerdings ziemlich verärgert. Er nahm die Ausrede, dass er bei den Chinesen vielleicht noch immer auf der Fahndungsliste stünde, nur kopfschüttelnd zur Kenntnis.

Inzwischen hatte sich der Himmel eingetrübt, und es waren hohe Wolken aufgezogen, wie das im Frühjahr recht häufig der Fall ist. Die Helikopter mussten daher ziemlich tief fliegen. Dschaffer war unter diesen Umständen froh, dass er Eskander dabei hatte, der genau wusste, welche niedrigen Pässe zur Abkürzung überflogen werden konnten und wo unbedingt den Flussläufen gefolgt werden musste. In der neuen Maschine waren auch für den Beipiloten ein Helm Vorschrift; man konnte aber sich mit dem Piloten über das im Helm eingebaute Mikrofon mühelos unterhalten.

Als sie über Gulmit waren, lockerte die Wolkendecke unerwartet auf und tauchte die Hunzadörfer in strahlenden Sonnenschein. Von unten leuchteten blühende Aprikosenbäume verlockend herauf, und Eskander meinte: „Eigentlich müssten wir jetzt da irgendwo landen, um den zarten Duft genießen zu können." Und um Dschaffer ein bisschen zu provozieren, fügte er noch hinzu: „Weißt du, die Peris verwenden diesen herrlichen Duft der Aprikosen auch als persönliches Parfum."

Dschaffer ging vorerst gutmütig darauf ein: „Wenn du mir nur endlich so eine Peri vorstellen würdest, könnte ich an ihre Existenz glauben."

Er zog eine Runde und stieg höher auf, wie er es immer beim prachtvollen Platz der alten Festung von Altit tat, die hoch oben auf einem Felsen die darunter liegende Hunzaschlucht beherrschte.

„Deine Heimat ist wirklich ein Paradies!"

„Und die Peris beschützen es und sind so unglücklich, dass nun durch den neuen Highway so viele krasse Veränderungen über dieses Paradies hereinbrechen werden."

„Jetzt zeig mir doch endlich eine dieser Peris, du alter Schwindler!"

Ein Wort ergab das andere, und Eskander wusste selbst nicht, warum er auf einmal sagte:

„Gut! Siehst du dort drüben den Gelben Felsen, da treffe ich mich immer mit meiner Nilufar."

„Nilufar? Ein schöner Name ..."

Dschaffer zog eine Schleife und flog ganz nahe an den Felsen mit dem gelben Fleck heran.

„Gleich unterhalb scheint mir ein ebener Platz eine Landung zu ermöglichen."

„Nein, Dschaffer, nein! Das kannst du nicht machen ...!"

Der Helikopter wurde plötzlich von einer Sturmböe wie mit einer eisernen Faust gepackt und gegen den Gelben Felsen gedrückt. Die Rotorblätter splitterten, der Helikopter fiel wie ein Stein zu Boden, und die Pilotenkabine zerschmetterte dreihundert Meter tiefer. Wie durch ein Wunder explodierte der Treibstofftank nicht. Lediglich eine dünne Rauchfahne stieg von der Absturzstelle auf.

In Baltit hatten mehrere Leute das Unglück beobachtet: „Das kommt davon, wenn diese Teufelsgeräte so nahe an die

Felsen heranfliegen. Sonst sind sie doch immer nur in der Talmitte geflogen ..."

Als die ersten Helfer bereits zwei Stunden später an der Unglücksstelle eintrafen, saß der Pilot mit merkwürdig verdrehtem Genick noch angeschnallt auf seinem Sitz, der Beipilot lag jedoch etwa zwanzig Meter von der zerbrochenen Kabine entfernt, so als ob ihn jemand dorthin getragen hätte. Dünne Blutrinnsale waren aus Mund, Ohren und Nase ausgetreten, und auch er lebte offensichtlich nicht mehr, hatte aber ein eigenartig glückliches Lächeln um den Mund. Vorsichtig nahmen sie seinen Helm ab: „Um Allahs Willen: Eskander Khan!"

Gute tausend Meter höher, direkt am Gletscherrand des Ultar, war eine merkwürdige Runde versammelt: Da saßen Sultana, Fauzia, Rubina, Bulbul, Guldana und Nilufar mit hängenden Köpfen, trübem Blick und verhärmten Zügen. Als Nilufar bitterlich zu weinen begann, konnten auch die anderen die Tränen nicht zurückhalten.

Schließlich fasste sich Nilufar so weit, dass sie herausschluchzen konnte: „Anirumainyu muss euch geritten haben, habt ihr denn nicht gesehen, dass Eskander in der Teufels-Libelle saß? Warum habt ihr sie mit dieser Sturmböe zum Absturz gebracht?"

Erst nach einer Weile raffte sich Rubina, die Älteste in der Runde auf: „Aber er trug doch diesen komischen Helm, damit konnten wir ihn nicht erkennen. – Warum sind sie auch in unseren Bereich eingedrungen?"

Und Sultana unerbitterlich: „Eskander hätten wir geschont, wenn wir gewusst hätten, dass er drinnen saß, aber dem Piloten ist recht geschehen."

„Ja, so wie den hunderten Arbeitern, die wir unten an dem Teufelsband der neuen Straße ins Verderben geschickt haben", meldete sich eine andere.

„Ihr Wahnsinnigen! In ihm hatten wir wenigstens einen der wenigen Freunde, die uns noch verblieben sind. Ich konnte nur noch verhindern, dass die Libelle in Flammen aufging und habe Eskander auch noch weggtragen." Und wieder aufschluchzend flüsterte Nilufar: „Er hat noch einige Zeit gelebt und ist wenigstens mit einem zufriedenen Lächeln in meinem

Schoß gestorben. Seine inneren Blutungen konnte ich nicht stillen ..."

Eine halbe Ewigkeit saßen die sechs Peris Hunzas mit hängenden Köpfen da, ohne ein weiteres Wort zu verlieren. Schließlich stand Rubina ächzend auf und blickte in die Runde: „Ahuramazda hilf! Schaut euch einmal alle an: Ich sehe nur graue Haare und runzelige Gesichter um mich versammelt. Heute morgen habt ihr euch noch gegenseitig eure langen, blonden Haare gekämmt ..."

„Ja, ihr alten Weiber, geht hinüber zum Moränensee und schaut euch in den Wasserspiegel! Ich weiß es schon seit längerer Zeit, dass meine Unsterblichkeit vorbei ist ...!" – Nilufar wandte sich ab und drückte den silbernen Armreif, den sie Eskander abgestreift hatte, an die Lippen. Zu ihrer Verwunderung hatte sie darauf in altpersischer Schrift das Zeichen für ‚Peri' entziffern können.

Als Kairul wenige Wochen später auf die schlichten Steinplatten der Grabstätte, so wie sie es jeden Tag tat, einige Blumen legen wollte, traf sie dort zwei westlich gekleidete junge Damen in T-Shirts mit dem Aufdruck ‚Neuseeland' mit einem Dolmetscher an, der ihnen eben das Sterbedatum und die darunter eingemeiselte Inschrift vorlas: „Eskander Khan, Sohn des Nazim Khan. Freund und Bruder der Peris."

# Glossar

Ahuramazda: göttliche Verkörperung des Guten bei den altpersischen Zarathustriern
Allah akbar!: Gott ist groß!
Awa: ja (auf Buruschäski)
Anirumainyu: göttliche Verkörperung des Bösen bei den altpersischen Zarathustriern
Astamgaro: Richter (auf Buruschäski)

Bater: getrocknete Aprikose (auf Buruschäski)
Beritscho: Schmiede und Musikanten in Hunza
Bismillah!: Im Namen Allahs!
Bitan: Schamane der Hunzakuts, der mit den Peris in Kontakt tritt
Bruscho: so nennen die Tibeter und Chinesen die Sprache der Hunzakuts
Buruschäski: Sprache der Hunzakuts (altertümliche Restsprache, die nur von etwa 70.000 Menschen gesprochen wird)

Diramitin: Sippen-Name in Hunza
Dayal: Bezeichnung der Schamanen in Bagrot und Gilgit
Dom: Schmiede und Musikanten (= Beritscho)
Dschadugar: Zauberer
Dschin: Teufel (nach islamischer Vorstellung)

Ginani: rituell gefeierter Beginn der Gerstenernte
Giri: Steinbock (auf Buruschäski)
Gujal: Bezeichnung für Oberhunza

Harangusch: Brautwerber
Hunzakuts: Bezeichnung der Menschen von Hunza (auf Buruschäski)

Inschallah!: Wenn Gott will!

Kafire: Heide (aus islamischer Sicht)
Kalifa: Ismailitischer Priester der Hunzakuts
Kea: Neuseeländischer Bergpapagei

Lambardar: Bürgermeister

Mao Tai: Chinesischer Schnaps
Markhor: Wildziege mit Schraubengehörn
Maruts: Nomadisierende Goldwäscher
Mir: Allgemein verwendeter Titel für den König von Hunza, der in rituellen Belangen aber auch ‚Tham' genannt wurde
Muklhi: Ismailitischer Priester, Leiter der Gebetsstunden (die Kalifas sind ihm in in der Regel unterstellt)

Nager: Jenseits des Hunzaflusses gelegenes Nachbargebiet von Hunza
Nagerkuts: Menschen von Nager (auch in Nager wird Buruschäski gesprochen)
Nallah: Schluchtgraben

Peri: Feenähnliches Geisteswesen. Hüterin und Beschützerin der Hunza-Kultur. Mit ihnen treten die Schamanen im Trance-Zustand in Kontakt (Nach altiranischen Überlieferung waren die Peris Hexen und Zauberinnen, nach neupersischer Vorstellung jedoch gute Feen)
Phiti: Spezielles Hunza-Fladenbrot

Radscha: Bezeichnung für ‚Fürst'
Ramazan: (= Ramadan) isalmischer Fastenmonat
Rani: (= eigentlich ‚Fürstin') in Hunza Bezeichnung für die Königin
Rui: Böses, hexenähnliches Unwesen

Schalwar: Lange Hose der Frauen, die unter dem knielangen Überhemd von den Frauen in ganz Pakistan getragen wird
Scharia: Islamisches Recht
Scherbet: Aus Weizen oder Gerste bereitetes, müsliähnliches Gericht
Schikander-Aprikose: bestimmte Aprikosenart, eine von 30 verschiedenen Sorten in Hunza

Ter: Almweide
Tham: Bezeichnung für den König von Hunza in rituellen Angelegenheiten
Tschapan: Männermantel
Tschoga: Männermantel
Tschokidar: Wächter einer Burg oder eines öffentlichen Gebäudes

Wazir (auch Wasir): Kanzler des Königs von Hunza, der die meisten Verwaltungsgeschäfte leitete

# *Zur Schreibweise*

In den gängigen Landkarten von Pakistan findet sich die englische Schreibweise der geographischen Bezeichnungen. Diese wurden auch ins vorliegende Buch aufgenommen.

Für Ausdrücke des Alltags sieht der Autor jedoch keine Veranlassung, sie zu anglisieren – also z. B. ‚sch' anstatt ‚sh', oder ‚dsch' anstatt ‚j'.

**Willi und Hilde Senft**

# Hunza

## Legendäres Volk ohne Krankheit an der Seidenstraße zwischen Karakorum und Hindukusch

Im Fünfländereck von Pakistan – Afghanistan – Tadschikistan – China – Indien, dort wo der Karakorum in den Hindukusch übergeht, liegt am südlichen Ast der uralten Seidenstraße das kleine, ehemalige Königreich Hunza.

Als die Briten 1891 das Gebiet eroberten, stießen sie auf ein Bergvolk, das in einem Hochtal – umgeben von Siebentausendern – in völliger Isolation interessante Eigenheiten bewahrt hatte.

Die Leute dort sind von außerordentlicher Zähigkeit und Gesundheit, und es gibt unglaublich viele sehr alte Menschen. Bereits die britischen Militärärzte vermuteten, dass es vor allem die Ernährung sei, der die Leute ihre Gesundheit bis ins hohe Alter verdankten: Täglich frisch vermahlenes Getreide, Gemüse wenn vorhanden, saure Milch, fast kein Fleisch, überhaupt kein Zucker, als Trinkwasser die von fein zerriebenem Gestein graue „Gletschermilch" und vor allem die Wunderfrucht Aprikose, frisch und getrocknet, schien Ursache der besonderen Langlebigkeit zu sein.

Die Menschen von Hunza sind Ismailiten, Anhänger einer toleranten islamischen Religionsform; sie sind ehrlich, offen und gastfreundlich.

Großartig und einmalig ist die Landschaft: Die unwirklich schroffen Karakorumberge mit ihren Gletscherströmen und Eiswänden sowie die wüstenähnlichen Gebiete des Industales umrahmen diesen Landstrich: Hunza mit seinen künstlich bewässerten Oasen, dieses karge Paradies am Dach der Welt, ist allemal eine Reise wert ...

**Weishaupt Verlag, A-8342 Gnas, Tel: 03151–8487, Fax: 03151–84874**
**e-mail: verlag@weishaupt.at • e-bookshop: www.weishaupt.at**

Hilde und Willi Senft

**Nepal**

**der Sherpas und Bothia**

**Trekking zwischen Dolpo und Kangchenjunga**

Viele Reisende besuchen Nepal und sind von der großartigen Kultur und reizvollen Landschaft begeistert. Die Bergsteiger zieht es in den Norden Nepals, wo nicht nur die höchsten Gipfel der Erde stehen, sondern auch die Sherpas und Bothia leben.

**Weishaupt Verlag, A-8342 Gnas, Tel: 03151–8487, Fax: 03151–84874**
**e-mail: verlag@weishaupt.at • e-bookshop: www.weishaupt.at**